André Gide

Die Falschmünzer

André Gide

Die Falschmünzer

Tagebuch der Falschmünzer

Aus dem Französischen
von Christine Stemmermann

Anaconda

André Gides Roman »Les Faux-monnayeurs« sowie das »Journal des Faux-monnayeurs« erschienen zunächst 1925/1927 in der *Nouvelle Revue française* in Paris. Die Übersetzung von Christine Stemmermann erschien erstmals 1993 in Band IX der Werkausgabe »Gesammelte Werke in zwölf Bänden«, Deutsche Verlags-Anstalt. Orthografie und Interpunktion wurden unter Wahrung von grammatischen Eigenheiten auf neue Rechtschreibung umgestellt.

MIX
Papier aus verantwortungsvollen Quellen
FSC® C014496

Penguin Random House Verlagsgruppe FSC® N001967

Die Deutsche Nationalbibliothek verzeichnet diese Publikation in der Deutschen Nationalbibliografie; detaillierte bibliografische Daten sind im Internet unter http://dnb.d-nb.de abrufbar.

Umschlaggestaltung: www.katjaholst.de
Satz und Layout: Fotosatz Amann, Memmingen
Druck und Bindung: GGP Media GmbH, Pößneck
ISBN 978-3-7306-1082-4
www.anacondaverlag.de

Die Falschmünzer

ROGER MARTIN DU GARD widme ich meinen ersten Roman zum Zeichen tiefer Freundschaft.

A. G.

ERSTER TEIL

Paris

I

»In solch einem Augenblick vermeint man immer, Schritte vom Gang her zu hören«, dachte Bernard. Er hob den Kopf und lauschte. Alles still: Sein Vater und sein großer Bruder hatten heute länger im Justizpalast zu tun; seine Mutter machte Besuche; seine Schwester war in einem Konzert; und Caloub schließlich, sein kleiner Bruder, wurde jeden Tag nach dem Unterricht in einer Schülerpension verwahrt. Bernard Profitendieu war zu Hause geblieben, um aufs Abitur zu pauken; er hatte nur noch drei Wochen Zeit. Die Familie ließ ihm seine Ruhe; aber der Dämon nicht. Bernard erstickte fast, obwohl er die Jacke ausgezogen hatte. Von der Straße drang durch das geöffnete Fenster nichts als Hitze herein. Seine Stirn war schweißnass. Ein Tropfen rann an seiner Nase herunter und fiel auf einen Brief, den er in der Hand hielt:

»Sieht wie eine Träne aus«, dachte er. »Doch es ist allemal besser zu schwitzen, als zu weinen.«

Ja, das Datum gab den Ausschlag. Ohne Zweifel: es ging um ihn, Bernard. Ein siebzehn Jahre alter Liebesbrief; an seine Mutter gerichtet; nicht unterschrieben.

Stattdessen ein Buchstabe. »Ein V, oder vielleicht auch ein N … Darf ich meine Mutter um Auskunft ersuchen? … Nein, ich setze lieber auf ihren guten Geschmack. Dann steht es mir frei, mir vorzustellen, es sei ein Prinz gewesen. Was hätte ich davon zu erfahren, dass ich der Sohn eines Proleten bin! Nicht zu wissen, wer der Vater ist, erlöst von der Angst, dem Vater zu gleichen. Nachforschungen verpflichten nur. Behalten wir das Befreiende im Auge. Lassen wir den Rest auf sich beruhen. Für heute habe ich jedenfalls genug.«

Bernard faltete den Brief zusammen. Er hatte das gleiche Format wie die anderen zwölf. Der Stoß wurde von einem rosa Seidenband zusammengehalten, das Bernard nicht hatte aufknoten müssen; er schob es an den alten Platz zurück, und die Briefe waren wie vorher gebündelt. Dann verstaute er das Bündel wieder in dem Kästchen und dieses wieder in der Schublade des Konsoltisches. Die Schublade war verschlossen geblieben; er hatte ihr Geheimnis von oben her gelüftet. Bernard befestigte die losen Brettchen der Holzabdeckung, über die eine schwere Onyxplatte gelegt werden musste. Er ließ sie langsam, vorsichtig herunter, stellte die zwei Kristallleuchter wieder darauf und daneben die sperrige Pendeluhr, die er repariert hatte, um sich ein wenig zu zerstreuen.

Die Pendüle schlug viermal. Jetzt ging sie richtig.

»Der Herr Untersuchungsrichter und sein Sohn, der Herr Anwalt, werden nicht vor sechs Uhr zurück sein. Ich habe noch Zeit. Der Herr Untersuchungsrichter soll bei seiner Rückkehr einen schönen Brief auf seinem Schreibtisch vorfinden, mit dem ich mich empfehle. Doch bevor ich ihn schreibe, brauche ich unbedingt frische Luft – und will mit meinem lieben Olivier sprechen, um mich einer vorläufigen Bleibe zu versichern. Olivier, mein Freund, es ist so weit, dass ich deine Zuneigung auf die Probe stellen muss und du mir beweisen musst, was du wert bist. Unsere Freundschaft war bisher so schön, weil wir uns nie ihrer bedient haben ... Ach was! Es kann doch nicht schlimm sein, um einen unterhaltsamen Gefallen zu bitten. Unangenehm ist nur, dass ich mit Olivier nicht allein sein werde. Egal! Es wird mir schon möglich sein, ihn beiseitezunehmen. Ich will ihn durch meine Ruhe beeindrucken. Außergewöhnliche Situationen sind ganz nach meiner Natur.«

Die Rue de T., in der Bernard Profitendieu bisher wohnte,

liegt ganz in der Nähe des Jardin du Luxembourg. Dort, in der Allee oberhalb des Medici-Brunnens, trafen sich einige seiner Bekannten regelmäßig jeden Mittwoch zwischen vier und sechs. Man unterhielt sich über Kunst, Philosophie, Sport, Politik und Literatur. Bernard war bis dorthin sehr schnell gelaufen; doch als er vom Parktor aus Olivier Molinier erkannte, verlangsamte er seine Schritte.

Es hatten sich diesmal, wohl wegen des schönen Wetters, ungewöhnlich viele Leute eingefunden. Einige neue Gesichter, die Bernard nicht kannte, waren dazugekommen. Und all diese jungen Leute verfielen, sobald sie in Gesellschaft waren, in eine Rolle, verloren ihre Natürlichkeit.

Olivier errötete, als er Bernard näher kommen sah, und ließ, um ihm auszuweichen, die junge Dame, mit der er sich gerade unterhalten hatte, ziemlich unvermittelt stehen. Bernard war sein engster Freund; gerade deswegen achtete Olivier darauf, dass es nicht so aussähe, als käme er nur seinetwegen her; ja, manchmal tat er so, als bemerke er ihn nicht.

Bernard musste auf dem Weg zu ihm an mehreren Gruppen vorbei und hielt sich, da auch er verbergen wollte, dass er wegen Olivier gekommen war, länger bei ihnen auf, als ihm lieb war.

Vier seiner Freunde umringten einen kleinen Herrn mit Bart und Kneifer, der deutlich älter war als sie und ein Buch in der Hand hielt. Das war Dhurmer.

»Es ist einfach nichts zu wollen«, sagte er, sich besonders an einen aus der Runde wendend (aber sichtlich glücklich, dass alle zuhörten), »ich habe mich bis Seite dreißig durchgekämpft, ohne auch nur eine einzige Farbe zu finden, ein einziges malerisches Wort. Er spricht von einer Frau – und ich weiß nicht einmal, ob ihr Kleid rot oder blau ist! Da kann ich nur sagen, wo keine Farben sind, sehe ich auch nichts.« – Und er beharrte, desto mehr übertreibend, je weniger er sich ernst genommen fühlte: »Absolut gar nichts.«

Bernard hörte dem Schwätzer nicht länger zu; er hielt es für ungeschickt, allzu schnell weiterzugehen, verfolgte aber bereits den Wortwechsel einer anderen Gruppe in seinem Rücken, zu der Olivier sich gesellt hatte, als er die junge Dame stehenließ; hier las einer, auf einer Bank sitzend, die *Action Française*.

Wie ernst Olivier Molinier neben den anderen wirkt! Dabei ist er einer der Jüngsten. Der Ausdruck seines beinahe noch kindlichen Gesichts und sein Blick verraten, wie reif er schon ist. Er ist empfindsam, errötet leicht. So liebenswürdig er auch gegen alle ist, irgendeine innere Zurückhaltung, eine Scheu sorgt zwischen ihm und seinen Kameraden für Distanz. Er leidet darunter. Wäre nicht Bernard, würde er noch mehr darunter leiden.

Genau wie dieser hatte Molinier sich kurz zu jeder Gruppe gesellt; aus Höflichkeit, denn nichts von dem, was gesprochen wird, interessiert ihn.

Er beugte sich über die Schulter des Zeitungslesers: »So was solltest du nicht lesen; es steigt dir bloß zu Kopf.«

Der andere entgegnete scharf: »Und du fällst gleich in Ohnmacht, wenn man nur Maurras erwähnt.«

Dann fragte ein dritter spöttisch: »Findest du Maurras' Artikel so umwerfend?«

Der erste antwortete: »Sie sind schwer verdaulich; aber recht hat er, finde ich.«

Ein vierter, dessen Stimme Bernard nicht erkannte, sagte: »Du glaubst immer, alles, was nicht unverdaulich ist, kann nichts Gescheites sein.«

Der erste gab zurück: »Wenn du glaubst, du brauchst nur blöd daherzureden, um lustig zu sein!«

»Komm«, sagte Bernard leise, fasste Olivier schnell am Arm und zog ihn ein paar Schritte mit sich fort. »Antworte schnell; ich bin in Eile. Du hast mir doch gesagt, dass du nicht auf der gleichen Etage schläfst wie deine Eltern?«

»Ich habe dir ja meine Zimmertür gezeigt; sie geht direkt

auf das Treppenhaus, auf halber Treppe, bevor man zu unserer Wohnung kommt.«

»Du hast gesagt, dein Bruder schläft auch dort?«

»Georges, ja.«

»Seid ihr zwei allein?«

»Ja.«

»Kann der Kleine den Mund halten?«

»Wenn es sein muss. Warum?«

»Hör zu. Ich will von zu Hause weg; oder besser gesagt, ich werde heute Abend gehen. Ich weiß noch nicht, wo ich bleiben werde. Könntest du mich für eine Nacht bei dir aufnehmen?«

Olivier wurde sehr blass. Er war so bewegt, dass er Bernard nicht ansehen konnte.

»Ja«, sagte er. »Aber komm nicht vor elf Uhr. Mama wünscht uns jeden Abend gute Nacht und schließt die Tür ab.«

»Aber dann ...«

Olivier lächelte: »Ich habe einen zweiten Schlüssel. Klopf leise, um Georges nicht zu wecken, falls er schläft.«

»Wird mich der Concierge vorbeilassen?«

»Ich werde ihm Bescheid geben. Oh, ich verstehe mich gut mit ihm. Er hat mir auch den zweiten Schlüssel gegeben. Bis später.«

Sie trennten sich, ohne einander die Hand zu geben. Während Bernard nach Hause lief, in Gedanken schon bei dem Brief, den der Richter beim Heimkommen vorfinden sollte, ging Olivier, damit es nicht so aussähe, als sondere er sich nur mit Bernard von den anderen ab, auf Lucien Bercail zu, den man immer etwas links liegenließ. Olivier könnte ihn liebgewinnen, hätte er sich nicht für Bernard entschieden. So kühn Bernard ist, so ängstlich ist Lucien. Man sieht ihm an, wie zart er ist und ganz in seine Empfindungen und Gedanken versponnen. Er wagt niemanden anzusprechen, gerät jedoch ganz außer sich vor Freude, wenn Olivier das Wort an ihn richtet.

Dass Lucien Gedichte macht, vermutet jeder; Olivier ist aber, glaube ich, der Einzige, dem Lucien seine Pläne offenbart. »Was ich gern möchte«, sagte Lucien, als die beiden sich dem Ende der Terrasse näherten, »ist, eine Geschichte erzählen, in der es nicht um einen Helden geht, sondern um einen Ort – nimm zum Beispiel eine Parkallee wie diese hier –, ich möchte erzählen, was hier vom Morgen bis zum Abend geschieht. Zuerst kämen die Kindermädchen, mit wehenden Bändern die Ammen ... Halt, nein ... erst ganz graue, alters- und geschlechtslose Gestalten, die die Wege fegen, den Rasen sprengen, die welken Blumen auswechseln, kurz, Szenerie und Dekoration, verstehst du, bevor die Tore geöffnet werden. Dann also der Einzug der Ammen. Die Kleinen backen Sandkuchen, zanken sich; die Kindermädchen verteilen Ohrfeigen. Die unteren Jahrgänge kommen aus der Schule – danach die Arbeiterinnen. Arme Leute setzen sich auf eine Bank und essen etwas. Später junge Leute, die sich treffen; andere, die einander meiden; wieder andere, die allein sein wollen, Träumer. Dann die Menge, nach Ladenschluss, wenn Musik gespielt wird. Junge Leute wie wir. Und abends Verliebte, die sich umschlungen halten; andere, die unter Tränen voneinander scheiden. Schließlich dann, in der Dämmerung, ein altes Paar ... Da, plötzlich, ein Trommelwirbel: Der Garten wird geschlossen. Alle treten ab. Das Stück ist aus. Verstehst du, ich würde das Ende allen Lebens vor Augen führen, den Tod ... aber natürlich ohne dass der Tod je erwähnt würde.«

»Ja, kann ich mir sehr gut vorstellen«, sagte Olivier, der an Bernard dachte und gar nicht zugehört hatte.

»Und das ist noch nicht alles; das ist noch nicht alles!«, fuhr Lucien enthusiastisch fort. »In einer Art Epilog möchte ich die gleiche Allee bei Nacht zeigen, menschenleer, verlassen und viel schöner als bei Tag. Tiefe Stille steigert jeden Laut der Natur: das Plätschern des Brunnens, das Rascheln des Windes in den Bäumen, den Gesang der Nachtigall. Ursprünglich hatte ich gedacht, dass sich Schatten in der Dunkelheit bewegen sollten, vielleicht Statuen … aber ich glaube, das wäre weniger gelungen, was meinst du?«

»Nein, keine Statuen, keine Statuen«, protestierte Olivier zerstreut; doch als er Luciens traurigen Blick bemerkte, rief er begeistert aus: »Du, wenn dir das gelingt – das wird großartig!«

II

> In Poussins Briefen findet sich nirgends eine Spur davon, dass er sich seinen Eltern gegenüber verpflichtet gefühlt hätte. Mit keinem Wort bedauerte er je, sie verlassen zu haben. Nach Rom verpflanzt, verlor er jede Lust zur Rückkehr, ja, man könnte sagen, jede Erinnerung.
> Paul DESJARDINS *(Poussin)*

Monsieur Profitendieu hatte es eilig, nach Hause zu kommen, und fand, dass sein Kollege Molinier, der ihn auf dem Boulevard Saint-Germain begleitete, doch recht langsam ging. Albéric Profitendieu hatte im Gericht einen besonders arbeitsreichen Tag gehabt; beunruhigt spürte er auf der rechten Seite ein leises Druckgefühl; Anstrengungen schlugen sich bei ihm auf die Leber, die etwas empfindlich war. Zu Hause wollte er ein Bad nehmen; durch nichts erholte er sich besser von den Mühen des Tages als durch ein warmes Bad – weshalb er seit dem Mittagessen nichts mehr zu sich genommen hatte, da er es für unvernünftig hielt, mit vollem Magen in die Wanne zu steigen, selbst bei lauwarmem Wasser. Vielleicht war das im Grunde genommen nur ein Vorurteil; doch Vorurteile sind die Grundpfeiler der Zivilisation.

Bemüht, mit Profitendieu Schritt zu halten, ging Oscar Molinier, so schnell er konnte, doch waren seine Beine viel kürzer und weniger kräftig; auch ließ ihn das kleine Fettpolster an seinem Herz leicht außer Atem geraten. Der hochgewachsene, rüstige Profitendieu, gut zu Fuß für seine fünfundfünfzig Jahre, wäre ihn gerne losgewesen; doch er wusste, was sich gehört; sein Kollege war älter als er und hatte eine höhere Stellung inne: Er war ihm Respekt schuldig. Hinzu kam, dass Profitendieu um Nachsicht für sein Vermögen werben musste, das seit dem Tod seiner Schwiegereltern beträchtlich war, hatte doch Monsieur Molinier bloß sein Gehalt als Präsident der Kammer, eine lächerliche und völlig unangemessene Entlohnung für das hohe Amt, das er zum Ausgleich für seine Mittelmäßigkeit mit desto größerer Würde bekleidete. Profitendieu zügelte seine Ungeduld; er wandte sich nach Molinier um und sah, dass dieser sich den Schweiß abwischte; was Molinier gerade äußerte, interessierte ihn auch sehr; allerdings sah er alles unter einem anderen Blickwinkel, wodurch sich das Gespräch belebte. »Lassen Sie das Haus überwachen«, hatte Molinier gesagt. »Nehmen Sie zu Protokoll, was der Concierge und das angebliche Dienstmädchen aussagen, das ist alles sehr gut. Aber seien Sie vorsichtig; wenn Sie die Untersuchung auch nur etwas zu weit vorantreiben, wird Ihnen die Angelegenheit entgleiten … Ich fürchte, dies könnte unabsehbare Folgen nach sich ziehen.«

»Derlei Bedenken haben nichts mit Recht und Gesetz zu tun.«

»Aber, aber, lieber Freund; wir wissen beide nur zu gut, wie die Rechtsprechung sein sollte und wie sie ist. Wir tun selbstverständlich unser Bestes; doch was wir auch unternehmen, wir können unser hohes Ziel nur annähernd erreichen. Die Sache, die Sie gerade beschäftigt, ist besonders heikel: Von den fünfzehn Beschuldigten, denen auf ein Wort von Ihnen schon morgen eine Anklage ins Haus steht, sind neun minderjährige Kinder. Und einige unter ihnen stammen, wie Sie wissen, aus sehr angesehenen Familien. In ihrem Fall halte ich jedweden Haftbefehl für äußerst ungeschickt. Die Parteiblätter würden sich der Sache bemächtigen, und damit sind allen Formen von Erpressung und Verleumdung doch Tür und Tor geöffnet. Sie können sich noch so sehr bemühen: Bei aller Vorsicht wäre nicht zu verhindern, dass Namen fielen … Mir steht es nicht an, Ihnen Ratschläge zu erteilen, und Sie wissen, wie viel lieber ich mir raten ließe von Ihnen, dessen Weitblick, Klarsicht und Geradheit ich stets zu schätzen wusste … Doch an Ihrer Stelle würde ich folgendermaßen vorgehen: Ich würde versuchen, diesem skandalösen Treiben ein Ende zu setzen, indem ich die vier oder fünf Anstifter dingfest machte … Ja, ich weiß, dass sie schwer zu fassen sind; aber, zum Teufel, das ist unser Beruf! Ich würde die Wohnung, den Schauplatz dieser Orgien, schließen lassen und es so einzurichten wissen, dass die Eltern dieser Früchtchen gewarnt wären, ein leiser, diskreter Wink, einfach um Rückfälle zu vermeiden. Ach ja, die Frauen, die können Sie einsperren lassen; da bin ich ganz dafür; wir scheinen es hier mit ein paar abgrundtief verdorbenen Frauenzimmern zu tun zu haben, von denen die Gesellschaft gesäubert werden muss. Aber noch einmal, schonen Sie die Kinder; erteilen Sie ihnen eine tüchtige Verwarnung, legen Sie dann alles unter der Rubrik ›Schuldunfähigkeit‹ zu den Akten, und lassen Sie die Kleinen in heilsamem Zweifel darüber, ob sie mit dem Schrecken davonkommen werden. Bedenken Sie, drei von ihnen sind noch unter vierzehn und werden von ihren Eltern zweifellos für reine und unschuldige Engel gehalten. Aber im Vertrauen, mein lieber Freund, einmal ehrlich, wer von uns hätte in diesem Alter schon an Frauen gedacht?«

Er war stehengeblieben, außer Atem, weniger vom schnellen Gehen als vom vielen Sprechen, und zwang Profitendieu, den er am Ärmel hielt, ebenfalls stehenzubleiben.

»Oder wenn wir daran dachten«, begann er wieder, »dann auf eine ideale, mystische, ja religiöse Weise, wenn ich so sagen darf. Die Kinder von heute, sehen Sie, diese Kinder haben keine Ideale mehr … Übrigens, wie geht es denn Ihren eigenen? An

Ihre denke ich dabei natürlich nicht. Ich weiß, dass unter Ihrer Aufsicht und dank der Erziehung, die Sie ihnen angedeihen ließen, derartige Verirrungen nicht zu befürchten sind.«

In der Tat hatte Profitendieu bisher mit seinen Söhnen nur zufrieden sein können; doch er machte sich keine Illusionen: Die beste Erziehung der Welt vermag nichts gegen niedere Instinkte; Gott sei Dank hatten seine Kinder keine Veranlagung zum Schlechten, ebenso wenig wie offenbar die Kinder von Molinier; so würden sie von selber schlechten Umgang und schlechte Lektüre meiden. Was hatte es auch für einen Sinn zu verbieten, was man nicht verhindern kann? Untersagt man einem Kind, gewisse Bücher zu lesen, liest es sie heimlich. Er wusste ein besseres System: Schlechte Bücher verbot er nicht; er sah zu, dass seine Kinder gar keine Lust hatten, sie zu lesen. Was jene Angelegenheit betraf, so wollte er darüber nachdenken und versprach jedenfalls, nichts zu unternehmen, ohne Molinier zu verständigen. Man würde einstweilen die unauffällige Überwachung aufrechterhalten; da der Missstand nun bereits seit drei Monaten herrschte, konnte man ihn auch noch einige Tage oder Wochen dulden. Zudem würden die Ferien die Missetäter in alle Winde zerstreuen. »Also, auf Wiedersehen.«

Profitendieu konnte endlich schneller gehen.

Kaum zu Hause, lief er in sein Badezimmer und ließ sich eine Wanne einlaufen. Antoine hatte der Rückkehr seines Herrn voller Ungeduld geharrt und richtete es so ein, dass sich ihre Wege im Gang kreuzten.

Der treue Diener war seit fünfzehn Jahren im Haus; er hatte die Kinder heranwachsen sehen. Er hatte in vieles Einblick bekommen, hatte anderes geahnt, gab sich jedoch den Anschein, als bemerke er nichts von dem, was man vor ihm geheim zu halten suchte. Bernard hing an Antoine. Er hatte nicht aufbrechen wollen, ohne ihm adieu zu sagen. Vielleicht setzte er auch nur vor lauter Ärger über seine Familie einen einfachen Dienstboten von seinem Aufbruch in Kenntnis, während keiner der Angehörigen davon wusste; doch muss man zu Bernards Entschuldigung sagen, dass ja keiner der Seinen zu Hause war. Außerdem hätte Bernard sich hier nicht verabschieden können, ohne dass man versucht hätte, ihn zurückzuhalten. Er wollte sich nicht zu Erklärungen genötigt sehen. Zu Antoine konnte er einfach sagen: »Ich gehe.« Doch dazu reichte er ihm so feierlich die Hand, dass der alte Diener stutzte.

»Ist Monsieur Bernard nicht zum Abendessen zurück?«

»Auch nicht zum Schlafen, Antoine.« Und als der andere unschlüssig schien, nicht recht wusste, wie das zu verstehen war, zu fragen aber zögerte, wiederholte Bernard mit größerem Nachdruck: »Ich gehe«, und fügte noch hinzu, »ich habe einen Brief hinterlassen auf dem Schreibtisch von …« Er konnte sich nicht entschließen, »von Papa« zu sagen, und verbesserte sich: «… auf dem Tisch im Büro. Adieu.«

Und indem er Antoines Hand ergriff, war es ihm, als nehme er Abschied von seiner Vergangenheit; er stieß ein zweites »Adieu« hervor und ging dann schnell, da er ein Schluchzen nicht unterdrücken konnte, aus dem Haus.

Antoine fragte sich, ob er es verantworten könne, ihn einfach ziehen zu lassen – doch wie hätte er ihn zurückhalten sollen?

Dass Bernards plötzlicher Weggang der ganzen Familie als eine Ungeheuerlichkeit erscheinen musste, spürte Antoine nur zu deutlich, doch die Rolle des perfekten Dieners schrieb ihm vor, seine Verwunderung nicht zu zeigen. Er hatte nicht zu wissen, was Monsieur Profitendieu nicht wusste. Natürlich hätte er einfach fragen können: »Weiß Monsieur, dass Monsieur Bernard fortgegangen ist?«, doch damit verschenkte er seinen Trumpf, und dazu war er ihm zu schade. Nein, wenn er seinen Herrn mit Ungeduld erwartete, so weil er sich folgenden Satz zurechtgelegt hatte, den er wie eine ganz gewöhnliche Bestellung Bernards in einem unbeteiligten und ehrerbietigen

Ton fallenlassen wollte: »Bevor er ging, hat Monsieur Bernard einen Brief für Monsieur im Büro hinterlassen.« Ein so unscheinbarer Satz, dass er womöglich gar keine Beachtung fände; vergebens hatte er nach etwas Gewichtigerem gesucht, das gleichzeitig natürlich klänge. Doch da Bernard zu den Essenszeiten niemals abwesend war, konnte Monsieur Profitendieu, den Antoine aus den Augenwinkeln beobachtete, ein Auffahren nicht unterdrücken: »Wie? Bevor er ...«

Er fasste sich sofort wieder; er durfte sich seine Verwunderung vor einem Untergebenen nicht anmerken lassen; sein Standesbewusstsein verließ ihn nicht. Er fügte in einem sehr ruhigen, gebieterischen Ton hinzu: »In Ordnung.«

Und bereits auf dem Weg ins Arbeitszimmer: »Wo, sagst du, ist dieser Brief?«

»Auf dem Schreibtisch von Monsieur.«

Schon von der Tür aus sah er tatsächlich einen Umschlag, der deutlich sichtbar an dem Platz lag, wo sein Arbeitssessel stand. Antoine aber ließ seine Beute nicht so schnell fahren: Monsieur Profitendieu hatte noch keine zwei Zeilen gelesen, da klopfte es an die Tür: »Ich vergaß, Monsieur zu sagen, dass zwei Herren im kleinen Salon auf ihn warten.«

»Was für Herren?«

»Das weiß ich nicht.«

»Gehören sie zusammen?«

»Es hat nicht den Anschein.«

»Was wollen sie von mir?«

»Das weiß ich nicht. Sie möchten Monsieur sprechen.«

Profitendieu merkte, dass ihm die Geduld ausging: »Ich habe schon mehrmals gesagt, dass ich zu Hause nicht gestört werden will – vor allem um diese Zeit; ich bin tagsüber im Gericht zu erreichen und habe meine Sprechzeiten ... Warum hast du sie hereingelassen?«

»Sie sagten alle beide, sie hätten Monsieur etwas Dringendes mitzuteilen.«

»Sind sie schon lange da?«

»Seit beinahe einer Stunde.«

Profitendieu ging einige Schritte im Zimmer auf und ab und fuhr sich mit einer Hand über die Stirn; in der anderen hielt er Bernards Brief. Antoine blieb in der Tür stehen, würdevoll, ungerührt. Zu seiner Freude verlor der Richter nun endlich die Beherrschung, und er hörte ihn zum ersten Mal in seinem Leben mit dem Fuß aufstampfend schimpfen: »Man soll mich in Ruhe lassen! Ich will meine Ruhe!! Sag ihnen, dass ich beschäftigt bin. Sie sollen ein andermal wiederkommen.«

Kaum war Antoine zum Zimmer hinaus, lief Profitendieu zur Tür: »Antoine! Antoine! ... Und geh das Wasser abstellen.«

An ein Bad war nicht zu denken! Er trat ans Fenster und las:

»Monsieur,
wie ich einer zufälligen Entdeckung entnehme, die ich heute Nachmittag machte, kann ich Sie nicht länger als meinen Vater betrachten, und dies ist mir eine ungeheure Erleichterung. Da ich so wenig Zuneigung zu Ihnen empfand, hielt ich mich lange für einen aus der Art geschlagenen Sohn; nun weiß ich, dass ich Ihr Sohn gar nicht bin, und das ziehe ich vor. Vielleicht meinen Sie, ich sei Ihnen Dank schuldig, weil Sie mich wie ein eigenes Kind behandelt haben; doch erstens habe ich bei Ihrer Zuwendung immer einen Unterschied zwischen mir und den anderen gespürt, und zweitens kenne ich Sie gut genug, um zu wissen, dass ich alles nur der Angst vor dem Skandal verdanke – Sie wollten kaschieren, was Ihnen keine besondere Ehre machte. Anders zu handeln wäre schließlich gegen Ihre Natur. Ich gehe lieber, ohne meiner Mutter adieu zu sagen, weil mich Rührung überkommen könnte, wenn ich für immer von ihr Abschied nähme – auch könnte ihr die Situation peinlich sein, was ich nicht möchte. Ihre mütterlichen Gefühle für mich dürften nicht sehr innig sein; da ich die meiste Zeit in der Pension zubrachte, hatte sie kaum Gelegenheit,

mich kennenzulernen, und da mein Anblick sie stets an etwas erinnerte, das sie am liebsten aus ihrem Leben gestrichen hätte, wird sie mich, wie ich denke, gern und erleichtert ziehen sehen. Sagen Sie ihr, wenn Sie den Mut aufbringen, dass ich ihr nicht übelnehme, mich zum Bastard gemacht zu haben; im Gegenteil, es ist mir lieber, als denken zu müssen, dass ich Sie zum Vater habe. (Entschuldigen Sie diese Redeweise, ich will Sie nicht beleidigen; doch was ich sage, wird Ihnen erlauben, mich zu verachten, und das wird Ihnen eine Erleichterung sein.)

Wenn Sie möchten, dass ich Schweigen bewahre über die geheimen Gründe, die mich dazu brachten, Ihr Haus zu verlassen, so machen Sie bitte keinerlei Anstalten, mich zurückzuholen. Mein einmal gefasster Entschluss, Sie zu verlassen, ist unwiderruflich. Ich weiß nicht, wie viel Sie mein Unterhalt bis zum heutigen Tag wohl gekostet hat; ich konnte Ihnen zur Last fallen, solange ich von nichts wusste, doch es versteht sich von selbst, dass ich von nun an nichts mehr annehmen will. Die Vorstellung, Ihnen irgendetwas schuldig zu sein, ist mir unerträglich, und ich glaube, käme ich noch einmal in die Lage, ich würde lieber Hungers sterben, als an Ihren Tisch zurückzukehren. Zum Glück war meine Mutter, wie sie, glaube ich, einmal sagte, bei der Heirat der vermögendere Teil. Ich kann mir also vorstellen, nur von ihrem Vermögen gelebt zu haben. Ich danke ihr, halte damit alles für beglichen und bitte darum, mich zu vergessen. Sie werden sich schon etwas einfallen lassen, um denen, die sich wundern könnten, mein Verschwinden zu erklären. Ich erlaube Ihnen, mich zu belasten (wenn ich auch weiß, dass Sie nicht auf meine Erlaubnis warten).

Ich zeichne mit Ihrem lächerlichen Namen, den ich Ihnen am liebsten zurückgeben würde und dem ich keine Ehre machen möchte.

BERNARD PROFITENDIEU.

P. S.: Alle meine Sachen lasse ich bei Ihnen. Caloub hat, wie ich für Sie hoffe, einen legitimeren Anspruch darauf.«

Monsieur Profitendieu wankte zu einem Sessel. Er hätte nachdenken wollen, doch er konnte keinen klaren Gedanken fassen. Überdies spürte er an seiner rechten Seite ein leichtes Stechen, da, unterhalb der Rippen; es war kein Zweifel möglich: die Leberkrise. War wenigstens Vichy im Haus? Wenn seine Frau doch nur zurück wäre! Wie sollte er ihr Bernards Flucht beibringen? Sollte er ihr den Brief zeigen? Dieser Brief ist ungerecht, entsetzlich ungerecht. Er sollte sich vor allem darüber empören. Er sollte entrüstet und nicht traurig sein. Er japst nach Luft, und bei jedem Ausatmen stößt er ein »Oh, mein Gott!«, aus, schnell und leise wie ein Seufzen. Der Schmerz an der Seite paart sich mit seiner Traurigkeit, lokalisiert und beweist sie. Er hat gewissermaßen Leberkummer. Er lässt sich in den Sessel fallen und liest Bernards Brief noch einmal durch. Traurig lässt er die Schultern hängen. Sicherlich ist dieser Brief grausam für ihn; doch welche Kraft, wie viel Trotz und Stolz aus ihm spricht! Niemals wäre er selbst oder eines der übrigen Kinder, ein wirkliches Kind von ihm, in der Lage, so etwas zu schreiben; dessen ist er sicher, denn an seinem Nachwuchs findet sich nichts, das er nicht zur Genüge von sich selbst her kennt. Zwar glaubte er immer, das Neue, Eigenwillige und Ungezügelte an Bernard missbilligen zu müssen; doch was er sich auch einreden mochte, er spürt, dass er ihn gerade hierfür so liebte, wie er keines der anderen je geliebt hat.

Im Zimmer nebenan hatte sich Cécile, vom Konzert zurückgekehrt, ans Klavier gesetzt und spielte hartnäckig immer die gleiche Phrase einer Barkarole. Schließlich ertrug es Albéric Profitendieu nicht mehr. Er öffnete die Tür zum Salon einen Spaltbreit und sagte mit klagender Stimme, beinahe flehentlich, denn die Leberkolik begann ihm heftig zuzusetzen (und zudem war er seiner Tochter gegenüber schon immer etwas schüchtern): »Meine kleine Cécile, würdest du nachsehen gehen, ob Vichy im Haus ist; und wenn keines mehr vorrätig ist, welches besorgen lassen. Und wenn du so lieb wärest, jetzt nicht Klavier zu spielen.«

»Was ist denn mit dir?«

»Nichts, nichts. Ich muss nur über etwas nachdenken vor dem Abendessen, und dabei stört mich deine Musik.« Aus Liebenswürdigkeit, denn sein Leiden stimmt ihn sanft, fügt er hinzu: »Es ist hübsch, was du da spielst. Was war es denn?«

Doch er zieht sich zurück, ohne die Antwort abzuwarten. Seine Tochter, die weiß, dass er nichts von Musik versteht und *Viens Poupoule* mit dem Marsch aus dem Tannhäuser verwechselt (zumindest sagt sie das), hat ohnedies nicht die Absicht, ihm zu antworten. Abermals öffnet sich die Tür: »Ist deine Mutter nicht heimgekommen?«

»Nein, noch nicht.«

Es ist absurd. Vor dem Abendessen würde er nicht mehr mit ihr sprechen können. Was sollte er nur erfinden, um Bernards Abwesenheit vorläufig zu erklären? Er durfte schließlich nicht die Wahrheit sagen, seinen Kindern das Geheimnis jener flüchtigen Verirrung ihrer Mutter preisgeben. Ach, all das war doch vergeben und vergessen, behoben gewesen. Die Geburt des letzten Sohnes hatte ihre Versöhnung besiegelt. Und plötzlich taucht dieser böse Spuk wieder aus der Vergangenheit auf, speien die Fluten diesen Kadaver aus ...

Also, was ist denn das nun wieder? Die Tür seines Büros hat sich leise geöffnet; schnell lässt er den Brief in seine innere Rocktasche gleiten; sachte hebt sich die Portiere. Es ist Caloub.

»Papa, sag ... Was könnte dieser lateinische Satz bedeuten? Ich verstehe ihn einfach nicht ...«

»Ich habe dir doch gesagt, dass du nicht hereinkommen sollst, ohne anzuklopfen. Und außerdem will ich nicht, dass du mich alle Augenblicke störst. Es wird dir zur Gewohnheit, dir von anderen helfen zu lassen und mit den anderen zu rechnen, statt dich selbst anzustrengen. Gestern war es eine Geometrieaufgabe, heute ist es ein ... von wem ist er denn, dein lateinischer Satz?«

Caloub hält ihm sein Heft hin: »Das hat er uns nicht gesagt; aber, sieh selbst: Du, du wirst ihn wiedererkennen. Wir haben es diktiert bekommen, aber vielleicht habe ich schlecht mitgeschrieben. Wenn ich wenigstens wüsste, ob es so richtig ist ...«

Monsieur Profitendieu nimmt das Heft, doch er hat zu große Schmerzen. Er schiebt das Kind sanft beiseite: »Später. Es ist Zeit zum Abendessen. Ist Charles heimgekommen?«

»Er ist noch einmal ins Büro hinuntergegangen.« (Der Anwalt empfängt seine Klienten im Erdgeschoss.)

»Lauf schnell und sage ihm, er möchte zu mir kommen.«

Es klingelt! Madame Profitendieu ist endlich zurück; sie entschuldigt sich für ihre Verspätung; sie hatte viele Besuche zu erledigen. Es betrübt sie, dass ihr Mann Schmerzen hat. Was kann man für ihn tun? Er sieht wirklich angegriffen aus. – Er könne nichts essen. Man solle sich ohne ihn zu Tisch setzen. Doch nach dem Abendbrot möchte sie zu ihm kommen mit den Kindern. – Bernard? – »Ach, stimmt ja; sein Freund ... du weißt schon, der, bei dem er in Mathematik Stunden nahm, hat ihn zum Abendessen eingeladen.«

Profitendieu fühlte sich besser. Er hatte erst befürchtet, vor Schmerzen nicht sprechen zu können. Doch er musste für Bernards Verschwinden eine Erklärung geben. Er wusste jetzt, was es zu sagen galt, so unangenehm es sein mochte. Er fühlte sich stark und entschlossen. Seine einzige Befürchtung war, seine Frau könnte in Tränen ausbrechen, einen Schrei ausstoßen; ohnmächtig werden ...

Eine Stunde später kommt sie mit den drei Kindern herein; tritt näher. Er fordert sie auf, an seiner Seite Platz zu nehmen. »Versuche, dich zu beherrschen«, sagt er leise, doch in gebieterischem Ton zu ihr, »und sag kein Wort, hörst du. Wir beide werden uns nachher unterhalten.«

Und während er spricht, hält er ihre Hand zwischen den seinen. »Nun, Kinder, setzt euch. Es ist mir unangenehm, wenn ihr so vor mir steht wie bei einer Prüfung. Ich muss euch etwas sehr Trauriges mitteilen. Bernard hat uns verlassen, und wir werden ihn nicht mehr wiedersehen ... in nächster Zeit. Ich muss euch heute etwas eröffnen, worüber ich anfänglich geschwiegen hatte, damit ihr Bernard liebtet wie einen Bruder; denn eure Mutter und ich liebten ihn wie ein eigenes Kind. Er war nicht unser Kind ... und ein Onkel von ihm, ein Bruder seiner wahren Mutter, die ihn uns am Sterbebett anvertraute ... hat ihn heute Abend wieder zu sich genommen.«

Ein drückendes Schweigen folgt seinen Worten, man hört nur Caloub schniefen. Alle warten, in der Annahme, er werde noch mehr sagen, doch er entlässt sie mit einer Handbewegung: »Geht nun, Kinder. Ich muss etwas mit eurer Mutter besprechen.«

Als sie hinausgegangen sind, sagt Monsieur Profitendieu lange kein Wort. Jene Hand, die Madame Profitendieu ihm überlassen hat, ist wie tot. Mit der anderen hat sie ihr Taschentuch an die Augen geführt. Sie stützt sich mit dem Ellenbogen auf den großen Tisch und wendet sich ab, um zu weinen. Unter Schluchzern, die sie schütteln, hört Profitendieu sie sagen: »Oh! Wie grausam Sie sind ... Oh! Sie haben ihn fortgejagt ...«

Er war entschlossen gewesen, ihr Bernards Brief nicht zu zeigen; doch angesichts dieser so ungerechten Beschuldigung reicht er ihn ihr: »Da; lies.«

»Ich kann nicht.«

»Du musst das lesen.«

Er hat seine Schmerzen vergessen. Er folgt ihrem Blick, Zeile für Zeile, bis zum Schluss. Vorhin bei seiner Rede hatte er kaum die Tränen zurückhalten können; jetzt fällt alle Erregung von ihm ab; er beobachtet seine Frau. Was denkt sie? Mit derselben klagenden Stimme, unter denselben Schluchzern sagt sie noch: »Oh! Warum hast du mit ihm gesprochen ... Du hättest es ihm nicht sagen dürfen.«

»Aber du siehst ja, dass ich ihm nichts gesagt habe ... Sieh dir doch seinen Brief an.«

»Ich habe ihn schon gelesen ... Aber wie hat er es dann entdeckt? Wer hat es ihm gesagt ...?«

Was! Das beschäftigt sie! Das ist ihr ganzer Kummer! Er dachte, jenes Leid mit ihr gemeinsam zu tragen. Doch leider hat er das unbestimmte Gefühl, dass ihre Gedanken verschiedene Wege gehen. Während sie klagt, während sie beschuldigt und fordert, versucht er, ihren widerstrebenden Sinn auf fromme Gedanken zu lenken: »Es ist die Sühne«, sagt er.

Er hat sich erhoben, aus dem unbewussten Bedürfnis zu dominieren; jetzt steht er in voller Größe vor ihr, die Schmerzen sind vergessen; ernst, zärtlich und gebieterisch legt er die Hand auf Marguerites Schulter. Er weiß wohl, dass sie das, worin er bis heute nur eine kleine Verirrung hatte sehen wollen, stets nur sehr unvollständig bereut hat; er möchte ihr sagen, dass diese Trauer, diese Prüfung ihrem Seelenheil dienen werden, doch er sucht vergebens nach einer Formulierung, die ihn zufriedenstellt und Gehör finden könnte. Die Schulter Marguerites versucht, dem sanften Druck seiner Hand auszuweichen. Marguerite weiß nur zu gut, dass immer irgendeine moralische Belehrung herauskommen muss, die ihr Mann bis zur Unerträglichkeit noch dem geringfügigsten Ereignis abgewinnt; alles sieht und deutet er von seiner dogmatischen Warte aus. Er beugt sich über sie. Folgendes möchte er ihr sagen: »Meine arme Freundin, du siehst: Aus Sünde erwächst nichts Gutes. Es hat nichts genützt, deinen Fehltritt geheim zu halten. Leider! Ich habe für dieses Kind getan, was ich konnte; ich habe es gehalten wie mein eigenes. Gott zeigt uns nun, dass es ein Irrtum war, sich anzumaßen ...«

Doch schon nach dem ersten Satz hält er inne.

Sie scheint diese wenigen, so bedeutungsschweren Worte

verstanden zu haben; sie scheinen ihr zu Herzen gegangen zu sein, denn sie, die schon zu weinen aufgehört hatte, wird heftiger noch als zuvor von einem Schluchzen geschüttelt; dann sinkt sie nach vorne, als wolle sie auf die Knie fallen vor ihm, der sich zu ihr hinabbeugt und sie hält. Was flüstert sie unter Tränen? Er bückt sich bis zu ihren Lippen hinab. »Siehst du ... Siehst du ...«, hört er, »Oh! Warum hast du mir vergeben ...? Oh, ich hätte nicht zurückkommen sollen!«

Fast muss er erraten, was sie sagt. Sie schweigt. Mehr vermag auch sie nicht zu sagen. Wie hätte sie ihm erklären sollen, dass die Tugend, die er von ihr forderte, sie lähmte; dass sie erstickte; dass sie inzwischen weniger ihren Fehltritt bereute, als bereut zu haben. Profitendieu hatte sich wieder aufgerichtet: »Meine arme Freundin«, sagt er in würdevollem und strengem Ton, »ich fürchte, du bist heute Abend etwas eigensinnig. Es ist spät. Wir sollten besser zu Bett gehen.«

Er hilft ihr auf, geleitet sie bis zu ihrem Zimmer, drückt ihr einen Kuss auf die Stirn, kehrt dann in sein Büro zurück und lässt sich in einen Sessel fallen. Seltsam, seine Leberschmerzen sind abgeklungen; doch er fühlt sich zerschlagen. Er verbirgt sein Gesicht in den Händen, zu traurig, um zu weinen. Er hört es nicht klopfen, doch beim Knarren der sich öffnenden Tür hebt er den Kopf: Es ist sein Sohn Charles.

»Ich wollte dir gute Nacht sagen.«

Charles tritt näher. Er hat alles begriffen. Er will es seinem Vater zu erkennen geben. Er möchte sein Mitgefühl, seine Zärtlichkeit, seine Ergebenheit zum Ausdruck bringen, doch – wer hätte das von einem Anwalt gedacht – er stellt es denkbar ungeschickt an; vielleicht wird er gerade dann ungeschickt, wenn seine Gefühle aufrichtig sind. Er umarmt seinen Vater. Die ostentative Art, mit der er seinen Kopf an die Schulter seines Vaters legt, sich anlehnt und dort verharrt, überzeugt jenen davon, dass er verstanden hat. Er hat so gut verstanden, dass er nun, den Kopf ein wenig hebend, linkisch, wie alles, was er tut – denn es quält sein Herz so sehr –, die Frage stellt: »Und Caloub?«

Die Frage ist absurd, denn so wenig Bernard den anderen gleicht, so stark ist bei Caloub die Familienähnlichkeit. Profitendieu tätschelt Charles die Schulter: »Nein; nein; sei beruhigt. Nur Bernard.«

Daraufhin Charles, dozierend: »Gott verjagt den Eindringling, um ...«

Doch Profitendieu fällt ihm ins Wort; was muss er so mit sich reden lassen?

»Schweig.«

Vater und Sohn haben sich nichts mehr zu sagen. Verlassen wir sie. Es ist bald elf Uhr. Lassen wir Madame Profitendieu in ihrem Zimmer auf dem kleinen, unbequemen Stuhl sitzen. Sie weint nicht; ihr Kopf ist leer. Auch sie möchte am liebsten fliehen; doch sie wird es nicht tun. Nachdem sie ihrem Geliebten gefolgt war, Bernards Vater, den wir nicht zu kennen brauchen, sagte sie sich schon bald: »Du, du kannst machen, was du willst; du wirst immer nur eine biedere Frau sein.« Die Freiheit, die Illegalität, die Ungebundenheit hatten sie geängstigt; so dass sie nach zehn Tagen reuevoll zu Mann und Kind zurückkehrte. Ihre Eltern hatten ja immer zu ihr gesagt: »Du weißt nicht, was du willst.« Verlassen wir sie. Cécile schläft schon. Caloub wirft einen verzweifelten Blick auf seine Kerze; sie wird nicht reichen, um damit den Abenteuerroman fertig zu lesen, der ihn von Bernards Weggang ablenken soll. Ich wäre neugierig gewesen, was Antoine seiner Freundin, der Köchin, erzählt; aber man kann nicht überall sein. Für Bernard ist es nun Zeit, zu Olivier zu gehen. Ich weiß nicht recht, wo er zu Abend aß, noch ob er überhaupt etwas zu sich nahm. Ungehindert ist er an der Concierge-Loge vorbeigekommen; leise schleicht er die Treppe hinauf ...

III

Plenty and peace breeds cowards; hardness ever
Of hardiness is mother.
SHAKESPEARE

Olivier war zu Bett gegangen, um den Kuss seiner Mutter entgegenzunehmen, die ihren beiden Jüngsten jeden Abend gute Nacht sagen kam. Er hätte sich für Bernards Besuch wieder ankleiden können, doch er zweifelte noch an dessen Kommen und wollte bei Georges keinen Verdacht erregen. Sein kleiner Bruder schlief meistens gleich ein und wachte spät auf; vielleicht würde ihm gar nichts Ungewöhnliches auffallen.

Als er an der Tür ein leises Kratzen hörte, sprang Olivier aus dem Bett, schlüpfte schnell in seine Pantoffeln und lief öffnen. Man kam ohne Licht aus, denn der Mond schien ins Zimmer. Olivier schloss Bernard in seine Arme.

»Wie ich auf dich gewartet habe! Ich konnte nicht glauben, dass du wirklich kommst. Wissen deine Eltern überhaupt, dass du heute Nacht nicht zu Hause schläfst?«

Bernard sah an ihm vorbei, ins Dunkle. Er zuckte die Achseln. »Meinst du vielleicht, ich hätte sie um Erlaubnis fragen sollen?« Der kühle und ironische Klang von Bernards Stimme verrät Olivier, dass seine Frage absurd war. Doch dass Bernard »ein für alle Mal« weggegangen ist, erfasst er noch nicht; er glaubt, Bernard werde nur diesen einen Abend auswärts schlafen, und kann sich den Grund für dieses Abenteuer nicht vorstellen. Er erkundigt sich, wann Bernard wieder nach Hause gehen will.

»Niemals!«

Olivier geht ein Licht auf. Er will sich der Lage unbedingt gewachsen zeigen und sich seine Überraschung nicht anmerken lassen; dennoch rutscht es ihm heraus: »Das ist ja sagenhaft, was du da machst.«

Die Überraschung seines Freundes bereitet Bernard Vergnügen; besonders empfänglich ist er für die Bewunderung, die in diesem Ausruf liegt; doch zuckt er nur abermals die Achseln. Olivier hat seine Hand genommen; er ist sehr ernst; angsterfüllt fragt er: »Aber … warum gehst du weg?«

»Das, mein Freund, sind Familienangelegenheiten. Darüber kann ich nicht sprechen.« Und um die Situation aufzulockern, stupst er mit der Schuhspitze den Pantoffel herunter, der an Oliviers Fuß baumelt, seit sie sich auf der Bettkante niedergelassen haben.

»Wo wirst du denn leben?«

»Ich weiß nicht.«

»Und wovon?«

»Das wird sich zeigen.«

»Hast du Geld?«

»Genug für das Frühstück.«

»Und dann?«

»Dann muss ich mir etwas suchen. Pah, ich werde schon etwas finden. Du wirst es ja sehen; ich werde dir berichten.«

Olivier bewundert seinen Freund ungeheuer. Er kennt sein entschlossenes Wesen; trotzdem zweifelt er noch: Wird Bernard nicht, wenn er kein Geld mehr hat und in Not gerät, wieder nach Hause wollen? Bernard versichert ihm: er wird alles andere tun, nur nicht zu den Seinen zurückgehen. Angst schnürt Olivier das Herz zusammen, als Bernard ihm mehrmals, immer heftiger versichert: »Alles andere«. Er möchte sprechen, doch er wagt es nicht. Schließlich fasst er Mut, sagt mit unsicherer Stimme, den Kopf gesenkt: »Bernard … du hast doch immerhin nicht die Absicht …« Er stockt. Sein Freund hebt den Blick und bemerkt, ohne Oliviers Gesicht zu sehen, wie verwirrt er ist.

»Was?«, fragt er. »Was meinst du? Sprich doch. Zu stehlen?« Olivier schüttelt den Kopf. Nein, das ist es nicht. Plötzlich bricht er in Tränen aus; er presst Bernard an sich.

»Versprich mir, dass du dich nicht …«

Bernard umarmt ihn und macht sich dann lachend wieder frei. Er hat verstanden: »Das verspreche ich dir. Den Zuhälter mache ich nicht.« Dann meint er noch: »Du musst doch zugeben, dass es das Einfachste wäre.« Aber Olivier ist beruhigt; er weiß, dass Bernard das letztere mit gespieltem Zynismus dahingesagt hat.

»Und dein Abitur?«

»Das ist der Haken. Durchfallen will ich nicht. Ich glaube, ich kann alles; aber es ist wichtig, an dem Tag gut ausgeschlafen zu sein. Ich muss eben schnell etwas finden. Es ist ein bisschen riskant; aber ... ich werde es schon schaffen; du wirst sehen.«

Sie sagen eine Weile lang nichts. Der zweite Pantoffel ist heruntergefallen.

»Du wirst dich erkälten«, erklärt Bernard. »Leg dich wieder hin.«

»Nein, du musst dich hinlegen.«

»Mach keine Witze! Komm schon«, und er nötigt Olivier wieder ins Bett zurück.

»Und du? Wo willst du schlafen?«

»Irgendwo. Auf dem Boden. In einer Ecke. Ich werde mich daran gewöhnen müssen.«

»Nein, hör zu. Ich muss dir etwas erzählen, aber ich kann es nur, wenn du ganz nah bei mir bist. Komm mit in mein Bett.« Und als Bernard, der sich im Nu ausgezogen hat, neben ihm liegt: »Weißt du noch, wovon wir neulich sprachen ... es ist passiert. Ich bin dort gewesen.«

Bernard versteht ihn gleich. Er drückt seinen Freund an sich, der fortfährt: »Ich kann dir sagen, es ist ekelhaft. Es ist fürchterlich ... Danach hätte ich am liebsten ausgespuckt, mich übergeben, mir die Haut heruntergerissen, mich getötet.«

»Du übertreibst.«

»Oder sie getötet ...«

»Wer war es? Du bist doch wenigstens nicht unvorsichtig gewesen?«

»Nein, nein; eine, die Dhurmer gut kennt und der er mich vorgestellt hat. Vor allem ihr Geschwätz war mir so zuwider. Sie hörte nicht auf zu reden. Wie blöd sie sein muss! Ich verstehe nicht, dass man in einem solchen Moment nicht still sein kann. Ich hätte sie am liebsten geknebelt, erwürgt …«

»Du Armer! Du hättest dir aber doch auch denken können, dass Dhurmer dir nur eine dumme Kuh anbringen konnte … Sah sie wenigstens gut aus?«

»Wenn du meinst, dass ich sie mir angesehen habe!«

»Du bist ein Dummerchen. Du bist ein Herzchen. Jetzt wird geschlafen … Hast du es wenigstens richtig …«

»Das ist es ja gerade, was mich am meisten anwidert: dass ich trotzdem … als hätte ich sie begehrt.«

»Na also, alter Freund, das ist doch prima.«

»Sei still. Wenn das die Liebe ist, bin ich erst einmal bedient.«

»Was für ein Kind du bist!«

»Ich hätte dich sehen wollen.«

»Oh! Ich, weißt du, ich habe es nicht so eilig. Wie ich dir gesagt habe: Ich lasse es auf mich zukommen. Einfach so, bloß aus Neugier, reizt es mich nicht. Aber wenn ich natürlich …«

»Wenn du …?«

»Wenn sie … Nichts. Schlafen wir.« Und unvermittelt dreht er sich auf die Seite, von dem Körper abrückend, dessen Wärme ihm unangenehm ist. Doch Olivier beginnt wieder: »Sag … glaubst du, dass Barrès gewählt wird?«

»Meine Güte! … Zerbrichst du dir den Kopf deswegen?«

»Es ist mir ganz egal. Du … Hör mal …« Er drückt gegen Bernards Schulter, bis dieser sich umdreht. »Mein Bruder hat eine Geliebte.«

»Georges?«

Der Kleine, der sich schlafend stellt, aber alles belauscht

hat, spitzt die Ohren in der Dunkelheit und hält den Atem an, als sein Name fällt.

»Du bist verrückt! Ich spreche von Vincent.« (Der Älteste, Vincent, hat gerade sein erstes Examen in Medizin abgelegt.)

»Hat er dir das erzählt?«

»Nein. Er ahnt nicht, dass ich es in Erfahrung gebracht habe. Meine Eltern wissen von nichts.«

»Was würden sie sagen, wenn sie es erfahren?«

»Ich weiß nicht. Mama wäre verzweifelt. Papa würde ihn vor die Wahl stellen: Trennung oder Heirat.«

»Meine Güte, die ehrenwerten Bürger verstehen nicht, dass man auch auf andere Weise ehrenwert sein kann als sie. Wie hast du davon erfahren?«

»Das kam so: Seit einiger Zeit geht Vincent jede Nacht aus, nachdem meine Eltern sich schlafen gelegt haben. Beim Hinuntergehen versucht er jedes Geräusch zu vermeiden, aber ich erkenne seinen Schritt auf der Straße. Vorige Woche, am Dienstag, glaube ich, war es nachts so heiß, dass ich es nicht mehr im Bett aushielt. Ich ging ans Fenster, um Luft zu schöpfen. Da hörte ich unten die Haustür gehen. Ich beugte mich hinaus, und als er an der Laterne vorbeiging, erkannte ich Vincent. Es war nach Mitternacht. Das war das erste Mal. Ich meine: das erste Mal, dass ich ihn bemerkte. Doch seitdem ich Bescheid weiß, achte ich darauf – ganz unwillkürlich … und fast jede Nacht höre ich ihn weggehen. Er hat einen eigenen Schlüssel. Meine Eltern haben ihm unser altes Zimmer, das von Georges und mir, als künftiges Sprechzimmer eingerichtet. Das Zimmer liegt doch links vom Eingang und der Rest der Wohnung rechts. Er kann also kommen und gehen, wann er will, ohne dass man etwas merkt. Für gewöhnlich höre ich ihn auch nicht heimkommen, aber vorgestern, Montagabend, ich weiß nicht, was mit mir los war; ich dachte an die Zeitschrift, die Dhurmer gründen will … Ich lag lange wach. Ich hörte Stimmen im Treppenhaus; es musste Vincent sein.«

»Um wie viel Uhr war das?«, fragt Bernard, nicht, weil er es wirklich wissen will, sondern um Interesse zu bekunden.

»Es muss gegen drei Uhr gewesen sein. Ich bin aufgestanden und habe an der Tür gehorcht. Vincent unterhielt sich mit einer Frau. Oder vielmehr, nur sie sprach.«

»Woher weißt du dann, dass er es war? Alle Hausbewohner kommen an deiner Tür vorbei.«

»Das ist manchmal sogar verdammt unangenehm: Je später es ist, desto mehr Krawall machen sie beim Hinaufgehen; die Leute, die schlafen wollen, sind ihnen vollkommen egal! ... Es konnte nur er sein; ich hörte, wie die Frau ihn mehrmals anredete. Sie sagte zu ihm ... oh, es ist mir zuwider, es zu wiederholen ...«

»Nun sag schon.«

»Sie sagte: ›Vincent, mein Leben, mein Geliebter, oh, verlassen Sie mich nicht!‹«

»Sie siezte ihn?«

»Ja. Ist das nicht eigenartig?«

»Erzähl weiter.«

»›Sie haben nicht mehr das Recht, mich zu verlassen. Was soll aus mir werden? Wohin soll ich gehen? So sagen Sie doch etwas. Oh, sprechen Sie mit mir.‹ Sie nannte ihn wieder bei seinem Namen und wiederholte: ›Mein Geliebter, mein Geliebter‹, mit immer traurigerer und leiserer Stimme. Und dann hörte ich ein Geräusch (sie mussten auf halber Treppe sein) – ein Geräusch, als fiele etwas zu Boden. Ich glaube, sie warf sich auf die Knie.«

»Und er antwortete nicht?«

»Er muss die letzten Stufen hinaufgegangen sein; ich hörte, wie die Wohnungstür ins Schloss fiel. Die Frau blieb dort noch lange, ganz in der Nähe, beinahe vor meiner Tür. Ich hörte sie schluchzen.«

»Du hättest aufmachen sollen.«

»Ich habe mich nicht getraut. Vincent wäre wütend, wenn

er erführe, dass ich mich in seine Angelegenheiten einmische. Und dann hatte ich Angst, es könnte ihr peinlich sein, wenn man sie beim Weinen überraschte. Ich weiß nicht, was ich ihr hätte sagen sollen.«

Bernard hatte sich Olivier zugewandt.

»An deiner Stelle hätte ich aufgemacht.«

»Meine Güte, du traust dich immer alles. Jeden Einfall führst du gleich aus.«

»Soll das ein Vorwurf sein?«

»Nein, ich beneide dich.«

»Hast du eine Ahnung, wer diese Frau sein könnte?«

»Wie soll ich das wissen? Gute Nacht.«

»Sag ... bist du sicher, dass Georges uns nicht gehört hat?«, flüstert Bernard Olivier ins Ohr. Sie lauschen einen Moment.

»Nein, er schläft«, meint Olivier, mit normaler Stimme, »und er hätte auch nichts verstanden. Weißt du, was er Papa neulich gefragt hat? ... Warum die ...«

Da hält es Georges nicht mehr aus; er setzt sich in seinem Bett auf und fällt seinem Bruder ins Wort: »Du Blödian«, schreit er, »hast du denn nicht begriffen, dass es Absicht war? ... Meine Güte, ja, ich habe alles gehört, was ihr gesagt habt; oh, regt euch nur nicht auf. Das von Vincent wusste ich schon lange. Nur, ihr Süßen, versucht jetzt, euch etwas leiser zu unterhalten, denn ich bin müde. Oder seid still.«

Olivier dreht sich zur Wand. Bernard, der wach liegt, sieht sich im Zimmer um. Im Mondlicht erscheint es größer. Er kennt es nur flüchtig. Olivier hält sich unter Tags nie dort auf; die wenigen Male, die Bernard bei ihm eingeladen war, blieben sie oben in der Wohnung. Der Mondschein hat inzwischen das Fußende des Bettes erreicht, in dem Georges endlich eingeschlafen ist; er hat fast alles gehört, was sein Bruder erzählte; nun hat er genügend Stoff zum Träumen. Über seinem Bett kann man ein kleines Regal aus zwei Brettern erkennen, auf dem Schulbücher stehen. Auf einem Tisch, neben Oliviers

Bett, sieht Bernard ein großes Buch; er streckt den Arm aus und nimmt es, um den Titel zu lesen: *Tocqueville*; doch als er es auf den Tisch zurücklegen will, fällt das Buch hinunter, und das Geräusch weckt Olivier.

»Liest du jetzt Tocqueville?«

»Dubac hat mir das geliehen.«

»Gefällt es dir?«

»Es ist ziemlich langatmig. Aber es sind einige gute Gedanken drin.«

»Hör zu. Was machst du morgen?«

Morgen, Donnerstag, haben die Gymnasiasten frei. Er fragt sich, ob er seinen Freund noch einmal treffen könnte. In die Schule will er nicht mehr gehen; er meint, sich die letzten Stunden sparen und sein Examen allein vorbereiten zu können.

»Morgen«, sagt Olivier, »gehe ich um halb zwölf zur Gare Saint-Lazare, an den Zug aus Dieppe, um meinen Onkel Édouard zu begrüßen, der aus England zurückkommt. Am Nachmittag, um drei, treffe ich Dhurmer am Louvre. Den Rest des Tages muss ich lernen.«

»Deinen Onkel Édouard?«

»Ja, den Halbbruder von Mama. Er war sechs Monate fort, und ich kenne ihn eigentlich nur flüchtig; aber ich mag ihn sehr gerne. Er weiß nicht, dass ich zum Bahnhof komme, und ich habe ein bisschen Angst, ihn nicht wiederzuerkennen. Er hat mit meiner übrigen Familie überhaupt keine Ähnlichkeit; er ist so in Ordnung.«

»Was macht er?«

»Er ist Schriftsteller. Ich habe fast alle seine Bücher gelesen; aber er hat schon lange nichts mehr veröffentlicht.«

»Romane?«

»Ja; eine Art Romane.«

»Warum hast du mir nie von ihm erzählt?«

»Weil du seine Bücher hättest lesen wollen; und wenn du sie nicht gemocht hättest …«

»Nun, sag schon.«

»Es hätte mir wehgetan. Ganz einfach.«

»Woher willst du wissen, dass er in Ordnung ist?«

»Ich kann es auch nicht erklären. Ich habe dir ja gesagt, dass ich ihn kaum kenne. Es ist eher ein Gefühl. Ich merke, dass er sich für viele Dinge interessiert, die meine Eltern nicht interessieren, und dass man mit ihm über alles sprechen kann. Einmal, kurz vor seiner Abreise, hat er bei uns zu Mittag gegessen. Während er sich mit meinem Vater unterhielt, spürte ich, dass er mich ständig ansah, und es begann mir unangenehm zu werden, ich wollte schon hinausgehen – es war im Esszimmer, wo wir nach dem Kaffee noch saßen –, da fing er an, meinem Vater Fragen über mich zu stellen, was mir noch unangenehmer war; und plötzlich ist Papa aufgestanden, um das Gedicht zu holen, das ich gerade geschrieben und ihm blöderweise gezeigt hatte.«

»Ein Gedicht von dir?«

»Ja doch; du kennst es; es erinnerte dich an den *Balcon*. Ich wusste, dass es nichts taugte oder jedenfalls nicht viel, und war furchtbar wütend, dass Papa davon anfing. Während Papa das Gedicht holen ging, waren Onkel Édouard und ich eine Weile allein im Zimmer, und ich merkte, dass ich knallrot wurde; ich wusste nicht, was ich sagen sollte; ich sah weg – er übrigens auch; er drehte sich eine Zigarette; dann erhob er sich – wahrscheinlich, um mir die Situation zu erleichtern, denn er hatte gesehen, dass ich rot wurde – und sah zum Fenster hinaus. Er pfiff vor sich hin. Plötzlich sagte er zu mir: ›Es ist mir noch viel unangenehmer als dir.‹ Aber ich glaube, er sagte es nur aus Höflichkeit. Schließlich kam Papa zurück; er überreichte das Gedicht Onkel Édouard, der zu lesen begann. Ich war so außer mir, dass ich ihn beschimpft hätte, wenn er mir etwas Schmeichelhaftes gesagt hätte. Papa wartete ganz offensichtlich darauf – auf etwas Schmeichelhaftes; und da mein Onkel nichts sagte, fragte er: ›Und? Was hältst du davon?‹ Doch mein Onkel erwiderte lachend: ›Es ist mir unangenehm, mit ihm darüber in deiner Gegenwart zu sprechen.‹ Da musste Papa auch lachen und ging hinaus. Und als wir wieder allein waren, sagte er mir, er fände mein Gedicht sehr schlecht; und ich war froh, dass er das sagte; doch am glücklichsten war ich, als er dann auf zwei Verse deutete, die einzigen, die mir an meinem Gedicht gefielen; er hat mich angelächelt und gesagt: ›Die, die sind gut.‹ Ist das nicht in Ordnung? Und wenn du wüsstest, in welchem Ton er es gesagt hat! Ich hätte ihn am liebsten umarmt. Dann hat er mir gesagt, es sei ein Fehler, von einer Idee auszugehen, ich ließe mich nicht genügend von den Worten leiten. Ich habe zuerst nicht viel damit anfangen können; aber ich glaube, ich begreife jetzt, was er sagen wollte – und dass er recht hat. Ich erkläre dir das ein andermal.«

»Jetzt verstehe ich, dass du ihn begrüßen willst.«

»Dabei habe ich dir kaum etwas erzählt, und ich weiß nicht, warum ich gerade das erzählt habe. Wir haben noch über so viele andere Dinge gesprochen.«

»Halb zwölf, sagst du? Woher weißt du, dass er mit diesem Zug kommt?«

»Weil er Mama eine Postkarte geschrieben hat; und dann habe ich im Fahrplan nachgesehen.«

»Geht ihr zusammen Mittag essen?«

»Nein, nein, ich muss um zwölf wieder hier sein. Ich kann ihm nur schnell guten Tag sagen; aber das genügt mir ... Ah, sag mir noch, bevor wir schlafen: Wann sehe ich dich wieder?«

»Erst in ein paar Tagen. Erst, wenn ich was gefunden habe.«

»Wirklich ... Wenn ich dir nur helfen könnte.«

»Mir helfen? Nein. Das gilt nicht. Das wäre gemogelt. Schlaf gut.«

IV

Mein Vater war ein Dummkopf, meine Mutter aber hatte Geist; sie war Quietistin, war eine sanfte kleine Frau, die immer zu mir sagte: »Mein Sohn, Ihr seid in alle Ewigkeit verdammt.« Und sie machte sich keinerlei Sorgen deswegen.
FONTENELLE

Nein, nicht zu seiner Geliebten war Vincent Molinier jede Nacht unterwegs. Wenn er sich auch rasch entfernt, folgen wir ihm. Von der Wohnung am Anfang der Rue Notre-Dame-des Champs läuft Vincent bis zur Rue Saint-Placide hinunter, die deren Verlängerung bildet; dann in die Rue du Bac, in der zu so später Stunde noch einzelne Bürger unterwegs sind. In der Rue de Babylone macht er vor einer Einfahrt halt, und das Tor öffnet sich für ihn. Es ist das Haus des Comte de Passavant. Käme Vincent nicht häufiger hierher, beträte er solch ein prachtvolles Palais nicht mit dieser Selbstverständlichkeit. Der Lakai, der ihm öffnet, durchschaut im Übrigen das Gehabe, hinter dem Vincent seine Schüchternheit verbirgt. Vincent händigt ihm seinen Hut nicht aus, sondern wirft ihn in großem Bogen auf einen Sessel. Und das, obwohl er noch gar nicht lange in diesem Haus verkehrt. Robert de Passavant, der sich neuerdings als sein Freund bezeichnet, ist der Freund aller möglichen Leute. Ich weiß nicht genau, woher Vincent und er sich kennen. Aus dem Gymnasium vielleicht, auch wenn Robert de Passavant deutlich älter ist als Vincent; sie hatten sich einige Jahre aus den Augen verloren, sich dann, kürzlich, eines Abends im Theater wiedergetroffen, als Olivier seinen Bruder ausnahmsweise begleitete; während der Pause hatte Passavant sie beide zu einem Eis eingeladen; bei dieser Gelegenheit hatte er auch erfahren, dass Vincent gerade sein Praktikum abschloss und noch zögerte, sich als Assistenzarzt zu bewerben;

die Wissenschaft reizte ihn eigentlich mehr als die praktische Medizin; doch die Notwendigkeit, sich seinen Unterhalt zu verdienen … Kurz, Vincent war bald darauf bereitwillig auf Passavants Vorschlag eingegangen, gegen Bezahlung jeden Abend nach dessen altem Vater zu sehen, der noch an den Folgen einer schweren Operation litt: Es handelte sich um das Erneuern von Verbänden, um heikle Sondierungen, Spritzen, allerlei, das fachkundige Hände erforderte. Abgesehen davon hatte der Vicomte aber Vincent auch noch in ganz anderer Absicht angesprochen, und Vincent hatte ebenfalls noch andere Gründe, das Angebot anzunehmen. Roberts geheimen Absichten wollen wir später nachspüren; was Vincent anbelangt, so ging es um Folgendes: Er war in großer Geldverlegenheit. Wenn man das Herz am rechten Fleck hat und eine anständige Erziehung schon früh ein gewisses Verantwortungsgefühl geweckt hat, dann hängt man einer Frau kein Kind an, ohne sich ihr gegenüber verpflichtet zu fühlen, vor allem, wenn diese Frau ihren Mann verlassen hat, um dem Geliebten zu folgen. Vincent war bisher ein recht unbescholtener junger Mann gewesen. Sein Abenteuer mit Laura erschien ihm daher, je nach der Tageszeit, bald monströs, bald ganz natürlich. Viele kleine Vorfälle, die jeder für sich ganz harmlos und natürlich wären, können sich allzu leicht zu einer monströsen Summe addieren. Das führte er sich unterwegs immer wieder vor Augen, doch half es ihm nicht aus seinen Schwierigkeiten heraus. Gewiss hatte er nie daran gedacht, ein Leben lang für diese Frau zu sorgen, sie nach einer Scheidung zu heiraten oder sie, ohne sie zu heiraten, bei sich zu behalten; er musste sich eingestehen, dass er für sie keine tiefe Neigung empfand; doch er wusste, dass sie in Paris völlig mittellos dastand; er hatte ihr Unglück herbeigeführt: Also schuldete er ihr zumindest Hilfe in der größten Not – doch nicht einmal dazu war er in der Lage, heute weniger als gestern und weniger noch als vor ein paar Tagen. Denn vorige Woche besaß er noch die fünftausend Francs, die seine Mutter mühsam und geduldig zusammengespart hatte, um ihm den Aufbau seiner Praxis zu erleichtern; diese fünftausend Francs hätten doch genügt für die Niederkunft seiner Geliebten, ihre Unterbringung in einer Klinik und die erste Versorgung des Kindes. Auf welchen Dämon hatte er nur gehört? Dieser Geldbetrag, den er ihr übereignen wollte, dieser ihr zugedachte, für sie bestimmte Betrag, den er niemals hätte antasten dürfen – welcher Dämon nur flüsterte ihm eines Abends ein, der reiche nicht? Nein, Robert de Passavant war es nicht. Robert hatte nie dergleichen gesagt; doch sein Vorschlag, Vincent in einen Salon zum Glücksspiel mitzunehmen, fiel gerade auf diesen Abend. Und Vincent war darauf eingegangen.

Das Gefährliche an dieser Spielhölle war, dass die vornehme Welt dort auf freundschaftlichem Fuß verkehrte. Robert machte seinen Freund Vincent bald mit diesem, bald mit jenem bekannt. Vincent konnte an seinem ersten Abend nicht viel setzen, weil er nicht darauf vorbereitet war. Er trug fast nichts bei sich und nahm auch die paar Scheine nicht an, die der Vicomte ihm leihen wollte. Doch da er gewann, reute es ihn, nicht höher gesetzt zu haben, und er schwor sich, am nächsten Abend wiederzukommen.

»Jetzt kennt man Sie; nun können Sie ohne mich hingehen«, sagte Robert.

Es wurde bei Pierre de Brouville, den alle einfach Pedro nannten, gespielt. Seit jenem Abend stand für Robert de Passavants neuen Freund der Wagen bereit. Meist erschien Vincent gegen elf und plauderte bei einer Zigarette eine Viertelstunde lang mit Robert, ging dann in die obere Etage und blieb bald länger, bald kürzer bei dem Comte, je nach dessen Befinden, Laune und Geduld; dann brachte ihn das Auto in die Rue Saint-Florentin, zu Pedro, von wo man ihn nach einer Stunde wieder abholte, um ihn heimzufahren, zwar nicht bis an die Haustür, denn er wollte nicht gesehen werden, aber bis an die Ecke.

Auf der Treppe vor der Wohnung der Moliniers hatte vorletzte Nacht Laura Douviers auf ihn gewartet, bis drei Uhr morgens, denn so lange blieb er aus. Vincent war in jener Nacht übrigens nicht bei Pedro gewesen. Seit zwei Tagen gab es nichts mehr zu verspielen. Von den fünftausend Francs war kein Sou übriggeblieben. Er hatte Laura davon in Kenntnis gesetzt; er hatte ihr geschrieben, dass er nichts mehr für sie tun könne; dass er ihr rate, zu ihrem Mann oder zu ihrem Vater zurückzukehren und alles zu gestehen. Doch ein Geständnis schien Laura nun nicht mehr möglich, sie konnte es auch gar nicht kühlen Kopfes in Betracht ziehen. Die Beschwörungen ihres Liebhabers erfüllten sie mit Empörung, bis die Empörung der Verzweiflung wich. In diesem Zustand fand Vincent sie. Laura hatte ihn festhalten wollen; er hatte sich aus ihrer Umarmung befreit. Gewiss hatte er sein von Natur aus weiches Herz verhärten müssen, doch da er mehr begehrt als geliebt hatte, fiel es ihm nicht schwer, sich diese Härte wie eine Pflicht aufzuerlegen. Er hatte nichts auf ihr Flehen und Klagen erwidert; Laura aber war, als Vincent die Tür vor ihr verschloss, auf der Treppe zusammengesunken, wie der lauschende Olivier Bernard später erzählte, und hatte noch lange in der Dunkelheit geschluchzt.

Diese Nacht lag nun mehr als vierzig Stunden zurück. Vincent war einen Abend nicht bei Robert de Passavant gewesen, denn dessen Vater schien es deutlich besser zu gehen; am nächsten Abend war ein Telegramm gekommen. Robert rief ihn zu sich. Als Vincent eintraf, saß Robert wie gewöhnlich in seinem Arbeits- und Rauchzimmer, das er sich ganz in seinem Stil eingerichtet und ausgestattet hatte, und streckte ihm beiläufig, ohne sich zu erheben, über die Schulter hinweg die Hand entgegen.

Robert arbeitet noch. Der Schreibtisch, an dem er sitzt, ist mit Büchern beladen. Die auf den mondbeschienenen Garten hinausgehende Fenstertür vor ihm steht weit offen. Robert spricht mit Vincent, ohne sich umzuwenden.

»Wissen Sie, was ich da verfasse? ... Aber Sie dürfen nicht darüber sprechen. Nicht wahr, das schwören Sie mir ... Das Manifest zur ersten Nummer von Dhurmers Zeitschrift. Natürlich unterzeichne ich es nicht, wo ich doch auf mich ein Loblied singe ... Es spricht sich noch früh genug herum, dass ich die Zeitschrift finanziere, wozu an die große Glocke hängen, dass ich auch Artikel schreibe ... Also: Stillschweigen! ... Ach, apropos: Hatten Sie nicht gesagt, dass Ihr jüngerer Bruder schreibt? Wie sagten Sie doch gleich, ist sein Name?«

»Olivier«, antwortet Vincent.

»Ach ja, Olivier, es war mir entfallen ... So nehmen Sie doch Platz. Hier auf diesem Sessel. Ist Ihnen auch nicht kühl? Soll ich das Fenster schließen? ... Er macht Gedichte, nicht wahr? Er sollte sie mir einmal zeigen. Natürlich kann ich nichts versprechen, aber es würde mich doch sehr wundern, wenn sie nichts taugten ... Er wirkt sehr aufgeweckt, Ihr Bruder. Man merkt sofort, dass er über vieles Bescheid weiß. Ich würde mich gerne einmal mit ihm unterhalten. Bestellen Sie ihm, dass er vorbeikommen soll. Ja? Ich zähle auf Sie. Eine Zigarette?« – und er hält ihm sein silbernes Etui hin.

»Gerne.«

»Hören Sie zu, Vincent, ich habe mit Ihnen ein ernstes Wort zu reden. Was für ein Leichtsinn von Ihnen, neulich ... und von mir übrigens auch. Ich möchte nicht behaupten, dass es ein Fehler war, Sie zu Pedro mitzunehmen; doch ich fühle mich ein bisschen dafür verantwortlich, dass Sie Ihr Geld verloren haben. Mir ist es zuzuschreiben, dass Sie ohne Mittel dastehen. Ich weiß nicht, ob das Gewissensbisse sind, aber ich versichere Ihnen, es geht mir auf den Magen und raubt mir den Schlaf. Mir will auch die arme Frau nicht aus dem Kopf, von der Sie mir erzählt haben ... Doch ich will mich nicht einmischen; rühren wir nicht daran, das ist sakrosankt. Was ich sagen wollte: Ich möchte Ihnen zu gerne, ja ich muss Ihnen einfach die Summe bereitstellen, die Sie verloren haben. Es waren fünftausend Francs, nicht wahr? Die sollen Sie abermals zur Verfügung haben. Noch einmal, Sie haben diese Summe durch meine Schuld verloren; ich bin sie Ihnen schuldig; Sie sind mir zu keinem Dank verpflichtet. Wenn Sie gewinnen, erstatten Sie mir die Auslagen. Wenn nicht, halb so schlimm, dann sind wir quitt. Gehen Sie heute Abend wieder zu Pedro, wie immer. Das Auto wird Sie hinbringen; dann werde ich abgeholt und zu Lady Griffith gebracht, wo wir uns nachher treffen wollen. Ich rechne mit Ihnen, nicht wahr? Das Auto wird wieder bei Pedro vorbeikommen.«

Er öffnet eine Schublade, nimmt fünf Scheine heraus und reicht sie Vincent: »Ziehen Sie los.«

»Aber, Ihr Vater.«

»Ah, das habe ich Ihnen gar nicht gesagt: Er ist gestorben, vor …« Er zieht die Uhr heraus und ruft: »Donnerwetter, schon so spät! Bald Mitternacht … Beeilen Sie sich. – Ja, vor ungefähr vier Stunden.«

Er sagt dies ohne jede Aufregung, ja geradezu ungerührt.

»Und Sie bleiben nicht hier, um …?«

»Um bei ihm zu wachen?«, unterbrach ihn Robert. »Nein; mein kleiner Bruder hat das übernommen; er ist oben mit unserem alten Kindermädchen, das sich mit dem Verstorbenen besser verstand als ich …«

Dann fügt er, da Vincent sich nicht von der Stelle rührt, hinzu: »Hören Sie, lieber Freund, ich möchte Ihnen nicht zynisch erscheinen, aber ich hasse konfektionierte Gefühle. Ich hatte mir daher meine Sohnesliebe selbst zurechtgeschneidert – die allerdings etwas weit geriet und die ich bald enger machen musste. Seit ich lebe, hat mich der Alte nur Ärger, Schwierigkeiten und Kränkungen gekostet. Wenn er sich auch nur das kleinste bisschen Zärtlichkeit bewahrte, dann hat er mich jedenfalls nichts davon spüren lassen. Meine kindliche Zuneigung wurde in einem Alter, in dem man noch zutraulich ist, mit einer Härte vergolten, aus der ich gelernt habe. Sie haben es ja selbst gesehen, als Sie ihn pflegten ... Hat er jemals danke schön gesagt? Hat er je einen einzigen Blick, das winzigste Lächeln für Sie übrig gehabt? Er glaubte immer, all das stünde ihm von Rechts wegen zu. Oh, er hatte Charakter, wie man es nennt! Ich glaube, meine Mutter hatte sehr unter ihm zu leiden, obwohl er sie liebte – falls er jemals wirklich liebte. Ich glaube, alle in seinem Umkreis hatten unter ihm zu leiden, seine Bediensteten, seine Hunde, seine Pferde, seine Mätressen; seine Freunde nicht, denn er hatte keine. Sein Tod lässt jedermann aufatmen. Er war, glaube ich, wie man so sagt, ein Mann ›von hohen Verdiensten‹; nur habe ich nie herausfinden können, auf welchem Gebiet. Er war sehr intelligent, daran besteht kein Zweifel. Im Grunde empfand ich für ihn eine gewisse Bewunderung und empfinde sie noch heute. Aber von wegen das Taschentuch hervorholen ... Krokodilstränen weinen ... nein, so ein Kind bin ich nicht mehr. Also los! Machen Sie schnell, und in einer Stunde treffen wir uns wieder bei Lilian. – Was? Sie genieren sich, weil Sie nicht im Smoking sind? Wie dumm von Ihnen! Warum denn? Wir werden unter uns sein. Na gut, ich verspreche Ihnen, mich auch nicht umzuziehen. Abgemacht. Nehmen Sie noch eine Zigarre für den Weg. Und schicken Sie das Auto schnell zurück; es wird Sie dann wieder abholen.«

Er sah Vincent nach, zuckte die Achseln und ging zum Umziehen in sein Zimmer, wo der Abendanzug auf dem Sofa bereitlag.

In einem Zimmer im ersten Stock ruht der alte Comte auf dem Totenbett. Man hat ein Kruzifix auf seine Brust gelegt, doch seine Hände darüber nicht gefaltet. Ein mehrere Tage alter Bart mildert die Strenge seines energischen Kinns. Die Querfalten, die seine Stirn unter dem grauen Bürstenhaar furchen, wirken weniger tief und angespannt. Die Augen liegen eingesunken unter dem Bogen der buschigen Brauen. (Gerade weil wir ihn nicht wiedersehen sollen, betrachte ich ihn so genau.) Am Kopfende des Bettes steht ein Sessel, in dem Séraphine, das alte Kindermädchen, eben noch saß. Nun hat sie sich erhoben. Sie tritt an den Tisch, dessen altmodische Petroleumlampe das Zimmer schwach erhellt; die Lampe muss hochgeschraubt werden. Ihr Schirm lenkt das Licht auf das Buch, in dem der junge Gontran liest …

»Sie sind müde, Monsieur Gontran. Sie sollten zu Bett gehen.« Gontran sieht mit sanftem Blick zu Séraphine auf. Sein blondes Haar, das er sich aus der Stirn streicht, fällt weich über seine Schläfen. Er ist fünfzehn Jahre alt; noch spricht aus seinen mädchenhaften Zügen nur Zärtlichkeit und Zuneigung.

»Und du?«, antwortet er. »Du solltest dich schlafen legen, meine arme Fine. Schon letzte Nacht bist du fast die ganze Zeit auf den Beinen gewesen.«

»Oh, ich bin es gewohnt aufzubleiben; und dann habe ich auch tagsüber geschlafen, während Sie …«

»Nein, lass nur. Ich bin nicht müde; und es tut mir gut, mich hier meinen Gedanken zu überlassen und zu lesen. Ich habe Papa so wenig gekannt; ich glaube, ich könnte mich später nicht mehr an ihn erinnern, wenn ich ihn mir jetzt nicht genau ansehe. Ich werde bei ihm wachen, bis es Tag wird. Fine, wie lange bist du eigentlich schon bei uns?«

»Ich bin ein Jahr vor Ihrer Geburt gekommen; und Sie sind nun bald sechzehn Jahre alt.«

»Kannst du dich noch an Mama erinnern?«

»Ob ich mich an Ihre Mama erinnere? Was für eine Frage! Es ist, als ob Sie mich fragten, ob ich noch weiß, wie ich heiße. Natürlich erinnere ich mich an Ihre Mama.«

»Auch ich kann mich noch ein bisschen an sie erinnern, aber nicht sehr gut … ich war erst fünf Jahre alt, als sie starb … Sag … sprach Papa viel mit ihr?«

»Das kam auf den Tag an. Ihr Papa war nicht sehr gesprächig; und er hatte es nicht gerne, wenn man ihn ansprach. Etwas mehr als in der letzten Zeit redete er aber. – Doch wir wollen nicht an Vergangenes rühren und es dem lieben Gott überlassen, über all das zu urteilen.«

»Glaubst du wirklich, dass der liebe Gott sich um all das kümmert, meine gute Fine?«

»Wenn es nicht der liebe Gott machte, wer sollte es dann tun?« Gontran drückt seine Lippen auf Séraphines abgearbeitete Hand.

»Weißt du was? Du könntest doch wirklich zu Bett gehen. Ich verspreche dir, dich zu wecken, wenn es hell wird; und dann lege ich mich schlafen. Bitte.«

Sobald Séraphine ihn allein gelassen hat, fällt Gontran am Fuß des Bettes auf die Knie; er verbirgt sein Gesicht in den Laken, doch er kann nicht weinen; sein Herz ist zu keiner Aufwallung fähig. Seine Augen bleiben zum Verzweifeln trocken. Da erhebt er sich. Er betrachtet dieses undurchdringliche Gesicht. Er würde gerne, in diesem feierlichen Moment, irgendetwas Erhabenes und Außerordentliches empfinden, eine Stimme aus dem Jenseits hören, wollte in durchgeistigte, übersinnliche Regionen gelangen – doch seine Gedanken haften am Boden. Er betrachtet die blutleeren Hände des Toten und fragt sich, wie lange die Nägel wohl noch wachsen werden. Er nimmt Anstoß daran, dass die Hände nicht gefaltet sind. Er möchte sie einander annähern, möchte sie um das Kruzifix schließen. Ja, das ist eine gute Idee. Er malt sich aus, wie erstaunt Séraphine sein wird, wenn sie die gefalteten Hände des Toten sieht, und genießt jetzt schon ihr Erstaunen; gleich aber macht er sich Vorwürfe deswegen. Trotzdem beugt er sich über das Bett. Er greift nach dem hinteren Arm des Toten. Der Arm ist schon steif und will nicht nachgeben. Gontran möchte ihn zwingen, sich zu beugen, doch der ganze Körper bewegt sich mit. Er nimmt den anderen Arm, der scheint ihm biegsamer. Gontran hat die Hand beinahe dort, wo sie hin soll; er nimmt das Kruzifix und versucht, es zwischen den Daumen und die übrigen Finger zu schieben, damit sie es halten; doch als er das kalte

Fleisch berührt, schwinden ihm die Sinne. Er fürchtet, ohnmächtig zu werden. Am liebsten würde er Séraphine rufen. Er lässt alles, wie es ist – das Kruzifix schief auf dem zerdrückten Leichentuch, den Arm, der an seinen ursprünglichen Platz zurückgleitet –, und in der großen Totenstille hört er plötzlich ein furchterregendes »Herrgott noch mal«, bei dem er zusammenzuckt, als habe es ein anderer ausgestoßen ... Er dreht sich um, nein: da ist niemand. Ihm selbst, der nie flucht, ist dieser laute Fluch entfahren. Er setzt sich hin und vertieft sich wieder in sein Buch.

V

Nie drang ein Stachel in diese Seele, diesen Körper.
SAINTE-BEUVE

Lilian hatte sich aufgesetzt und fuhr mit der Hand durch Roberts kastanienbraunes Haar.

»Es lichtet sich schon, mein Freund. Geben Sie acht: Sie sind kaum dreißig. Eine Glatze steht Ihnen nicht zu Gesicht. Sie nehmen das Leben zu ernst.«

Robert legt den Kopf zurück und lächelt sie an: »Nicht, wenn ich bei Ihnen bin, Gnädigste.«

»Haben Sie Molinier aufgefordert herzukommen?«

»Ja; da Sie mich darum gebeten haben.«

»Und ... haben Sie ihm das Geld geliehen?«

»Fünftausend Francs, wie versprochen – die er gerade bei Pedro verliert.«

»Wieso verliert?«

»Verlassen Sie sich darauf. Ich habe ihn am ersten Abend gesehen. Er macht alles verkehrt.«

»Vielleicht hat er dazugelernt ... Heute Abend gewinnt er, wollen wir wetten?«

»Wenn Sie unbedingt wollen.«

»Sie tun ja so, als wollte ich Ihnen das als Buße aufzwingen. Wenn Sie keine Lust haben, lassen Sie es bleiben.«

»Seien Sie nicht gleich böse. Also, einverstanden: Wenn er gewinnt, bekommen Sie die fünftausend. Aber wenn er verliert, halte ich mich an Sie. Abgemacht?«

Sie drückte eine Klingel: »Bringen Sie Tokajer und drei Gläser.« Und zu Robert: »Und wenn er genau mit den fünftausend Francs wiederkommt, lassen wir sie ihm, nicht wahr? Falls er weder verliert noch gewinnt ...«

»Das kommt niemals vor. Sonderbar, wie sehr Sie sich für ihn interessieren.«

»Sonderbar, dass Sie nicht interessiert sind.«

»Sie sind verliebt in ihn, deshalb finden Sie ihn interessant.«

»Verliebt bin ich, mein Lieber! Ihnen kann man so was ja eingestehen. Aber davon kommt es nicht. Im Gegenteil: Mein Gefühl pflegt abzukühlen, wenn der Verstand angesprochen ist.«

Der Diener brachte den Wein und die Gläser auf einem Tablett herein.

»Jetzt trinken wir beide auf unsere Wette, und nachher trinken wir mit dem Gewinner.«

Sie ließen sich den Wein einschenken und stießen an.

»Ich finde Ihren Vincent todlangweilig«, begann Robert wieder. »Oh! ›Meinen‹ Vincent! ... Als ob nicht Sie ihn angebracht hätten! Außerdem sollten Sie nicht überall herumerzählen, dass er sie langweilt. Man fände zu leicht heraus, warum Sie dennoch Verkehr mit ihm pflegen.«

Robert wandte den Kopf ab und küsste Lilians nackten Fuß, den sie zurückzog und unter ihrem Fächer verbarg.

»Soll ich erröten?«, sagte er.

»Meinetwegen brauchen Sie es nicht versuchen. Es misslänge ohnedies.«

Sie leerte ihr Glas und meinte dann: »Soll ich Ihnen etwas sagen, mein Lieber? Sie haben alle Tugenden des Literaten: Sie sind eitel, scheinheilig, ehrgeizig, wendig, egoistisch ...«

»Sie verwöhnen mich.«

»Ja, das ist alles wunderbar. Aber einen guten Romancier werden Sie nie abgeben.«

»Und wieso? ...«

»Weil Sie nie zuhören.«

»Mir scheint, ich höre Ihnen sehr wohl zu.«

»Pah! Er ist kein Literat und kann viel besser zuhören. Doch wenn wir beide allein sind, werde ich zur Zuhörerin.«

»Er kann doch überhaupt nicht reden.«

»Weil Sie ihm keine Gelegenheit geben. Ich kenne Sie: Sie lassen ihn keine zwei Worte anbringen.«

»Ich weiß im Voraus, was er zu erzählen hat.«

»Glauben Sie wirklich? Sie wissen also über seine Affäre mit dieser Frau Bescheid?«

»Ach, Liebesgeschichten sind das Langweiligste von der Welt!«

»Ich mag es auch, wenn er mir aus der Naturgeschichte erzählt.«

»Naturgeschichte! Das ist noch langweiliger als Liebesgeschichten. Er hat Ihnen also einen Vortrag gehalten?«

»Wenn ich wiederholen könnte, was er gesagt hat ... Es ist faszinierend, mein Lieber. Er hat mir alles Mögliche über das Leben im Meer erzählt. Und für Meerestiere habe ich mich schon immer begeistert. Stellen Sie sich vor, dass jetzt in Amerika Schiffe mit eingelassenen Fenstern gebaut werden, in denen man auf dem Meeresgrund einen Rundblick hat. Das muss großartig sein. Man sieht lebende Korallen und ... und ... – wie heißen sie doch gleich? – Madreporen, Schwämme, Algen, Fischschwärme ... Vincent sagt, manche Fischarten gehen ein, wenn das Wasser bald mehr, bald weniger salzig ist; es gibt aber auch welche, denen das nichts ausmacht und die sich am Rand großer Strömungen aufhalten, dort, wo das Salz abnimmt, um die anderen, wenn sie matt werden, zu erbeuten. Sie sollten sich das von ihm erzählen lassen ... Ich versichere

Ihnen, es ist sehr fesselnd. Er ist großartig, wenn er ins Erzählen kommt. Sie würden ihn nicht wiedererkennen … Doch Ihnen gelingt es nicht, ihn zum Reden zu bringen … Und nicht anders ist es, wenn er von seiner Affäre mit Laura Douviers spricht … Ja, das ist der Name dieser Frau … Wissen Sie, wie er sie kennengelernt hat?«

»Hat er Ihnen das erzählt?«

»Mir erzählt man alles. Das sollten Sie doch wissen, Sie kleines Scheusal«, und sie liebkoste mit den Federn ihres geschlossenen Fächers sein Gesicht. »Hätten Sie vermutet, dass er seit dem Abend, als Sie ihn mitgebracht haben, jeden Tag hier war?«

»Jeden Tag! Nein, das hätte ich nicht gedacht.«

»Am vierten Tag hat er es nicht mehr ausgehalten; er hat mir alles erzählt. Und dann hat er jeden Tag noch Einzelheiten hinzugefügt.«

»Und das langweilte Sie nicht! Ich bewundere Sie.«

»Wenn ich dir doch sage, dass ich ihn liebe!« Und sie ergriff leidenschaftlich seinen Arm.

»Und er … er liebt diese Frau?«

Lilian begann zu lachen: »Er liebte sie. Oh, zuerst musste ich so tun, als ginge mir ihr Schicksal sehr nahe. Ich musste sogar mit ihm gemeinsam Tränen vergießen. Dabei war ich entsetzlich eifersüchtig auf sie. Das ist jetzt vorbei. Lass dir erzählen, wie es angefangen hat: Sie waren beide zur Kur in Pau, in einem Sanatorium, in das man sie geschickt hatte, mit Verdacht auf Tuberkulose. In Wirklichkeit hatte keiner von ihnen etwas Ernstliches. Doch sie mussten sich beide für schwer krank halten. Sie kannten sich nicht. Sie sahen sich zum ersten Mal, als sie auf der Terrasse nebeneinander in ihren Liegestühlen lagen, gemeinsam mit anderen Kranken, die den ganzen Tag lang an der frischen Luft ruhten, um sich auszuheilen. Da sie sich zum Sterben verurteilt glaubten, dachten sie, alles, was sie täten, bliebe folgenlos. Vincent machte immer wieder geltend, dass ihnen nur noch ein Monat gegeben sei; und es war Frühling. Sie war dort unten ganz allein. Ihr Mann hat in England einen kleinen Posten als Französischprofessor. Sie hatte sich von ihm trennen müssen, um nach Pau zu gehen, als sie drei Monate verheiratet waren. Er hatte sich jeden Bissen vom Mund abgespart, um sie dorthin schicken zu können. Er schrieb ihr jeden Tag. Sie ist jung und kommt aus einer hochanständigen Familie; sehr streng erzogen, sehr zurückhaltend, sehr sittsam. Aber dort unten im Süden ... Ich weiß auch nicht, was Vincent ihr gesagt haben mag, aber am dritten Tag gestand sie ihm, dass sie zwar mit ihrem Mann geschlafen und er sie besessen habe, sie aber nicht wisse, was die Lust sei.«

»Und er, was hat er da gesagt?«

»Er hat ihre Hand genommen, die neben dem Liegestuhl herabhing, und sie lange gegen seine Lippen gepresst.«

»Und Sie, was haben Sie gesagt, als er Ihnen das erzählte?«

»Ich! Oh, es ist furchtbar ... stellen Sie sich vor, ich bekam einen Lachanfall. Ich konnte nicht an mich halten und auch nicht wieder aufhören ... Weniger über die Geschichte musste ich lachen als über das teilnehmende und untröstliche Gesicht, das ich aufgesetzt hatte, um ihn zum Weiterreden zu bewegen. Ich wollte mir mein heimliches Vergnügen doch nicht anmerken lassen. Im Grunde war es ja alles sehr erhaben und traurig. Und er war so ergriffen, während er mit mir sprach! Er hatte all das noch niemandem erzählt. Selbst seine Eltern wissen von nichts.«

»Sie sollten die Romane schreiben!«

»Sie sagen es, mein Lieber, allein, in welcher Sprache! Auf Russisch, auf Englisch oder auf Französisch, ich werde mich nie entscheiden können ... Kurz, in der folgenden Nacht hat er seine neue Freundin in ihrem Zimmer besucht und ihr alles gezeigt, was sie bei ihrem Mann nicht gelernt hatte, und ich glaube, es war ein guter Unterricht. Nur haben sie natürlich keinerlei Vorsichtsmaßnahmen getroffen, da sie ja nicht mehr lange leben würden, und ebenso natürlich begann es ihnen bald, dank der Liebe, deutlich besser zu gehen. Als sie dann merkte, dass sie schwanger sein musste, waren sie beide fassungslos. Das ist nun einen Monat her. Es begann heiß zu werden. Pau ist im Sommer unerträglich. Gemeinsam fuhren sie nach Paris zurück. Ihr Mann vermutet sie bei ihren Eltern, die eine Schülerpension in der Nähe des Luxembourg haben; doch wagt sie nicht, ihnen unter die Augen zu treten. Ihre Eltern hingegen vermuten sie in Pau; lange kann das nicht mehr gutgehen. Vincent hatte anfangs geschworen, sie nicht im Stich zu lassen; er wollte irgendwohin gehen mit ihr, nach Amerika, in die Südsee. Doch dazu brauchten sie Geld. In diesem Moment ist er Ihnen begegnet und begann zu spielen.«

»Er hat mir nichts von alledem erzählt.«

»Sagen Sie ihm bloß nicht, dass ich mit Ihnen darüber gesprochen habe! ...« Sie hielt inne, lauschte: »Ich dachte, da wäre er schon ... Er sagte, auf der Fahrt von Pau nach Paris fürchtete er um ihren Verstand. Sie hatte soeben erst begriffen, dass sie schwanger war. Außer ihnen war niemand im Abteil; sie saß ihm gegenüber. Seit dem Morgen hatte sie kein Wort gesprochen; er hatte für die Abreise alles allein regeln müssen; sie ließ es geschehen; sie schien ihre Umgebung nicht mehr wahrzunehmen. Er nahm ihre Hände in die seinen; doch sie starrte verstört ins Leere, als sähe sie ihn gar nicht, nur ihre Lippen bewegten sich. Er beugte sich vor. Sie flüsterte: ›Einen Liebhaber! Einen Liebhaber! Ich habe einen Liebhaber!‹ Das wiederholte sie, im selben Tonfall, immer wieder. Und immer nur dies eine Wort, als habe sie alle anderen vergessen ... Ich versichere Ihnen, mein Lieber, als er mir das erzählte, war mir überhaupt nicht mehr zum Lachen zumute. In meinem ganzen Leben habe ich nichts Ergreifenderes gehört. Immerhin merkte ich, dass all das von ihm abfiel, je länger er darüber sprach. Man könnte sagen, seine Gefühle verblichen bei seinen Worten. Man könnte sagen, er war meiner Rührung dafür dankbar, ihn seiner Empfindungen zu entheben.«

»Ich weiß nicht, wie Sie das auf Russisch oder Englisch sagen würden, doch seien Sie versichert, so klingt es wunderbar.«

»Danke, ich wusste es. Und dann hat er angefangen, von der Naturgeschichte zu sprechen; und ich habe versucht, ihn zu überzeugen, dass es ein Unding sei, die wissenschaftliche Laufbahn der Liebe zu opfern.«

»Mit anderen Worten, Sie haben ihm geraten, seine Liebe der Laufbahn zu opfern. Und Sie wollen ihm diese Liebe ersetzen?« Lilian antwortete nicht.

»Diesmal ist er es wirklich«, erklärte Robert und erhob sich. »Schnell noch ein Wort, bevor er kommt. Mein Vater ist heute Nachmittag gestorben.«

»Ah!«, sagte sie nur.

»Was hielten Sie davon, Comtesse de Passavant zu werden?«

Lilian warf sich zurück und brach in schallendes Gelächter aus.

»Aber, mein Lieber ... ich glaube mich doch zu erinnern, irgendwo in England einen Ehemann zu haben. Was! Hatte ich Ihnen das denn nicht erzählt?«

»Wohl nicht.«

»Irgendwo existiert ein Lord Griffith.«

Comte de Passavant, der den Titel seiner Freundin nie für echt gehalten hatte, lächelte.

Und Lilian weiter: »Sagen Sie mal. Kommen Sie auf diesen Gedanken, um Ihren Lebenswandel zu kaschieren? Nein, mein Lieber, nein. Bleiben wir, was wir sind: gute Freunde. Nicht wahr?« Und sie reichte ihm die Hand zum Kuss.

»Dachte ich es mir doch«, rief Vincent von der Tür aus. »Er ist im Frack, der Verräter.«

»Ich hatte ihm versprochen, mich nicht umzukleiden, damit er sich in seinem Sakko nicht schämen muss«, sagte Robert.

»Verzeihen Sie, lieber Freund, aber mir ist plötzlich wieder eingefallen, dass ich in Trauer bin.«

Vincent trug den Kopf hoch erhoben, ganz strahlender Sieger. Als er hereinkam, war Lilian aufgesprungen. Sie blickte ihn einen Augenblick lang prüfend an, dann stürzte sie außer sich vor Freude auf Robert los und bearbeitete, einen Freudentanz vollführend, seinen Rücken mit den Fäusten (Lilian ist mir ziemlich zuwider, wenn sie sich so kindisch benimmt). »Er hat seine Wette verloren!«, schrie sie. »Er hat seine Wette verloren!«

»Welche Wette?«, fragte Vincent.

»Er hatte gewettet, dass Sie wieder verlieren würden. Heraus damit: Wie viel haben Sie gewonnen?«

»Ich habe mit fünfzigtausend heldenmütig und entschlossen mein Spiel abgebrochen und das Feld geräumt.«

Lilian kreischte vor Vergnügen.

»Bravo! Bravo! Bravo!«, schrie sie. Dann fiel sie Vincent um den Hals, und er spürte mit jeder Fiber ihren geschmeidigen, exotischen Sandelholzduft verströmenden Leib, indes Lilian ihn küsste, auf die Stirn, auf die Wangen, auf die Lippen. Vincent machte sich taumelnd los. Er zog ein Bündel Banknoten aus der Tasche.

»Da haben Sie Ihren Vorschuss zurück«, sagte er und reichte Robert fünf Scheine.

»Die gehören nun Lady Lilian.«

Robert reichte ihr die Scheine, die sie auf den Diwan warf. Sie war außer Atem. Sie trat auf den Balkon, um Luft zu schöpfen. Es war jene zwielichtige Stunde, in der die Nacht sich ihrem Ende zuneigt und der Teufel die Rechnung aufmacht. Kein Laut war draußen zu hören. Vincent hatte sich auf den Diwan gesetzt. Lilian drehte sich um und duzte ihn zum ersten Mal: »Und was wirst du nun tun?«

Er stützte den Kopf in die Hände und sagte fast schluchzend: »Ich weiß es nicht.«

Lilian trat zu ihm und legte ihm die Hand auf die Stirn. Er sah auf: Seine Augen waren trocken und glühten. »Wir wollen erst einmal trinken«, sagte sie und füllte die drei Gläser mit Tokajer.

Und als sie getrunken hatten: »Jetzt müsst ihr gehen. Es ist spät, ich kann nicht mehr.« Sie geleitete die beiden ins Vorzimmer, ließ – Robert ging voran – einen kleinen metallenen Gegenstand in Vincents Hand gleiten und flüsterte: »Geh mit ihm hinaus, und komm in einer Viertelstunde wieder.«

Sie rüttelte den schlummernden Lakai am Arm: »Leuchten Sie den Herren.«

Die Treppe lag im Dunkeln; es wäre wohl einfacher gewesen, das elektrische Licht anzudrehen; Lilian aber wünschte, dass stets ein Diener ihre Gäste fortgehen sah.

Der Lakai zündete die Kerzen eines großen Leuchters an und hielt ihn vor sich in die Höhe, um Robert und Vincent hinabzugeleiten. Roberts Auto wartete vor dem Tor, das der Lakai wieder absperrte.

»Ich glaube, ich gehe zu Fuß nach Hause. Ich muss mir ein bisschen Bewegung verschaffen, um mein Gleichgewicht wiederzufinden«, sagte Vincent, als Robert den Schlag öffnete und ihn mit einer Geste zum Einsteigen aufforderte.

»Soll ich Sie wirklich nicht nach Hause bringen?« Und unvermutet griff Robert nach Vincents linker Hand, die zur Faust geschlossen war. »Machen Sie die Hand auf. Na los! Zeigen Sie mir, was da drin ist.«

Vincent war naiv genug, Roberts Eifersucht zu fürchten. Er errötete, während er die Finger löste. Ein kleiner Schlüssel fiel auf den Bürgersteig. Robert hob ihn schnell auf und betrachtete ihn; lachend gab er ihn Vincent zurück.

»Wahrhaftig!«, sagte er und zuckte die Achseln. Ins Auto steigend, wandte er sich nach Vincent um, der betreten dastand: »Heute ist doch Donnerstag. Sagen Sie Ihrem Bruder, dass ich ihn ab vier Uhr nachmittags erwarte«, und schon hatte er den Wagenschlag zugeworfen, ohne Vincent Zeit zu einer Antwort zu lassen.

Das Auto fuhr weg. Vincent ging die paar Schritte am Quai entlang, dann über die Seine, kam zu dem Teil der Tuilerien, der außerhalb des Gitters liegt, trat an ein kleines Bassin, tauchte sein Taschentuch ins Wasser und kühlte sich Stirn und Schläfen. Danach lief er langsam zu Lilians Domizil zurück. Verlassen wir ihn, während der Teufel amüsiert beobachtet, wie er den kleinen Schlüssel geräuschlos ins Schloss steckt …

Zur gleichen Stunde schläft Laura, seine verlassene Geliebte, in einem tristen Hotelzimmer nach langem Weinen, langem Stöhnen schließlich ein. Auf dem Deck des Schiffes, das ihn nach Frankreich zurückbringt, liest Édouard im ersten Morgenlicht noch einmal den Brief, den er von ihr erhalten hat, ein trauriger Brief, in dem sie um Hilfe fleht. Schon ist das heimatliche Gestade in Sicht, ein geschärftes Auge kann es durch den morgendlichen Dunst erkennen. Nicht eine Wolke am Himmel, an dem Gottes Auge lächeln wird. Das Lid des rosigen Horizonts hebt sich schon. Wie heiß es in Paris sein wird! Doch es ist Zeit, wieder nach Bernard zu sehen, der gerade in Oliviers Bett erwacht.

VI

We are all bastards;
And that most venerable man which I
Did call my father, was I know not where
When I was stamp'd.
SHAKESPEARE

Bernard hat einen wirren Traum gehabt. Wovon er geträumt hat, weiß er nicht mehr. Er will sich auch nicht erinnern, sondern aus dem Traum herausfinden. In die Wirklichkeit zurückgekehrt, spürt er die beengende Nähe von Oliviers Körper. Sein

Freund war, während sie schliefen, oder wenigstens während Bernard schlief, an ihn herangerückt – das schmale Bett lässt auch nicht viel Platz – und hatte sich zu ihm herumgedreht; jetzt liegt er auf der Seite, und sein warmer Atem kitzelt Bernards Nacken. Bernard trägt nur ein Unterhemd; Oliviers Arm liegt auf ihm und drückt in seine Haut. Bernard zweifelt einen Moment, ob sein Freund wirklich schläft. Sachte macht er sich los. Ohne Olivier zu wecken, steht er auf, zieht sich an und legt sich wieder in das Bett. Es ist noch zu früh, um aufzubrechen. Vier Uhr. Die Dunkelheit beginnt eben erst zu weichen. Noch eine Stunde will er ruhen, Kraft schöpfen, um dem Tag tapfer entgegenzutreten. Doch er findet keinen Schlaf mehr. Bernard betrachtet die blauenden Scheiben, die grauen Wände des kleinen Zimmers, das eiserne Bett, in dem Georges unruhig träumt.

»Jetzt gleich«, denkt er, »gehe ich meinem Schicksal entgegen, meinem Abenteuer! All dem, was geschehen, dem Unerwarteten, das mir begegnen muss. Ich weiß nicht, ob es anderen auch so geht, doch sobald ich wach bin, fühle ich mich den Schläfern überlegen. Olivier, mein Freund, ich ziehe los ohne deinen Gruß. Auf, auf, tapferer Bernard. Es ist Zeit.«

Er feuchtet einen Handtuchzipfel an und reibt sich das Gesicht ab; streicht seine Haare glatt; zieht sich die Schuhe an. Leise öffnet er die Tür. Hinaus!

Ah! Wie erquickend die Luft ist, die noch niemand geatmet hat! Bernard läuft am Gitter des Luxembourg entlang; dann die Rue Bonaparte hinunter, erreicht die Quais, geht über die Seine. Er denkt an seine neue Lebensregel, die er vor kurzem so formuliert hat: »Wenn du es nicht machst, wer dann? Wenn nicht jetzt, wann dann?« Er denkt: »Etwas Großes tun«; es scheint ihm, als sei der Moment ganz nah. »Etwas Großes«, wiederholt er im Weitergehen. Wenn er nur wüsste, was! ... Vorläufig weiß er nur, dass er Hunger hat: Er ist in der Nähe der Markthallen. Er hat vierzehn Sous in der Tasche, nicht einen Sou mehr. Er betritt eine Stehbar; verlangt einen Milchkaffee und ein Croissant. Kostenpunkt: zehn Sous. Es bleiben noch vier; kühn lässt er zwei auf dem Tresen liegen, die letzten zwei gibt er einem Habenichts, der im Abfall herumsucht. Mildtätigkeit? Herausforderung des Schicksals? Egal. Jetzt fühlt er sich wie ein König. Was kostet die Welt? »Ich überlasse alles meinem Schicksal«, denkt er. »Wenn es mir nur gegen Mittag ein schönes kurzgebratenes Roastbeef serviert, werde ich schon mit ihm einig werden.« (Gestern Abend hatte er nichts gegessen.) Die Sonne steht schon hoch. Bernard läuft wieder zu den Quais. Er fühlt sich leicht; wenn er geht, scheint es ihm, als schwebe er.

Er lässt seinen Gedanken freien Lauf: »Dass man so lange an einer Sache festhalten muss«, überlegt er sich, »macht das Leben so schwierig. Fünfzehn Jahre habe ich an die Liebe meiner Mutter zu dem, den ich Vater nannte, geglaubt; ja, noch gestern glaubte ich daran. Und erst meine Mutter, die kann an ihrer Liebe weiß Gott nicht lange festgehalten haben. Ich wüsste nur gerne: Verachte ich sie oder liebe ich sie dafür, dass sie aus ihrem Sohn einen Bastard gemacht hat? ... Ach, so genau will ich es eigentlich gar nicht wissen. Die Gefühle für unsere Erzeuger gehören zu den Dingen, über die man sich besser nicht allzu sehr den Kopf zerbricht. Was den Gehörnten angeht, ist es ganz einfach: So lange ich denken kann, habe ich ihn gehasst; heute muss ich zugeben, dass es nicht besonders verdienstvoll war – und das ist das Einzige, was ich bedauere. Man stelle sich vor: Hätte ich nicht die Schublade aufgebrochen, ich hätte mein Leben lang geglaubt, dass ich dem Vater gegenüber unnatürliche Gefühle hegte! Was für eine Erleichterung, Bescheid zu wissen! ... Und wer sagt eigentlich, dass ich die Schublade aufgebrochen habe, ich hatte gar nicht vor, sie zu öffnen ... Außerdem waren da mildernde Umstände: zuerst einmal diese entsetzliche Langeweile an jenem Tag! Und dann diese Neugierde, diese ›verhängnisvolle Neugierde‹, wie

Fénelon sagt. Die habe ich ganz bestimmt von meinem wahren Vater geerbt, denn die Familie Profitendieu ist nicht die Spur neugierig. Ich kenne niemanden, der mehr der Neugierde ermangelte als der Herr Gemahl meiner Mutter; höchstens die Kinder, die er mit ihr gezeugt hat. Mit ihnen will ich mich auch noch beschäftigen, aber erst, wenn ich etwas im Magen habe … Die Marmorplatte eines Tischchens anheben und feststellen, dass die Schublade aufklafft, das ist schließlich nicht dasselbe wie ein Schloss aufbrechen. Ich schnüffle nicht herum. Jeder kann doch mal die Platte eines Tisches hochheben. Theseus muss in meinem Alter gewesen sein, als er den Felsen hochhob. Nur war bei dem Tisch immer die Pendeluhr im Weg. Ich wäre nie auf den Gedanken gekommen, die Platte hochzuheben, hätte ich nicht die Pendeluhr reparieren wollen … Bloß liegen nicht bei jedem Waffen oder die Briefe einer verbotenen Liebe darunter. Und wenn schon! Dass ich es entdeckt habe, darauf kommt es an. Nicht jeder kann sich wie Hamlet den Luxus einer Geistererscheinung leisten. Hamlet! Eigenartig, wie der Standpunkt wechselt, je nachdem, ob man die Frucht des Unrechts oder die der Legitimität ist. Ich werde darauf zurückkommen, wenn ich etwas im Magen habe … War es schlecht von mir, die Briefe zu lesen? Wenn es schlecht von mir gewesen wäre … nein, dann hätte ich Gewissensbisse. Und wenn ich die Briefe nicht gelesen hätte, so lebte ich weiter dahin in Unwissenheit, Verlogenheit und Unterwerfung. An die Luft, Bernard, ins Weite hinaus. ›Bernard! Bernard, diese ungestüme Jugend …‹, würde Bossuet sagen. Lass sie auf dieser Bank Platz nehmen, Bernard. Wie schön es heute Morgen ist! An manchen Tagen scheint die Sonne die Erde wirklich zu streicheln. Ich würde gewiss ein Gedicht machen, wenn ich einen Moment meine Sorgen vergessen könnte.«

Auf der Bank ausgestreckt, vergaß er sie so gründlich, dass er einschlief.

VII

Die schon hoch stehende Sonne scheint durchs offene Fenster herein und streichelt die Fußsohle Vincents, der auf dem breiten Bett neben Lilian ruht. Lilian, die nicht merkt, dass er wach ist, richtet sich auf, betrachtet ihn und wundert sich über seine sorgenvolle Miene.

Lady Griffith liebte Vincent vielleicht, doch ihre Liebe galt seinem Erfolg. Vincent war groß, schön, schlank, wusste aber nicht, wie man sich zu halten hat, wie man sitzt, wie man sich erhebt. Sein Gesicht war ausdrucksvoll, doch er kämmte sein Haar falsch. Vor allem seinen kühnen, unbeirrbaren Verstand bewunderte sie; er besaß gewiss große Kenntnisse, doch an Lebensart schien es ihm zu fehlen. Mit den Gefühlen einer Liebenden und Mutter beugte sie sich über dieses große Kind, das zu formen sie entschlossen war. Ihr Werk, ihre Skulptur sollte er werden. Sie zeigte ihm, wie er sich die Nägel pflegen und sein Haar, das er zurückgekämmt trug, seitlich scheiteln sollte, damit seine halb verdeckte Stirn blasser und höher wirkte. Auch hatte sie seine billigen kleinen Fertigbinder durch geschmackvolle Krawatten ersetzt. Lady Griffith liebte Vincent offenbar; doch duldete sie es nicht, wenn er schweigsam war oder »seinen Moralischen hatte«, wie sie es nannte.

Sanft streicht sie Vincent mit dem Finger über die Stirn, als wolle sie seine Falte glätten, jene doppelte Kerbe, die sich zwischen den Brauen als zwei steile Furchen eingräbt und beinahe gequält wirkt.

»Wenn du Schuldgefühle, Sorgen, Gewissensbisse mit dir herumschleppst, brauchst du nicht wiederzukommen«, murmelt sie, über ihn gebeugt.

Vincent schließt fest die Augen. Lilians siegesgewisser Blick blendet ihn wie grelles Licht.

»Hier ist es wie in einer Moschee; man zieht vor der Tür die Schuhe aus, um keinen Schmutz hereinzutragen. Wenn du meinst, ich wüsste nicht, woran du denkst!« Und als Vincent ihr die Hand auf den Mund legen will, setzt sie sich energisch zur Wehr: »Nein, lass mich ernsthaft mit dir reden. Ich habe lange nachgedacht über das, was du mir neulich erzählt hast. Es heißt zwar, Frauen könnten nicht denken, doch du wirst sehen, das gilt nicht für alle ... Was du mir über das Kreuzen erzählt hast ... dass man nichts Brauchbares erhält, wenn man alles mischt, dass man auslesen muss ... Stimmt's, ich habe die Lektion behalten! ... Also, heute Morgen scheinst du mir an deiner Brust ein Ungeheuer zu nähren, eine lächerliche Missgeburt, die du nie entwöhnen wirst: die Kreuzung einer Bacchantin mit dem Heiligen Geist. Nicht wahr? ... Du verabscheust dich dafür, Laura sitzengelassen zu haben: Diese Falte verrät es mir. Wenn du zu ihr zurück willst, sage es bitte gleich, und geh; dann hätte ich mich in dir getäuscht, und ich ließe dich ohne Bedauern ziehen. Wenn du aber bei mir bleiben willst, lege diese Leichenbittermiene ab. Du erinnerst mich an manche Engländer: Je unabhängiger ihr Denken wird, desto mehr klammern sie sich an die Moral; und das geht so weit, dass die schlimmsten Puritaner ausgerechnet unter ihren Freidenkern zu finden sind ... Du hältst mich für herzlos? Da täuschst du dich: Ich verstehe sehr wohl, dass du Mitleid mit Laura hast. Allein, was willst du dann hier?«

Und als Vincent sich abwandte: »Hör zu: Du gehst jetzt ins Badezimmer und versuchst, deine Sorgen wegzuduschen. Ich läute schon einmal nach dem Tee, ja? Und wenn du wieder da bist, will ich dir etwas erklären, das du dir offenbar noch nicht klargemacht hast.«

Er hatte sich erhoben. Sie sprang ihm nach.

»Aber zieh dich noch nicht an. Im Schrank rechts vom Badeofen findest du Burnusse, Haiks, Pyjamas ... such dir einfach etwas aus.«

Zwanzig Minuten später erschien Vincent in einer Dschellaba aus pistaziengrüner Seide.

»Oh! Warte, warte!«, rief Lilian entzückt. »Lass dich herrichten.« Sie holte aus einer orientalischen Truhe zwei breite, auberginefarbene Schals hervor, band Vincent den dunkleren als Gürtel und den anderen als Turban um.

»Meine Stimmung hat immer die Farbe meiner Kleider.« (Sie hatte einen purpurroten, silbern durchwirkten Pyjama angelegt.) »Ich erinnere mich an einen Tag in San Francisco, als ich noch ganz klein war; man steckte mich in schwarze Kleider, weil eine Schwester meiner Mutter gestorben sei; eine alte Tante, die ich nie gesehen hatte. Den ganzen Tag lang habe ich geweint; ich war traurig, so traurig; ich bildete mir ein, dass ich großen Kummer hätte, dass meine Tante mir entsetzlich fehlte ... einfach nur, weil ich Schwarz trug. Wenn heutzutage die Männer ernster sind als die Frauen, dann weil sie dunkler gekleidet sind. Nicht wahr, du hast nun schon ganz andere Gedanken als vorhin. Setz dich hier aufs Bett; und wenn du deine Tasse Tee und den Wodka getrunken und zwei oder drei Sandwiches gegessen hast, werde ich dir eine Geschichte erzählen. Sag es mir, wenn ich anfangen kann ...«

Lilian kauert sich auf den Bettvorleger zwischen Vincents Beine wie eine ägyptische Stele, das Kinn auf den Knien. Nachdem sie ihrerseits etwas getrunken und gegessen hat, beginnt sie: »Erinnerst du dich noch an den Tag, als die *Bourgogne* unterging? Ich war damals auf dem Schiff. Siebzehn Jahre war ich, und damit weißt du auch, wie alt ich heute bin. Ich war eine ausgezeichnete Schwimmerin; und um dir zu beweisen, dass mein Herz durchaus zu rühren ist, will ich dir sagen, dass zwar mein erster Gedanke war, mich selbst zu retten, mein zweiter aber den anderen galt. Ja, ich bin nicht einmal sicher, ob dies nicht mein erster Gedanke war. Oder vielmehr, ich glaube, ich dachte gar nichts; nichts ist mir mehr zuwider als jemand, der nur an sich selber denkt in solchen Momenten; oder doch: kreischende Frauen. Ins erste Rettungsboot kamen fast nur Frauen mit Kindern; und einige davon schrien so, dass man glaubte, den Verstand zu verlieren. Das Rettungsmanöver klappte dann auch sehr schlecht, weil das Boot, anstatt flach aufzusetzen, mit dem Bug ins Meer eintauchte und die Insassen hinausgeworfen wurden, bevor sich das Boot mit Wasser füllte. Dies spielte sich im Lichtkreis von Fackeln, Laternen und Scheinwerfern ab. Du kannst dir nicht vorstellen, wie unheimlich es war. Die Wogen waren so hoch, dass dort, wo das Licht nicht hingelangte, jenseits der Wellenberge, alles in tiefem Dunkel verschwand. Nie habe ich intensiver gelebt; doch zum Nachdenken kam ich wohl ebenso wenig wie ein Neufundländer, der sich ins Wasser stürzt. Ich kann mir nicht mehr erklären, was sich zugetragen hat; ich weiß nur, dass mir in dem Rettungsboot ein fünf oder sechs Jahre altes Mädchen aufgefallen war, eine goldige Kleine. Sie zu retten, war ich entschlossen, als ich das Boot kentern sah. Erst war sie noch bei ihrer Mutter; doch die konnte nicht gut schwimmen; und außerdem war ihr, wie immer in solchen Fällen, der Rock im Weg. Ich dagegen muss automatisch meine Kleider ausgezogen haben; schon rief man mich für das nächste Boot auf. Ich muss eingestiegen sein; und dann bin ich wohl von diesem Boot aus ins Meer gesprungen; ich erinnere mich nur noch, dass ich ziemlich lange mit dem Kind geschwommen bin und dass es sich an meinen Hals klammerte. Es war außer sich vor Angst und drückte mir die Kehle zu, so dass ich keine Luft bekam. Glücklicherweise hatte man uns vom Rettungsboot aus gesehen und auf uns gewartet oder war zu uns hingerudert. Aber das ist es gar nicht, weshalb ich dir die Geschichte erzähle. Eines vor allem steht mir noch heute lebendig vor Augen und hat sich meinem Gedächtnis und meinem Herzen unauslöschlich eingeprägt: In unserem Boot waren, nachdem noch mehrere verzweifelte Schwimmer so wie ich aufgenommen worden waren, etwa vierzig Leute zusammengepfercht. Das Wasser reichte fast bis zum Bootsrand. Ich war hinten am Heck und presste das Mädchen, das ich eben gerettet hatte, an mich, um es zu wärmen, und auch, um es nicht sehen zu lassen, was ich mit ansehen musste: zwei Seeleute, der eine mit einem Beil, der andere mit einem Küchenmesser – und weißt du, was sie taten? … Sie schnitten die Finger, die Handgelenke der Schwimmer durch, die nach den Seilen griffen, um in unser Boot zu klettern. Der eine der Seeleute (der andere war ein Schwarzer) drehte sich nach mir um, weil meine Zähne vor Kälte, vor Entsetzen und Grauen aufeinanderschlugen. »Wenn nur noch ein Einziger in unser Boot steigt, sind wir alle hin. Das Boot ist voll.« Und er fügte hinzu, bei allen Schiffbrüchen sei man gezwungen, so zu handeln; aber man spreche natürlich nicht davon.

Da muss ich ohnmächtig geworden sein; jedenfalls setzt meine Erinnerung aus, wie wenn man nach einem lauten Knall eine Weile gehörlos ist. Als ich dann an Bord der X., die uns aufgenommen hatte, wieder zu mir kam, begriff ich, dass ich eine andere geworden war, nie mehr das sentimentale junge Mädchen von vorher sein würde; ich begriff, dass ein Teil meiner selbst mit der *Bourgogne* versunken war, dass ich von nun an einem Haufen zarter Gefühle die Finger und die Handgelenke abhacken würde, damit sie nicht in mein Boot klettern und mein Herz versenken.« Sie beobachtete Vincent aus den Augenwinkeln und bog den Oberkörper nach hinten: »Das sollte man sich zur Gewohnheit machen.«

Da ihr locker zusammengehaltenes Haar sich löste und auf ihre Schultern hinabfiel, erhob sie sich, trat an den Spiegel und richtete, weitersprechend, ihre Frisur: »Als ich wenig später aus Amerika fortging, war ich das Goldene Vlies, das seinen Eroberer sucht. Ich mag mich manchmal getäuscht haben; ich mag Fehler gemacht haben … und vielleicht mache ich heute wieder einen, wenn ich mich dir in dieser Weise anvertraue. Aber bitte bilde dir nicht ein, du hättest mich schon erobert, nur weil ich mich dir hingegeben habe. Eines lass dir gesagt sein: Ich hasse alles Mittelmäßige und kann nur einen Sieger lieben. Mich besitzt du nur, wenn du willst, dass ich dir zum Sieg verhelfe. Wenn du bedauert, getröstet, verhätschelt werden willst … dann sage ich dir gleich: nicht ich bin die Richtige für dich, mein Freund, sondern Laura.«

Sie sagte das alles, ohne sich umzudrehen, immer noch mit ihrer Haarflut beschäftigt; doch Vincent begegnete ihrem Blick im Spiegel.

»Erlaube mir, dass ich dir erst heute Abend antworte«, erwiderte er und erhob sich, um seine orientalischen Gewänder gegen den Straßenanzug einzutauschen. »Jetzt muss ich schnell nach Hause, damit ich meinen Bruder Olivier noch treffe; ich muss ihm dringend etwas sagen.«

Er gebrauchte diesen Vorwand, um sich einen guten Abgang zu sichern; als er aber näher trat, wandte Lilian sich um, lächelnd und so schön, dass er zögerte: »Es sei denn, ich hinterlasse ihm eine Nachricht, die er beim Mittagessen bekommt.«

»Redet ihr viel miteinander?«

»Beinahe gar nicht. Nein, es handelt sich um eine Einladung für heute Abend, die ich ihm übermitteln soll.«

»Von Robert … *Oh! I see …*«, sagte sie mit einem eigenartigen Lächeln. »Über den müssen wir auch noch sprechen … Also, geh schnell. Aber sei um sechs Uhr zurück, denn um sieben holt er uns mit dem Wagen ab, wir wollen zum Abendessen in den Bois hinausfahren.«

Auf dem Heimweg überlässt sich Vincent seinen Gedanken; er macht die Erfahrung, dass einen nach der Sättigung der Begierden, als hätte sie sich mit der Lust eingeschlichen und sich hinter ihr versteckt, Verzweiflung überfallen kann.

VIII

Frauen kann man lieben,
oder kennen; ein Drittes
gibt es nicht.
CHAMFORT

Im Schnellzug nach Paris liest Édouard in Passavants neuestem Buch *Das Turnreck*, das er im Bahnhof von Dieppe gekauft hat. Wahrscheinlich hat man ihm das Buch in Paris längst zugestellt; doch er will unbedingt jetzt gleich hineinsehen. Es ist in aller Munde. Von seinen eigenen Büchern hat noch keines die Ehre gehabt, bis in die Bahnhofskioske zu gelangen. Er hat gehört, dass man nur die und die Schritte unternehmen müsse, und schon sei man im Sortiment; doch darauf kann er verzichten. Er sagt sich, ihm liege nichts daran, seine Bücher in den Kiosken zu sehen, muss sich das jedoch abermals vorsagen, als Passavants Buch dort steht. Alles, was Passavant tut, und all das Getue um ihn, reizt Édouard: zum Beispiel diese Kritiken, die das Buch in den Himmel heben. Man könnte es für böse Absicht halten: Alle drei Zeitungen, die er, kaum an Land gegangen, kauft, enthalten ein Loblieb auf *Das Turnreck*. In einer vierten ist eine Zuschrift Passavants abgedruckt, seine Entgegnung auf eine kürzlich in dieser Zeitung erschienene Kritik, die etwas weniger schmeichelhaft ausgefallen war als die anderen; Passavant verteidigt sich und erläutert sein Buch. Diese Zuschrift ärgert Édouard noch mehr als die Besprechungen. Unter dem Vorwand, die Leser aufzuklären, beeinflusst Passavant sie geschickt. Von Édouards Büchern hat noch keines so viele Besprechungen bekommen; schließlich hat Édouard es stets abgelehnt, um das Wohlwollen der Kritiker zu buhlen. Wenn diese ihm die kalte Schulter zeigen, so ist ihm das gleichgültig. Doch als er sieht, was für Kritiken das Buch seines Rivalen bekommen hat, muss er sich abermals vorsagen, dass es ihm gleichgültig ist.

Nicht dass er eine Abneigung gegen Passavant hätte. Sie sind sich mehrmals begegnet, und er fand ihn charmant. Passavant hat sich überdies ihm gegenüber immer äußerst zuvorkommend gezeigt. Doch Passavants Bücher missfallen ihm; er hält sie für billige Mache, nicht für Kunst. Doch genug von Passavant.

Édouard zieht Lauras Brief aus der Jackentasche, jenen Brief, den er an Deck des Schiffes zum zweiten Mal las, und liest ihn aufs Neue:

»Lieber Freund,
als wir uns das letzte Mal sahen – wissen Sie noch, im St. James's Park, kurz vor meiner Abreise in den Süden, am 2. April –, da nahmen Sie mir das Versprechen ab, Ihnen zu schreiben, wenn ich in Bedrängnis sei. Ich halte dieses Versprechen. An wen, wenn nicht an Sie, könnte ich mich wenden? Gerade vor denen, die mir beistehen könnten, muss ich meine Not verbergen. Und ich bin in großer Not, lieber Freund. Was ich in der Zeit ohne Félix erlebt habe, werde ich Ihnen eines Tages vielleicht erzählen. Er hat mich nach Pau begleitet und ist dann seiner Seminare wegen allein nach Cambridge zurückgefahren. Was mir dort unten widerfahren ist, allein und mir selbst überlassen, genesend, im Frühling ... Wie soll ich Ihnen nur beichten, was ich Félix nicht zu sagen vermag? Nun ist der Moment gekommen, zu ihm zurückzukehren. Ach, ich bin nicht wert, ihn wiederzusehen! Die Briefe, die ich ihm schreibe, sind in der letzten Zeit voller Lügen, während jene, die ich von ihm erhalte, voll der Freude darüber sind, dass es mir bessergeht. Wäre ich doch noch krank! Wäre ich doch dort unten gestorben! ... Lieber Freund, ich kann nicht länger daran zweifeln; ich bin schwanger; und das Kind, das ich erwarte, ist nicht von ihm. Ich habe Félix über drei Monate nicht gesehen; ihn kann ich nicht täuschen. Ich wage nicht, zu ihm zurückzukehren. Ich kann es nicht. Ich will es

nicht. Er ist zu gut. Er würde mir gewiss verzeihen, und das verdiene ich nicht, ich will nicht, dass er mir verzeiht. Ich wage nicht, zu meinen Eltern zurückzugehen, die glauben, ich sei noch in Pau. Mein Vater würde mich verdammen, wenn er es erführe, wenn er begriffe. Er würde mich von sich stoßen. Wie kann ich ihm unter die Augen treten bei seiner Sittenstrenge, seinem Abscheu vor dem Bösen, der Lüge und allem Unreinen? Auch möchte ich meiner Mutter und meiner Schwester den Kummer ersparen. Was denjenigen angeht, der ... doch ich will ihn nicht anklagen; er versprach, mir zu helfen, als er noch über die Mittel verfügte. Dann hat er zu meinem Unglück, weil er mir noch nachhaltiger helfen wollte, mit dem Glücksspiel begonnen. Er hat die Summe verloren, die für meinen Unterhalt, für die Niederkunft bestimmt war. Er hat alles verloren. Ich hatte zuerst daran gedacht, irgendwohin zu fliehen mit ihm, bei ihm zu bleiben, nur für eine gewisse Zeit, denn ich wollte ihm weder im Weg sein, noch ihm zur Last fallen; ich hätte dann schon etwas gefunden, um mein Brot zu verdienen; bloß jetzt sofort ist es nicht möglich. Ich glaube ihm, dass er darunter leidet, mich allein zu lassen, und dass er nicht anders handeln kann, darum klage ich ihn nicht an, aber allein lässt er mich dennoch. Ich bin ohne Geld. Ich lebe auf Kredit, in einem kleinen Hotel. Lange kann es so nicht weitergehen. Ich weiß nicht, was aus mir werden soll. Ach, so verlockende Wege konnten nur in Abgründe führen. Ich schreibe Ihnen an die Londoner Adresse, die Sie mir gegeben haben, doch wann wird dieser Brief Sie erreichen? Und dabei hatte ich mich so danach gesehnt, Mutter zu werden! Ich weine den ganzen Tag. Wissen Sie Rat? Sie sind meine letzte Hoffnung. Helfen Sie mir, wenn Sie eine Möglichkeit sehen, und wenn nicht ... Oh, in einem anderen Moment hätte ich mehr Mut gehabt, doch nun sterbe nicht nur ich. Wenn Sie nicht kommen, wenn Sie mir schreiben: ›Ich vermag nichts zu tun‹, werde ich Ihnen keine Vorwürfe machen. Dem Leben will ich nicht allzu sehr nachtrauern und Abschied nehmen von Ihnen, der Sie vielleicht nie verstanden haben, was mir die Freundschaft, die Sie mir schenkten, bedeutete – nie verstanden haben, dass meine Freundschaft zu Ihnen in meinem Herzen einen anderen Namen trug.

LAURA FÉLIX DOUVIERS

P. S.: Bevor ich diesen Brief aufgebe, will ich ihn noch ein letztes Mal sehen. Ich werde heute Abend vor seiner Wohnung auf ihn warten. Wenn Sie diese Zeilen in Händen halten, so ist also wirklich … Adieu, adieu, ich weiß nicht mehr, was ich schreibe.«

Édouard hat diesen Brief am Tag seiner Abreise erhalten. Das heißt, er hat sich noch an dem Morgen, als er ihn bekam, zur Rückfahrt entschlossen. Er hatte ohnedies nicht die Absicht, noch lange in England zu bleiben. Damit will ich nicht unterstellen, er wäre nicht bereit gewesen, allein Lauras wegen nach Paris zurückzukehren; ich sage nur, dass er liebend gerne zurückfährt. Durch seinen Aufenthalt in England ist er in puncto Vergnügen ganz ausgehungert; in Paris wird er als erstes in ein Freudenhaus gehen; und da er dorthin keine persönlichen Papiere mitnehmen möchte, greift er im Gepäcknetz nach seinem Handkoffer und öffnet ihn, um Lauras Brief hineinzustecken.

Dieser Brief gehört nicht zwischen seine Hemden und das Jackett; er greift unter den Kleidern nach einem kartonierten Heft, das in seiner Handschrift bis zur Mitte vollgeschrieben ist; sucht darin, ganz am Anfang des Heftes, jene im vergangenen Jahr verfassten Seiten, zwischen denen Lauras Brief seinen Platz haben wird, und liest sie noch einmal:

Édouards Tagebuch

»18. Oktober.

Laura scheint nicht zu ahnen, wie groß ihr Einfluss auf mich ist; ich aber weiß, da ich bis auf den Grund meines Herzens blicken kann, dass ich bis zum heutigen Tag keine Zeile geschrieben habe, zu der nicht sie mich angeregt hätte. Wenn ich einige Geschicktheit im Ausdruck erworben habe, dann nur, weil die kindliche Offenheit, die sie zeigt, in mir ständig den Wunsch weckt, sie zu unterweisen, sie zu überzeugen, sie mitzureißen. Ich sehe nichts, höre nichts, ohne sogleich zu denken: Was würde sie dazu sagen? Ich streife die eigenen Empfindungen ab und lasse mich ganz von den ihren leiten. Ohne sie, die mir Richtung und Ziel gibt, gewänne meine Person, glaube ich, keine deutlichen Konturen; mein Wesen verdichtet und klärt sich durch sie. Wie bloß konnte ich mich bis zum heutigen Tag der Illusion hingeben, ich formte sie nach meinem Bild? Wo doch im Gegenteil ich es war, der sich ihr anglich; und ich merkte es nicht! Oder vielmehr veränderte sich unser beider Wesen durch eine wunderliche Verschränkung gegenseitiger, liebender Beeinflussung. Unwillkürlich, unbewusst formt sich das Wesen von zweien, die sich lieben, nach den Erwartungen des anderen, sucht jeder der beiden Liebenden dem Idol zu gleichen, dessen er im Herzen des anderen ansichtig wird ... Wer wirklich liebt, kann nicht mehr aufrichtig sein.

So ließ ich mich von einem Trugbild narren. Ihr Wesen beherrschte mein Denken. Ich bewunderte ihren Geschmack, ihre Wissbegier, ihre Freude am Schönen und merkte nicht, dass sie sich einzig aus Liebe zu mir so leidenschaftlich für alles interessierte, von dem sie fühlte, dass es mich begeisterte. Sie machte sich nicht die Mühe, irgendetwas selbst aufzuspüren. Alles, was sie bewunderte, war für sie, wie ich heute begreife, nur ein Ruhebett, worauf es sich ihr Denken neben dem meinen bequem machte; nichts gehorchte einer inneren

Notwendigkeit. ›Ich verschönerte und schmückte mich dir zuliebe mit all dem‹, würde sie sagen. Dabei hätte ich gewünscht, dies sei ihr persönliches Anliegen und entspräche ihrer eigenen Natur. Denn von allem, womit sie ihr Wesen mir zuliebe ausstattete, wird nichts zurückbleiben, nichts wird sie bereuen, nichts wird sie vermissen. Wenn mit der Zeit die geliehenen Gewänder nach und nach abgetragen sind, tritt eines Tages das wahre Wesen wieder hervor; und wer sich in jenes Blendwerk verliebt hatte, drückt nichts als den Aufputz gegen sein Herz, eine Erinnerung ... Kummer, Verzweiflung.

Ach, mit wie viel Tugend, mit welchen Vorzügen habe ich sie geschmückt!

Wie irritierend diese Frage nach der Aufrichtigkeit ist! *Aufrichtigkeit!* Wenn ich dieses Wort gebrauche, habe ich immer ihre Aufrichtigkeit vor Augen. Prüfe ich mich selbst, so verstehe ich nicht mehr, was das Wort besagen soll. Ich bin immer nur das, was ich zu sein glaube – und das ändert sich ständig, so dass die Person, die ich am Morgen bin, häufig die vom Abend nicht wiedererkennen würde, wäre ich nicht da, um sie miteinander bekannt zu machen. Nichts kann verschiedener von mir sein als ich selbst. Nur in der Einsamkeit dringe ich manchmal bis zum Substrat vor und erlange eine gewisse Kontinuität; doch dann ist mir, als verlangsame sich mein Leben, als stünde es still, ja, als hörte ich eigentlich auf zu existieren. Mein Herz schlägt allein durch Sympathie; ich lebe nur durch andere; in procura sozusagen, das Fremde mir aneignend; und nie fühle ich das Leben intensiver, als wenn ich mir selbst entschlüpfe, um irgendein anderer zu werden.

Diese antiegoistische, zur Selbstaufgabe führende Kraft ist so stark, dass sich mein Ichgefühl auflöst – und damit meine Eigenverantwortlichkeit. So jemanden heiratet man nicht. Wie soll ich das Laura nur verständlich machen?

26. Oktober.

Nichts hat für mich eine andere Wirklichkeit als eine *erdichtete* (und ich gebe dem Wort seinen vollen Sinn zurück) – angefangen bei mir selbst. Ich habe manchmal den Eindruck, als existiere ich nicht wirklich, sondern stelle es mir nur vor. Am schwersten fällt es mir, an mein Vorhandensein zu glauben. Mein Ich entzieht sich mir ständig, und wenn ich mir bei meinem Tun zusehe, will mir nicht recht einleuchten, dass derjenige, den ich handeln sehe, identisch sein soll mit dem, der ihm dabei zusieht, erstaunt ist und bezweifelt, dass er Darsteller und Betrachter zugleich sein kann.

Die psychologische Analyse war für mich von dem Tag an nicht mehr von Interesse, an dem ich erkannt habe, dass der Mensch empfindet, was zu empfinden er sich einbildet. Und wenn er sich nur einbildete zu empfinden, was er empfindet … Ich sehe es deutlich an meiner Liebe: Laura lieben oder mir einbilden, dass ich sie liebe – mir einbilden, dass ich sie weniger liebe, oder sie weniger lieben, wer sähe da noch den Unterschied? Im Reich der Empfindungen ist das Wirkliche vom Eingebildeten nicht zu trennen. Und wenn es genügt, sich einzubilden, dass man liebt, um zu lieben, so genügt es auch, sich zu sagen, man bilde sich nur ein zu lieben, wenn man liebt, um sogleich etwas weniger zu lieben, ja, sich etwas von dem Geliebten zu lösen – einige Kristalle aufzulösen. Doch um sich dies sagen zu können, muss man dazu nicht bereits etwas weniger lieben?

So argumentierend, wird X in meinem Buch versuchen, sich von Z zu lösen – und vor allem sie dazu bringen, sich von ihm zu lösen.

28. Oktober.

Alles spricht von der plötzlichen Kristallisation der Liebe. Die allmähliche *Dekristallisation*, von der nie die Rede ist, scheint mir ein weitaus interessanteres psychologisches Phänomen.

Ich denke, man kann sie früher oder später bei jeder Liebesheirat beobachten. Laura dagegen hätte sie (Gott sei Dank) nicht zu befürchten, wenn sie Félix Douviers heiratet, wie es ihr die Vernunft, ihre Familie und ich selbst raten. Douviers ist ein äußerst ehrenwerter, verdienstvoller, in seinem Fach sehr fähiger Lehrer (seine Schüler sollen ihn sehr schätzen) – an dem Laura bei näherem Umgang desto mehr Vorzüge entdecken wird, als sie von vornherein nicht viel von ihm erwartet; ja, wenn sie von ihm spricht, finde ich sogar, dass sie es etwas an Lob fehlen lässt. Douviers ist mehr wert, als sie denkt.

Welch wunderbares Romanthema: wie nach fünfzehn, zwanzig Ehejahren die Dekristallisation zwischen den Eheleuten beiderseits stetig zunimmt! Solange er liebt und geliebt werden will, kann sich der Liebende nicht so zeigen, wie er wirklich ist, und sieht auch den anderen nicht, wie er ist – sieht stattdessen ein selbstgeschaffenes Idol, das er mit allen Vorzügen ausstattet und das er vergöttert.

Folglich habe ich Laura vor sich selbst und vor mir gewarnt. Ich habe ihr zu erklären versucht, dass unsere Liebe keinem von uns beiden ein dauerhaftes Glück bieten könnte. Ich hoffe, sie mehr oder weniger überzeugt zu haben.«

Édouard zuckt die Achseln, klappt das Tagebuch zu, in das er den Brief gesteckt hat, und legt es in den Koffer zurück. Er legt auch seine Brieftasche hinein, nachdem er ihr einen Hundertfrancsschein entnommen hat, genug, bis er seinen Koffer wieder abholt, den er nach der Ankunft an der Gepäckaufbewahrung abgeben will. Zu dumm, dass sich dieser Koffer nicht abschließen lässt oder dass er zumindest den Schlüssel nicht mehr hat, um ihn abzuschließen. Er verliert seine Kofferschlüssel immer. Ach was, die Angestellten bei der Aufbewahrung sind tagsüber viel zu beschäftigt und nie allein. Er wird den Koffer gegen vier Uhr abholen; ihn nach Hause bringen; dann will er Laura trösten und ihr helfen; vielleicht kann er sie zum Abendessen ausführen.

Édouard ist schläfrig; er lässt seine Gedanken schweifen. Er fragt sich, ob er allein aufgrund der Lektüre des Briefes hätte erraten können, dass Laura schwarze Haare hat? Er sagt sich, dass ein Romanschriftsteller durch die übergenaue Beschreibung seiner Figuren die Einbildungskraft eher stört als unterstützt und dass man es dem Leser überlassen sollte, sich die Personen auf seine Art vorzustellen. Er denkt an den Roman, den er schreiben will und der mit keinem seiner bisherigen Bücher vergleichbar sein soll. Er ist nicht sicher, ob der Titel *Die Falschmünzer* gut ist. Es war ein Fehler, ihn schon anzugeben. Absurd, diese Gepflogenheit, was erst »in Vorbereitung« ist, bereits anzukündigen, um die Leser neugierig zu machen. Es macht niemanden neugierig und legt einen nur fest ... Er ist sich auch nicht sicher, ob das Thema so gut ist. Es beschäftigt ihn ständig und schon seit einer geraumen Weile, wenn er auch noch keine Zeile geschrieben hat. Seine Notizen und Überlegungen jedoch trägt er in ein Arbeitsheft ein.

Dieses holt er aus dem Koffer hervor und aus der Jacke einen Füllfederhalter. Er schreibt:

»Den Roman von allen nicht für ihn spezifischen Elementen befreien. So wie die Photographie unlängst der Malerei die Sorge um eine naturgetreue Abbildung abgenommen hat, so wird der Phonograph wohl in Zukunft den Roman jener mitstenographierten Dialoge entheben, derer sich der Realismus oft brüstete. Die äußeren Ereignisse, die Unglücksfälle, das Schockierende sind Domäne des Films; der Roman sollte sie ihm überlassen. Selbst die Beschreibung der Figuren scheint mir durchaus nicht in diese Gattung zu gehören. Ja, ich habe wirklich nicht den Eindruck, dass der *reine* Roman (die Reinheit ist für mich in der Kunst, und überhaupt, das Entscheidende) sich damit befassen sollte. Ebenso wenig, wie das

Drama es tut. Man halte mir nun nicht entgegen, dass der Dramatiker seine Figuren nicht beschreibe, weil der Zuschauer sie ja auf der Bühne in persona vor sich habe; denn wie oft störte uns nicht im Theater der Darsteller und wie litten wir nicht darunter, dass er so wenig dem glich, den wir uns ohne ihn so gut vorgestellt hatten. – Der Romancier vertraut für gewöhnlich viel zu wenig auf die Einbildungskraft des Lesers.«

Welche Station flog da vorbei? Asnières. Er legt das Heft in den Koffer zurück. Doch Passavant will ihm nicht aus dem Kopf. Er holt das Heft wieder heraus. Er fügt hinzu:

»Für Passavant ist das Kunstwerk weniger ein Ziel als ein Mittel. Die künstlerischen Überzeugungen, zu denen er sich bekennt, lassen sich nur deshalb so lautstark verkünden, weil es ihnen an Tiefe fehlt. Kein Schaffensdrang diktiert sie, sie gehorchen dem Diktat der Mode. Die Parole ist: Opportunität.

Das Turnreck. Am schnellsten altert, was um jeden Preis modern sein will. Das Künstliche, dick Aufgetragene wird sich als Falte rächen. Doch den jungen Leuten macht Passavant Eindruck. Was kümmert ihn schon die Zukunft. Er wendet sich an die Generation von heute (immerhin besser, als sich an die von gestern zu wenden) – doch da er nur sie im Auge hat, läuft, was er schreibt, Gefahr, wie sie zu altern. Er ist sich dessen bewusst und rechnet nicht auf Nachruhm; gerade deshalb verteidigt er sich so erbittert, nicht nur gegen einen Angriff, sondern bereits gegen den leisesten Vorbehalt der Kritiker. Wüsste er, dass sein Werk überdauert, ließe er es für sich selbst sprechen und versuchte nicht ständig, es zu rechtfertigen. Was sage ich? Er beglückwünschte sich zu Missverständnissen und ungerechten Urteilen: Desto mehr bleibt für die Kritiker von morgen zu tun.«

Édouard sieht auf die Uhr. Elf Uhr fünfunddreißig. Eigentlich müssten sie schon da sein. Und wenn Olivier womöglich doch am Ausgang stünde? Er rechnet keineswegs damit. Wie durfte er auch nur annehmen, dass Olivier die Postkarte zu Gesicht bekam, auf der er dessen Eltern seine Rückkehr mitteilte – und nebenbei, beiläufig und wie zufällig, Tag und Uhrzeit seiner Ankunft vermerkte –, vielleicht konnte er dem Schicksal etwas nachhelfen und einen Durchschlupf finden.

Der Zug hält. Schnell, einen Gepäckträger! Nein; sein Koffer ist nicht so schwer, und die Aufbewahrung ist nicht so weit entfernt … Falls er da wäre, würden sie sich in der Menschenmenge überhaupt noch wiedererkennen? Sie haben sich doch nur wenige Male gesehen. Wenn er sich nur nicht zu sehr verändert hat! … Himmel! Könnte er das sein?

IX

Unsere Geschichte hätte keinen so traurigen Verlauf genommen, hätten Édouard und Olivier einander die Freude, die sie bei ihrem Wiedersehen empfanden, offen gezeigt; doch vermochten sie alle beide nicht einzuschätzen, wie hoch der Kredit zu veranschlagen war, den sie in den Herzen und den Köpfen der anderen genossen, und das lähmte sie; jeder wähnte, nur er allein sei ergriffen, und kannte, von der eigenen Freude überwältigt, verwirrt durch ihr Ausmaß, nur eine Sorge: sich die Heftigkeit seines Gefühls nur ja nicht anmerken zu lassen.

Und so kam es, dass Olivier nicht etwa Édouards Freude verdoppelte, indem er gestand, wie ungeduldig er ihn erwartet hatte, sondern es für nötig hielt, von einer Besorgung zu sprechen, die er gerade an dem Morgen in diesem Viertel zu erledigen gehabt hatte, um sein Kommen gleichsam zu entschuldigen. Seine übermäßige Gehemmtheit gab ihm die Empfindung ein, er könne Édouard womöglich aufdringlich erscheinen. Kaum aber hatte er geflunkert, errötete er. Édouard bemerkte sein Erröten und glaubte, ebenfalls unsicher, Olivier erröte, weil er so überschwänglich nach seinem Arm gegriffen hatte.

»Ich versuchte, mir einzureden, du könntest gar nicht da sein«, hatte Édouard erklärt, »aber im Grunde war ich sicher, dass du herkommen würdest.«

Konnte Olivier diesen Satz anmaßend gefunden haben? Als Édouard ihn beiläufig erwidern hörte: »Ich hatte gerade eine Besorgung in diesem Viertel zu machen«, brach sein Hochgefühl in sich zusammen, und er ließ Oliviers Arm wieder los. Er hätte Olivier gern gefragt, ob er verstanden habe, dass jene an die Eltern adressierte Karte für ihn geschrieben war; doch als er eben fragen wollte, verließ ihn der Mut. Olivier schwieg, weil er fürchtete, Édouard zu langweilen oder einen schlechten Eindruck zu machen, wenn er von sich spräche. Er sah zu Édouard hin, bemerkte erstaunt ein leises Zittern seiner Unterlippe und senkte gleich wieder den Blick. Édouard, der diesen Blick ersehnt hatte, fürchtete sofort, Olivier könnte ihn alt finden. Nervös rollte er ein Stück Papier zwischen den Fingern. Es war der Gepäckschein, den er gerade erhalten hatte, doch er achtete nicht darauf. »Wenn es der Beleg wäre«, dachte Olivier, als er Édouard den Schein zerdrücken und schließlich achtlos wegwerfen sah, »dann würde er ihn nicht einfach fallen lassen.« Als er sich kurz umwandte, sah er, wie der Wind den Zettel weit von ihnen weg über den Bürgersteig blies. Hätte er länger zurückgeschaut, so hätte er sehen können, dass ein junger Mann den Zettel aufhob. Es war Bernard, der ihnen vom Bahnhof an gefolgt war … Olivier aber quälte sich damit, dass er Édouard nichts zu sagen wusste, und das Schweigen zwischen ihnen wurde unerträglich.

»Wenn wir am Condorcet sind«, nahm er sich fest vor, sage ich: »Jetzt muss ich nach Hause; auf Wiedersehen.« Dann, als sie bei dem Gymnasium angelangt waren, verschob er es bis zur Ecke der Rue de Provence. Doch Édouard, den dieses Schweigen ebenfalls bedrückte, wollte nicht zulassen, dass sie sich so trennten. Er lud seinen Begleiter in ein Café ein. Vielleicht würde das Glas Portwein, das er kommen ließ, ihnen über ihre Verlegenheit hinweghelfen. Sie stießen miteinander an.

»Auf deine Prüfung«, sagte Édouard, als er das Glas hob. »Wann hast du dein Examen?«

»In zehn Tagen.«

»Und bist du gut vorbereitet?«

Olivier zuckte die Achseln. »Das weiß man nie. Man braucht nur nicht in Form zu sein an dem Tag.«

Er wagte nicht, mit »Ja« zu antworten, aus Angst, es klänge zu selbstbewusst. Außerdem war er verlegen, weil er Édouard gerne geduzt hätte und gleichzeitig davor zurückscheute; er begnügte sich damit, jeden seiner Sätze unpersönlich zu formulieren, um wenigstens das »Sie« zu vermeiden; wodurch er es Édouard aber gerade unmöglich machte, noch einmal das ersehnte Du anzubieten, auf das sie sich doch, wie Édouard sich erinnerte, einige Tage vor seiner Abreise geeinigt hatten.

»Hast du viel gearbeitet?«

»Schon. Aber ich hätte noch mehr tun können.«

»Gute Arbeiter haben immer das Gefühl, dass sie noch mehr arbeiten sollten«, bemerkte Édouard schulmeisterhaft.

Der Satz war ihm herausgerutscht; kaum gesagt, kam er ihm lächerlich vor.

»Schreibst du noch Gedichte?«

»Von Zeit zu Zeit ... Ich brauchte dringend Rat.« Er sah zu Édouard empor; »Ihren Rat«, hätte er sagen wollen; »deinen Rat«. Und sein Blick sprach dies so überdeutlich aus, dass Édouard glaubte, er bäte aus bloßer Ehrerbietung und Höflichkeit darum. Doch weswegen musste er so barsch antworten: »Ach! Rat muss man sich selber wissen oder ihn bei seinen Freunden suchen; der von Älteren ist wertlos.«

Olivier dachte: »Dabei habe ich ihn doch gar nicht um Rat gebeten; was protestiert er denn?«

Jeder der beiden brachte nur spröde, gezwungene Bemerkungen zuwege; und jeder der beiden glaubte, die Verlegenheit und Gereiztheit des anderen spürend, er sei schuld daran. Solche Unterhaltungen gehen schief, wenn nicht Hilfe von außen kommt. Doch es kam keine.

Für Olivier hatte der Tag schlecht angefangen. Die Trauer darüber, dass beim Erwachen Bernard nicht mehr an seiner Seite lag, dass er ihm nicht Lebewohl hatte sagen können, diese Trauer, die er einen Augenblick lang über der Wiedersehensfreude vergessen hatte, stieg in ihm auf wie eine dunkle Flut, die all sein Denken überschwemmte. Er hätte über Bernard sprechen, Édouard sein Herz ausschütten, Teilnahme für seinen Freund wecken wollen. Doch das leiseste Lächeln Édouards hätte ihn verletzt, und seine Sorgen hätten die leidenschaftlichen und stürmischen Gefühle verraten, die ihn bewegten – wenn sie nicht sogar übertrieben gewirkt hätten. Er schwieg; er spürte, wie sein Gesicht erstarrte; am liebsten hätte er sich Édouard in die Arme geworfen und geweint. Édouard deutete dieses Schweigen, den angespannten Gesichtsausdruck falsch; er liebte viel zu sehr, um unbefangen zu sein. Kaum wagte er Olivier anzusehen, den er in seine Arme hätte schließen und liebkosen wollen; und als er die Niedergeschlagenheit in seinem Blick sah, dachte er: »Da haben wir es. Ich langweile ihn ... Ich ermüde ihn, ich falle ihm lästig. Armer Kleiner! Er wartet nur auf ein Wort von mir, um sich zu entfernen.« Und unweigerlich kam es ihm, aus Mitleid für den anderen, über die Lippen: »Jetzt musst du mich verlassen. Deine Eltern warten sicherlich schon mit dem Essen auf dich.«

Auch Olivier, der doch empfand wie er, deutete alles falsch. Er sprang auf, gab ihm die Hand. Er wollte wenigstens zu Édouard sagen: »Wann sehe ich dich wieder? Wann werde ich Sie wiedersehen? Wann sieht man sich wieder? ...« Édouard wartete auf diese Frage. Nichts kam als ein banales: »Adieu.«

X

Die Sonne hatte Bernard geweckt. Mit heftigen Kopfschmerzen hatte er sich von der Parkbank erhoben. Sein morgendlicher Überschwang war verflogen. Er fühlte sich entsetzlich allein, sein Herz war beklommen, und Tränen stiegen ihm in die Augen, doch er wollte sich seine Traurigkeit nicht eingestehen. Was tun? Und wohin gehen? ... Wenn er auch die Richtung zur Gare Saint-Lazare einschlug, gerade zu der Zeit, da Olivier dort sein würde, so ohne feste Absicht, allein um seinen Freund noch einmal zu sehen. Er machte sich Vorwürfe, dass er sich am Morgen einfach davongeschlichen hatte; bestimmt hatte er seinen Freund damit verletzt. Und war Olivier ihm nicht das Teuerste auf Erden? ... Als er seinen Freund am Arm von Édouard sah, bestimmte ihn ein sonderbares Gefühl, dem Paar zu folgen, ohne sich jedoch bemerkbar zu machen. Er fühlte schmerzlich, dass er überzählig war, und dennoch hätte er sich am liebsten zwischen die beiden gedrängt. Édouard gefiel ihm gut; kaum größer als Olivier, sein Gang kaum weniger jugendlich. An ihn wollte er sich wenden; er wollte warten, bis Olivier sich verabschiedet hätte. Allein, welchen Vorwand sollte er gebrauchen?

In diesem Moment sah er, dass Édouard jenes kleine zusammengedrückte Stück Papier zerstreut zu Boden fallen ließ. Als er es aufhob und den Gepäckschein erkannte ... na, da hatte er ihn ja gefunden, den geeigneten Vorwand!

Er sah die beiden Freunde in ein Café gehen; war einen Moment lang unschlüssig; nahm seinen Monolog wieder auf: »Ein biederer Bürger«, sagte er sich, »hätte nichts Eiligeres zu tun, als ihm den Zettel zurückzugeben.

How weary, stale, flat and unprofitable
Seems to me all the uses of this world!

meint Hamlet. Bernard, Bernard, auf was für Gedanken verfällst du? Gestern hast du schon eine Schublade durchstöbert.

Du gerätst noch auf Abwege. Sei vorsichtig, mein Junge … Warte wenigstens, bis der Beamte, der Édouard bedient hat, um zwölf zu Tisch geht und von einem anderen abgelöst wird. Und hast du nicht deinem Freund versprochen, alles zu wagen?«

Er durfte sich bloß nicht durch zu große Eile verraten. Wenn er den Koffer verlangte, kaum dass der Beamte zur Tür hereinkam, könnte dieser seine Ungeduld suspekt finden, im Register nachsehen und Anstoß daran nehmen, dass ein Gepäckstück einige Minuten vor zwölf abgegeben und gleich danach wieder abgeholt wurde. Oder wenn womöglich irgendein Passant, irgendein Übereifriger ihn den Schein hatte aufheben sehen … Bernard zwang sich, bis zur Place de la Concorde zurückzugehen, die Zeit verstreichen lassend, die ein anderer zum Mittagessen braucht. Wird nicht häufig das Gepäck über Mittag abgegeben und anschließend wieder abgeholt? Sein Kopfschmerz war vergessen. Als er an den Tischen eines Restaurants vorbeikam, nahm er sich kurz entschlossen einen Zahnstocher mit (sie standen bündelweise herum); darauf wollte er vor dem Gepäckschalter herumkauen, damit es aussähe, als käme er vom Essen. Ein Glück, dass sein Aussehen und sein eleganter Anzug ebenso für ihn sprachen wie sein gutes Benehmen, sein offener Blick und sein Lächeln, kurz, jenes gewisse Etwas im Auftreten, an dem man diejenigen erkennt, die im Wohlstand leben, die nichts entbehren, alles haben. Bloß welkt all dies dahin, wenn man auf Bänken schläft.

Als der Angestellte zehn Centimes Gebühr verlangte, wurde ihm schwindlig vor Schreck. Er hatte keinen Sou. Was tun? Das Gepäck war da, dort auf der Rampe. Die geringste Unsicherheit würde Misstrauen erwecken; und erst recht der Mangel an Geld. Doch der Dämon lässt ihn nicht im Stich; er spielt Bernard, dessen Finger scheinbar ungeduldig Tasche um Tasche nach dem Geld durchsuchen, ein kleines Zehnsousstück in die Hände, das sich schon wer weiß wie lange in der

Westentasche befand. Bernard reicht es dem Angestellten. Er hat sich seine Verwirrung nicht anmerken lassen. Er nimmt den Handkoffer entgegen und steckt gelassen das Wechselgeld ein. Uff! Ihm ist heiß. Wo soll er damit hin? Er hat ganz weiche Knie, und der Koffer wiegt schwer. Was soll er mit ihm anfangen? ... Ihm fällt plötzlich ein, dass er ja keinen Schlüssel hat. Nein; nein; und nochmals nein; er wird das Schloss nicht aufbrechen; zum Teufel, ein Dieb ist er nicht! ... Immerhin wüsste er gerne, was in dem Koffer ist. Das Gewicht zerrt an seinem Arm. Bernard ist schweißgebadet. Er bleibt kurz stehen; stellt die Last auf dem Gehweg ab. Natürlich wird er den Koffer zurückgeben; er will nur vorher einen Blick hineinwerfen. Auf gut Glück drückt er auf das Schloss. O Wunder! Die Klappen öffnen sich einen Spaltbreit und offenbaren eine Perle: eine offenkundig gut gefüllte Brieftasche. Bernard nimmt die Perle heraus und lässt die Auster wieder zuschnappen.

Wer hat, der hat, jetzt schnell ein Hotel! Er kennt eines ganz in der Nähe, in der Rue d'Amsterdam. Er stirbt vor Hunger. Doch bevor er sich zu Tisch setzt, will er den Koffer in Sicherheit bringen. Ein Hausdiener geht mit dem Gepäck auf der Treppe voraus. Drei Etagen; ein Gang; eine Tür, hinter der er seinen Schatz wegschließt ... Er geht wieder nach unten.

Vor einem Beefsteak sitzend, wagte Bernard nicht, die Brieftasche herauszuziehen (weiß man denn, wer einen beobachtet?), doch tief in der Innentasche tastet seine linke Hand sachte nach ihr. »Wie nur Édouard begreiflich machen, dass ich kein Dieb bin«, dachte er, »das ist der springende Punkt. Welche Sorte Mensch ist Édouard? Der Koffer wird uns vielleicht Auskunft geben. Sehr anziehend, das steht fest. Aber es gibt eine Menge anziehende Menschen, die keinerlei Spaß verstehen. Wenn er glaubt, man habe ihm seinen Koffer gestohlen, wird er immerhin froh sein, ihn wiederzusehen. Er wird mir dankbar sein, dass ich ihn bringe, oder er ist ein Flegel. Ich werde ihn schon für mich interessieren. Genehmigen wir uns noch schnell ein Dessert, und dann wollen wir oben die Lage begutachten. Die Rechnung; lassen wir dem Kellner ein großzügiges Trinkgeld.«

Ein paar Augenblicke später war er wieder auf seinem Zimmer. »Jetzt, Koffer, zu uns beiden! ... Ein Anzug zum Wechseln; nur eine Spur zu groß, nehme ich an. Der Stoff ist kleidsam und geschmackvoll. Wäsche; Toilettenartikel. Ich bin mir nicht so sicher, dass ich ihm das jemals zurückgeben werde. Doch vor allem interessieren mich diese Blätter, was beweist, dass ich kein Dieb bin. Lesen wir zunächst einmal dies.«

Es war das Heft, in dem Édouard Lauras traurigen Brief verwahrt hatte. Wir kennen schon die ersten Seiten; hier nun die Fortsetzung:

XI

Édouards Tagebuch

»*1. November.*

Vor vierzehn Tagen ... – hätte ich es doch nur sofort niedergeschrieben. An Zeit fehlte es mir eigentlich nicht, doch mein Denken wurde noch ganz von Laura beherrscht – oder vielmehr, ich wollte meine Gedanken durch nichts von ihr ablenken lassen; auch will ich nichts notieren, was belanglos oder rein zufällig ist, und damals sah es noch nicht so aus, als sollte das, was ich jetzt erzählen werde, eine Fortsetzung, sogenannte Konsequenzen haben; zumindest sträubte ich mich dagegen, mir dies einzugestehen, und gleichsam um es mir selbst zu beweisen, erwähnte ich nichts davon in meinem Tagebuch; nun aber merke ich, dass ich machen kann, was ich will: Oliviers Gestalt zieht meine Gedanken magnetisch an und lenkt sie von allem anderen ab. Trüge ich dem nicht Rechnung, so könnte ich mich weder ganz begreiflich machen noch mich selbst richtig verstehen.

Ich war am Vormittag bei Perrin gewesen, um nach den Presseexemplaren für die Neuauflage meines Buches zu sehen. Da das Wetter schön war, schlenderte ich, bis es Zeit zum Mittagessen würde, an den Quais entlang.

Kurz vor Vanier blieb ich an einigen Kästen mit antiquarischen Büchern stehen. Mein eigentliches Interesse galt nicht den Büchern, sondern einem jungen, etwa dreizehnjährigen Gymnasiasten, der unter dem versonnenen Blick des Aufpassers, der in der Ladentür auf einem Korbstuhl saß, die Bücherreihen durchstöberte. Ich tat so, als betrachtete auch ich die Auslage, aus den Augenwinkeln jedoch beobachtete ich meinerseits den Kleinen. Er trug einen fadenscheinigen Überzieher, unter dessen zu kurz gewordenen Ärmeln die Anzugjacke hervorsah. Die große Manteltasche sperrte, obwohl man merkte, dass sie leer war; an der oberen Ecke war der Stoff ausgerissen. Ich dachte mir, dass diesen Mantel schon mehrere Brüder getragen haben mussten, die einer wie der andere die Angewohnheit hatten, alles Mögliche in die Taschen zu stecken. Mir ging auch durch den Kopf, dass die Mutter recht nachlässig oder sehr beschäftigt sein musste, wenn sie den Schaden nicht reparierte. Doch da sah ich, als der Kleine sich umgewandt hatte, dass die andere Tasche mit großen Stichen und einem schwarzen, festen Faden gründlich ausgebessert worden war. Und ich hörte die mütterlichen Ermahnungen: ›Stecke doch nicht zwei Bücher auf einmal in deine Tasche, du machst den Mantel noch ganz kaputt. Die Tasche ist schon wieder ausgerissen. Das nächste Mal, hörst du, werde ich sie dir nicht wieder annähen. Sieh doch nur, wie du aussiehst! …‹ Lauter Ermahnungen, die auch meine arme Mutter mir erteilt und die ich ebenfalls nicht beherzigt hatte. Unter dem offen stehenden Mantel konnte man das Jackett erkennen, und mein Blick blieb an einem kleinen Abzeichen hängen, eine Art Bändchen oder vielmehr eine gelbe Schleife, die der Junge im Knopfloch trug. Diese Einzelheiten notiere ich aus Gewissenhaftigkeit und gerade deshalb, weil es mir lästig ist, sie festzuhalten.

Nach einer Weile wurde der Aufpasser ins Ladeninnere gerufen; er blieb nur einen Augenblick fort und bezog dann gleich wieder auf seinem Stuhl Stellung; doch dieser Moment hatte dem Jungen genügt, um das Buch, das er in der Hand gehalten hatte, in seiner Manteltasche verschwinden zu lassen; worauf er schnell wieder die Bücherreihen durchging, als sei nichts geschehen. Dennoch war er unruhig; er hob den Kopf, bemerkte meinen Blick und begriff, dass ich alles beobachtet hatte. Zumindest bestand die Möglichkeit, dass ich alles gesehen hatte; er war sich seiner Sache offenbar nicht sicher; durch seine Zweifel aber verlor er seine Unbefangenheit; er errötete und wagte sich an eine kleine Szene, die seine Gelassenheit beweisen sollte, doch seine peinliche Verlegenheit nur umso deutlicher verriet. Ich ließ ihn nicht aus den Augen. Er zog das entwendete Buch aus der Tasche; versenkte es wieder darin; er trat ein paar Schritte beiseite; zog aus seiner inneren Jackentasche eine kleine, ärmliche und abgewetzte Brieftasche, täuschte vor, nach Geld zu suchen, von dem er genau wusste, dass es nicht vorhanden war, und schnitt schließlich eine eindeutig für mich bestimmte Grimasse, eine theatralische Schnute, die besagen sollte: ›Verflixt! Nichts drin‹, mit der kleinen zusätzlichen Nuance: ›Komisch, ich dachte, ich hätte genug.‹ All dies etwas übertrieben, etwas dick aufgetragen, wie ein Schauspieler, der Angst hat, sich nicht verständlich zu machen. Bis er schließlich, ich möchte fast sagen: unter dem Zwang meines Blicks, wieder an den Büchertisch vortrat, endlich das Buch aus der Tasche holte und es mit einer flinken Bewegung an seinen ursprünglichen Platz zurückstellte. Er war so ungezwungen dabei, dass dem Aufpasser nichts auffiel. Dann hob der Junge wieder den Kopf, in der Hoffnung, nun erlöst zu sein. Doch nein, mein Blick ruhte immer noch auf ihm, wie das Auge auf Kain, nur dass mein Auge lächelte. Ich wollte mit ihm reden und wartete darauf, dass er den Auslagetisch verließ, um ihn ansprechen zu können; er aber bewegte sich nicht von der Stelle, blieb wie gebannt vor den Büchern stehen, und ich begriff, dass er sich nicht vom Fleck rühren würde, solange ich ihn so anstarrte. Also ging ich ein Stück weg, als gäbe ich die Jagd auf, um ihn wie beim Spiel ›Bäumchen wechsel dich‹ von seinem Platz zu locken. Er entfernte sich ebenfalls von dem Stand, kaum aber wollte er das Weite suchen, hatte ich ihn schon eingeholt.

›Was war das für ein Buch?‹, fragte ich ihn ohne Umschweife, wobei ich so viel Sanftheit in meine Stimme und Miene legte, wie ich nur konnte. – Er blickte mir voll ins Gesicht, und ich sah sein Misstrauen schwinden. Er war vielleicht nicht schön, doch was für klare Augen er hatte! Ich sah darin die verschiedensten Empfindungen sich regen, wie Pflanzen am Grund eines Bachs.

›Ein Reiseführer über Algerien. Aber er kostet zu viel. So reich bin ich nicht.‹

›Wie viel?‹

›Zwei Francs fünfzig.‹

›Und da wärst du, wenn du nicht gemerkt hättest, dass ich dich beobachtete, mit dem Buch in der Tasche auf und davon.‹

Der Kleine fuhr empört auf und erwiderte in einem äußerst vulgären Ton: ›Also hören Sie mal … Wollen Sie behaupten, ich sei ein Dieb? …‹ – so entrüstet, dass ich beinahe zu zweifeln begann, ob ich richtig gesehen hatte. Wenn ich weiterfragte, würde ich an Boden verlieren. Ich zog drei Geldstücke aus der Tasche: ›Da. Nun kauf es dir aber. Ich warte auf dich.‹

Zwei Minuten später kam er, in dem heißersehnten Bändchen blätternd, aus dem Laden heraus. Ich nahm ihm das Buch aus der Hand. Es war ein alter Joanne, von 71.

›Was willst du denn damit?‹, sagte ich und gab ihm den Band zurück. ›Der ist doch viel zu alt. Damit kann man nichts mehr anfangen.‹

Er protestierte, das sei nicht wahr; im Übrigen seien die neueren Führer viel zu teuer, und ›für seine Zwecke‹ genügten die Landkarten vollkommen. – Ich unternehme gar nicht erst den Versuch, wortwörtlich wiederzugeben, was er sagte, denn ohne den außerordentlich vulgären Ton, den er anschlug, würden die Worte ihren Charakter verlieren, ein Ton, der mich desto mehr erheiterte, als seine Sätze nicht ohne Eleganz waren.

....

Diese Episode stark kürzen. Der gewünschte Eindruck soll nicht durch Detailfülle erreicht werden, sondern durch zwei oder drei richtig platzierte Striche, die in der Vorstellung des Lesers ein Bild entstehen lassen. Außerdem, glaube ich, wäre es gut, das Ganze den Jungen erzählen zu lassen; seine Sicht ist aussagekräftiger als meine. Der Kleine ist wegen der Aufmerksamkeit, die ich ihm entgegenbringe, gleichzeitig verlegen und geschmeichelt. Durch meinen Blick, der auf ihm ruht, verzerrt sich die Perspektive. Eine zarte, sich ihrer selbst noch nicht bewusste Persönlichkeit schützt sich, indem sie sich in Posen flüchtet. Nichts ist schwieriger zu beobachten als ein noch ungefestigter Charakter. Könnte man ihn nur unbemerkt, von der Seite sehen!

Der Kleine erklärte plötzlich, ›Geographie‹ sei sein ›Lieblingsfach‹. Ich witterte hinter dieser Vorliebe einen Hang zum Vagabundieren.

›Möchtest du einmal dorthin fahren?‹, fragte ich.

›Na klar!‹, meinte er und zuckte mit den Achseln.

Mir kam der Verdacht, er fühle sich zu Hause nicht wohl. Ich fragte ihn, ob er bei seinen Eltern wohne.

›Ja.‹

Und dort sei er nicht glücklich? Er protestierte schwach. Er schien etwas beunruhigt, zu viel von sich verraten zu haben, und fügte hinzu: ›Warum wollen Sie das wissen?‹

›Einfach so‹, erwiderte ich schnell. Dann fragte ich, mit der

Fingerspitze auf das gelbe Band in seinem Knopfloch tippend: ›Was ist denn das?‹

›Ein Band; das sehen Sie doch.‹

Meine Fragen waren ihm offensichtlich unangenehm. Er drehte sich brüsk, beinahe feindselig zu mir um und sagte in einem spöttischen und unverschämten Ton, den ich ihm niemals zugetraut hätte und der mich richtiggehend aus der Fassung brachte: ›Sagen Sie mal ... passiert Ihnen das öfter, dass Sie sich an Schüler ranmachen?‹

Und während ich noch undeutlich so etwas wie eine Erwiderung stammelte, öffnete er die Schulmappe, die er unter dem Arm trug, um seine Neuerwerbung einzustecken. In der Tasche waren Schulbücher und einige einheitlich in blaues Papier eingeschlagene Hefte. Ich nahm eines davon; es war ein Geschichtsheft. Der Kleine hatte in Druckbuchstaben seinen Namen darauf geschrieben. Mein Herz schlug heftig, als ich den Namen meines Neffen erkannte:

GEORGES MOLINIER.«

(Auch Bernards Herz schlug heftig, als er diese Zeilen las, und diese Geschichte begann ihn außerordentlich zu interessieren.)

»Es wird schwierig sein, in meinem Buch *Die Falschmünzer* glaubhaft darzustellen, dass derjenige, der darin meine Rolle übernimmt, zu seiner Schwester in freundschaftlichen Beziehungen stehen konnte, ohne deren Kinder zu kennen. Doch es fällt mir von jeher schwer, die Wahrheit umzumodeln. Auch nur die Haarfarbe einer Person zu verändern, erscheint mir als ein Betrug, der das, was wahr ist, in meinen Augen weniger wahrscheinlich macht. Eins hängt vom anderen ab, und zwischen den Tatsachen, die mir das Leben bietet, glaube ich ein so feines Netz von Beziehungen zu erkennen, dass es mir vorkommt, als könne man nicht die geringste Einzelheit ändern, ohne das gesamte Gefüge in Mitleidenschaft zu ziehen. Ich kann aber doch unmöglich erzählen, dass die Mutter dieses Kindes nur meine Halbschwester aus der ersten Ehe meines Vaters ist, dass ich sie zu Lebzeiten meiner Eltern nie zu Gesicht bekommen habe und dass wir erst seit der Regelung der Erbschaft miteinander in Kontakt stehen ... Immerhin sind dies unverzichtbare Einzelheiten, und ich sehe nicht, was ich, um Indiskretionen zu vermeiden, stattdessen erfinden könnte. Ich wusste zwar, dass meine Halbschwester drei Söhne hat, doch ich kannte nur den ältesten, der Medizin studierte; und selbst von ihm hatte ich nur einen flüchtigen Eindruck, da er, an Tuberkulose erkrankt, sein Studium hatte unterbrechen müssen, um irgendwo im Midi in ein Sanatorium zu gehen. Die anderen beiden waren zu den Zeiten, an denen ich Pauline meine Besuche abstattete, nie zu Hause gewesen; der vor mir stehende Knabe musste der Jüngste sein. Ich ließ mir meine Verblüffung nicht anmerken, verabschiedete mich nur unverzüglich von dem kleinen Georges, als ich erfuhr, dass er zum Mittagessen nach Hause ging, und sprang in das nächste Taxi, um vor ihm in der Rue Notre-Dame-des-Champs zu sein. Pauline würde mich zu dieser Stunde, rechnete ich mir aus, bestimmt zum Essen dabehalten, und so kam es auch. Mein Buch, von dem ich bei Perrin ein Exemplar mitgenommen hatte, konnte ich ihr überreichen und hätte damit einen Vorwand für diesen unangemeldeten Besuch.

Ich blieb das erste Mal bei Pauline zum Essen. Zu Unrecht war ich bisher meinem Schwager aus dem Weg gegangen. Ich glaube kaum, dass er ein sehr bemerkenswerter Jurist ist, doch er versteht es, in der Unterhaltung mit mir ebenso wenig von seinem Beruf zu sprechen wie ich von dem meinen, wodurch wir gut miteinander auskommen.

Natürlich erwähnte ich bei meiner Ankunft mit keinem Wort die Bekanntschaft, die ich soeben gemacht hatte. ›Ich würde mich freuen, bei dieser Gelegenheit meine Neffen kennenzulernen‹, sagte ich, als Pauline mich aufforderte, zum

Essen zu bleiben. ›Denn zwei von ihnen kenne ich ja noch gar nicht.‹

›Olivier‹, erwiderte sie, ›wird erst etwas später kommen, weil er eine Übungsstunde hat; wir werden uns ohne ihn zu Tisch setzen. Doch Georges habe ich gerade heimkommen hören. Ich will ihn rufen.‹ Sie lief zu der Tür, die in das Nebenzimmer führte: ›Georges! Komm deinem Onkel guten Tag sagen.‹

Der Kleine kam auf mich zu, gab mir die Hand; ich umarmte ihn ... Ich bewundere die kindlichen Verstellungskünste: Er ließ sich keinerlei Überraschung anmerken; man hätte glauben können, er erkenne mich nicht wieder. Er wurde zwar sehr rot, doch seine Mutter konnte dies für Schüchternheit halten. Ich dachte, er fühle sich in der Gegenwart des Spürhundes von vorhin nicht wohl, als er uns gleich wieder verließ und ins Nebenzimmer zurückging, ins Esszimmer, das, wie ich begriff, zwischen den Mahlzeiten den Kindern als Studierzimmer diente. Wenig später – sein Vater kam eben ins Wohnzimmer – erschien er wieder und nutzte den Augenblick, als wir ins Esszimmer hinübergingen, um sich mir zu nähern und meine Hand zu nehmen, ohne dass seine Eltern es sahen. Ich glaubte zuerst amüsiert an ein Zeichen der Verbrüderung, aber nein: Er öffnete meine Hand, die seine hielt, legte einen kleinen Zettel hinein, den er in der Zwischenzeit geschrieben haben musste, schloss meine Finger und presste das Ganze fest zusammen. Natürlich ging ich auf sein Spiel ein; ich verbarg den kleinen Zettel in einer Tasche, aus der ich ihn erst nach dem Essen wieder hervorholen konnte. Ich las:

Wenn Sie meinen Eltern die Geschichte mit dem Buch erzählen, werde ich (er hatte durchgestrichen: *Sie verachten*) *behaupten, dass Sie mir Anträge gemacht haben.*

Und weiter unten: *Ich habe immer bis zehn Uhr Schule.*

Durch den Besuch von X. gestern unterbrochen worden. Seit unserem Gespräch befinde ich mich in einem Zwiespalt.

Viel nachgedacht über das, was X. mir zu bedenken gegeben hat. Mein Leben kennt er nicht, den Aufbau der *Falschmünzer* habe ich ihm aber sehr genau auseinandergesetzt. Sein Rat ist immer hilfreich, weil er die Dinge aus einem anderen Blickwinkel sieht als ich. Er fürchtet, ich könnte in Künstelei verfallen und das eigentliche Thema fahrenlassen zugunsten eines Schemens in meinem Kopf. Ich bin meinerseits beunruhigt, weil ich spüre, dass das Leben (mein Leben) diesmal vom Kunstwerk geschieden ist und mein Werk von meinem Leben. Doch das konnte ich ihm nicht sagen. Bisher speiste sich alles, was ich schrieb, wie man es erwarten sollte, aus meinen Neigungen, meinen Gefühlen, meinen persönlichen Erfahrungen; selbst in äußerst durchkonstruierten Sätzen hörte ich mein Herz noch schlagen. Nun ist zwischen dem, was ich denke, und dem, was ich fühle, die Verbindung abgebrochen. Und ich frage mich, ob das Werk nicht gerade deshalb ins Abstrakte und Künstliche abzugleiten droht, weil es mir diesmal nicht gelingt, mein Herz sprechen zu lassen. Als ich darüber nachdachte, erhellte sich mir plötzlich der Sinn der Fabel von Apoll und Daphne: Glücklich, dachte ich, wer in einer einzigen Umarmung den Lorbeer und den Gegenstand seiner Liebe umfangen kann.

Da ich so weitschweifig von meiner Begegnung mit Georges berichtete, musste ich meine Aufzeichnungen an der Stelle unterbrechen, als Olivier die Szene betrat. Eigentlich habe ich diesen Eintrag seinethalber begonnen, und doch habe ich nichts anderes getan, als von Georges zu erzählen. Jetzt, da der Augenblick gekommen ist, über Olivier zu sprechen, wird mir klar, dass ich deshalb so ausführlich war, weil ich diesen Moment hinauszögern wollte. Vom ersten Moment an, sowie Olivier am Familientisch Platz nahm, bei meinem ersten Blick, oder vielmehr bei *seinem* ersten Blick, spürte ich, dass dieser Blick sich meiner bemächtigte und fortan über mein Leben bestimmte.

Pauline drängt mich, sie öfter besuchen zu kommen. Sie legt mir ans Herz, mich der Kinder anzunehmen, und gibt mir zu verstehen, dass der Vater sich wenig um sie kümmert. Je mehr Gespräche wir miteinander führen, desto liebenswerter erscheint sie mir. Ich verstehe nicht mehr, warum ich sie so selten aufgesucht habe. Die Kinder werden im katholischen Glauben erzogen, doch hat sie ihre frühe protestantische Erziehung noch nicht vergessen, und obwohl sie das Haus unseres gemeinsamen Vaters verlassen hat, sowie meine Mutter es betrat, entdecke ich zahlreiche Gemeinsamkeiten zwischen ihr und mir. Sie schickt ihre Kinder in die Pension von Lauras Eltern, wo ich selbst so lange gewohnt habe. Man legt dort Wert darauf, an keine Konfession gebunden zu sein (zu meiner Zeit gab es sogar Moslems), obwohl der alte Azaïs, ein Freund meines Vaters, der die Pension gegründet hat und sie noch heute leitet, ursprünglich protestantischer Pastor gewesen ist.

Pauline erhält recht gute Nachrichten aus dem Sanatorium, wo Vincent seine Krankheit ausheilt. Sie sagt, sie erzähle ihm in ihren Briefen von mir, und wünscht, dass ich ihn näher kennenlerne, denn wir hatten uns nur flüchtig gesehen. Auf diesen ältesten Sohn setzt sie große Hoffnungen; die Familie muss sich schwere Opfer auferlegen, damit er sich bald selbstständig machen kann, das heißt über eigene Räume verfügt, um seine Patienten zu empfangen. Für die Übergangszeit hat Pauline Mittel und Wege gefunden, ihm einen Teil ihrer kleinen Wohnung frei zu machen, indem sie Olivier und Georges in einem separaten Zimmer, das gerade leer stand, eine halbe Treppe tiefer untergebracht hat. Die große Frage ist nun, ob Vincents Gesundheit es ihm erlauben wird, seine Assistentenstelle anzutreten.

Offen gestanden interessiert mich Vincent nicht sonderlich, und wenn ich mit seiner Mutter viel über ihn spreche, so nur, um ihr eine Freude zu machen und mich danach umso ausführlicher über Olivier unterhalten zu können. Was Georges angeht, so zeigt er mir die kalte Schulter, antwortet kaum, wenn ich ihn anrede, und wirft mir, wenn er mir zufällig über den Weg läuft, Blicke zu, in denen ein schwer zu deutender Argwohn liegt. Er scheint es mir übelzunehmen, dass ich nicht am Schultor auf ihn gewartet habe – oder er macht sich Vorwürfe wegen seines Anbiederungsversuchs.

Olivier bekomme ich auch nicht häufiger zu Gesicht. Bin ich bei seiner Mutter, wage ich nicht, zu ihm zu gehen, obwohl ich weiß, in welchem Zimmer er arbeitet; und wenn ich ihm zufällig begegne, bin ich so unbeholfen und verwirrt, dass ich nicht weiß, was ich sagen soll – es macht mich so unglücklich, dass ich seine Mutter lieber zu Stunden aufsuche, in denen er mit Bestimmtheit nicht zu Hause ist.«

XII

Édouards Tagebuch
(Fortsetzung)

»2. *November.*
Langes Gespräch mit Douviers, der sich, als ich gehen will, ebenfalls von Lauras Eltern verabschiedet und mich durch den Luxembourg bis zum Odéon begleitet. Er schreibt an einer Doktorarbeit über Wordsworth, doch schon seinen wenigen Bemerkungen war zu entnehmen, dass er kein Gespür besitzt für das, was Wordsworths Dichtung auszeichnet. Er hätte Tennyson nehmen sollen. Ein gewisses Unvermögen stört mich an Douviers, er kommt mir irgendwie weltfremd und leichtgläubig vor. Er hält die Dinge und Menschen für das, wofür sie sich ausgeben; vielleicht, weil er sich immer so gibt, wie er ist.

›Ich weiß‹, sagte er zu mir, ›dass Sie Lauras bester Freund sind. Eigentlich müsste ich wohl ein bisschen eifersüchtig auf Sie sein. Ich vermag es nicht. Im Gegenteil, alles, was Laura mir von Ihnen erzählte, ließ mich Laura nur immer besser verstehen und weckte in mir den Wunsch, ebenfalls Ihr Freund zu werden. Neulich habe ich Laura gefragt, ob Sie es mir auch nicht allzu sehr verübelten, dass nun ich ihr Mann würde? Und Laura entgegnete mir, Sie hätten ihr im Gegenteil zu dieser Heirat geraten.‹ (Ich glaube, er sagte das wirklich so albern.) Dann fügte er noch hinzu: ›Dafür möchte ich Ihnen danken; lachen Sie nicht über mich, denn ich meine es ganz aufrichtig.‹ Er versuchte zu lächeln, doch seine Stimme zitterte, und ihm standen Tränen in den Augen.

Ich wusste nicht, was ich sagen sollte, denn ich war wesentlich weniger gerührt, als ich es hätte sein sollen, und vollkommen unfähig zu einer ebensolchen Gemütsbewegung. Ich musste etwas gefühllos auf ihn wirken; aber er war mir zuwider. Dennoch ergriff ich die Hand, die er mir hinstreckte, und drückte sie, so herzlich ich konnte. Solche Szenen, in denen der eine mehr als nötig von seinen Gefühlen preisgibt, sind immer peinlich. Wahrscheinlich wollte er meine Sympathie erzwingen. Wäre er scharfblickender gewesen, er hätte sich betrogen gefühlt; doch er war sichtlich zufrieden über seinen Herzenserguss, war er doch sicher, mein Herz gerührt zu haben. Als ich jedoch nichts erwiderte, bemerkte er, offenbar durch mein Schweigen veranlasst: ›Ich hoffe, dass die anderen Lebensumstände in Cambridge Vergleichen vorbeugen, die zu meinen Ungunsten ausfallen müssten.‹

Was meinte er denn damit? Ich ging lieber nicht darauf ein. Er erwartete wohl, dass ich ihm widersprechen würde; doch dadurch wäre alles noch verfänglicher geworden. Er gehört zu jenen Menschen, die aus Unsicherheit ein Schweigen nicht ertragen können und glauben, es durch übertriebene Vertraulichkeiten überbrücken zu müssen; zu jenen, die einem dann sagen: ›Ich bin stets offen zu Ihnen gewesen.‹ Doch, meine Güte, das Entscheidende ist nicht, selbst offen zu sein, sondern dem anderen die Möglichkeit zu geben, sich zu öffnen. Er hätte merken sollen, dass gerade seine Offenheit die meine unmöglich machte.

Wenn ich auch nicht sein Freund werden kann, so bin ich immerhin überzeugt, dass er einen hervorragenden Ehemann für Laura abgeben wird; denn was mich an ihm stört, sind im Grunde ja Vorzüge. Wir redeten dann noch von Cambridge, und ich versprach, sie dort zu besuchen.

Welches absurde Bedürfnis trieb Laura nur dazu, mit ihm über mich zu sprechen?

Diese Hingabebereitschaft der Frauen. Meist ist der Mann, der sie liebt, wohl eine Art Kleiderhaken für sie, an den sie ihre Liebe hängen. Wie mühelos Laura einen gegen den anderen tauscht! Ich verstehe ja, dass sie Douviers heiratet; ich habe ihr als einer der ersten dazu geraten. Einen kleinen Trennungsschmerz hätte man aber doch wohl erwarten dürfen. In drei Tagen ist Hochzeit.

Einige Besprechungen über mein Buch. Die meiste Zustimmung findet ausgerechnet das, was ich immer entschiedener von mir weise … War es richtig, diesen alten Plunder wiederauflegen zu lassen? Er enthält nichts von dem, was mir heute wichtig ist. Nun erst erkenne ich das. Dabei habe ich nicht das Gefühl, mich wirklich verändert zu haben; vielmehr werde ich mir erst jetzt klar über mich selbst; bisher wusste ich nicht, wer ich bin. Kann es sein, dass ich immer ein Gegenüber brauche, damit sich mir mein Wesen offenbart? Jenes Buch hatte sich um Laura herauskristallisiert, deshalb will ich mich in ihm nicht mehr wiedererkennen. Warum sollte die Sympathie uns nicht befähigen, mit Scharfblick über unsere eigene Zeit hinauszudenken? Welche Probleme werden die folgende Generation bewegen? Für sie will ich schreiben. Noch vage Neugier nähren, Ansprüchen genügen, die noch nicht formuliert sind, so dass, wer heute noch ein Kind ist, mich morgen überrascht auf seinem Weg vorfindet.

Wie liebe ich es, an Olivier diese wache Neugier zu spüren, diese ungeduldige Unzufriedenheit mit dem Vorhandenen …

Manchmal will es mir so scheinen, als gelte sein Interesse allein der Dichtung. Und wenn ich unsere Dichter mit seinen Augen lese, spüre ich, dass viel zu wenige sich vom Kunstempfinden leiten lassen, die meisten folgen bloß dem eigenen Herzen oder Verstand. Merkwürdigerweise habe ich, als Oscar Molinier mir Oliviers Gedichte zeigte, Olivier den Rat gegeben, er solle versuchen, sich mehr von den Wörtern leiten zu lassen, als sie sich dienstbar zu machen. Jetzt merke ich, dass ich selbst es erst durch ihn begreife. Wie jämmerlich, langweilig und lächerlich vernunftbetont erscheint mir heute alles, was ich bisher geschrieben habe!

5. November.

Die Trauung hat stattgefunden. In jener kleinen Kapelle der Rue Madame, in der ich schon lange nicht mehr gewesen war. Familie Vedel-Azaïs vollständig versammelt: Lauras Großvater, Vater und Mutter, die beiden Schwestern und ihr jüngerer Bruder, plus zahlreiche Onkel, Tanten und Vettern. Familie Douviers vertreten durch drei Tanten in Volltrauer, aus denen der Katholizismus drei Nonnen gemacht hätte und die, wie ich hörte, in einem gemeinsamen Haushalt leben, in dem auch Douviers seit dem Tod seiner Eltern wohnte. Auf der Empore die Schüler der Pension. Weitere Freunde der Familie füllten den Raum, an dessen hinterem Ende ich stehenblieb; unweit von mir sah ich meine Schwester mit Olivier; Georges musste bei seinen Altersgenossen auf der Empore sein. Am Harmonium der alte La Pérouse; sein gealtertes Gesicht schöner, edler denn je, doch das herrliche Feuer in seinen Augen war erloschen, durch das seine Inbrunst sich damals in den Klavierstunden auf mich übertrug. Als unsere Blicke sich trafen, lag in seinem Lächeln eine solche Traurigkeit, dass ich mir vornahm, ihn nach dem Gottesdienst anzusprechen. Einige Leute rückten auf, und neben Pauline wurde ein Platz frei. Olivier gab mir sofort ein Zeichen und schubste seine Mutter, damit ich mich neben ihn setzen konnte; nahm dann meine Hand und hielt sie lange Zeit in der seinen. Er ist zum ersten Mal so zutraulich. Beinahe während der ganzen, nicht enden wollenden Ansprache des Pastors hielt er die Augen geschlossen, so dass ich ihn lange betrachten konnte; er ähnelt jenem schlummernden Hirten auf dem Basrelief im Museum von Neapel, dessen Photographie auf meinem Schreibtisch steht. Wäre nicht das Beben seiner Finger gewesen, ich hätte auch ihn für schlafend gehalten; doch seine Hand zitterte wie ein kleiner Vogel in der meinen.

Der alte Pastor glaubte, einen Abriss der ganzen Familiengeschichte geben zu müssen, angefangen bei Großvater Azaïs, dessen Klassenkamerad er gewesen war, vor dem Krieg in Straßburg, und dessen Studienkollege an der theologischen Fakultät. Aus jenem komplizierten Satz, in dem er zu erklären suchte, dass sein Freund, als er die Leitung einer Pension übernahm und sich der Erziehung junger Menschen widmete, das Pastorat gewissermaßen nicht aufgegeben habe, fand er, wie mir schien, nur noch mit Mühe heraus. Dann kam die nächste Generation an die Reihe. Auch über die Familie Douviers, von der er nicht besonders viel zu wissen schien, sprach er sehr erbaulich. Seine Gefühlsseligkeit machte alle rednerischen Schwächen wett, und viele unter den Anwesenden gebrauchten ihr Taschentuch. Ich hätte gern gewusst, was Olivier dachte; der protestantische Gottesdienst musste ihm neu sein, da er im katholischen Glauben erzogen worden war, und dieses Gotteshaus sah er vermutlich zum ersten Mal. Jene eigenartige Fähigkeit zur Aufgabe meiner Person, die es mir erlaubt, mich in die Gefühle eines anderen hineinzuversetzen, zwang mich geradezu, mir Oliviers Empfindungen zu eigen zu machen, das, was er meiner Vorstellung nach empfinden musste; und obwohl er die Augen geschlossen hielt, oder vielleicht gerade deswegen, schien es mir, als sähe ich mit seinen Augen diese kahlen Mauern zum ersten Mal, das kalte und fahle Licht, in das die Gemeinde getaucht war, den harten Gegensatz zwischen der Kanzel und der weißen Wand hinter ihr, die kantigen Linien, die plumpen Säulen unter den Emporen, diese ganze eckige und farblose Architektur, deren abweisende Hässlichkeit, deren Starrheit und Knausrigkeit mir plötzlich bewusst wurde. Wenn ich dies vorher nie gespürt hatte, so sicherlich, weil ich daran gewöhnt war, von Kindheit an ... Ich erinnerte mich an das Erwachen meiner religiösen Gefühle und an meinen früheren inbrünstigen Glauben; an Laura und jene Sonntagsschule, in der wir uns als Betreuer der Bibelstunden wiederbegegneten, voller Eifer bei der Sache und in unserer alles Unreine aufzehrenden Glut nicht trennend zwischen der Verehrung für den anderen und der für Gott. Und es betrübte mich, dass Olivier diese erste Entäußerung der Sinne, welche die Seele so gefährlich weit über die Welt der Erscheinungen hinaushebt, nie gekannt, er solche Erinnerungen nicht hatte; doch gerade dass ihm all dies fremd sein musste, half mir, selbst davon loszukommen. Bewegt drückte ich seine Hand, die immer noch in meiner lag, doch in diesem Moment zog er sie plötzlich zurück. Er schlug die Augen auf, sah mich an und flüsterte, indes ein kindliches, schalkhaftes Lächeln über sein ernstes Gesicht huschte, zu mir gebeugt, während der Pastor gerade allen Christen ihre Pflichten in Erinnerung rief und die Jungvermählten mit Ratschlägen, Vorschriften und frommen Ermahnungen überhäufte: ›Mir ist das schnuppe: Ich bin katholisch.‹

Sein ganzes Wesen zieht mich an und bleibt mir rätselhaft.

An der Sakristeitür traf ich auf den alten La Pérouse. Er sagte etwas traurig, doch ohne jeden Vorwurf zu mir: ›Ich dachte schon, Sie hätten mich vergessen.‹

Ausreden vorgebracht, um mein langes Fernbleiben zu entschuldigen; für übermorgen meinen Besuch versprochen. Ich wollte ihn dazu bewegen, doch zu den Azaïs mitzukommen, zu deren Tee ich im Anschluss an die Trauung eingeladen war;

doch er sagte, er sei zu düsterer Stimmung und fürchte sich davor, mit all den Leuten sprechen zu müssen, die er dort treffen würde.

Pauline nahm Georges mit nach Hause; Olivier und ich blieben: ›Ich vertraue Ihnen Olivier an‹, sagte sie lachend; was Olivier, der das Gesicht abwandte, offensichtlich auf die Nerven ging. Er zog mich auf die Straße hinaus: ›Ich wusste gar nicht, dass Sie die Azaïs so gut kennen?‹

Er war sehr überrascht, als ich ihm sagte, ich hätte zwei Jahre in ihrer Pension gewohnt.

›Wie konnten Sie diese Lösung wählen, statt lieber unabhängig zu sein?‹

›Es war das einfachste‹, antwortete ich ausweichend, da ich ihm nicht sagen konnte, dass zu jener Zeit Laura mein Denken beherrschte und ich mich jedem Zwang unterworfen hätte, allein der Befriedigung wegen, ihn mit ihr gemeinsam zu erdulden.

›Und Sie erstickten nicht in diesem Laden?‹ Als ich nichts erwiderte: ›Ich weiß übrigens auch nicht recht, wie ich es ertrage und warum ich noch dort bin … Zwar nur als Halbpensionär. Doch das ist schon zu viel.‹

Es war ihm neu, dass sein Großvater mit dem Direktor dieses ›Ladens‹ befreundet gewesen war, was seine Mutter zu ihrer Wahl bestimmt hatte.

›Im Übrigen‹, fügte er hinzu, ›habe ich keinen Vergleich; wahrscheinlich sind diese Paukanstalten alle so; ja, nach allem, was ich gehört habe, scheinen die meisten noch schlimmer zu sein. Trotzdem bin ich froh, wenn ich dort herauskomme. Ich wäre gar nicht erst eingetreten, wenn ich nicht das, was ich während meiner Krankheit verpasste, hätte aufholen müssen. Nun gehe ich seit einer ganzen Weile nur noch aus Freundschaft zu Armand hin.‹ Lauras jüngerer Bruder sei nämlich sein Mitschüler, erklärte er mir. Ich erwiderte, dass ich Armand nicht näher kenne.

›Dabei ist er der Intelligenteste und Interessanteste der Familie.‹

›Das heißt derjenige, mit dem du dich am meisten beschäftigt hast.‹

›Nein, nein; ich versichere Ihnen, er ist wirklich etwas Besonderes. Wenn Sie wollen, gehen wir nachher in sein Zimmer und unterhalten uns ein bisschen mit ihm. Hoffentlich ist er in Ihrer Gegenwart nicht befangen.‹

Wir waren bei der Pension angekommen.

Die Vedel-Azaïs hatten das übliche Hochzeitsmahl durch einen schlichten, weniger kostspieligen Tee ersetzt. Der Empfangsraum und das Arbeitszimmer des Pastors Vedel standen der Masse der Gäste offen. Zum winzigen Salon der Pastorin hatte hingegen nur der engste Kreis Zutritt; um einer Überfüllung vorzubeugen, hatte man die Tür zwischen Salon und Empfangsraum versperrt, was Armand auf die Frage, wie man zu seiner Mutter gelange, antworten ließ: ›Durch den Kamin.‹

Es war ein großes Gedränge. Man erstickte vor Hitze. Lauter Protestanten, abgesehen von ein paar ›Mitgliedern des Lehrkörpers‹, Kollegen von Douviers. Ganz eigener, puritanischer Mief. Sind Katholiken oder Juden unter sich, ist deren Ausdünstung nicht minder stark und vielleicht noch unangenehmer; doch findet man bei den Katholiken häufiger eine richtige Selbsteinschätzung und bei den Juden eine Unterschätzung ihrer selbst, während die Protestanten offenbar nur sehr selten zu dieser Distanz fähig sind. Die jüdische Nase mag zu groß sein, die Nase der Protestanten aber ist unbestreitbar verstopft. Auch ich merkte nichts von dieser eigenartigen Atmosphäre, solange sie mich einschloss. Sie zeugt von einem unsagbar hinterwäldlerischen Gottvertrauen.

Am hinteren Ende des Raumes ein Tisch als Buffet hergerichtet; Rachel, Lauras ältere Schwester, und Sarah, die jüngere, schenkten, von einigen Freundinnen im heiratsfähigen Alter unterstützt, den Tee ein …

Kaum hatte Laura mich gesehen, zog sie mich mit sich ins Arbeitszimmer ihres Vaters, wo schon eine ganze Synode versammelt war. In eine Fensternische flüchtend, konnten wir uns ungestört unterhalten. Einst hatten wir in den Rand des Fensterstocks unsere beiden Namen geritzt.

›Sehen Sie nur. Man kann sie immer noch lesen‹, sagte Laura. ›Ich glaube, es hat sie noch nie jemand bemerkt. Wie alt waren Sie damals?‹

Unter die Namen hatten wir das Datum gesetzt. Ich rechnete: ›Achtundzwanzig Jahre.‹

›Und ich sechzehn. Zehn Jahre ist das nun her.‹

Warum musste sie ausgerechnet jetzt an diese Erinnerungen rühren; ich bemühte mich, das Thema zu wechseln, doch sie klammerte sich daran und kam immer wieder auf uns zurück; dann fragte sie unvermittelt, als fürchte sie, von Rührung überwältigt zu werden, ob ich mich noch an Strouvilhou erinnere.

Strouvilhou war ein freier Pensionär, der Lauras Eltern seinerzeit schwer zugesetzt hatte. Er sollte einzelne Stunden besuchen, doch wenn man ihn fragte, welche oder auf welche Prüfungen er sich vorbereite, antwortete er seelenruhig: ›Das wechselt.‹

Zunächst ließ man ihm seine Unverschämtheiten, wohl um sie zu entschärfen, als Späße durchgehen, und er selbst lachte auch jedes Mal schallend; doch seine Ausfälle wurden immer aggressiver, sein Lachen wurde immer sarkastischer, und ich verstand nicht recht, wie und warum der Pastor einen solchen Pensionär dulden konnte, wenn nicht aus finanziellen Gründen oder weil er noch in irgendeiner Weise, halb aus Mitleid, halb aus Zuneigung, an Strouvilhou hing, vielleicht auch die vage Hoffnung hatte, ihn doch noch zu bessern, ich meine: zu bekehren. Erst recht verstand ich nicht, warum Strouvilhou in der Pension wohnen blieb, wo er doch jederzeit hätte gehen können; denn es hatte nicht den Anschein, als hielten ihn, wie mich, zarte Bande; eher lag es wohl an dem Vergnügen, das ihm sichtlich seine Gefechte mit dem armen Pastor bereiteten, der sich kaum zu verteidigen wusste und ihm immer den besseren Part überließ.

›Erinnern Sie sich noch, wie er Papa eines Tages fragte, ob er während der Predigt unter dem Talar sein Jackett anbehalte?‹

›Und ob! Er fragte so treuherzig, dass Ihr armer Vater nichts Böses vermutete. Es war bei Tisch; ich sehe es noch genau vor mir …‹

›Und Papa antwortete ihm arglos, der Talar sei nicht sehr warm, er fürchte, sich ohne sein Jackett zu erkälten.‹

›Und die untröstliche Miene, die Strouvilhou daraufhin aufsetzte! Wie man in ihn dringen musste, bis er schließlich damit herausrückte, dass es nur eine Kleinigkeit sei, doch dass bei den feierlichen Gebärden die Jackenärmel Ihres Vaters unter dem Talar hervorkämen, ein für manche Gläubige peinlicher Effekt.‹

›Woraufhin der arme Papa eine ganze Predigt lang die Arme gegen den Körper presste, so dass ihm all seine rhetorischen Effekte missrieten.‹

›Und am darauffolgenden Sonntag kam er mit einem schweren Schnupfen nach Hause, weil er das Jackett nicht getragen hatte. Ach, und die Debatte über das Gleichnis vom unfruchtbaren Feigenbaum und über Bäume, die keine Früchte tragen … »Ich bin doch kein Obstbaum. Aber einen Schatten werfe ich, Herr Pastor: Und der Schatten fällt auf Sie.«‹

›Auch das sagte er bei Tisch.‹

›Natürlich, denn man bekam ihn ja nur zu den Mahlzeiten zu Gesicht.‹

›Und die Gehässigkeit, mit der er dies sagte. Da hat Großvater ihn vor die Tür gesetzt. Erinnern Sie sich noch, wie er, der sonst mit der Nase im Teller steckt, sich plötzlich zu seiner ganzen Größe aufrichtete, den Arm ausstreckte und rief: »Hinaus!«‹

›Er wirkte riesenhaft in diesem Moment und furchterregend; er zürnte ihm. Ich glaube wirklich, Strouvilhou bekam es mit der Angst zu tun.‹

›Der warf seine Serviette auf den Tisch und verschwand. Er ging, ohne gezahlt zu haben, und ließ sich nie mehr hier blicken.‹

›Frage mich nur, was aus ihm geworden ist.‹

›Armer Großvater‹, fuhr Laura nachdenklich fort, ›wie schön er mir erschien an jenem Tag. Wissen Sie, dass er Sie sehr schätzt? Möchten Sie nicht ein bisschen zu ihm in sein Arbeitszimmer hinaufgehen? Ich bin sicher, Sie würden ihm eine große Freude bereiten.‹

Ich halte all dies unverzüglich fest, nachdem ich gemerkt habe, wie schwierig es später ist, den Ton eines Dialogs genau zu treffen. Von hier an jedoch hörte ich Laura nicht mehr richtig zu. Ich hatte, wenn auch in einiger Entfernung, Olivier bemerkt, den ich aus den Augen verloren hatte, als Laura mich in das Arbeitszimmer ihres Vaters zog. Seine Augen glänzten, und er wirkte sehr ausgelassen. Später erfuhr ich, dass Sarah sich einen Spaß daraus gemacht hatte, ihm nacheinander sechs Gläser Champagner zu verabreichen. Er hatte sich mit Armand verbündet, um zwischen den Gruppen hindurch Sarah und einer jungen Engländerin in Sarahs Alter nachzujagen, die seit mehr als einem Jahr bei den Azaïs in der Pension wohnte. Sarah und ihre Freundin flohen schließlich aus dem Zimmer; durch die offene Tür sah ich, wie die beiden Jungen hinter ihnen her die Treppe hinaufstürzten. Auch ich wollte hinaus, Lauras Aufforderung befolgen, doch sie hielt mich zurück: ›Bitte, Édouard, ich möchte Ihnen noch etwas sagen …‹, und plötzlich wurde ihre Stimme sehr ernst, ›wir werden uns vielleicht lange Zeit nicht wiedersehen. Ich möchte, dass Sie mir noch einmal sagen … Ich möchte wissen, ob ich damit rechnen kann … dass wir Freunde bleiben.‹

Ein so großes Verlangen, sie in die Arme zu schließen, wie

in diesem Moment hatte ich noch nie; doch küsste ich nur innig und tief bewegt ihre Hand und beteuerte: ›Was immer auch geschieht.‹ Und um die in mir aufsteigenden Tränen vor ihr zu verbergen, riss ich mich los, ging Olivier suchen.

Neben Armand auf einer Treppenstufe sitzend, hielt er nach mir Ausschau. Er war offensichtlich etwas angeheitert. Er stand auf und zog mich am Arm: ›Kommen Sie‹, sagte er. ›Wir wollen eine Zigarette in Sarahs Zimmer rauchen. Sie wartet auf uns.‹

›Gleich. Zuerst muss ich noch bei Azaïs vorbeischauen. Nur werde ich nachher das Zimmer nicht finden.‹

›Keine Sorge, Sie kennen es gut; es ist das Zimmer, das Laura hatte‹, rief Armand aus. ›Da es eines der besten im Haus ist, wurde dort die Pensionärin untergebracht; weil die aber nicht genug bezahlt, muss sie sich das Zimmer mit Sarah teilen. Der Form halber wurde ein zweites Bett reingestellt; doch das war gar nicht nötig …‹

›Hören Sie nicht auf ihn‹, sagte Olivier lachend, Armand in die Seite puffend, ›er ist betrunken.‹

›Du musst bloß etwas sagen‹, versetzte Armand.

›Also bis gleich, nicht wahr? Wir warten auf Sie.‹

Ich versprach nachzukommen.

Mit seinem neuen Bürstenschnitt hat der alte Azaïs keine Ähnlichkeit mehr mit Whitman. Er hat das erste und das zweite Stockwerk des Gebäudes an die Familie seines Schwiegersohns abgetreten. Durch das Fenster seines Arbeitszimmers (Mahagoni, Rips und Englischleder) sieht er den Hof von oben ein und überwacht das Kommen und Gehen der Schüler.

›Sehen Sie nur, wie man mich verwöhnt‹, begrüßte er mich und wies auf einen riesigen Strauß Chrysanthemen, den die Mutter eines seiner Schüler, eine langjährige Freundin der Familie, ihm gerade heraufgebracht hatte. In dem Raum herrschte eine solche Strenge, dass es schien, als müssten die Blumen sofort verwelken. ›Ich habe mich einen Augenblick von den Gästen zurückgezogen. Ich werde alt, und das laute Durcheinander der Gespräche ermüdet mich. Doch diese Blumen werden mir Gesellschaft leisten. Sie sprechen auf ihre Weise und verkünden den Ruhm des Herrn besser noch, als Menschen es vermögen‹ (oder etwas in der Art).

Der treffliche Mann macht sich keinen Begriff davon, wie sehr er die Schüler mit solchen Phrasen langweilt, die er noch dazu so aufrichtig meint, dass man nicht einmal darüber lachen kann. Der Umgang mit frommen Gemütern wie Azaïs ist wirklich schwierig. Ist man auch nur etwas weniger fromm, sieht man sich gezwungen, ihnen gegenüber Theater zu spielen; nicht gerade anständig, doch was bleibt einem anderes übrig? Man kann nicht diskutieren, richtigstellen; man vermag nur beizupflichten. Azaïs zwingt einen zur Heuchelei, sobald man nicht genauso gläubig ist wie er. Als ich mit der Familie bekannt wurde, empörte es mich anfangs, dass seine Enkelkinder ihn belogen. Bald verhielt ich mich auch nicht anders.

Der Pastor, Prosper Vedel, ist ständig unterwegs; die etwas einfältige Madame Vedel völlig in eine poetisch-religiöse Traumwelt versponnen, was sie jeglichen Wirklichkeitssinn verlieren lässt; die Erziehung und religiöse Unterweisung der Kinder liegt in den Händen des Großvaters. Als ich bei ihnen wohnte, kam es regelmäßig, jeden Monat, zu einer heftigen Aussprache, die in pathetischen Beschwörungen gipfelte: ›Von nun an wollen wir uns alles sagen. Eine Ära der Offenheit und Aufrichtigkeit bricht an.‹ (Er drückt mit Vorliebe den gleichen Gedanken mehrfach aus – eine alte Gewohnheit aus der Zeit seines Pastorats.) ›Wir wollen keine Hintergedanken haben, jene niedrigen, geheimen Gedanken. Wir werden uns ins Gesicht sehen können, geradewegs in die Augen. Nicht wahr? So ist es abgemacht.‹

Woraufhin er nur noch mehr in seine Leichtgläubigkeit hineingeriet und die Enkelkinder in ihre Verlogenheit.

Seine Appelle richteten sich insbesondere an Lauras um ein Jahr jüngeren Bruder, in dem die Lebenssäfte brodelten und der gerade in der Liebe sein Glück versuchte. (Inzwischen sucht er sein Auskommen in den Kolonien, und ich habe ihn aus den Augen verloren.) Eines Abends, als der Alte wieder einmal seinen Sermon von sich gegeben hatte, suchte ich ihn anschließend in seinem Arbeitszimmer auf; ich bemühte mich, ihm zu erklären, dass er die Aufrichtigkeit, die er von seinem Enkel verlangte, durch seine eigene Unduldsamkeit verhinderte. Da verlor Azaïs beinahe die Beherrschung und rief in einem Ton, der keinen Widerspruch duldete: ›Er braucht nur nichts zu tun, was zu gestehen er sich schämen müsste.‹

Azaïs ist ein sehr aufrechter Mann; ja, mehr noch: ein Ausbund an Tugend und hat, wie man so sagt, ein goldenes Herz; doch sein Urteil ist naiv. Ich genieße seine Hochachtung, weil er von keiner Geliebten weiß. Wie er mir anvertraute, hatte er gehofft, Laura würde mich ehelichen; er hat Zweifel, ob Douviers der geeignete Gatte ist, und wiederholte immer wieder: ›Lauras Wahl verwundert mich‹, um schließlich hinzuzufügen: ›Nun, er ist gewiss ein braver Mann … Was meinen Sie? …‹

Worauf ich erwiderte: ›Ganz gewiss.‹

Je mehr ein Mensch der Frömmigkeit anheimfällt, desto mehr verliert er den Sinn für die Wirklichkeit, desto weniger verlangt es ihn nach ihr, braucht und liebt er sie. Das Gleiche habe ich bei Vedel beobachtet, so wenig Gelegenheit ich auch hatte, mit ihm zu sprechen. Durch ihren Glauben verblendet, sind diese Leute blind für die Welt, die sie umgibt, und gegen sich selbst. Mir hingegen ist nichts wichtiger, als klarzusehen, und ich bin entsetzt, in welch dichtem Lügengespinst ein Frömmler leben kann.

Ich wollte, dass Azaïs mir von Olivier erzählte, doch er interessiert sich viel mehr für den kleinen Georges.

›Lassen Sie sich nicht anmerken, dass ich etwas verraten habe‹, begann er. ›Obwohl es dem Jungen alle Ehre macht … Denken Sie nur, Ihr Neffe und einige seiner Kameraden haben einen kleinen Verein gegründet, so etwas wie eine Bruderschaft tapferer Streiter, zu der nur verdiente Mitglieder zugelassen sind, die bereits Beweise ihres Mutes geliefert haben; eine Art Ehrenlegion für Kinder. Ist das nicht reizend? Jedes von ihnen trägt ein winziges Ordensband im Knopfloch – ganz unauffällig, doch meiner Aufmerksamkeit entging es nicht. Als ich den Jungen in mein Arbeitszimmer bestellte und ihn auf das Abzeichen ansprach, wurde er sehr verlegen. Der liebe Kleine fürchtete einen Tadel. Dann klärte er mich, hochrot und in großer Verwirrung, über die Natur ihres kleinen Klubs auf. Wissen Sie, man muss sich hüten, über diese Dinge zu lächeln; man liefe Gefahr, sehr zarte Gefühle zu verletzen … Ich habe ihn gefragt, warum er und seine Kameraden es nicht in aller Öffentlichkeit täten, so dass jeder davon weiß. Ich hielt ihm vor Augen, welch wunderbare missionarische Wirkung, welch proselytische Kraft sie entfalten könnten, welch herrliche Rolle ihnen zufiele … Doch in diesem Alter liebt man das Geheimnis … Um sein Vertrauen zu gewinnen, erzählte ich ihm, dass auch ich zu meiner Zeit, das heißt, als ich in seinem Alter war, einem ähnlichen Verein angehörte, dessen Mitglieder den schönen Namen »Ritter der Tugend« trugen; jeder von uns erhielt vom Anführer der Liga ein Heft, in das er seine Verfehlungen, sein Versagen in aller Aufrichtigkeit eintrug. Da lächelte Georges, und ich sah wohl, dass ihm die Idee mit dem Heft gefiel; ich drängte ihn nicht, doch es sollte mich nicht wundern, wenn er das System mit den Heften auch bei seinen Mitstreitern einführte. Sehen Sie, man muss es nur richtig anfangen; und den Kindern vor allen Dingen zeigen, dass man Verständnis für sie hat. Ich habe ihm versprochen, seinen Eltern kein Sterbenswörtchen zu verraten, wenn er mir dafür zusagte, es selber seiner Mutter zu erzählen, der er eine große Freude bereiten würde. Doch offenbar haben die Kinder einander ihr großes Ehrenwort gegeben, nichts verlauten zu lassen. Da wäre es nur ungeschickt von mir gewesen, weiter in ihn zu dringen. Wir haben jedoch, bevor wir auseinandergingen, gemeinsam um Gottes Segen für seine Liga gebetet.‹

Armer guter alter Vater Azaïs! Ich bin überzeugt, der Kleine hat ihm einen gehörigen Bären aufgebunden, und kein Wort ist wahr an dieser Geschichte. Doch was hätte Georges sonst antworten sollen? … Ich will herausfinden, was dahintersteckt.

Lauras Zimmer war nicht wiederzuerkennen. Die Tapeten waren neu, es herrschte eine ganz andere Atmosphäre. Auch Sarah wirkte völlig verändert. Dabei glaubte ich, sie gut zu kennen. Sie war immer sehr zutraulich gewesen. Von jeher war ich für sie derjenige, dem man alles sagen konnte. Doch nun war ich monatelang nicht bei den Vedels gewesen. Sarahs Kleid ließ Hals und Arme frei. Sie wirkte größer, kühner. Sie saß auf einem der beiden Betten, an Olivier gelehnt, der sich bequem ausgestreckt hatte und zu schlafen schien. Sicherlich hatte er zu viel getrunken; und sicherlich litt ich darunter, ihn in diesem Zustand zu sehen; und doch schien er mir schöner denn je. Betrunken waren sie alle vier mehr oder weniger. Die Engländerin brach bei den absurdesten Einfällen Armands in Gelächter aus, ein Kreischen, dass mir die Ohren schmerzten. Angestachelt und geschmeichelt wetteiferte Armand mit der Dummheit und Vulgarität dieses Lachens; tat so, als wolle er sich eine Zigarette an den heißen Wangen seiner Schwester anzünden oder an Oliviers, die ebenfalls glühten; tat so, als verbrenne er sich die Finger, als er die beiden mutwillig zwang, ihre Gesichter einander so weit zu nähern, dass sie sich mit der Stirn berührten. Olivier und Sarah ließen sich das Spiel gefallen, und das wurde mir unerträglich. Doch ich will nicht vorgreifen …

Während Olivier sich immer noch schlafend stellte, fragte Armand mich unvermutet, was ich von Douviers hielte. Ich hatte in einem niederen Sessel Platz genommen, amüsiert, erregt und abgestoßen zugleich von ihrer Trunkenheit und Schamlosigkeit; vor allem aber geschmeichelt, dass sie mich gerade jetzt zu kommen aufgefordert hatten, wo ich so wenig hierher zu gehören schien.

›Die anwesenden jungen Damen …‹, fuhr er fort, da ich um eine Antwort verlegen war und nur beifällig lächelte, um mir keine Blöße zu geben, ›die anwesenden Damen …‹ Da fiel die Engländerin über ihn her und wollte ihm den Mund zuhalten, um ihn am Weitersprechen zu hindern; er wehrte sich und rief: ‹... entrüsten sich darüber, dass Laura mit ihm schlafen soll.‹

Die Engländerin ließ von ihm ab und sagte in gespielter Empörung: ›Sie dürfen ihm kein Wort glauben. Er lügt.‹

›Ich habe versucht, ihnen klarzumachen‹, fuhr Armand in ruhigerem Ton fort, ›dass man für eine Mitgift von zwanzigtausend Francs nicht mehr verlangen kann und dass es Laura als wahrer Christin vor allem auf die Schönheit der Seele ankommen müsse, wie unser Vater, der Pastor, sagen würde. Ja, meine Kinder. Was würde denn aus den Bevölkerungszahlen, wenn man jeden zum Zölibat verurteilte, der kein Adonis ist … oder sagen wir, kein Olivier, um ein Beispiel aus jüngster Zeit zu wählen.‹

›So ein Idiot!‹, murmelte Sarah. ›Hören Sie nicht auf ihn; er weiß nicht, was er sagt.‹

›Ich sage die Wahrheit.‹

Noch nie hatte ich Armand so sprechen hören; ich hielt ihn und halte ihn noch immer für einen feinfühligen und empfindsamen Menschen; sein ordinäres Gerede wirkte aufgesetzt, war wohl auf seine Trunkenheit zurückzuführen und vor allem auf das Bedürfnis, der Engländerin zu gefallen. Hübsch mochte sie ja sein, doch wohl auch ziemlich blöde, wenn ihr solche Ungehörigkeiten gefielen; was konnte Olivier nur an dieser Gesellschaft finden? ... Ich nahm mir vor, aus meinem Widerwillen keinen Hehl zu machen, sowie ich ihn unter vier Augen sprechen könnte.

›Aber Sie‹, fing Armand wieder an, plötzlich zu mir gewandt, ›Sie, der Sie nicht aufs Geld sehen müssen, der Sie genug davon haben, um sich edle Gefühle leisten zu können, hätten Sie vielleicht die Güte, uns zu erklären, warum Sie Laura nicht geheiratet haben? Wo Sie Laura doch offensichtlich liebten und Laura, wie jedermann weiß, nach Ihnen schmachtete.‹

Olivier, der bis dahin so getan hatte, als schlafe er, schlug die Augen auf; unsere Blicke begegneten sich, und wenn ich nicht errötete, so nur, weil keiner der anderen in der Lage war, mich zu beobachten.

›Armand, du bist unausstehlich‹, sagte Sarah, als wolle sie mir zu Hilfe kommen, da ich um eine Antwort verlegen war. Dann streckte sie sich auf dem Bett, auf dem sie bislang saß, der Länge nach so neben Olivier aus, dass ihre Gesichter sich berührten. Armand sprang sofort herbei, griff nach dem großen Paravent, der am Fußende des Bettes an der Wand lehnte, und klappte ihn, Faxen machend, auseinander, bis er das Paar verdeckte, dann, immer noch feixend, beugte er sich zu mir hinab und sagte mit lauter Stimme: ›Sie wussten noch nicht, dass meine Schwester eine Hure ist?‹

Das war zu viel. Ich stand auf und stieß den Wandschirm beiseite, hinter dem Olivier und Sarah sich sofort aufrichteten. Sarahs Haar hatte sich gelöst. Olivier erhob sich, ging zum Waschtisch und kühlte sich das Gesicht.

Sarah nahm meinen Arm: ›Kommen Sie mit. Ich will Ihnen etwas zeigen.‹

Sie öffnete die Tür und zog mich auf den Treppenabsatz hinaus. ›Ich dachte, das müsste einen Romanautor interessieren. Ein kleines Notizbuch, das ich zufällig gefunden habe; ein Tagebuch von Papa; ich verstehe nicht, warum er es herumliegen lässt. Jedermann konnte es lesen. Ich habe es genommen, damit dass nicht Armand es sieht. Erzählen Sie ihm nichts davon. Viel steht nicht drin. Sie haben es in zehn Minuten gelesen und können es mir zurückgeben, bevor Sie gehen.‹

›Aber Sarah‹, sagte ich, sie unverwandt ansehend, ›das ist entsetzlich indiskret.‹

Sie zuckte die Achseln. ›Oh! Was das anbelangt, werden Sie enttäuscht sein. Nur an einer Stelle wird es spannend … und selbst da. Warten Sie: Ich werde es Ihnen zeigen.‹

Sie hatte aus dem Ausschnitt ihres Kleides einen sehr kleinen, vier Jahre alten Taschenkalender gezogen, blätterte kurz darin und hielt ihn mir aufgeschlagen hin, mit dem Finger auf einen Absatz zeigend.

›Lesen Sie schnell das hier.‹

Ich sah zunächst, unterhalb des Datums, folgendes Bibelzitat in Anführungszeichen: ›Wer im Geringsten treu ist, der ist auch im Großen treu.‹ Und darunter: ›Warum nur setze ich meinen Vorsatz, nicht mehr zu rauchen, nicht endlich in die Tat um. Und sei es nur, um Mélanie‹ (der Pastorin) ›keinen Kummer zu bereiten. Herr, gib mir die Kraft, das Joch dieser schmachvollen Knechtschaft abzuschütteln.‹ (Ich glaube, exakt so stand es da.) – Dem folgte die Aufzeichnung von inneren Kämpfen, flehentlichen Bitten, Gebeten, Schwüren, die offensichtlich nichts gefruchtet hatten, denn sie wiederholten sich Tag für Tag. Dann, blätterte man abermals um, wechselte das Thema plötzlich.

›Ergreifend, nicht wahr?‹, sagte Sarah mit einem kaum merklichen ironischen Lächeln, als ich mit Lesen fertig war.

Ich konnte nicht an mich halten: ›Es ist noch viel eigenartiger, als Sie denken‹, entgegnete ich und ärgerte mich gleichzeitig, dass ich nicht schwieg. ›Stellen Sie sich vor, dass ich vor kaum zehn Tagen Ihren Vater gefragt habe, ob er jemals versucht habe, das Rauchen aufzugeben. Ich fand, dass es mir selbst viel zu sehr zur Gewohnheit wurde und … Kurz, wissen Sie, was er geantwortet hat? Zunächst einmal werde, was die schädlichen Wirkungen des Tabaks anbelange, sehr übertrieben, er habe sie jedenfalls an sich nie feststellen können; und als ich auf meiner Frage beharrte, räumte er schließlich ein: »Ja; zwei- oder dreimal habe ich schon beschlossen, für eine Weile damit aufzuhören.« – »Und ist es Ihnen gelungen?«, fragte ich. – »Aber natürlich«, erwiderte er, als sei das eine Selbstverständlichkeit, »da ich es doch beschlossen hatte.« Höchst erstaunlich!

Doch vielleicht konnte er sich nur nicht mehr erinnern‹, fügte ich hinzu, da ich mir Sarah gegenüber nicht anmerken lassen wollte, wie viel Scheinheiligkeit ich hinter all dem vermutete.

›Oder aber‹, ergänzte Sarah, ›es ist der Beweis dafür, dass mit »Rauchen« etwas ganz anderes gemeint ist.‹

War es wirklich Sarah, die so sprach? Ich war schockiert. Ich sah sie an und wagte kaum zu begreifen ... In diesem Moment kam Olivier zum Zimmer heraus. Er hatte sich gekämmt, hatte seine Kleider in Ordnung gebracht und wirkte ruhiger.

›Wollen wir gehen?‹, fragte er, ohne sich um Sarah zu kümmern. ›Es ist spät.‹

Wir gingen hinunter. Kaum waren wir draußen auf der Straße, sagte er: ›Ich möchte nicht, dass Sie es missverstehen. Sie könnten denken, ich liebte Sarah. Nein ... Oh, ich verabscheue sie nicht gerade ... Aber ich liebe sie nicht.‹

Ich hatte seinen Arm genommen und presste ihn an mich, ohne etwas zu entgegnen.

›Sie dürfen auch Armand nicht nach dem beurteilen, was er heute zu Ihnen gesagt hat‹, begann er wieder. ›Er verfällt in eine Rolle ... ohne es zu wollen. Im Grunde ist er ganz anders ... Ich kann es Ihnen nicht erklären. Es treibt ihn unwillkürlich dazu, das, woran er am meisten hängt, zu zerstören. Er ist noch nicht lange so. Ich glaube, er ist sehr unglücklich und verbirgt das hinter seinem Spott. Er ist sehr stolz. Seine

Eltern verstehen ihn überhaupt nicht. Sie wollten einen Pastor aus ihm machen.‹

Motto für ein Kapitel der *Falschmünzer:*
›Die Familie …, diese Zelle der Gesellschaft.‹
Paul BOURGET *(passim).*

Überschrift des Kapitels: DAS GESETZ DER ZELLE.

Es gibt zwar kein (geistiges) Gefängnis, aus dem ein wacher Verstand nicht ausbricht; und nichts, was zur Auflehnung reizt, ist eine ernsthafte Gefahr – wenngleich Auflehnung auch den Charakter verformen kann (lässt sie doch den Betreffenden sich abkapseln, allem zuwiderhandeln oder aufsässig werden und begünstigt sie doch eine gnadenlose Durchtriebenheit); und dennoch verschwendet ein Kind, das sich dem Einfluss der Familie nicht überlässt, seine frische Kraft darauf, sich von diesem Einfluss zu befreien. Immerhin bewirkt eine Erziehung, die dem Kind Hindernisse aufbaut, dass es an deren Überwindung erstarkt. Am bedauerlichsten aber sind die Opfer ständigen Lobes. Zu verabscheuen, was uns schmeichelt, welche Charakterstärke erfordert das nicht! Wie oft habe ich Eltern (besonders Mütter) gesehen, die erfreut bei ihren Kindern ihre eigenen törichtesten Abneigungen, ihre ungerechtesten Vorurteile, ihre Verständnislosigkeit, ihre Phobien wiederentdecken und fördern … Bei Tisch: ›Das brauchst du nicht mitzuessen; du siehst ja, es ist bloß Fett. Da musst du die Haut abmachen. Das ist nicht durch …‹ Abends, im Freien: ›Oh! Eine Fledermaus … Setz dir schnell etwas auf; sonst geht sie an deine Haare!‹ Usw. Bei ihnen beißen die Maikäfer, die Heuschrecken pieken, die Regenwürmer machen Pickel. Ebenso absurde Ansichten auf allen anderen Gebieten, im Geistigen, Moralischen usw.

Im Ringbahnzug, mit dem ich vorgestern aus Auteuil zurückkam, hörte ich eine junge Mutter einem zehnjährigen

Mädchen unter Liebkosungen ins Ohr flüstern: ›Du und ich; ich und du; sonst gehört keiner dazu.‹ (Oh, ich weiß, es waren einfache Leute; doch auch die einfachen Leute haben ein Recht auf unsere Entrüstung. Ihr Mann saß in der Ecke und las Zeitung, ruhig, gottergeben, und vielleicht nicht einmal gehörnt.)

Kann man sich ein heimtückischeres Gift vorstellen?

Den Bastarden gehört die Zukunft. – Wie vielsagend der Ausdruck: *›ein natürliches Kind!‹* Nur der Bastard hat das Recht auf Natürlichkeit.

Der Egoismus einer Familie … kaum weniger abstoßend als der Egoismus des Einzelnen.

6. November.

Ich habe noch nie etwas frei erfinden können. Ich arbeite mit der Realität wie der Maler mit seinem Modell, zu dem er sagt: Würden Sie die und die Haltung, den und den Ausdruck für mich einnehmen. So wie ich die Antriebskräfte der Modelle kenne, die mir die Gesellschaft bietet, kann ich diese nach meinem Belieben agieren lassen; oder sie zumindest, wenn sie sich noch nicht festgelegt haben, mit Aufgaben konfrontieren, die sie auf ihre eigene Art und Weise lösen werden, so dass ich aus ihrem Verhalten Rückschlüsse ziehen kann. Als Romanautor quält mich das Verlangen, mich einzumischen, auf ihr Schicksal einzuwirken. Und hätte ich die nötige Phantasie, würde ich mir die Verwicklungen einfach zusammendichten; so gebe ich nur den Anstoß, beobachte dann die Akteure und schreibe nach ihrem Diktat.

7. November.

Das, was ich gestern schrieb, trifft nicht zu. Gültig bleibt, dass die Realität mich als ein formbarer Stoff fasziniert; mich interessiert unendlich viel mehr das, was sein könnte, als das, was gewesen ist. Mir schwindelt, wenn ich mir die Möglichkeiten, die in jedem Menschen schlummern, vorstelle, und ich beklage all das, was vom Mantel der Konvention erstickt wird.«

Bernard musste seine Lektüre einen Augenblick unterbrechen. Ihm verschwamm alles vor den Augen. Er rang nach Luft, als hätte er die ganze Zeit, während er las, den Atem angehalten, so gefesselt war er. Er öffnete das Fenster und füllte seine Lungen, bevor er sich wieder hineinvertiefen wollte.

Seine freundschaftlichen Gefühle für Olivier waren gewiss sehr innig; er hatte keinen besseren Freund und liebte niemanden auf Erden so sehr wie ihn, da er seine Eltern nicht lieben konnte; ja, er hing gegenwärtig mit allen Fasern seines Herzens an ihm; doch Olivier und er verstanden unter Freundschaft offenbar nicht ganz dasselbe. Je länger Bernard las, desto erstaunter war er, wie wandelbar dieser Freund war, den er so gut zu kennen glaubte; er konnte ihn nur bewundern, es schmerzte ihn aber auch ein wenig. Olivier hatte all das, was in dem Tagebuch stand, ihm gegenüber mit keinem Wort erwähnt. Bernard hatte so gut wie nichts von Armand und Sarah gewusst. Wie vollkommen anders sich doch Olivier ihnen gegenüber benahm! ... Ob Bernard seinen Freund in diesem Zimmer von Sarah, auf diesem Bett noch wiedererkannt hätte? In die ungeheure Neugier, die ihn seine Lektüre verschlingen ließ, mischte sich ein dumpfes Unbehagen: Widerwille oder Trotz. Etwas von jenem Trotz, der in ihm aufkeimte, als er Olivier an Édouards Arm sah: der Trotz desjenigen, der sich ausgeschlossen fühlt. Dieser Trotz kann weitreichende Folgen haben und zu mancherlei Dummheiten verleiten; wie Trotz ganz allgemein.

Doch genug davon. Das Gesagte diente nur dem Zweck, für etwas Luft zu sorgen zwischen den Seiten dieses *Tagebuchs*. Jetzt, da Bernard wieder zu Atem gekommen ist, kann es weitergehen. Er vertieft sich wieder in seine Lektüre.

XIII

Aus alten Leuten zieht man wenig Nutzen.
VAUVENARGUES

Édouards Tagebuch
(Fortsetzung)

»*8. November.*
Das alte Ehepaar La Pérouse ist wieder umgezogen. Die neue Wohnung, die ich noch nicht gesehen hatte, liegt im Hochparterre, in jener Ausbuchtung, die der Faubourg Saint-Honoré bildet, kurz bevor er den Boulevard Haussmann kreuzt. Ich läutete. La Pérouse kam an die Tür. Er war in Hemdsärmeln und trug eine merkwürdige gelbliche Kopfbedeckung, die ich schließlich als einen alten Strumpf (wohl von Madame de La Pérouse) identifizierte, dessen zusammengeschlungener Fuß ihm gebauscht wie die Troddel einer Toque auf die Wange baumelte. Er hielt einen Feuerhaken in der Hand. Offensichtlich hatte ich ihn beim Anschüren überrascht, und da ihm das peinlich zu sein schien, fragte ich: ›Soll ich später noch einmal vorbeikommen?‹

›Nein, nein ... Kommen Sie hier herein‹, und er nötigte mich in ein schmales, längliches Zimmer, dessen beide Fenster auf die Straße hinausgingen, genau in Höhe der Laternen. ›Ich erwartete gerade‹ (es war sechs Uhr) ›eine Schülerin; doch sie hat telegraphiert, dass sie nicht kommen kann. Ich freue mich so, Sie zu sehen.‹

Er legte das Schüreisen auf einem Tischchen ab und sagte, wie um seinen Aufzug zu entschuldigen: ›Die Aufwartefrau von Madame de La Pérouse hat den Ofen ausgehen lassen; sie kommt nur vormittags; ich musste ihn ausräumen ...‹

›Kann ich Ihnen beim Anschüren helfen?‹

›Nein, nein ... Man wird schmutzig davon ... Aber erlauben Sie, dass ich mir eine Jacke hole.‹

Er trippelte schnell zum Zimmer hinaus und kam in einer alten Jacke aus feinem Wolltuch wieder, mit abgerissenen Knöpfen, ausgebeulten Ärmeln und so abgetragen, dass man sie keinem Bettler zugemutet hätte. Wir setzten uns.

›Ich habe mich verändert, nicht wahr?‹

Ich wollte protestieren, fand aber keine Worte, so erschrocken war ich über sein ausgezehrtes Gesicht, das einmal sehr schön gewesen war.

›Ja, ich bin sehr gealtert in der letzten Zeit‹, erklärte er. ›Mein Gedächtnis lässt immer mehr nach. Wenn ich eine Fuge von Bach spielen will, brauche ich die Noten …‹

›Wie viele junge Leute wären froh, wenn sie Ihr Gedächtnis hätten!‹

Er aber schüttelte den Kopf: ›Oh, wenn es nur mein Gedächtnis wäre, das zu wünschen übriglässt. Sehen Sie, wenn ich gehe, habe ich den Eindruck, ziemlich schnell zu sein; und doch überholt mich jetzt jeder auf der Straße.‹

›Das liegt nur daran‹, sagte ich, ›dass man es heute so eilig hat.‹

›Ja, nicht wahr? … Mit den Stunden, die ich gebe, ist es das Gleiche: Die Schüler finden mich zu langsam; sie wollen schneller vorwärtsgehen. Sie laufen mir davon … Niemand kann sich gedulden.‹ Sehr leise, ich konnte ihn nur mit Mühe hören, fügte er hinzu: ›Ich habe so gut wie niemanden mehr.‹

Ihm war eine so tiefe Verzweiflung anzumerken, dass ich nichts zu fragen wagte.

›Madame de La Pérouse‹, fuhr er fort, ›will das nicht verstehen. Sie sagt, es läge an mir; ich täte nichts, um meine Schüler zu halten, und noch weniger, um neue zu gewinnen.‹

›Und diese Schülerin, die Sie erwarteten …‹, fragte ich unbeholfen.

›Oh, die, die bereite ich aufs Konservatorium vor. Sie kommt jeden Tag zum Arbeiten.‹

›Das heißt, sie bezahlt Ihnen nichts.‹

›Madame de La Pérouse wirft es mir zur Genüge vor! Sie versteht nicht, dass mir nur diese Stunden am Herzen liegen; diese es sind, die ich gerne … gebe. So vieles geht mir durch den Kopf in der letzten Zeit … Ja; ich möchte Sie einmal etwas fragen: Warum ist eigentlich in Büchern so selten von alten Menschen die Rede? … Es muss wohl daran liegen, dass die Alten nicht mehr in der Lage sind, welche zu schreiben, und dass man sich, wenn man jung ist, mit ihnen nicht aufhält. Alte Menschen interessieren doch niemanden … Dabei gäbe es ganz erstaunliche Sachen über sie zu sagen. Sehen Sie, erst jetzt erschließt sich mir mein früheres Handeln. Erst jetzt erschließt sich mir ein ganz anderer Sinn, als ich ihn meinem Handeln damals unterlegte … Erst jetzt begreife ich, dass ich mich mein ganzes Leben lang zum Besten halten ließ. Madame de La Pérouse hat mich zum Narren gehalten; mein Sohn hat mich zum Narren gehalten; alle haben sie mich zum Narren gehalten; und Gott hat mich zum Narren gehalten …‹

Die Dämmerung brach herein. Kaum vermochte ich noch die Züge meines alten Lehrers zu erkennen; da flammte plötzlich vor dem Fenster die Laterne auf, und ich sah Tränen auf seiner Wange schimmern. Ein seltsamer Fleck an seiner Schläfe, wie eine Aushöhlung, ein Loch, beunruhigte mich; doch als er eine kleine Bewegung machte, verschob sich der Fleck, und ich begriff, dass eine Kreuzblume der Balustrade diesen Schatten warf. Ich legte meine Hand auf seinen mageren Arm; er fröstelte.

›Sie werden sich erkälten‹, sagte ich. ›Wollen wir nicht doch lieber den Ofen anschüren? … Kommen Sie.‹

›Nein … Man muss sich abhärten.‹

›Wie! Sind Sie ein Stoiker?‹

›Gewissermaßen. Gerade weil ich zu Halsschmerzen neigte, habe ich nie einen Schal tragen wollen. Ich habe immer gegen mich selbst gekämpft.‹

›Das mag angehen, solange man sich siegreich behauptet; doch wenn der Körper unterliegt …‹

Er nahm meine Hand und sagte sehr ernst, als vertraue er mir ein Geheimnis an: ›Das wird der wahre Sieg sein.‹

Dann zog er die Hand zurück und fuhr fort: ›Ich fürchtete schon, Sie würden fortgehen, ohne noch einmal vorbeizukommen.‹

›Fortgehen? Wohin?‹, fragte ich.

›Ich weiß nicht, Sie sind so oft auf Reisen. Da ist noch etwas, das ich Ihnen sagen wollte … Auch ich rechne darauf, bald fortzugehen.‹

›Wie! Sie möchten verreisen?‹, fragte ich ungeschickt, als verstünde ich nicht, trotz seines ernsten und feierlichen Tones. Er schüttelte den Kopf: ›Sie verstehen sehr gut, was ich sagen will … Ja, ja; ich weiß, dass es bald an der Zeit ist. Ich beginne, weniger zu verdienen, als ich koste; und das ist unerträglich. Ich habe beschlossen, dass es einen bestimmten Punkt nicht überschreiten darf.‹

Er sprach in einem leicht exaltierten Ton, der mich beunruhigte. ›Finden auch Sie etwas Böses daran? Ich konnte noch nie verstehen, warum die Religion es uns verbietet. Ich mache mir meine Gedanken in der letzten Zeit. In meiner Jugend war ich ein sehr sittenstrenger Mensch; jedes Mal, wenn ich einer Versuchung widerstand, beglückwünschte ich mich zu meiner Charakterstärke. Ich lebte in dem Wahn, mich zu befreien, und dabei wurde ich mehr und mehr zum Gefangenen meines Stolzes. Mit jedem meiner Triumphe über mich drehte ich den Schlüssel meines Kerkers noch einmal um. Das meinte ich vorhin, als ich sagte, Gott habe mich zum Narren gehalten. Er hat mir meinen Stolz als Tugend verkauft. Gott hat sich über mich lustig gemacht. Er hat seinen Spaß mit uns. Ich glaube, er spielt mit uns wie die Katze mit der Maus. Er setzt uns Versuchungen aus, von denen er weiß, dass sie übermenschlich groß sind; und wenn wir ihnen dennoch widerstehen, vergilt er es uns schlecht. Was verübelt er uns denn? Und warum ... Aber ich langweile Sie mit diesen Betrachtungen eines alten Mannes.‹

Er stützte seinen Kopf in beide Hände, wie ein vor sich hin brütendes Kind, und schwieg so lange, dass ich mich zu fragen begann, ob er meine Anwesenheit vergessen hatte. Reglos saß ich ihm gegenüber, um ihn nicht in seinen Gedanken zu stören. Trotz der nahen Straße war es in dem kleinen Zimmer erstaunlich still, und trotz der Laterne, die uns wie ein gespenstisches Rampenlicht von unten her anstrahlte, schien sich der Schatten neben dem Fenster auszudehnen, und das Dunkel gefror, erstarrte zu Eis wie ein stehendes Wasser bei großer Kälte; erstarrte, bis an mein Herz. Um meine Beklemmung abzuschütteln, atmete ich hörbar und sagte, an Aufbruch denkend, bevor ich mich verabschieden wollte, aus Höflichkeit und um den Bann zu brechen: ›Madame de La Pérouse ist wohlauf?‹

Der Alte schien aufzuwachen. Er wiederholte fragend: ›Madame de La Pérouse ...‹, als ergäben diese Silben keinen Sinn; dann plötzlich, zu mir vorgebeugt: ›Madame de La Pérouse macht eine schreckliche Krise durch ... unter der ich sehr zu leiden habe.‹

›Was für eine Krise? ...‹, fragte ich.

›Oh, nichts Besonderes‹, sagte er, mit einem Achselzucken, als verstünde sich die Sache von selbst. ›Sie wird endgültig verrückt. Sie weiß schon gar nicht mehr, was sie sich noch einfallen lassen soll.‹

Ich hatte schon seit geraumer Zeit den Verdacht, dieses alte Ehepaar sei zutiefst entzweit, doch hatte ich die Hoffnung aufgegeben, Genaueres zu erfahren.

›Mein armer Freund‹, sagte ich voller Mitgefühl. ›Und ... wie lange geht das schon?‹

Er überlegte einen Augenblick, als verstünde er meine Frage nicht recht.

›Oh, schon sehr lange ... Seit ich sie kenne.‹ Gleich darauf berichtigte er sich: ›Nein; eigentlich hat es mit der Erziehung meines Sohnes angefangen.‹

Ich wandte mich ihm überrascht zu, denn ich hatte das Ehepaar La Pérouse für kinderlos gehalten. Er hob den Kopf, den er zwischen den Händen gehalten hatte, und fügte in ruhigerem Ton hinzu: ›Habe ich Ihnen nie von meinem Sohn erzählt? … Hören Sie zu, ich will Ihnen alles sagen. Sie müssen heute alles erfahren. Ich kann mit niemandem darüber sprechen … Ja, mit der Erziehung meines Sohnes begann es; Sie sehen, es geht schon sehr lange. Die erste Zeit unserer Ehe war wunderschön. Ich war sehr keusch, als ich Madame de La Pérouse heiratete. Ich liebte sie voller Reinheit … ja, das ist das beste Wort, und ich wollte keinen Makel an ihr sehen. Aber über Kindererziehung gingen unsere Ansichten auseinander. So wie ich meinen Sohn in irgendeiner Hinsicht zurechtweisen wollte, ergriff Madame de La Pérouse seine Partei; wenn es nach ihr gegangen wäre, hätte man ihm alles durchgehen lassen. Die beiden verbündeten sich gegen mich. Sie lehrte ihn lügen … Kaum zwanzig, nahm er sich eine Mätresse. Es war eine Schülerin von mir, eine äußerst begabte junge Russin, an der ich sehr hing. Madame de La Pérouse wusste Bescheid; aber mir verheimlichte man alles, wie immer. Und natürlich habe ich nicht gemerkt, dass sie schwanger war. Nichts, sage ich Ihnen; ich ahnte nichts. Eines schönen Tages erklärt man mir, meine Schülerin sei unpässlich; sie werde eine Zeitlang nicht kommen. Als ich die Absicht äußere, sie zu besuchen, sagt man mir, die Adresse habe sich geändert, sie sei verreist … Erst viel später habe ich erfahren, dass sie nach Polen gegangen war, um dort niederzukommen. Mein Sohn ist ihr später nachgereist … Mehrere Jahre haben sie zusammengelebt; doch er ist, noch bevor es zur Heirat kam, gestorben.‹

›Und … jene, haben Sie sie wiedergesehen?‹

Es war, als stoße er mit dem Kopf gegen eine Wand: ›Ich konnte ihr nicht verzeihen, dass sie mich betrogen hat.

Madame de La Pérouse steht mit ihr in Briefkontakt. Als ich erfuhr, dass sie in großem Elend lebte, habe ich ihr Geld geschickt ... wegen des Kleinen. Aber davon weiß Madame de La Pérouse nichts. Nicht einmal sie, die andere, hat je erfahren, dass dieses Geld von mir kam.‹

›Und Ihr Enkel? ...‹

Ein eigenartiges Lächeln huschte über sein Gesicht, und er erhob sich. ›Warten Sie einen Augenblick‹, sagte er. ›Ich werde Ihnen eine Photographie zeigen.‹ Und er trippelte wieder hastig, den Kopf vornüber geneigt, hinaus. Er kam mit einer großen Brieftasche zurück, aus der er mit zitternden Fingern das Bild heraussuchte. Zu mir herübergebeugt gab er es mir und flüsterte: ›Ich habe es Madame de La Pérouse weggenommen, ohne dass sie etwas davon ahnt. Sie glaubt, sie hätte es verloren.‹

›Wie alt ist er?‹, fragte ich.

›Dreizehn Jahre. Er sieht älter aus, nicht wahr? Er ist ein zartes Kind.‹

Wieder standen ihm Tränen in den Augen; er streckte die Hand nach der Photographie aus, als könne er es nicht erwarten, sie wieder an sich zu nehmen. Ich beugte mich zum schwachen Licht der Laterne vor; ich meinte, eine Ähnlichkeit mit ihm zu entdecken; man erkannte die hohe, gewölbte Stirn, die verträumten Augen des alten La Pérouse. Ich sagte es ihm, weil ich glaubte, es bereite ihm Freude; doch er protestierte: ›Nein, nein, meinem Bruder ähnelt er; einem Bruder, den ich verloren habe ...‹

Das Kind war eigentümlich gekleidet, es trug eine bestickte Russenbluse.

›Wo lebt es denn?‹

›Woher soll ich das wissen?‹, rief La Pérouse geradezu verzweifelt aus. ›Ich sage Ihnen doch, dass man mir alles verheimlicht.‹

Er hatte das Foto wieder an sich genommen, hatte es einen

Augenblick lang betrachtet und dann wieder in seine Brieftasche gesteckt, die er in seine Tasche schob.

›Wenn seine Mutter nach Paris kommt, trifft sie sich nur mit Madame de La Pérouse, die mir, wenn ich mich nach ihm erkundige, antwortet: »Fragen Sie sie doch selbst.« Sie sagt das so, doch könnte sie es nicht verschmerzen, wenn wir uns wirklich träfen. Sie ist schon immer eifersüchtig gewesen. Schon immer hat sie mir alles wegnehmen wollen, woran ich hing ... Zur Schule geht der kleine Boris in Polen; in ein Warschauer Gymnasium, glaube ich. Doch er ist ständig auf Reisen mit seiner Mutter.‹ Dann brach es aus ihm heraus: ›Können Sie sich vorstellen, wie das ist, ein Kind zu lieben, dem man nie begegnet ist? ... Ja, dieser Kleine ist mir heute das Teuerste auf Erden ... Und er weiß nichts davon.‹

Er sprach unter heftigem Schluchzen, versuchte aufzustehen, fiel nach vorn und stürzte in meine Arme. Ich hätte alles darum gegeben, seine Not zu lindern; doch was konnte ich tun? Ich stemmte mich hoch, denn sein magerer Körper begann abzurutschen, und ich fürchtete, er könnte auf die Knie fallen. Ich hielt ihn, presste ihn an mich, wiegte ihn wie ein Kind. Er fasste sich wieder. Madame de La Pérouse rief im Nebenzimmer.

›Gleich wird sie reinkommen ... Sie wollen sie nicht unbedingt sehen, nicht wahr? ... Übrigens ist sie vollkommen taub geworden. Gehen Sie schnell.‹ Und, mich auf den Treppenabsatz begleitend: ›Kommen Sie recht bald wieder‹ (in seiner Stimme lag etwas Flehendes). ›Adieu; adieu.‹

9. November.

Eine bestimmte Art der Tragik hat die Literatur, wie mir scheint, bisher kaum behandelt. Der Roman hat sich mit den Wechselfällen des Lebens beschäftigt, dem Glück und dem Unglück, den sozialen Beziehungen, dem Konflikt der Leidenschaften, den Charaktertypen, doch nicht mit dem Menschen als moralischem Wesen.

Das Christentum hat sich wohl bemüht, den Konflikt auf die moralische Ebene zu verlagern. Doch es gibt keinen christlichen Roman im eigentlichen Sinn. Es gibt Erbauungsliteratur; aber die beschäftigt sich nicht mit dem, worum es mir geht. – Mit jener moralischen Tragik, die zum Beispiel die Worte des Evangeliums so ungeheuerlich macht: ›Wenn nun das Salz nicht mehr salzt, womit soll man's salzen?‹ Diese Tragik meine ich.

10. November.

Olivier wird sein Examen ablegen. Pauline möchte ihn anschließend auf die École Normale schicken. Seine Laufbahn ist schon vorgezeichnet ... Wäre er ohne Eltern, ohne einen Rückhalt, ich hätte ihn zum Sekretär genommen. Doch er schenkt mir keine Beachtung, bemerkt nicht einmal das Interesse, das ich ihm entgegenbringe; und gäbe ich es deutlicher zu erkennen, so fiele ich ihm lästig. Eben um ihm nicht lästig zu fallen, lege ich ihm gegenüber eine gewisse Gleichgültigkeit, eine ironische Distanziertheit an den Tag. Nur wenn er mich nicht sieht, wage ich es, ihn in Ruhe zu betrachten. Manchmal folge ich ihm auf der Straße, ohne dass er es ahnt. So ging ich auch gestern hinter ihm her, als er unvermittelt umkehrte; mir blieb keine Zeit, mich zu verbergen.

›Wohin so eilig?‹, fragte ich ihn.

›Oh, nirgendwohin. Ich scheine es nie eiliger zu haben, als wenn ich gar nichts vorhabe.‹

Wir gingen ein kleines Stück zusammen weiter, wussten uns aber nichts zu sagen. Sicherlich war es ihm unangenehm, dass man ihm begegnet war.

12. November.

Er hat seine Eltern, einen älteren Bruder, Mitschüler ... Ich sage mir immer und immer wieder, dass ich hier nichts verloren habe. Alles, was ihm fehlte, wüsste ich ihm wohl zu geben; doch ihm fehlt es an nichts. Er braucht nichts; und wenn seine Liebenswürdigkeit mich auch bezaubert, so ist sie doch in keiner Weise missverständlich ... Welch absurder Satz, den ich wider Willen hinschreibe und der die Doppelbödigkeit meiner Gefühle verrät ... Morgen schiffe ich mich nach London ein. Ich habe plötzlich den Entschluss gefasst abzufahren. Es ist Zeit.

Abfahren, weil man allzu gerne bleiben möchte! ... Eine gewisse Vorliebe für das, was Selbstüberwindung kostet, und ein Abscheu vor der Nachgiebigkeit (ich meine, sich selbst gegenüber), das ist wohl der Teil meiner frühen puritanischen Erziehung, von dem ich mich am schwersten zu befreien vermag.

Gestern bei Smith ein schon sehr englisches Heft gekauft, das dieses, in das ich nichts mehr eintragen will, nun ablösen soll. Ein neues Heft ...

Oh! Wenn ich mich doch nicht mitschleppen müsste!«

XIV

Es gibt Lebenslagen, aus denen man sich nur mit ein wenig Tollheit retten kann.
LA ROCHEFOUCAULD

Lauras Brief, der Édouards Tagebuch beigelegt war, las Bernard zum Schluss. Da hatte er eine Erleuchtung: Die Frau, die hier ihre Not klagte, konnte nur jene untröstliche Geliebte sein, von der Olivier ihm in der vergangenen Nacht erzählt hatte, die Frau, die Vincent Molinier im Stich gelassen hatte. Und ihm kam der Gedanke, dass bis jetzt nur er allein – durch die Enthüllungen seines Freundes einerseits und das Tagebuch Édouards andererseits – die beiden Hälften der Geschichte kannte. Das war ein Vorsprung, den er nicht lange würde halten können; ihn musste er schnell und geschickt nutzen. Bernard sah sofort einen Weg: Er ließ das, was er vorher gelesen hatte, erst einmal beiseite und richtete sein Denken auf Laura.

»Heute Morgen schien es mir noch ungewiss, was ich zu tun hätte; nun habe ich keine Zweifel mehr«, sagte er sich, zum Zimmer hinausstürzend. »Der Imperativ ist, wie es heißt, kategorisch: Laura retten. Es war vielleicht nicht meine Pflicht, den Koffer an mich zu bringen, doch wo ich ihn nun einmal habe, entnehme ich ihm eine handfeste Verpflichtung. Ich muss Laura überraschen, bevor Édouard dort gewesen ist, mich ihr vorstellen und ihr meine Hilfe so anbieten, dass sie nicht auf die Idee verfällt, ich sei ein Schurke. Der Rest wird sich von selbst ergeben. Ich habe genug in der Brieftasche, um dem Unglück ebenso freigebig abzuhelfen wie der großzügigste und mitfühlendste Édouard. Die Frage ist nur, wie man das anstellt. Als geborene Vedel muss Laura, wenn sie auch außerehelich schwanger ist, sehr empfindlich sein. Sie gehört bestimmt zu den Frauen, die sich zieren, einem voll Verachtung ins Gesicht spucken und die Banknoten in Schnipsel reißen, die man ihnen in der besten Absicht, aber nicht in der richtigen Verpackung überreicht. Wie soll ich ihr die Scheine präsentieren? Wie soll ich mich selbst präsentieren? Das ist der springende Punkt.

Was für ein Gestrüpp, sobald man die ausgetretenen Pfade der Legalität verlässt! Um in einer so delikaten Geschichte mitzuwirken, fehlt mir entschieden die Erfahrung. Ach was, gerade das soll mir zugutekommen. Erfinden wir ein naives Geständnis; eine Geschichte, die zu Herzen geht und Interesse weckt. Das Dumme ist, dass diese Geschichte auch für Édouard passen muss; ohne dass ich mich in Widersprüche verwickle. Ach, es wird sich schon etwas finden lassen. Setzen wir auf die Eingebung des Augenblicks …« Er hatte in der Rue de Beaune das Hotel erreicht, das Laura angegeben hatte. Es war sehr einfach, wirkte aber sauber und anständig. Er fragte nach der Zimmernummer und stieg drei Treppen hinauf. Vor Nummer 16 blieb er stehen, wollte seinen Auftritt vorbereiten, sich die ersten Sätze überlegen; nichts fiel ihm ein; da fasste er sich ein Herz und klopfte. »Ja bitte!«, antwortete eine Stimme, die etwas furchtsam klang, doch so sanft wie die einer Schwester.

Laura war sehr schlicht gekleidet, ganz in Schwarz, als trüge sie Trauer. Seit einigen Tagen in Paris, hatte sie in der vagen Hoffnung gelebt, irgendetwas oder irgendjemand werde ihr einen Ausweg zeigen. Dass sie vom Weg abgekommen war, stand außer Zweifel; nun aber wusste sie nicht, wie es weitergehen sollte. Sie neigte leider dazu, mehr auf die Ereignisse zu vertrauen als auf sich selbst. Sie war nicht ohne innere Stärke, doch fühlte sie sich erschöpft und allein gelassen. Als Bernard eintrat, hielt sie die Hand vors Gesicht, als müsse sie einen Schrei unterdrücken oder die Augen vor einem grellen Licht schützen. Sie wich einen Schritt zurück und griff, da sie dicht neben dem Fenster stand, mit der anderen Hand nach dem Vorhang.

Bernard wartete auf eine Frage von ihr; doch sie blieb stumm, wartete, was er zu sagen hatte. Er sah sie klopfenden Herzens an; vergeblich versuchte er ein Lächeln.

»Verzeihen Sie, Madame«, sagte er schließlich, »dass ich so bei Ihnen eindringe. Édouard X., ich weiß, dass Sie ihn kennen, ist heute früh in Paris angekommen. Ich muss ihm eine dringende Mitteilung machen; ich dachte, Sie könnten mir vielleicht seine Adresse geben, und … verzeihen Sie mir, dass ich einfach vorbeigekommen bin, um Sie danach zu fragen.«

Wäre Bernard nicht noch so jung gewesen, hätte Laura sich wohl sehr gefürchtet. Doch das hier war ja noch ein Kind; mit einem so offenen Blick, einer so klaren Stirn, einem so schüchternen Auftreten, einer so unsicheren Stimme, dass ihre Angst bei seinem Anblick der Neugier wich, dem Interesse und jener unwiderstehlichen Anziehung, die ein unschuldiges und sehr schönes Wesen auf uns ausübt. Bernards Stimme gewann an Sicherheit, während er sprach.

»Aber ich habe seine Adresse nicht«, entgegnete Laura. »Wenn er in Paris ist, so wird er, wie ich hoffe, bald hier sein. Sagen Sie mir, wer Sie sind. Ich werde es ihm ausrichten.«

Das ist der Augenblick, alles zu riskieren, dachte Bernard. Ein verrückter Gedanke schoss ihm durch den Kopf. Er sah Laura fest in die Augen: »Wer ich bin? ... Der Freund von Olivier Molinier ...« – Er zögerte, zweifelte noch; doch als er sie bei diesem Namen erbleichen sah, wagte er sich vor: »Von Olivier, dem Bruder von Vincent, Ihrem Geliebten, der Sie so feige im Stich gelassen hat ...«

Er musste innehalten: Laura wankte. Mit beiden Händen suchte sie verzweifelt hinter sich nach einem Halt. Doch was Bernard vor allem erschütterte, war das Stöhnen, das sie ausstieß; ein Klageruf, kaum mehr menschlich zu nennen, eher wie von einem weidwunden Tier (und plötzlich schämt sich der Jäger, der zum Schlächter wird), ein Schrei, so seltsam, so verschieden von allem, worauf Bernard gefasst war, dass er erschauderte. Mit einem Mal begriff er, dass es hier um wirkliches Leben, um echten Schmerz ging, und alles, was er bis heute empfunden hatte, schien ihm nur noch Parade und Spiel. Eine Erregung stieg in ihm auf, die so neu war, dass er ihrer nicht Herr zu werden vermochte; sie schnürte ihm die Kehle zu ... Was! Schluchzt er jetzt? Ist das möglich? Er, Bernard! ... Er eilt ihr zu Hilfe, kniet vor ihr nieder und sagt mit erstickter Stimme: »Oh, Verzeihung ... Verzeihung; ich habe Ihnen weh getan ... Ich wusste, dass Sie in Geldnot sind, und ... hatte Ihnen helfen wollen.«

Doch Laura ringt nach Luft, ist der Ohnmacht nahe. Sie blickt suchend um sich. Bernard, der zu ihr hochsieht, deutet ihren Blick richtig. Er stürzt auf einen kleinen Sessel am Fußende des Bettes zu; zerrt ihn kurzerhand zu Laura hinüber, die sich hineinfallen lässt.

Hier ereignete sich ein grotesker Zwischenfall, den ich nicht erzählen würde, hätte nicht gerade er über das Verhältnis zwischen Bernard und Laura entschieden, indem er ihnen unvermutet über alle Verlegenheit hinweghalf. Ich will also versuchen, nichts künstlich zu schönen.

Bei dem Pensionspreis, den Laura zahlte, ich meine: bei dem Preis, den der Hotelier verlangte, konnte man nicht besonders elegante Möbel in den Zimmern erwarten, doch man durfte hoffen, dass sie solide sind. Nun stand der niedrige Sessel, den Bernard zu Laura hinüberschob, etwas wacklig; das heißt, er neigte dazu, ein Bein einzuziehen, wie wenn ein Vogel sein Bein unter den Flügel steckt, was bei einem Vogel natürlich ist, bei einem Sessel jedoch ungewöhnlich und bedauerlich; er verbarg seine Schwäche deshalb, so gut er konnte, hinter dichten Fransen. Laura kannte ihren Sessel und wusste, dass man äußerst vorsichtig mit ihm umgehen musste; doch sie hatte es in der Aufregung vergessen und dachte erst wieder daran, als sie merkte, wie er unter ihr nachgab. Sie stieß plötzlich einen kleinen Schrei aus, der ganz anders klang als vorhin das lange Stöhnen, rutschte zur Seite ab und fand sich im nächsten Moment auf dem Teppich wieder, in den Armen Bernards, der sich eifrig um sie bemühte. Erschrocken und dennoch erheitert hatte er niederknien müssen. Lauras Gesicht war dadurch ganz nah; er sah sie erröten. Sie versuchte, sich zu erheben. Er half ihr auf.

Haben Sie sich auch nicht wehgetan

»Nein, gar nicht; ich danke Ihnen. Dieser komische Sessel musste neulich schon einmal repariert werden … Ich glaube, das Bein hält wieder, wenn man es geraderichtet.«

»Das werden wir gleich haben«, sagte Bernard. »So! … Wollen Sie es ausprobieren? – Oder halt, warten Sie … Ich will es besser erst selbst probieren. Sehen Sie, wie gut er jetzt hält. Ich kann sogar mit den Beinen zappeln« (was er lachend tat). Dann erhob er sich: »Nehmen Sie nur wieder Platz; und wenn ich noch einen Augenblick bleiben darf, hole ich mir einen Stuhl. Ich setze mich neben Sie und gebe auf Sie acht; seien Sie unbesorgt ... Wie gerne würde ich mehr für Sie tun.«

Er sagte das mit so viel Feuer, so viel Anstand und so anmutig, dass Laura unwillkürlich lächeln musste.

»Sie haben mir Ihren Namen noch nicht gesagt.«

»Bernard.«

»Ja; aber Ihren Familiennamen.«

»Ich habe keine Familie.«

»Nun, den Ihrer Eltern.«

»Ich habe keine Eltern. Das heißt, ich bin ein Bastard, wie das Kind, das Sie erwarten.«

Lauras Lächeln erlosch; empört über diesen erneuten Versuch, in ihr Privatleben einzudringen und ihr Geheimnis ans Licht zu zerren, rief sie aus: »Aber woher wissen Sie eigentlich? ... Wer hat Ihnen gesagt? ... Sie haben nicht das Recht zu wissen ...«

Bernard war nicht mehr aufzuhalten; seine Stimme wurde kühner und laut: »Ich weiß nicht nur, was mein Freund Olivier weiß, sondern auch, was Ihr Freund Édouard weiß. Die beiden aber kennen jeder nur die Hälfte Ihres Geheimnisses. Ich bin wohl außer Ihnen der Einzige, der es ganz kennt ... Sehen Sie, ich muss einfach Ihr Freund werden«, fügte er sanfter hinzu.

»Wie indiskret die Menschen sind«, flüsterte Laura traurig. »Aber ... wenn Sie Édouard nicht getroffen haben, kann er Ihnen doch nichts erzählt haben. Hat er Ihnen denn geschrieben? ... Hat er Sie geschickt? ...«

Bernard hatte sich vergaloppiert; er hatte sich selbst widersprochen, war der Versuchung erlegen, ein bisschen aufzuschneiden. Er schüttelte verneinend den Kopf. Lauras Miene verdüsterte sich mehr und mehr. In diesem Moment klopfte es an der Tür.

Eine gemeinsam durchlebte Aufregung verbindet zwei Menschen, ob sie es wollen oder nicht. Bernard fühlte sich ertappt; Laura war es unangenehm, mit ihrem Besuch überrascht zu werden. Sie sahen sich an wie zwei Komplizen. Es klopfte abermals. Beide sagten sie: »Ja bitte.«

Édouard stand schon eine Weile vor der Tür und lauschte, erstaunt darüber, in Lauras Zimmer Stimmen zu hören. Bernards letzte Sätze klärten ihn über alles auf. Er verstand ihren Sinn; ohne Zweifel war derjenige, der so sprach, der Dieb seines Koffers. Er zögerte nicht lange, was zu tun war. Denn Édouard gehört zu den Menschen, deren Tatkraft im täglichen Einerlei einschläft, begegnet ihnen aber etwas Unvorhergesehenes, kommt Leben in sie, und sie sind hellwach. Er öffnete also die Tür, blieb jedoch auf der Schwelle stehen, lächelnd und abwechselnd Bernard und Laura ansehend, die sich beide erhoben hatten.

»Liebe Freundin«, wandte er sich an Laura und gab ihr ein Zeichen, die Begrüßung noch etwas zu verschieben, »verzeihen Sie, wenn ich erst einmal einige Worte mit Monsieur wechsle, der die Güte haben wird, kurz mit auf den Flur zu kommen.«

Sein Lächeln wurde ironischer, als Bernard herausgekommen war: »Dachte ich mir doch, dass ich Sie hier finden würde.« Bernard begriff, dass er entlarvt war. Er musste es darauf ankommen lassen; was er tat, indem er alles auf eine Karte setzte: »Ich hoffte auch, Sie hier zu treffen.«

»Gehen Sie zunächst, wenn Sie es nicht schon getan haben (denn deshalb sind Sie ja wohl hier), ins Büro hinunter, und bezahlen Sie Madame Douviers' Rechnung mit dem Geld, das Sie in meiner Tasche fanden und bei sich haben müssen. Kommen Sie erst in zehn Minuten wieder nach oben.«

All dies sagte er ziemlich streng, aber keineswegs drohend. Unterdessen gewann Bernard die Fassung wieder: »Ich bin in der Tat deshalb hier. Sie haben sich nicht getäuscht. Und ich bin zuversichtlich, dass auch ich mich nicht getäuscht habe.«

»Was wollen Sie damit sagen?«

»Dass Sie wirklich so sind, wie ich Sie mir vorgestellt habe.« Vergebens versuchte Édouard, eine strenge Miene aufzusetzen. Er amüsierte sich köstlich. Er deutete eine Verbeugung an: »Oh, vielen Dank. Bleibt abzuwarten, ob ich das Kompliment erwidern kann. Ich vermute, Sie haben meine Aufzeichnungen gelesen, da Sie hier sind?«

Ohne mit der Wimper zu zucken, hielt Bernard Édouards Blick stand, lächelte kühn, heiter, unverfroren zurück und verneigte sich: »Verlassen Sie sich auf mich. Ich stehe zu Ihren Diensten.« Dann enteilte er wie ein Elf.

Als Édouard wieder ins Zimmer kam, schluchzte Laura. Er trat zu ihr. Sie barg ihr Gesicht an seiner Schulter. Ihr Gefühlsausbruch war ihm unangenehm, regelrecht peinlich. Unwillkürlich klopfte er ihr sanft den Rücken wie einem hustenden Kind. »Meine arme Laura«, sagte er, »aber, aber ... nehmen Sie doch Vernunft an.«

»Oh, lassen Sie mich ein wenig weinen; es tut mir so gut!«

»Wir müssen aber doch überlegen, was Sie jetzt tun sollen.«

»Was soll ich denn tun? Wohin soll ich schon gehen? Mit wem soll ich sprechen?«

»Ihre Eltern ...«

»Sie kennen sie ja ... Alle ihre Hoffnungen wären zunichte. Sie wollten immer mein Bestes.«

»Douviers? ...«

»Niemals mehr kann ich ihm unter die Augen treten. Er ist so gut. Sie dürfen nicht denken, dass ich ihn nicht liebe ... Wenn Sie wüssten ... Wenn Sie wüssten ... Oh, sagen Sie mir, dass Sie mich nicht allzu sehr verachten.«

»Aber im Gegenteil, meine kleine Laura; im Gegenteil. Wie können Sie nur so etwas denken?« Und er begann wieder, ihr auf den Rücken zu klopfen.

»Nun, wo Sie bei mir sind, da schäme ich mich auch nicht mehr.«

»Wie viele Tage sind Sie schon hier?«

»Ich weiß nicht. Ich habe nur auf Ihr Kommen hingelebt. Manchmal dachte ich, es ginge nicht weiter. Nun, glaube ich, halte ich es keinen Tag mehr hier aus.«

Und sie schrie beinahe, mit von heftigen Schluchzern erstickter Stimme: »Nehmen Sie mich mit. Nehmen Sie mich mit.«

Édouard wurde immer verlegener.

»Hören Sie, Laura ... So beruhigen Sie sich doch. Der ... der andere ... ich weiß nicht einmal, wie er heißt ...«

»Bernard«, sagte Laura leise.

»Bernard wird jeden Augenblick zurück sein. Fassen Sie sich. Er darf Sie nicht so sehen. Nur Mut. Wir werden schon einen Ausweg finden, das verspreche ich Ihnen. Kommen Sie, trocknen Sie Ihre Augen. Tränen helfen doch nichts. Sehen Sie in den Spiegel. Sie sind schon ganz verweint. Mit etwas kaltem Wasser wird es besser. Wenn ich Sie weinen sehe, kann ich nicht nachdenken ... Was habe ich gesagt! Da kommt er schon; ich höre ihn.«

Er ging zur Tür und ließ Bernard herein; und während Laura mit dem Rücken zu ihnen am Waschtisch ihr Gesicht kühlte, blickte Édouard seinem Gegenüber fest in die Augen, indes das gleiche ironische Lächeln wie vorher seine Lippen umspielte: »Und nun, Monsieur, darf ich Sie fragen, wann es mir vergönnt sein wird, wieder in den Besitz meiner Sachen zu gelangen?«

»Wann Sie es wünschen, Monsieur; aber ehrlich gestanden können Sie die Sachen, die Sie vermissen, wesentlich eher entbehren als ich. Was Sie bestimmt einsähen, wenn ich Ihnen meine Geschichte erzählte. Nur dies: Seit heute Morgen bin ich ohne Bleibe, ohne Zuhause, ohne Familie und hätte gleich einen Strick nehmen können, wäre ich nicht Ihnen begegnet. Ich bin Ihnen heute Morgen lange gefolgt, als Sie sich mit meinem Freund Olivier unterhalten haben. Er hatte mir schon so viel von Ihnen erzählt! Ich hätte Sie so gerne angesprochen. Ich suchte nach einem Vorwand, einem Anknüpfungspunkt. Als Sie dann Ihren Gepäckschein weggeworfen haben, pries ich die Vorsehung. Oh! Halten Sie mich nicht für einen Dieb. Wenn ich Ihren Koffer abgeholt habe, so vor allen Dingen, um einen Anlass zu haben, Sie kennenzulernen.«

Bernard hatte das alles beinahe in einem Atemzug ausgestoßen. Das jugendliche Feuer, mit dem er sprach, adelte seine Züge regelrecht. Nach Édouards Lächeln zu urteilen, gefiel er ihm sehr.

»Und was nun?«, fragte er.

Bernard merkte, dass er an Boden gewann: »Und was nun? Brauchten Sie nicht einen Sekretär? Ich glaube, dass ich für diese Aufgabe nicht ungeeignet wäre, da ich sie mit Freuden übernehmen würde.«

Diesmal lachte Édouard laut heraus. Laura betrachtete die beiden erheitert.

»Hm! ... Wir wollen sehen, ich werde es mir durch den Kopf gehen lassen. Kommen Sie, wenn Madame Douviers gestattet, morgen um die gleiche Zeit wieder hier vorbei ... auch mit ihr gibt es noch einiges zu regeln. Sie sind in einem Hotel, nehme ich an? Oh, ich brauche nicht zu wissen, wo. Das ist ja gleichgültig. Bis morgen.« Er reichte ihm die Hand.

»Monsieur«, sagte Bernard. »Darf ich Sie, bevor ich gehe, daran erinnern, dass im Faubourg Saint-Honoré ein armer alter Klavierlehrer wohnt, namens La Pérouse, wenn ich mich nicht irre, dem Sie mit einem Besuch eine große Freude bereiten würden.«

»Alle Achtung, gar nicht schlecht für den Anfang. Sie haben Ihre künftige Aufgabe richtig erkannt.«

»Also ... Sie wären wirklich einverstanden?«

»Wir wollen morgen darüber sprechen. Adieu.«

Édouard blieb noch kurz bei Laura und ging dann zu den Moliniers. Er hoffte, Olivier zu treffen, mit dem er gerne über Bernard gesprochen hätte. Er bekam nur Pauline zu Gesicht, obwohl er seinen Besuch verzweifelt in die Länge zog.

Olivier war an jenem Spätnachmittag, der dringenden Einladung folgend, die ihm sein Bruder übermittelt hatte, zum Autor des *Turnreck* gegangen, dem Comte de Passavant.

XV

»Ich fürchtete schon, Ihr Bruder hätte Ihnen meine Nachricht nicht ausgerichtet«, sagte Robert de Passavant, als er Olivier hereinkommen sah.

»Habe ich mich verspätet?«, fragte dieser, zaghaft, wie auf Zehenspitzen näher tretend. Er hatte seinen Hut in der Hand behalten, den Robert ihm mit einem »Darf ich?«, abnahm.

»Ach bitte, nehmen Sie doch Platz. Wenn Sie mit diesem Sessel vorliebnehmen wollen, er wird Ihnen nicht zu unbequem sein. – Nein, nicht verspätet. Wie ich auf der Uhr erkenne, eilte mein Wunsch, Sie zu sehen, den Zeigern voraus. Rauchen Sie?«

»Nein, danke«, lehnte Olivier ab, als Comte de Passavant ihm sein Zigarettenetui hinhielt. Er verzichtete aus Schüchternheit, so sehr ihn auch die nach Amber duftenden, feinen russischen Zigaretten verlockten, die in dem Etui aufgereiht lagen.

»Ja, ich bin froh, dass Sie kommen konnten. Ich fürchtete schon, Sie könnten wegen der Vorbereitung auf Ihr Abitur keine Zeit erübrigen. Wann ist es soweit?«

»In zehn Tagen ist die schriftliche Prüfung. Doch ich arbeite nicht mehr viel. Ich glaube, ich kann alles, und fürchte vor allem, nicht ausgeruht zu sein.«

»Demnach würden Sie es nicht ablehnen, sich schon jetzt mit etwas Neuem zu befassen?«

»Nein … wenn Sie nicht zu viel von mir erwarten.«

»Ich will Ihnen sagen, weshalb ich Sie hergebeten habe. Zuvorderst, weil es mir ein Vergnügen ist, Sie wiederzusehen. Neulich im Theaterfoyer hatten wir während der Pause ein

Gespräch begonnen ... Was Sie damals sagten, hat mich sehr interessiert. Sie erinnern sich vermutlich gar nicht mehr daran?«

»Doch, doch«, sagte Olivier, der glaubte, nur ungereimtes Zeug geredet zu haben.

»Aber ich habe heute auch ein konkretes Anliegen ... Sie kennen, glaube ich, einen Itzig mit Namen Dhurmer? Ist er nicht einer Ihrer Mitschüler?«

»Ich komme gerade von einer Verabredung mit ihm.«

»Ah! Sie haben miteinander zu tun?«

»Ja, wir haben uns am Louvre getroffen, um über eine Zeitschrift zu sprechen, deren Herausgeber er sein wird.«

Robert brach in lautes und affektiertes Gelächter aus.

»Ha, ha, ha! Der Herausgeber ... Er geht aber ran! Er geht zu weit! ... Hat er das wirklich zu Ihnen gesagt?«

»Er spricht schon seit geraumer Zeit davon.«

»Ja, die Idee kam mir in der Tat schon vor geraumer Zeit. Neulich habe ich die Bemerkung fallenlassen, ob er Lust hätte, mit mir die Manuskripte durchzusehen; da hat er sich gleich zum ›Chefredakteur‹ ernannt; ich habe ihn reden lassen, und prompt ... Das ist typisch Dhurmer, finden Sie nicht? Was für ein Kerl! Er gehört an seinen Platz verwiesen ... Rauchen Sie wirklich nicht?«

»Ja, doch, warum eigentlich nicht«, sagte Olivier, eine Zigarette annehmend, »danke sehr.«

»Lassen Sie mich Ihnen sagen, Olivier ... ich darf Sie doch Olivier nennen, nicht wahr? Ich kann doch nicht ›Monsieur‹ zu Ihnen sagen; Sie sind noch so jung, und Ihrem Bruder Vincent stehe ich zu nahe, um Sie Molinier zu nennen. Olivier, lassen Sie mich Ihnen sagen, dass ich ungleich mehr Vertrauen in Ihren Geschmack setze als in Dhurmers. Wären Sie eventuell bereit, als Herausgeber zu fungieren? Natürlich mit ein wenig Anleitung von mir; wenigstens am Anfang. Mein Name aber würde auf dem Titelblatt nicht genannt. Warum, will ich

Ihnen ein andermal erklären … Sie trinken doch ein Glas Portwein, nicht wahr? Ich habe einen ausgezeichneten da.«

Er entnahm einer Art kleinem Buffet in unmittelbarer Reichweite eine Flasche und zwei Gläser und schenkte ein.

»Nun, was halten Sie davon?«

»Er ist wirklich ausgezeichnet.«

»Ich meine nicht den Portwein«, protestierte Robert lachend, »sondern das, was ich gerade sagte.«

Olivier hatte ihn absichtlich missverstanden. Er fürchtete, man könnte ihm seine Freude zu sehr anmerken, wenn er gleich zusagte. Er errötete leicht und murmelte undeutlich: »Aber meine Prüfung …«

»Vorhin haben Sie gesagt, Sie hätten nicht mehr viel vorzubereiten«, fiel Robert ihm ins Wort. »Außerdem wird die Zeitschrift nicht sofort erscheinen. Ich frage mich sogar, ob es nicht besser wäre, sie erst im Herbst zu lancieren. Ich wollte nur auf jeden Fall schon einmal vorfühlen. Bis Oktober müssten mehrere Nummern vorbereitet werden, und deshalb sollten wir uns diesen Sommer öfter sehen, um alles zu besprechen. Was haben Sie in den Ferien vor?«

»Ich weiß nicht recht. Meine Eltern fahren wahrscheinlich in die Normandie, wie jeden Sommer.«

»Und Sie müssen die Familie begleiten? … Könnte man Sie da nicht für einige Zeit loseisen? …«

»Meine Mutter wird nicht einverstanden sein.«

»Ich bin heute zum Abendessen mit Ihrem Bruder verabredet; darf ich mit ihm darüber sprechen?«

»Oh, Vincent, der kommt nicht mit uns.« Dann, da er merkte, dass dies keine Antwort auf die Frage war: »Außerdem würde es nichts nützen.«

»Und wenn sich gute Gründe für die Mami finden ließen?«

Olivier entgegnete nichts. Er liebte seine Mutter zärtlich, und der spöttische Ton, in dem Robert von ihr sprach, missfiel ihm. Robert merkte, dass er etwas vorschnell gewesen war.

»Mein Portwein mundet Ihnen also«, sagte er ablenkend. »Darf ich Ihnen noch ein Glas einschenken?«

»Nein, nein, danke ... Aber er ist ausgezeichnet.«

»Ja, die Reife und Sicherheit Ihres Urteils neulich bestachen mich. Haben Sie vor, Kritiken zu schreiben?«

»Nein.«

»Und Gedichte? ... Ich weiß, dass Sie Gedichte machen.«

Olivier errötete abermals.

»Ja, Ihr Bruder hat es mir verraten. Und Sie kennen gewiss noch andere junge Leute, die gerne Beiträge liefern würden ... Diese Zeitschrift soll ein Forum der Jugend sein. Darin liegt ihre Bestimmung. Sie könnten mir helfen, eine Art Eröffnungsmanifest zu entwerfen, in dem wir die neue Richtung grob umreißen. Wir werden noch ausführlicher darüber sprechen. Es gilt, zwei oder drei prägnante Adjektive zu finden; keine Neuschöpfungen; alte, durchaus geläufige Wörter, denen wir einen völlig neuen, durchsetzungsfähigen Sinn verleihen. Nach Flaubert hieß es ›harmonisch und rhythmisch‹, nach Leconte de Lisle ›hieratisch und definitiv‹ ... Warten Sie, was hielten Sie von: ›vital‹. Na? ... ›Unbewusst und vital‹ ... Nein? ›Elementar, robust und vital‹?«

»Ich glaube, da ließe sich noch etwas Passenderes finden«, wagte Olivier anzumerken und lächelte nicht sehr beipflichtend. »Kommen Sie, noch ein Glas Portwein ...«

»Aber nicht ganz voll, bitte.«

»Wissen Sie, die Schwäche der symbolistischen Schule besteht darin, uns lediglich eine Ästhetik zu liefern; alle bedeutenden Schulen haben zusammen mit einem neuen Stil stets eine neue Ethik, einen neuen Pflichtenkanon, neue Gebote geliefert, die Liebe neu gesehen und neu verstanden, und uns leben gelehrt. Der Symbolist machte es sich einfach: Er lebte nicht; er versuchte nicht, das Leben zu verstehen; er verleugnete es einfach; er kehrte ihm den Rücken zu. Absurd, finden Sie nicht? Das waren Leute ohne jeden Hunger, ja ohne Appetit. Im Gegensatz zu uns ... nicht wahr?«

Olivier hatte sein zweites Glas Portwein getrunken und seine zweite Zigarette geraucht. Er hielt die Augen halb geschlossen, halb liegend in seinem bequemen Sessel deutete er durch leichtes Kopfnicken seine Zustimmung an. In diesem Moment hörte man es läuten, und kurz darauf kam ein Diener herein, der Robert eine Visitenkarte reichte. Robert nahm die Karte, warf einen flüchtigen Blick darauf und legte sie neben sich auf dem Schreibtisch ab: »In Ordnung. Bitten Sie ihn, sich einen Augenblick zu gedulden.«

Der Diener ging hinaus.

»Hören Sie, mein lieber Olivier, Sie gefallen mir, und ich glaube, dass wir uns sehr gut verstehen werden. Leider muss ich jetzt jemanden empfangen, der mich unter vier Augen sprechen möchte.«

Olivier hatte sich erhoben.

»Ich lasse Sie durch den Garten hinaus, wenn es Ihnen recht ist ... Ah, da fällt mir ein: Darf ich Ihnen mit meinem neuen Buch eine kleine Freude machen? Ich habe gerade ein Exemplar auf Hollandbütten hier ...«

»Ich habe mit dem Lesen nicht gewartet, bis ich es von Ihnen bekäme«, sagte Olivier, der Passavants Buch nicht sonderlich mochte und sich ohne Lobhudelei, aber auch ohne unhöflich zu werden, aus der Affäre ziehen wollte. Hörte Passavant in diesem Satz etwas Geringschätzung mitschwingen? Unverzüglich fuhr er fort: »Oh, verlieren Sie kein Wort darüber. Wenn Sie mir sagten, dass Sie es mögen, müsste ich an Ihrem Geschmack oder an Ihrer Aufrichtigkeit zweifeln. Nein; ich weiß besser als jeder andere, woran es diesem Buch fehlt. Ich habe es viel zu schnell geschrieben. Offen gestanden war ich, als ich es schrieb, in Gedanken schon bei meinem nächsten Buch. Oh, an diesem ist mir wahrhaftig gelegen. Sie werden sehen; Sie werden sehen ... Ich bin untröstlich, doch jetzt müssen Sie mich unbedingt verlassen ... Außer, wenn ... Aber nein; nein; wir kennen uns noch nicht gut genug, und Ihre Eltern erwarten Sie sicherlich zum Abendessen. Also, auf Wiedersehen. Auf bald ... Warten Sie, ich will Ihnen das Buch noch zueignen.«

Er hatte sich erhoben und trat an den Schreibtisch. Während er sich über das Buch beugte, machte Olivier einen Schritt nach vorne und schielte auf die Karte, die der Diener hereingebracht hatte:

VICTOR STROUVILHOU.

Der Name sagte ihm nichts.

Passavant überreichte Olivier sein Exemplar des *Turnreck*, doch als Olivier die Widmung gleich lesen wollte, meinte er: »Das sehen Sie sich später an«, und schob ihm das Buch unter den Arm.

So erhielt Olivier erst draußen auf der Straße von jenem aus dem Buch selbst entnommenen Motto Kenntnis, das nun hier für ihn in Passavants Handschrift geschrieben stand:

> »Mit Vergunst, Orlando, einige Schritte näher. Noch bin ich nicht sicher, ob ich Sie ganz zu verstehen wagen darf.«

Worunter er angefügt hatte:

> Für OLIVIER MOLINIER
> von COMTE ROBERT DE PASSAVANT,
> der ihm ein Freund sein könnte.

Eine vieldeutige Widmung, die Olivier nachdenklich stimmte, doch die er schließlich auffassen konnte, wie es ihm beliebte. Olivier kam nach Hause, als Édouard eben, des Wartens auf ihn müde, fortgegangen war.

XVI

Vincents naturwissenschaftliche Ausbildung hinderte ihn daran, an irgendetwas Übernatürliches zu glauben, was für den Dämon nur von Vorteil war. Der Dämon forderte Vincent nicht offen heraus; er machte sich unauffällig, auf Umwegen an ihn heran. Uns einen Sieg vorzugaukeln, wo wir versagt haben, ist eine seiner Listen. Und Vincent fand sich bereit, sein Verhalten gegen Laura als Triumph seines Willens über seine instinktiven Regungen anzusehen, weil er, der ja von Natur aus gut war, sich gewaltsam hatte zwingen müssen, ungerührt zu bleiben.

Betrachtet man die Entwicklung von Vincents Charakter in dieser Geschichte genauer, so lassen sich verschiedene Stadien unterscheiden, die ich zu Nutz und Frommen des Lesers einzeln aufführen möchte:

1. Die Phase des guten Motivs. Rechtschaffenheit. Forderung des Gewissens, einen begangenen Fehler wiedergutzumachen. Im vorliegenden Fall: die moralische Verpflichtung, das Geld, das seine Eltern mühsam für die geplante Praxis zusammengespart haben, Laura zu übereignen. Heißt das nicht sich aufopfern? Ist das nicht ein ehrbares, großherziges, selbstloses Motiv?
2. Die Phase der Unruhe. Bedenken. Zeigt man sich, indem man zweifelt, ob die vorhandene Summe auch genügen wird, nicht schon empfänglich dafür, dem Dämon zu erliegen, wenn er einem vorspiegeln wird, man könne sie vermehren?
3. Unbeugsamkeit und Seelenstärke. Notwendigkeit, nach dem Verlust des Geldes »über das Unglück erhaben« zu sein. Diese »Seelenstärke« erlaubt es Vincent, Laura seinen Unstern im Spiel zu gestehen – und sie erlaubt es ihm, bei der gleichen Gelegenheit mit ihr zu brechen.
4. Verzicht auf das gute Motiv, das als Selbstbetrug erscheint, im Licht der neuen Moral, die Vincent sich zurechtzimmern muss, um sein Verhalten zu legitimieren, denn er bleibt ein sittliches Wesen, und der Teufel kann seiner nur habhaft werden, indem er ihm eine Rechtfertigung für sein Tun liefert. Theorie der Immanenz, der dem Augenblick innewohnenden Totalität, der zweckfreien Lust, des sofortigen, unmotivierten Genusses.
5. Siegesrausch. Abschütteln aller Bedenken. Selbstherrlichkeit.

Von nun an hat der Dämon gewonnenes Spiel.

Von nun an ist Vincent, so frei er sich auch immer wähnt, nurmehr sein Werkzeug. Der Dämon wird nicht ruhen, bis Vincent seinen Bruder jener Ausgeburt der Hölle, Passavant, in die Arme getrieben hat.

Und dennoch ist Vincent nicht ganz verdorben. All dies hinterlässt in ihm, ob er will oder nicht, ein Unbehagen, ein ungutes Gefühl. Dazu möchte ich noch Folgendes anmerken:

Man spricht im Zusammenhang mit dem schillernden Schleier der Maja, glaube ich, dann von »Exotik«, wenn unsere Seele, der vertrauten Umgebung enthoben, sich los und ledig fühlt. Manche Tugend hätte Bestand, risse sie der Teufel nicht, ehe er sie erschüttert, aus dem gewohnten Zusammenhang. Hätten Laura und Vincent sich nicht in anderen Himmelsgegenden befunden, fern von den Eltern, der Erinnerung an das Gewesene, an das, was sie mit ihrem alten Selbst verband, so hätte weder Laura sich von Vincent betören lassen, noch hätte Vincent sie zu verführen versucht. Fernab im Süden dagegen musste es ihnen so scheinen, als könne jener Liebesakt gar nicht zu Buche schlagen … Hierzu ließe sich noch mehr sagen; doch mag dies einstweilen genügen, um Vincents Verhalten zu erklären.

Auch bei Lilian fühlte sich Vincent der ihm vertrauten Umgebung entrissen.

»Bitte, lache mich nicht aus, Lilian«, sagte er am gleichen Abend zu ihr. »Ich weiß, dass du mich nicht verstehen wirst, und dennoch muss ich zu dir sprechen, als könntest du mich verstehen, weil du aus meinem Leben nicht mehr wegzudenken bist.«

Mit dem Rücken gegen den niedrigen Diwan gelehnt, auf den Lilian sich hingestreckt hatte, ließ Vincent den Kopf hingebungsvoll auf den Knien seiner Geliebten ruhen, die ihn hingebungsvoll streichelte.

»Was mich heute Morgen bedrückt hat … Ja, vielleicht ist es

Angst. Kannst du einen Augenblick lang ernst bleiben? Kannst du einen Augenblick lang, um mich zu verstehen, nicht vergessen, was du glaubst, denn du glaubst ja an nichts, sondern vielmehr vergessen, dass du an nichts glaubst. Auch ich glaubte an nichts, wie du weißt; ich glaubte, dass ich an nichts mehr glaubte; an nichts mehr außer an uns, dich und mich, und an das, was ich mit dir sein kann, was durch dich aus mir wird …«

»Robert kommt um sieben Uhr«, unterbrach ihn Lilian. »Nicht, dass ich dich drängen wollte; aber wenn du nicht schneller vorankommst, wird er uns genau in dem Moment unterbrechen, wo es anfängt, interessant zu werden. Und ich nehme doch an, du wirst in seiner Anwesenheit nicht weitererzählen wollen. Es ist sonderbar, wie sehr du dich heute abzusichern suchst. Du wirkst wie ein Blinder, der mit seinem Stock vor jedem Schritt den Boden abtastet. Dabei siehst du doch, dass ich ernst bleibe. Warum hast du kein Zutrauen?«

»Ich habe im Gegenteil außerordentlich viel Zutrauen, seit ich dich kenne«, entgegnete Vincent. »Ich vermag viel, das fühle ich; denn, siehst du, alles gelingt mir. Doch gerade das erschreckt mich. Nein, unterbrich mich nicht … Ich habe den ganzen Tag an das gedacht, was du mir vom Untergang der *Bourgogne* erzählt hast, und von den Händen, die man abhackte, wenn jemand in das Boot klettern wollte. Es ist mir, als wolle etwas in mein Boot klettern – ich gebrauche dein Bild, um mich dir verständlich zu machen –, etwas, das ich nicht hineinlassen möchte …«

»Und du willst, dass ich dir dabei helfe, es zu ertränken, alter Feigling!«

Ohne sie anzusehen, fuhr er fort: »Etwas, das ich zurückstoße, doch dessen Stimme ich höre … eine Stimme, die du nie gehört hast; und der ich in meiner Kindheit gehorchte …«

»Und was sagt sie, diese Stimme? Du wagst es nicht zu wiederholen. Das wundert mich nicht. Wenn da mal nicht der Katechismus spricht. Habe ich recht?«

»Aber Lilian, so verstehe mich doch: Das einzige Mittel, mich von diesen Gedanken zu befreien, ist, sie dir zu beschreiben. Wenn du darüber lachst, werde ich sie für mich behalten; und dann vergiften sie mich.«

»Also, dann rede«, sagte sie mit Duldermiene. Und als er schwieg und wie ein Kind sein Gesicht in ihrem Rock verbarg: »Na, worauf wartest du denn noch?«

Sie griff in sein Haar und zwang ihn, den Kopf zu heben: »Tatsächlich, er nimmt es sich wirklich zu Herzen! Er ist ganz blass. Hör zu, mein Kleiner, wenn du dich kindisch benehmen willst, ohne mich. Man muss wissen, was man will. Und außerdem, hörst du: Ich mag keine Betrügereien. Wenn du in dein Boot heimlich etwas einschmuggeln willst, das nichts darin verloren hat, dann betrügst du. Ich bin gerne mit von der Partie, aber nur, wenn auch du mit offenen Karten spielst; und ich versichere dir: Es soll zu deinem Besten sein. Ich glaube, dass du einflussreich und bedeutend werden kannst; ich spüre deine große Intelligenz und große Kraft. Ich will dir helfen. Es gibt Frauen genug, die ihren Geliebten die Laufbahn verderben; mit meiner Hilfe aber sollst du Karriere machen. Du hast neulich von deinem Wunsch erzählt, die Medizin zugunsten der naturwissenschaftlichen Forschung aufzugeben; du hast bedauert, nicht genügend Geld dafür zu haben … Erstens hast du nun im Spiel gewonnen; fünfzigtausend Francs, das ist gar nicht schlecht. Versprich mir vor allem, nicht weiter zu spielen. Ich werde dir alles notwendige Geld zur Verfügung stellen, unter der Bedingung, dass du die Kraft aufbringst, mit den Achseln zu zucken, wenn man dir vorwirft, du ließest dich aushalten.«

Vincent hatte sich erhoben. Er trat ans Fenster. Lilian fuhr fort: »Zunächst einmal, um die Sache mit Laura zu bereinigen, finde ich, dass man ihr die fünftausend Francs recht gut schicken könnte, die du ihr versprochen hattest. Warum hältst du nicht Wort, jetzt, wo du Geld hast? Etwa, um dich ihr gegenüber noch schuldiger zu fühlen? Davon halte ich gar nichts. Schlechte Manieren sind mir zuwider. Du verstehst es nicht, die Hände sauber abzutrennen. Und wenn das erledigt ist, reisen wir ab und verbringen den Sommer dort, wo es für deine Arbeiten am günstigsten ist. Du hattest an Roscoff gedacht, ich würde Monaco bevorzugen, weil ich mit dem Fürsten bekannt bin. Er könnte uns auf seine Forschungsreisen mitnehmen und dich an seinem Institut beschäftigen.«

Vincent schwieg. Er mochte Lilian nicht erzählen und sollte es ihr erst später gestehen, dass er auf dem Weg zu ihr einen Umweg über das Hotel gemacht hatte, wo Laura so lange verzweifelt auf ihn wartete. Um endlich frei von Schuld zu sein, hatte er die paar Geldscheine, mit denen sie nicht mehr rechnete, in einen Umschlag gesteckt. Er hatte dieses Kuvert einem Hoteldiener anvertraut und am Empfang auf die Bestätigung gewartet, dass es zu eigenen Händen übergeben worden sei. Wenige Augenblicke später erhielt er es wieder zurück. Laura hatte quer über den Umschlag geschrieben: *»Zu spät«*.

Lilian klingelte und verlangte ihren Mantel. Als das Mädchen hinausgegangen war, meinte sie: »Ah! Was ich dir noch sagen wollte, bevor Robert kommt: Wenn er dir eine Anlage für deine fünfzigtausend Francs vorschlägt, sei vorsichtig. Er ist sehr reich, braucht aber ständig Geld. Sieh an: Ich glaube, ich habe die Hupe seines Autos gehört. Er ist eine halbe Stunde zu früh; aber desto besser ... Was unser Gespräch anbelangt ...«

»Ich bin früher gekommen«, sagte Robert, als er das Zimmer betrat, »weil ich dachte, es wäre amüsant, heute Abend in Versailles zu speisen. Ist euch das recht?«

»Nein«, sagte Lady Griffith, »diese Reservoire sind fade. Fahren wir lieber nach Rambouillet; wir haben ja Zeit genug. Das Essen ist zwar nicht so gut, aber dafür können wir uns dort besser unterhalten. Ich möchte, dass Vincent dir von seinen Fischen berichtet. Er erzählt erstaunliche Geschichten. Ob das, was er sagt, wahr ist, weiß ich nicht, aber es ist unterhaltsamer als die schönsten Romane der Welt.«

»Ein Romancier wird vielleicht nicht dieser Ansicht sein«, sagte Vincent.

Robert de Passavant hielt eine Abendausgabe in der Hand: »Wisst ihr, dass Brugnard ins Justizministerium berufen worden ist? Das ist der Moment, Ihrem Vater einen kleinen Orden zu verschaffen«, sagte er, zu Vincent gewandt. Dieser zuckte die Achseln.

»Mein lieber Vincent«, fuhr Passavant fort, »erlauben Sie mir, Ihnen zu sagen, dass Sie Brugnard sehr kränken würden, wenn Sie nicht mit dieser kleinen Bitte an ihn heranträten – die er Ihnen so gerne abschlagen wird.«

»Und wenn Sie ihn erst einmal für sich selbst bitten würden?«, entgegnete Vincent.

Robert verzog kokett die Mundwinkel: »Nein; meiner Eitelkeit schmeichelt es mehr, nirgendwo rot zu werden, auch nicht im Knopfloch.« Und dann, zu Lilian gewandt: »Wenn man bedenkt, wie rar heutzutage diejenigen sind, die ohne die französische Krankheit und ohne Ordensbändchen die Vierzig erreichen.« Lilian erwiderte lächelnd mit einem Schulterzucken: »Einer witzigen Bemerkung zuliebe macht er sich sogar älter, als er ist! ... Sagen Sie, ist das ein Zitat aus Ihrem nächsten Buch? Es könnte ziehen ... Geht schon einmal hinunter, ich warte noch auf meinen Mantel und komme gleich nach.«

»Ich dachte, Sie wollten nichts mehr mit ihm zu tun haben?«, wandte sich Vincent im Treppenhaus an Robert.

»Mit wem? Brugnard?«

»Sie fanden ihn doch so dumm? ...«

»Werter Freund«, erwiderte Passavant und hielt Molinier, dessen Fuß schon über der nächsten Stufe schwebte, mitten auf der Treppe zurück, da er sah, dass Lady Griffith kam, und sie ihn hören sollte. »Glauben Sie mir, unter den Freunden, mit denen ich länger verkehrte, ist nicht einer, der mir nicht Beweise für seine Dämlichkeit geliefert hätte. Ich kann Ihnen versichern, Brugnard hielt der Prüfung länger stand als mancher andere.«

»Als ich zum Beispiel?«, fragte Vincent.

»Was mich nicht hindert, Ihr bester Freund zu bleiben, wie Sie sehen.«

»Und so etwas nennt man Pariser Esprit«, sagte Lilian, die sie eingeholt hatte. »Seien Sie vorsichtig, Robert: Nichts welkt schneller!«

»Nur, wenn man es drucken lässt, meine Liebe, seien Sie unbesorgt!«

Sie machten es sich in dem Auto bequem, das sie hinausbrachte. Da ihr Gespräch auch in der Folge sehr geistreich war, ist es überflüssig, es hier wiederzugeben. Sie nahmen auf einer Hotelterrasse mit Blick auf einen Garten Platz, den die Abenddämmerung mit Schatten füllte. Mit dem Hereinbrechen der Nacht verebbte die Unterhaltung allmählich; von Lilian und Robert ermuntert, sprach schließlich nur noch Vincent.

XVII

»Wenn mein Interesse nicht den Menschen gälte, würde ich mich ja vielleicht auch für Tiere interessieren«, hatte Robert bemerkt. »Mensch und Tier sind ähnlicher, als Sie annehmen mögen«, entgegnete Vincent darauf. »Es gibt keine bedeutende Entdeckung auf dem Gebiet der Zoologie, die nicht auch unsere Kenntnis vom Menschen bereichert hätte. All dies hängt eng miteinander zusammen, und ich glaube, ein Romancier, der die menschliche Seele kennen will, kann nicht ungestraft die Augen vom Schauspiel der Natur abwenden und deren Gesetze unbeachtet lassen. Im *Tagebuch* der Brüder Goncourt, das Sie mir zu lesen gaben, fand ich eine Stelle, wo diese famosen Literaten das Naturkundemuseum im Jardin des Plantes besucht haben und sich darüber mokieren, wie gering doch der Einfallsreichtum der Natur oder des lieben Gottes sei. Welche Kleingläubigkeit und Engstirnigkeit spricht aus dieser dreisten Blasphemie! Wo doch die Natur im Gegenteil so mannigfaltig ist. Hat sie nicht alle der Materie und ihren Gesetzen innewohnenden Möglichkeiten genutzt und alle Lebens- und Fortbewegungsweisen der Reihe nach durchgespielt? Wie einleuchtend das Aussterben mancher unzweckmäßiger und uneleganter Versuche der Vorzeit ist! Wie sinnvoll das Fortbestehen anderer, ökonomischerer Formen! Betrachte ich sie näher, so begreife ich, warum alle übrigen zugrunde gehen mussten. Nicht minder aufschlussreich ist die Botanik. Sehe ich mir einen Zweig an, so bemerke ich, dass die Achsel eines jeden Blattes eine Knospe in sich birgt, die im folgenden Jahr austreiben könnte. Beobachte ich dann, dass von all den Knospen höchstens zwei sich entwickeln und dabei gerade durch ihr Aufblühen die übrigen zum Verkümmern bringen, so drängt sich mir der Vergleich mit den Menschen auf. Die Knospen, die sich ungehindert und natürlich entwickeln, sind immer die nach außen zeigenden – das heißt jene, die am weitesten vom Stamm entfernt sind. Allein durch einen Schnitt oder ein Umbiegen der Zweige vermag man den zurückgestauten Saft zu zwingen, die dem Stamm näheren Keime aus ihrem Schlaf zu wecken. Dann aber tragen selbst die wildesten Gewächse Früchte, die, sich selbst überlassen, wohl nichts als Blätter hervorgebracht hätten. Ah! Welch gute Schule der Obstbau oder ein Garten ist! Und welch guten Pädagogen gäbe manch ein Gärtner ab! Wenn man nur ein wenig zu beobachten weiß, so ist bisweilen ein Hühnerhof, ein Hundezwinger, ein Aquarium, ein Kaninchengehege oder ein Viehstall lehrreicher als jedes Buch, ja, glauben Sie mir, selbst lehrreicher als die menschliche Gesellschaft, in der alles mehr oder weniger erkünstelt ist.«

Dann ging Vincent näher auf die Auslese ein. Er beschrieb die übliche Methode der Züchter, aus den kräftigsten Pflanzenexemplaren brauchbares Saatgut zu gewinnen, und erzählte von der Experimentierfreude eines wagemutigen Gärtners, der, aus Abscheu vor der Routine, ja, man könnte fast meinen, aus Trotz, darauf verfiel, gerade die Schwächsten auszuwählen – und Blüten von unvergleichlicher Schönheit erhielt.

Robert, der zuerst nur mit halbem Ohr zugehört hatte, weil er auf etwas Langweiliges gefasst war, unternahm keinen Versuch mehr, Vincent zu unterbrechen. Seine Aufmerksamkeit erschien Lilian wie eine Huldigung an ihren Geliebten und entzückte sie.

»Du solltest auch von dem erzählen«, sagte sie, »was du mir neulich über die Fische berichtet hast und ihre Anpassung an den jeweiligen Salzgehalt im Meer ... So war es doch, nicht wahr?«

»Abgesehen von einzelnen Regionen«, nahm Vincent wieder das Wort, »ist dieser Salzgehalt in etwa konstant; die Meeresfauna verträgt im Allgemeinen auch nur ein sehr geringes Schwanken der Konzentration. Dennoch sind die erwähnten Regionen nicht unbewohnt; sie entstehen, wenn starke Verdunstung die Wassermenge verringert und den Salzanteil damit erhöht, oder auch, wenn ein ständiger Süßwasserzufluss die Lösung verdünnt und das Meer gewissermaßen entsalzt – in den Randzonen großer Flussmündungen oder so gewaltiger Strömungen, wie es zum Beispiel der Golfstrom ist. Hier siechen die sogenannten *Stenohalinen* dem Sterben nahe dahin; und da sie dann unfähig sind, sich gegen die *Euryhalinen* zu verteidigen, für die sie eine sichere Beute darstellen, kommen die *Euryhalinen* bevorzugt in diesen Randbereichen vor, wo die Wasserdichte schwankt und die *Stenohalinen* in den letzten Zügen liegen. Sie haben bemerkt, nicht wahr, dass die *Stenohalinen* die sind, die immer nur denselben Salzgehalt vertragen. Während die *Eury* ...«

»Mit allen Wassern gewaschen sind«, unterbrach ihn Robert, der alles für sich ausschlachtete und von einer Theorie immer nur das aufnahm, was er verwenden konnte.

»Die meisten von ihnen sind räuberisch«, fügte Vincent ernst hinzu.

»Habe ich dir nicht gesagt, dass es faszinierender ist als jeder Roman«, rief Lilian begeistert.

Vincent war unempfänglich für seinen Erfolg. Ein tiefer Ernst verklärte sein Gesicht, und er sprach, wie zu sich selbst, mit leiser Stimme: »Die erstaunlichste Entdeckung der letzten Zeit aber – zumindest die, der ich die meisten Einsichten verdanke – sind die lichterzeugenden Organe der Tiefseefische.«

»Oh, erzähle uns davon«, sagte Lilian, die ihre Zigarette verglimmen und das Eis, das man ihnen serviert hatte, schmelzen ließ. »Die Lichtstrahlen dringen, wie Sie wohl wissen, nicht sehr weit ins Wasser ein. Die Meerestiefen sind düster ... riesige Abgründe, die man lange Zeit für unbewohnt hielt; doch dann gelang es mit Hilfe von Grundnetzen, eine Menge seltsamen Getiers aus jenen Höllen heraufzuholen. Diese Tiere, dachte man, seien blind. Was brauchten sie einen Gesichtssinn in der Finsternis? Natürlich hatten sie keine Augen; sie konnten, sie durften keine haben. Doch als man sie näher untersucht, erkennt man fassungslos, dass einige von ihnen dennoch Augen besitzen, ja so gut wie alle Sehorgane haben und manche überdies noch hochsensible Antennen. Man will es nicht glauben, wundert sich: Wozu Augen, wenn es nichts zu sehen gibt? Lichtempfindliche Organe, aber wozu? ... Und da entdeckt man endlich, dass jedes dieser Tiere, die man zunächst für lichtscheue Wesen gehalten hatte, selbst sein *eigenes* Licht vor sich hin wirft und um sich herum verbreitet. Jedes von ihnen glüht, schimmert, strahlt. Als man sie nachts aus den Tiefen zog und auf das Schiffsdeck schüttete, wurde es taghell in der Dunkelheit. Ein flackerndes, vibrierendes, irisierendes Licht, wie von einem Leuchtfeuer, funkelnden Sternen oder Edelsteinen, und von unvergleichlicher Pracht, berichten uns diejenigen, die es gesehen haben.«

Vincent schwieg. Lange Zeit sprach niemand von ihnen.

»Fahren wir zurück, mir ist kalt«, sagte Lilian plötzlich.

Lady Lilian nahm vorne neben dem Chauffeur Platz, um hinter der Glasscheibe etwas vor dem Wind geschützt zu sein. Im Fond des offenen Wagens setzten die beiden Männer die Unterhaltung fort. Während des Essens hatte Robert wenig gesagt und Vincent reden lassen; nun war er an der Reihe.

»Fische wie wir, mein guter Vincent, gedeihen nicht in ruhigen Gewässern«, bemerkte er und schlug dem Freund auf die Schulter. Er nahm sich Vincent gegenüber Vertraulichkeiten heraus, die er seinerseits nicht geduldet hätte; doch Vincent hatte auch gar nicht das Bedürfnis danach. »Wissen Sie, dass ich es überwältigend fand? Wie gut Sie vortragen können! Wirklich, Sie sollten die Medizin an den Nagel hängen. Ich kann mir nicht vorstellen, dass Sie einmal Abführmittel verschreiben und sich nur noch mit Kranken befassen sollen. Ein Lehrstuhl für vergleichende Biologie oder etwas in der Art, das wäre das Richtige für Sie ...«

»Ich habe auch schon daran gedacht«, sagte Vincent.

»Lilian müsste Ihnen dazu verhelfen können, wenn sie ihren Freund, den Fürsten von Monaco, für Ihre Studien interessiert, er ist, glaube ich, ein Kenner auf diesem Gebiet ... Ich will mit ihr darüber sprechen.«

»Sie hat schon mit mir darüber gesprochen.«

»Dann kann man Ihnen also gar keinen Gefallen erweisen?«, fragte er und tat verstimmt, »wo ich Sie doch gerade meinerseits um etwas bitten wollte.«

»Als ob ich nicht ohnehin in Ihrer Schuld stünde. Sie müssen mich für recht vergesslich halten.«

»Was! Sie denken noch immer an die fünftausend Francs? Aber, mein Lieber, Sie haben sie mir doch zurückgegeben! Sie schulden mir nichts mehr … außer ein wenig Freundschaft, vielleicht.« Er fügte dies, seine Hand auf Vincents Arm legend, in beinahe zärtlichem Ton hinzu. »An diese möchte ich appellieren.«

»Ich höre«, entgegnete Vincent.

Doch Passavant wehrte sogleich ab, seine eigene Ungeduld Vincent unterstellend: »Wie eilig Sie es haben! Bis Paris haben wir doch Zeit genug, möchte ich meinen.«

Passavant war besonders geschickt darin, anderen seine eigenen Launen und uneingestandenen Absichten unterzuschieben. Vom Thema ablenkend, wie ein Forellenfischer, der aus Furcht, seine Beute zu verschrecken, die Angel sehr weit auswirft, um den Köder dann behutsam einzuholen, meinte er: »Übrigens danke ich Ihnen, dass Sie mir Ihren Bruder vorbeigeschickt haben. Ich fürchtete, Sie würden es vergessen.«

Vincent machte eine Bewegung. Robert fuhr fort: »Haben Sie ihn schon gesprochen? Keine Zeit gehabt, nicht wahr? … Wie merkwürdig, dass Sie sich dann nicht wenigstens bei mir nach dem Gespräch erkundigt haben. Es ist Ihnen offenbar gleichgültig. Sie kümmern sich überhaupt nicht um Ihren Bruder. Was Olivier denkt, was er fühlt, wozu er befähigt ist und was aus ihm werden könnte, das interessiert Sie nicht im Geringsten«

»Soll das ein Vorwurf sein?«

»Weiß Gott, ja. Ich verstehe Ihre Gleichgültigkeit nicht und kann sie nicht gutheißen. Solange Sie krank waren und in Pau, nun gut; da mussten Sie nur an sich denken; der Egoismus war Teil der Therapie. Doch jetzt … Wie? Neben Ihnen blüht erschaudernd dieses junge Wesen auf, dieser erwachende, vielversprechende Verstand, der nur auf einen Rat, auf Anleitung wartet …«

Er vergaß in diesem Moment ganz, dass er selbst einen Bruder hatte.

Vincent aber war nicht dumm; diese Anwürfe waren zu

übertrieben, um echt zu sein, diese Empörung diente nur dazu, etwas anderes vorzubereiten. Er schwieg und wartete ab, was kommen würde. Robert hielt plötzlich inne; er hatte beim Aufglimmen von Vincents Zigarette einen sonderbaren Zug um dessen Lippen bemerkt, der ihm Ironie zu verraten schien; Spott aber fürchtete er mehr als alles andere auf der Welt. Doch war dies wirklich der Grund, weshalb er einen anderen Ton anschlug? Ich frage mich, ob er nicht vielmehr plötzlich intuitiv eine Art Einverständnis zwischen Vincent und sich spürte … Nach dem Motto »Wir brauchen einander ja nichts vorzumachen« tat er nun ganz offen und natürlich.

»Nun! Ich habe mich mit Olivier ganz ausgezeichnet unterhalten. Der Junge gefällt mir.«

Passavant versuchte, einen Blick von Vincent zu erhaschen (die Nacht war nicht sehr dunkel); doch dieser sah unverwandt geradeaus.

»Und hier nun, mein lieber Molinier, der kleine Freundschaftsdienst, um den ich Sie bitten wollte …«

Doch noch einmal hatte er das Bedürfnis, sich Zeit zu lassen und für einen Moment aus seiner Rolle gewissermaßen herauszutreten, wie ein Schauspieler, der sich seiner Wirkung sicher ist und sich selbst und seinem Publikum beweisen muss, wie sehr er alles in der Hand hat. Er beugte sich also zu Lilian vor und sagte mit sehr lauter Stimme, als wolle er den vertraulichen Charakter des vorangegangenen und des kommenden Gesprächs unterstreichen: »Liebe Freundin, werden Sie sich auch nicht verkühlen? Wir haben hier ein Plaid, das nutzlos herumliegt …« Und dann, ohne die Antwort abzuwarten, wieder neben Vincent in den Sitz zurücksinkend, mit gedämpfter Stimme: »Folgendes. Ich möchte diesen Sommer Ihren Bruder mitnehmen. Ja, ich sage es Ihnen rundheraus; wozu einander etwas vormachen … Ich habe nicht die Ehre, mit Ihren Eltern bekannt zu sein, die natürlich Olivier nicht mit mir reisen lassen werden, außer wenn Sie sich für mich verwenden. Sicherlich werden Sie einen Weg finden, sie für mich einzunehmen. Sie kennen sie so gut, nehme ich an, dass Sie wissen, wie Sie es anstellen müssen. Würden Sie das für mich tun?«

Er wartete einen Augenblick und begann dann wieder, da Vincent schwieg: »Hören Sie, Vincent ... Ich fahre in Kürze von Paris weg ... Wohin, steht noch nicht fest. Ich muss in jedem Fall einen Sekretär mitnehmen ... Sie wissen, dass ich eine Zeitschrift gründe. Darüber habe ich mich mit Olivier unterhalten. Er scheint mir die erforderlichen Fähigkeiten zu besitzen ... Doch ich will nicht nur einen egoistischen Standpunkt einnehmen: Ich glaube, dass all seine Fähigkeiten hier zur Entfaltung kommen. Ich habe ihm den Posten des Chefredakteurs angeboten ... Chefredakteur einer Zeitschrift in seinem Alter! ... Geben Sie zu, dass das etwas Besonderes ist.«

»Es ist etwas so Besonderes, dass ich fürchte, es wird meinen Eltern nicht ganz geheuer sein«, sagte Vincent, wandte ihm endlich das Gesicht zu und sah ihn unverwandt an.

»Ja, Sie haben wohl recht. Sie sollten das vielleicht besser nicht erwähnen. Sie könnten einfach das Interessante und Nützliche an der Reise, die ich ihm ermöglichen würde, hervorheben, ja? Ihren Eltern muss einleuchten, dass man in seinem Alter etwas von der Welt sehen sollte. Kurz, Sie werden es schon arrangieren, nicht wahr?«

Er schöpfte Atem, zündete sich noch eine Zigarette an und fuhr dann, im gleichen Tonfall, fort: »Und da Sie so nett sein wollen, werde ich versuchen, auch etwas für Sie zu tun. Ich glaube, ich kann Sie an einem außergewöhnlich günstigen Geschäft zu Bedingungen, wie man mir sie anbietet, beteiligen ... zu Konditionen, die ein Freund aus der Hochfinanz einem kleinen Kreis gewährt. Aber, bitte, es muss unter uns bleiben; kein Wort davon zu Lilian. Mir stehen nur Anteile in sehr begrenzter Zahl zur Verfügung; ich kann sie nicht sowohl ihr als auch Ihnen zur Zeichnung anbieten ... Ihre fünfzigtausend Francs von gestern Abend? ...«

»Ich habe bereits anderweitig über sie verfügt«, entgegnete Vincent etwas schroff, da er sich an Lilians Warnung erinnerte. »Schon gut, schon gut …«, entgegnete Robert sofort, als sei er gekränkt. »Ich insistiere nicht.« Und dann, nach dem Motto »Ich bin Ihnen deswegen nicht böse«: »Sollten Sie anderen Sinnes werden, genügt ein Wort … um fünf übermorgen ist es zu spät.«

Vincent bewunderte den Comte de Passavant noch mehr, seit er ihn durchschaute.

XVIII

Édouards Tagebuch

»*Zwei Uhr.*

Meinen Handkoffer verloren. Na, wenn schon. Was er enthielt, bedeutete mir nichts, bis auf mein Tagebuch. Und das bedeutete mir viel zu viel. Im Grunde sehr erheiterndes Abenteuer. Meine Aufzeichnungen hätte ich allerdings lieber zurück. Wer wird sie lesen? … Vielleicht sind sie ja gar nicht so belangvoll, wie es mir nach ihrem Verlust erscheint. Das Tagebuch endete mit meiner Abfahrt nach England. Für meine dortigen Beobachtungen hatte ich ein eigenes Heft; welches ich nun, wieder in Frankreich, beiseitelege. Das neue Heft aber, in das ich dieses hier schreibe, kommt mir nicht so schnell abhanden! Es ist ein Spiegel, den ich immer bei mir trage. Nichts, was mir widerfährt, gewinnt für mich Realität, bevor ich es nicht hierin gespiegelt sehe. Mir ist seit meiner Rückkehr, als bewege ich mich in einem Traum. Wie gequält das Gespräch mit Olivier war! Dabei hatte ich mich so darauf gefreut … Wäre er nur ebenso wenig zufrieden damit wie ich; ebenso wenig zufrieden mit sich wie mit mir. Weder gelang es mir, etwas zu erzählen, noch, ihn zum Erzählen zu bringen. Ach, wie schwer wird doch das kleinste Wort, soll das ganze Wesen darin Ausdruck finden. Wenn das Herz mit im Spiel ist, so betäubt und lähmt das den Verstand.

Sieben Uhr.

Mein Koffer hat sich gefunden; oder zumindest derjenige, der ihn mir weggenommen hatte. Dass er Oliviers engster Freund ist, knüpft zwischen uns ein Netz, dessen Maschen ich nach Belieben enger ziehen kann. Allerdings besteht die Gefahr, da ich so großen Gefallen an jedem unerwarteten Ereignis finde, dass ich mein eigentliches Ziel aus den Augen verliere.

Laura wiedergesehen. Mein Wunsch zu helfen erstarkt nur, wenn es darum geht, Schwierigkeiten zu überwinden, sich gegen das Konventionelle, Banale, Gewöhnliche aufzulehnen.

Den alten La Pérouse besucht. Madame de La Pérouse kam an die Tür. Ich hatte sie seit über zwei Jahren nicht gesehen; sie erkannte mich jedoch sofort. (Ich glaube, die beiden bekommen nur wenig Besuch.) Sie selbst im Übrigen kaum verändert; ihre Gesichtszüge allerdings wirkten härter auf mich (Ob es wohl mit meinem Vorurteil gegen sie zusammenhängt?), ihr Blick schien verbitterter, ihr Lächeln falscher denn je.

›Ich fürchte, Monsieur de La Pérouse ist nicht in der Lage, Sie zu empfangen‹, sagte sie schnell, offenbar in der Absicht, mich in Beschlag zu nehmen; dann nutzte sie ihre Taubheit dazu, mir, noch bevor ich etwas gesagt hatte, zu antworten: ›Aber nein, aber nein, Sie stören überhaupt nicht. Kommen Sie bitte herein.‹

Sie führte mich in das Zimmer, dessen beide Fenster auf den Hof hinausgehen und in denen La Pérouse für gewöhnlich seine Stunden gibt. Meinte dann, sowie sie mich in Gewahrsam genommen hatte: ›Ich bin ja so glücklich, Sie einen Moment unter vier Augen sprechen zu können. Der Zustand von Monsieur de La Pérouse, dem Sie, wie ich weiß, von jeher ein treuer Freund gewesen sind, bereitet mir große Sorge. Sie, auf den er hört, könnten ihm ins Gewissen reden, doch etwas mehr auf sich achtzugeben. Ich selbst kann auf ihn einreden, soviel ich will, es geht zum einen Ohr hinein und zum anderen wieder heraus.‹

Sie erging sich in endlosen Vorwürfen: Der Alte will nicht auf sich achtgeben, allein um sie zu quälen. Er tut alles, was er nicht tun sollte, und tut nichts von dem, was er sollte. Er geht bei jedem Wetter hinaus, ohne jemals einen Schal umzubinden. Bei den Mahlzeiten will er nichts essen: ›Monsieur hat keinen Hunger‹, und sie weiß nicht, was sie sich noch ausdenken soll, um seinen Appetit anzuregen; nachts aber steht er auf und stellt die Küche auf den Kopf, um irgendetwas zusammenzubrutzeln.

Sicher erfand die Alte nichts; allein an der Interpretation lag es, so wurde mir bei ihrer Erzählung klar, dass die kleinsten, harmlosesten Gesten eine verletzende Bedeutung erhielten. Welch schlimm verzerrten Schatten warf doch die Wirklichkeit in diese enge Gehirnkammer. Aber interpretierte nicht auch der Alte die Sorge und Aufmerksamkeit dieser Frau falsch, die sich für eine Märtyrerin hielt und die ihm als Folterknecht erschien? Ich gebe es auf, urteilen und verstehen zu wollen; oder vielmehr geht es mir, wie es einem so oft ergeht: Je mehr ich sie verstehe, desto milder wird mein Urteil. Fest steht, dass wir es mit zwei Menschen zu tun haben, die sich auf Lebenszeit miteinander verbunden haben und die sich entsetzlich quälen. Schon oft habe ich bei Eheleuten beobachtet, dass man sich an der kleinsten Unebenheit am Charakter des anderen wund reiben kann, weil sie im ›Zusammenleben‹ immer an der gleichen Stelle scheuert. Und wenn beide sich wund reiben, dann wird das Eheleben zur Hölle.

Mit ihrer schwarzbebänderten Perücke, welche die harten Züge ihres bleichen Gesichts noch unterstreicht, mit ihren langen schwarzen Halbhandschuhen, aus denen die Fingerspitzen wie Krallen hervorsehen, glich Madame de La Pérouse einer Harpyie. ›Er wirft mir vor, ihm nachzuspionieren‹, fuhr sie fort.

›Seit eh und je braucht er viel Schlaf; wenn es aber Zeit zum Schlafengehen ist, tut er bloß so, als lege er sich zur Ruhe, und sowie er glaubt, ich schlafe fest, steht er wieder auf; dann stöbert er in alten Papieren herum, ja, manchmal hockt er bis zum Morgengrauen weinend über den alten Briefen seines verstorbenen Bruders. Und das soll ich mit ansehen, ohne ein Wort darüber zu verlieren!‹

Dann klagte sie, der Alte wolle sie in ein Heim stecken, was ihr desto mehr zusetze, fügte sie hinzu, als er doch nicht in der Lage sei, allein zu leben, und ihren Beistand benötige. Ihre Stimme troff vor Edelmut, als die Heuchlerin dies sagte.

Während sie in ihrem Lamento fortfuhr, öffnete sich hinter ihrem Rücken sacht die Zimmertür, und La Pérouse kam, ohne dass sie ihn hörte, herein. Bei den letzten Worten seiner Frau sah er mich mit einem ironischen Lächeln an und tippte sich mit dem Finger an die Stirn, um mir zu bedeuten, sie sei verrückt. Dann, mit einer Ungeduld, ja einer Brutalität, die ich ihm niemals zugetraut hätte und die der Alten in ihren Anschuldigungen recht zu geben schien (die aber wohl auch von der Lautstärke herrührte, die nötig war, damit sie ihn hörte): ›Nun machen Sie schon, Gnädigste! Begreifen Sie nicht, dass Sie Monsieur mit Ihren Reden auf die Nerven fallen? Mein Freund wollte nicht Sie besuchen. Lassen Sie uns allein.‹

Die Alte protestierte, der Sessel, auf dem sie säße, gehöre ihr und sie sei aus ihm nicht wegzubringen.

›In diesem Fall‹, entgegnete La Pérouse, hämisch auflachend, ›sind wir es, die mit Ihrer Erlaubnis das Zimmer verlassen.‹ Dann, zu mir gewandt, in einem ganz sanften Ton: ›Kommen Sie! Lassen wir sie allein.‹

Ich deutete verlegen eine Verbeugung an und folgte ihm in das Nebenzimmer, ebenjenen Raum, in dem er mich das letzte Mal empfangen hatte.

›Ich bin glücklich, dass Sie es einmal gehört haben‹, sagte er. ›So geht es den lieben langen Tag.‹

Er schloss die Fenster: ›Bei diesem Straßenlärm versteht man sein eigenes Wort nicht mehr. In einem fort mache ich die Fenster zu, die Madame de La Pérouse in einem fort wieder aufreißt. Sie behauptet zu ersticken. Ständig übertreibt sie. Sie will einfach nicht begreifen, dass es draußen wärmer ist als drinnen. Dabei habe ich dort ein kleines Thermometer; aber wenn ich es ihr hinhalte, sagt sie, Zahlen bewiesen nichts. Sie muss immer das letzte Wort behalten, selbst wenn sie im Unrecht ist. Hauptsache, sie kann mir widersprechen.‹

Mich beschlich, während er sprach, der Verdacht, er selbst sei etwas aus dem Gleichgewicht; mit wachsender Erregung fuhr er fort: ›Alles, was sie verkehrt gemacht hat im Leben, legt sie mir zur Last. Alles verdreht sie. Und wissen Sie, das ist ganz einfach zu erklären. Die Wahrnehmungen der Außenwelt bilden sich auf unserer Netzhaut doch verkehrt herum ab, um von einem nervlichen Mechanismus wieder umgekehrt zu werden. Nun, bei Madame de La Pérouse fehlt dieser Korrekturmechanismus. Bei ihr bleibt alles verkehrt herum. Sie können sich vorstellen, wie mühsam das ist.‹

Es war ihm sicherlich eine Erleichterung, sich aussprechen zu können, daher hütete ich mich, ihn zu unterbrechen. ›Madame de La Pérouse‹, fuhr er fort, ›hat schon immer viel zu viel gegessen. Und nun behauptet sie, ich sei es, der zu viel äße. Sieht sie mich auch nur mit einem Stückchen Schokolade (das Einzige, wovon ich mich ernähre), meckert sie sofort: »Ewig diese Nascherei!« … Sie belauert mich. Weil sie mich einmal überrascht hat, wie ich mir in der Küche eine heiße Schokolade machen wollte, beschuldigt sie mich nun, ich stünde immer nachts auf, um heimlich zu essen … Was soll ich machen? Wenn sie mir bei Tisch gegenübersitzt und ich sehe, wie sie sich über das Essen hermacht, vergeht mir jeder Appetit. Sie behauptet dann, ich mäkelte, um sie zu quälen.‹

Er legte eine Pause ein, dann, in einer lyrischen Anwandlung: ›Ich erglühe in Bewunderung angesichts ihrer Vorwürfe … Wenn sie Ischias hat, bemitleide ich sie. Doch sie fällt mir ins Wort und zuckt die Achseln: »Tun Sie doch nicht, als ob Sie ein Herz im Leib hätten.« Ich kann machen, was ich will, immer mache ich es, um sie zu quälen.‹

Wir hatten uns kaum gesetzt, da sprang er wieder auf und setzte sich wieder, von krankhafter Unruhe getrieben: ›Können Sie sich vorstellen, dass in jedem Zimmer bestimmte Möbel ihr gehören und andere mir? Sie haben es ja gerade mit ihrem Sessel gesehen. Zur Aufwartefrau sagt sie beim Putzen: »Nein; das gehört Monsieur; das rühren wir nicht an.« Und als ich neulich aus Versehen ein gebundenes Notenheft auf ein Tischchen von ihr legte, stieß sie es auf den Boden. Die Ecken sind ganz kaputt ... So kann es nicht weitergehen ... Doch, hören Sie ...‹, er fasste meinen Arm und senkte die Stimme, ›ich habe meine Maßnahmen getroffen. Sie droht mir ständig, »wenn ich so weitermache«, rette sie sich ins Altersheim. Ich habe eine gewisse Summe zurückgelegt, die für ihre Unterbringung in Sainte-Périne ausreichen sollte; man sagt, es sei das Beste in seiner Art. Die wenigen Stunden, die ich noch gebe, bringen so gut wie nichts mehr ein. In Bälde sind meine Mittel erschöpft; ich sähe mich gezwungen, diese Rücklage anzugreifen; das will ich nicht. Daher habe ich einen Entschluss gefasst ... In gut drei Monaten ist es so weit. Ja; ich habe das Datum schon festgelegt. Wenn Sie wüssten, welche Erleichterung es bedeutet, dass es Stunde um Stunde näher rückt.‹

Er hatte sich zu mir herübergebeugt; nun beugte er sich noch weiter vor: ›Ich habe auch ein Rentenpapier erworben. Oh, nichts Großes; was ich irgend erübrigen konnte. Madame de La Pérouse weiß nichts davon. Es ist in meinem Sekretär, in einem an Sie adressierten Umschlag, der auch die nötigen Angaben enthält. Kann ich auf Ihre Hilfe rechnen? Ich verstehe nichts von Geschäften, doch ein Notar, bei dem ich mich erkundigt habe, sagte mir, die Zinsen könnten unmittelbar an meinen Enkel ausgezahlt werden und bei seiner Volljährigkeit gehe das Papier auf ihn über. Ich habe gedacht, Sie als meinen Freund könnte ich bitten, für die Abwicklung dieser Angelegenheit Sorge zu tragen. Ich misstraue den Notaren so! ... Ob Sie vielleicht den Umschlag zu meiner Beruhigung sogar jetzt schon mitnehmen könnten? ... Ja, nicht wahr? ... Ich werde ihn holen gehen.‹

Er trippelte hinaus, wie es seine Gewohnheit ist, und kam mit einem großen Kuvert zurück.

›Verzeihen Sie, dass ich ihn versiegelt habe; nur der Form halber. Hier, nehmen Sie ihn.‹

Ich warf einen Blick auf den an mich adressierten Umschlag, auf dem, in Schönschrift, zu lesen war: ›NACH MEINEM TOD ZU ÖFFNEN.‹

›Stecken Sie ihn gleich ein, damit ich ihn in Sicherheit weiß. Danke ... Oh, wie hatte ich Sie herbeigesehnt! ...‹

In einem feierlichen Moment wie diesem können, wie ich es oft an mir erlebt habe, alle gewöhnlichen Gefühle einer beinahe mystischen Ekstase, einer Art Enthusiasmus weichen, wodurch der Mensch erhöht wird oder genauer: befreit wird von den Fesseln des Ich, sich seiner selbst ledig fühlt, entgrenzt. Wer das noch nie an sich selbst erlebt hat, wird mich sicher nicht verstehen. Doch ich merkte, dass La Pérouse es verstand. Jede Erwiderung schien mir unangemessen und überflüssig, so beschränkte ich mich darauf, seine Hand, die er in meine gelegt hatte, innig zu drücken. Seine Augen hatten einen eigentümlichen Glanz. In der anderen Hand, in der er zuerst das Kuvert hatte, hielt er noch einen Zettel: ›Ich habe seine Adresse notiert. Denn ich weiß, wo er gerade ist: »Saas-Fee«. Kennen Sie diesen Ort? Er liegt in der Schweiz. Ich habe ihn auf der Karte gesucht, konnte ihn aber nicht finden.‹

›Ja‹, sagte ich, ›das ist ein kleines Dorf in der Nähe des Matterhorns.‹

›Ist das sehr weit weg?‹

›Nicht so weit, als dass ich nicht vielleicht hinfahren könnte.‹

›Was! Würden Sie das tun? ... Oh! Wie gut Sie sind!‹, sagte er. ›Ich selbst bin zu alt. Und dann kann ich auch nicht, wegen der Mutter ... Und doch scheint es mir, als ob ich ...‹ Er zögerte, suchte nach Worten: ›Als ob ich leichter von dannen ginge, wenn ich ihn nur einmal sehen dürfte.‹

›Mein armer Freund ... Ich will alles tun, was in meiner Macht steht, um den Jungen zu Ihnen zu bringen. Sie sollen den kleinen Boris sehen, das verspreche ich Ihnen.‹

›Danke ... Danke ...‹

Er umarmte mich heftig.

›Aber versprechen Sie mir, sich nicht mehr mit dem Gedanken zu tragen ...‹

›Oh, das ist ein anderes Kapitel‹, schnitt er mir das Wort ab. Und schnell, damit ich ihm nicht weiter zusetzte, wie um mich abzulenken: ›Stellen Sie sich vor, neulich wollte mich die Mutter einer meiner ehemaligen Schülerinnen unbedingt ins Theater mitnehmen! Das war vor ungefähr einem Monat. Zu einer Nachmittagsvorstellung in der Comédie Française. Seit mehr als zwanzig Jahren hatte ich kein Schauspielhaus mehr betreten. Es wurde *Hernani* von Victor Hugo gegeben. Kennen Sie das? Angeblich eine hervorragende Aufführung. Die Zuschauer jubelten. Ich für mein Teil habe unsäglich gelitten. Hätte es sich nicht aus Höflichkeit verboten, ich wäre hinausgegangen ... Wir befanden uns in einer Loge. Meine Freunde suchten mich zu besänftigen. Am liebsten hätte ich an das Publikum appelliert. Oh! Wie kann man nur? Wie kann man nur?‹

Ich verstand zuerst nicht recht, worauf er hinauswollte, und fragte: ›Sie fanden die Schauspieler schlecht?‹

›Natürlich. Wie kann man es wagen, solche Schändlichkeiten auf der Bühne darzustellen? ... Und das Publikum applaudierte! Sogar Kinder waren im Saal; obwohl die Eltern das Stück kannten, hatten sie ihre Kinder mitgebracht ... Das ist eine Ungeheuerlichkeit. Und so etwas in einem vom Staat subventionierten Theater!‹

Die Entrüstung dieses lauteren Mannes amüsierte mich. Nun musste ich fast lachen. Ich entgegnete, die Darstellung der Leidenschaften sei doch aus der dramatischen Kunst nicht wegzudenken. Er behauptete dagegen, die Darstellung der Leidenschaft übe unweigerlich einen schlechten Einfluss aus. Die Diskussion ging noch eine Weile so weiter; bis ich schließlich das Pathos auf dem Theater mit dem Schmettern der Bläser in einem Orchester verglich: ›Zum Beispiel der Posauneneinsatz, den Sie in Beethovens Symphonien bewundern …‹

›Aber ich bewundere diesen Einsatz der Posaunen doch gar nicht!‹, rief er außerordentlich heftig. ›Warum soll ich bewundern, was mir die Sinne verwirrt?‹

Er zitterte am ganzen Leib. Die Entrüstung, ja beinahe Feindseligkeit in seiner Stimme überraschte mich und schien ihn selbst zu erstaunen, denn er fuhr in ruhigerem Ton fort: ›Ist Ihnen aufgefallen, dass alle Anstrengungen der modernen Musik darauf gerichtet sind, uns gewisse Akkorde erträglich, ja angenehm zu machen, die bisher als disharmonisch galten?‹

›Sie sagen es‹, entgegnete ich, ›alles muss sich letzten Endes der Harmonie fügen, sich ihr unterordnen.‹

›Harmonie!‹, echote er und zuckte die Achseln. ›Es ist nichts weiter als die Gewöhnung an das Böse, die Sünde. Die Empfindlichkeit stumpft ab; die Reinheit wird getrübt; man wehrt sich nicht mehr, duldet alles, nimmt es hin …‹

›Wenn man Sie so reden hört, wagt man kaum noch, ein Kind in die Welt zu setzen.‹

Doch er fuhr unbeirrt fort: ›Könnten wir die Unerbittlichkeit unserer jungen Jahre wiedererlangen, wir würden uns am meisten darüber entsetzen, was aus uns geworden ist.‹

Es war zu spät, um eine Diskussion über theologische Fragen zu beginnen; ich versuchte, ihn auf sein Thema zurückzubringen: ‹Sie wollen aber doch die Musik nicht nur auf den in sich ruhenden Klang reduzieren? In diesem Fall genügte ein einziger Akkord: ein reiner, ausgehaltener Dreiklang.‹

Er nahm meine beiden Hände in die seinen, und mit einem schwärmerisch-verzückten Gesichtsausdruck wiederholte er mehrmals: ›Ein reiner, immerwährender Dur-Dreiklang, ja, das ist es: ein reiner, immerwährender Dur-Dreiklang ... Doch die ganze Welt ist dem Missklang ausgeliefert‹, fügte er traurig hinzu.

Ich verabschiedete mich von ihm. Er begleitete mich zur Tür, und während er mich umarmte, murmelte er noch: ›Ach, wie lange man doch der Auflösung in den Dreiklang harren muss!‹«

ZWEITER TEIL

Saas Fee

I

Bernard an Olivier

»*Montag.*
Lieber Freund,
ich will vorausschicken, dass ich die Abiprüfung geschwänzt habe. Du hast Dir wohl schon so etwas gedacht, als Du mich nicht entdecken konntest. Ich werde im Oktober antreten. Es hatte sich mir eine einmalige Gelegenheit zu einer Reise geboten. Ich packte sie beim Schopf; und ich bereue es nicht. Ich musste mich sofort entscheiden, es blieb keine Zeit, groß zu überlegen, ja nicht einmal, mich von Dir zu verabschieden. Übrigens, mein Reisegefährte lässt Dir ausrichten, dass er sehr bedauert, Dich nicht noch einmal gesehen zu haben, bevor er wegfuhr. Denn weißt Du, wer mich mitgenommen hat? Du ahnst es schon ... Es ist Édouard, Dein verehrter Onkel, dem ich gleich am Abend nach seiner Ankunft in Paris begegnet bin, unter recht außergewöhnlichen und sensationellen Umständen, doch davon ein andermal. Überhaupt alles ist außergewöhnlich an diesem Abenteuer, und wenn ich zurückdenke, dreht sich mir der Kopf. Noch heute kann ich kaum glauben, dass es wahr sein soll, dass wirklich ich es bin, der Dir dies schreibt, der hier in der Schweiz ist mit Édouard und ... Ich merke schon, ich muss doch alles erzählen, aber bitte zerreiße diesen Brief, und behalte es für Dich.

Stell Dir vor, die arme Frau, die Dein Bruder Vincent im

Stich gelassen hat, die Du neulich in der Nacht vor Deiner Tür schluchzen hörtest (wobei Du, mit Verlaub, schön dumm warst, nicht zu öffnen), hat sich als gute Freundin von Édouard entpuppt, als die Tochter von Vedel persönlich, die Schwester Deines Freundes Armand. Ich sollte Dir all dies nicht erzählen, denn es geht um den Ruf einer Frau, doch ich würde platzen, könnte ich es niemandem sagen ... Noch einmal: Behalte es für Dich. Du weißt, dass sie unlängst geheiratet hat; Du weißt vielleicht auch, dass sie kurz nach ihrer Hochzeit krank geworden und zur Kur in den Süden gefahren ist. Dort, in Pau, hat sie Vincents Bekanntschaft gemacht. Auch das weißt Du vielleicht. Doch was Du nicht weißt, ist, dass diese Begegnung nicht ohne Folgen geblieben ist. Ja, lieber Freund! Dein Tölpel von einem Bruder hat ihr ein Kind angehängt. Sie ist schwanger nach Paris zurückgekommen, wo sie ihren Eltern nicht mehr unter die Augen zu treten wagte; und noch weniger wagte sie, zu ihrem Ehemann zurückzukehren. Da nun verließ sie Dein Bruder unter den Dir bekannten Umständen. Ich spare mir den Kommentar, will Dir aber sagen, dass Laura Douviers nicht ein Wort des Vorwurfs geäußert hat und keinen Groll gegen ihn zu hegen scheint. Im Gegenteil, sie erfindet alle möglichen Entschuldigungen für sein Benehmen. Kurz, sie ist eine hochherzige Frau, eine schöne Seele. Und Édouard ist nicht weniger hochherzig. Als sie nicht mehr aus noch ein wusste, machte er ihr den Vorschlag, ihn in die Schweiz zu begleiten; und mir hat er vorgeschlagen mitzukommen, denn es war ihm unangenehm, mit ihr allein zu verreisen, da seine Gefühle für sie doch rein freundschaftlich sind. So fuhren wir also zu dritt. Alles ging Hals über Kopf, kaum blieb Zeit, die Koffer zu packen und mich auszustaffieren (denn wie Du weißt, ging ich ohne irgendetwas von zu Hause fort). Du machst Dir keine Vorstellung, wie hilfsbereit Édouard in dieser Situation gewesen ist; und obendrein versicherte er mir immer wieder, dass ich es sei, der ihm einen Dienst erweise. Ja, lieber Freund,

Du hattest nicht übertrieben: Dein Onkel ist einfach großartig.

Es wurde eine recht beschwerliche Reise, weil Laura sehr erschöpft war und auch wegen ihres Zustands (sie kommt in den dritten Monat) der Schonung bedurfte; hinzu kommt, dass der Ort, für den wir uns entschieden hatten (warum, das ist eine andere Geschichte), nur schwer zugänglich ist. Laura komplizierte die Lage oft noch zusätzlich, weil sie nicht auf sich achtgeben wollte; wir mussten sie regelrecht dazu zwingen; sie beteuerte ständig, dass ein Unfall das Beste wäre, was ihr passieren könnte. Und wie wir auf sie aufgepasst haben! Oh, mein Freund, diese wunderbare Frau! Ich bin ein anderer, seit ich sie kenne; gewisse Gedanken verbiete ich mir, und manche Regung meines Herzens unterdrücke ich, denn ich würde mich schämen, wenn ich es dieser Frau gegenüber an Ehrerbietung fehlen ließe. Ihre Gegenwart zwingt einen einfach, edel zu denken. Und dennoch sind die Gespräche zwischen uns ganz frei, denn Laura ist überhaupt nicht zimperlich – und wir reden über Gott und die Welt; aber Du kannst mir glauben, in ihrer Gegenwart kann ich über sehr vieles nicht mehr spotten, weil es mir heute ernst damit ist.

Du könntest jetzt denken, ich hätte mich in sie verliebt. Ja, lieber Freund, da würdest Du Dich nicht täuschen. Es ist verrückt, nicht wahr? Ich bin in eine schwangere Frau verliebt, die ich selbstverständlich respektiere und nicht mit den Fingerspitzen zu berühren wagte, kannst Du Dir das vorstellen? Du siehst, ich entwickle mich nicht gerade zum Lebemann ...

Als wir trotz unzähliger Schwierigkeiten (wir mussten einen Tragsessel für Laura mieten, denn Wagen kommen nicht bis hier hinauf) glücklich in Saas-Fee ankamen, konnte man uns im Hotel nur zwei Zimmer anbieten, ein großes mit zwei Betten und ein kleines, das wir vor dem Hotelbesitzer für mich bestimmten – denn um ihren Namen nicht preiszugeben, gilt Laura als Édouards Frau; nachts aber schläft in dem kleinen

Zimmer sie, während ich zu Édouard umziehe. Das ist jeden Morgen eine Schlepperei, damit das Personal nicht dahinterkommt. Glücklicherweise gibt es eine Verbindungstür zwischen den zwei Zimmern, das macht es uns leichter.

Seit sechs Tagen sind wir nun hier; ich habe Dir nicht früher geschrieben, weil ich anfangs zu durcheinander war und zunächst klarsehen wollte. Erst jetzt beginne ich allmählich, mich zurechtzufinden.

Édouard und ich haben ein paar ganz nette Bergtouren unternommen; doch ehrlich gesagt, gefällt mir diese Gegend nicht besonders; Édouard geht es ähnlich. Er findet die Landschaft ›pathetisch‹. Und das stimmt.

Das Beste hier ist die Luft, die man atmet; herrliche, klare Luft, die die Lungen reinigt. Doch wir wollen Laura nicht zu lange allein lassen, und mitkommen kann sie selbstverständlich nicht. Die Gesellschaft im Hotel ist ganz abwechslungsreich. Die Gäste kommen von überall her. Wir sind viel mit einer polnischen Ärztin zusammen, die hier die Ferien mit ihrer Tochter und einem Knaben verbringt, den man ihr anvertraut hat. Wegen dieses Jungen sind wir überhaupt hierhergereist. Er hat eine Art Nervenleiden, das die Doktorin nach einer ganz neuen Methode behandelt. Am meisten aber bekommt es dem wirklich sympathischen Kleinen, dass er bis über die Ohren in die Tochter der Ärztin verliebt ist, die einige Jahre älter ist und das schönste Geschöpf, das mir je begegnet ist. Sie weichen einander den ganzen Tag nicht von der Seite. Sie sind miteinander so rührend, dass es niemandem in den Sinn käme, sich über sie lustig zu machen.

Ich habe nicht viel gearbeitet und seit meiner Abreise nicht ein Buch aufgeschlagen; aber viel nachgedacht. Die Gespräche mit Édouard sind ungeheuer interessant. Er richtet nur selten das Wort unmittelbar an mich, obwohl ich doch angeblich sein Sekretär bin; aber ich verfolge mit, wie er sich mit den anderen unterhält; mit Laura vor allem, der er gerne von seinen Plänen erzählt. Du machst Dir keine Vorstellung, wie viel ich dabei profitiere. Bisweilen sage ich mir, ich sollte mir Notizen machen, doch ich glaube, ich werde alles behalten. Bisweilen habe ich große Sehnsucht nach Dir; ich sage mir, eigentlich müsstest Du an meiner Stelle sein; doch wie könnte ich traurig sein, dass ich all dies erlebe, wie wünschen, dass sich etwas ändere. Aber glaube mir, ich werde Dir nie vergessen, dass ich Édouards Bekanntschaft durch Dich machte und mein Glück Dir verdanke. Wenn wir uns wiedersehen, wirst Du mich sicher verändert finden; doch bleibe ich stets und inniger denn je Dein Freund.

Mittwoch.

P. S.: Wir kommen soeben von einer gewaltigen Tour zurück. Besteigung des Allalinhorns – Seilschaft mit Bergführern, Gletscher, Abgründe, Lawinen usw .... In einer Schutzhütte mitten im Schnee übernachtet, zusammengepfercht mit anderen Touristen; wie Du Dir denken kannst, haben wir die ganze Nacht kein Auge zugetan. Am nächsten Tag Aufbruch vor Sonnenaufgang ... Ja, lieber Freund, ich werde die Schweiz nie wieder schlechtmachen: Wenn man dort oben ist, hoch über jeder Vegetation und Besiedlung, hoch über allem, was an die Habsucht und Dummheit der Menschen erinnert, möchte man singen, lachen, weinen, fliegen, sich in den Himmel hineinstürzen oder sich auf die Knie werfen. Sei tausendmal gegrüßt.

BERNARD.«

Bernard war viel zu spontan, zu natürlich, zu lauter, er kannte Olivier zu schlecht, als dass er hätte ahnen können, welchen Sturm von hässlichen Gefühlen dieser Brief in ihm entfesseln sollte; ein Wirbel aus Trotz, Verzweiflung und Wut erfasste Olivier. Er fühlte sich gleichzeitig aus Bernards und aus Édouards Herzen verstoßen. Die Freundschaft zwischen seinen beiden Freunden ließ ihn wiederum überflüssig werden. Ein Satz in Bernards Brief quälte ihn vor allem, den Bernard niemals geschrieben hätte, ahnte er, wie Olivier ihn auffassen würde: »Im selben Zimmer«, wiederholte er – und die scheußliche Schlange der Eifersucht entrollte und krümmte sich in seinem Herzen. »Sie schlafen im selben Zimmer! …« Was malte er sich nicht gleich alles aus? Unreine Bilder drängten sich ihm auf, und er suchte sie nicht einmal zu verscheuchen. Er war nicht direkt auf Édouard eifersüchtig oder auf Bernard, sondern auf sie beide zusammen. Er sah bald den einen, bald den anderen, bald beide nebeneinander vor sich und war voller Neid. Dieser Brief, den er am Mittag erhalten hatte, ging ihm nicht mehr aus dem Kopf. »Ah! So ist das also …«, sagte er sich immer wieder. In der Nacht suchten ihn die Dämonen der Hölle heim. Am nächsten Morgen stürzte er zu Robert. Comte de Passavant erwartete ihn.

II

Édouards Tagebuch

»Den kleinen Boris zu finden war nicht schwer. Gleich am ersten Morgen erschien er auf der Hotelterrasse und fing an, sich die Berge durch ein dort für die Gäste montiertes, drehbares Teleskop zu betrachten. Ich erkannte ihn sofort. Ein Mädchen, etwas größer als Boris, gesellte sich bald danach zu ihm. Ich saß im Salon, dessen Terrassentür offen stand, und konnte jedes Wort verstehen. Ich hatte große Lust, Boris anzusprechen, hielt es aber für klüger, zuerst die Bekanntschaft der Mutter des Mädchens zu machen, einer polnischen Ärztin, der man Boris anvertraut und die ihn unter Beobachtung hat. Die kleine Bronja ist sehr anmutig; sie muss etwa fünfzehn sein. Sie trägt ihr blondes Haar zu schönen Zöpfen geflochten, die ihr bis an die Taille reichen; sie hat einen Blick und eine Stimme wie ein Engel, nicht wie ein Menschenkind.

Hier das Gespräch der beiden Kinder:

›Boris, Mama möchte lieber, dass wir das Fernrohr nicht anfassen. Willst du nicht mit mir spazieren gehen?‹

›Ja, ich will. Nein, ich will nicht.‹

In einem Atemzug stieß er die beiden sich widersprechenden Sätze hervor. Bronja ging auf den zweiten ein und fragte: ›Warum denn?‹

›Es ist zu warm, es ist zu kalt.‹ (Das Fernrohr hatte er losgelassen.)

›Nun komm schon, Boris, sei lieb. Du weißt, dass Mama sich freuen würde, wenn wir zusammen spazieren gingen. Wo hast du denn deinen Hut gelassen?‹

›Vibroskomenopatof. Blaf blaf.‹

›Was bedeutet das?‹

›Nichts.‹

›Warum sagst du es dann?‹

›Damit du es nicht verstehst.‹

›Wenn es nichts bedeutet, ist es mir gleichgültig, dass ich es nicht verstehe.‹

›Aber wenn es etwas bedeuten würde, könntest du es trotzdem nicht verstehen.‹

›Man spricht doch, um verstanden zu werden.‹

›Willst du mit mir spielen, Wörter zu erfinden zum Nur-wir-zwei-Verstehen?‹

›Gib dir erst einmal Mühe, richtig Französisch zu sprechen.‹

›Meine Mama, die spricht Französisch, Englisch, Römisch, Russisch, Türkisch, Polnisch, Italoskopisch, Spanisch, Perückisch und Xixitu.‹

All das sehr schnell, in einer Art lyrischem Furor.

Bronja musste lachen.

›Boris, warum erzählst du ständig Dinge, die nicht wahr sind?‹

›Warum glaubst du nie, was ich dir erzähle?‹

›Ich glaube dir nur dann, wenn es wahr ist, was du sagst.‹

›Woher weißt du, wann es wahr ist? Ich habe dir wohl geglaubt, als du neulich von den Engeln erzähltest. Sag, Bronja: Glaubst du, dass ich sie auch sehen könnte, wenn ich ganz fest beten würde?‹

›Vielleicht wirst du sie sehen, wenn du dir abgewöhnst zu lügen und Gott bereit ist, sie dir zu zeigen; doch Gott zeigt sie dir nicht, wenn du allein deshalb betest, weil du die Engel sehen willst. So viele wunderbare Dinge könnten wir sehen, wenn wir Menschen nicht so böse wären.‹

›Bronja, du, du bist nicht böse, darum kannst du auch die Engel sehen. Ich aber werde immer ein Böser bleiben.‹

›Warum versuchst du nicht, dich zu ändern? Komm, wir gehen nach …‹ (es folgte ein Name, den ich nicht kannte) ›und bitten Gott und die heilige Jungfrau, dir zu helfen, nicht mehr böse zu sein.‹

›Ja. Nein; hör zu: Wir nehmen einen Stock; du hältst das eine Ende und ich das andere. Ich mache die Augen zu und verspreche dir, sie erst wieder zu öffnen, wenn wir dort sind.‹

Sie gingen weiter weg; als sie die Treppen der Terrasse hinabstiegen, hörte ich Boris noch sagen: ›Ja, nein, nicht dieses Ende. Warte, ich wische es ab.‹

›Warum?‹

›Ich habe es angefasst.‹

Nach dem zweiten Frühstück kam Madame Sophroniska an unseren Tisch, wo ich noch allein saß und gerade überlegte, unter welchem Vorwand ich sie am besten ansprechen könnte. Zu meiner Überraschung hielt sie mein neuestes Buch in der Hand. Mit dem liebenswürdigsten Lächeln fragte sie mich, ob sie tatsächlich den Autor dieses Buches vor sich habe, und äußerte sich sofort ausführlich über mein Buch. Ihr Urteil schien mir, in Lob und Kritik, zutreffender als das, was man mir für gewöhnlich sagt, wenn sie auch das Werk keineswegs unter einem literarischen Blickwinkel betrachtet. Sie sagte, sie interessiere sich vorwiegend für die psychologischen Fragen und das, was neues

Licht in die menschliche Seele zu bringen vermag. ›Wie selten sind jedoch‹, fügte sie hinzu, ›Lyriker, Dramaturgen oder Romanautoren, die sich nicht mit der herkömmlichen Psychologie zufriedengeben.‹ – ›Allein‹, bemerkte ich, ›nur sie befriedigt die Leser.‹

Der kleine Boris sei ihr für die Dauer der Ferien von seiner Mutter anvertraut worden. Ich hütete mich, mir anmerken zu lassen, weshalb ich mich für ihn interessierte.

›Er ist sehr anfällig‹, sagte Madame Sophroniska. ›Das Zusammensein mit seiner Mutter bekommt ihm nicht. Sie hatte ursprünglich die Absicht, uns nach Saas-Fee zu begleiten; doch ich war nur unter der Bedingung, dass sie ihn mir ganz überließ, bereit, mich seiner anzunehmen; andernfalls hätte ich nicht für den Erfolg meiner Behandlung garantieren können. – Im Beisein der Mutter, Monsieur, ist der Kleine in einem Zustand ständiger Erregung, und das leistet den schlimmsten nervösen Störungen geradezu Vorschub. Seit dem Tod von Boris' Vater muss seine Mutter sich ihren Lebensunterhalt selbst verdienen. Sie war Pianistin und, ich muss sagen, eine Meisterin in ihrem Fach; doch ihr Spiel war zu subtil, um dem breiten Publikum zu gefallen. So entschloss sie sich, in Konzertcafés und Casinos zu singen, sich die Bühne zu erobern. Boris ließ sie währenddessen in der Garderobe zurück; ich glaube, die künstliche Atmosphäre des Theaters ist mit schuld daran, dass der Junge sein seelisches Gleichgewicht verlor. Seine Mutter liebt ihn sehr; doch offen gestanden hielte ich es für besser, wenn er nicht mehr bei ihr lebte.‹

›Was fehlt ihm eigentlich?‹, fragte ich.

Sie musste lachen: ›Wollen Sie den Namen seiner Krankheit wissen? Was könnten Sie schon mit einem schönen Fachterminus anfangen.‹

›Sagen Sie mir einfach, was für Beschwerden er hat.‹

›Er leidet an einer Vielzahl von kleinen Beschwerden, Ticks, Manien – man spricht von einem nervösen Kind; was man im Allgemeinen mit Liegen an der frischen Luft und Hygiene behandelt. Zweifelsohne würde ein robuster Organismus diese Beschwerden gar nicht erst aufkommen lassen. Eine zarte Konstitution wiederum begünstigt sie; verursacht sie aber nicht eigentlich. Sie werden, glaube ich, stets durch eine tiefe Verstörung hervorgerufen, deren Anlass ein frühes Erlebnis ist, das es aufzuspüren gilt. Wenn der Kranke sich dieser Ursache bewusst wird, so ist er schon halb geheilt. Allerdings kann er sich in den meisten Fällen an jenes Erlebnis nicht erinnern; man könnte meinen, es verberge sich im Schatten der Krankheit; dort im Dunkel suche ich, um es ans Licht zu bringen, ins Blickfeld, meine ich. Denn ein klarer Blick klärt das Bewusstsein, wie ein Lichtstrahl auch trübes Wasser durchdringt.‹

Ich erzählte Sophroniska von dem Gespräch, das ich tags zuvor belauscht hatte und dem zufolge mir Boris weit davon entfernt schien, geheilt zu sein.

›Weil ich meinerseits noch weit davon entfernt bin, alles Nötige von Boris' Kindheit zu wissen. Ich habe meine Behandlung erst vor kurzem begonnen.‹

›Und worin besteht sie?‹

›Oh, einfach darin, ihn sprechen zu lassen. Jeden Tag verbringe ich ein oder zwei Stunden mit ihm allein. Ich stelle ihm Fragen, aber sehr vorsichtig. Das Wichtigste ist, sein Vertrauen zu gewinnen. Ich habe schon vieles in Erfahrung gebracht. Anderes ahne ich. Der Kleine antwortet noch ausweichend, er ist noch scheu; würde ich zu schnell und zu hartnäckig nachfragen, wollte ich sein Vertrauen erzwingen, so bewirkte ich nur das Gegenteil: Er würde sich sperren. Ich muss erreichen, dass er von sich aus ganz offen ist. Solange er seine Zurückhaltung, seine Scham nicht ablegt ...‹

Die Inquisition, von der sie da sprach, schien mir dem anderen so sehr Gewalt anzutun, dass ich am liebsten laut protestiert hätte; doch meine Neugier gewann die Oberhand.

›Sollte das heißen, dass Sie von dem Kleinen unzüchtige Enthüllungen erwarten?‹

Nun war sie es, die protestierte.

›Unzüchtig? Es ist nicht unzüchtiger, als sich abhören zu lassen. Ich muss alles wissen, insbesondere das, was man am ängstlichsten zu verbergen sucht. Boris muss ein volles Geständnis ablegen; eher kann ich ihn nicht heilen.‹

›Sie vermuten also, dass er Ihnen Geständnisse zu machen hat? Entschuldigen Sie, aber sind Sie sich auch ganz sicher, dass Sie ihm nicht suggerieren, was er gestehen soll?‹

›Dieser Gefahr muss man sich stets bewusst sein, und darum gehe ich ja auch so behutsam zu Werke. Ich habe ungeschickte Untersuchungsrichter erlebt, die Kindern, ohne es zu wollen, völlig unzutreffende Aussagen eingegeben haben; die Kinder logen unter dem Druck des Verhörs in bestem Glauben und bekannten sich zu eingebildeten Missetaten. Meine Aufgabe ist es, alles von selbst herauskommen zu lassen und nichts zu suggerieren. Es ist eine Frage der Geduld.‹

›Ich denke, der Wert der Methode steht und fällt mit dem Fragenden.‹

›Ich wagte nicht, es zu sagen. Ich versichere Ihnen, mit der Zeit entwickelt man ein außerordentliches Geschick, eine Art Hellsichtigkeit oder, wenn Ihnen das lieber ist, ein Gespür. Im Übrigen kann man natürlich auch immer die falsche Fährte verfolgen; entscheidend ist dann, rechtzeitig kehrtzumachen. – Wissen Sie, womit unsere Unterredungen eröffnet werden? Boris erzählt mir zunächst, was er in der Nacht geträumt hat.‹

›Woher wollen Sie wissen, dass er die Träume nicht erfindet?‹

›Und wenn er sie erfände? … Alles, worauf eine krankhafte Einbildung verfällt, ist aufschlussreich.‹

Sie schwieg einige Augenblicke, fügte dann hinzu: *›Erfindung, krankhafte Einbildung* … Nein! Das ist es nicht. Die Worte lassen uns im Stich. Boris träumt in meiner Gegenwart mit offenen Augen und erzählt mir, was er sieht. Er verweilt jeden Morgen eine Stunde in jenem Dämmerzustand, in dem die in uns aufsteigenden Bilder nicht der Kontrolle durch die Vernunft unterliegen. Die Bezüge und Verbindungen zwischen ihnen gehorchen nicht der herkömmlichen Logik, es entstehen unvermutete Affinitäten, die Ausdruck ebenjener mysteriösen, inneren Notwendigkeit sind, welche es zu entdecken gilt; dieses Schweifenlassen der kindlichen Gedanken ist viel aufschlussreicher als die scharfsinnigste Selbstanalyse eines noch so bewussten Subjekts. So vieles gehorcht nicht den Regeln der Vernunft, und wer das Leben nur mittels der Vernunft begreifen wollte, dem geht es wie dem, der eine Flamme mit der Feuerzange fassen will. Er behält ein verkohltes Stück Holz zurück, das sogleich zu brennen aufhört.‹

Sie hielt abermals inne und begann, in meinem Buch zu blättern. ›Wie wenig das doch in die menschliche Seele vordringt‹, rief sie aus. Dann fügte sie schnell mit einem Lachen hinzu: ›Oh, ich meine nicht Ihr Buch im Speziellen; die Romanautoren überhaupt. Die meisten der Figuren wirken wie Pfahlbauten; sie haben weder Fundamente noch ein Kellergewölbe. Ich glaube wirklich, die Lyriker kommen der Wahrheit näher; alles, was allein aus dem Verstand geschaffen wird, taugt nichts. Doch ich rede da von Dingen, die mich nichts angehen … – Wissen Sie, was mich an Boris' Fall so irritiert? Dass ich ihn für sehr keusch halte.‹

›Warum sagen Sie, es irritiere Sie?‹

›Weil ich mir keinen Rat weiß, wo ich denn dann die Quelle des Übels suchen soll. In neun von zehn Fällen stellt ein großes, beschämendes Geheimnis den Ursprung solcher Störungen dar.‹

›Das fände sich vielleicht in jedem von uns‹, erwiderte ich, ›doch es macht uns nicht alle krank, Gott sei Dank.‹

In diesem Moment erhob sich Madame Sophroniska, die Bronja am Fenster vorbeilaufen sah.

›Bronja‹, sagte Sophroniska, zu ihrer Tochter hinüberzeigend, ›ist Boris' wahrer Arzt. Sie sucht mich, ich muss gehen; bis auf ein andermal, nicht wahr?‹

Mir leuchtet durchaus ein, was Sophroniska am Roman vermisst; doch sieht sie die übergeordneten Gründe, die künstlerischen Erfordernisse nicht, was mich zu dem Schluss veranlasst, dass ein Kenner der menschlichen Natur noch lange keinen guten Romanautor abgibt.

Ich habe Laura mit Madame Sophroniska bekannt gemacht. Zu meiner Freude scheinen sie sich gut zu verstehen. Unterhalten sich die beiden miteinander, so habe ich weniger Skrupel, mich zurückzuziehen. Ich bedauere nur, dass Bernard hier keinen Altersgenossen gefunden hat; immerhin ist er mehrere Stunden am Tag mit der Vorbereitung auf sein Examen beschäftigt. So konnte ich mich wieder meinem Roman zuwenden.«

III

Obwohl jeder gewissermaßen das Beste aus der Situation zu machen versuchte, herrschte entgegen dem äußeren Anschein kein wahres Einvernehmen zwischen Édouard und Bernard. Auch Laura war nicht glücklich. Wie hätte sie es auch sein können? Die Umstände hatten sie genötigt, eine ihrem Wesen fremde Rolle zu übernehmen, die ihr Anstandsgefühl verletzte. Nicht anders als jene liebenden und anschmiegsamen Wesen, die so hingebungsvolle Ehefrauen sind, war sie auf den Rückhalt, den die Schicklichkeit gibt, angewiesen und fühlte sich hilflos, seit sie diesen Halt nicht mehr hatte. Sie spürte von Tag zu Tag deutlicher, dass an ihrem Verhältnis zu Édouard etwas Falsches war. Vor allem litt sie darunter, ja, der Gedanke war ihr unerträglich, auf Kosten ihres Wohltäters zu leben oder, genauer: ihm ihrerseits nichts geben zu können; oder, noch genauer: dass Édouard nichts von ihr annehmen wollte, während sie ihm alles gewährt hätte. »Wohltaten«, zitiert Montaigne Tacitus, »lassen wir uns nur gefallen, wenn wir uns erkenntlich zeigen können«; dies mag nur auf edle Naturen zutreffen, doch Laura zählte zweifelsohne zu ihnen. Während sie hätte geben wollen, musste sie Édouard alles schuldig bleiben; und das verstimmte sie. Wenn sie sich noch einmal vergegenwärtigte, wie alles gekommen war, schien es ihr, als habe Édouard sie um seine Liebe betrogen, habe die ihre, die sie nach wie vor empfand, nur geweckt, um sich ihr dann zu entziehen und sie damit allein zu lassen. War dies nicht der geheime Grund für ihre Irrtümer, ihre Vermählung mit Douviers, in die sie einwilligte, da Édouard darauf drängte, und dafür, dass sie wenig später den Lockungen des Frühlings erlag? In Vincents Armen hatte sie immer noch Édouard gesucht, das verstand sie nun. Die Kälte Édouards aber, den sie so sehr liebte, vermochte sie sich nicht zu erklären, und folglich suchte sie die Schuld bei sich selbst; glaubte, sie hätte ihn erobern können, wäre sie schöner oder beherzter gewesen; und da sie ihn nun einmal nicht zu hassen vermochte, klagte sie sich selber an, setzte sich herab, sprach sich jeden Wert ab, hielt ihr Leben für zerstört, für sinnlos.

Angemerkt sei noch, dass jenes durch die Anordnung der Betten bedingte Wanderleben für ihre Reisegefährten kurzweilig sein mochte, Lauras Schamgefühl jedoch in mancher Hinsicht verletzte. Und sie sah keinen Ausweg aus dieser Situation, die immer unhaltbarer wurde.

Ein wenig Trost und Freude fand Laura in der Aufgabe, sich um Bernard wie eine Patin oder große Schwester zu kümmern. Die Verehrung, die ihr der anmutige Jüngling entgegenbrachte, richtete sie auf; seine hingebungsvolle Anbetung verhinderte, dass ihre Selbstverachtung und ihr Überdruss abgrundtief wurden, was die unentschlossensten Menschen zum Äußersten treiben kann. Bernard verbrachte bei ihr jeden Morgen zwei volle Stunden mit englischer Lektüre, wenn ihn nicht schon vor Tagesanbruch (denn er liebte es, früh aufzustehen) die Berge zu einem Ausflug verlockten. Die Prüfung, zu der er im Oktober antreten musste, bot ihnen einen willkommenen Vorwand.

Dass sein Sekretärsposten ihn viel Zeit gekostet hätte, konnte man wirklich nicht behaupten. Was er zu tun hatte, war gar nicht festgelegt. Als er die Aufgabe übernahm, hatte Bernard sich an einem Pult gesehen, schreibend, was Édouard diktierte, Manuskripte kopierend. Doch Édouard diktierte nichts; und die Manuskripte, wenn es sie denn gab, blieben im Koffer eingeschlossen; Bernard konnte frei über seine Zeit verfügen; da es aber an Édouard war, den Arbeitseifer Bernards zu nutzen, machte dieser sich weiter keine Gedanken über seine Untätigkeit und darüber, dass er das recht bequeme Leben, das er dank Édouards Großzügigkeit führte, womöglich nicht verdienen könnte. Er war entschlossen, sich nicht von Skrupeln plagen zu lassen. Ich will nicht behaupten, dass er an die Vorsehung glaubte, an seinen guten Stern aber glaubte er und daran, dass etwas Glück ihm zustand wie den Lungen die Luft zum Atmen; wie der Prophet nach Bossuet der Sendbote der göttlichen Weisheit ist, so war Édouard eben der Sendbote seines Glücks. Überdies hielt Bernard die gegenwärtige Regelung für vorübergehend und zählte darauf, sich erkenntlich zeigen zu können, sobald er den ungehobenen Schatz in seinem Herzen in klingende Münze verwandelt hätte. Immerhin störte ihn, dass ausgerechnet diejenigen Fähigkeiten in ihm brachlagen, die er an Édouard vermisste. »Er versteht es nicht, mich einzusetzen«, dachte Bernard, schluckte seinen Stolz jedoch hinunter und fügte weise hinzu: »Auch gut.«

Was aber war dann schuld an dem Misston zwischen Bernard und Édouard? Bernard scheint mir zu jenen Naturen zu gehören, die protestieren, um sich selbst zu behaupten. Er konnte es nicht ertragen, dass Édouard Einfluss auf ihn zu gewinnen begann, und um sich ja nicht beeindrucken zu lassen, bäumte er sich auf. Édouard, der nicht im Geringsten daran dachte, sich Bernard gefügig zu machen, war abwechselnd gereizt und betrübt darüber, dass dieser so widerborstig reagierte, ständig in Verteidigungsstellung war oder zumindest ständig auf der Hut. Er fragte sich allmählich, ob es nicht ein übereilter Schritt gewesen war, zwei Menschen mitzunehmen, die er offenbar nur zusammengebracht hatte, damit sie sich gegen ihn verbündeten. Unfähig, Lauras geheime Gefühle zu erkennen, deutete er ihre Zurückhaltung und Reserviertheit als Kälte. Es wäre ihm recht unangenehm gewesen, hätte er klargesehen, das spürte Laura; und deshalb verwandte sie all ihre verschmähte Liebe darauf, sich nichts anmerken zu lassen und zu schweigen.

Zur Teestunde versammelten sich für gewöhnlich alle drei im größeren Zimmer; häufig gesellte sich auf ihre Einladung hin auch Madame Sophroniska dazu; besonders an Tagen, an denen Boris und Bronja zu einem Spaziergang aufgebrochen waren. Obwohl die beiden noch sehr jung waren, ließ Sophroniska ihnen viel Freiheit; sie hatte volles Vertrauen zu Bronja, wusste sie doch, wie umsichtig diese war, gerade wenn es um Boris ging, der ihr seinerseits willig folgte. Die Umgebung war sicher; denn dass sie ins Gebirge hinausliefen oder auch nur auf den Felsblöcken beim Hotel kletterten, kam gar nicht erst in Betracht. Eines Nachmittags – als die beiden Kinder die Erlaubnis erhalten hatten, bis zum Fuß des Gletschers zu gehen, vorausgesetzt, sie entfernten sich nicht vom Weg – erkühnte sich Madame Sophroniska, in ihrem Mut von Bernard und Laura angespornt, Édouard beim Tee zu bitten, ob er ihnen nicht etwas über seinen künftigen Roman sagen könne, doch nur, wenn es ihm nicht lästig sei.

»Durchaus nicht, doch ich wüsste nicht, wie ich ihn erzählen sollte.«

Als Laura ihn jedoch fragte (was natürlich ungeschickt war), womit dieses Buch denn »Ähnlichkeit« habe, wurde er geradezu ungehalten.

»Mit nichts«, rief er aus und ereiferte sich, als komme ihm diese Provokation wie gerufen: »Warum sollte ich nachmachen, was andere schon gemacht haben oder was ich selbst schon gemacht habe, oder was andere ebenso gut könnten wie ich?«

Kaum hatte Édouard diese Worte ausgesprochen, merkte er, dass sie fehl am Platz waren, übertrieben und absurd klangen; zumindest schienen sie ihm fehl am Platz und absurd; oder zumindest fürchtete er, sie könnten auf Bernard so wirken.

Édouard reagierte sehr empfindlich, wenn man ihn auf seine Arbeit ansprach oder gar von ihm verlangte, sich über sie zu äußern. Er verlor geradezu den Kopf.

Er verabscheute die Selbstgefälligkeit der meisten Autoren und versuchte die seine, so gut er konnte, zu unterdrücken, doch sah er sich in seiner Zurückhaltung gerne durch Anerkennung bestätigt. Fühlte er sich nicht anerkannt, so war es auch mit seiner Zurückhaltung vorbei. Besonders wichtig war es ihm, bei Bernard Beifall zu finden. Ließ er deshalb seinen Pegasus tänzeln, sobald Bernard in der Nähe war? Der sicherste Weg, das Gegenteil zu erreichen, Édouard spürte es wohl; er sagte es sich zum wiederholten Male; doch trotz aller guten Vorsätze reagierte er, kaum war Bernard dabei, vollkommen anders, als er es gewollt hätte, und schlug einen Ton an, der ihm kurz darauf selbst absurd erschien (und der es auch tatsächlich war). Ließe sich dem entnehmen, dass Édouard Bernard liebte? ... Aber nein, ich glaube nicht. Es muss nicht gleich Liebe sein, wenn wir uns in Positur werfen, ein bisschen Eitelkeit genügt.

»Könnte es vielleicht gerade daran liegen, dass der Roman die freieste der literarischen Formen, ja geradezu *lawless* ist ...«, ließ sich Édouard vernehmen, »dass die Romanciers sich – aus Furcht vor ebendieser Freiheit – stets so ängstlich an die Wirklichkeit geklammert haben? (Denn pflegt nicht die Künstler, die am lautesten nach Freiheit rufen, panische Angst zu packen, wenn man sie ganz sich selbst überlässt?) Nicht nur beim französischen Roman ist dies zu beobachten. Obgleich er keinen strengen Regeln unterliegt, unterwirft sich der russische Roman, und der englische nicht minder, geradezu sklavisch dem Gebot der Wirklichkeitstreue. Der einzig denkbare Fortschritt für sie ist es, noch naturgetreuer zu wirken. Nie hat sich am Roman jene ›gewaltige Erosion der Konturen‹ vollzogen, von der Nietzsche spricht, nie hat er jene bewusste Distanz zum Leben gekannt, die den formvollendeten Stil der griechischen Tragödie oder auch des Theaters der französischen Klassik überhaupt erst ermöglichte. Lässt sich ein vollkommenerer Ausdruck tiefer Humanität denken als diese Werke? Sie sind in einem tiefer gehenden Sinn menschlich; sie biedern sich nicht an und wollen auch nicht als naturgetreu gelten. Sie bleiben Werke der Kunst.«

Édouard hatte sich erhoben und schenkte seinen Zuhörern Tee ein, damit seine Rede nicht zu sehr einer Vorlesung glich, ging auf und ab, träufelte sich Zitronensaft in seine Tasse und fuhr unterdessen fort: »Weil Balzac ein Genie war und weil jedes Genie für seine Kunst die einzig wahre, maßgebliche Lösung zu finden scheint, hat man proklamiert, das Wesen des Romans bestehe darin, ›dem staatlichen Melderegister Konkurrenz zu machen‹. Balzac schuf sein Werk; doch verband er damit nicht die Absicht, den Roman zu normieren; das geht aus seinem Artikel über Stendhal eindeutig hervor. Dem staatlichen Melderegister Konkurrenz machen! Als fehlte es an Lackaffen und Lümmeln in der Welt! Was habe ich die zu registrieren, der Staat bin ich, der Künstler; ob ich nun Staat damit mache oder nicht, meine Kunst macht niemandem Konkurrenz.«

Édouard, der sich, vielleicht etwas künstlich, in Hitze geredet hatte, setzte sich wieder. Er schien Bernard weiter keine Beachtung zu schenken; doch all dies war an seine Adresse gerichtet. Wäre er mit Bernard allein gewesen, hätte er nichts zu sagen vermocht; er war den beiden Frauen dankbar, ihm den Anlass geliefert zu haben.

»Bisweilen glaube ich, in der Literatur ist nichts Bewundernswerteres denkbar als zum Beispiel jenes Gespräch zwischen Mithridates und seinen Söhnen bei Racine; man weiß genau, dass nie ein Vater so mit seinen Söhnen gesprochen haben kann, und dennoch (ja, ich müsste sagen: gerade deshalb) erkennen sich alle Väter und alle Söhne darin wieder. Sich auf einen bestimmten Ort und Zeitpunkt festzulegen, verengt nur die Gültigkeit des Geschehens. Das psychologisch Wahre bleibt auf den Einzelfall beschränkt; die Kunst aber muss allgemein sein. Die schwierige Aufgabe ist es gerade, das Allgemeine im Einzelnen zur Darstellung zu bringen und über das Einzelne Allgemeingültiges zu sagen. Erlauben Sie, dass ich mir meine Pfeife anzünde?«

»Aber gern, aber gern«, sagte Sophroniska.

»Nun! Mir schwebt ein Roman vor, der so wahr und zugleich so weit von der Realität entfernt ist, der das Einzelne und das Allgemeine so zu verbinden weiß, der so menschlich und so künstlich ist wie *Athalie*, wie der *Tartuffe* oder wie *Cinna*.«

»Und ... mit welchem Thema?«

»Mit keinem«, versetzte Édouard heftig, »und das ist vielleicht das Erstaunlichste daran. Mein Roman hat kein Thema. Ja, ich weiß wohl, es klingt sinnlos, was ich da sage. Nun, er wird, wenn Sie so wollen, nicht nur *ein* Thema haben ... Von einem ›Ausschnitt aus dem Leben‹ sprachen die Naturalisten. Doch der große Fehler dieser Schule war, immer nur in derselben Richtung, der Chronologie folgend, einen Längsschnitt zu machen. Warum nicht einen Querschnitt zeigen oder eine Tiefenansicht? Ich für mein Teil möchte überhaupt nichts abschneiden. Verstehen Sie, ich will alles samt und sonders in diesen Roman aufnehmen. Nirgends will ich die Schere ansetzen, will seinen Inhalt weder nach vorne noch nach hinten begrenzen. Seit mehr als einem Jahr, seit ich mit diesem Buch beschäftigt bin, widerfährt mir nichts, das nicht in meine Pläne einfließt und das ich nicht in mein Buch hineinnehmen wollte:

alles, was ich sehe, was ich erkenne, alles, was ich aus dem Leben der anderen und meinem eigenen lerne ...«

»Und alles zur Kunst erhoben?«, fragte Sophroniska, scheinbar äußerst interessiert, doch mit einem Anflug von Ironie. Laura konnte ein Lächeln nicht unterdrücken.

Édouard zuckte nur mit den Achseln und fuhr fort: »Wenn das so einfach wäre. Ich möchte ja nicht nur die Wirklichkeit zur Darstellung bringen, sondern gleichzeitig auch ebenjenes Ringen um die Form, von dem ich vorhin sprach.«

»Mein armer Freund«, sagte Laura, »Sie werden Ihre Leser ja zu Tode langweilen«, und da sie ihre Erheiterung nicht mehr verbergen konnte, lachte sie frei heraus.

»Durchaus nicht. Ich will zu diesem Zweck einen Schriftsteller erfinden, der im Schnittpunkt der Ereignisse steht; das Thema des Buches, wenn Sie so wollen, ist dann der Kampf zwischen dem, was ihm die Wirklichkeit bietet, und dem, was er wiederum daraus zu machen bestrebt ist.«

»Ah ja, ich verstehe«, sagte Sophroniska höflich, kurz davor, von Lauras Lachen angesteckt zu werden. »Das ist sehr ausgefallen. Aber wissen Sie, es ist immer gefährlich, in Romanen Intellektuelle darzustellen. Sie ermüden das Publikum; man kann sie doch nur ungereimtes Zeug erzählen lassen, und allem, was sie umgibt, teilen sie ihre Blutleere mit.«

»Ich sehe schon, worauf das hinausläuft«, rief Laura. »Sie werden nicht umhinkönnen, sich selbst darzustellen.«

Ihre Stimme nahm seit einiger Zeit, wenn sie mit Édouard sprach, einen spöttischen Klang an, der sie selbst verwunderte und Édouard desto mehr irritierte, als Bernards belustigte Blicke ihr beizupflichten schienen.

»Aber nein«, widersprach er, »ich werde dafür sorgen, dass er überhaupt nicht sympathisch ist.«

Laura war nicht mehr zu halten: »Habe ich es nicht gesagt«, rief sie, »alle Welt wird Sie wiedererkennen«, und lachte so schallend, dass alle drei davon angesteckt wurden.

»Steht die Gliederung für das Buch schon fest?«, fragte Sophroniska, um Ernst bemüht.

»Natürlich nicht.«

»Wieso – natürlich nicht?«

»Es leuchtet doch ein, dass sich für ein Buch dieser Art jeder Plan von selbst verbietet. Alles würde verfälscht, wenn ich irgendetwas im Voraus festlegte. Ich warte, bis die Realität es mir diktiert.«

»Ich dachte, Sie wollten Distanz zum Leben bewahren.«

»Mein Romancier will auf Distanz bleiben; doch ich konfrontiere ihn ständig mit dem Leben. Ja, dies wird das eigentliche Thema des Buches sein: der Kampf um eine ideale Wirklichkeit angesichts der Tatsachen, welche die Realität uns bietet.«

Die mangelnde Logik seiner Ausführungen war unverkennbar, ja sprang geradezu peinlich ins Auge. Offenkundig hatte Édouard sich in den Kopf gesetzt, zwei unvereinbare Prinzipien miteinander in Einklang zu bringen, und rieb sich daran auf.

»Und ist Ihr Vorhaben schon weit gediehen?«, fragte Sophroniska höflich.

»Das kommt darauf an, was Sie darunter verstehen. Vom Buch selbst habe ich, offen gestanden, noch keine Zeile geschrieben. Doch ich habe schon viel dafür getan. Ich denke immer und überall darüber nach. Ich arbeite auf eine ungewöhnliche Art und Weise daran: In einem Heft halte ich Tag für Tag fest, wie weit meine Überlegungen zu dem Roman gediehen sind; führe gewissermaßen Tagebuch über die Fortschritte in seiner Entwicklung, wie bei einem Kind … Hierbei begnüge ich mich nicht damit, jede Schwierigkeit erst dann zu lösen, wenn sie auftaucht (ein Kunstwerk ist ja nichts anderes als die Summe oder das Produkt aus lauter gelösten Einzelproblemen), vielmehr greife ich jede dieser Schwierigkeiten auf und studiere sie eingehend. Dieses Heft bietet Aufschluss über die Entstehung meines Romans, ja über den Roman im Allgemeinen. Denken Sie nur, wie erhellend es wäre, hätten Dickens oder Balzac solch ein Heft verfasst oder verfügten wir über ein Tagebuch der *Éducation sentimentale* oder der *Brüder Karamasow!* Wir könnten ihre Entstehung mitverfolgen, das allmähliche Heranreifen des Werks! Das wäre doch faszinierend ... interessanter als das Werk selbst ...«

Édouard hoffte im Stillen, man würde ihn bitten, seine Aufzeichnungen vorzulesen. Doch keiner von den dreien bekundete auch nur das geringste Interesse.

»Mein armer Freund«, sagte Laura stattdessen, und ihre Stimme klang traurig, »ich sehe schon, aus dem Roman wird nie etwas.«

»Und wenn schon! Ich will Ihnen etwas sagen«, brach es aus Édouard hervor, »das ist mir gleichgültig. Wenn es mir nicht gelingen sollte, dieses Buch zu schreiben, dann hat mich seine Entstehungsgeschichte eben mehr interessiert als das Buch selbst; sie ist an seine Stelle getreten; und das wäre auch nicht schade.«

»Fürchten Sie nicht, wenn Sie die Wirklichkeit hinter sich lassen, in tote, abstrakte Regionen zu geraten und einen Roman zu schreiben, der nicht mehr von lebendigen Wesen handelt, sondern nur noch von Ideen?«, merkte Sophroniska schüchtern an.

»Und wenn dem so wäre!«, rief Édouard, und seine Heftigkeit verdoppelte sich. »Müssen wir wegen der Unfähigkeit seiner Vertreter den Ideenroman als solchen verdammen? Man hat uns in Wahrheit keine Ideenromane, sondern nur erbärmliche Thesenromane vorgesetzt. Um die geht es mir selbstverständlich nicht. Die Ideen aber ... die Ideen, gestehe ich Ihnen, interessieren mich noch mehr als die Menschen; sie interessieren mich mehr als alles andere. Sie leben; sie bekämpfen sich; sie sterben, genau wie Menschen. Man kann natürlich sagen, dass wir nur durch die Menschen von ihnen wissen, so wie wir vom Windhauch nur durch das Schilfrohr wissen, das sich in ihm neigt; und doch ist der Wind wichtiger als das Schilfrohr.«

»Der Wind existiert unabhängig vom Schilfrohr«, gab Bernard vorsichtig zu bedenken.

Ein Einwurf von Bernard, darauf hatte Édouard gewartet, der brachte ihn abermals in Fahrt.

»Ich weiß. Die Ideen verdanken ihre Existenz dem Menschen; aber darin liegt ja gerade die Tragik: Sie existieren auf Kosten des Menschen.«

Bernard hatte sehr aufmerksam zugehört; er war voller Vorbehalte und nahe daran, Édouard für einen Phantasten zu erklären. Die letzten Bemerkungen jedoch waren nicht ohne Wirkung auf ihn geblieben; er merkte, wie er unter dem Ansturm der Worte Édouards Sichtweise zuneigte; doch, sagte sich Bernard, nur wie ein Schilfrohr, das sich wieder aufrichtet, kaum dass der Wind vorüber ist. Er rief sich ins Gedächtnis, was man sie in der Schule gelehrt hatte: Leidenschaften bestimmen den Menschen, nicht Ideen.

Édouard fuhr indessen fort: »Was ich schreiben möchte, verstehen Sie, wäre so etwas wie *Die Kunst der Fuge*. Warum sollte etwas, das in der Musik möglich war, nicht auch in der Literatur möglich sein ...«

Worauf Sophroniska ihm entgegenhielt, die Musik sei eine mathematische Kunst, und überdies habe Bach, als er sich ausschließlich von abstrakten Zahlenverhältnissen leiten ließ, alles Pathos aber und alles Menschliche aus seiner Musik verbannte, ein Meisterwerk der Langeweile geschaffen, eine Art astronomischen Tempel, zu dem nur wenige Auserwählte Zutritt hätten. Édouard protestierte sofort, er fände diesen Tempel ein Wunderwerk und sähe in ihm die Vollendung und die Krönung von Bachs Schaffen.

»Wonach man«, ließ Laura sich vernehmen, »für lange Zeit von der Fuge kuriert war. Die menschlichen Gefühle, die darin keinen Platz fanden, suchten anderswo Zuflucht.«

Die Diskussion drohte sich in Spitzfindigkeiten zu verlieren. Bernard, der noch nichts gesagt hatte, doch auf seinem

Stuhl allmählich unruhig wurde, hielt es schließlich nicht mehr aus; äußerst ehrerbietig, ja geradezu mit übertriebener Ergebenheit, wie jedes Mal, wenn er das Wort an Édouard richtete, in einem heiteren Ton aber, der aus dieser Ergebenheit ein Spiel zu machen schien, sagte er: »Verzeihen Sie, Monsieur, ich kenne den Titel des Buches, aufgrund einer Indiskretion meinerseits, die Sie mir, wie ich glaube, gütigst verziehen haben. Dieser Titel schien doch auf eine Handlung hinzudeuten ...?«

»Oh! Verraten Sie uns den Titel«, bat Laura.

»Wie Sie wünschen, liebe Freundin ... Aber ich sage Ihnen gleich, dass ich ihn möglicherweise noch ändern werde. Ich fürchte, er ist etwas irreführend ... Nun, verraten Sie ihn den Damen, Bernard.«

»Mit Ihrer Erlaubnis ... *Die Falschmünzer*«, erklärte Bernard. »Aber verraten Sie uns nun ihrerseits: Die Falschmünzer ... Wer ist damit gemeint?«

»Das kann ich auch nicht sagen«, erwiderte Édouard.

Bernard und Laura tauschten einen Blick und sahen dann zu Sophroniska hinüber; man hörte einen tiefen Seufzer; ich glaube, er stammte von Laura.

Ursprünglich hatte Édouard bei den Falschmünzern an einige Kollegen gedacht, insbesondere den Vicomte de Passavant. Doch die Bedeutung des Wortes hatte sich schon bald beträchtlich ausgeweitet; je nachdem, aus welcher Richtung der geistige Wind blies, ob aus Rom oder von anderswoher, dienten ihm bald Priester, bald Freimaurer als Vorbild. Ließ er seinen Gedanken freien Lauf, fand er sich in abstrakten Regionen wieder, wo er sich in ausschweifenden Überlegungen erging. Ideen wie Wechselkurs, Entwertung, Inflation hatten mehr und mehr von seinem Buch Besitz ergriffen, so wie die Kleidertheorien von Carlyles *Sartor Resartus*, bis sie die Figuren schließlich von ihrem Platz verdrängten. Da Édouard darüber nicht gut sprechen konnte, schwieg er, in Verlegenheit gebracht, und sein Schweigen, mit dem er sein Scheitern zuzugeben schien, wurde den dreien immer peinlicher.

»Haben Sie schon einmal Falschgeld in Händen gehabt?«, fragte er schließlich.

»Ja«, erwiderte Bernard, doch das »Nein« der beiden Frauen übertönte ihn.

»So denken Sie sich ein falsches, goldenes Zehnfrancsstück. In Wirklichkeit ist es gerade zwei Sous wert. Dennoch wird es so lange einen Wert von zehn Francs haben, wie niemand es als falsch erkennt. Wenn ich nun von der Idee ausgehe, dass …«

»Aber warum müssen Sie von einer Idee ausgehen?«, unterbrach ihn Bernard, die Geduld verlierend. »Würden Sie mit einer anschaulich dargestellten Tatsache beginnen, stellte die Idee sich ganz von selber ein. Ich an Ihrer Stelle würde in den *Falschmünzern* als erstes einmal das falsche Geldstück beschreiben, von dem Sie eben sprachen … und das wir hier vor uns haben.«

Bei diesen Worten holte er ein kleines Zehnfrancsstück aus der Westentasche und ließ es auf den Tisch fallen.

»Hören Sie nur, wie echt es klingt. Beinahe genauso wie die anderen. Man könnte schwören, es sei aus Gold. Ich ließ mich heute Morgen davon täuschen, nicht anders als der Kaufmann, der es mir gab. Die Münze hat, glaube ich, nur nicht ganz dasselbe Gewicht, doch in Glanz und Klang ist sie von einem echten Goldstück fast nicht zu unterscheiden. Sie ist mit Gold überzogen und somit wohl doch etwas mehr als zwei Sous wert, innen aber ist sie aus Kristallglas. Bei längerem Gebrauch wird sie durchsichtig. Nein, reiben Sie nicht; Sie machen sie mir noch kaputt. Man kann sowieso schon beinahe hindurchsehen.«

Édouard hatte sich die Münze genommen und betrachtete sie mit unverhohlener Neugier.

»Aber von wem hat sie der Kaufmann?«

»Er weiß es nicht mehr. Er glaubt, dass sie bereits einige

Tage in der Kasse war. Er machte sich den Spaß, sie mir herauszugeben, um zu sehen, ob ich darauf hereinfallen würde. Und ich schwöre, ich hätte nichts gemerkt! Doch da er ein ehrlicher Mann ist, hat er mich aufgeklärt und mir die Münze dann für fünf Francs überlassen. Er wollte sie aufheben, um sie ›Liebhabern‹ zu zeigen, wie er es ausdrückt. Ich dachte, niemand wäre da geeigneter als der Autor der *Falschmünzer*, und habe sie mitgenommen, um sie Ihnen zu zeigen. Nun aber, nachdem Sie die Münze untersucht haben, möchte ich sie zurück! Ich muss ja leider feststellen, dass die Wirklichkeit Sie nicht interessiert.«

»Doch«, sagte Édouard, »aber sie ist mir im Weg.«

»Wie schade«, meinte Bernard.

Édouards Tagebuch
(Am selben Abend.)

»Sophroniska, Bernard und Laura haben mich über meinen Roman ausgefragt. Warum habe ich mich zu einer Antwort hinreißen lassen? Ich habe nur ungereimtes Zeug erzählt. Glücklicherweise durch die Rückkehr der Kinder unterbrochen – atemlos und mit geröteten Gesichtern, als seien sie schnell gerannt. Bronja stürzte auf ihre Mutter zu; sie schien den Tränen nahe.

›Mama‹, rief sie, ›du musst Boris ins Gewissen reden. Er wollte sich ganz nackt in den Schnee legen.‹

Sophroniska sah zur Tür, wo Boris stand, unter der gesenkten Stirn einen stieren, beinahe hasserfüllten Blick. Sie schien den sonderbaren Gesichtsausdruck des Kindes nicht zu bemerken und sagte mit bewundernswerter Ruhe: ›Höre, Boris, abends macht man das besser nicht. Wenn du willst, gehen wir morgen früh dorthin; und dann kannst du es erst einmal mit Barfußgehen versuchen …‹

Sie strich ihrer Tochter besänftigend über das Haar; doch

Bronja fiel plötzlich zu Boden und wand sich in Krämpfen. Wir erschraken sehr. Sophroniska nahm sie in ihre Arme und bettete sie auf das Sofa. Regungslos, mit großen, leeren Augen, verfolgte Boris die Szene.

Ich halte diese Erziehungsmethoden in der Theorie für ausgezeichnet, doch Sophroniska täuscht sich wohl über die Widerstandskraft der beiden Kinder.

›Sie handeln so, als müsse das Gute immer über das Böse siegen‹, sagte ich zu ihr wenig später, als wir allein waren. (Ich war nach dem Essen zu ihr gegangen, um mich nach Bronja zu erkundigen, die zum Abendessen nicht herunterkommen konnte.)

›In der Tat‹, sagte sie, ›glaube ich fest daran, dass das Gute siegen muss. Ich habe Vertrauen.‹

›Doch durch zu großes Vertrauen kann man auch Fehler begehen …‹

›Jedes Mal, wenn ich einen Fehler begangen habe, lag es vielmehr daran, dass mein Vertrauen nicht stark genug war. Als ich die Kinder heute losziehen ließ, vermochte ich eine gewisse Unruhe nicht zu unterdrücken; das haben sie gespürt. Und davon ist alles gekommen.‹

Sie nahm meine Hand: ›Sie scheinen nicht an die Macht der Überzeugung zu glauben … ich meine: an ihre Wirkkraft.‹

›In der Tat‹, erwiderte ich lachend, ›bin ich kein Mystiker.‹

›Ich aber!‹, rief sie mit bewundernswerter Begeisterung, ›ich bin zutiefst davon überzeugt, dass nichts Großes, nichts Schönes auf Erden ohne das Zutun mystischer Kräfte entsteht.‹

Im Gästeregister Victor Strouvilhous Namen entdeckt. Den Auskünften des Hotelbesitzers zufolge muss er Saas-Fee zwei Tage vor unserer Ankunft verlassen haben, nachdem er beinahe einen Monat hier gewesen ist. Ich wäre neugierig gewesen, ihn wiederzusehen. Sophroniska wird ihn sicherlich kennengelernt haben. Ich will sie befragen.«

IV

»Was ich Sie fragen wollte, Laura«, sagte Bernard, »glauben Sie, dass es irgendetwas auf dieser Erde gibt, das sich nicht in Zweifel ziehen ließe? ... Und zwar so stark, dass ich mich frage, ob man nicht den Zweifel selbst als Angelpunkt nehmen könnte; denn schließlich, denke ich, wird es uns an ihm jedenfalls nie fehlen. Ich kann am Vorhandensein von allem zweifeln, nur nicht am Vorhandensein meines Zweifels. Am liebsten würde ich ... Entschuldigen Sie, wenn es hochtrabend klingt; ich kann das selbst nicht leiden, doch habe ich gerade die Philosophieklasse hinter mir, und Sie können sich nicht vorstellen, wie leicht die vielen Besinnungsaufsätze das Denken verbiegen; ich will mich bessern, das verspreche ich Ihnen.«

»Warum weichen Sie denn aus? Am liebsten würden Sie ...?«

»Am liebsten würde ich die Geschichte von einem schreiben, der zuerst auf alle hört, der auszieht, wie Panurge, um sich überall Rat zu holen, ehe er irgendetwas entscheidet; nachdem er die Erfahrung gemacht hat, dass die Meinungen der Menschen einander in jedem Punkt widersprechen, beschließt er, nur noch auf sich selbst zu hören, und wird dadurch sehr stark.«

»Das klingt nach den Einsichten eines alten Mannes«, sagte Laura.

»Ich bin schon weiter, als Sie glauben. Seit einigen Tagen führe ich ein Heft, wie Édouard; auf der rechten Seite notiere ich eine Meinung immer dann, wenn ich auf der gegenüberliegenden linken Seite die gegenteilige Meinung eintragen kann. Zum Beispiel sagte Sophroniska uns neulich, als wir abends zusammensaßen, dass sie Boris und Bronja bei weit geöffnetem Fenster schlafen lässt. Alles, was sie zur Begründung dieser Maßnahme anführte, schien uns doch sehr vernünftig und zwingend. Gestern vertrat nun aber dieser deutsche Professor, der vor kurzem angekommen ist, im Rauchsalon die entgegengesetzte Theorie, die mir, muss ich gestehen, noch vernünftiger und begründeter erschien. Er hält es für das Entscheidende, während des Schlafens jenen Umtausch und Verbrauch, den wir das Leben nennen – er sprach von Verbrennung –, möglichst einzuschränken; erst dann wirke der Schlaf stärkend. Er nahm als Beispiel die Vögel, die den Kopf unter die Flügel stecken, und alle Tiere, die sich zum Schlafen einrollen, um kaum noch zu atmen; so würden auch, sagte er, Naturvölker, die einfachen Bauern in Schlafnischen kriechen, und die Araber, die gezwungen sind, im Freien zu nächtigen, zögen sich wenigstens die Kapuze ihres Burnus über den Kopf. Doch was die beiden Kinder angeht, bin ich zu dem Ergebnis gekommen, dass Sophroniska dennoch mit ihrer Methode nicht unrecht hat und dass, was für andere gut ist, für diese Kleinen schädlich sein kann, denn wenn ich richtig verstanden habe, tragen sie den Keim der Tuberkulose in sich. Kurz, ich sagte mir ... Aber ich langweile Sie nur.«

»Seien Sie ganz unbesorgt. Sie sagten sich ...?«

»Ich weiß nicht mehr.«

»Aber warum denn auf einmal? Sie brauchen sich Ihrer Gedanken doch nicht zu schämen.«

»Ich sagte mir, eines schickt sich nicht für alle, sondern immer nur für einige wenige; eines ist nicht wahr für alle, sondern immer nur für die, die daran glauben; keine Methode und keine Theorie ist ohne Unterschied auf alle anwendbar; muss man sich folglich entscheiden, um zu handeln, so hat man wenigstens die freie Wahl; und wo man nicht die Wahl hat, ist es ohnedies einfach; das Wahre für mich aber ist zunächst (gewiss nicht absolut, doch in Bezug auf mich selbst), was mir den besten Einsatz meiner Kräfte ermöglicht und mir erlaubt, mich zu bewähren. Denn ich kann mein Zweifeln nicht unterdrücken und habe gleichzeitig einen Widerwillen gegen die Unentschlossenheit. Das ›sanfte Ruhekissen‹, von dem Montaigne spricht, ist nichts für meinen Kopf, denn ich bin noch nicht müde und will mich nicht ausruhen. Es ist ein langer Weg von dem, was ich zu sein glaubte, zu dem, was ich vielleicht bin. Manchmal fürchte ich, zu früh aufgebrochen zu sein.«

»Sie fürchten sich?«

»Nein, ich fürchte mich nicht. Wissen Sie, ich habe mich schon sehr verändert; jedenfalls sieht die Landschaft in meinem Inneren bereits ganz anders aus als an dem Tag, an dem ich von zu Hause aufgebrochen bin; ich bin Ihnen begegnet. Und schon habe ich meine Freiheit nicht mehr über alles gestellt. Vielleicht haben Sie noch nicht verstanden, dass ich zu Ihren Diensten stehe.«

»Was meinen Sie damit?«

»Oh, das wissen Sie doch. Warum wollen Sie, dass ich es Ihnen sage? Soll ich Ihnen ein Geständnis machen? ... Nein, nein, bitte, lassen Sie Ihr Lächeln nicht verlöschen, oder mir wird kalt ums Herz.«

»Aber, mein kleiner Bernard, Sie wollen doch nicht sagen, dass Sie zu lieben beginnen.«

»Oh, ich beginne nicht«, sagte Bernard, »nur Sie beginnen vielleicht, es zu merken; aber daran hindern können Sie mich nicht.«

»Es war so angenehm, ganz sorglos zu sein. Wenn ich mich Ihnen jetzt nur noch mit Vorsicht nähern darf, wie einem entflammbaren Stoff ... So denken Sie doch, wie unförmig und hässlich ich bald aussehen werde. Mein Anblick wird Sie kurieren.«

»Ja, wenn ich nur Ihr Äußeres liebte. Und außerdem bin ich nicht krank; oder wenn es krank sein heißt, Sie zu lieben, so möchte ich nie kuriert werden.«

Er sagte all das mit ernster, beinahe trauriger Stimme; er blickte sie zärtlicher an, als es Édouard oder Douviers jemals getan hatten, doch voller Ehrerbietung, so dass sie ihm nicht zürnen mochte. Sie hielt auf ihren Knien noch das englische Buch, das ihnen als Lektüre diente, und nun blätterte sie gedankenverloren darin; man hätte meinen können, sie höre gar nicht zu, weshalb Bernard ohne allzu große Befangenheit fortfuhr: »Ich habe mir die Liebe als etwas Vulkanisches vorgestellt; jedenfalls die, für die ich geschaffen wäre. Wirklich, ich glaubte, nur auf eine wilde, verzehrende Art lieben zu können, so wie Byron. Wie schlecht ich mich kannte! Ihnen, Laura, verdanke ich es, dass ich mich kennengelernt habe; ich bin ganz anders, als ich zu sein glaubte! Ich hatte mir eine abscheuliche Rolle ausgewählt und strengte mich an, ihr zu ähneln. Wenn ich an den Brief denke, den ich meinem angeblichen Vater schrieb, bevor ich mein Zuhause verließ, schäme ich mich sehr, das versichere ich Ihnen. Ich sah in mir einen Rebellen, einen Outlaw, der alles hinwegfegt, was seinem Wunsch im Weg steht; und nun, in Ihrer Nähe, habe ich keine Wünsche mehr. Nach Freiheit strebte ich als dem höchsten Gut, und kaum war ich frei, habe ich mich Ihnen unterworfen … Ach, wenn Sie wüssten, wie rasend es macht, ständig Aussprüche großer Dichter im Kopf zu haben, die einem unwillkürlich über die Lippen kommen, wenn man ein echtes Gefühl ausdrücken möchte! Dieses Gefühl ist so neu für mich, dass ich es noch nicht zu benennen vermag. Nehmen wir einmal an, es sei keine Liebe, da dieses Wort Ihnen missfällt; es sei Ergebenheit. So ist es, als gäbe Ihr Gesetz dieser Freiheit, die mir bis dahin unendlich schien, eine Mitte. So ist es, als bildeten all die Gedanken ohne Maß und Ordnung, die sich in meiner Seele regten, nun einen harmonischen Reigen um Sie. Wenn einer meiner Gedanken sich von Ihnen entfernen will, gebe ich ihm den Abschied … Laura, ich bitte Sie nicht, mich zu lieben; ich bin ja noch ein Schüler; ich bin Ihrer Aufmerksamkeit nicht wert; doch mit allem, was ich von jetzt an tun werde, will ich mir ein wenig von Ihrer … (ah, wie unschön das Wort ist) … Ihrer Wertschätzung verdienen.«

Er kniete vor ihr nieder, und obgleich sie mit ihrem Stuhl leicht beiseiterückte, berührte Bernards Stirn ihr Kleid; die Arme warf er dabei nach hinten, zum Zeichen seiner Anbetung; als er aber spürte, wie sich Lauras Hand auf sein Haar legte, ergriff er diese Hand und presste seine Lippen darauf.

»Was für ein Kind Sie sind, Bernard! Ich bin aber doch auch nicht frei«, sagte sie, ihre Hand zurückziehend. »Da, nehmen Sie, lesen Sie dies.«

Sie zog aus ihrem Ausschnitt ein zerknittertes Blatt Papier, das sie Bernard reichte.

Bernard las als erstes die Unterschrift. Wie er gefürchtet hatte, stammte sie von Félix Douviers. Einen Augenblick lang hielt er den Brief in der Hand, ohne zu lesen; er sah zu Laura empor. Sie weinte. Da fühlte Bernard, wie in seinem Herzen noch eine Fessel zersprang, geheime Bande sich lösten, die jeden von uns an sein Ich binden, an seine egoistische Vergangenheit. Dann las er:

»Meine innig geliebte Laura,

im Namen jenes kleinen Kindes, das geboren werden wird und das ich ebenso lieben werde, das schwöre ich, als wäre ich sein Vater, flehe ich Dich an zurückzukommen. Sei versichert, dass Du bei Deiner Rückkehr keinen Vorwurf zu befürchten hast. Klage Dich nicht zu sehr an, denn darunter leide ich am meisten. Zögere nicht länger. Ich sehne mich nach Dir mit meinem ganzen Herzen, das Dich anbetet und sich Dir unterwirft.«

Bernard saß auf dem Boden, vor Laura, und ohne sie anzublicken, fragte er: »Wann haben Sie diesen Brief erhalten?«

»Heute Morgen.«

»Ich dachte, er ahnt nichts davon. Haben Sie ihm geschrieben?«

»Ja; ich habe ihm alles gestanden.«

»Weiß Édouard das?«

»Er weiß nichts davon.«

Bernard blieb eine Weile stumm, mit gesenktem Kopf; dann, wieder zu ihr hinaufsehend: »Und ... was wollen Sie jetzt tun?«

»Fragen Sie das wirklich? ... Zu ihm zurückkehren. Mein Platz ist an seiner Seite. Zu ihm gehöre ich. Das wissen Sie.«

»Ja«, sagte Bernard.

Lange herrschte Schweigen. Bernard brach es schließlich: »Glauben Sie daran, dass man das Kind eines anderen ebenso sehr lieben kann wie das eigene?«

»Ich weiß nicht, ob ich daran glaube; aber ich hoffe es.«

»Also, ich glaube daran. Und ich glaube dagegen nicht an das, was man so einfältig ›die Stimme des Blutes‹ nennt. Ja, ich glaube, diese berühmte Stimme ist nur ein Mythos. Ich habe gelesen, dass es bei manchen Stämmen der Südseeinseln Brauch ist, fremde Kinder zu adoptieren, und dass man oft diese adoptierten Kinder sogar den eigenen gegenüber bevorzugt. In dem Buch hieß es, ich erinnere mich genau daran, sie würden ›besonders umhegt‹. Wissen Sie, was ich erkannt habe? ... Ich habe erkannt, dass derjenige, der bei mir Vaterstelle vertreten hat, nie irgendetwas sagte oder tat, was mich fühlen ließ, dass ich nicht sein richtiger Sohn sei; und dass ich gelogen habe, als ich ihm schrieb, ich hätte den Unterschied immer gespürt; dass er vielmehr für mich eine gewisse Vorliebe hatte, für die ich auch empfänglich war; so dass meine Undankbarkeit gegen ihn nur desto abscheulicher ist; dass ich mich ihm gegenüber gemein benommen habe. Laura, meine Freundin, ich möchte Sie fragen ... Meinen Sie, ich sollte seine Vergebung erflehen und zu ihm zurückkehren?«

»Nein«, sagte Laura.

»Warum? Wenn Sie doch auch zu Douviers zurückgehen ...«

»Sie haben es mir vorhin selbst gesagt, was für den einen wahr ist, gilt darum nicht auch für den anderen. Ich fühle mich schwach; Sie sind stark. Monsieur Profitendieu mag Sie lieben;

doch ich glaube nicht, dass sie einander verstehen würden, nach dem zu urteilen, was Sie mir von ihm erzählt haben … Oder warten Sie damit noch etwas. Kehren Sie nicht als Gescheiterter zurück. Darf ich offen sein? Sie wollen es mir zuliebe, nicht ihm zuliebe tun; um das zu erwerben, was Sie ›meine Wertschätzung‹ nannten. Die können Sie nur gewinnen, Bernard, wenn ich fühle, dass Sie sich nicht darum bemühen. Ich kann Sie nur lieben, wenn Sie natürlich sind. Überlassen Sie die Reue mir; sie ist nichts für Sie, Bernard.«

»Mein Name wird mir beinahe lieb, wenn ich ihn aus Ihrem Mund höre. Wissen Sie, was mir dort ein Gräuel war? Dieser Überfluss. All der Luxus, all die Bequemlichkeit … Ich sah mich schon als Anarchisten. Inzwischen jedoch, glaube ich, bin ich regelrecht konservativ. Das wurde mir neulich klar, als mich Entrüstung packte, weil jener Reisende an der Grenze sich damit brüstete, den Zoll zu betrügen. ›Den Staat bestehlen heißt, niemanden bestehlen‹, sagte er. Aus Protest habe ich auf einmal begriffen, was das ist, der Staat. Und ich fing an, ihn zu lieben, einfach weil man ihm Unrecht tat. Ich hatte nie darüber nachgedacht. ›Der Staat, das ist eine bloße Konvention‹, sagte er noch. Was für eine gute Sache das wäre, eine Übereinkunft aller, die auf Treu und Glauben beruhte … wenn nur die Menschen ohne Falsch wären. Sehen Sie, fragte man mich heute, was für mich die schönste Tugend ist, so erwiderte ich ohne Zögern: die Lauterkeit. Oh, Laura! Ich möchte mein Leben lang beim leisesten Anschlag einen echten, reinen und klaren Ton geben. Beinahe alle Leute, die ich kenne, klingen falsch. Was man scheint, auch wert sein und nicht mehr scheinen wollen, als man wert ist … Man möchte sich als mehr ausgeben und denkt so viel daran, als was man erscheinen möchte, dass man schließlich selbst nicht mehr weiß, was man ist … Verzeihen Sie, dass ich so zu Ihnen spreche. Es sind meine Nachtgedanken.«

»Sie dachten dabei an die kleine Münze, die Sie uns gestern

zeigten. Wenn ich abreise …« Sie konnte ihren Satz nicht beenden; ihre Augen füllten sich mit Tränen, und im Bemühen, sie zurückzuhalten, sah Bernard ihre Lippen beben.

»Dann werden Sie also abreisen, Laura …«, sagte er traurig. »Wenn Sie nicht mehr in meiner Nähe sind, bin ich nichts mehr wert, fürchte ich, oder doch so wenig … Doch, darf ich Sie etwas fragen: … Würden Sie auch abreisen, ja, hätten Sie dieses Geständnis abgeschickt, wenn Édouard … ich weiß nicht, wie ich es sagen soll …«, und während Laura errötete, »wenn Édouard mehr wert wäre? Oh, widersprechen Sie nicht. Ich weiß ja, was Sie von ihm denken.«

»Das sagen Sie, weil Sie mich gestern lächeln sahen, während er sprach; da waren Sie überzeugt, wir seien gleicher Meinung über ihn. Das stimmt nicht; Sie täuschen sich. Ich bin mir gar nicht klar, was ich von ihm denke. Er ist nie für längere Zeit derselbe. Er scheut davor zurück, sich zu binden, doch gerade diese Scheu bindet an ihn. Sie kennen ihn erst zu kurze Zeit, als dass Sie über ihn urteilen könnten. Unaufhörlich löst sich sein Wesen auf und formt sich neu. Man glaubt, es zu erhaschen … doch er ist Proteus. Er verwandelt sich in das, was er liebt. Will man ihn verstehen, muss man ihn lieben.«

»Sie lieben ihn. Oh, Laura, nicht auf Douviers bin ich eifersüchtig und auch nicht auf Vincent; sondern auf Édouard.«

»Warum eifersüchtig? Ich liebe Douviers; ich liebe Édouard; aber auf verschiedene Weise. Sollte ich Sie lieben, wird es abermals eine andere Liebe sein.«

»Laura, Laura, Sie lieben Douviers nicht. Sie empfinden Zuneigung für ihn, Mitleid, Achtung: Doch Liebe ist das nicht. Ich glaube, Ihre geheime Traurigkeit (denn Sie sind traurig, Laura) rührt daher, dass Sie sich aufteilen mussten; niemand liebte Ihr ganzes Wesen; Sie mussten auf mehrere verteilen, was Sie einem Einzigem hätten schenken wollen. Ich aber fühle mich unteilbar; ich kann mich nur mit meinem ganzen Wesen geben.«

»Sie sind zu jung, um so zu sprechen. Sie können noch nicht wissen, ob das Leben nicht auch Sie zwingen wird, sich aufzuteilen, wie Sie es nennen. Ich kann von Ihnen nur diese … Ergebenheit annehmen, die Sie mir darbringen. Das Übrige wird sein Recht verlangen und anderswo Genüge suchen.«

»Kann das wahr sein? Sie machen mir mich selbst und das Leben im Voraus verhasst.«

»Sie haben noch nicht gelebt. Das Leben liegt noch vor Ihnen. Wissen Sie, was ich falsch gemacht habe? Ich erwartete nichts mehr vom Leben. Als ich, leider, glaubte, dass es für mich keine Hoffnung mehr gäbe, habe ich mich aufgegeben. Ich habe diesen Frühling in Pau gelebt, als sollte es mein letzter sein; als sei nichts mehr wichtig. Bernard, lassen Sie sich von mir, die gestraft worden ist, raten: Verzweifeln Sie nie am Leben.«

Wozu sagte sie das einem leidenschaftlichen jungen Mann? Im Grunde war, was Laura sagte, auch gar nicht an Bernard gerichtet. Von ihrer Sympathie bestimmt, begann sie unwillkürlich, vor ihm laut zu denken. Sie konnte sich nicht verstellen, sie konnte sich nicht bemeistern. Wie sie ihrem Gefühl nachgegeben hatte, das sie immer mitriss, sobald sie an Édouard dachte, wodurch sich ihre Liebe verriet, so hatte sie nun einem Hang zum Predigen nachgegeben, den sie von ihrem Vater haben musste. Doch Bernard empfand einen Widerwillen gegen Empfehlungen und wohlgemeinte Ratschläge, selbst wenn sie von Laura kamen; sein Lächeln warnte Laura, und sie fragte in ruhigerem Ton: »Werden Sie, wenn Sie wieder in Paris sind, Édouards Sekretär bleiben?«

»Ja, wenn er mich wirklich beschäftigen will; aber er gibt mir nichts zu tun. Wissen Sie, was mir Spaß machen würde? Dieses Buch mit ihm zu schreiben; allein wird er es nie schreiben, Sie haben es ihm gestern selbst gesagt. Ich halte die Arbeitsmethode für absurd, die er uns gestern geschildert hat. Einen guten Roman schreibt man spontaner. Als erstes muss man von seiner Sache überzeugt sein, meinen Sie nicht auch, und dann einfach loserzählen. Ich dachte zuerst, ich könnte ihm helfen. Hätte er einen Detektiv gebraucht, hätte ich den Anforderungen bestimmt entsprochen. Er hätte mit den Fakten arbeiten können, die mein Spürsinn in Erfahrung gebracht hätte ... Doch mit einem Theoretiker, da ist nichts zu machen. In seiner Nähe erwacht in mir der Reporter. Wenn er seinen Irrtum nicht einsieht, werde ich mir etwas anderes suchen. Ich muss mir meinen Lebensunterhalt verdienen. Ich werde meine Dienste irgendeiner Zeitung anbieten. Und nebenbei werde ich Gedichte machen.«

»Denn unter den Reportern wird in Ihnen bestimmt der Dichter erwachen.«

»Oh, spotten Sie nicht. Ich weiß, dass ich lächerlich bin; lassen Sie es mich nicht allzu sehr spüren.«

»Bleiben Sie bei Édouard; Sie werden ihm helfen, und er Ihnen. Er ist ein guter Mensch.«

Man läutete zum Mittagessen. Bernard erhob sich. Laura ergriff seine Hand: »Hören Sie: dieses kleine Geldstück, das Sie uns gestern zeigten ... als Erinnerung an Sie, wenn ich abreise« – sie gab sich einen Ruck, und diesmal konnte sie ihren Satz zu Ende bringen –, »würden Sie es mir geben?«

»Da; hier ist es; nehmen Sie es«, sagte Bernard.

V

Édouards Tagebuch

In wie vielen Fällen schmeichelt man sich nicht,
eine Erkrankung des menschlichen Geistes geheilt
zu haben: Man hat sie nur unterdrückt, wie die
Mediziner sagen, und tauscht dafür eine andere ein.
SAINTE-BEUVE
(Les Causeries du Lundi, I, S. 19)

»Meinem Buch liegt, so wird mir allmählich klar, eine Art ›tragischer Konflikt‹ zugrunde: der Widerstreit zwischen der wirklichen Welt und der Vorstellung, die wir uns von ihr machen. Wie wir der uns bedrängenden Welt der Erscheinungen unsere eigene Interpretation aufzuzwingen suchen, das ist das Drama unseres Lebens. Der Widerstand, den die Fakten uns leisten, verleitet uns dazu, unsere Idealvorstellungen in den Traum, die Hoffnung, ein zukünftiges Leben hinüberzuretten; und die Fehlschläge, die wir im Hier und Jetzt erleiden, nähren unsere Zuversicht nur noch. Die Realisten dagegen gehen von den Tatsachen aus und gleichen diesen ihre Ideen an. Bernard ist ein Realist. Ich fürchte, wir werden uns nicht verstehen.

Wie konnte ich Sophroniska nur beipflichten, als sie sagte, ich hätte nichts von einem Mystiker? Ich teile doch ihre Meinung, dass der Mensch ohne Mystizismus nichts Großes vollbringen kann. Macht Laura mir denn nicht gerade meinen Mystizismus zum Vorwurf, wenn ich von meinem Buch spreche? ... Sie sollten sich einigen.

Sophroniska hat noch einmal mit mir über Boris gesprochen. Sie glaubt, ihm endlich die Beichte abgenommen zu haben. Der arme Junge hat nicht mehr das kleinste Versteck, die kleinste Deckung, hinter der er sich vor den Blicken der Ärztin verbergen könnte. Alles hat sie durchstöbert. Sophroniska fördert die geringsten Rädchen seines Denkorgans zutage, zerlegt es wie ein Uhrmacher, der eine Pendeluhr reinigt. Wenn der Kleine nach dem Zusammensetzen nicht richtig funktioniert, ist sie mit ihrem Latein am Ende.

Folgendes hat sie mir erzählt: Als Boris etwa neun Jahre alt war, kam er aufs Gymnasium nach Warschau. Dort schloss er mit einem Schulkameraden, einem gewissen Baptistin Kraft, Freundschaft, der ein oder zwei Jahre älter war und ihn in Geheimpraktiken einweihte, die diese Kinder in naivem Staunen für ›Magie‹ hielten. Sie gaben ihrem Laster diesen Namen, weil sie gehört – oder gelesen – hatten, dass man durch Magie auf geheimnisvolle Weise in den Besitz dessen gelange, was man begehrt; dass sie ungeahnte Kräfte verleihe usw. ... Sie wiegten sich in dem Glauben, ein geheimes Mittel entdeckt zu haben, mit dessen Hilfe sie real Abwesendes in der Illusion vergegenwärtigen konnten; nach Belieben halluzinierten sie und berauschten sich an einer Leere, die sie mittels ihrer überreizten Phantasie mit Wundern und Wollust füllten. Sophroniska selbst fasste es natürlich nicht in diese Worte; mich hätte interessiert, was Boris genau sagte, doch sie will das Obige, für dessen inhaltliche Exaktheit sie sich allerdings verbürgt, einem Wirrwarr von Ausflüchten, Auslassungen und Ungenauigkeiten entnommen haben.

›Dies‹, fügte sie hinzu, ›war endlich die Erklärung für ein Stück Pergament, das Boris immer in einem kleinen Beutel auf der Brust trug, neben den Heiligenmedaillons, die seine Mutter ihn zu tragen zwingt – sorgfältig waren hierauf in großen kindlichen Buchstaben vier Wörter gemalt, nach deren Bedeutung ich vergeblich geforscht hatte:

GAS. TELEFON. HUNDERTTAUSEND RUBEL.

»Es bedeutet nichts. Es ist Magie«, erwiderte er jedes Mal, wenn ich ihn fragte. Mehr war nicht aus ihm herauszubekommen. Inzwischen weiß ich, dass diese rätselhaften Worte von der Hand des jungen Baptistin, Groß- und Lehrmeister der Magie, stammten und dass sie für die Knaben so etwas wie eine Zauberformel waren, ein »Sesam öffne dich« zu dem verbotenen Paradies ihrer Wollust. Boris nannte dieses Pergament seinen *Talisman*. Es hatte großer Überredungskünste bedurft, bis er ihn mir zeigte, doch noch schwieriger wurde es, als er den Talisman ablegen sollte (hier, zu Beginn unseres Aufenthaltes); ich wollte unbedingt, dass er ihn ebenso ablegte, wie er bereits – das wusste ich inzwischen – seine schlechte Angewohnheit abgelegt hatte. Denn ich hegte die Hoffnung, zusammen mit dem *Talisman* könnten auch die Ticks und Manien, an denen er litt, verschwinden. Doch er hing daran, und die Krankheit hing daran, als biete der Talisman ihr Schutz.‹

›Sie sagten aber doch, er hätte seine Gewohnheit schon vorher abgelegt …‹

›Das Nervenleiden war die Folge. Es hat seinen Ursprung wohl darin, dass Boris sich Gewalt antun musste, um mit seiner Angewohnheit zu brechen. Erst von ihm habe ich erfahren, dass seine Mutter ihn eines Tages beim »Magie machen«, wie er es nennt, überraschte. Warum hat sie das mir gegenüber nie erwähnt? … Aus Scham? …‹

›Und sicherlich auch, weil sie wusste, dass er sich gebessert hatte.‹

›Das ist absurd … aus diesem Grund tappte ich so lange im Dunkeln. Ich habe Ihnen ja gesagt, dass ich Boris für sehr keusch hielt.‹

›Ja, und Sie störten sich daran.‹

›Sehen Sie, wie recht ich damit hatte! … Die Mutter durfte mir das nicht verschweigen. Boris wäre schon geheilt, hätte ich Bescheid gewusst.‹

›Sie sagten, seine Beschwerden hätten erst später eingesetzt …‹

›Ich sage, dass er aus Protest mit Beschwerden reagierte. Seine Mutter wird ihn gescholten, ihn angefleht und abgekanzelt haben. Dann starb der Vater. Boris redete sich ein, dies sei die Strafe für seine Geheimpraktiken, die man als schlimmes Vergehen hingestellt hatte; er schrieb sich die Schuld am Tod seines Vaters zu; er hielt sich für einen Verbrecher, für verflucht. Er bekam Angst; und da unternahm sein zarter Organismus, wie ein umstelltes Wild, zahllose kleine Fluchtversuche, um der Pein zu entrinnen, was ebenso vielen Geständnissen gleichkommt.‹

›Wenn ich Sie richtig verstehe, meinen Sie, man hätte Boris besser in Ruhe weiter seine »Magie« treiben lassen?‹

›Ich glaube, man hätte ihn heilen können, ohne ihm einen solchen Schrecken einzujagen. Die Veränderung der Lebensumstände, die der Tod des Vaters mit sich brachte, hätte ihn ohnedies auf andere Gedanken gebracht und der Abschied von Warschau ihn dem Einfluss seines Freundes entzogen. Angst und Schrecken richten nur Schaden an. Als ich den Sachverhalt kannte, besprach ich all das noch einmal mit ihm und machte ihm, auf die Vergangenheit anspielend, klar, dass es eine Schande sei, sich mit eingebildeten Früchten zufriedenzugeben, statt die Früchte wirklicher Arbeit zu genießen, die, wie ich ihm erklärte, uns für eine Anstrengung belohnen. Ich habe also gerade nicht den Teufel an die Wand gemalt, sondern ihm sein Laster einfach als eine Form der Trägheit dargestellt; und ich glaube tatsächlich, dass es sich so verhält; es ist die raffinierteste und perfideste Form …‹

Bei diesen Worten musste ich an einige Zeilen von La Rochefoucauld denken, die ich Sophroniska zeigen wollte; ich ging, obwohl ich sie auswendig hätte zitieren können, das schmale Bändchen mit den *Maximen* holen, das ich auf Reisen immer bei mir habe. Ich las ihr die Stelle vor: ›Von all unseren Leidenschaften kennen wir die Trägheit am schlechtesten; sie ist die heftigste und bösartigste von allen, und dennoch bleibt ihre Gewalt verborgen, der Schaden, den sie anrichtet, im Dunkel … Die Ruhe, welche die Trägheit schenkt, behext die Seele: Das heftigste Streben erlahmt, die festesten Vorsätze wanken. Kurz, um einen Begriff von dieser Leidenschaft zu bekommen, muss man sie sich als eine Glückseligkeit vorstellen, die jedwedes Gut aufwiegt und für alles Verlorene entschädigt.‹

›Wollen Sie damit sagen‹, fragte daraufhin Sophroniska, ›dass La Rochefoucauld, als er dies schrieb, auf unser Thema anspielte?‹

›Möglich; doch ich glaube nicht. Unsere klassischen Autoren lassen eine Fülle von Deutungen zu. Ihre präzise Sprache ist gerade deshalb so zu bewundern, weil sie nicht einengt.‹

Ich bat sie, mir den berühmten Talisman zu zeigen. Sie sagte, sie besäße ihn nicht mehr, sie habe ihn jemandem gegeben, der sich für Boris' Fall interessierte und ihn als Andenken behalten wollte. ›Ein gewisser Monsieur Strouvilhou, der vor Ihnen hier gewesen ist und mit dem ich Bekanntschaft geschlossen habe.‹

Ich sagte Sophroniska, dass ich diesen Namen im Gästeregister gelesen und seinerzeit einen Strouvilhou gekannt hätte; ich wäre neugierig, ob es sich um dieselbe Person handle. Ihre Beschreibung ließ keinen Zweifel daran; allerdings hatte sie nichts zu berichten, was meine Neugierde befriedigt hätte. Sie erzählte nur, dass er sehr liebenswürdig war, sehr zuvorkommend, dass er einen sehr intelligenten Eindruck auf sie machte, ihr aber auch ziemlich träge erschien – ›falls ich dieses Wort noch gebrauchen darf‹, fügte sie mit einem Lachen hinzu. Ich berichtete meinerseits, was ich von Strouvilhou wusste, und kam bei dieser Gelegenheit auch auf die Pension zu sprechen, in der ich ihn kennengelernt hatte, auf Lauras Eltern (Laura hatte sich Sophroniska bereits anvertraut) und schließlich auf den alten La Pérouse, darauf, wie er mit Boris verwandt sei, und dass ich ihm vor meiner Abfahrt versprochen hätte, das Kind zu ihm zu bringen. Da Sophroniska mir ja gesagt hatte, sie hielte es nicht für angeraten, Boris weiter bei der Mutter zu lassen, fragte ich: ›Warum geben Sie ihn nicht zu den Azaïs in Pension?‹ Ich dachte bei meinem Vorschlag in erster Linie daran, wie glücklich der Großvater wäre, wenn er Boris ganz in seiner Nähe, bei Freunden wüsste, wo er ihn so oft sehen könnte, wie er nur wünschte; wieso aber sollte es nicht auch zum Besten des Kleinen sein? Sophroniska sagte, sie wolle es überdenken; im Übrigen äußerst interessiert an allem, was ich ihr mitgeteilt hatte.

Sophroniska behauptet immer, der kleine Boris sei geheilt; dieser Fall soll die Wirksamkeit ihrer Methode beweisen. Doch ich fürchte, sie ist etwas voreilig. Natürlich will ich ihr nicht ohne Grund widersprechen; und ich muss zugeben, dass die Ticks, die Fehlhandlungen, die Sprachhemmungen mehr oder weniger verschwunden sind; doch mir scheint, die Krankheit hat sich einfach in einen weniger augenfälligen Bereich zurückgezogen, wie um dem inquisitorischen Blick des Arztes zu entfliehen; nun ist die Seele selbst befallen. So wie die Onanie durch nervöse Störungen abgelöst wurde, so tritt an deren Stelle jetzt eine nicht greifbare Entrücktheit. Sophroniska macht sich durchaus Gedanken über den kindlichen Mystizismus, in den sich Boris nun unter Bronjas Anleitung hineinsteigert; sie ist zu intelligent, um nicht sehr wohl zu begreifen, dass die ›Glückseligkeit‹, die Boris nun anstrebt, sich letzten Endes nicht wesentlich von der unterscheidet, die er künstlich hervorrief; dass diese Verzauberung zwar weniger auszehrend, weniger ruinös für den Organismus ist, Boris aber nicht minder davon abhält, etwas Handfestes durch Anstrengung zu erreichen. Komme ich aber auf diesen Punkt zu sprechen, hält sie mir entgegen, Naturen wie Boris und Bronja kämen ohne solche Schimären nicht aus; nähme man sie ihnen, so bliebe Bronja nur die Verzweiflung und Boris ein niedriger Materialismus; im Übrigen habe sie nicht das Recht, den Kindern ihren Glauben zu zerstören; wenngleich sie ihn für trügerisch hält, will sie darin doch eine Veredelung niederer Instinkte sehen, das Streben nach Höherem, einen Ansporn, einen Schutz und was weiß ich noch alles ... Sophroniska glaubt zwar selbst nicht an die Dogmen der Kirche, vertraut aber auf die Kraft des Glaubens. Sie ist ergriffen von der Frömmigkeit der beiden Kinder, die gemeinsam die Apokalypse lesen, in Verzückung geraten, mit den Engeln reden und ihre Seelen in weißes Linnen hüllen. Wie alle Frauen ist sie voller Widersprüche. Sie hatte wohl doch recht: Ich bin entschieden kein Mystiker ... und ebenso wenig träge. Ich bin zuversichtlich, dass Paris und die Pension Azaïs Boris zum Arbeiten anhalten werden und ihn endgültig auf die ›Früchte der Einbildung‹ verzichten lassen. Darin liegt sein Heil. Sophroniska gewöhnt sich, wie mir scheint, an den Gedanken, Boris meiner Obhut anzuvertrauen; doch wird sie ihn sicherlich nach Paris begleiten und sich vergewissern, dass er bei den Azaïs gut untergebracht ist, um die Mutter, deren Zustimmung sie mir zusichert, in jeder Hinsicht zu beruhigen.«

VI

Manch Fehler glänzt, ins rechte Licht gerückt, mehr als die Tugend selbst.
LA ROCHEFOUCAULD

Olivier an Bernard

»Lieber Freund,
ich will vorausschicken, dass ich mein Abi gut bestanden habe. Doch das ist jetzt gar nicht mehr wichtig. Es bot sich mir eine einmalige Gelegenheit zu einer Reise. Ich zögerte noch; aber nachdem ich Deinen Brief gelesen hatte, packte ich sie beim Schopf. Die leichten Bedenken meiner Mutter zerstreute Vincent, der sich bei dieser Gelegenheit hilfsbereiter zeigte, als ich es je von ihm erwartet hätte. Ich kann nicht glauben, dass er sich in der Angelegenheit, auf die Du in Deinem Brief anspielst, wie ein Flegel benommen haben soll. In unserem Alter neigt man bedauerlicherweise dazu, andere sehr streng zu beurteilen und unwiderruflich zu verdammen. Viele Handlungen erscheinen uns allein deshalb tadelnswert, ja niedrig, weil wir die Beweggründe nicht zu erfassen vermögen. Vincent hat nicht ... Doch dazu müsste ich weiter ausholen, und ich habe Dir noch so viel zu erzählen.

Wisse, dass es der Chefredakteur der neuen Zeitschrift *Avant-Garde* ist, der Dir schreibt. Nach reiflicher Überlegung habe ich den Posten angenommen, dessen mich Comte Robert de Passavant für würdig befand. Er finanziert zwar die Zeitschrift, ihm liegt aber nichts daran, dass dies bekannt wird, und auf dem Titelblatt soll allein mein Name stehen. Unser erstes Heft erscheint im Oktober; sieh zu, dass Du mir etwas für diese Nummer schicken kannst; ich wäre untröstlich, wenn in der ersten Inhaltsübersicht Dein Name nicht neben dem meinen prangte. Passavant möchte, dass die erste Nummer mit etwas sehr Freiem, Gepfeffertem eröffnet wird, denn er findet, Prüderie sei ein tödlicher Vorwurf bei einer jungen Zeitschrift; und ich bin eigentlich auch seiner Meinung. Wir sprechen viel darüber. Er hat mich gebeten, diesen Beitrag zu schreiben, und hat mir den Stoff für eine recht gewagte kleine Erzählung geliefert; es ist mir etwas unangenehm wegen meiner Mutter, die darüber vielleicht bekümmert sein wird; doch einerlei. Passavant sagt: Je jünger man ist, desto weniger kompromittierend ist ein Skandal.

Ich schreibe Dir aus Vizzavone. Vizzavone ist ein kleines Nest auf halber Höhe eines der höchsten Berge Korsikas, mitten in dichtem Wald. Das Hotel, in dem wir wohnen, liegt ziemlich weit vom Dorf ab und dient den Touristen als Ausgangspunkt für ihre Exkursionen. Wir sind erst seit einigen Tagen hier. Zuerst quartierten wir uns in einer Herberge unweit der wunderbaren Bucht von Porto ein, in die wir jeden Morgen zum Baden hinabstiegen und die so einsam ist, dass man den ganzen Tag im Adamskostüm verbringen kann. Es war herrlich; doch die Hitze wurde zu groß, und wir mussten ins Gebirge hinaufziehen.

Passavant ist ein wundervoller Reisegefährte; er bildet sich gar nichts auf seinen Titel ein; er möchte, dass ich ihn Robert nenne; und er hat sich als Namen für mich Olive ausgedacht. Sag, ist das nicht wundervoll? Er tut alles, um unseren Altersunterschied vergessen zu machen, und ich versichere Dir, es gelingt ihm vollkommen. Meine Mutter war etwas in Unruhe darüber, dass ich mit ihm wegfahren wollte, denn sie kannte ihn kaum. Ich zögerte, weil ich fürchtete, ihr Kummer zu bereiten. Bevor Dein Brief kam, hatte ich die Idee eigentlich schon aufgegeben. Vincent hat meine Mutter überzeugt, und Dein Brief gab mir plötzlich den nötigen Mut. Die letzten Tage vor der Abfahrt haben wir mit Einkaufen verbracht. Passavant ist so freigebig, dass er mich mit allem beschenken wollte und ich ihn ständig zurückhalten musste. Doch er fand meine armseligen Klamotten entsetzlich; Hemden, Krawatten, Strümpfe, nichts von dem, was ich hatte, gefiel ihm; er wiederholte immer wieder, er würde, wenn ich einige Zeit mit ihm zusammen sein wollte, zu sehr leiden, wäre ich nicht gekleidet, wie es sich gehört – das heißt: wie es ihm gefällt. Um Mama nicht zu beunruhigen, ließen wir alle Einkäufe einfach zu ihm schicken. Er selbst ist hochelegant gekleidet; vor allem aber hat er einen sehr guten Geschmack, und vieles, was mir bisher leidlich zusagte, ist mir heute ein Gräuel. Du kannst Dir nicht vorstellen, wie unterhaltsam es mit ihm in den Geschäften sein konnte. Er ist so geistreich! Ich wollte, ich könnte Dir eine Vorstellung davon vermitteln: Neulich waren wir bei Brentano, wo er seinen Füllfederhalter in Reparatur gegeben hatte. Hinter ihm stand ein riesiger Engländer, der sich vordrängen wollte und, als Robert ihn etwas heftig wegschob, in seinem Kauderwelsch irgendetwas zu schimpfen begann; Robert hat sich umgewandt und ganz ruhig gesagt: ›Machen Sie sich nicht die Mühe. Ich verstehe kein Englisch.‹

Der andere gab wütend in reinem Französisch zurück: ›Sie sollten es beherrschen, Monsieur.‹

Darauf Robert mit einem sehr höflichen Lächeln: ›Sie sehen ja, dass es nicht der Mühe wert ist.‹

Der Engländer kochte vor Wut, wusste aber nicht, was er noch sagen sollte. Es war zum Totlachen.

Ein andermal waren wir im Olympia. Während der Pause gingen wir im Foyer auf und ab, wo scharenweise Nutten unterwegs waren. Zwei von ihnen, die eher dürftig aussahen, haben sich an ihn rangemacht: ›Spendierst du uns ein Bier, Liebling?‹

Wir setzten uns mit ihnen an einen Tisch.

›Kellner! Ein Bier für die Damen.‹

›Und für die Herren?‹

›Wir? … Oh, wir trinken Champagner‹, sagte er seelenruhig. Und er hat eine Flasche Moët kommen lassen, die wir zu zweit leerten. Du hättest das Gesicht der armen Mädchen sehen sollen! … Ich glaube, er hat eine Abneigung gegen leichte Mädchen. Er hat mir anvertraut, dass er noch nie ein Bordell betreten hat, und mir zu verstehen gegeben, dass er sehr darüber verärgert wäre, wenn ich eines besuchte. Du siehst, er ist sehr anständig, trotz seines Gehabes und seiner zynischen Bemerkungen – wie wenn er sagt, auf Reisen sei der Tag ein ›verlorener Tag‹, an dem ihm *before lunch* nicht fünf Leute begegnet seien, mit denen er gerne ins Bett ginge. Übrigens muss ich Dir erzählen, dass ich nicht wieder angefangen habe … Du weißt schon.

Seine Art, moralische Betrachtungen anzustellen, ist äußerst amüsant und ausgefallen. Neulich sagte er zu mir: ›Weißt du, mein Kleiner, das Wichtigste im Leben ist, dass man sich zu nichts verleiten lässt. Denn eins zieht das andere nach sich, und eh man sich versieht, gerät man sonst wohin. So kannte ich einen kreuzbraven jungen Mann, der die Tochter meiner Köchin heiraten sollte. Eines Nachts trat er zufällig bei einem Goldschmied ein. Den hat er umgebracht. Und dann hat er gestohlen. Und dann musste er den Unschuldigen spielen. Du siehst, wohin das führt. Das letzte Mal, als ich ihn sah, war er ein ausgekochter Betrüger. Sieh dich vor.‹

So geht es die ganze Zeit. Du merkst, ich langweile mich nicht. Wir waren mit dem Vorsatz aufgebrochen, viel zu arbeiten, doch bis jetzt haben wir nur gebadet, uns von der Sonne trocknen lassen und geplaudert. Er hat zu allem äußerst originelle Meinungen und Einfälle. Ich dränge ihn, so gut ich kann, einige ganz neuartige Theorien zu Papier zu bringen, über die Meerestiere der Tiefsee und ihr ›Erleuchtetsein‹, wie er es nennt, was sie von der Sonne unabhängig macht und was er mit dem Licht der göttlichen Gnade, mit der Offenbarung vergleicht. Wenn ich es Dir hier so in wenigen Worten wiedergebe, bekommst Du nur einen schwachen Eindruck, doch glaube mir, wenn er davon spricht, ist es so spannend wie ein Roman. Es ist gar nicht bekannt, dass er sehr beschlagen in Naturgeschichte ist; er kokettiert beinahe damit, seine Kenntnisse zu verbergen. Er nennt sie seine ›geheimen Kleinodien‹. Er sagt, nur Schwindler fänden Vergnügen daran, sich mit ihrem Schmuck zu behängen, zumal wenn er falsch ist.

Er versteht es bewundernswert, von Ideen, Bildern, Leuten, Dingen Gebrauch zu machen; das heißt, er gewinnt allem etwas ab. Er sagt, Lebenskunst sei nicht so sehr Genießen als vielmehr Lernen, aus allem Nutzen zu ziehen.

Ich habe einige Verse geschrieben, doch sind sie noch zu unfertig, als dass ich sie Dir schicken wollte.

Auf Wiedersehen, lieber Freund. Im Oktober. Du wirst mich auch verändert finden. Ich gewinne jeden Tag etwas mehr Sicherheit. Ich bin glücklich, Dich in der Schweiz zu wissen, doch Du siehst, dass ich Dich nicht zu beneiden brauche.

OLIVIER.«

Bernard gab diesen Brief Édouard, der ihn las, ohne sich etwas von den Gefühlen anmerken zu lassen, die ihn bestürmten. Alles, was Olivier an Schmeichelhaftem über Robert erzählte, empörte ihn und schürte seinen Hass. Vor allem aber war er getroffen, weil er in diesem Brief mit keinem Wort erwähnt wurde und Olivier ihn vergessen zu haben schien. Ohne Erfolg bemühte er sich, die drei Zeilen des Postskriptums zu entziffern, die dick durchgestrichen waren und folgendermaßen lauteten:

»Sag Onkel E., dass ich ständig an ihn denke; dass ich ihm

nicht verzeihen kann, mich sitzengelassen zu haben, und tief ins Herz getroffen bin.«

Diese Zeilen waren die einzig aufrichtigen in diesem ganz von Trotz diktierten Prahlbrief. Olivier hatte sie ausgestrichen. Wortlos gab Édouard den entsetzlichen Brief zurück; wortlos nahm Bernard ihn wieder an sich. Ich sagte schon, dass sie nicht viel miteinander sprachen; etwas wie eine seltsame, unerklärliche Beklemmung erfasste sie, sobald sie allein waren. (Ich mag dieses »unerklärlich« nicht und verwende es nur als vorläufige Formulierung.) Doch an diesem Abend, als sie sich in ihr Zimmer zurückgezogen hatten und sich für die Nacht fertig machten, nahm Bernard all seinen Mut zusammen und fragte mit leicht gepresster Stimme: »Hat Laura Ihnen den Brief gezeigt, den sie von Douviers bekommen hat?«

»Ich habe nie daran gezweifelt, dass Douviers es richtig aufnehmen würde«, sagte Édouard, während er sich ins Bett legte. »Er ist ein anständiger Mann, etwas schwach vielleicht, aber sehr anständig. Ich bin sicher, er wird dieses Kind vergöttern. Und der Kleine wird bestimmt robuster sein, als er ihn selbst zuwege gebracht hätte. Denn er sieht mir nicht sonderlich kräftig aus.«

Bernard liebte Laura viel zu sehr, um nicht schockiert zu sein über Édouards Ungeniertheit; er ließ sich jedoch nichts anmerken. »Na«, fuhr Édouard fort, während er die Kerze ausblies, »ich bin froh, dass diese Geschichte ein gutes Ende nimmt, nachdem die Lage so verzweifelt war. Ein Irrtum kann jedem unterlaufen. Wichtig ist nur, nicht in ihm befangen zu bleiben …«

»Natürlich«, sagte Bernard, um eine Diskussion zu vermeiden.

»Ich muss Ihnen gestehen, Bernard, ich fürchte, mit Ihnen ist mir einer unterlaufen …«

»Ein Irrtum?«

»Gewiss doch. Bei aller Zuneigung, die ich für Sie empfinde, sage ich mir seit einigen Tagen, dass wir nicht so recht zusammenpassen und dass …«, er zögerte einige Augenblicke, suchte nach Worten, »mich länger zu begleiten, Sie nur von Ihrem Weg abbringt.«

Bernard war der gleichen Meinung gewesen, bis Édouard sie ausgesprochen hatte; doch Édouard hätte nichts sagen können, was geeigneter gewesen wäre, Bernard an sich zu binden. Sein Widerspruchsgeist regte sich und ließ ihn protestieren: »Sie kennen mich noch gar nicht, und ich kenne mich selbst noch nicht. Sie haben mich nicht auf die Probe gestellt. Wenn Sie keinen bestimmten Grund zur Klage haben, darf ich Sie bitten, es noch einmal mit mir zu versuchen? Ich gebe zu, dass wir uns überhaupt nicht ähnlich sind; doch ich dachte, es sei gerade gut für jeden von uns, dass wir uns nicht zu sehr ähneln. Ich glaube, wenn ich Ihnen von Nutzen sein kann, dann vor allem dank der Unterschiede zwischen uns und dank dem, was ich Ihnen an Neuem biete. Täusche ich mich, ist immer noch Zeit, es mir mitzuteilen. Ich werde mich dann bestimmt nicht beklagen oder irgendwelche Vorwürfe erheben. Warten Sie, ich hätte einen Vorschlag; ich weiß nicht, ob er etwas taugt … Der kleine Boris soll, wenn ich recht verstanden habe, in die Schülerpension der Vedel-Azaïs aufgenommen werden. Hat Sophroniska nicht Ihnen gegenüber Befürchtungen geäußert, er könne sich verloren vorkommen? Wenn ich mich dort vorstellen würde, mit einer Empfehlung von Laura, könnte ich nicht hoffen, eine Beschäftigung zu finden, als Aufsicht, als Einpauker, was weiß ich? Ich muss mir meinen Lebensunterhalt verdienen. Für das, was ich dort machen würde, müsste ich nicht viel verlangen; Unterkunft und Verpflegung genügten … Sophroniska hat Vertrauen zu mir, und mit Boris verstehe ich mich gut. Ich würde ihn beschützen, ihm helfen, wäre sein Lehrer und Freund. Ich stünde jedoch weiterhin zu Ihrer Verfügung, würde nebenbei für Sie arbeiten und könnte auf den kleinsten Wink hin kommen. Sagen Sie, was halten Sie davon?«

Und wie um dem Ganzen ein größeres Gewicht zu geben, fügte er hinzu: »Es geht mir schon seit zwei Tagen durch den Kopf.«

Was nicht stimmte. Hätte er diesen schönen Plan nicht erst soeben erfunden, so hätte er gewiss schon mit Laura darüber gesprochen. Was aber stimmte und was er nicht sagte, war, dass er seit der indiskreten Lektüre von Édouards Tagebuch und seit seiner Begegnung mit Laura oft an die Schülerpension der Vedels gedacht hatte; er wollte Armand kennenlernen, diesen Freund, von dem Olivier nie erzählte; und erst recht wollte er Sarah kennenlernen, Lauras jüngste Schwester; doch seine Neugier blieb ihm selbst verborgen, Lauras wegen gestand er sie sich nicht ein.

Édouard sagte nichts; Bernards Vorschlag bestach ihn insofern, als damit eine Unterkunft gefunden war. Bei sich hätte er ihn nur ungern aufgenommen. Bernard blies seine Kerze aus und fuhr dann fort: »Glauben Sie nicht, ich hätte nichts von dem verstanden, was Sie von Ihrem Buch erzählten und dem Gegensatz, den Sie sehen zwischen der unverarbeiteten Realität und der …«

»Ich sehe ihn nicht nur«, unterbrach ihn Édouard, »er besteht.«

»Eben deshalb; wäre es nicht gut, wenn ich einige Tatsachen für Sie zusammentrüge, damit Sie mit ihnen ringen können? Ich würde für Sie beobachten.«

Édouard fragte sich, ob Bernard sich etwa über ihn lustig machte. Bernards Worte trafen ihn. Sie berührten den wunden Punkt … »Wir werden es uns überlegen«, sagte Édouard.

Es verging eine ganze Weile. Bernard fand keinen Schlaf. Oliviers Brief quälte ihn. Schließlich hielt er es nicht mehr aus, und da er hörte, dass Édouard sich in seinem Bett umdrehte, murmelte er: »Wenn Sie noch nicht schlafen, möchte ich Sie noch etwas fragen ... Was halten Sie von Comte de Passavant?«

»Das können Sie sich doch weiß Gott denken«, sagte Édouard. Dann, nach einem Augenblick: »Und Sie?«

»Ich«, sagte Bernard heftig ... »ich könnte ihn umbringen.«

VII

Am Scheitelpunkt des Weges rastet der Wanderer und blickt um sich, bevor er seine Schritte talwärts lenkt; er sucht zu erkennen, wohin ihn jener gewundene Pfad führen mag, der sich im Ungewissen, ja, da der Abend kommt, im Dunkeln verliert. Auch der Autor, der sich ohne einen festen Plan aufgemacht hat, hält inne, schöpft Atem und fragt sich unruhig, wohin ihn seine Erzählung wohl bringen mag.

Ich fürchte, es ist leichtfertig von Édouard, den kleinen Boris zu den Azaïs zu geben. Doch wie ihn daran hindern? Jeder handelt seinem Wesen nach, und Édouards inneres Gesetz treibt ihn ständig zum Experimentieren. Er hat ein gutes Herz, sicherlich, doch oft wäre es mir um der anderen willen lieber, er handelte nicht ganz so »uneigennützig«; denn zur Großzügigkeit verleitet ihn oft eine Neugier, die grausame Folgen haben könnte. Er kennt Azaïs' Pensionat; er weiß, welch verpestete Luft man hier atmet, wo unter dem Vorwand von Moral und Religion das Leben erstickt wird. Er kennt Boris, seine Weichheit und seine Verletzlichkeit. Er müsste voraussehen, welchen Anfeindungen er ihn aussetzt. Doch er will in der Sittenstrenge des alten Azaïs nur Schutz, Stärkung und Stütze für die gefährdete Reinheit des Kindes sehen. Welchen Einflüsterungen leiht er sein Ohr? Sicherlich bläst sie der Teufel ihm ein, denn kämen sie von anderswoher, würde er nicht auf sie hören.

Ich habe mich über Édouard schon mehr als einmal geärgert (im Zusammenhang mit Douviers zum Beispiel), ja entrüstet;

ich hoffe, ich habe es mir nicht zu stark anmerken lassen; doch nun kann ich es ja offen sagen. Sein Verhalten Laura gegenüber, so großzügig es auch sein mochte, schien mir bisweilen abstoßend.

Wie Édouard sich seine Gründe zurechtlegt, missfällt mir. Warum sucht er sich jetzt einzureden, was er einfädelt, sei nur zum Besten von Boris? Den anderen etwas vorzumachen mag noch angehen; aber sich selbst! Möchte ein Sturzbach, der ein Kind ertränkt, es etwa laben? ... Ich leugne nicht, dass es in der Welt edelmütige, großzügige und sogar uneigennützige Taten gibt; ich sage nur, dass sich hinter einem noch so edlen Motiv oft ein geschickter Teufel verbirgt, der gerade dann zupackt, wenn man ihm etwas zu entreißen glaubt.

Nutzen wir die Sommermonate, während derer unsere Akteure in alle Richtungen zerstreut sind, um ihr Verhalten in aller Ruhe zu prüfen. Zumal wir uns dem Scheitelpunkt nähern, der Fortgang der Geschichte sich verlangsamt und sie neuen Schwung zu sammeln scheint, bevor sich die Ereignisse überstürzen. Bernard ist entschieden noch zu unerfahren, um eine Wendung herbeiführen zu können. Er will über Boris wachen, wird ihn aber allenfalls beobachten können. Bernard hat bereits einige Wandlungen durchgemacht; Leidenschaften können ihn noch mehr verändern. In einem Arbeitsheft finde ich einige Sätze, die Aufschluss darüber geben, wie ich früher über ihn dachte:

»Ich hätte einer so übertriebenen Reaktion wie der Bernards am Anfang der Geschichte einiges Misstrauen entgegenbringen sollen. Seinem späteren Verhalten nach zu schließen, hat er dabei gleichsam seinen ganzen Vorrat an Widersetzlichkeit verbraucht, der sicherlich noch gewachsen wäre, hätte er, wie es sich gehört, noch eine Weile in der Enge seiner Familie ausgeharrt. So aber wird sein Aufbegehren zu einer leeren Geste, die er ständig wiederholt. Die Gewohnheit, zu der ihm das Aufbegehren und Opponieren wird, treibt ihn schließlich dazu, sich gegen die Auflehnung selbst aufzulehnen. Dabei gehört er nicht zu den Helden, die mich am meisten enttäuscht haben, weil er nicht zu denen zählt, auf die ich die meisten Hoffnungen gesetzt hatte. Vielleicht hat er seinem Hang zu früh nachgegeben, hat sich gehenlassen.«

Dies scheint mir so nicht mehr zuzutreffen. Ich glaube, man kann durchaus auf ihn rechnen. Denn hochherzig ist er. Ich spüre seine Unerschrockenheit, seine Kraft; er ist der Empörung fähig. Er hört sich etwas zu gerne reden; aber er spricht auch klug. Gefühlen allerdings, die man mühelos in Worte fasst, misstraue ich. Er ist ein sehr guter Schüler, doch neue Gefühle lassen sich nicht einfach in erstarrte Formen gießen. Wären sie ausgefallener, würde er stammeln. Er hat vieles zu früh gelesen, zu viel behalten und sehr viel mehr aus Büchern gelernt als aus dem Leben.

Ich bin untröstlich darüber, dass ihm aus einer Laune des Schicksals heraus Oliviers Platz an Édouards Seite zugefallen ist. Es hat sich nicht gut gefügt. Olivier ist es, den Édouard liebte. Welche Sorgfalt hätte er nicht darauf verwandt, ihn heranzubilden. Mit welcher Liebe und Achtung hätte er ihn nicht angeleitet, unterstützt, zu seinem Selbst hingeführt. Passavant wird ihn verderben, dessen bin ich sicher. Nichts ist gefährlicher für ihn als diese skrupellose Umgarnung. Ich hätte gehofft, Olivier wüsste sich besser dagegen zu verteidigen; doch er ist zu weich und für Schmeicheleien empfänglich. Sie steigen ihm zu Kopf. Außerdem glaube ich aus seinem Brief an Bernard herauszuhören, dass er ein bisschen eitel ist. Sinnlichkeit, Trotz, Eitelkeit, wie wehrlos ihn das macht! Wenn Édouard ihm wieder begegnet, wird es zu spät sein, fürchte ich. Doch er ist noch jung, und so dürfen wir hoffen.

Passavant … von dem wollen wir gar nicht erst reden, nicht wahr? Nichts ist so verderbenbringend und hoch angesehen zugleich wie Männer seines Schlags, außer vielleicht Frauen von der Sorte der Lady Griffith. In der ersten Zeit, muss ich gestehen, beeindruckte sie mich ziemlich. Doch ich habe meinen Irrtum schnell erkannt. Solche Figuren sind ohne innere Substanz. Amerika exportiert viele davon; doch nicht nur dort werden sie produziert. Vermögen, Intelligenz, Schönheit, sie scheinen alles zu besitzen, nur keine Seele. Vincent wird dies bald erkennen müssen. Keine Vergangenheit lastet auf ihnen, kein Zwang; sie kennen keine Normen, kein Gebot, keine Skrupel; ungebunden und unberechenbar, wie sie sind, bringen sie den Romanautor zur Verzweiflung, weil ihre Reaktionen für ihn wertlos sind. Ich hoffe, Lady Griffith so schnell nicht wiederzusehen. Ich bedauere, dass sie uns Vincent entführt hat, denn er hatte mich eigentlich interessiert, nun wird er banal durch den Umgang mit ihr; unter ihren Händen verliert er seine Kanten. Schade: er hatte ganz nette.

Sollte ich jemals noch eine Geschichte erfinden, lasse ich nur noch Charaktere hinein, die das Leben nicht abschleift, sondern markant werden lässt. Laura, Douviers, La Pérouse, Azaïs ... was kann man mit diesen Leuten schon anfangen? Ich habe sie mir nicht ausgesucht; als ich Bernard und Olivier auf der Spur blieb, sind sie mir begegnet. Es hilft nichts; nun bin ich ihnen verpflichtet.

DRITTER TEIL

Paris

Erst wenn uns weitere, gute und neue Monographien zu den Regionen vorliegen, dann, und nur dann, werden wir, die Daten gruppierend, vergleichend, sie sorgfältig zueinander in Beziehung setzend, die Gesamtfrage wiederaufnehmen können und damit einen neuen und entscheidenden Schritt vorwärtskommen. Auf andere Weise vorgehen hieße, mit zwei oder drei simplen, vergröberten Ideen ausgerüstet zu einer Art Eilmarsch aufbrechen. Unberücksichtigt bliebe dabei allzu leicht das Besondere, Individuelle, Unregelmäßige – kurz, gerade das Interessanteste.

LUCIEN FEBVRE: *La Terre et l'évolution humaine*

I

Paris machte ihm bei seiner Rückkehr keine Freude.

FLAUBERT: *L'Éducation sentimentale*

Édouards Tagebuch

»*22. September.*

Hitze; Leere. Acht Tage zu früh nach Paris zurückgekehrt. Meine Ungeduld lässt mich immer vor der Zeit zu den Waffen eilen. Mehr aus Neugier denn aus Eifer; Wunsch, den Dingen vorzugreifen. Mein Durst überwältigt mich.

Boris zu seinem Großvater gebracht. Sophroniska, die La Pérouse tags zuvor auf den Besuch vorbereiten ging, erzählte, Madame de La Pérouse sei ins Altersheim gekommen. Uff!

Ich habe geklingelt und den Kleinen dann allein auf dem

Treppenabsatz zurückgelassen, weil ich ihre erste Begegnung nicht stören wollte; ich fürchtete die Dankesbeteuerungen des Alten. Den Kleinen später ausgefragt, doch nicht viel aus ihm herausbekommen. Sophroniska sagte mir, als ich sie wiedersah, auch ihr gegenüber habe der Junge sich ausgeschwiegen. Als sie ihn, wie vereinbart, nach einer Stunde wieder abholen kam, habe ihr ein Dienstmädchen geöffnet; der Alte habe vor einer Partie Dame gesessen; der Junge dagegen hockte am anderen Ende des Zimmers in einer Ecke und machte ein verdrossenes Gesicht.

›Merkwürdig‹, habe La Pérouse ganz niedergeschlagen erklärt, ›es schien ihm erst Spaß zu machen; doch mit einem Mal hatte er genug. Ich fürchte, er hat keine rechte Ausdauer …‹

Es war ein Fehler, die beiden so lange allein zu lassen.

27. September.

Heute Morgen unter den Arkaden des Odéon Molinier begegnet. Pauline und Georges kommen erst übermorgen zurück. Seit gestern wieder in Paris, langweilte Molinier sich wohl nicht weniger als ich; was Wunder also, dass er begeistert schien, mich zu sehen. Wir beschlossen, gemeinsam Mittag essen zu gehen, und setzten uns bis dahin in den Luxembourg.

Molinier befleißigt sich mir gegenüber eines munteren, bisweilen sogar zweideutigen Tons, den er für geeignet halten mag, einem Künstler zu gefallen. Sichtlich bemüht, noch flott zu wirken.

›Ich weiß sehr wohl, was Leidenschaften sind‹, erklärte er mir. Ich verstand, dass er damit sagen wollte: Triebe. Ich lächelte so, wie wenn mir eine Frau anvertraut hätte, sie habe auffallend schöne Beine; ein Lächeln, das bedeutet: ›Seien Sie versichert, dass ich nie daran gezweifelt habe.‹ Bis zu diesem Tag hatte ich in ihm nur die Amtsperson gesehen; nun lüpfte der Mann die Robe.

Ich wartete, bis wir bei Foyot Platz genommen hatten, bevor

ich auf Olivier zu sprechen kam; erzählte, dass ich kürzlich durch einen seiner Kameraden die Neuigkeit erfahren hätte, er sei auf Korsika, mit Comte de Passavant.

›Ja, dieser hat, als ein Freund von Vincent, Olivier angeboten, ihn auf die Reise mitzunehmen. Da Olivier gerade sein Abitur recht brillant bestanden hatte, glaubte seine Mutter, ihm den Wunsch nicht abschlagen zu dürfen ... Dieser Comte de Passavant ist Literat. Sie kennen ihn doch bestimmt.‹

Ich machte keinen Hehl daraus, dass ich weder seine Bücher noch seine Person besonders schätzte.

›Unter Kollegen beurteilt man sich bisweilen etwas streng‹, entgegnete er. ›Ich habe versucht, seinen letzten Roman zu lesen, der von einigen Kritikern sehr gelobt wird. Ich konnte nicht viel damit anfangen, doch ich bin ja nicht vom Fach ...‹

Als ich meine Befürchtungen äußerte, Passavant könne einen schlechten Einfluss auf Olivier haben, meinte er wachsweich: ›Um die Wahrheit zu gestehen, befürwortete ich persönlich diese Reise nicht. Doch man muss eben zur Kenntnis nehmen, dass die Kinder von einem gewissen Alter an unserer Obhut entgleiten. Das ist normal und nicht zu ändern. Pauline möchte sie immer noch unter ihre Fittiche nehmen. Sie ist wie alle Mütter. Ich habe ihr schon oft gesagt: »Du fällst deinen Söhnen bloß auf die Nerven. Lass sie doch in Ruhe. Mit deiner Fragerei bringst du sie erst auf dumme Gedanken ...« Ich für mein Teil finde, dass es nichts hilft, sie allzu lange zu überwachen. Das Wichtige ist, ihnen schon früh ein paar gute Grundsätze einzuimpfen. Und das Allerwichtigste ist die Abstammung. Denn, mein Lieber, die Veranlagung, die schlägt immer durch. Es gibt unverbesserliche Taugenichtse, die zu Schlimmem prädestiniert sind. Die muss man an die Kandare nehmen. Bei den guten Naturen aber, da kann man die Zügel lockerer lassen.‹

›Sie sagten aber doch‹, beharrte ich, ›dass diese Entführung Oliviers nicht Ihre Zustimmung fand.‹

›Oh, meine Zustimmung … meine Zustimmung‹, sagte er, mit der Nase tief im Teller, ›meine Zustimmung, die ist bisweilen nicht gefragt. Man muss eben zur Kenntnis nehmen, dass in Ehen, und ich spreche von den harmonischsten, nicht immer der Mann derjenige ist, der entscheidet. Doch Sie sind nicht verheiratet, das betrifft Sie nicht …‹

›Entschuldigen Sie‹, warf ich lachend ein, ›aber ich bin Romancier.‹

›Dann haben Sie bestimmt auch schon die Beobachtung gemacht, dass es nicht immer Charakterschwäche ist, wenn ein Mann seiner Frau die Führung überlässt.‹

›Es gibt in der Tat‹, räumte ich ein, um ihm zu schmeicheln, ›entschlossene Männer, ja sogar Autoritätspersonen, die in der Ehe sanft wie Lämmer sind.‹

›Und wissen Sie, woran das liegt?‹, fuhr er fort … ›In neun von zehn Fällen gibt der Mann der Frau willig nach, weil er um Nachsicht werben muss. Eine tugendsame Frau, mein Lieber, nutzt alles zu ihrem Vorteil aus. Kaum beugt der Mann auch nur einmal den Rücken vor ihr, springt sie drauf. Ach, mein Freund, die armen Ehemänner sind manchmal wirklich zu bemitleiden. Wenn wir jung sind, wünschen wir uns eine sittsame Frau, ohne zu ahnen, wie teuer uns ihre Tugend noch zu stehen kommen wird.‹

Die Ellenbogen auf den Tisch gestützt, das Kinn in beiden Händen, betrachtete ich Molinier. Der arme Mann wusste nicht, wie sehr der gebeugte Rücken, von dem er sprach, zu seiner zweiten Natur geworden war; er trocknete sich häufig die Stirn, stopfte viel in sich hinein, weniger an einen Feinschmecker als an einen Fresssack erinnernd, und sprach vor allem dem alten Burgunder zu, den wir bestellt hatten. Glücklich, einen Zuhörer gefunden zu haben, bei dem er, wie er wohl meinte, auf Verständnis und Zustimmung stieß, strömte er über vor Vertraulichkeit.

›In meiner Eigenschaft als Staatsanwalt‹, fuhr er fort, ›sind mir Frauen begegnet, die sich ihrem Mann nur mit Widerwillen, widerstrebend hingaben … und die sich dennoch empören, wenn der arme Verschmähte sich anderswo schadlos hält.‹

Die Amtsperson hatte den Satz in der Vergangenheitsform begonnen, der Ehemann beendete ihn in der Gegenwart, zweifelsohne, um sich selbst zu rechtfertigen. Sinnreich merkte er zwischen zwei Bissen an: ›Des anderen Appetit erscheint übermäßig, wenn wir ihn nicht teilen.‹ Nahm einen tüchtigen Schluck und setzte hinzu: ›Und so kommt es dann, dass der Mann nicht mehr Herr im eigenen Haus ist.‹

Obwohl er es nicht ausdrücklich sagte, hörte man nur zu deutlich heraus, dass er die Tugend seiner Frau für sein Versagen verantwortlich machen wollte. ›Charakterlose Figuren wie dieser Hampelmann‹, sagte ich mir, ›können gar nicht genug Egoismus besitzen, um ihre Glieder zusammenzuhalten. Vergäßen sie ihr Selbst auch nur für einen Augenblick, gingen sie in Stücke.‹ Er war verstummt. Ich merkte, dass ich einige Worte fallenlassen musste – wie man Öl auf eine Maschine träufelt, die eine Etappe zurückgelegt hat –, und warf ein, um ihn wieder auf Touren zu bringen: ›Glücklicherweise ist Pauline verständnisvoll.‹

Er antwortete mit einem zweifelnd gedehnten ›Ja …‹, dann erklärte er: ›Aber es gibt doch Dinge, die sie nicht begreift. Wissen Sie, eine Frau mag noch so verständnisvoll sein … Im Übrigen muss ich zugeben, dass ich es in dem fraglichen Fall nicht sehr geschickt angestellt habe. Ich habe etwas von einem kleinen Abenteuer verlauten lassen, als ich glaubte, ja, davon überzeugt war, dieses sei nicht von Dauer. Allein es war von Dauer … und Paulines Misstrauen ebenfalls. Es war ein Fehler, ihr, wie man sagt, einen Floh ins Ohr zu setzen. Ich musste heimlichtun, lügen … Da sieht man wieder, wohin es führt, mit Neuigkeiten nicht hinterm Berg zu halten. Aber was will man machen. Ich bin eine vertrauensselige Natur … Pauline aber ist ein entsetzlich eifersüchtiger Mensch. Sie können sich nicht vorstellen, zu welchen Finten ich greifen musste.‹

›Ist das schon lange her?‹, fragte ich.

›Oh, es begann vor etwa fünf Jahren; und ich glaube, es war mir gelungen, sie vollkommen zu beruhigen. Doch nun werde ich wieder von vorne anfangen müssen. Stellen Sie sich vor, vorgestern, bei meiner Rückkehr … Genehmigen wir uns noch einen Pommard, ja?‹

›Danke, für mich nicht.‹

›Vielleicht haben sie davon halbe Flaschen. Zu Hause werde ich mich etwas hinlegen. Die Hitze macht mir zu schaffen … Also, wie ich schon sagte, vorgestern, bei meiner Rückkehr, öffne ich meinen Sekretär, um einige Papiere einzuräumen. Ich ziehe die Schublade heraus, in der ich die Briefe von … der betreffenden Person versteckt habe. Doch stellen Sie sich mein Entsetzen vor, lieber Freund: Die Schublade war leer. Oh verflixt, ich kann mir nur zu gut erklären, wie es dazu gekommen ist: Vor vierzehn Tagen machte Pauline mit Georges in Paris eine Stippvisite, wegen der Hochzeit der Tochter eines Kollegen, bei der ich leider nicht dabei sein konnte; ich war in Holland, müssen Sie wissen … auch sind solche Feierlichkeiten eher etwas für Frauen. Da es nichts zu tun gab in der leeren Wohnung und unter dem Vorwand, nach dem Rechten zu sehen, Sie wissen, wie die Frauen sind, immer ein bisschen neugierig … wird sie begonnen haben herumzustöbern … oh, ohne böse Absicht. Ich mache ihr keinen Vorwurf. Aber Pauline hat schon immer diesen unseligen Drang gehabt, für Ordnung zu sorgen … Was soll ich ihr nur sagen, jetzt, wo sie den Beweis in Händen hält? Wenn die Kleine mich wenigstens nicht mit meinem Namen angeredet hätte! Eine so harmonische Ehe! Wenn ich daran denke, was mir bevorsteht …‹

Der arme Mann zerfloss in Selbstmitleid. Er tupfte sich den Schweiß von der Stirn, fächelte sich Luft zu. Ich hatte sehr viel weniger getrunken als er. Das Herz lässt sich zu Mitgefühl nicht nötigen; ich empfand nur Widerwillen für ihn. Ich akzeptierte ihn als Familienvater (auch wenn es schmerzte, sich zu sagen, dass er Oliviers Vater war), als gesetzten, ehrbaren, wohlversorgten Beamten; als Liebhaber dagegen wollte er mir nur lächerlich erscheinen. Vor allem die plumpe Gewöhnlichkeit seiner Reden und seiner Mimik störte mich: Sein Gesicht und seine Stimme waren nicht gemacht für die Gefühlsregungen, von denen er sprach; man hätte meinen können, ein Kontrabass versuche sich als Violine; sein Instrument wimmerte.

›Sie sagten doch, Georges sei dabei gewesen ...‹

›Ja; sie wollte ihn nicht allein zurücklassen. Aber in Paris hing er ihr natürlich nicht ständig am Rockzipfel ... Wenn ich Ihnen sage, mein Lieber, dass es in sechsundzwanzig Jahren Ehe nie die kleinste Szene, nicht die kleinste Auseinandersetzung zwischen uns gegeben hat ... Wenn ich daran denke, was sich jetzt zusammenbraut ... denn Pauline kommt in zwei Tagen zurück ... Ach, hören Sie, sprechen wir von etwas anderem. Und, was sagen Sie zu Vincent? Der Fürst von Monaco, eine Forschungsfahrt ... Teufel, Teufel! ... Wie, das wussten Sie gar nicht? ... Ja, er ist aufgebrochen, um Peilungen und Fischzüge vor den Azoren zu beaufsichtigen. Ah, um ihn mache ich mir keine Sorgen, das versichere ich Ihnen! Der geht seinen Weg von allein.‹

›Seine Gesundheit?‹

›Vollkommen wiederhergestellt. Bei seiner Intelligenz wird er bestimmt eine Kapazität. Comte de Passavant hat mir unumwunden erklärt, er halte ihn für einen der bedeutendsten Männer, die ihm begegnet sind. Er sagte sogar: den bedeutendsten ... aber wir wollen nicht übertreiben ...‹

Die Mahlzeit ging ihrem Ende entgegen; er zündete sich eine Zigarre an.

›Darf ich Sie fragen‹, fuhr er fort, ›wer dieser Freund ist, über den Sie von Olivier Nachricht haben? Es ist mir ausgesprochen wichtig, muss ich sagen, mit wem meine Kinder verkehren. Ich finde, man kann gar nicht genug darauf achten. Meine haben glücklicherweise die Gabe, sich nur den Vornehmsten anzuschließen. Nehmen Sie Vincent mit seinem Fürsten; Olivier mit dem Comte de Passavant … Georges wiederum hat in Houlgate einen kleinen Klassenkameraden getroffen, einen jungen Adamanti, der im Übrigen im nächsten Schuljahr auch mit in der Pension der Vedel-Azaïs wohnen wird; ein Goldstück; sein Vater ist Senator von Korsika. Doch denken Sie nur, wie misstrauisch man sein muss: Olivier hatte einen Freund, dem Anschein nach aus sehr gutem Hause: einen gewissen Bernard Profitendieu. Sie müssen wissen, Profitendieu senior ist ein Kollege von mir; ein äußerst bemerkenswerter Mann, den ich unbedingt schätze. Doch … (nicht wahr, es bleibt unter uns) … nun musste ich erfahren, dass er gar nicht der Vater dieses Kindes ist, das seinen Namen trägt. Was sagen Sie dazu!‹

›Ebendieser junge Bernard Profitendieu hat mir von Olivier erzählt‹, sagte ich.

Molinier sog ein paarmal heftig an seiner Zigarre und hob die Brauen so hoch, dass sich seine Stirn in Falten legte: ›Ich sähe es lieber, wenn Olivier sich etwas von diesem Jungen fernhielte. Ich habe über ihn bedauerliche Auskünfte erhalten; die mich im Übrigen nicht sehr verwundern. Man hat schließlich keinen Grund, irgendetwas Gutes von einem Kind zu erwarten, das unter so traurigen Umständen geboren wurde. Ich will nicht behaupten, dass ein uneheliches Kind nicht seine Qualitäten haben kann, ja sogar Tugenden; doch die Frucht der Ausschweifung und der Auflehnung trägt notwendig Keime der Anarchie in sich … Ja, mein Lieber; es kam, wie es kommen musste. Der junge Bernard hat sein Zuhause, das er besser nie betreten hätte, fluchtartig verlassen. Er ist »sein Leben leben« gegangen, wie Émile Augier es nannte; lebt, Gott weiß, wie und wo. Der arme Profitendieu, der mich selbst von diesem üblen Streich in Kenntnis setzte, schien ganz gebrochen. Doch ich habe ihm angeraten, sich die Sache nicht so zu Herzen zu nehmen. Schließlich kommt durch das Verschwinden des Jungen alles wieder in Ordnung.‹

Ich protestierte, dass ich Bernard gut genug kannte, um mich für seine Wohlerzogenheit und Anständigkeit zu verbürgen (wobei ich mich selbstverständlich davor hütete, von der Geschichte mit dem Koffer zu erzählen).

Doch Molinier war in Fahrt: ›Nun! Ich sehe, dass ich ins Detail gehen muss.‹ Dann, sich vorbeugend und mit gesenkter Stimme: ›Mein Kollege Profitendieu ist damit betraut worden, in einer Angelegenheit zu ermitteln, die äußerst unschön und heikel ist, sowohl wegen des Aufsehens, das sie erregen, als auch wegen der Folgen, die sie nach sich ziehen könnte. Es ist eine unglaubliche Geschichte, man sollte es nicht für möglich halten ... Mein Lieber, es handelt sich dabei regelrecht um gewerbliche Prostitution, um einen ... nein, ich will das hässliche Wort nicht in den Mund nehmen; sagen wir ein Teehaus, wobei das besonders Skandalöse daran ist, dass die Stammgäste des Salons vorwiegend, ja beinahe ausschließlich sehr junge Gymnasiasten sind. Ich sage Ihnen, es ist nicht zu fassen. Diese Kinder sind sich wohl der Tragweite ihres Tuns auch nicht bewusst, denn sie geben sich gar keine Mühe, ihr Treiben zu verheimlichen. Nach der Schule führt ihr erster Weg dorthin. Man nimmt einen Imbiss ein, unterhält sich, amüsiert sich mit den Damen; und die Spiele finden in den Nebenzimmern ihre Fortsetzung. Natürlich hat nicht jeder, der möchte, Zutritt. Man will empfohlen und eingeführt sein. Wer kommt für diese Orgien auf? Wer bezahlt die Miete für das Etablissement? Dies in Erfahrung zu bringen konnte nicht schwer sein; allerdings durften wir nur mit äußerster Behutsamkeit ermitteln, um nicht mehr zu erfahren, als uns lieb war; um nicht zu weiteren Nachforschungen genötigt zu sein, weiterfragen zu müssen und womöglich achtbare Familien zu kompromittieren, deren Kinder in dem Verdacht standen, zur

Stammkundschaft zu gehören. Ich tat, was ich konnte, um den Eifer von Profitendieu zu bremsen, der wie ein Stier auf die Sache losging, ohne zu ahnen, dass er als erstes auf seinen Hörnern … (Ah! Entschuldigen Sie; ich habe es nicht mit Absicht gesagt – ha! ha! ha! – das ist komisch; es ist mir herausgerutscht) … seinen Sohn aufzuspießen drohte. Glücklicherweise ist ganz Paris in die Ferien aufgebrochen; die Schüler haben sich in alle Winde zerstreut, und ich hoffe, die Angelegenheit wird im Sande verlaufen, lässt sich ohne einen Skandal durch einige Verwarnungen und Rügen bereinigen.‹

›Sind Sie ganz sicher, dass Bernard Profitendieu in die Sache verwickelt ist?‹

›Nicht völlig, aber …‹

›Was veranlasst Sie zu Ihrem Verdacht?‹

›Zunächst einmal die Tatsache, dass er ein uneheliches Kind ist. Ein Junge, der in seinem Alter einfach verschwindet, hat doch keine Ehre im Leib … Und dann glaube ich auch, dass Profitendieu ein Verdacht gekommen ist, denn sein Eifer hat sich plötzlich gelegt; was sage ich, er schien den Rückwärtsgang einzulegen, und das letzte Mal, als ich ihn fragte, wie weit die Nachforschungen gediehen seien, wurde er verlegen: »Ich glaube, es wird doch nichts dabei herauskommen«, hat er zu mir gesagt und dem Gespräch schnell eine andere Wendung gegeben. Armer Profitendieu! Er hat es wirklich nicht verdient, dass man ihm so übel mitspielt. Er ist ein grundehrlicher Mann und, was vielleicht noch seltener ist: ein guter Kerl. Ah, aber seine Tochter, die hat sich kürzlich sehr gut verheiratet. Ich habe bei der Feier nicht dabei sein können, weil ich in Holland war, aber Pauline und Georges waren eigens hergekommen. Habe ich Ihnen das schon erzählt? Es wird Zeit, dass ich mich hinlege … Was, wirklich, Sie wollen alles bezahlen? Lassen Sie doch! Unter Männern, Kameraden teilt man doch … Nichts zu machen? Also dann, auf Wiedersehen. Vergessen Sie nicht, dass Pauline in zwei

Tagen zurück ist. Kommen Sie uns besuchen. Und dann, nennen Sie mich doch nicht mehr Molinier; sagen Sie doch einfach Oscar zu mir! … Ich wollte Sie schon lange darum bitten.‹

Abends eine Nachricht von Lauras Schwester Rachel erhalten: ›*Ich muss etwas Wichtiges mit Ihnen besprechen. Könnten Sie, wenn es Ihnen nicht zu große Umstände macht, morgen Nachmittag in der Pension vorbeikommen? Sie würden mir einen großen Dienst erweisen.*‹

Wenn Sie mit mir über Laura sprechen wollte, hätte sie nicht so lange damit gewartet. Es ist das erste Mal, dass sie mir schreibt.«

II

Édouards Tagebuch
(Fortsetzung)

»*28. September.*
Rachel stand in der Tür zum großen Übungsraum im Erdgeschoss der Pension. Zwei Hausangestellte scheuerten den Boden. Sie selbst in Schürze, ein Putztuch in der Hand.

›Auf Sie kann man sich verlassen, das wusste ich‹, sagte sie, gab mir die Hand und schenkte mir trotz der sanften und resignierten Traurigkeit, die ihre Züge überschattete, ein Lächeln, das ergreifender als jede Schönheit war. ›Wenn Sie nicht zu sehr in Eile sind, wäre es sehr lieb, wenn Sie erst hinaufgingen und Großvater und dann Mama einen kleinen Besuch abstatteten. Die beiden wären so betrübt, wenn sie erführen, dass Sie hier gewesen sind und nicht bei ihnen hereingeschaut haben. Aber sparen Sie sich ein wenig Zeit auf; ich muss unbedingt mit Ihnen sprechen. Sie finden mich hier, wo ich die Mädchen bei der Arbeit anleite.‹

Wohl aus Scham sagt sie niemals: Ich arbeite. Rachel hat ihr

Leben lang Verzicht geleistet, und doch ist nichts unaufdringlicher und selbstloser als ihre Tugend. Sie ist von Natur aus so ergeben, dass ihr keiner in der Familie Dank weiß für ihre ständige Aufopferung. Rachel ist die schönste Seele, die ich kenne.

In den zweiten Stock hinaufgegangen, zu Azaïs. Der alte Mann verlässt seinen Lehnstuhl kaum mehr. Er ließ mich neben sich Platz nehmen und kam sogleich auf La Pérouse zu sprechen.

›Ich mache mir Sorgen um ihn, wo er jetzt so allein ist, und möchte ihn dazu bewegen, bei uns in der Pension zu wohnen. Wir sind doch langjährige Freunde. Neulich war ich wieder einmal bei ihm. Ich fürchte, es hat ihn sehr mitgenommen, dass seine liebe Frau nach Sainte-Périne gekommen ist. Seine Aufwartefrau sagte mir, er nehme seitdem kaum mehr etwas zu sich. Wir Menschen essen fürwahr oft mehr als nötig; doch gilt es, in jeder Hinsicht Maß zu halten, er tut des Guten nun zu viel. Er findet es unnötig, dass man für ihn allein kocht; doch nähme er an unseren gemeinsamen Mahlzeiten teil, so würde ihn der gute Appetit der anderen schon anstecken. Überdies hätte er hier seinen bezaubernden Enkel um sich, den er sonst allzu selten sehen könnte; denn von der Rue Vavin zum Faubourg Saint-Honoré ist es eine Tagesreise. Auch sähe ich es nicht gerne, wenn der Junge allein unterwegs wäre in Paris. Ich kenne meinen Anatole de La Pérouse. Er war von jeher etwas eigenwillig. Das soll kein Vorwurf sein; doch er ist von Natur aus etwas stolz und würde die Gastfreundschaft, die ich ihm biete, womöglich ablehnen, könnte er sich seinerseits dafür nicht erkenntlich zeigen. Ich habe mir daher überlegt, ihm anzubieten, dass er die Hausaufgabenüberwachung übernimmt, was ihn kaum anstrengen sollte und überdies den Vorteil hätte, ihn zu zerstreuen und von seinem Kummer abzulenken. Er ist ein guter Mathematiker und könnte bei Bedarf Privatunterricht in Geometrie oder Algebra erteilen. Jetzt, wo er keine Schüler mehr hat, braucht er ja seine Möbel und sein Klavier nicht mehr; er sollte kündigen; und da er, wenn er hierherkäme, die Miete sparen würde, habe ich mir überlegt, dass wir zudem einen geringfügigen Pensionspreis vereinbaren könnten, damit ihm wohler ist und er sich nicht gar zu tief in meiner Schuld fühlt. Sie sollten versuchen, ihn von meinem Vorschlag zu überzeugen, und zwar so bald wie möglich, denn bei seiner ungesunden Ernährung könnte er, fürchte ich, sich schnell ruinieren. Überdies fängt in zwei Tagen das neue Schuljahr an; es wäre gut zu wissen, woran wir sind und ob wir auf ihn zählen dürfen … wie er auf uns zählen darf.‹

Ich versprach, noch am nächsten Tag mit La Pérouse zu sprechen. Worauf Azaïs sichtlich erleichtert fortfuhr: ›Sagen Sie, welch tüchtiger Junge ist doch Ihr kleiner Schützling Bernard! Er hat uns dankenswerterweise seine Dienste angeboten; er wollte die unteren Klassen betreuen; doch ich fürchte, er ist selbst noch ein wenig jung und könnte sich nicht den nötigen Respekt verschaffen. Ich habe mich lange mit ihm unterhalten und bin ihm durchaus zugetan. Aus Jungen dieses Schlages lassen sich die besten Christen schmieden. Es ist wirklich bedauerlich, dass die rechte Anleitung dieses Menschenkindes in früher Jugend versäumt wurde. Er hat mir gestanden, er sei nicht gläubig; doch er sagte es in einem Ton, der mir allen Grund zur Hoffnung gab. Ich habe erwidert, dass er gewiss das Zeug zu einem tapferen kleinen Soldaten Christi habe und dass er darauf bedacht sein solle, mit den Pfunden zu wuchern, die Gott ihm anvertraut hat. Wir haben das Gleichnis noch einmal gemeinsam gelesen, und ich glaube, die Saat ist nicht auf steinigen Boden gefallen. Meine Worte haben ihn sehr bewegt, und er schied mit dem Versprechen, in sich zu gehen.‹

Bernard hatte mir bereits von seiner Unterredung mit dem Alten erzählt; da ich wusste, wie er darüber dachte, wurde mir das Gespräch langsam unangenehm. Schon hatte ich mich erhoben und reichte ihm zum Abschied die Hand, da umklammerte er sie mit beiden Händen.

›Sagen Sie; ich habe unsere Laura wiedergesehen! Ich wusste, dass das liebe Kind einen ganzen Monat mit Ihnen in den schönen Bergen verbracht hat; es hat ihr augenscheinlich sehr gut getan. Nun bin ich glücklich, sie wieder bei ihrem Gemahl zu wissen, der sie sicherlich sehr vermisst hat. Wie bedauerlich, dass er wegen seiner Arbeit nicht nachkommen konnte.‹

Meine Verlegenheit wuchs, weil ich nicht wusste, was Laura ihm erzählt haben mochte; doch als ich zu entkommen suchte, zog er mich plötzlich mit einem energischen Ruck zu sich hinunter und sagte mir ins Ohr: ›Laura hat mir anvertraut, dass sie guter Hoffnung sei; doch psst! … Sie möchte, dass es noch nicht bekannt wird. Mit Ihnen spreche ich darüber, weil ich weiß, dass Sie unterrichtet sind und dass wir beide schweigen können. Das arme Kind errötete und war ganz verlegen, als es davon sprach; sie ist ja so zurückhaltend. Und da sie vor mir kniete, haben wir gemeinsam Gott dafür gedankt, dass er ihren ehelichen Bund gesegnet hat.‹ Mir scheint, Laura hätte gut daran getan, ihm noch nichts zu sagen, wo ihr Zustand sie doch noch gar nicht dazu zwang. Hätte sie mich gefragt, ich hätte ihr geraten zu warten, bis sie Douviers wiedergesehen hat, bevor sie etwas verlauten lässt. Azaïs macht sich keinen Vers darauf, aber die anderen sind nicht so naiv.

Der Alte bot noch einige Variationen über verschiedene pastorale Themen dar; dann sagte er, auch seine Tochter würde sich über einen Besuch von mir freuen, und ich ging wieder zu den Vedels hinunter.

Ich lese das Geschriebene noch einmal durch. Wenn ich so über Azaïs spreche, wirft das auf mich kein vorteilhaftes Licht. Doch so soll es ruhig sein; diese Zeilen hier füge ich nur Bernards halber an, für den Fall, dass seine bezaubernde Indiskretion ihn abermals dazu treiben sollte, seine Nase in dieses Heft zu stecken. Wenn er den Alten auch nur etwas näher kennenlernt, so wird er verstehen, was ich meine. Ich mag den Alten sehr, und ›überdies‹, wie er zu sagen pflegt, respektiere ich ihn; doch sobald ich in seiner Nähe bin, kann ich mich selbst nicht mehr leiden; darum ist mir seine Gesellschaft so unangenehm.

Ich mag auch seine Tochter, die Pastorin. Madame Vedel gleicht Lamartines Elvira; einer gealterten Elvira. Die Unterhaltung mit ihr ist nicht ohne Reiz. Sie führt ihre Sätze nur selten zu Ende, was ihren Gedanken eine poetische Aura verleiht. Das Ungenaue und Unbeendete verliert sich im Unendlichen. Vom ewigen Leben erhofft sie sich alles, was ihr hier auf Erden fehlt; wodurch ihre Hoffnungen ins Unermessliche anwachsen. Sie schwingt sich desto höher auf, je mehr sie den Boden unter den Füßen verliert. Dadurch, dass sie Vedel nur selten zu Gesicht bekommt, kann sie sich umso leichter einbilden, sie liebe ihn. Der treffliche Mann ist ständig auf dem Sprung, hat tausend Pflichten, tausend Sorgen, Predigten, Zusammenkünfte, Armen- und Krankenbesuche zu erledigen. Er gibt einem die Hand nur im Vorbeigehen, mit desto herzlicherem Schütteln.

›Zu sehr in Eile heute für ein Gespräch.‹

›Ach, im Himmel ist Zeit genug‹, erwidere ich, doch er hört mich schon nicht mehr.

›Nicht eine freie Minute hat er‹, seufzt Madame Vedel. ›Wenn Sie wüssten, was er sich alles aufhalsen lässt, seit ... Da jeder weiß, dass er sich niemals weigert, bittet man ihn immer ... Wenn er abends heimkommt, ist er bisweilen so erschöpft, dass ich ihn beinahe nicht anzusprechen wage, aus Angst, ihm ... Er gibt sein Letztes für andere, so dass für die Seinen kaum etwas bleibt.‹

Bei ihren Worten erinnerte ich mich daran, in welcher Verfassung Vedel manchmal nach Hause kam, als ich noch in der

Pension lebte. Ich sah ihn vor mir, wie er, den Kopf zwischen den Händen, um ein wenig Ruhe flehte. Doch schon damals hatte ich den Verdacht, er fürchte diese Ruhe im Grunde mehr, als dass er sie ersehnte, da ihm nichts unangenehmer sein konnte, als zur Besinnung zu kommen.

Ein junges Mädchen kam mit einem Tablett herein.

›Sie trinken doch eine Tasse Tee mit uns?‹, fragte Madame Vedel. ›Madame, es ist kein Zucker mehr da.‹

›So wenden Sie sich doch an Mademoiselle Rachel. Nun machen Sie schon ... Haben Sie den Herren Bescheid gesagt?‹

›Monsieur Bernard und Monsieur Boris sind außer Haus.‹

›Nun gut, und Monsieur Armand? ... Beeilen Sie sich.‹ Dann, ohne auch nur zu warten, bis das Mädchen draußen war: ›Das arme Ding kommt gerade erst aus Straßburg. Sie hat keinerlei ... Man muss ihr alles sagen ... Nun! Worauf warten Sie denn noch?‹

Das Dienstmädchen schnellte vor, wie eine Schlange, der man auf den Schwanz getreten ist: ›Unten ist der Repetitor, er will heraufkommen. Er geht nicht, bevor er nicht sein Geld bekommen hat.‹ Madame Vedels Züge drückten einen tragischen Ennui aus: ›Wie oft soll ich Ihnen noch sagen, dass ich für Geldangelegenheiten nicht zuständig bin. Sagen Sie ihm, er solle sich an Mademoiselle wenden. Nun machen Sie schon! ... Keine ruhige Minute hat man. Ich weiß wirklich nicht, wo Rachel mit ihren Gedanken ist.‹

›Wollen wir nicht auf sie warten mit dem Tee?‹

›Sie trinkt nie Tee ... Oh, welche Probleme uns dieser Schulanfang bereitet. Die Repetitoren, die sich bewerben, verlangen horrende Summen; und wenn ihre Forderungen annehmbar sind, dann sind sie selbst es nicht. Der letzte war untragbar geworden; Papa ist viel zu milde mit ihm verfahren; jetzt kommt der ihm mit Drohungen. Sie haben ja gehört, was die Kleine gesagt hat. Alle diese Leute denken nur an Geld ... als gäbe es nicht wichtigere Dinge auf Erden ... Und wir stehen da und wissen nicht, wie wir einen Ersatz finden sollen. Prosper meint immer, man müsse nur zu Gott beten, und alles finde sich von selbst …‹

Das Mädchen kam mit dem Zucker herein.

›Haben Sie Monsieur Armand verständigt?‹

›Ja, Madame; er muss gleich hier sein.‹

›Und Sarah?‹, fragte ich.

›Sie kommt erst übermorgen zurück. Sie ist bei Freunden, in England; bei den Eltern des jungen Mädchens, das hier bei uns wohnte. Sie waren sehr entgegenkommend, und ich bin glücklich, dass Sarah sich ein wenig … Und auch Laura. Sie sieht viel besser aus, finde ich. Dieser Aufenthalt in der Schweiz, nach der Kur im Midi, ist ihr sehr gut bekommen; es war sehr freundlich von Ihnen, ihr zuzureden. Nur der arme Armand ist während der ganzen Ferien nicht aus Paris herausgekommen.‹

›Und Rachel?‹

›Ja; das ist wahr; sie auch nicht. Sie wurde zwar von verschiedener Seite eingeladen, blieb aber doch lieber in Paris. Außerdem bedurfte Großvater ihrer Hilfe. Man kann nun einmal im Leben nicht alles haben. Das muss ich meinen Kindern leider immer wieder in Erinnerung rufen. Man muss auch an die anderen denken. Glauben Sie vielleicht, ich hätte keine Lust, in Saas-Fee herumzuspazieren? Und Prosper, meinen Sie, er reist zu seinem eigenen Vergnügen?‹ Und: ›Armand, du weißt doch, dass du nicht ohne Kragen erscheinen sollst‹, als sie ihren Sohn hereinkommen sah.

›Meine liebe Mutter, frommen Sinnes habt Ihr mich gelehrt, dem Äußeren keine Bedeutung beizumessen‹, entgegnete dieser und gab mir die Hand, ›was sich gut trifft, denn die Wäscherin kommt erst am Dienstag, und die Kragen, die ich noch habe, sind zerrissen.‹

Mir kam wieder in den Sinn, was Olivier über seinen Mitschüler gesagt hatte, und es schien mir in der Tat so, als verberge sich hinter dieser bitteren Ironie ein tiefes Leid. Armands Züge waren schärfer geworden; über seinen schmalen und blutleeren Lippen sprang eine spitze Hakennase hervor.

›Hat unser erlauchter Gast schon erfahren‹, fuhr er fort, ›dass wir unsere feste Truppe zur Eröffnung der Wintersaison um einige sensationelle Stars ergänzt haben: den Sohn eines wohlmeinenden Senators und einen jungen Vicomte, den Bruder des illustren Autors Passavant? Des Weiteren zwei Neuerwerbungen, die mit Ihnen bekannt und eine desto größere Ehre für uns sind: Prinz Boris und der Marquis de Profitendieu; sowie noch einige andere, deren Titel und Tugenden sich erst noch offenbaren müssen.‹

›Sie sehen, er ist unverbesserlich‹, sagte die arme Mutter, die über diese Späße lächelte.

Ich hatte so große Angst, er könnte auf Laura zu sprechen kommen, dass ich meinen Besuch eilig beendete und wieder zu Rachel hinunterging.

Sie hatte die Ärmel ihrer Bluse hochgeschlagen, um beim Einräumen des Übungssaals zu helfen, streifte sie jedoch schnell wieder herunter, als sie mich kommen sah.

›Es ist mir äußerst unangenehm, mit dieser Bitte an Sie heranzutreten‹, begann sie und zog mich in einen kleinen Nebenraum, der zum Einzelunterricht dient. ›Ich hätte mich an Douviers wenden wollen, der mir seine Hilfe angeboten hatte; doch als ich Laura wiedergesehen habe, wusste ich, dass dies nun nicht mehr möglich ist …‹

Sie war sehr blass, und bei diesen letzten Worten begannen ihr Kinn und ihre Lippen so heftig zu zittern, dass sie nicht weitersprechen konnte. Ich wandte den Blick ab, um ihre Verlegenheit nicht zu verschlimmern. Sie lehnte sich gegen die Tür, die sie hinter sich geschlossen hatte. Ich wollte tröstend ihre Hand nehmen, doch sie zog sie zurück. Endlich begann sie wieder, mit gepresster Stimme, als koste es sie große Überwindung: ›Können Sie mir zehntausend Francs leihen? Das neue Schuljahr lässt sich gut an, ich werde sie Ihnen, hoffe ich, schon bald zurückzahlen können.‹

›Wann brauchen Sie das Geld?‹

Sie antwortete nicht.

›Ich habe etwas mehr als tausend Francs bei mir‹, fuhr ich fort. ›Morgen früh kann ich das andere bringen … Heute Abend, wenn es dringend ist.‹

›Nein; morgen genügt. Aber wenn Sie die tausend Francs entbehren könnten …‹

Ich holte sie aus der Brieftasche und reichte sie ihr: ›Wollen Sie vierzehnhundert Francs?‹

Sie senkte den Kopf und sagte leise, kaum hörbar ›ja‹, wankte zu einer Schulbank, auf der sie niedersank, stützte die beiden Ellbogen auf das Pult und verbarg das Gesicht in den Händen. Ich dachte, sie weine; doch als ich ihr die Hand auf die Schulter legte, hob sie den Kopf, und ich sah, dass ihre Augen trocken waren.

›Rachel‹, sagte ich, ›diese Bitte muss Ihnen nicht peinlich sein. Ich freue mich, wenn ich Ihnen einen Gefallen tun kann.‹

Sie sah mich ernst an: ›Das Unangenehmste ist mir, dass ich Sie bitten muss, weder mit Großvater noch mit Mama darüber zu sprechen. Seit sie mir die Buchführung für die Pension übertragen haben, lasse ich sie in dem Glauben, dass … kurz, sie wissen nicht Bescheid. Sagen Sie ihnen nichts, ich flehe Sie an. Großvater ist alt, und Mama plagt sich so sehr.‹

›Rachel, nicht Ihre Mutter plagt sich … Sie sind es.‹

›Sie hat sich abgeplagt. Jetzt ist sie müde. Nun ist es an mir. Hier ist mein Platz.‹

Sie sagte diese schlichten Worte in ihrer schlichten Art. Ihre Selbstbescheidung war frei von jeder Bitterkeit, verlieh ihr vielmehr etwas Heiteres.

›Doch denken Sie nicht, es ginge uns wirklich schlecht‹, fuhr sie fort. ›Es ist nur im Augenblick schwierig, weil einige Gläubiger sich nicht gedulden mögen.‹

›Das Dienstmädchen sagte vorhin etwas von einem Repetitor, der auf Bezahlung drängt.‹

›Ja; ich konnte leider nicht verhindern, dass er Großvater eine sehr unangenehme Szene machte. Er ist ein grober, roher Mensch. Ich will ihm sein Geld gleich geben.‹

›Darf ich das für Sie erledigen?‹

Sie zögerte einen Augenblick und versuchte vergeblich ein Lächeln: ›Vielen Dank. Nein; ich gehe besser selbst … Aber wenn Sie mit mir hinauskommen möchten. Ich fürchte mich ein wenig vor ihm. Wenn er Sie sieht, wird er sicherlich nicht wagen, ausfällig zu werden.‹

Der Hof der Pension liegt einige Stufen höher als der angrenzende Garten, von dem ihn eine Balustrade trennt, gegen die sich der Repetitor flegelte, auf die Ellbogen gelehnt. Er trug einen riesigen Schlapphut und rauchte Pfeife. Während Rachel mit ihm verhandelte, gesellte sich Armand zu mir.

›Rachel hat Sie angezapft‹, bemerkte er zynisch. ›Sie kommen gerade recht, um ihr aus einer verdammten Klemme zu helfen. Mein Bruder Alexandre, das Schwein, hat wieder einmal Schulden in den Kolonien gemacht. Sie wollte es vor meinen Eltern geheim halten. Auf ihre halbe Mitgift hatte sie schon verzichtet, um die von Laura etwas abzurunden; und diesmal ist der Rest draufgegangen. Ich wette, davon hat sie Ihnen kein Wort gesagt. Ihre Bescheidenheit macht mich rasend. Es ist eines der bösesten Spielchen auf Erden, dass jedes Mal, wenn sich einer für die anderen aufopfert, er bestimmt mehr wert ist als sie … Was hat sie nicht alles für Laura getan! Dieses Luder hat es ihr schön vergolten! …‹

›Armand‹, rief ich empört, ›Sie haben kein Recht, so über Ihre Schwester zu urteilen.‹

Doch er stieß mit pfeifendem Atem hervor: ›Im Gegenteil, gerade weil ich selbst nicht besser bin als sie, kann ich darüber urteilen. Ich kenne mich aus. Rachel, die urteilt nicht über uns. Sie spricht über niemanden ein Urteil … Ja, dieses Luder, dieses

Luder ... Sie können mir glauben, dass ich ihr ins Gesicht gesagt habe, was ich von ihr denke ... Und Sie haben das gedeckt und unterstützt. Dabei wussten Sie davon ... Großvater lässt sich hinters Licht führen. Mama gibt sich alle Mühe, nichts zu verstehen. Was Papa anbelangt, er verlässt sich auf Gott den Herrn; das ist bequemer. Bei jeder Schwierigkeit fängt er an zu beten und überlässt es Rachel, einen Ausweg zu finden. Er will nur eines: nur ja nicht klarsehen. Er rennt herum, er hetzt sich ab und ist so gut wie nie daheim. Ich kann verstehen, dass er hier erstickt; ich halte es auch nicht aus. Meine Güte, er sucht Ablenkung. Und währenddessen schreibt Mama Verse. Oh, ich verspotte sie nicht; ich mache ja selber welche. Aber ich weiß wenigstens, dass ich ein Dreckkerl bin; und ich habe mich nie für etwas Edleres ausgegeben. Sagen Sie selbst, es ist doch ekelerregend: Großvater spielt sich als Retter von La Pérouse auf, nur weil er dringend einen Repetitor braucht ...‹ Und plötzlich: ›Wie benimmt sich dieses Schwein gegen meine Schwester? Wenn er beim Gehen nicht den Hut zieht, kriegt er eins in die Fresse ...‹

Er stürzte auf den Bohemien zu, und ich dachte, sie würden sich prügeln. Doch der andere zog, als er ihn kommen sah, das Knie beugend, mit großer theatralischer Geste ironisch den Hut, und schon war er in der Toreinfahrt. In diesem Moment ging das Portal auf, und der Pastor kam herein. Er trug einen Bratenrock, Zylinder und schwarze Handschuhe, als käme er von einer Taufe oder einer Beerdigung. Der Ex-Repetitor und er entboten einander einen förmlichen Gruß.

Rachel und Armand traten näher. Als Vedel auf uns zukam, sagte Rachel: ›Alles in Ordnung, Vater.‹

Er küsste ihre Stirn: ›Habe ich es dir nicht gesagt, mein Kind? Gott lässt die Seinen niemals im Stich.‹

Dann, mir die Hand reichend: ›Oh, Sie gehen schon? ... Bis bald einmal, nicht wahr?‹«

III

Édouards Tagebuch
(Fortsetzung)

»*29. September.*
Besuch bei La Pérouse. Das Mädchen wollte mich erst nicht vorlassen. ›Monsieur will niemanden sehen‹, sagte sie. Da ich mich nicht abweisen ließ, führte sie mich schließlich in den Salon. Die Fensterläden waren geschlossen; nur schwach erkannte ich in dem Halbdunkel meinen alten Lehrer, der in seinem großen, hohen Sessel verschwand. Er erhob sich nicht. Ohne dass er mich anblickte, schwang sein Arm zur Seite und fiel wieder zurück, nachdem ich seine schlaffe Hand gedrückt hatte. Ich setzte mich neben ihn, so dass ich nur sein Profil sah. Seine Züge blieben hart und starr. Mitunter bewegten sich seine Lippen, doch er sagte nichts. Ich zweifelte, ob er mich überhaupt erkannt hatte. Die Pendeluhr schlug vier; da drehte er langsam, wie durch das Räderwerk in Gang gesetzt, den Kopf und sagte mit Grabesstimme, tonlos, aber laut: ›Warum hat man Sie hereingelassen? Ich hatte das Mädchen angewiesen, jedem, der nach mir fragen sollte, zu antworten: »Monsieur de La Pérouse ist tot.«‹

Ich war wie vor den Kopf geschlagen, weniger wegen dieser absurden Worte als vielmehr des Tones wegen, den er anschlug; diesen deklamatorischen, unsäglich affektierten Ton war ich nicht gewohnt von meinem alten Lehrer, mit dem ich einen so offenen und vertrauten Umgang hatte.

›Sie mochte mir nicht die Unwahrheit sagen‹, brachte ich schließlich heraus. ›Schelten Sie nicht mit ihr, weil sie mich hereingelassen hat. Ich freue mich so, Sie wiederzusehen.‹

Er wiederholte verbohrt: ›Monsieur de La Pérouse ist tot.‹ Darauf verstummte er wieder. Ich wurde langsam ungeduldig, erhob mich und wollte mich verabschieden, mit dem Vorsatz, den Gründen für diese traurige Komödie ein andermal nachzugehen. Doch in diesem Moment brachte das Mädchen eine dampfende Tasse Schokolade herein. ›Monsieur möchte sich doch überwinden. Er hat heute noch nichts zu sich genommen.‹

La Pérouse brauste auf wie ein Schauspieler, dem ein ungeschickter Komparse seinen Effekt verdirbt: ›Später. Wenn der Herr fortgegangen ist.‹

Doch kaum hatte das Mädchen die Tür hinter sich zugemacht: ›Mein Freund, seien Sie so gut; bringen Sie mir ein Glas Wasser, ich bitte Sie. Ein einfaches Glas Wasser. Ich sterbe vor Durst.‹

Ich brachte ihm eine Karaffe und ein Glas aus dem Esszimmer. Er goss sich ein, leerte das Glas in einem Zug und wischte sich die Lippen mit dem Ärmel seines alten Tuchrocks ab.

›Haben Sie Fieber?‹, fragte ich ihn.

Durch meinen Satz kam ihm seine Rolle wieder zu Bewusstsein: ›Monsieur de La Pérouse hat kein Fieber. Er hat nichts mehr. Seit Mittwochabend hat Monsieur de La Pérouse zu leben aufgehört.‹ Ich überlegte, ob es nicht das Beste sei, auf sein Spiel einzugehen: ›War nicht Mittwoch der kleine Boris hier zu Besuch?‹

Er wandte mir das Gesicht zu; ein Schatten seines einstigen Lächelns huschte bei Boris' Namen über seine Züge, und er sagte, endlich seine Pose aufgebend: ›Ihnen, mein Freund, Ihnen kann ich es ja sagen: Dieser Mittwoch war der letzte Tag, der mir blieb.‹ Und mit leiserer Stimme setzte er hinzu: ›Der letzte Tag der Frist, die ich mir gesetzt hatte, bevor ich … ein Ende mache.‹

Zu meinem Entsetzen kam La Pérouse auf dieses unselige Kapitel zurück. Ich erkannte, dass ich seinen früheren Äußerungen zu wenig Bedeutung beigemessen hatte, da ich sie hatte vergessen können; jetzt machte ich mir Vorwürfe deshalb. Ich erinnerte mich jetzt wieder an alles, wunderte mich aber, weil er ursprünglich von einem viel späteren Termin gesprochen hatte, und als ich ihn darauf aufmerksam machte, gestand er mir in wieder ganz natürlichem, ja beinahe ein wenig ironischem Ton, dass er mir ein falsches Datum genannt, den Termin etwas nach hinten verlegt habe, damit ich ihn nicht zurückzuhalten suchte oder meine Rückkehr deswegen überstürzte; doch Abend für Abend habe er Gott auf den Knien darum angefleht, Boris vor dem Tod noch sehen zu dürfen. ›Ja, ich war mit ihm sogar übereingekommen‹, fügte er hinzu, ›meinen Abschied notfalls um einige Tage zu verschieben … weil Sie mir ja fest versprochen hatten, Boris zu bringen, erinnern Sie sich?‹

Ich hatte seine Hand ergriffen; sie war eiskalt, und ich wärmte sie zwischen den meinen. In monotonem Tonfall fuhr er fort: ›Als ich erfuhr, dass Sie noch vor dem Ferienende zurückkehren würden, und begriff, dass ich also den Kleinen noch würde sehen können, ohne meinen Abschied zu verschieben, da glaubte ich … es schien mir, als habe Gott mein Gebet erhört. Ich dachte, er sei einverstanden. Ja, das glaubte ich. Ich begriff nicht sofort, dass er mich wie immer zum Narren hielt.‹

Er entzog mir seine Hand und fuhr lebhafter fort: ›Mittwochabend also wollte ich ein Ende machen; und an diesem Tag haben Sie mir Boris gebracht. Ich habe bei dem Wiedersehen, muss ich sagen, nicht ganz die Freude empfunden, die ich mir davon versprach. Später habe ich darüber nachgedacht. Natürlich hatte ich kein Recht zu hoffen, dass der Kleine glücklich sein könnte, mir zu begegnen. Seine Mutter hatte ihm ja nie von mir erzählt.‹

Er stockte; seine Lippen zitterten, und ich fürchtete, er würde in Tränen ausbrechen.

›Boris sehnt sich danach, Sie zu lieben, er braucht nur etwas Zeit‹, behauptete ich schnell.

Doch La Pérouse hörte mich nicht. ›Als der Kleine mich verlassen hatte‹, fuhr er fort, ›als ich am Abend wieder allein war (denn wie Sie wissen, ist Madame de La Pérouse nicht mehr hier), sagte ich mir: »Also jetzt! Jetzt ist der Moment gekommen.« Mein Bruder, den ich verloren habe, hinterließ mir, müssen Sie wissen, ein Paar Pistolen, von denen ich mich nie trenne und die ich in einem Kasten auf meinem Nachttisch aufbewahre. Ich ging also den Kasten holen. Dann setzte ich mich in den Lehnstuhl, so wie ich jetzt hier sitze. Ich lud die eine Pistole ...‹

Er wandte sich plötzlich mir zu und wiederholte mit einer Heftigkeit, als zweifelte ich an seinen Worten: ›Ja doch, ich habe sie geladen. Überzeugen Sie sich selbst: Sie ist es immer noch. Was ist geschehen? Ich kann es nicht begreifen. Ich hielt mir die Pistole gegen den Kopf. Ich blieb lange so, die Pistole an meiner Schläfe. Doch ich habe nicht abgedrückt. Ich konnte nicht ... Im letzten Moment, es ist beschämend, das zu sagen ... Ich hatte nicht den Mut abzudrücken.‹

Es war Leben in ihn gekommen, während er sprach. Sein Blick war wacher geworden, und ein schwaches Rot färbte seine Wangen. Er sah mich an, schüttelte den Kopf.

›Können Sie sich das erklären? Etwas, das beschlossene Sache war; worauf ich seit Monaten hingelebt hatte ... Ja, vielleicht kommt es sogar daher. Vielleicht habe ich all meinen Mut schon in Gedanken aufgebraucht ...‹

›Wie Sie vor Boris' Rückkehr alle Wiedersehensfreude aufgebraucht hatten‹, warf ich ein, doch er fuhr fort: ›Ich saß lange so da, mit der Pistole an der Schläfe. Ich hatte den Finger am Abzug. Ich drückte ein wenig; doch nicht stark genug. Ich sagte mir: »Gleich werde ich stärker drücken, und der Schuss geht los.« Ich spürte das kalte Metall und sagte mir: »Gleich werde ich nichts mehr spüren. Doch vorher höre ich einen entsetzlichen Knall ...« Bedenken Sie doch, so nah am Ohr! ... Das war es vor allem, was mich zurückschrecken ließ: die Angst vor dem Knall ... Es ist absurd; denn wenn man erst tot ist ... Ja;

aber ich wollte im Tod doch Schlaf finden; von einer Detonation dagegen wird man wach geschüttelt, da schläft man nicht ein … Ja; das ist es wohl, was mir solche Angst einjagte. Ich hatte Angst, statt in Schlaf zu sinken, plötzlich wach gerüttelt zu werden.‹

Er schien seine Fassung wiederzuerlangen oder vielmehr sich zu sammeln, abermals tonlos die Lippen bewegend.

›All das‹, begann er von Neuem, ›habe ich mir später so zurechtgelegt. In Wahrheit habe ich mich nicht getötet, weil mein Wille nicht frei war. Ich spreche von Angst; doch nein: das war es nicht. Etwas meinem Willen vollkommen Fremdes, Stärkeres als mein Wille hielt mich zurück … Als wolle Gott es nicht. Stellen Sie sich vor, eine Marionette wollte die Bühne vor dem Ende des Stücks verlassen … Hiergeblieben! Sie werden noch fürs Finale gebraucht. Ah, Sie dachten wohl, Sie könnten gehen, wann es Ihnen beliebt! … Ich begriff, dass das, was wir unseren Willen nennen, nur die Fäden sind, mittels derer die Marionette bewegt wird, die Gott führt. Sie begreifen mich nicht? Ich werde es Ihnen an einem Beispiel erklären. Wenn ich jetzt zu mir sage: »Ich will meinen rechten Arm heben« und ich ihn hebe‹ – er hob ihn tatsächlich –, ›dann heißt das nur, dass der Faden dazu, dass ich denke und sage: »Ich will meinen rechten Arm heben …«, schon gespannt war. Und was beweist, dass ich nicht frei bin: Hätte ich den anderen Arm heben sollen, dann hätte ich auch zu Ihnen gesagt: »Ich will nun meinen linken Arm heben …« Nein; ich sehe, dass Sie mich nicht verstehen. Sie haben nicht die nötige Freiheit, mich zu verstehen … Oh, ich bin mir nun im Klaren, dass Gott uns immer zum Narren hält. Er macht sich einen Spaß daraus, uns weiszumachen, wir hätten selbst gewollt, was er uns zu tun veranlasst. Das ist sein hinterhältiges Spiel … Sie glauben, ich sei verrückt geworden? Apropos: Stellen Sie sich vor, Madame de La Pérouse … Sie wissen doch, dass sie in ein Altersheim gekommen ist … Nun, stellen

Sie sich vor, sie redet sich ein, es sei eine Irrenanstalt und ich hätte sie dort einsperren lassen, um sie loszuwerden, indem ich sie für verrückt erklärte! ... Wie sonderbar, nicht wahr: Jeder Passant, dem man auf der Straße begegnet, würde uns besser verstehen als diejenige, mit der man sein Leben geteilt hat ... In der ersten Zeit ging ich sie jeden Tag besuchen. Doch sowie sie mich kommen sah, hieß es: »Ah, da sind Sie wieder. Sie spionieren mir selbst hier noch nach! ...« Ich musste auf meine Besuche verzichten, die sie nur reizten. Wie aber soll man noch am Leben hängen, wenn man niemandem mehr etwas Gutes tun kann?‹

Ein Schluchzen erstickte seine Stimme. Er senkte den Kopf, und ich glaubte, er würde wieder in Lethargie verfallen. Plötzlich jedoch stieß er voller Entrüstung hervor: ›Wissen Sie, was sie getan hat, bevor sie ging? Sie hat meine Schublade aufgebrochen und alle Briefe meines verstorbenen Bruders verbrannt. Auf ihn ist sie schon immer eifersüchtig gewesen; vor allem seit seinem Tod. Sie machte mir jedes Mal eine Szene, wenn sie mich nachts mit den Briefen überraschte. »Sie warten also, bis ich zu Bett gegangen bin. Sie haben Geheimnisse vor mir«, rief sie dann. Oder auch: »Sie sollten sich wirklich schlafen legen. Sie verderben sich bloß die Augen.« Man hätte denken können, sie umgebe mich mit großer Fürsorge; doch ich kenne sie: Es war reine Eifersucht. Sie wollte mich nicht mit ihm allein lassen.‹

›Weil Ihre Frau Sie liebte. Ohne Liebe keine Eifersucht.‹

›Desto trauriger, nicht wahr, wenn die Liebe, statt das Lebensglück zu bedeuten, zum Unstern wird ... So muss es sich wohl auch mit Gottes Liebe verhalten.‹

Er war sehr lebhaft geworden, während er sprach, und nun meinte er plötzlich: ›Ich muss etwas essen. Wenn ich Hunger habe, bringt mir dieses Dienstmädchen ständig heiße Schokolade. Madame de La Pérouse muss ihr gesagt haben, ich nähme nichts anderes zu mir. Wenn Sie so liebenswürdig wären, in die

Küche zu gehen ... die zweite Tür rechts auf dem Gang ... um nachzusehen, ob es nicht noch Eier gibt. Ich glaube, sie sagte, es seien welche da.‹

›Könnte das Mädchen Ihnen vielleicht ein Spiegelei machen?‹

›Ich glaube, ich nähme auch zwei. Würden Sie die Freundlichkeit haben? Mir gelingt es nicht, mich ihr begreiflich zu machen.‹

›Lieber Freund‹, sagte ich, als ich wieder zurück war, ›Ihre Eier sind gleich soweit. Wenn Sie erlauben, werde ich Ihnen, während Sie essen, Gesellschaft leisten; ja, es wäre mir ein Vergnügen. Es hat mich sehr betrübt, Sie vorhin sagen zu hören, Sie könnten für niemanden mehr etwas tun. Sie vergessen Ihren Enkel. Ihr Freund, Monsieur Azaïs, macht Ihnen den Vorschlag, in die Pension überzusiedeln. Er hat mich beauftragt, Ihnen das zu sagen. Er meinte, jetzt, wo Madame de La Pérouse nicht mehr da ist, seien Sie doch abkömmlich.‹

Ich hatte einigen Widerstand erwartet, aber er stellte keine weiteren Fragen zu der neuen Existenz, die sich ihm bot.

›Wenn ich mich auch nicht umgebracht habe, so bin ich doch nicht minder tot. Hier oder dort, das ist einerlei‹, sagte er. ›Sie können mich mitnehmen.‹

Wir vereinbarten, dass ich ihn am übernächsten Tag abholen käme; ich würde ihm zwei große Koffer zur Verfügung stellen, damit er die nötigen Kleider und was er sonst noch mitzunehmen wünschte darin verstauen konnte.

›Im Übrigen‹, fügte ich hinzu, ›behalten Sie Ihre Wohnung ja bis zum Ablauf des Vertrags, man könnte also jederzeit noch einmal vorbeikommen, falls Ihnen etwas fehlt.‹

Das Mädchen brachte die Eier, und er schlang sie hinunter. Ich ließ ein Abendessen für ihn zubereiten, erleichtert, dass die Natur endlich ihr Recht forderte.

›Ich mache Ihnen solche Mühe‹, sagte er immer wieder, ›Sie sind zu gut.‹

Ich versuchte, ihn dazu zu bewegen, mir die Pistolen auszuhändigen, da er für sie ja, wie ich sagte, keine Verwendung mehr habe; doch er mochte sie mir nicht anvertrauen.

›Sie brauchen sich keine Sorgen zu machen. Was ich an jenem Tag nicht getan habe, das werde ich nie mehr tun, das weiß ich. Aber sie sind das einzige Andenken an meinen Bruder, das mir geblieben ist, und sie sollen mich auch daran erinnern, dass ich für Gott nur ein Spielzeug bin.‹«

IV

Es war sehr warm an jenem Tag. Durch die geöffneten Fenster der Pension Vedel sah man die Baumkronen des Parks, über dem noch der schier unerschöpfliche Sommer brütete.

Der Beginn des Schuljahrs bot dem alten Azaïs Gelegenheit zu einer Ansprache. Wie es sich gehört, hatte Azaïs sich am Fuß des Katheders den Schülern gegenüber postiert. Den Platz auf dem Katheder hatte der alte La Pérouse inne. Als die Schüler hereinkamen, hatte er sich erhoben; doch Azaïs bedeutete ihm mit einem jovialen Wink, sich doch wieder zu setzen. Der suchende Blick von La Pérouse heftete sich sofort auf Boris; und dieser Blick war Boris unangenehm, zumal Azaïs in der Ansprache, mit der er den Kindern ihren neuen Lehrer vorstellte, auch noch auf dessen Verwandtschaft mit einem unter ihnen anspielte. La Pérouse dagegen bekümmerte es, dass Boris seinen Blick nicht erwiderte. Gleichgültigkeit, Gefühlskälte, dachte er.

»Er soll mich doch in Ruhe lassen!«, dachte Boris, »er soll sie doch nicht auf mich aufmerksam machen!« Seine Kameraden erschreckten ihn. Nach dem Schulunterricht hatte er mit ihnen gemeinsam den Weg vom Gymnasium zur »Presse« zurücklegen müssen und mitbekommen, wie sie redeten. Wie gern hätte er sich an ihren Gesprächen beteiligt, um dazuzugehören, doch seine Zartheit ließ ihn zaudern; er brachte diese Ausdrücke nicht über die Lippen; er war wütend über sich selbst, unterdrückte seine Scheu nach Kräften und zwang sich mitzulachen, um nicht selbst verspottet zu werden; doch es half alles nichts: Er wirkte einfach wie ein Mädchen neben den anderen, er merkte es und war verzweifelt darüber.

Sehr rasch hatten sich Gruppen gebildet. Ein gewisser Léon Ghéridanisol fand am meisten Beachtung. Er war etwas älter als die übrigen und in einer höheren Klasse, war zwar weder sehr groß noch besonders stark, hatte aber ausgesprochen »Chuzpe« mit seiner dunklen Haut, dem schwarzen Haar und den schwarzen Augen. Wirklich verdammt viel Chuzpe. Sogar der kleine Georges Molinier musste zugeben, dass ihm bei Ghéridanisol die Spucke wegblieb: »Und um mir Eindruck zu machen, weißt du, dazu gehört schon was!« Hatte er doch heute Morgen mit eigenen Augen gesehen, wie dieser eine junge Frau – sie trug ihr Kind auf dem Arm – mit einer tiefen Verbeugung ansprach: »Ist das Ihr Kind, Madame? Mein Gott, wie hässlich. Na, macht ja nichts, es wird nicht lange leben.«

Georges konnte sich immer noch biegen vor Lachen.

»Nein! Ehrlich?«, staunte sein Freund Philippe Adamanti, dem Georges die Geschichte erzählte.

Diese dreiste Bemerkung war ihre ganze Freude; konnte man sich etwas Geistreicheres vorstellen? Léon hatte diesen faulen Witz von seinem Cousin Strouvilhou, doch das ging Georges nichts an. In der Pension gelang es Molinier und Adamanti, einen Platz in Ghéridanisols Bank zu ergattern: der fünften von vorne, um dem Aufpasser nicht zu nah zu sein. Molinier hatte Adamanti zu seiner Linken; zu seiner Rechten Ghéridanisol, genannt Ghéri; ans Ende der Bank setzte sich Boris. Hinter ihm saß Passavant.

Gontran de Passavant hatte seit dem Tod seines Vaters ein freudloses Leben; und dabei war es vorher schon nicht gerade lustig gewesen. Er hat früh begriffen, dass von seinem Bruder keinerlei Zuwendung, keinerlei Unterstützung zu erwarten ist.

Die Ferien hat er in der Bretagne verbracht, wohin die treue Séraphine, sein altes Kindermädchen, ihn zu ihrer Familie mitnahm. Was in ihm steckt, zeigt er nicht; er lernt. Insgeheim treibt ihn der Ehrgeiz, seinem Bruder zu beweisen, dass er mehr wert ist als er. Von sich aus hat er beschlossen, in die Pension zu ziehen; auch aus dem Wunsch heraus, nicht mehr länger mit seinem Bruder in jenem Palais in der Rue de Babylone zu wohnen, das nur traurige Erinnerungen in ihm weckt. Séraphine, die ihn nicht allein lassen will, hat in Paris eine bescheidene Wohnung gemietet; die kleine Rente, die ihr die beiden Kinder des verstorbenen Comte nach einer Bestimmung im Testament zahlen, erlaubt es ihr. Gontran hat sich hier ein Zimmer eingerichtet, in dem er seine freien Tage verbringt. Zweimal in der Woche isst er bei Séraphine; sie verwöhnt ihn und wacht darüber, dass es ihm an nichts fehlt. Mit Séraphine plaudert Gontran gern, obwohl er mit ihr kaum etwas von dem besprechen kann, was sein Herz bedrückt. Von seinen Mitschülern in der Pension lässt er sich nichts anhaben; auf ihre Späße hört er nur mit halbem Ohr, und bei ihren Spielen macht er oft nicht mit. Auch deshalb, weil er lieber liest, als dass er drinnen spielt. Sport an der frischen Luft treibt er gerne; alle Sportarten; am liebsten solche, die man allein ausübt, auch, weil er stolz ist und sich nicht mit jedermann anfreundet. Je nach der Jahreszeit läuft er sonntags Schlittschuh oder schwimmt, rudert oder macht weite Wanderungen übers Land. Er hat starke Abneigungen, in denen er sich nicht beirren lässt; ebenso wenig versucht er, sein Wissen auf neue Gebiete auszudehnen, sondern ist vielmehr bemüht, es zu festigen. Er ist vielleicht nicht so einfach, wie er denkt, wie er zu sein wünscht; wir haben ihn ja an seines Vaters Totenbett gesehen; das Abgründige liebt er nicht, und tut er etwas Ungewohntes, ist er sich selbst nicht geheuer. An der Spitze der Klasse hält er sich, nicht weil ihm das Lernen besonders leicht fiele, sondern wegen seines Fleißes. Wenn Boris Schutz zu suchen wüsste, hier könnte er ihn finden; doch sein Nachbar Georges hat es ihm mehr angetan. Georges aber interessiert sich nur für Ghéri, der wiederum sich für niemanden interessiert. Georges hatte Philippe Adamanti wichtige Neuigkeiten mitzuteilen, die er ihm lieber nicht schrieb.

Am Morgen dieses ersten Schultags hatte er schon eine Viertelstunde vor Unterrichtsbeginn am Schultor gewartet, ihn jedoch nicht abfangen können. Als er vor dem Tor auf und ab ging, da hatte er gehört, wie Léon Ghéridanisol die junge Frau so geistreich anredete; worauf die beiden Bengel ins Gespräch gekommen waren, um zu Georges' großer Freude zu entdecken, dass sie die gleiche Pension besuchten.

Erst nach der Schule hatten Georges und Phiphi sich endlich sprechen können. Um ungestört zu sein, hielten sie sich etwas abseits von den anderen, als sie alle zur Pension Azaïs hinübergingen.

»Du tätest nicht schlecht daran, das zu verstecken«, begann Georges, mit dem Finger auf die gelbe Rosette zeigend, die Phiphi nach wie vor im Knopfloch trug.

»Warum?«, hatte Philippe gefragt, jetzt erst merkend, dass Georges seine nicht mehr trug.

»Du riskierst, geschnappt zu werden. Mein Kleiner, ich wollte es dir schon vor der Schule sagen; du hättest nur zeitiger da zu sein brauchen. Ich habe am Tor auf dich gewartet, um dich zu warnen.«

»Das konnte ich doch nicht wissen«, hatte Phiphi entgegnet.

»Das konnte ich doch nicht wissen. Das konnte ich doch nicht wissen«, äffte Georges ihn nach. »Du hättest dir vielleicht denken können, dass ich dir einiges mitzuteilen hatte, da man dich in Houlgate ja nicht mehr zu sehen bekam.«

Die beiden Kinder sind ständig darauf bedacht, einander zu überbieten. Phiphi hat dank der Stellung und dem Vermögen seines Vaters einen Vorsprung, doch Georges macht diesen bei weitem durch seine Verwegenheit und seinen Zynismus wett. Phiphi muss sich anstrengen, nicht ins Hintertreffen zu geraten. Er ist nicht gerissen; und schwach.

»Na dann, pack aus! Was gibt es denn?«, hatte er gesagt.

Léon Ghéridanisol, der näher gekommen war, hörte ihnen zu. Georges kam es gerade recht, dass Ghéridanisol ihn hörte; hatte dieser ihm vorhin Eindruck gemacht, so hatte nun Georges etwas auf Lager, um ihm zu imponieren; seelenruhig sagte er daher zu Phiphi: »Die kleine Praline ist eingebuchtet worden.«

»Praline!«, hatte Phiphi ausgerufen, dem Georges' Kaltblütigkeit den Atem raubte. Und da Léon interessiert schien, fragte Phiphi Georges: »Kann ich es ihm sagen?«

»Meinetwegen«, sagte Georges und zuckte die Achseln.

Daraufhin Phiphi zu Ghéri, auf Georges zeigend: »Sie ist seine Puppe.«

Dann zu Georges: »Woher weißt du das?«

»Von Germaine, die ich auf der Straße getroffen habe.«

Und er erzählte Phiphi, dass er vor verschlossener Tür stand, als er vor zwölf Tagen kurz in Paris war und eine gewisse Wohnung aufsuchen wollte, die Staatsanwalt Molinier vordem als »Schauplatz dieser Orgien« bezeichnet hatte; und dass ihm wenig später in diesem Viertel Germaine über den Weg gelaufen sei, Phiphis Puppe, die ihn aufgeklärt habe: Zu Ferienbeginn hatte eine Polizeirazzia stattgefunden. Was die Damen und Knaben allerdings nicht wussten, war, dass Profitendieu seine Operation absichtlich hinausgezögert hatte, bis die minderjährigen Delinquenten sich in alle Richtungen zerstreut hätten, denn sie wollte er nicht mit ausheben, um ihren Eltern den Skandal zu ersparen.

»Mann o Mann! Mann o Mann! ...«, wiederholte Phiphi nur, in der Meinung, um ein Haar hätte man Georges und ihn geschnappt. »Da läuft es dir kalt den Rücken runter, wie?«, sagte Georges mit einem Grinsen. Einzugestehen, dass er selbst es mit der Angst zu tun bekommen hatte, hielt er für überflüssig, vor allem in Ghéridanisols Gegenwart.

Man könnte die Kinder diesem Gespräch nach für noch verdorbener halten, als sie sind. Sie reden vor allem so, um sich wichtig zu machen, dessen bin ich sicher. Bei ihnen ist Prahlerei im Spiel. Doch wie dem auch sei: Ghéridanisol hört ihnen zu; hört zu und bringt sie zum Reden. Sein Cousin Strouvilhou wird höchst erfreut sein über diese Geschichten, die er ihm heute Abend gleich hinterbringen will.

Am selben Abend ging Bernard zu Édouard.

»Hat die Schule gut angefangen?«

»Es geht.«

Da dies sein einziger Kommentar blieb, meinte Édouard: »Monsieur Bernard, wenn Sie nicht dazu aufgelegt sind, von sich aus zu sprechen, so glauben Sie nicht, dass ich in Sie dringe. Ich kann Verhöre nicht ausstehen. Doch erlauben Sie mir, Ihnen in Erinnerung zu rufen, dass Sie selbst mir Ihre Dienste angeboten haben, ich also auf Auskünfte hoffen darf …«

»Was wollen Sie denn wissen?«, meinte Bernard, immer noch unwillig. »Dass der alte Azaïs eine feierliche Ansprache gehalten hat, in der er die Kinder beschwor, ›sich aufzuschwingen mit vereinten Kräften und dem Elan ihrer Jugend …?‹ Ich habe seine Worte behalten, weil es noch dreimal wortwörtlich so vorkam. Armand behauptet, der Alte bringe das in jedem Sermon unter. Wir saßen beide in der letzten Bank und betrachteten von dort hinten die hereinströmenden Gören wie Noah die Tiere, die in seine Arche kamen. Alle Gattungen waren vertreten; Wiederkäuer, Dickhäuter, Weichtiere und andere Wirbellose. Als sie dann nach Azaïs' Sermon miteinander zu sprechen anfingen, fiel uns auf, Armand und mir, dass vier von zehn Sätzen begannen mit: ›Ich wette, dass du nicht …‹«

»Und die anderen sechs?«

»Ich für meinen Teil …«

»Gar nicht schlecht beobachtet, fürchte ich. Was sonst noch?«

»Einige schienen mir eine zurechtgetrimmte Persönlichkeit zu besitzen.«

»Was verstehen Sie darunter?«, fragte Édouard.

»Am auffälligsten ist es bei dem, der neben dem kleinen Passavant sitzt, welcher seinerseits einen harmlosen Eindruck macht. Sein Nebenmann dagegen, den ich lange beobachtete, scheint sich das ›Ne quid nimis‹ der Römer zur Lebensregel erkoren zu haben. Finden Sie nicht, dass dies ein absurder Wahlspruch für sein Alter ist? Seine Kleider sitzen knapp, seine Krawatte ist winzig; selbst seine Schnürsenkel reichen nicht über den Knoten hinaus. So wenig wir auch miteinander gesprochen haben, er fand doch reichlich Gelegenheit, mir mitzuteilen, dass in allem ein solcher Aufwand getrieben würde, und wie einen Refrain zu wiederholen: ›Nur keine Kräfte verschwenden.‹«

»Diese Geizhälse soll der Teufel holen«, sagte Édouard. »In der Kunst ersparen sie uns nichts.«

»Warum?«

»Weil sie Angst haben, sie könnten einen Effekt verschenken. Was sonst noch? Sie erzählen gar nicht von Armand.«

»Eine seltsame Nummer ist der. Offen gesagt ist er mir nicht sehr sympathisch. Er ist derart verbogen. Er ist bestimmt nicht dumm; aber sein Denken ist zerstörerisch; gegen sich selbst ist er am unerbittlichsten; für alles Gute an ihm, alles Großzügige, Edle oder Zarte schämt er sich. Er sollte Sport treiben; mehr an die frische Luft gehen. Er verbittert dadurch, dass er nie das Haus verlässt. Er scheint meine Nähe zu suchen; ich weiche ihm auch nicht aus, aber ich kann mich an seine Denkungsart nicht gewöhnen.«

»Meinen Sie nicht, dass sich hinter seinem Sarkasmus und seiner Ironie eine außerordentliche Empfindsamkeit verbirgt und vielleicht ein großes Leid? Olivier glaubt das.«

»Mag sein; das habe ich mir auch schon überlegt. Ich kenne ihn noch nicht genug. Ansonsten haben sich meine Eindrücke noch nicht gesetzt. Ich will darüber nachdenken; dann erzähle ich mehr, ein andermal. Verzeihen Sie mir, wenn ich es für heute hierbei bewenden lasse und jetzt gehe. Ich habe in zwei Tagen mein Examen; und außerdem ... warum soll ich es Ihnen nicht sagen ... mir ist traurig zumute.«

V

Man soll, täusch' ich mich nicht, stets mit der Blüte vorliebnehmen.
FÉNELON

Olivier hatte sich am Morgen nach der Ankunft in Paris gut ausgeschlafen erhoben. Die Luft war warm, der Himmel blau. Als er das Haus verließ, frisch rasiert, geduscht und elegant gekleidet, sich seiner Kraft, seiner Jugend und Schönheit bewusst, schlummerte Passavant noch.

Olivier eilte zur Sorbonne. An diesem Morgen ist Bernards schriftliche Prüfung. Woher Olivier das weiß? Er weiß es nicht mit Bestimmtheit. Er wird sich erkundigen. Er beeilt sich. Er hat seinen Freund nicht mehr gesehen seit jener Nacht, in der Bernard bei ihm Zuflucht suchte. Welche Veränderungen seither! Ist er womöglich mehr darauf erpicht, sich Bernard vorzuführen, als ihm wiederzubegegnen? Zu schade, dass Bernard so wenig Sinn für Eleganz hat! Man kommt eben erst, wenn man im Wohlstand lebt, recht eigentlich auf den Geschmack. Diese Erfahrung hat Olivier gemacht, dank Comte de Passavant.

Tatsächlich legt Bernard an diesem Morgen seine schriftliche Prüfung ab. Er soll um zwölf Uhr fertig sein. Olivier wartet im Hof auf ihn. Er trifft ein paar Mitschüler, schüttelt ihnen die Hände; dann zieht er sich zurück. Er ist etwas verlegen wegen seines Anzugs. Er wird es noch mehr, als Bernard, endlich erlöst, quer über den Hof auf ihn zueilt und, ihm die Hand entgegenstreckend, ruft: »Wie schick er ist!«

Olivier, der dachte, er würde nicht mehr rot werden, errötet. Wie hätte er, trotz des herzlichen Tones, die Ironie in diesen Worten überhören können? Bernard trägt seinerseits noch denselben Anzug wie am Abend seiner Flucht. Nie hätte er Olivier hier vermutet. Ihn mit sich ziehend, bestürmt er ihn mit Fragen. Seine Freude über das Wiedersehen ist echt. Wenn er über Oliviers eleganten Anzug ein bisschen spottete, so war es nicht böse gemeint; er hat ein gutes Herz; Galle verspritzt er nicht.

»Du kommst doch mit mir essen, nicht? Halb zwei muss ich zum Latein antreten. Heute Morgen war Französisch.«

»Zufrieden?«

»Ich, ja. Aber ich weiß nicht, ob das, was ich ausgebrütet habe, nach dem Geschmack der Prüfer sein wird. Wir sollten vier Zeilen von La Fontaine kommentieren:

> Am Hang des Musenbergs ein Flattergeist, ein Falter,
> Bin ich des bunten Flors parnassischer Gestalter,
> Von Duft und Schein verführt, und jenem Schwarm versippt,
> Der süßen Honigrausch von allen Blüten nippt.

Lass hören, was hättest du daraus gemacht?«

Olivier konnte dem Wunsch zu glänzen nicht widerstehen: »Ich hätte geschrieben, dass La Fontaine in diesem Selbstporträt den Künstler als denjenigen charakterisiert hat, den an der Welt nur ihre äußere Erscheinung interessiert, die Oberfläche, die Blüte. Dem hätte ich den Gelehrten gegenübergestellt, den Forscher, der den Dingen auf den Grund zu gehen sucht; und schließlich hätte ich gezeigt, dass, während der Wissenschaftler sucht, der Künstler findet; dass derjenige, der in die Tiefe gräbt, sich eingräbt, und wer sich eingräbt, nichts mehr sieht; dass die Wahrheit im Schein liegt, das Geheimnis in der Form und dass das Tiefste, was der Mensch hat, seine Haut ist.«

Den letzten Satz hatte Olivier von Passavant, der ihn eines Abends in einem Salon von Paul-Ambroises Lippen gepflückt hatte. Passavant nahm alles, was er erhaschen konnte, solange es nicht gedruckt war; er nannte es »Ideen, die in der Luft liegen«, was hieß: die Ideen anderer Leute.

Irgendetwas an Oliviers Ton verriet Bernard, dass dieser Satz nicht von ihm stammte. Oliviers Stimme war etwas unsicher gewesen. Bernard war kurz davor zu fragen: »Von wem hast du das?« – doch abgesehen davon, dass er seinen Freund nicht kränken wollte, fürchtete er, Passavants Namen heraufzubeschwören, den sein Gegenüber bisher nicht ausgesprochen hatte. Bernard warf seinem Freund daher nur einen sehr eindringlichen Blick zu; worauf Olivier abermals rot wurde.

Bernards Verblüffung, den empfindsamen Olivier mit einem Mal Ansichten äußern zu hören, die überhaupt nicht zu seinen früheren passten, wich plötzlich einer heftigen Entrüstung; etwas, das ihn jäh und unbezwingbar packte wie ein Wirbelsturm. Dabei entrüstete er sich gar nicht über die Ansichten selbst, auch wenn sie ihm absurd erschienen. Vielleicht waren sie ja doch weniger absurd, als er dachte. In seinem Heft für gegensätzliche Meinungen würde er sie seinen eigenen gegenüberstellen. Stammten diese Ansichten wirklich von Olivier, dann hätte er sich weder über ihn noch über sie aufgeregt; doch er spürte, dass sich dahinter ein anderer verbarg; Passavant war es, über den er sich entrüstete.

»Mit solchen Ideen vergiftet man Frankreich«, stieß er heiser vor Erregung hervor. Er sprach so hochtrabend, weil er Passavant überbieten wollte. Was er da sagte, verblüffte ihn selbst; es war ihm, als ob seine Worte seinen Gedanken vorauseilten; und doch hatte er genau diesen Gedanken heute Morgen in seinem Aufsatz entwickelt; im Gespräch, insbesondere mit Olivier, hatte er es bisher jedoch aus einer Art Keuschheit vermieden, Worte auszusprechen, die, wie er es nannte, »große Gefühle« verrieten. Kaum geäußert, schienen sie ihm weniger aufrichtig. Olivier hatte daher seinen Freund noch nie im Interesse von »Frankreich« sprechen hören; nun war es an ihm, verblüfft zu sein. Er machte große Augen und dachte nicht einmal daran zu lächeln. Er erkannte seinen Bernard nicht wieder. Verständnislos wiederholte er: »Frankreich? …« Dann, als er merkte, dass es Bernard ernst damit war, redete er sich heraus: »Aber, mein Lieber, nicht ich denke so, sondern La Fontaine.«

Bernard wurde beinahe wütend: »Zum Teufel!«, rief er. »Zum Teufel, ich weiß, dass du so nicht denkst. Aber, mein Lieber, auch La Fontaine denkt nicht so. Hätte er nur diese Leichtfertigkeit gekannt – welche er gegen Ende seines Lebens im Übrigen bereute und der er abgeschworen hat –, wäre er niemals der Dichter, den wir bewundern. Ebendas habe ich in meiner Erörterung heute Morgen dargelegt und mit zahlreichen Zitaten untermauert, denn wie du weißt, habe ich kein schlechtes Gedächtnis. Doch ich bin nicht bei La Fontaine stehengeblieben, sondern bin, da manche oberflächlichen Leute seine Zeilen als Freibrief auffassen könnten, gegen jene sorglose, witzelnde oder ironische Geisteshaltung ins Feld gezogen, die man für den ›französischen Esprit‹ hält und die uns im Ausland vielerorts einen üblen Ruf einträgt. Ich habe geschrieben, man dürfe hierin nicht etwa das Lächeln Frankreichs sehen, es sei eine Fratze; und dass der wahre französische Geist ein Geist des Prüfens, der Logik, des liebevollen und geduldigen Ergründens sei; dass La Fontaine, wäre er nicht von diesem Geist beseelt gewesen, allenfalls seine Erzählungen, niemals aber seine Fabeln verfasst hätte sowie jene wunderbare Epistel (ich habe gezeigt, dass ich sie kannte), aus der die Zeilen stammten, die wir kommentieren sollten. Ja, mein Lieber, eine Breitseite, die mich vielleicht mein Abi kostet. Aber das ist mir schnuppe; ich musste es mir einfach von der Seele schreiben.«

Olivier lag nichts weiter an dem, was er vorhin gesagt hatte. Er hatte einem Bedürfnis zu glänzen nachgegeben und beiläufig einen Gedanken zitiert, der ihm dazu angetan schien, seinen Freund zu beeindrucken. Wenn dies bei Bernard nicht verfing, dann räumte er eben das Feld. Er war verwundbar, weil er Bernards Zuneigung viel nötiger brauchte als Bernard die seine. Bernards Erwiderung verletzte, demütigte ihn. Er machte sich Vorwürfe, so vorschnell geantwortet zu haben. Jetzt war es zu spät, das einmal Ausgesprochene zurückzunehmen und sich Bernards Meinung anzuschließen, wie er es sicherlich getan hätte, wenn er zuerst einmal zugehört hätte. Wie hätte er aber auch ahnen können, dass Bernard, der immer so rebellisch gewesen war, sich plötzlich zum Verteidiger von Gefühlen und Ideen aufschwingen würde, für die er selbst, nach den Lehren Passavants, nur noch ein Lächeln übrig hatte. Doch jedes Lächeln war ihm vergangen; er schämte sich. Und da er nicht widerrufen konnte, Bernard, dessen ehrliche Erregung ihn bezwang, aber auch nichts zu entgegnen wusste, suchte er nur noch seinen Rückzug zu decken: »Also, wenn du das im Abi geschrieben hast, dann galt es ja nicht mir ... Dann soll es mir recht sein.«

Er wirkte jedoch gekränkt und fand nicht den richtigen Ton.

»Für dich gilt das auch«, sagte Bernard.

Diese Worte trafen Olivier mitten ins Herz. Bernard hatte sie wohl nicht böse gemeint; doch wie sollte man sie sonst verstehen? Olivier schwieg. Eine Kluft tat sich zwischen ihnen auf. Er suchte nach Fragen, die er von einem Rand des Abgrunds zum anderen hinüberrufen könnte, um die Verbindung wiederherzustellen. Er suchte, auch wenn ihn die Hoffnung verlassen hatte. »Versteht er denn gar nicht, wie verzweifelt ich bin?«, dachte er; und seine Verzweiflung wuchs. Er musste zwar nicht mit den Tränen kämpfen, doch er sagte sich, er hätte zum Weinen allen Grund. Er ist aber auch selber schuld: Dieses Wiedersehen hätte ihn nicht so traurig gestimmt, hätte er sich nicht so sehr darauf gefreut. Als er zwei Monate zuvor Édouard so erwartungsfroh abholte, war es das Gleiche. Immer würde es ihm so gehen, sagte er sich. Er hätte Bernard stehenlassen, sich irgendwo verkriechen wollen, Passavant vergessen, Édouard ...

Da stellte sich dem traurigen Gang seiner Gedanken ein unerwartetes Hindernis in den Weg.

Einige Schritte vor ihnen auf dem Boulevard Saint-Michel, den sie hinaufgingen, bemerkte Olivier plötzlich Georges, seinen jüngeren Bruder. Er packte Bernard beim Arm und zog ihn, auf dem Absatz kehrtmachend, eilig mit sich fort.

»Glaubst du, er hat uns gesehen? ... Meine Familie weiß nicht, dass ich zurück bin.«

Der kleine Georges war nicht allein. Er war mit Léon Ghéridanisol und Philippe Adamanti unterwegs. Die drei Kinder waren in ein lebhaftes Gespräch vertieft; was aber Georges, wie er sagte, nicht daran hinderte, »die Augen offenzuhalten«. Um ihnen zuzuhören, wollen wir Olivier und Bernard kurz verlassen; zumal unsere beiden Freunde ein Restaurant betreten haben und, zu Oliviers großer Erleichterung, vorerst mehr mit Essen als mit Reden beschäftigt sind.

»Geh du zuerst rein«, sagt Phiphi zu Georges.

»Er hat Schiss! Er hat Schiss!«, stichelt dieser und legt möglichst viel Verachtung in seine Stimme, um Philippe zu reizen.

Doch Ghéridanisol fährt dazwischen: »Meine Süßen, wenn ihr euch nicht traut, braucht ihr es nur zu sagen. Ich finde mühelos Leute, die genug Chuzpe haben.« Und, zu Georges gewandt, der ein kleines Geldstück in der geschlossenen Faust hält: »Also, gib es wieder her.«

»Von wegen, ich mach's jetzt«, ruft Georges, plötzlich entschlossen. »Kommt mit rein.« (Sie sind vor einem Tabakgeschäft.) »Nein«, sagt Léon, »wir warten an der Ecke auf dich. Komm, Phiphi.«

Georges ist gleich wieder da; er hält ein Päckchen »De-Luxe«-Zigaretten in der Hand; bietet seinen Freunden eine an.

»Und?«, fragt Phiphi ängstlich.

»Und was?«, gibt Georges mit gespielter Gleichgültigkeit zurück, als sei das, was er eben getan hat, nun das Natürlichste von der Welt, worüber man kein Wort mehr zu verlieren brauche.

Doch Philippe muss es genau wissen: »Hast du es ausgegeben?«

»Na klar!«

»Und keiner hat was gesagt?«

Georges zuckt die Achseln: »Was hätten sie denn sagen sollen?«

»Und du hast Wechselgeld rausbekommen?«

Diesmal lässt Georges sich zu keiner Antwort mehr herab. Doch als der andere, dem die Sache immer noch nicht recht geheuer ist, fordert: »Zeig her«, zieht er das Geld aus der Tasche. Philippe zählt nach: Es sind genau sieben Francs. Er will schon fragen: »Bist du sicher, dass die auch echt sind?«, doch er hält sich zurück.

Georges hatte für das falsche Geldstück einen Franc bezahlt. Der Gewinn sollte geteilt werden. Er gibt Ghéridanisol drei Francs. Phiphi aber, der kriegt keinen Sou von ihm ab; allerhöchstens eine Zigarette; das soll ihm eine Lehre sein.

Von diesem ersten Erfolg ermutigt, möchte Phiphi nun auch mal. Er bittet Léon, ihm die nächste Münze zu verkaufen. Doch Léon traut Phiphi noch nicht; um ihn herauszufordern, straft er Phiphi mit Verachtung für seine anfängliche Feigheit und tut beleidigt. Er hätte es sich früher überlegen sollen; jetzt brauche er nicht mehr mitzumachen. Léon hält es ohnedies für unklug, in der unmittelbaren Nachbarschaft einen weiteren Versuch zu wagen. Und es ist spät geworden. Strouvilhou, der sich seiner annimmt, erwartet ihn zum Mittagessen.

Ghéridanisol ist gerissen genug, um seine Goldstücke selbst

in Umlauf zu bringen; er befolgt nur die Anweisungen seines Betreuers, indem er sich Helfershelfer sucht. Er kann ihm Meldung machen, dass er seinen Auftrag erfüllt hat.

»Die Kleinen aus gutem Hause sind genau die richtigen, denn, verstehst du, falls die Geschichte einmal rauskommen sollte, werden die Eltern alles, so gut es geht, vertuschen«, so Strouvilhou, sein Lehrmeister, während sie zu Mittag essen. »Allerdings setzen wir die Geldstücke zu langsam ab, wenn wir sie einzeln abgeben. Ich habe zweiundfünfzig Schachteln à zwanzig Stück unterzubringen. Wir müssen sie schachtelweise für zwanzig Francs verkaufen; aber, verstehst du, nicht an jeden. Am besten wäre es, einen Verein zu gründen, in den nur aufgenommen wird, wer ein Pfand beibringt. Die Bengel müssen als Einsatz etwas abliefern, wodurch wir die Eltern in der Hand haben. Bevor du ihnen das Geld gibst, musst du ihnen das begreiflich machen; aber natürlich, ohne sie zu erschrecken. Man darf kleinen Kindern ja keinen Schreck einjagen. Vater Molinier ist bei Gericht, sagtest du? Sehr gut. Und Vater Adamanti?«

»Senator.«

»Noch besser. Du bist reif genug, um zu wissen, dass jede Familie irgendein Geheimnis hat, vor dessen Enthüllung sie zittert. Darauf müssen die Bengel angesetzt werden; dann sind sie beschäftigt. Meist langweilt man sich so in der Familie! Sie sollen auskundschaften und beobachten lernen. Es ist ganz einfach: Wer nichts abliefert, kriegt nichts. Wenn sie begreifen, dass wir sie in der Hand haben, werden gewisse Eltern sich das Schweigen etwas kosten lassen. Nein, von Erpressung kann nicht die Rede sein; wir sind doch ehrbare Leute. Wir wollen die Sache nur im Griff haben. Ihr Schweigen gegen das unsere. Sie müssen nur nichts verlauten lassen und dafür Sorge tragen, dass nichts laut wird, dann lassen auch wir nichts verlauten. Also dann, auf ihr Wohl.«

Strouvilhou füllte zwei Gläser. Sie stießen miteinander an.

»Es ist gut«, fuhr er fort, »ja, es ist unerlässlich, dass die Beziehungen zwischen den Bürgern auf Gegenseitigkeit beruhen; dem verdankt die Gesellschaft ihr solides Fundament. Eine Hand wäscht die andere, nicht wahr! Wir haben die Kleinen in der Hand, diese ihre Eltern und die wiederum uns. Das funktioniert hervorragend. Kapierst du?«

Léon hatte kapiert. Er grinste.

»Der kleine Georges ...«, begann er.

»Ja? Der kleine Georges ...«

»Molinier. Ich glaube, der ist reif. Er hat seinem Vater Briefe geklaut, von einem Fräulein aus dem Olympia.«

»Hast du die Briefe gesehen?«

»Er hat sie mir gezeigt. Ich hörte zu, als er sich mit Adamanti unterhielt. Ich glaube, den beiden war es ganz recht, dass ich sie hörte, jedenfalls ließen sie sich durch meine Gegenwart nicht stören. – Ich hatte die nötigen Schritte unternommen, ihnen deinen Gag serviert und sie damit geködert. – Georges sagte zu Phiphi (um ihm zu imponieren): ›Mein Vater, der hat eine Mätresse.‹ Worauf Phiphi, um nicht ins Hintertreffen zu geraten, entgegnete: ›Und mein Vater, der hat zwei.‹ Diesen Unsinn glaubte er ja wohl selber nicht; ich hielt mich an Georges und sagte: ›Woher willst du das wissen?‹ – ›Ich habe Briefe gesehen‹, sagte er. – Ich tat so, als glaubte ich ihm nicht: ›Was du nicht sagst ...‹, meinte ich. Bis ich ihn schließlich so weit hatte, dass er zugab, die Briefe bei sich zu haben; er holte sie aus einer prallvollen Brieftasche und zeigte sie mir.«

»Hast du sie gelesen?«

»Nicht die Zeit gehabt. Ich habe nur gesehen, dass es immer dieselbe Schrift war; und eine Anrede war: ›Mein süßer Kater.‹«

»Und die Unterschrift?«

»›Deine weiße Maus.‹ Ich habe Georges gefragt: ›Wo hast du die her?‹ Da hat er grinsend einen riesigen Schlüsselbund aus der Tasche gezogen und gemeint: ›Damit kriege ich jede Schublade auf.‹«

»Und was sagte Monsieur Phiphi?«

»Nichts. Ich glaube, er war neidisch.«

»Würde Georges dir diese Briefe geben?«

»Wenn es nötig ist, bringe ich ihn so weit. Ich möchte sie ihm nicht einfach wegnehmen. Er wird sie herausgeben, wenn Phiphi mitmacht. Sie spornen sich gegenseitig an.«

»Was man einen edlen Wettstreit nennt. Und sonst kommt niemand in der Pension in Frage?«

»Ich werde mich weiter umsehen.«

»Was ich dir noch sagen wollte ... Unter den Pensionären muss auch ein kleiner Boris sein. Den lass in Ruhe.« Er legte eine Pause ein und fügte dann leiser hinzu: »Vorläufig.«

Im Restaurant am Boulevard sitzen Olivier und Bernard noch am Tisch. Oliviers Verzweiflung schmilzt beim warmen Lächeln seines Freundes wie Reif in der Sonne. Bernard vermeidet es, den Namen Passavant auszusprechen; Olivier merkt es; ein innerer Instinkt warnt ihn; doch dieser Name will über seine Lippen; er muss ihn aussprechen, komme, was wolle.

»Ja, wir sind früher zurückgekommen, als ich es meinen Eltern gesagt hatte. Heute Abend geben die *Argonauten* ein Essen. Passavant findet es wichtig hinzugehen. Er möchte, dass unsere neue Zeitschrift sich mit der eingeführten gut stellt und nicht als Rivalin auftritt ... Du solltest auch kommen; und, weißt du ... bring doch Édouard mit ... Kommt vielleicht nicht zum Essen, weil man dafür eine Einladung braucht, doch gleich im Anschluss daran. Das Fest findet in der Taverne du Panthéon statt, in einem Saal im ersten Stock. Alle Redakteure der *Argonauten* werden dort sein, und mehrere künftige Mitarbeiter der *Avant-Garde*. Unsere erste Nummer ist so gut wie fertig; doch sag ... warum hast du mir denn nichts geschickt?«

»Weil ich nichts fertig hatte«, antwortet Bernard etwas kurz angebunden.

Oliviers Stimme wird beinahe flehend: »Ich habe deinen

Namen neben den meinen ins Verzeichnis gesetzt … Wir könnten noch etwas warten, wenn es nötig ist … Egal was; Hauptsache, irgendetwas … Du hattest uns doch so gut wie versprochen …«

Es kostet Bernard Überwindung, Olivier weh zu tun; doch er zwingt sich: »Hör zu, Olivier, ich sage es dir lieber gleich: Ich fürchte, ich käme mit Passavant nicht gut aus.«

»Aber ich bin es doch, der die Zeitschrift leitet! Er lässt mir vollkommen freie Hand.«

»Und außerdem missfällt es mir, ›egal was‹ zu schicken. Ich will nicht ›egal was‹ schreiben.«

»Ich habe ›egal was‹ gesagt, weil ich genau wusste, dass egal, was du schreibst, immer gut ist … dass es eben nicht irgendetwas ist.«

Er weiß nicht mehr weiter. Er ringt nach Worten. Wenn er seinen Freund nicht an seiner Seite weiß, interessiert ihn die Zeitschrift nicht mehr. Wie schön hatte er sich ihr gemeinsames Debüt ausgemalt.

»Und außerdem, mein Lieber, fange ich zwar an, genau zu erkennen, was ich nicht machen will, aber was ich machen will, ist mir noch nicht klar. Ich bin mir nicht einmal sicher, ob ich überhaupt schreiben möchte.«

Olivier ist wie vor den Kopf geschlagen von dieser Erklärung. Bernard aber fährt fort: »Was ich mühelos schreiben könnte, reizt mich nicht. Weil ich weiß, wie leicht mir gute Sätze fallen, hasse ich gut gemachte Sätze. Nicht dass ich die Schwierigkeit um ihrer selbst willen liebe; aber die Literaten heute reißen sich wirklich kein Bein aus. Um einen Roman zu schreiben, weiß ich noch zu wenig vom Leben der anderen; und ich selbst habe noch nicht gelebt. Gedichte zu machen langweilt mich; der Alexandriner ist abgedroschen und der freie Vers zu formlos. Der einzige Dichter, der mir noch etwas sagt, ist Rimbaud.«

»Genau das behaupte ich in unserem Manifest!«

»Dann brauche ich es ja nicht zu wiederholen. Nein, mein Lieber, nein; ich weiß nicht, ob ich schreiben will. Manchmal scheint es mir, als hindere einen das Schreiben am Leben und als könne man sich besser in seinen Taten als durch Worte ausdrücken.«

»Kunstwerke sind Taten, die bleiben«, warf Olivier schüchtern ein, doch Bernard hörte ihm nicht zu.

»Gerade das bewundere ich am meisten an Rimbaud: dass er sich für das Leben entschieden hat.«

»Seins hat er verpfuscht.«

»Woher willst du das wissen?«

»Oh! Also das, mein Lieber ...«

»Man kann nicht von außen über ein Leben urteilen. Aber gut, nehmen wir einmal an, er sei gescheitert, war vom Pech verfolgt, krank und starb im Elend ... Dann beneide ich ihn trotzdem um sein Leben, so wie es war; ja, auch mit seinem jämmerlichen Ende beneide ich ihn mehr als ...«

Bernard brach seinen Satz ab; er hatte irgendeinen berühmten Zeitgenossen herausgreifen wollen, doch die Auswahl war zu groß. Er zuckte die Achseln und begann von Neuem: »Ich spüre dunkel in mir ein unbändiges Verlangen, eine Art Grundsee, ein Drängen, einen unerklärlichen Aufruhr, etwas, das ich mir nicht zu erklären versuche und nicht beobachten will, aus Angst, ihm entgegenzuwirken. Noch vor kurzem beobachtete ich mich unentwegt. Ich hatte die Gewohnheit, ständig Selbstgespräche zu führen. Jetzt könnte ich das nicht mehr, selbst wenn ich wollte. Diese Manie hat plötzlich aufgehört, ohne dass es mir auch nur bewusst wurde. Ich denke, dieser Monolog, dieser ›innere Dialog‹, wie unser Lehrer es nannte, war von einer Art Verdopplung begleitet, zu der ich von dem Tag an nicht mehr in der Lage war, an dem ich begann, einen anderen Menschen zu lieben, mehr als mich selbst.«

»Du sprichst von Laura«, sagte Olivier. »Liebst du sie immer noch so sehr?«

»Nein«, erwiderte Bernard, »immer noch mehr liebe ich sie. Ich glaube, das Besondere an der Liebe ist, dass sie nie gleichbleiben kann; dass sie wachsen muss, wenn sie nicht abnehmen soll; und dass sie sich dadurch von der Freundschaft unterscheidet.«

»Auch sie kann nachlassen«, sagte Olivier traurig.

»Ich glaube, in der Freundschaft ist die Spanne nicht so groß.«

»Sag ... wirst du mir auch nicht böse sein, wenn ich dich etwas frage?«

»Wir werden sehen.«

»Ich will auf keinen Fall, dass du böse mit mir wirst.«

»Wenn du deine Fragen zurückbehältst, darüber wäre ich böse.«

»Ich möchte wissen, ob du Laura ... begehrst?«

Bernard war auf einmal sehr ernst: »Also, weil du es bist ...«, begann er. »Also, mein Lieber, da ist etwas sehr Eigenartiges in mir vorgegangen, seit ich sie kenne; ich begehre seitdem gar nicht mehr. Ich, der früher, wenn du dich erinnerst, für zwanzig Frauen, die mir auf der Straße begegneten, zugleich entbrannte (was mich auch davon abhielt, mir eine auszusuchen); ich glaube nun, dass ich niemals mehr für eine andere Form der Schönheit empfänglich sein werde als für die ihre; dass ich niemals eine andere Stirn werde lieben können als ihre, nur ihre Lippen, ihren Blick. Doch was ich für sie fühle, ist Anbetung; in ihrer Nähe erscheint mir jeder fleischliche Gedanke als Blasphemie. Ich glaube, ich habe mich in mir getäuscht und bin von Natur aus eher keusch. Dank Laura habe ich meine Instinkte veredelt. Ich spüre eine große, ungenutzte Kraft in mir. Ich möchte sie mir dienstbar machen. Ich beneide den Kartäusermönch, der seinen Stolz der Klosterregel unterwirft; jeden, zu dem man sagt: ›Ich zähle auf dich.‹ Ich beneide den Soldaten ... Oder vielmehr, nein, ich beneide niemanden; doch der Aufruhr in mir macht mir zu schaffen, und ich versuche, ihn zu bändigen. Es ist, als wäre Dampf in mir; er kann unter schrillem Pfeifen entweichen (das nennt man dann Poesie), kann Kolben und Räder antreiben; ja, selbst die Maschine zum Bersten bringen. Weißt du, welche Tat mir manchmal am besten geeignet scheint, all das zum Ausdruck zu bringen? Der … Oh! Ich weiß ganz genau, dass ich mich niemals töten werde; aber ich verstehe Dmitri Karamasow so gut, der seinen Bruder fragte, ob er verstehen könne, dass man sich aus Enthusiasmus töten könne, vor lauter Lebenskraft … – durch Zerbersten.«

Von Bernards Wesen ging ein strahlendes Licht aus. Wie er all dem Ausdruck verleihen konnte! Olivier betrachtete ihn hingerissen.

»Auch ich«, sagte er schüchtern, »auch ich verstehe, dass man sich tötet; aber nachdem man ein Glück gekostet hat, neben dem alles verblasst, was im Leben noch kommt; ein Glück, dass man sagen könnte: ›Das genügt, ich bin zufrieden, niemals mehr …‹«

Doch Bernard hörte nicht zu. Olivier verstummte. Wozu reden, wenn es niemanden interessierte. Sein Himmel verdüsterte sich wieder. Bernard zog die Uhr hervor: »Ich muss gehen. Also, heute Abend, sagst du … um wie viel Uhr?«

»Oh, ich würde sagen, nicht vor zehn. Wirst du auch kommen?«

»Ja; ich will sehen, dass ich Édouard mitbringe. Nur, weißt du: Er mag Passavant nicht besonders; und die Zusammenkünfte dieser Literaten sind ihm ein Gräuel. Er käme nur, um dich zu sehen. Sag, kann ich dich nach dem Latein nicht noch mal treffen?«

Olivier antwortete nicht sofort. Er hatte Passavant versprochen, ihn um vier Uhr beim künftigen Drucker der *Avant-Garde* zu treffen, dachte er verzweifelt. Was hätte er nicht darum gegeben, frei zu sein!

»Ich käme gerne; aber ich bin verabredet.«

Nichts von seinem Kummer drang nach außen, und so erwiderte Bernard nur: »Schade.«

Damit trennten sich die beiden Freunde.

Olivier hatte Bernard nichts von dem erzählt, was er hatte erzählen wollen. Er fürchtete, sein Missfallen erregt zu haben. Er missfiel sich selbst. Heute Morgen noch hocherhobenen Hauptes, ging er nun traurig davon. Passavants Freundschaft, auf die er anfangs so stolz gewesen war, wurde ihm unangenehm; Bernards Missbilligung verdarb sie ihm. Heute Abend auf dem Fest, unter all den Menschen, würde er kaum mit ihm sprechen können. Dieses Fest wäre nur amüsant geworden, wäre die alte Vertrautheit wieder dagewesen. Und wie peinlich, dass er aus Eitelkeit auf den Gedanken verfallen war, auch noch Onkel Édouard einzuladen! In Gesellschaft von Passavant, umgeben von Erwachsenen, Kollegen, künftigen Mitarbeitern der *Avant-Garde* würde er sich in Positur werfen müssen; Édouard würde noch schlechter von ihm denken; ein für alle Mal schlecht von ihm denken … Wenn er ihn wenigstens noch vor dem Abend sehen könnte, ihn jetzt sofort wiedersehen könnte! Er würde sich ihm in die Arme werfen; vielleicht in Tränen ausbrechen; er könnte sich ihm anvertrauen … Bis vier Uhr ist noch Zeit. Schnell, einen Wagen.

Er nennt dem Chauffeur die Adresse. Mit klopfendem Herzen steht er vor der Tür: Er läutet … Édouard ist nicht zu Hause. Armer Olivier! Warum ging er nicht einfach zu seinen Eltern, statt sich vor ihnen zu verbergen? Dort, bei seiner Mutter, hätte er Onkel Édouard gefunden.

VI

Édouards Tagebuch

»Die Romanautoren, die ihre Charaktere sich entwickeln lassen, ohne den Druck von außen zu berücksichtigen, täuschen uns. Der Wald formt den Baum. Wie wenig Platz bleibt einem jeden! Wie viele Sprosse verkümmern! Jeder treibt seine Zweige aus, wo er kann. Der Grund für einen Angsttrieb ist meist drohendes Ersticken. Nur nach oben gibt es ein Entweichen. Ich verstehe nicht, wie Pauline es fertigbringt, nicht den Angsttrieb mystischer Frömmigkeit auszutreiben, auf welchen Druck sie noch wartet. Sie hat mit mir offener gesprochen, als sie es bisher tat. Ich hatte nicht geahnt, muss ich gestehen, wie viel Enttäuschung und Resignation sich hinter dem Anschein des Glücks verbirgt. Doch ich gebe zu, um von Molinier nicht enttäuscht zu sein, hätte es einer sehr gewöhnlichen Seele bedurft. Das Gespräch vorgestern ließ mich seine Begrenztheit erkennen. Wie hat Pauline ihn nur heiraten können? … Doch ach, der empfindlichste Mangel, das Fehlen des Charakters, bleibt dem Auge verborgen und kommt erst bei längerem Gebrauch zum Vorschein.

Pauline gibt sich alle Mühe, Oscars Unzulänglichkeiten und Schwächen zu vertuschen, sie vor aller Welt und insbesondere vor den Kindern zu verbergen. Sie tut, was sie kann, um dem Vater Achtung bei den Kindern zu verschaffen; und das bedarf einiger Anstrengung; so geschickt stellt sie es an, dass auch ich mich täuschen ließ. Sie spricht von ihrem Mann ohne Geringschätzung, aber mit einer Nachsicht, die Bände spricht. Sie beklagt, dass er sich bei den Kindern keinen Respekt verschafft; und als ich mein Bedauern darüber ausdrückte, Olivier bei Passavant zu wissen, merkte ich, diese Reise nach Korsika hätte nicht stattgefunden, wäre es nach ihr gegangen.

›Ich war über seine Abreise nicht glücklich‹, sagte sie. ›Dieser Monsieur Passavant gefällt mir gar nicht, wenn ich offen sein darf. Doch was sollte ich machen? Wenn ich sehe, dass ich etwas nicht verhindern kann, so gebe ich lieber gutwillig nach. Oscar gibt grundsätzlich nach; auch mir gegenüber. Und wenn ich glaube, gegen ein Vorhaben der Kinder Einwände erheben zu müssen, meine Zustimmung nicht geben will und meine Meinung durchsetzen möchte, dann finde ich keinerlei Rückhalt bei ihm. Sogar Vincent hat die Reise befürwortet. Was hätte ich Olivier da noch entgegensetzen können, ohne mir sein Vertrauen zu verscherzen? Denn das ist mir das Wichtigste.‹

Sie stopfte alte Strümpfe – die Olivier, wie ich mir sagte, nun nicht mehr gut genug wären. Sie schwieg einen Moment, um die Nadel einzufädeln, und fügte dann leiser, vertraulich und traurig hinzu: ›Sein Vertrauen … Wenn ich nur sicher sein könnte, es noch zu besitzen! Doch nein; ich habe es verloren …‹

Meinen schwachen Versuch zu widersprechen wehrte sie mit einem Lächeln ab. Sie ließ ihre Arbeit sinken und sagte: ›Sehen Sie, ich weiß, dass er in Paris ist. Georges ist ihm heute Vormittag begegnet; er erwähnte es beiläufig, und ich habe so getan, als hörte ich es nicht, denn es missfällt mir, wenn er seinen Bruder verrät. Doch jetzt weiß ich es nun einmal. Olivier versteckt sich vor mir. Wenn ich ihn wiedersehe, wird er glauben, er müsse mich belügen, und ich werde dann so tun, als glaubte ich ihm, wie ich jedes Mal seinem Vater zu glauben vorgebe, wenn er etwas vor mir verbirgt.‹

›Aus Furcht, Ihnen Kummer zu bereiten.‹

›So macht er mir erst recht Kummer. Ich bin nicht intolerant. Es gibt viele kleine Verfehlungen, über die ich kein Wort verliere, über die ich hinwegsehe.‹

›Von wem sprechen Sie jetzt?‹

›Oh, vom Vater ebenso wie von den Söhnen.‹

›Wenn Sie tun, als merkten Sie nichts, ist das auch eine Lüge.‹

›Was bleibt mir denn übrig? Es heißt schon viel, dass ich mich nicht beklage, ich kann ihnen doch nicht auch noch meinen Segen geben. Nein, sehen Sie, ich sage mir, dass man früher oder später jeden Einfluss verliert, dagegen richtet auch die zärtlichste Liebe nichts aus. Was sage ich? Sie wird lästig;

sie erscheint zudringlich. So muss ich am Ende auch meine Liebe verbergen.‹

›Nun sprechen Sie von Ihren Söhnen.‹

›Warum sagen Sie das? Denken Sie, ich vermag Oscar nicht mehr zu lieben? Manchmal glaube ich es, doch ich bringe ihm wohl aus Furcht, zu sehr leiden zu müssen, keine größere Liebe entgegen. Und ... Doch, Sie könnten recht haben: Wenn es um Olivier geht, dann leide ich lieber.‹

›Und Vincent?‹

›Vor einigen Jahren hätte ich alles, was ich heute über Olivier sage, über ihn gesagt.‹

›Meine arme Freundin ... Bald werden Sie über Georges das Gleiche sagen.‹

›Man muss sich wohl darein ergeben. Dabei verlangte man vom Leben gar nicht viel. Man lernt, noch weniger zu verlangen ... immer weniger.‹ Dann setzte sie leise hinzu: ›Und von sich immer mehr.‹

›Diese Ideen stehen einer Christin gut an‹, bemerkte ich, nun meinerseits lächelnd.

›Das sage ich mir auch manchmal. Doch machen sie noch keinen guten Christen.‹

›Und nicht alle guten Christen machen sich diese Gedanken.‹

›Ich habe mich oft gefragt, möchte ich Ihnen sagen, ob nicht Sie statt des Vaters mit den Kindern sprechen könnten.‹

›Vincent ist weit weg.‹

›Für ihn ist es zu spät. Ich dachte an Olivier. Wäre er doch mit Ihnen fortgefahren, das hätte ich mir gewünscht.‹

Bei diesen Worten trat mir plötzlich vor Augen, wie anders alles gekommen wäre, hätte ich mich nicht so unbesonnen auf ein Abenteuer eingelassen, und es überwältigte mich eine so heftige Erregung, dass ich nichts zu sagen vermochte; Tränen stiegen mir in die Augen, und ich seufzte, um meine Verwirrung irgendwie zu rechtfertigen: ›Auch für ihn ist es, fürchte ich, zu spät.‹

Da nahm Pauline meine Hand: ›Wie gut Sie sind!‹, rief sie aus.

In meiner Verlegenheit, sie nicht über ihren Irrtum aufklären zu können, suchte ich wenigstens von diesem Thema abzulenken, bei dem mir so unbehaglich war: ›Und Georges?‹, fragte ich.

›Er macht mir noch mehr Sorgen, als die beiden anderen mir machten‹, entgegnete sie. ›Bei ihm kann ich nicht sagen, dass ich an Einfluss verlöre, denn er ist noch nie zutraulich oder brav gewesen.‹ Sie zögerte einige Augenblicke. Offensichtlich kostete es sie Überwindung, mir das Folgende zu erzählen: ›Diesen Sommer hat sich etwas Besorgniserregendes zugetragen‹, sagte sie schließlich. ›Es fällt mir schwer, darüber zu sprechen, und im Übrigen ist es auch nicht zweifelsfrei geklärt … Ein Hundertfrancsschein ist aus dem Schrank verschwunden, in dem ich immer mein Geld einschloss. Aus Furcht, den Falschen zu verdächtigen, habe ich niemanden der Tat bezichtigt; unser Zimmermädchen war noch sehr jung und erschien mir ehrlich. Ich habe in Georges' Beisein gesagt, dass ich das Geld vermisste; denn ich will nicht verschweigen, mein Verdacht fiel auf ihn. Er wurde nicht verlegen, er errötete nicht … Ich schämte mich meines Verdachts; ich wollte mich davon überzeugen, dass ich mich geirrt hatte, und rechnete noch einmal nach. Doch leider war kein Zweifel möglich: Es fehlten hundert Francs. Ich fragte mich, ob ich ihn zur Rede stellen sollte, und habe es schließlich nicht getan. Aus Furcht, er könnte dem Diebstahl noch eine Lüge hinzufügen. Hatte ich unrecht? … Ja, heute mache ich mir Vorwürfe, ihn nicht ins Gebet genommen zu haben; vielleicht hatte ich ja auch Angst, allzu streng sein zu müssen; oder es nicht über mich zu bringen, die nötige Strenge walten zu lassen. Wieder einmal habe ich die Ahnungslose gespielt, doch sehr schweren Herzens, glauben Sie mir. Ich hatte so viel Zeit verstreichen lassen und sagte mir, es sei zu spät, die Strafe folge dem Vergehen schon nicht mehr auf dem Fuß. Und wie ihn bestrafen? Ich habe nichts unternommen; ich mache mir Vorwürfe deswegen ... doch was hätte ich tun sollen?

Ich hatte daran gedacht, ihn nach England zu schicken; ja, ich wollte dazu Ihren Rat einholen, doch ich wusste nicht, wo Sie waren ... Immerhin habe ich meinen Schmerz und meine Unruhe nicht vor ihm verborgen, und er ist bestimmt dafür empfänglich gewesen, denn wie Sie wissen, hat er ein gutes Herz. Ich zähle mehr auf die Vorwürfe, die er sich selbst gemacht haben wird, wenn er es wirklich gewesen sein sollte, als auf diejenigen, die ich ihm hätte machen können. Er wird es nie wieder tun, dessen bin ich sicher. Dort war er mit einem sehr reichen Jungen zusammen, der ihn wohl zum Geldausgeben verleitete. Ich hatte den Schrank wohl offen gelassen ... Und, wie gesagt, ich bin mir nicht einmal sicher, dass er es gewesen ist. Im Hotel gingen so viele Leute ein und aus ...‹ Ich staunte, mit welchem Einfallsreichtum sie Gründe fand, um ihr Kind zu entlasten.

›Ich hätte erwartet, dass er das Geld dorthin zurücklegt, wo er es hergenommen hat‹, sagte ich.

›Das hatte ich auch gehofft. Und darin, dass er es nicht tat, wollte ich einen Beweis für seine Unschuld sehen. Ich sagte mir auch, er getraute sich vielleicht nicht.‹

›Haben Sie mit seinem Vater darüber gesprochen?‹

Sie zögerte einige Augenblicke. ›Nein‹, sagte sie schließlich. ›Mir ist lieber, er erfährt nichts davon.‹

Sie meinte, nebenan ein Geräusch zu hören, und ging sich vergewissern, dass niemand da war; dann setzte sie sich wieder zu mir: ›Oscar sagte, Sie hätten neulich zusammen zu Mittag gegessen. Er hat Sie in den höchsten Tönen gelobt, so dass ich mir dachte, Sie müssen ein guter Zuhörer gewesen sein.‹ Sie lächelte traurig bei diesen Worten. ›Wenn er Sie ins Vertrauen gezogen hat, so will ich das respektieren ... auch wenn ich über sein Privatleben viel besser Bescheid weiß, als er denkt ... Doch was seit meiner Rückkehr mit ihm los ist, verstehe ich nicht. Er tut so sanft, ich möchte fast sagen: so demütig ... Es ist mir geradezu unangenehm. Man könnte meinen, er habe Angst vor mir. Dazu besteht gar kein Grund. Ich weiß schon lange, dass er ein Verhältnis hat ... Ich weiß sogar, mit wem. Er denkt, ich ahnte nichts davon, und trifft alle erdenklichen Vorkehrungen, um es vor mir geheim zu halten; doch seine Vorwände sind so durchsichtig, dass er, je mehr er verheimlicht, nur desto mehr verrät. Jedes Mal, wenn er beim Weggehen eine geschäftige, verärgerte und sorgenvolle Miene aufsetzt, weiß ich, dass er zu seinem Vergnügen eilt. Ich möchte zu ihm sagen: »Aber, mein Freund, ich halte dich nicht zurück; fürchtest du etwa, ich sei eifersüchtig?« Ich würde darüber lachen, wenn ich es übers Herz brächte. Meine einzige Sorge ist, dass die Kinder etwas merken könnten; er ist so zerstreut, so ungeschickt! Manchmal sehe ich mich, ohne dass er es ahnt, gezwungen, ihm beizuspringen, als sei ich seine Komplizin. Es beginnt mir beinahe Spaß zu machen, kann ich Ihnen versichern; ich erfinde Entschuldigungen für ihn; ich stecke ihm die Briefe, die er herumliegen lässt, in die Tasche seines Überziehers zurück.‹

›Richtig‹, sagte ich, ›er fürchtet, Sie könnten Briefe von ihm gefunden haben.‹

›Hat er das zu Ihnen gesagt?‹

›Und deswegen ist er so eingeschüchtert.‹

›Meinen Sie, ich versuchte sie zu lesen?‹

Sie straffte sich, als fühle sie sich in ihrem Stolz verletzt. Ich musste erklärend hinzufügen: ›Es geht nicht um Briefe, die er versehentlich herumliegen ließ; sondern um Briefe, die er in einer Schublade verwahrte und die er, wie er sagt, nicht mehr vorgefunden hat. Er denkt, Sie hätten sie an sich genommen.‹

Ich sah, wie Pauline bei diesen Worten erbleichte, und die schreckliche Ahnung, die sie beschlich, übertrug sich auf mich. Meine Reue, die Angelegenheit erwähnt zu haben, kam zu spät. Sie wandte den Blick von mir ab und sagte leise: ›Wollte der Himmel, dass ich es gewesen wäre!‹

Sie schien sehr niedergedrückt.

›Was tun?‹, wiederholte sie, ›was tun?‹ Dann, zu mir aufblickend: ›Könnten Sie nicht mit ihm sprechen?‹

Obwohl sie es ebenso wie ich vermied, Georges' Namen auszusprechen, verstand ich, dass er gemeint war.

›Ich werde es versuchen. Ich werde es mir durch den Kopf gehen lassen‹, sagte ich und erhob mich. Pauline begleitete mich in den Vorraum: ›Sagen Sie Oscar nichts davon, ich bitte Sie. Soll er weiterhin mich verdächtigen; lassen wir ihn in seinem Glauben. Es ist besser so. Kommen Sie mich wieder besuchen.‹«

VII

Olivier entschloss sich, als er zu seinem großen Kummer Onkel Édouard nicht antraf, Armand zu besuchen, denn er litt unter seiner Einsamkeit, und sein Herz sehnte sich nach einem Freund. Er machte sich auf den Weg zur Pension Vedel.

Armand empfing ihn in seinem Zimmer. Man erreichte es über die Dienstbotentreppe. Es war ein kleines, schmales Zimmer, dessen Fenster auf einen Hinterhof ging, ebenso wie die Toiletten und Küchen des Nachbargebäudes. Ein gewölbter Zinkreflektor fing das einfallende Tageslicht auf und warf es fahl zurück. Das Zimmer war schlecht belüftet; es herrschte ein unangenehmer Geruch. »Man gewöhnt sich daran«, sagte Armand. »Verstehst du, meine Eltern geben die besten Zimmer natürlich den zahlenden Gästen. Meines vom letzten Jahr habe ich an einen Vicomte abgetreten: den Bruder deines erlauchten Freundes Passavant. Ein wahrhaft fürstliches Gemach; allerdings Tür an Tür mit Rachel. Es gibt hier eine Menge Zimmer; doch nicht jedes hat einen eigenen Eingang. So erreicht die arme Sarah, die heute Morgen aus England zurückgekommen ist, ihre neue Bude nur durch das Zimmer meiner Eltern (was ihr gar nicht passt) oder durch meines, das ursprünglich, um die Wahrheit zu gestehen, als Ankleide- oder Abstellkammer diente. Meines hat den Vorteil, dass ich nach Belieben kommen und gehen kann, ohne mir von irgendjemandem nachspionieren zu lassen. Daher bin ich hier auch lieber als in einer der Dachkammern, wo die Hausangestellten untergebracht sind. Ja, ich weiß mein finsteres Gelass zu schätzen – mein Vater würde von Selbstkasteiung sprechen und dir erklären, dass jede Prüfung für den Körper dem Heil der Seele nur dienlich ist. Allein er hat sich hier noch nie blicken lassen. Er hat andere Sorgen als die Behausung seines Sohnes, verstehst du. Dabei ist mein Papa große Klasse. Er hat jede Menge trostspendende Sprüche auf Lager für die wichtigen Ereignisse im Leben. Es hört sich phantastisch an. Schade, dass er nie die Zeit hat für ein Gespräch ... Ah, du betrachtest meine Gemäldegalerie; im Morgenlicht kommt sie erst richtig zur Geltung. Dies hier ist ein kolorierter Stich eines Paolo-Uccello-Schülers; zu Nutz und Frommen der Veterinäre. In dem bewundernswerten Streben nach einer Synthese hat der Künstler auf einem einzigen Pferd alle Krankheiten vereint, mittels derer die Vorsehung eine Pferdeseele läutert; man beachte den durchgeistigten Blick ... Das da ist eine symbolische Darstellung der menschlichen Lebensalter, von der Wiege bis zur Bahre. Es ist nicht besonders gut gezeichnet; doch was zählt, ist die Aussage. Dort hinten kannst du die Reproduktion einer Kurtisane von Tizian bewundern, die ich mir übers Bett gehängt habe, um auf unzüchtige Gedanken zu kommen. Und die Tür da führt in Sarahs Zimmer.«

Das verwahrloste Aussehen des Raumes bedrückte Olivier; das Bett war nicht gemacht, und auf dem Waschtisch stand die nicht geleerte Schüssel.

»Ja, ich richte mein Zimmer selber her«, sagte Armand als Antwort auf Oliviers verstohlene Blicke. »Das hier ist mein

Arbeitstisch. Du machst dir keine Vorstellung, wie inspirierend die Atmosphäre dieses Zimmers ist:

›Des stillen Winkels trauter Duft …‹

Ihr verdanke ich die Idee zu meinem letzten Gedicht: *Topf der Nacht.*«

Olivier hatte bei seinem Besuch die Absicht gehabt, über die Zeitschrift zu sprechen und Armand um Beiträge zu bitten; er wagte es nicht mehr. Doch Armand kam von selbst darauf zu sprechen.

»*Topf der Nacht;* wenn das kein schöner Titel ist! … Mit einem Motto von Baudelaire:

›Bist du ein Tränenkrug, darein man weinen soll?‹

Ich greife darin das antike und doch so moderne Motiv vom göttlichen Töpfer auf, der jedes menschliche Wesen als ein Gefäß formt, dessen Bestimmung es ist, Gott weiß was zu enthalten. Und in einem lyrischen Höhenflug vergleiche ich mich mit erwähntem Topf, ein Gedanke, der mir, wie ich schon sagte, ganz von allein kam, als ich die Luft dieses Zimmers einatmete. Besonders stolz bin ich auf den Anfang:

›Der du mit dreißig der Hämorrhoiden harrst …‹

Ich hatte erst zur Beruhigung der Leser geschrieben ›mit vierzig …‹; doch das brachte mich um meine Alliteration. Was ›Hämorrhoiden‹ anbelangt, so ist dies zweifellos das schönste Wort der französischen Sprache … – selbst unabhängig von seiner Bedeutung«, fügte er hämisch hinzu.

Olivier, dem es das Herz zusammenschnürte, schwieg. »Selbstredend fühlt sich der Topf der Nacht geschmeichelt durch den Besuch eines wohlriechenden Salbentopfes, wie du es bist.«

»Und sonst hast du gar nichts geschrieben?«, entgegnete Olivier nun endlich, verzweifelt.

»Ich war kurz davor, dir mein *Topf der Nacht* für deine glorreiche Zeitschrift anzubieten; doch dem Ton nach, in dem du ›und sonst‹ sagst, wirst du wohl kaum Gefallen daran finden. Dann bleibt dem Dichter immer noch das Argument: ›Ich schreibe nicht, um zu gefallen‹, und er kann sich trösten, ein Meisterwerk ausgebrütet zu haben. Doch ich will dir gar nicht verhehlen, dass ich mein Gedicht abscheulich finde. Außerdem habe ich bis jetzt nur die erste Zeile geschrieben. Und wenn ich sage ›geschrieben‹, so ist das auch nur eine Redensart, denn ich habe sie soeben zu deinen Ehren fabriziert ... Nein, aber ehrlich, hattest du wirklich die Absicht, etwas von mir zu veröffentlichen? Du wünschtest meine Mitarbeit? Hieltest du mich denn nicht für unfähig, irgendetwas Gescheites zu schreiben? Solltest du gar auf meiner bleichen Stirn das Stigma des Genies entdeckt haben? Ich weiß, dass man bei diesem Licht im Spiegel nicht viel sehen kann; doch wenn ich mich wie Narziss darin betrachte, so kann ich nur einen Versager erkennen. Vielleicht liegt es am Zwielicht ... Nein, mein lieber Olivier, nein, ich habe diesen Sommer nichts geschrieben, und wenn du wirklich auf mich gezählt haben solltest für deine Zeitschrift, dann hast du Pech gehabt. Doch reden wir von etwas anderem ... Also, auf Korsika ist alles zur Zufriedenheit verlaufen? Hast du die Reise auch genossen? Es ausgekostet? Hast du dich von den Strapazen auch gut erholt? Bist du auch ...«

Olivier konnte es nicht mehr ertragen: »Mensch, hör doch endlich auf mit diesem Quatsch. Wenn du meinst, dass ich das lustig finde ...«

»Meinst du, ich vielleicht!«, rief Armand aus. »Nein, mein Lieber; so weit kommt es noch! So dumm bin ich nun auch wieder nicht. Mir bleibt Grips genug, um zu begreifen, dass das, was ich erzähle, Blödsinn ist.«

»Kann man mit dir denn nie ernsthaft reden?«

»Wenn dir die ernste Tonart lieber ist, dann sprechen wir von etwas Ernstem. Rachel, meine ältere Schwester, wird blind. Ihr Sehvermögen hat in letzter Zeit sehr nachgelassen. Seit zwei Jahren kann sie nichts mehr ohne Brille lesen. Ich dachte erst, sie brauche nur stärkere Gläser. Doch das half nicht viel. Auf meine Bitten hin hat sie einen Spezialisten konsultiert. Anscheinend nimmt die Sensibilität ihrer Netzhaut ab. Du musst wissen, das ist zweierlei: Einmal kann die Linse nicht richtig akkommodieren, dann schaffen Gläser Abhilfe. Doch selbst wenn die Gläser das optische Bild nach hinten gerückt oder näher herangeholt haben, kann dieses immer noch einen unzureichenden Sinneseindruck auf der Netzhaut hinterlassen und dieses Bild dem Gehirn nur noch verschwommen übertragen werden. Drücke ich mich verständlich aus? Du kennst Rachel ja kaum, musst also nicht denken, dass du an ihrem Schicksal Anteil nehmen sollst. Warum ich dir dann dies alles erzähle? ... Weil ich beim Nachdenken über ihren Fall auf den Gedanken gekommen bin, dass sich Ideen genau wie die Bilder dem Gehirn in mehr oder weniger großer Deutlichkeit darstellen können. Ein schwerfälliger Verstand nimmt alles nur verschwommen wahr, aber gerade deshalb wird ihm auch seine eigene Schwerfälligkeit nicht deutlich. Um unter der eigenen Dummheit zu leiden, muss man sich ihrer bewusst sein; doch um sich ihrer bewusst zu werden, bedarf es der Intelligenz. Nun stelle dir einmal folgendes Monstrum vor: einen Schwachkopf, der intelligent genug ist, deutlich zu sehen, dass er dumm ist.«

»Aber dann wäre er ja kein Schwachkopf mehr.«

»Doch, mein Lieber, das kannst du mir glauben. Ich weiß es genau, denn dieser Schwachkopf, der bin ich.«

Olivier zuckte die Achseln.

»Ein wirklicher Schwachkopf«, fuhr Armand fort, »ist sich keiner Idee über sich selbst hinaus bewusst. Mir aber ist das über mich Hinausgehende sehr wohl bewusst. Doch ich bin trotzdem ein Schwachkopf, weil ich weiß, dass ich dieses über mich Hinausgehende niemals werde erreichen können ...«

»Aber, mein Guter«, sagte Olivier in einer Aufwallung von Mitgefühl, »uns ergeht es doch allen so, dass wir besser sein könnten; ja ich glaube, es ist gerade ein Zeichen von größter Intelligenz, unter seinen eigenen Grenzen zu leiden.«

Armand schüttelte die Hand ab, die Olivier zart auf seinen Arm legte.

»Andere leben im Vollgefühl ihrer Kräfte«, sagte er; »ich lebe im Vollgefühl meiner Mängel. Mangel an Geld, Mangel an Kraft, Mangel an Verstand, Mangel an Liebe. Defizit auf der ganzen Linie; ich werde immer im Minus bleiben.«

Er trat an den Waschtisch, tauchte eine Haarbürste ins schmutzige Wasser der Schüssel und klatschte sich die Haare hässlich in die Stirn.

»Wie schon gesagt, habe ich nichts zu Papier gebracht; dabei trug ich mich in den letzten Tagen mit dem Gedanken, eine Abhandlung mit dem Titel zu schreiben: *Traktat über das Ungenügen*. Doch mein Ungenügen hinderte mich natürlich an der Niederschrift. Ich hätte darin die Behauptung aufgestellt … Aber ich langweile dich.«

»Von wegen; wenn du Blödsinn machst, langweilst du mich; das hier interessiert mich sehr.«

»Ich hätte darin für die ganze Natur den Grenzpunkt gesucht, unterhalb dessen nichts geschehen wäre. Ich will es dir mit Hilfe eines Beispiels erklären. Die Zeitungen haben neulich von einem Arbeiter berichtet, der einen tödlichen Schlag bekommen hat. Er hantierte unbekümmert mit Leitungsdrähten herum; die Stromspannung war nicht sehr groß; doch er muss sehr stark geschwitzt haben. Man erklärt sich seinen Tod mit dem Feuchtigkeitsfilm, aufgrund dessen der Strom sich über den ganzen Körper ausbreiten konnte. Der Körper hätte nur trocken zu sein brauchen, dann wäre es nicht zu dem Unfall gekommen. Doch fügen wir den Schweiß Tropfen um Tropfen hinzu … Noch ein Tropfen: Es ist so weit.«

»Ich verstehe nicht«, sagte Olivier …

»Weil das Beispiel schlecht gewählt ist. Meine Beispiele sind immer schlecht. Ein anderes: Sechs Schiffbrüchige sitzen in einem Rettungsboot. Seit zehn Tagen treibt das Boot im Sturm umher. Drei sind tot; zwei rettet man lebend. Dem sechsten schwanden die Kräfte. Man hoffte, ihn ins Leben zurückholen zu können. Doch sein Organismus hatte den Grenzpunkt erreicht.«

»Jetzt ist es mir klar«, sagte Olivier, »eine Stunde früher hätte man ihn noch retten können.«

»Eine Stunde, wo denkst du hin. Mir geht es um den letztmöglichen Moment: Noch geht es … Noch geht es. Nun geht nichts mehr. Mein Verstand wandert auf einem schmalen Grat. Überall versuche ich, die Trennlinie zwischen dem Sein und dem Nichtsein zu ziehen. Die Belastungsgrenze suche ich … ich denke dabei zum Beispiel an das, was mein Vater die Versuchung nennen würde. Noch widersteht man ihr; das Seil, an dem der Dämon zieht, ist zum Zerreißen gespannt … Ein ganz klein bisschen mehr, das Seil reißt: Man ist verloren. Verstehst du jetzt? Ein ganz klein bisschen weniger: das Nichtsein. Gott hätte die Welt nicht erschaffen. Nichts wäre geschehen … ›Die Welt hätte ein anderes Gesicht‹, sagt Pascal. Und ich fahre nicht fort: ›hätte Kleopatra eine kürzere Nase gehabt.‹ Ich will es genauer wissen. Ich frage mich: kürzer … um wie viel? Denn schließlich hätte sie ja ein ganz klein bisschen kürzer sein können, nicht wahr? … Grad um Grad; dann ein plötzlicher Sprung … *Natura non fecit saltus*, so ein Scherz! Es ergeht mir wie dem Araber in der Wüste, der an Durst sterben wird. Verstehst du, ich bin genau an dem Punkt angelangt, wo ein Tropfen Wasser ihn noch retten könnte … oder eine Träne …«

Seine Stimme erstarb; sie hatte einen leidenschaftlichen Ton angenommen, der Olivier überraschte und verwirrte. Sanfter, beinahe zärtlich fuhr Armand fort: »Erinnerst du dich: ›Jene Träne habe ich für dich vergossen …‹«

Olivier erinnerte sich gut an die Stelle bei Pascal; weshalb es ihn störte, dass sein Freund sie nicht richtig zitierte. Er konnte sich nicht zurückhalten und korrigierte ihn: »Jenen Blutstropfen habe ich vergossen ...«

Armands Erregung fiel in sich zusammen. Er zuckte die Achseln: »Was soll man machen? Den Seinen gibt's der Herr im Schlaf. Aber verstehst du jetzt, was ich meine? Ich bin immer auf dieser Grenze, und mir fehlt immer ein Punkt.«

Er brach wieder in Lachen aus. Um nicht zu weinen, dachte Olivier. Er hätte gern etwas gesagt, Armand erklärt, wie tief ihn seine Worte bewegten und wie viel innere Not er hinter dieser quälenden Ironie spürte. Doch er musste seine Verabredung mit Passavant einhalten. Er zog seine Uhr: »Leider muss ich jetzt gehen«, sagte er. »Hättest du heute Abend vielleicht Zeit?«

»Warum?«

»Wir könnten uns in der Taverne du Panthéon treffen. *Die Argonauten* geben ein Bankett. Du könntest gegen Ende vorbeikommen. Es werden eine Menge mehr oder weniger besäuselte und berühmte Typen da sein. Bernard Profitendieu hat mir auch versprochen zu kommen. Das könnte ganz lustig werden.«

»Ich bin nicht rasiert«, sagte Armand mürrisch. »Und was habe ich schon unter Berühmtheiten verloren. Aber weißt du was? Frage doch Sarah, die heute Morgen erst aus England zurückgekommen ist. Der würde es sicherlich viel Spaß machen. Soll ich ihr deine Einladung bestellen? Bernard könnte sie begleiten.«

»Einverstanden, alter Freund«, sagte Olivier.

VIII

Man hatte vereinbart, dass Bernard und Édouard, nachdem sie zusammen essen gegangen wären, Sarah kurz vor zehn abholen kämen. Als Armand ihr den Vorschlag unterbreitete, hatte Sarah erfreut angenommen. Gegen halb zehn hatte sie, begleitet von ihrer Mutter, ihr Zimmer aufgesucht. Man musste, um dorthin zu gelangen, das elterliche Schlafzimmer durchqueren; doch eine weitere, dem Anschein nach unbenutzte Verbindungstür führte von Sarahs in Armands Zimmer, das außerdem, wie gesagt, auf die Hintertreppe hinausging.

Ihrer Mutter gegenüber hatte Sarah so getan, als wolle sie sofort zu Bett gehen, und hatte gebeten, man möge sie nicht stören; doch kaum war sie allein, lief sie zu ihrem Toilettentisch, um Lippen- und Wangenrot aufzufrischen. Der Toilettentisch verstellte die Verbindungstür; ein Tisch, der nicht so schwer war, als dass Sarah ihn nicht geräuschlos beiseiteheben konnte. Sie öffnete die verbotene Tür.

Sarah hoffte, ihrem Bruder nicht zu begegnen, denn sie fürchtete seinen Spott. Armand leistete selbst ihren gewagtesten Unternehmungen Vorschub; man hätte meinen können, er fände an ihnen Gefallen, doch nur dank einer Art vorläufiger Nachsicht, denn wenig später urteilte er nur desto strenger; so dass Sarah nicht zu sagen vermocht hätte, ob nicht letztlich gerade seine Nachgiebigkeit es ihm erlaubte, den Sittenrichter zu spielen.

Armands Zimmer war leer. Sarah setzte sich auf einen kleinen, niedrigen Stuhl und dachte nach, während sie wartete. Aus Protest hatte sie sich vorsorglich angewöhnt, alle häuslichen Tugenden mit Geringschätzung zu behandeln. Der Zwang des Elternhauses hatte ihre Willenskraft gesteigert, ihr instinktives Aufbegehren verstärkt. Aus England zurückgekehrt, glühte sie nun danach, sich ihren Mut zu beweisen. Sie war entschlossen, sich ihre Freiheit zu erobern, alle Fesseln zu sprengen, alles zu wagen; genau wie Miss Aberdeen, die junge englische Pensionärin. Schimpf und Schande waren ihr gleichgültig, sie fühlte sich stark genug, alle herauszufordern. Als sie Olivier Avancen machte, hatte sie ihre natürliche Zurückhaltung besiegt und ihre mädchenhafte Scham. Das Beispiel ihrer beiden Schwestern war ihr eine Lehre; Rachels fromme Ergebenheit war in ihren Augen Selbstbetrug; und dass Lauras Verheiratung ein Kuhhandel war, der zur Versklavung führte, davon war sie nicht abzubringen. Die Bildung, die man ihr mitgegeben hatte, die sie erworben, sich selbst angeeignet hatte, war, so dachte sie, eine schlechte Vorbereitung auf das, was man ehelichen Gehorsam nennt. Sie sah keinen Grund, warum jemand, den sie heiratete, ihr überlegen sein sollte. Hatte sie nicht genau wie ein Mann ihre Prüfungen abgelegt? Hatte sie nicht zu allen Fragen ihre eigene Meinung, eigene Ideen? Nicht zuletzt über die Gleichheit von Mann und Frau: Es schien ihr, als bewiese die Frau in der Lebensführung und damit auch in geschäftlichen Dingen, wenn nötig auch in der Politik, mehr gesunden Verstand als manch ein Mann …

Schritte auf der Treppe. Sie lauschte, öffnete dann sacht die Tür. Bernard und Sarah kannten sich noch nicht. Im Gang gab es kein Licht. In der Dunkelheit konnte man wenig erkennen. »Mademoiselle Sarah Vedel?«, flüsterte Bernard.

Sie nahm ohne Umstände seinen Arm.

»Édouard wartet an der Ecke im Wagen auf uns. Er wollte lieber nicht mitkommen, weil er fürchtete, Ihren Eltern zu begegnen. Bei mir ist es gleichgültig: Wie Sie wissen, wohne ich hier im Haus.« Bernard hatte das Eingangstor nur angelehnt, damit der Concierge nicht auf sie aufmerksam wurde. Kurz darauf setzte das Auto die drei vor der Taverne du Panthéon ab. Während Édouard noch den Chauffeur bezahlte, schlug es zehn.

Das Essen war zu Ende. Man hatte die Speisen abgetragen, doch der Tisch stand noch voller Kaffeetassen, Flaschen und Gläser. Alle rauchten; die Luft war zum Ersticken. Madame des Brousses, die Frau des Herausgebers der *Argonauten*, rief nach frischer Luft. Ihre schrille Stimme übertönte die Unterhaltungen. Man öffnete das Fenster. Justinien aber, der eine Rede zu halten wünschte, ließ es »wegen der Akustik« gleich wieder schließen. Er hatte sich erhoben und klopfte mit einem Löffel gegen sein Glas, ohne sich Ruhe verschaffen zu können. Der Herausgeber der *Argonauten*, den man mit »Herr Präsident« anredete, schaltete sich ein, und ihm gelang es schließlich, für etwas Ruhe zu sorgen, worauf sich ein Schwall der Langeweile über das Publikum ergoss. Die Banalität von Justiniens Gedanken verbarg sich hinter einer Flut von Bildern. Er gebrauchte reichlich Emphase anstelle von Esprit und hielt für jeden ein geschraubtes Kompliment bereit. Bei der ersten Kunstpause – während der Édouard, Bernard und Sarah eintraten – brach wohlwollender Beifall aus; manche zogen ihn, leicht ironisch, in die Länge, als hofften sie, die Rede dadurch zu beenden; doch vergebens: Justinien fuhr fort; nichts war imstande, seinen Redefluss einzudämmen. Nun war es Comte de Passavant, den er mit den Blumen seiner Rhetorik überschüttete. Er sprach vom *Turnreck* als einer neuen *Ilias*. Man trank sodann auf Passavants Wohl. Édouard hatte kein Glas, Bernard und Sarah ebenso wenig, was es ihnen ersparte, auf Passavant anzustoßen.

Justiniens Rede schloss mit guten Wünschen für die neue Zeitschrift und etlichen Komplimenten an ihren künftigen Herausgeber, »den jungen, talentierten Molinier, den Liebling der Musen, dessen edle und reine Stirn der Lorbeer bald umkränzen wird.«

Olivier hatte sich in der Nähe der Tür aufgehalten, um seine Freunde gleich begrüßen zu können. Justiniens übertriebene Komplimente waren ihm sichtlich unangenehm; doch er konnte sich der anschließenden kleinen Ovation nicht entziehen.

Da die drei Neuankömmlinge weniger üppig gegessen und getrunken hatten, waren sie nicht so in Stimmung wie der Rest der Versammlung. Bei dieser Art Zusammenkünfte können sich die Nachzügler die Ausgelassenheit der anderen kaum oder nur zu gut erklären. Sie urteilen, wo man nicht urteilen sollte, üben, und sei es unfreiwillig, erbarmungslos Kritik; zumindest war dies bei Édouard und Bernard der Fall. Für Sarah dagegen war dieses Milieu etwas völlig Neues, das sie unbedingt kennenlernen, in dem sie um jeden Preis alles mitmachen musste.

Bernard kannte niemanden. Olivier, der seinen Arm genommen hatte, wollte ihn Passavant und des Brousses vorstellen. Bernard sträubte sich. Passavant aber ließ ihm keine andere Wahl, trat auf ihn zu und streckte ihm seine Hand entgegen, die Bernard schlecht übersehen konnte.

»Ich habe schon so viel von Ihnen gehört, dass ich Sie beinahe zu kennen glaube.«

»Ganz meinerseits«, sagte Bernard in einem solchen Ton, dass Passavants Lächeln gefror. Unverzüglich wandte er sich Édouard zu.

Obwohl Édouard viel auf Reisen war und auch in Paris sehr zurückgezogen lebte, kannte er doch mehrere Gäste und war in diesen Kreisen eingeführt. Seine Kollegen liebten ihn nicht gerade, doch achteten sie ihn; dass er als hochmütig galt, obwohl er nur zurückhaltend war, nahm Édouard gerne in Kauf. Statt selbst zu reden, hörte er lieber zu.

»Ihr Neffe machte mir Hoffnung, dass Sie kommen würden«, begann Passavant mit honigsüßer Stimme. »Das beglückte mich, denn …«

Édouards ironischer Blick brachte ihn mitten im Satz zum Verstummen. Als geschickter Verführer, der gewohnt ist zu gefallen, konnte Passavant nicht glänzen, wenn er keinen willfährigen Spiegel vor sich hatte. Gleich aber fing er sich wieder, gehörte er doch nicht zu den Leuten, die ihre Sicherheit für länger verlieren und sich so leicht geschlagen geben. Er hob den Kopf, den Blick mit Arroganz bewehrt. Wenn Édouard auf das Spiel nicht einging, würde er zu anderen Mitteln greifen.

»Ich wollte gerne wissen …«, sagte er, als führe er seinen angefangenen Satz zu Ende, »ob Sie Nachricht von Ihrem anderen Neffen, meinem Freund Vincent, haben. Er stand mir so besonders nahe.«

»Nein«, erwiderte Édouard kurz angebunden.

Dieses »Nein« brachte Passavant abermals aus dem Gleichgewicht, wusste er doch nicht recht, ob es als eine provokante Verweigerung oder als schlichte Antwort auf seine Frage aufzufassen war. Seine Verwirrung dauerte nur einen Augenblick; Édouard selbst half ihm unfreiwillig in den Sattel, indem er doch noch hinzufügte: »Sein Vater sagte mir nur, Vincent sei mit dem Fürsten von Monaco unterwegs.«

»Ich habe in der Tat eine meiner Freundinnen gebeten, ihn mit dem Fürsten bekannt zu machen. Ich war glücklich, ihm diese Zerstreuung bieten zu können, um ihn etwas von seinem unseligen Abenteuer mit dieser Madame Douviers abzulenken ... die Ihnen bekannt ist, wie mir Olivier sagte. Er war drauf und dran, sich sein Leben zu verpfuschen.«

Passavant beherrschte die Kunst der Verachtung, der Geringschätzung, der Herablassung; diese kleine Bosheit sollte genügen, um sein Gegenüber in Schach zu halten. Édouard zermarterte sein Hirn nach einer schneidenden Antwort. Er verfügte über erstaunlich wenig Schlagfertigkeit. Wahrscheinlich war er deswegen so ungern in Gesellschaft: Ihm fehlte alles, was man braucht, um dort zu glänzen. Nur seine Brauen zogen sich zusammen. Passavant hatte eine sichere Witterung; sobald man ihm etwas Unangenehmes sagen wollte, spürte er die Gefahr und wich geschickt aus. Ohne auch nur Atem zu schöpfen und plötzlich den Ton wechselnd, fragte er lächelnd: »Aber wer ist denn dieses entzückende Kind, das Sie uns da gebracht haben?«

»Das ist«, sagte Édouard, »Mademoiselle Sarah Vedel; eine Schwester besagter Madame Douviers, meiner Freundin.«

In Ermangelung eines Besseren spitzte er dieses »meiner Freundin« zu einem giftigen Pfeil; doch der prallte an seinem Ziel ab, und Passavant ignorierte ihn: »Wenn Sie die Liebenswürdigkeit hätten, mich ihr vorzustellen.«

Er hatte diese letzten Worte und den vorangehenden Satz so laut gesagt, dass Sarah sie hören musste; und da sie sich den beiden zuwandte, konnte Édouard nicht umhin, mit einem gezwungenen Lächeln zu erklären: »Sarah, Comte de Passavant ersucht darum, Ihre Bekanntschaft zu machen.«

Passavant hatte drei Gläser bringen lassen und goss ihnen Kümmellikör ein. Die vier stießen auf Olivier an. Die Flasche war fast leer, und da Sarah sich über die Kristalle wunderte, die sich auf dem Flaschenboden gebildet hatten, mühte sich Passavant mit Hilfe von Strohhalmen, einige davon abzulösen. Ein eigenartiger Hanswurst mit weißgepudertem Gesicht, jettschwarzen Augen und Haaren, die am Kopf anlagen wie eine Moleskinkappe, trat hinzu und sagte, jede Silbe zwischen den Zähnen hervorstoßend: »So geht es nicht. Geben Sie her, ich zerteppere die Flasche.«

Er packte die Flasche, schlug sie gegen die Fensterbank und überreichte Sarah den Boden: »Mit diesen putzigen Polyedern kann das reizende Fräulein sich leicht ihr Bäuchlein perforieren.«

»Wer ist denn dieser Pierrot?«, wandte Sarah sich an Passavant, der ihr einen Stuhl angeboten und neben ihr Platz genommen hatte.

»Das ist Alfred Jarry, der Autor von *König Ubu*. Die Argonauten halten ihn für genial, weil das Publikum sein neues Stück ausgepfiffen hat. Es ist seit Jahren das Kurioseste, was auf dem Theater gegeben wurde.«

»Ich liebe *König Ubu* sehr«, sagte Sarah, »und freue mich, Jarry einmal begegnet zu sein. Man hat mir erzählt, er sei immer betrunken.«

»Heute Abend dürfte er es sein. Ich habe ihn bei Tisch zwei Wassergläser puren Absinth trinken sehen. Es ist ihm nicht anzumerken. Möchten Sie eine Zigarette? Man muss selbst rauchen, um nicht am Rauch der anderen zu ersticken.«

Er beugte sich zu ihr und gab ihr Feuer. Sie zerbiss einige

Kristalle. »Aber das ist ja bloß Kandiszucker«, sagte sie ziemlich enttäuscht. »Ich dachte, es wäre etwas Starkes.«

Während sie mit Passavant plauderte, lächelte sie Bernard zu, der neben ihr stehen geblieben war. Ihre Augen blitzten vor Erregung. Bernard, der sie vorhin in der Dunkelheit nicht richtig gesehen hatte, war überrascht von ihrer großen Ähnlichkeit mit Laura. Sie hatte ihre Lippen, ihre Stirn ... Ihre Züge aber hatten nicht Lauras engelhaften Liebreiz, und ihre Blicke riefen in ihm eine unklare Empfindung wach. Etwas verlegen wandte er sich nach Olivier um: »Stell mich doch deinem Freund Bercail vor.«

Er hatte Bercail schon im Luxembourg gesehen, sich aber nie mit ihm unterhalten. Bercail, den Olivier eben erst in dieses Milieu eingeführt hatte, wo ihm seine Schüchternheit besonders im Weg war, wirkte etwas verloren und errötete jedes Mal, wenn sein Freund ihn als einen der wichtigsten Mitarbeiter der *Avant-Garde* vorstellte. In der Tat sollte jenes allegorische Gedicht, von dem er Olivier am Anfang unserer Geschichte erzählte, ganz vorne in der neuen Zeitschrift erscheinen, gleich hinter dem Manifest.

»An der Stelle«, sagte Olivier zu Bernard, »die ich für dich freigehalten hatte. Ich bin mir ganz sicher, dass es dir gefallen wird! Es ist bei weitem das Beste in dieser Nummer. Und so originell!« Olivier äußerte sich viel lieber anerkennend über seine Freunde, als Lob über sich selbst anzuhören.

Lucien Bercail hatte sich erhoben, als er Bernard auf sich zukommen sah; die Kaffeetasse hatte er in der Hand behalten, und in der Aufregung ergoss sich der halbe Kaffee über seine Weste. Da ließ sich in seiner unmittelbaren Nähe Jarrys mechanische Stimme vernehmen: »Der kleine Bercail wird sich vergiften, ich habe ihm Gift in die Tasse getan.«

Jarry ergötzte Bercails Schüchternheit, er machte sich ein Vergnügen daraus, ihn aus der Fassung zu bringen. Doch Bercail ließ sich von Jarry keine Angst einjagen. Er zuckte die Achseln und leerte ungerührt seine Tasse.

»Wer ist denn das?«, fragte Bernard.

»Wie! Du kennst den Autor von *König Ubu* nicht?«

»Nicht möglich! Das ist Jarry? Ich habe ihn für einen Dienstboten gehalten.«

»Also, das nun doch nicht«, sagte Olivier, etwas gekränkt, denn er bildete sich etwas auf seine Berühmtheiten ein. »Sieh ihn dir genauer an. Findest du ihn nicht außergewöhnlich?«

»Er legt es darauf an, so zu wirken«, sagte Bernard, der nur das Natürliche mochte, von *Ubu* jedoch sehr viel hielt.

Alles an Jarry, der wie ein dummer August im Hippodrom gekleidet war, wirkte gekünstelt, besonders seine Redeweise, in der ihm mehrere Argonauten um die Wette nacheiferten, alles zu Silben zerhackend, bizarre Wörter erfindend, andere bizarr verstümmelnd; doch Jarry allein brachte jene Stimme ohne jede Klangfarbe zustande, ohne Wärme, ohne Betonung, ohne Relief.

»Ich versichere dir, er ist charmant, wenn man ihn näher kennt«, fuhr Olivier fort.

»Ich will ihn lieber nicht kennenlernen. Er sieht grausam aus.«

»Das ist alles nur Pose. Passavant glaubt, dass er im Grunde ganz friedlich ist. Doch er hat heute Abend schrecklich viel getrunken; und, glaube mir, nicht einen Tropfen Wasser; ja nicht einmal Wein: nur Absinth und starke Schnäpse. Passavant fürchtet eine Entgleisung.«

Gegen seinen Willen kam ihm ständig Passavants Name über die Lippen – nur umso hartnäckiger, je mehr er ihn zu vermeiden suchte.

Erbost, sich so schlecht in der Gewalt zu haben, und wie vor sich selbst kapitulierend, räumte er das Feld. »Wenn du dich ein bisschen mit Dhurmer unterhalten könntest. Ich fürchte, er ist tödlich beleidigt, dass ich ihm die Leitung der *Avant-Garde* weggeschnappt habe; doch ich kann nichts dafür; ich konnte nicht anders als annehmen. Wenn du ihm das verständlich machen und ihn beruhigen könntest. Pass ... Man hat mir gesagt, dass er sehr wütend auf mich ist.«

Er war gestolpert, doch diesmal nicht gefallen.

»Ich hoffe, er hat auch sein Manuskript zurückgezogen. Ich mag das, was er schreibt, nicht«, sagte Bercail. Dann, zu Profitendieu gewandt: »Aber Sie, Monsieur, ich dachte, dass ...«

»Oh, nennen Sie mich doch nicht Monsieur ... Mir ist auch so schon bewusst, dass ich einen umständlichen und lächerlichen Namen trage ... Falls ich schreiben sollte, will ich mir ein Pseudonym zulegen.«

»Warum haben Sie uns nichts geschickt?«

»Weil ich nichts fertig hatte.«

Olivier ließ seine beiden Freunde allein und ging auf Édouard zu.

»Wie liebenswürdig von Ihnen, dass Sie gekommen sind! Ich sehnte mich so danach, Sie wiederzusehen. Doch ich hätte Sie überall lieber getroffen als hier ... Heute Nachmittag habe ich bei Ihnen geläutet. Hat man es Ihnen ausgerichtet? Ich war untröstlich, Sie nicht anzutreffen, und wenn ich gewusst hätte, wo ich Sie hätte finden können ...«

Er war überglücklich, dass sich alles so leicht sagen ließ, wo er doch früher vor Verlegenheit in Édouards Gegenwart kein Wort herausgebracht hatte. Aber ach! Nur den Phrasen, die er benutzte, und der Trinkerei verdankte er diese Leichtigkeit. Édouard erkannte das voll Traurigkeit.

»Ich war bei Ihrer Mutter.«

»Das habe ich bei meiner Rückkehr erfahren«, sagte Olivier, bestürzt, dass Édouard ihn siezte. Er hätte ihn am liebsten an sein Du erinnert.

»Ist dies das Milieu, in dem Sie von nun an leben werden?«, fragte Édouard und sah ihm fest in die Augen.

»Oh, ich lasse mir nichts anhaben.«

»Sind Sie dessen auch gewiss?«

Sein Ton war so ernst, so liebevoll, so brüderlich ... Olivier fühlte seine Sicherheit dahinschwinden.

»Finden Sie es falsch, dass ich mit diesen Leuten verkehre?«

»Nicht bei allen, aber bei manchen bestimmt.«

Olivier fasste diesen Plural als Singular auf. Er glaubte, Édouard ziele direkt auf Passavant, und wie ein Wetterleuchten durchschnitt ein greller Blitz das dunkle Gewölk, das sich seit dem Morgen in seinem Herzen bedrohlich zusammenzog. Er liebte Bernard und er liebte Édouard viel zu sehr, um ihre Missbilligung zu ertragen. Durch Édouard erstarkte das Gute in ihm. Durch Passavant das Schlechte; das gestand er sich nun ein; ja, hatte er es nicht schon immer gewusst? War seine Blindheit gegenüber Passavant nicht gewollt gewesen? Seine Dankbarkeit für alles, was der Comte ihm ermöglicht hatte, schlug plötzlich in Verbitterung um. Mit aller Kraft sagte er sich von ihm los. Und was er sah, erfüllte ihn mit Hass: Passavant hatte, zu Sarah geneigt, seinen Arm um ihre Taille gelegt und gebärdete sich immer zudringlicher. Übelwollende Gerüchte, die über seine Beziehung zu Olivier umliefen, hatten ihn gewarnt: Er wollte eine falsche Fährte legen. Und damit es auch ja niemandem entging, wollte er Sarah so weit bringen, sich auf seine Knie zu setzen. Sie hatte bislang kaum Widerstand geleistet, doch ihre Augen suchten Bernard, und wenn sie seinem Blick begegnete, warf sie ihm ein Lächeln zu, das sagen sollte: »Sehen Sie, was man sich mit mir nicht alles erlauben kann.« Passavant fürchtete indessen, er könnte zu rasch vorgehen. Es fehlte ihm die nötige Erfahrung.

Wenn es mir gelänge, ihr noch etwas Alkohol einzuflößen, dann will ich es riskieren, nahm er sich vor und streckte den Arm, den er noch frei hatte, nach einer Flasche Curaçao aus.

Olivier, der ihn beobachtete, kam ihm zuvor. Er griff zuerst nur nach dem Curaçao, um ihn Passavant wegzunehmen; doch dann schien es ihm, als könne ihm der Likör ein wenig von seinem Mut zurückgeben; von jenem Mut, der ihn zu verlassen drohte und den er so nötig hatte, um die in ihm aufsteigende Klage über die Lippen zu bringen: »Es hätte nur an Ihnen gelegen ...«

Olivier füllte sein Glas und leerte es in einem Zug. In diesem Moment hörte er Jarry, der von einer Gruppe zur nächsten spazierte, in Bercails Rücken leise sagen: »Und jetzt wollen wir den kleinen Bercail döden.«

Dieser drehte sich sofort um: »Wiederholen Sie das noch einmal laut.«

Jarry war schon weitergegangen. Erst als er das Tischende umrundet hatte, blieb er stehen und wiederholte im Falsett: »Und jetzt wollen wir den kleinen Bercail döden«, zog eine große Pistole aus der Tasche, mit der die Argonauten ihn schon oft hatten herumfuchteln sehen, und brachte sie in Anschlag.

Jarry war bekannt als guter Schütze. Protest wurde laut. Man wusste nicht recht, ob er, betrunken, wie er war, wirklich nur etwas vortäuschen würde. Der kleine Bercail aber, der zeigen wollte, dass er keine Angst hatte, stieg auf einen Stuhl und nahm, die Arme hinter dem Rücken verschränkend, eine napoleonische Pose ein. Das sah ziemlich ulkig aus, und einige mussten lachen, wurden jedoch sofort von Beifall übertönt.

Passavant warnte Sarah hastig: »Das kann übel ausgehen. Er ist sinnlos betrunken. Gehen Sie in Deckung, unter den Tisch.«

Des Brousses versuchte, Jarry zurückzuhalten, doch dieser machte sich los und stieg seinerseits auf einen Stuhl (Bernard bemerkte, dass er kleine Tanzschuhe trug). Bercail genau gegenüber, streckte er den Arm, um zu zielen.

»Licht aus! Schnell das Licht aus!«, schrie des Brousses.

Édouard, der noch immer in der Nähe der Tür stand, drehte den Schalter.

Sarah war auf Passavants Warnung hin aufgesprungen; kaum war es dunkel, presste sie sich an Bernard und zog ihn mit unter den Tisch.

Der Schuss ging los. Die Pistole war nur blind geladen. Dennoch hörte man einen Schmerzensschrei: Justinien hatte den Pfropfen ins Auge bekommen.

Als das Licht wieder anging, bewunderten alle Bercail, der noch in der gleichen Pose auf seinem Stuhl stand, regungslos, nur eine Spur blasser.

Die Präsidentin dagegen leistete sich eine Nervenkrise. Man drängte sich um sie.

»Wie kann man einem nur einen solchen Schreck einjagen!«

Jarry, von seinem Sockel hinuntergestiegen, tauchte ein Taschentuch in etwas Alkoholisches, da kein Wasser auf dem Tisch stand, und rieb ihr die Schläfen ein, um sie zu besänftigen. Bernard war nur einen Augenblick unter dem Tisch geblieben; gerade lang genug, um Sarahs heiße Lippen zu spüren, die sich begehrlich auf seinen Mund pressten. Olivier war ihnen gefolgt; aus Freundschaft, aus Eifersucht … Seine Trunkenheit steigerte noch jenes entsetzliche Gefühl der Verlassenheit, das er so gut kannte. Als er wieder unter dem Tisch hervorkam, schwindelte ihm. Da hörte er Dhurmer rufen: »Seht nur Molinier! Er ist feige wie ein Frauenzimmer!«

Das war zu viel. Ohne sich klarzumachen, was er da tat, stürzte Olivier mit erhobener Hand auf Dhurmer los. Es war ihm, als bewege er sich in einem Traum. Dhurmer wich der Hand aus. Und wie in einem Traum ging Oliviers Schlag ins Leere.

Es gab ein allgemeines Durcheinander; während sich einige um die Präsidentin bemühten, die immer noch gestikulierte und herumkreischte, drängten sich andere um Dhurmer, der fortwährend schrie: »Er hat mich nicht berührt! Er hat mich nicht berührt!« … und wieder andere um Olivier, der mit hochrotem Kopf abermals auf Dhurmer losgehen wollte und nur mit Mühe zurückzuhalten war.

Berührt oder nicht, Dhurmer musste sich als geohrfeigt betrachten; sich das Auge reibend, versuchte Justinien ihm das klarzumachen.

Es sei ein Gebot der Würde. Doch Dhurmer kümmerten Justiniens Ratschläge in Sachen Würde wenig. Eigensinnig wiederholte er: »Nicht berührt ... Nicht berührt ...«

»So lassen Sie ihn doch«, sagte des Brousses. »Man kann die Leute nicht gegen ihren Willen zum Duell zwingen.«

Olivier jedoch erklärte so laut, dass alle es hören konnten, er sei bereit, falls Dhurmer noch nicht zufrieden sei, ihn abermals zu ohrfeigen; entschlossen, die Sache auszufechten, bat er Bernard und Bercail, ihm als Sekundanten zu dienen. Sie kannten sich beide nicht in den sogenannten »Ehrenhändeln« aus, doch Olivier wagte nicht, sich an Édouard zu wenden. Seine Krawatte war aufgegangen; die Haare klebten ihm auf der schweißnassen Stirn; seine Hände hatte ein krampfhaftes Zittern erfasst.

Édouard nahm ihn am Arm: »Komm dir das Gesicht ein wenig kühlen. Du bist wie von Sinnen.«

Er führte ihn zum Waschraum.

Kaum hatten sie den Saal verlassen, merkte Olivier, wie betrunken er war. Als er gespürt hatte, dass Édouards Hand sich auf seinen Arm legte, hatte er geglaubt, ohnmächtig zu werden, und sich widerstandslos von ihm hinausgeleiten lassen. Von dem, was Édouard sagte, hatte er nur das Du gehört. Wie sich eine gewitterschwere Wolke plötzlich als Regen entlädt, so spürte er sein Herz sich in Tränen verströmen. Das feuchte Handtuch, das Édouard ihm auf die Stirn legte, brachte ihn zu sich. Was war geschehen? Er erinnerte sich undeutlich, sich wie ein Kind, wie ein Rüpel benommen zu haben. Er fühlte sich lächerlich, erniedrigt ... Bebend vor Verzweiflung und Zärtlichkeit warf er sich Édouard in die Arme, presste sich an ihn und schluchzte: »Nimm mich mit.«

Auch Édouard war aufgewühlt.

»Und deine Eltern?«, fragte er.

»Sie wissen nicht, dass ich zurück bin.«

Als sie auf dem Weg nach draußen durch das Café gingen, sagte Olivier zu seinem Gefährten, er wolle schnell noch eine Nachricht schreiben.

»Wenn ich sie heute noch einwerfe, ist sie morgen mit der ersten Post da.«

Er setzte sich an einen Tisch und schrieb:

»Mein lieber Georges,
Dein Bruder schreibt Dir einen Brief, weil er Dich um einen kleinen Gefallen bitten möchte. Ich erzähle Dir wahrscheinlich nichts Neues, wenn ich Dir sage, dass ich wieder in Paris bin, denn ich bin sicher, Du hast mich heute früh in der Nähe der Sorbonne bemerkt. Ich hatte mich beim Comte de Passavant einquartiert« (er gab die Adresse an); »meine Sachen sind noch bei ihm. Aus Gründen, die ich hier nicht im Einzelnen nennen kann und die Dich nicht interessieren dürften, will ich nicht mehr zu ihm zurückgehen. Du bist der Einzige, den ich bitten kann, mir besagte Sachen zu holen. Du tust mir doch den Gefallen, nicht wahr; ich revanchiere mich bei Gelegenheit. Es geht um einen großen, verschlossenen Schrankkoffer. Die Sachen von mir, die noch im Zimmer herumliegen, packe bitte in den kleinen Koffer, und bring mir das Ganze zu Onkel Édouard. Ich werde das Auto bezahlen. Morgen ist glücklicherweise Sonntag; Du kannst Dich also gleich, wenn Du diese Nachricht bekommen hast, auf den Weg machen. Ich kann auf Dich zählen, nicht?

Dein großer Bruder

OLIVIER.

P. S.: Ich weiß, dass Du nicht auf den Mund gefallen bist und Deine Sache bestimmt gut machst. Aber achte darauf, falls Du mit Passavant persönlich zu tun hast, dass Du sehr kühl zu ihm bist. Bis morgen früh.«

Allen, die Dhurmers Beleidigungen nicht gehört hatten, war Oliviers plötzliche Attacke unerklärlich. Er musste den Kopf verloren haben. Wäre er kaltblütiger gewesen, so hätte Bernard sein Tun gebilligt; er mochte Dhurmer nicht; doch er musste zugeben, dass Olivier wie von Sinnen gewesen und daher aus der Sicht der anderen im Unrecht war. Bernard litt darunter, dass man so hart über seinen Freund urteilte. Er ging zu Bercail und traf eine Verabredung mit ihm. So absurd diese Angelegenheit auch sein mochte, sie fanden es wichtig, sich korrekt zu verhalten. Also kamen sie überein, sich am nächsten Morgen um neun Uhr ihrem Mandanten zur Verfügung zu stellen.

Da seine beiden Freunde gegangen waren, hatte Bernard zum Bleiben weder Lust noch Anlass. Er hielt nach Sarah Ausschau, und als er sie auf Passavants Knien sitzen sah, schwoll sein Herz vor Wut. Beide wirkten betrunken; doch Sarah erhob sich, als sie Bernard näher kommen sah.

»Gehen wir«, sagte sie und nahm seinen Arm.

Sie wollte zu Fuß zurückkehren. Es war kein weiter Weg; ohne ein Wort zu sprechen, liefen sie nebeneinander her. In der Pension war alles dunkel. Um nicht auf sich aufmerksam zu machen, tasteten sie sich bis zur Hintertreppe, bevor sie ein Zündholz anrissen. Armand war wach. Als er sie heraufkommen hörte, trat er mit einer Lampe in der Hand auf den Treppenabsatz hinaus.

»Nimm die Lampe«, sagte er zu Bernard. (Sie duzten sich seit gestern.) »Leuchte Sarah; in ihrem Zimmer ist keine Kerze ... Und gib mir deine Streichhölzer, damit ich mir meine Kerze anzünden kann.«

Bernard begleitete Sarah in das zweite Zimmer. Sie waren kaum eingetreten, als Armand tief Atem holte, sich vorbeugte und die Lampe ausblies: »Gute Nacht!«, sagte er spöttisch. »Aber macht keinen Lärm. Nebenan schlafen die Eltern.«

Und schon war er draußen, schloss die Tür und schob den Riegel vor.

IX

Armand hat sich in Kleidern aufs Bett gelegt. Er weiß, er wird nicht einschlafen. Er wartet auf das Ende der Nacht. Er denkt nach. Er lauscht. Das Haus, die Stadt, die ganze Natur ruht; nicht ein Laut.

Sobald das schwache Licht, das der Reflektor vom Himmel auffängt und ins Zimmer wirft, Armand dessen Hässlichkeit aufs Neue erkennen lässt, steht er auf. Er geht zu der Tür, die er in der Nacht verriegelt hatte; öffnet sie sacht einen Spalt …

In Sarahs Zimmer sind die Vorhänge nicht zugezogen. Die Scheiben schimmern milchig im ersten Morgenlicht. Armand tritt an das Bett, auf dem seine Schwester und Bernard ruhen. Ihre verschlungenen Glieder sind von einem Laken halb bedeckt. Wie schön sie sind! Armand betrachtet sie lange. Er möchte ihr Schlaf sein, ihr Kuss. Er lächelt, dann sinkt er plötzlich am Fußende des Bettes auf den zurückgeschlagenen Decken in die Knie. Zu welchem Gott mag er da beten mit gefalteten Händen? Eine unaussprechliche Ergriffenheit überwältigt ihn. Seine Lippen zittern … Unter dem Kopfkissen bemerkt er ein blutbeflecktes Taschentuch; er steht auf, nimmt es an sich, und im Hinausgehen presst er schluchzend seine Lippen auf den kleinen ambraduftenden Fleck.

Auf der Schwelle jedoch wendet er sich um. Er möchte Bernard wecken. Bernard muss, bevor irgendjemand in der Pension aufgestanden ist, wieder in seinem Zimmer sein. Als Armand ein leises Geräusch macht, schlägt Bernard die Augen auf. Armand flieht, die Tür bleibt offen. Er durchquert sein Zimmer, eilt die Treppe hinunter; er will sich irgendwo verstecken; es wäre Bernard unangenehm, ihm zu begegnen.

Von einem Fenster des Übungssaales aus sieht er einige Augenblicke später Bernard sich an der Mauer entlangdrücken wie ein Dieb …

Bernard hat nicht viel geschlafen. Doch in dieser Nacht

hat er ein Vergessen gekostet, das erquickender ist als der Schlaf; Steigerung und zugleich Auflösung seines Selbst. Sich fremd, zersprengt gleitet er in den neuen Tag hinüber, leicht, neu, ruhig und bebend wie ein Gott. Er hat Sarah schlafend zurückgelassen; hat sich verstohlen aus ihren Armen befreit. Wie? Ohne einen Kuss, ohne Abschiedsblick, ohne eine zärtliche Umarmung lässt er sie zurück? Woher diese Gleichgültigkeit? Ich weiß es nicht. Er weiß es selber nicht. Er will nicht nachdenken, sträubt sich dagegen, diese Nacht, die wie keine bisherige war, in seine bisherige Geschichte einzufügen. Nein; sie ist ein Anhängsel, ein Zusatz, den er dem Buch nicht einverleiben will – jenem Buch, in dem der Bericht über sein Leben ganz bestimmt weitergehen wird, wieder einsetzen wird, als sei nichts geschehen.

Er ist in das Zimmer hinaufgegangen, das er mit dem kleinen Boris teilt. Boris schläft tief. Was für ein Kind er noch ist! Bernard deckt das zweite Bett auf, zerknittert die Laken, damit keiner etwas merkt. Er erfrischt sich mit viel Wasser. Doch bei Boris' Anblick muss er wieder an Saas-Fee denken. Er erinnert sich, was Laura damals sagte: »Ich kann von Ihnen nur diese Ergebenheit annehmen, die Sie mir darbringen. Das Übrige wird sein Recht verlangen und anderswo Genüge suchen.« Gegen diesen Satz hatte er sich aufgelehnt. Er hat ihn noch im Ohr. Er hatte nicht mehr daran gedacht, doch an diesem Morgen ist seine Erinnerung unerhört klar und scharf. Sein Gedächtnis arbeitet mit äußerster Genauigkeit. Bernard verscheucht Lauras Bild, möchte die Erinnerungen unterdrücken; er nimmt, um sich abzulenken, ein Lehrbuch zur Hand und zwingt sich, auf seine Prüfung zu lernen. Doch die Luft im Zimmer ist zum Ersticken. Er möchte auf die Straße laufen, rennen, Luft schöpfen, in die Weite hinaus. Er setzt sich zum Lesen in den Garten hinunter. Er behält das Haustor im Auge, und sowie der Concierge es öffnet, entflieht er.

Er geht mit seinem Buch in den Luxembourg und setzt sich

auf eine Bank. Seine Gedanken spulen sich ab wie Seide, doch Vorsicht; wenn er zieht, reißt der Faden. Sobald er lernen will, schieben sich vorlaute Erinnerungen zwischen ihn und sein Buch; nicht etwa die Erinnerung an die heftigsten Augenblicke seiner Lust, sondern lächerliche, tückische Einzelheiten, an denen seine Eigenliebe sich verletzt, sich entzündet, sich wund reibt. Von nun an wird er sich nicht mehr wie ein Anfänger benehmen.

Gegen neun Uhr erhebt er sich, um sich mit Lucien Bercail zu treffen. Gemeinsam machen sie sich auf den Weg zu Édouard.

Édouard wohnte in Passy, in der obersten Etage eines Mietshauses. Ein weitläufiges Atelier schloss sich an sein Zimmer an. Als Olivier im Morgengrauen aufgestanden war, hatte Édouard sich zunächst weiter keine Gedanken gemacht.

»Ich möchte mich etwas auf dem Diwan ausruhen«, hatte Olivier gesagt. Er solle sich doch, damit er sich nicht erkälte, ein paar Decken mitnehmen, hatte Édouard nur erwidert. Wenig später hatte auch Édouard sich erhoben. Er musste noch einmal eingeschlafen sein, ohne es gemerkt zu haben, denn zu seinem Erstaunen war es heller Tag. Er wollte wissen, ob Olivier es auch bequem hatte; er wollte ihn sehen; und vielleicht trieb ihn auch eine vage Vorahnung …

Das Atelier war leer. Die Decken lagen, noch zusammengefaltet, am Fußende des Diwans. Ein entsetzlicher Gasgeruch alarmierte ihn. An das Atelier grenzte ein kleiner Raum, der als Badezimmer diente. Der Geruch musste von dorther kommen. Er stürzte hinüber; doch er brachte die Tür kaum auf; es lag etwas dahinter: Oliviers Körper war gegen die Badewanne gesunken, unbekleidet, eiskalt, aschfahl und entsetzlich besudelt mit Erbrochenem. Édouard schloss hastig den Hahn des Badeofens, dem das Gas entströmte. Was war geschehen? Ein Unfall? Kollaps? … Er konnte nicht daran glauben. Die

Badewanne war leer. Er nahm den im Sterben Liegenden in seine Arme, trug ihn ins Atelier, legte ihn vor dem weit geöffneten Fenster auf den Teppich. Niederkniend beugte er sich angstvoll über ihn, horchte. Olivier atmete noch, wenn auch nur schwach. Außer sich, tat Édouard, was er nur irgend konnte, um das wenige, dem Verlöschen nahe Leben wieder anzufachen; rhythmisch hob er die schlaffen Arme, presste die Seiten, massierte den Brustkorb, ließ nichts unversucht, was man, soweit er sich erinnerte, gegen drohendes Ersticken unternehmen konnte, verzweifelt, nicht alles auf einmal tun zu können. Oliviers Augen blieben geschlossen. Édouard hob die Lider mit dem Finger an; sie fielen wieder zu, über einem leblosen Blick. Doch das Herz schlug. Vergebens suchte er nach Kognak, Riechsalz. Er hatte Wasser gewärmt, um den Oberkörper und das Gesicht zu waschen. Dann bettete er den reglosen Körper auf den Diwan und deckte ihn zu. Er hätte einen Arzt rufen wollen, doch wagte er nicht, Olivier allein zu lassen. Die Haushilfe, die jeden Morgen um neun Uhr kam, war noch nicht da. So wie er sie kommen hörte, schickte er sie nach dem nächstbesten Arzt in der Nachbarschaft; rief sie aber gleich wieder zurück, aus Furcht, dies könnte eine polizeiliche Untersuchung nach sich ziehen.

Olivier kehrte langsam ins Leben zurück. Édouard hatte sich ans Kopfende des Diwans gesetzt. Er suchte den verschlossenen Gesichtsausdruck zu ergründen, der sein Geheimnis nicht preisgab. Warum nur? Warum? Abends, wenn man etwas getrunken hat, kann man unbesonnen handeln; doch die Entschlüsse im Morgengrauen fallen voll ins Gewicht. Er gab es auf, irgendetwas verstehen zu wollen, bevor Olivier nicht endlich zu ihm sprechen konnte. Bis dahin wollte er nicht von seiner Seite weichen. Er hielt Oliviers Hand und legte seine Fragen, sein Denken, sein ganzes Leben in diese Berührung. Endlich glaubte er zu spüren, dass Olivier den Händedruck schwach erwiderte ... Da beugte er sich hinab und presste seine Lippen gegen diese von schwerem, unergründlichem Schmerz gefurchte Stirn.

Es läutete. Édouard erhob sich, um zu öffnen. Es waren Bernard und Lucien Bercail. Édouard bat sie nur bis in den Vorraum und sagte ihnen, was vorgefallen war; dann nahm er Bernard beiseite und erkundigte sich, ob er etwas von Ohnmachten Oliviers wisse, von Anfällen … Da erinnerte sich Bernard mit einem Mal wieder an ihr gestriges Gespräch, besonders an eine Äußerung Oliviers, bei der er kaum hingehört hatte und die er jetzt erst verstand.

»Ich habe über Selbstmord zu reden angefangen«, sagte er. »Ich habe ihn gefragt, ob er verstehe, dass man sich vor lauter Lebenskraft, ›aus Enthusiasmus‹ töten könne, wie es Dmitri Karamasow nannte. Ich war von diesem Gedanken so gefesselt, dass ich nur auf ihn einredete; doch jetzt erinnere ich mich, was er antwortete.«

»Was antwortete er denn?«, fragte Édouard, denn Bernard zögerte und schien nicht weitersprechen zu wollen.

»Er verstehe, dass man sich tötet, aber nur, wenn man einen solchen Gipfel des Glücks erreicht habe, dass man danach nur noch absteigen kann.«

Sie sahen einander an, ohne noch etwas zu sagen. Sie begannen zu begreifen. Édouard wandte schließlich den Blick ab; und Bernard machte sich Vorwürfe, dass er nicht geschwiegen hatte. Sie traten wieder zu Bercail.

»Das Dumme ist«, sagte dieser, »dass man glauben könnte, er wollte sich töten, um sich nicht duellieren zu müssen.«

Édouard hatte gar nicht mehr an das Duell gedacht.

»Tut, als wäre nichts geschehen«, sagte er. »Geht zu Dhurmer, und fordert ihn auf, euch seine Sekundanten zu nennen. Mit ihnen könnt ihr dann sprechen, falls diese idiotische Geschichte sich nicht von selbst erledigt. Dhurmer schien nicht sehr erpicht auf das Duell.«

»Wir werden ihm nichts sagen«, meinte Lucien, »damit die

Schande des Rückzugs ihn allein trifft. Ich bin sicher, dass er kneifen wird.«

Bernard fragte, ob er Olivier sehen könne. Doch Édouard erklärte, dass er unbedingter Schonung bedürfe.

Bernard und Lucien wollten sich gerade verabschieden, da traf der kleine Georges ein. Er war soeben bei Passavant gewesen, doch hatte man ihm die Sachen seines Bruders nicht ausgehändigt. »Monsieur le Comte ist ausgegangen. Er hat uns keinerlei Anweisungen hinterlassen«, hatte der Diener geantwortet und ihm die Tür vor der Nase zugeschlagen.

In Édouards Stimme und der Haltung der anderen beiden lag ein feierlicher Ernst, der Georges stutzig machte. Er witterte etwas Ungewöhnliches und fragte, was los sei. Édouard musste ihm alles erzählen.

»Aber sag deinen Eltern nichts davon.«

Georges war entzückt, in das Geheimnis eingeweiht zu sein. »Verlasst euch auf mich«, sagte er. Und da er an diesem Morgen nichts weiter vorhatte, erbot er sich, Bernard und Lucien zu Dhurmer zu begleiten.

Nachdem die drei Besucher gegangen waren, rief Édouard die Haushilfe. Neben seinem Zimmer lag ein Gästezimmer, das er herzurichten bat, um darin Olivier unterbringen zu können. Dann ging er leise ins Atelier zurück. Olivier lag ganz ruhig da. Édouard setzte sich wieder neben ihn. Er hatte ein Buch mitgenommen, legte es jedoch bald aus der Hand, ohne es aufgeschlagen zu haben, und betrachtete seinen schlafenden Freund.

X

> Nichts, was sich der Seele bietet, ist eindeutig, und vieldeutig bietet sich die Seele dar.
> PASCAL

»Ich glaube, er wird sich sehr freuen, dass Sie gekommen sind«, begrüßte Édouard am folgenden Tag Bernard. »Heute Morgen hat er mich gefragt, ob Sie gestern hier waren. Er muss Ihre Stimme erkannt haben, während ich ihn noch bewusstlos glaubte ... Er hält die Augen geschlossen, schläft aber nicht. Er spricht nicht. Oft führt er die Hand zur Stirn, als habe er Schmerzen. Sobald ich ihn anspreche, legt sich seine Stirn in Falten, doch wenn ich mich entferne, ruft er mich zurück, damit ich mich zu ihm setze ... Nein, er ist nicht mehr im Atelier. Ich habe ihn im Zimmer nebenan untergebracht, so dass ich Besuche empfangen kann, ohne ihn zu stören.« – Sie gingen zu ihm hinüber.

»Ich wollte mich erkundigen, wie es dir geht«, sagte Bernard sehr sanft.

Als er die Stimme seines Freundes erkannte, belebten sich Oliviers Züge. Es war schon beinahe ein Lächeln.

»Ich habe dich erwartet.«

»Wenn es dich anstrengt, gehe ich wieder.«

»Bleib.«

Doch während er dies sagte, legte Olivier einen Finger auf die Lippen. Er bat, nicht zu sprechen. Bernard, der in drei Tagen seine mündliche Prüfung hatte, ging nicht mehr ohne eines dieser Lehrbücher aus dem Haus, die den Prüfungsstoff als bitteren Extrakt enthalten. Er setzte sich neben das Bett und vertiefte sich in sein Buch. Olivier, der das Gesicht zur Wand gekehrt hatte, schien zu schlafen. Édouard zog sich in sein Zimmer zurück; nur hin und wieder erschien er in der Verbindungstür, die offen stand. Alle zwei Stunden flößte er

Olivier eine Schale Milch ein, doch erst seit dem Morgen. Einen ganzen Tag lang hatte der Magen des Kranken nichts behalten.

Die Stunden vergingen. Schließlich erhob sich Bernard. Olivier drehte sich um, gab ihm die Hand und fragte, mit einem Versuch zu lächeln: »Kommst du morgen wieder?«

Im letzten Moment rief er ihn zurück, machte ihm ein Zeichen, sich hinabzubeugen, als fürchte er, seine Stimme sei zu schwach, und sagte sehr leise: »Du glaubst gar nicht, wie dumm ich war!«

Dann legte er abermals, wie um einer Entgegnung Bernards zuvorzukommen, den Finger auf die Lippen: »Nein; nein ... Später werde ich es euch erklären.«

Am nächsten Morgen erhielt Édouard Post von Laura; als Bernard wiederkam, gab er ihm den Brief zu lesen:

»Mein teurer Freund,
ich schreibe Ihnen in aller Eile, um ein sinnloses Unglück noch abzuwenden. Sie werden mir helfen, dessen bin ich sicher, wenn nur dieser Brief Sie früh genug erreicht.

Félix ist soeben in der Absicht, Sie aufzusuchen, nach Paris gefahren. Er möchte bei Ihnen die Auskünfte einholen, die ich ihm verweigere, wird versuchen, von Ihnen den Namen des Mannes zu erfahren, den er zum Duell fordern will. Ich habe getan, was ich konnte, um ihn zurückzuhalten, doch sein Entschluss steht unumstößlich fest, und was ich auch dagegen sage, es bestärkt ihn nur. Sie allein können ihn vielleicht noch umstimmen. Er hat Vertrauen zu Ihnen und wird auf Sie hören, wie ich hoffe. Bedenken Sie, er hat noch nie eine Pistole oder ein Florett in der Hand gehabt. Der Gedanke, er könnte sein Leben für mich aufs Spiel setzen, ist mir unerträglich; vor allem aber fürchte ich, kaum wage ich es zu gestehen, dass er sich lächerlich machen könnte.

Seit meiner Rückkehr ist Félix voller Eifer, Zärtlichkeit und Fürsorge; doch ich kann mich nicht verstellen und ihm mehr Liebe zeigen, als ich empfinde. Er leidet darunter; und ich glaube, es ist das Verlangen, meine Anerkennung, meine Bewunderung zu erringen, was ihn zu diesem Schritt bestimmt, der Ihnen unbesonnen erscheinen mag, ihm aber seit meiner Rückkehr vorschwebt und zu einer fixen Idee geworden ist. Sicherlich hat er mir vergeben; doch er fühlt sich tödlich beleidigt durch den anderen.

Ich flehe Sie an, ihm gegenüber ebenso zuvorkommend zu sein, wie Sie es mir gegenüber wären; Sie könnten mir keinen größeren Beweis Ihrer Freundschaft geben. Verzeihen Sie, dass ich nicht schon früher geschrieben habe, um Ihnen noch einmal von Herzen für die aufopfernde Fürsorge zu danken, die Sie mir während unseres Aufenthaltes in der Schweiz zuteilwerden ließen. Die Erinnerung an diese Zeit wärmt mir noch heute das Herz und hilft mir, das Leben zu ertragen.

Voller Unruhe und Vertrauen bin ich Ihre Freundin,

LAURA.«

»Was werden Sie tun?«, fragte Bernard, während er den Brief zurückgab.

»Was soll ich schon tun?«, erwiderte Édouard leicht gereizt, weniger wegen Bernards Frage als vielmehr, weil er sie sich auch schon gestellt hatte. »Wenn er kommt, werde ich so liebenswürdig sein, wie ich kann. Falls er mich darum bittet, werde ich ihm raten, so gut ich kann; und ich werde versuchen, ihm klarzumachen, dass es das Klügste ist, sich ruhig zu verhalten. Leute wie der arme Douviers tun nie gut daran, sich in den Vordergrund zu drängen. Sie dächten genauso, wenn Sie ihn kennen würden, glauben Sie mir. Laura ihrerseits war dafür geboren, eine Hauptrolle zu spielen. Jeder von uns lebt ein Drama nach seinem Zuschnitt und bekommt sein Quantum an Tragik zugemessen. Was will man machen? Lauras Tragik ist es, einen Komparsen geheiratet zu haben. Daran ist nichts zu ändern.«

»Und Douviers' Tragik, jemanden geheiratet zu haben, der ihm überlegen bleibt, was er auch tun mag«, griff Bernard den Gedanken auf.

»Was er auch tun mag …«, wiederholte Édouard, »und was Laura auch tun mag. Das ist das Köstliche: Laura kehrte, ihren Fehler bedauernd, demütig zu ihm zurück, und sofort demütigte er sich selbst noch mehr; was sie auch tun mochte und was er tun mochte, es machte ihn nur kleiner und sie größer.«

»Er tut mir aufrichtig leid«, sagte Bernard. »Doch warum gestehen Sie ihm nicht zu, dass auch er durch seine Demut an Größe gewinnt?«

»Weil er kein lyrischer Mensch ist«, erklärte Édouard entschieden.

»Was wollen Sie damit sagen?«

»Dass er sich selbst nie vergisst in dem, was er empfindet, und deshalb nie etwas Großes empfinden kann. Sie wollen es natürlich wieder ganz genau wissen. Ich habe darüber meine eigenen Vorstellungen; doch sie scheuen die Messlatte, und mir liegt auch nicht viel daran, sie abzumessen. Paul-Ambroise pflegt zu sagen, er sei nur bereit, dem Rechnung zu tragen, was sich in Zahlen fassen lasse; wobei er, wie ich meine, sich die Formulierung ›Rechnung tragen‹ zunutze macht; denn damit hat er, wie man sagen könnte, Gott herausdividiert. Und dahin tendiert er auch insgeheim … Warten Sie mal: Ich glaube, ich nenne einen Menschen lyrisch, der bereit ist, von Gott überwunden zu werden.«

»Bedeutet das Wort ›Enthusiasmus‹ nicht genau dies?«

»Und vielleicht auch das Wort ›Inspiration‹. Ja, das ist es, was ich sagen möchte. Douviers ist ein Mensch, dem Inspiration völlig fremd ist. Ich bin bereit, Paul-Ambroise darin zuzustimmen, dass die Inspiration der Kunst geradezu im Wege steht; und ich glaube gerne, dass man Künstler nur sein kann, wenn man die lyrische Erregung zu beherrschen vermag; doch um sie beherrschen zu können, ist es unerlässlich, sie erst einmal empfunden zu haben.«

»Denken Sie nicht, dass dieser Zustand göttlicher Heimsuchung physiologisch erklärbar ist durch …«

»Und wenn!«, unterbrach ihn Édouard. »Solche Überlegungen, auch wenn sie zutreffen mögen, bringen nur Toren in Verlegenheit. Sicherlich gibt es keine mystische Erregung, die nicht eine materielle Entsprechung hätte. Um Zeugnis abzulegen, kann der Geist die Materie nicht entbehren. Daher das Mysterium der Inkarnation.«

»Dafür kann die Materie ihrerseits den Geist umso leichter entbehren.«

»Wer weiß«, sagte Édouard lachend.

Es belustigte Bernard, wie Édouard mit ihm sprach. Er hatte ihm noch nie solche Gedanken anvertraut. Die Hochstimmung, die ihm heute anzumerken war, kam durch Oliviers Gegenwart. Bernard erkannte das. »Er spricht so mit mir«, dachte er, »wie er am liebsten schon mit Olivier sprechen würde. Ihn sollte er zum Sekretär nehmen. Sobald Olivier gesund ist, werde ich mich zurückziehen; mein Platz ist anderswo.«

Er dachte dies ohne Bitterkeit, da seine Gedanken inzwischen Sarah galten, die er in der vergangenen Nacht wiedergesehen hatte und mit der er auch für die kommende Nacht verabredet war. »Von Douviers sind wir jetzt aber weit abgekommen«, meinte er, ebenfalls lachend. »Werden Sie etwas von Vincent sagen?«

»Um Gottes willen. Wozu denn?«

»Glauben Sie nicht, es ist wie ein schleichendes Gift für Douviers, nicht zu wissen, auf wen er seinen Verdacht richten soll?«

»Mag sein. Aber das müssen Sie Laura sagen. Es wäre Verrat, darüber zu sprechen … Im Übrigen weiß ich nicht einmal, wo er ist.«

»Vincent? … Passavant wird es sicher wissen.«

Es hatte geklingelt. Madame Molinier wollte sich nach ihrem Sohn erkundigen. Édouard ging zu ihr ins Atelier hinüber.

Édouards Tagebuch

»Besuch von Pauline. Ich wusste nicht recht, wie ich ihr die Nachricht beibringen sollte, konnte ihr aber doch nicht verschweigen, dass ihr Sohn krank ist. Fand es unnötig, ihr von dem unerklärlichen Selbstmordversuch zu erzählen; habe einfach nur von einer schweren Leberkrise gesprochen, die das einzig Klare an diesem Rätsel ist.

›Ich bin schon beruhigt, wenn ich Olivier bei Ihnen weiß‹, sagte Pauline. ›Ich würde ihn nicht besser pflegen als Sie, denn ich spüre, dass Sie ihn ebenso sehr lieben wie ich.‹

Bei den letzten Worten sah sie mich mit seltsamer Eindringlichkeit an. Es war ein prüfender Blick, oder bildete ich mir das nur ein? Ich hatte Pauline gegenüber, was man gemeinhin ein ›schlechtes Gewissen‹ nennt, und vermochte nur irgendetwas Unzusammenhängendes zu stammeln. Nach diesen zwei Tagen zwischen Hoffen und Bangen hatte ich mich kaum noch in der Gewalt; und meine Verlegenheit musste sehr offensichtlich sein, denn sie fügte hinzu: ›Ihr Erröten verrät alles … Mein armer Freund, fürchten Sie keine Vorwürfe von mir. Die würde ich Ihnen machen, wenn Sie ihn nicht liebten … Kann ich ihn sehen?‹

Ich führte sie zu Olivier. Bernard hatte sich, als er uns kommen hörte, zurückgezogen.

›Wie schön er ist!‹, sagte sie leise, indes sie sich über das Bett neigte. Dann, zu mir gewandt: ›Sie werden ihn statt meiner umarmen. Ich habe Angst, ihn zu wecken.‹

Pauline ist wirklich eine außergewöhnliche Frau. Das weiß

ich nicht erst seit heute. Doch ich hätte nie gedacht, dass ihr Verständnis so weit gehen würde. Immerhin schienen mir die Herzlichkeit ihrer Worte und der heitere Klang ihrer Stimme etwas Gezwungenes zu haben (vielleicht weil ich selbst mich so angestrengt bemühte, unbefangen zu sein); und ich erinnerte mich an einen Satz aus unserem letzten Gespräch, einen Satz, der mir schon damals, noch bevor er meinen eigenen Interessen entgegenkam, so viel Einsicht zu verraten schien: ›Ich gebe lieber gutwillig nach, wenn ich weiß, dass ich etwas nicht verhindern kann.‹ Pauline bemühte sich offenbar um diese Gutwilligkeit; und was sie sagte, als wir wieder ins Atelier gingen, war fast eine Antwort auf meine geheimen Gedanken: ›Ich fürchte, Sie schockiert zu haben, weil ich so gar nicht schockiert wirkte. Die Männer glauben, nur sie hätten ein Recht auf diese geistige Freiheit. Warum auch sollte ich Entrüstung heucheln, wenn ich sie nicht empfinde. Das Leben hat mich manches gelehrt. Ich habe erkannt, dass die Reinheit der Knaben am meisten gefährdet ist, wenn sie zu sorgsam behütet wird. Auch glaube ich nicht, dass die keuschesten Jünglinge später die besten Ehemänner werden; geschweige denn‹, fügte sie traurig lächelnd hinzu, ›die treuesten. Das Beispiel des Vaters bewirkt, dass ich mir andere Tugenden für meine Söhne wünsche. Vor Ausschweifung und erniedrigenden Beziehungen, davor möchte ich sie schützen. Olivier lässt sich leicht verführen. Sie werden ihn hiervor bewahren. Ich glaube, Ihre Freundschaft wird ihm guttun. Es liegt nur an Ihnen ...‹

Ihre Worte verwirrten mich völlig.

›Sie machen mich besser, als ich bin‹, war alles, was ich hervorbrachte, so unbeholfen und banal es klang.

›Olivier wird Sie besser machen‹, entgegnete sie zartfühlend. ›Was vermag man nicht aus Liebe?‹

›Weiß Oscar, dass er bei mir ist?‹, fragte ich, um etwas Distanz zwischen uns zu schaffen.

›Er weiß nicht einmal, dass Olivier in Paris ist. Wie ich Ihnen sagte, kümmert er sich kaum um seine Söhne. Deshalb zählte ich auf Sie. Haben Sie schon mit Georges gesprochen?‹

›Nein; noch nicht.‹

Paulines Miene hatte sich plötzlich verdüstert. ›Ich werde immer unruhiger‹, sagte sie. ›Er legt eine Forschheit an den Tag, in der ich nur Leichtfertigkeit, Zynismus und Anmaßung sehen kann. Er arbeitet fleißig, seine Lehrer sind zufrieden mit ihm; ich weiß nicht, womit ich meine Ängste begründen soll …‹

Und plötzlich, ihre Beherrschung verlierend, mit einer Heftigkeit, dass sie kaum wiederzuerkennen war: ›Machen Sie sich eine Vorstellung davon, was aus meinem Leben geworden ist? Auf all mein Glück habe ich verzichten müssen; Jahr für Jahr habe ich zurückgesteckt, eine Hoffnung nach der anderen fahrenlassen. Ich habe nachgegeben; ich habe geduldet; ich habe so getan, als verstünde ich nicht, als merkte ich nichts … Aber an irgendetwas hängt man doch; und wenn man dann auch noch dieses bisschen verliert! … Abends arbeitet er bei mir, unter der Lampe; wenn er dann von seinem Buch aufsieht, so spricht aus seinem Blick keine Zuneigung, sondern Feindseligkeit. Das habe ich wirklich nicht verdient … Bisweilen scheint mit einem Mal all meine Liebe zu ihm in Hass umzuschlagen; und ich wollte niemals Kinder geboren haben.‹

Ihre Stimme zitterte. Ich nahm ihre Hand.

›Olivier wird Sie entschädigen; das schwöre ich Ihnen.‹

Sie versuchte, sich wieder zu fassen.

›Ja, ich bin töricht, so zu sprechen; als hätte ich nicht drei Söhne. Wenn ich mir um einen Gedanken mache, gibt es nur noch ihn … Sie werden mich für recht unvernünftig halten … Doch in gewissen Momenten ist man mit seiner Vernunft am Ende.‹

›Dabei ist Ihre Vernunft das, was ich am meisten an Ihnen bewundere‹, sagte ich plump, in der Hoffnung, sie zu beruhigen. ›Neulich sprachen Sie mit so viel Einsicht von Oscar …‹

Pauline richtete sich kerzengerade auf. Sie sah mich an und zog die Schultern hoch. ›Je mehr eine Frau resigniert, desto vernünftiger findet man sie!‹, rief sie beinahe erbost aus.

Diese Bemerkung irritierte mich, eben weil sie so treffend war. Um mir nichts anmerken zu lassen, fragte ich schnell: ›Irgendwelche Neuigkeiten wegen der Briefe?‹

›Neuigkeiten? Neuigkeiten! ... Was soll es schon für Neuigkeiten geben zwischen Oscar und mir?‹

›Er wartete auf eine Aussprache.‹

›Ich wartete auch auf eine Aussprache. Sein Leben lang wartet man auf Aussprachen.‹

›Denn schließlich‹, insistierte ich etwas gereizt, ›war Oscar doch in einer ungeklärten Situation.‹

›Aber, mein Freund, Sie wissen doch, dass nichts geeigneter ist, ewig zu dauern, als ungeklärte Situationen. Nur Romanautoren suchen alles aufzulösen. Im Leben wird nichts gelöst; alles geht so weiter. Die Ungewissheit bleibt, und bis zum Schluss weiß man nicht, woran man sich halten soll; inzwischen aber geht das Leben weiter, immer weiter, gerade so, als sei alles in Ordnung. Und auch damit findet man sich ab; wie mit dem Übrigen ... wie mit allem. Also, leben Sie wohl.‹

Ein sonderbarer, neuer Unterton in ihrer Stimme schmerzte mich; es klang da etwas Aggressives durch, das mich zu dem Schluss zwang (vielleicht nicht gleich, aber doch, als ich mir unser Gespräch noch einmal vergegenwärtigte), Pauline schicke sich wesentlich weniger leicht in mein Verhältnis mit Olivier, als sie vorgab; weniger leicht als in alles andere. Ich will ihr glauben, dass sie es nicht direkt missbilligt; es sogar, wie sie mir zu verstehen gab, in mancherlei Hinsicht begrüßt; und dennoch muss sie, vielleicht ohne es sich einzugestehen, eifersüchtig sein.

Nur so kann ich mir erklären, warum sie gleich darauf bei einem Thema, das ihr alles in allem weit weniger am Herzen lag, so heftig aufbegehrte. Als habe sie damit, dass sie mir den überließ, der ihr am teuersten war, ihren Vorrat an Nachsicht aufgebraucht und verfüge plötzlich über keine mehr. Daher ihre unangemessenen, geradezu überspannten Reden, über die sie sich selbst wundern musste, wenn sie daran zurückdachte, und durch die sich ihre Eifersucht verriet.

Im Grunde frage ich mich, welche Möglichkeit eine Frau hat, die nicht resigniert. Ich meine: eine ›ehrbare Frau‹ ... Als gehöre zu dem, was man bei den Frauen ›Ehrbarkeit‹ nennt, nicht immer Resignation!

Gegen Abend begann es Olivier deutlich besser zu gehen. Doch mit dem Leben kommen seine Ängste zurück. Ich gebe mir alle Mühe, ihn zu beruhigen.

Sein Duell? – Dhurmer sei aufs Land geflohen. Man könne ihm schließlich nicht hinterherlaufen.

Die Zeitschrift? – Bercail kümmere sich darum.

Die Sachen, die bei Passavant geblieben sind? – Das war der heikelste Punkt. Ich musste gestehen, dass man sie Georges nicht ausgehändigt hatte; versprach aber, sie gleich morgen selbst zurückzufordern. Er schien zu befürchten, Passavant könnte sie als Sicherheit einbehalten; was ich keinen Augenblick glauben kann.

Gestern, als ich diese Seiten geschrieben hatte und noch ein wenig im Atelier blieb, hörte ich Olivier rufen. Ich stürzte zu ihm hinüber.

›Ich wäre selbst gekommen, aber ich bin noch zu schwach‹, sagte er. ›Ich wollte aufstehen; doch wenn ich stehe, wird mir schwindlig, und ich hatte Angst umzufallen. Nein, nein, ich fühle mich nicht schlechter; im Gegenteil ... Aber ich wollte dir unbedingt etwas sagen.

Du musst mir ein Versprechen geben ... Verlange nie zu wissen, warum ich vorgestern versuchte, mich zu töten. Ich glaube, ich weiß es selbst nicht mehr. Und wollte ich es erklären, ich könnte es einfach nicht ... Doch du sollst nicht denken, es gäbe ein Geheimnis in meinem Leben, etwas, wovon du nichts weißt.‹ Dann, mit leiserer Stimme: ›Du darfst auch nicht denken, es sei aus Scham …‹

Obwohl wir im Dunkeln saßen, verbarg er sein Gesicht an meiner Schulter.

›Oder wenn ich mich schäme, so über das Bankett; über meine Betrunkenheit, über meine Unbeherrschtheit, über meine Tränen; und über diese Sommermonate; …und darüber, dass ich dir so schlecht die Treue gehalten habe.‹

Er beteuerte, nichts davon könne er mehr begreifen; all das habe er töten wollen, das habe er getötet, er habe es aus seinem Leben getilgt.

An seiner Aufregung spürte ich, wie schwach er noch war, und wiegte ihn wie ein Kind in meinen Armen, ohne etwas zu erwidern. Er hätte so nötig der Ruhe bedurft; als er schwieg, hoffte ich, er schliefe; doch hörte ich ihn schließlich leise sagen: ›Wenn du bei mir bist, bin ich zu glücklich, um zu schlafen.‹

Erst am Morgen durfte ich ihn allein lassen.«

XI

An diesem Morgen war Bernard zeitig gekommen. Olivier schlief noch. Wie an den vorangegangenen Tagen setzte Bernard sich mit einem Buch ans Bett seines Freundes, so dass Édouard sein Versprechen einlösen und zu Comte de Passavant gehen konnte. Zu dieser frühen Stunde war er sicherlich anzutreffen.

Die Sonne strahlte; ein frischer Wind blies die letzten Blätter von den Bäumen; der Morgen war klar, azurn. Édouard war drei Tage nicht im Freien gewesen. Ein unermessliches Glück dehnte sein Herz; ja, ihm war, als schwebe er gleich einer weiten, leeren Hülle, leicht und leer, über ungeteilten Wassern, einem göttlichen Ozean der Güte. So vermögen die Liebe und das schöne Wetter unsere Grenzen zu sprengen.

Für den Transport von Oliviers Sachen würde Édouard einen

Wagen brauchen; doch er ließ sich Zeit damit, ein Auto heranzuwinken; er genoss es, ein Stück zu laufen. Ihn beseelte ein Wohlwollen gegen alle Kreatur, so dass er innerlich nicht eingestimmt war auf die Begegnung mit Passavant. Er sagte sich, dass er Passavant verabscheuen müsse, vergegenwärtigte sich alles, was er ihm verübelte, doch er spürte keinen Stachel mehr. Er hatte diesen Rivalen, den er gestern noch verabscheute, so gründlich von seinem Platz verdrängt, dass er ihn nicht mehr zu hassen vermochte. Zumindest konnte er es an diesem Morgen nicht. Da er jedoch glaubte, er dürfe sich diesen verräterischen Stimmungswandel, den sein Glück bewirkt hatte, keinesfalls anmerken lassen, hätte er diese Begegnung lieber vermieden, als so schlecht gewappnet zu sein. Ja, warum, zum Teufel, sollte ausgerechnet er, Édouard, dort vorstellig werden? Mit welchem Recht konnte er in der Rue de Babylone erscheinen und Oliviers Sachen einfordern? Ein unbedacht übernommener Auftrag, sagte er sich auf dem Weg dorthin, der verriete, dass Olivier nun bei ihm wohnte; gerade das also, was er hätte verheimlichen wollen ... Doch an Umkehr war nicht zu denken: Er hatte Olivier sein Wort gegeben. Zumindest aber wollte er sich Passavant gegenüber sehr kühl und sehr entschlossen zeigen. Ein Taxi kam vorbei, er winkte es heran.

Édouard täuschte sich in Passavant. Einen Charakterzug hatte er völlig übersehen. Passavant konnte keine Niederlagen verwinden und rechnete daher von vornherein mit dem Schlimmsten. Um keine Fehlschläge einstecken zu müssen, tat er immer so, als entwickelten sich die Dinge nach Wunsch; was immer auch geschah, er behauptete, es so gewollt zu haben. So wie er merkte, dass Olivier sich ihm entzog, war es ihm nur noch darum zu tun, seine Wut zu verbergen. Weit davon entfernt, Olivier hinterherzulaufen und sich womöglich lächerlich zu machen, tat er die Angelegenheit, seinen Zorn unterdrückend, mit einem Achselzucken ab. Seine Gefühle waren nie so heftig, dass er die Kontrolle über sie verlor.

Manch einer beglückwünscht sich zu dieser Selbstbeherrschung, ohne sich eingestehen zu wollen, dass sie oft weniger auf Charakterstärke als auf einem Mangel an Temperament beruht. Doch ich will nicht verallgemeinern; nehmen wir an, dies gelte nur für Passavant. Ihm also fiel es nicht schwer, sich einzureden, er sei Oliviers überdrüssig; er habe den Reiz dieses Abenteuers, das ihm nur noch hinderlich werden könne, in den zwei Sommermonaten bis zur Neige ausgekostet und ohnedies die Schönheit dieses Knaben, seine Anmut und seine Geistesgaben überschätzt; ja, es sei höchste Zeit, nicht länger die Augen vor der Tatsache zu verschließen, dass es von Nachteil sei, jemand so Jungem und Unerfahrenem die Leitung der Zeitschrift anzuvertrauen. Wenn man es sich recht überlegte, war Strouvilhou weit besser geeignet; zum Herausgeber, versteht sich. Daher hatte er Strouvilhou geschrieben und ihn für heute Vormittag zu sich bestellt.

Hinzugefügt sei, dass Passavant sich über den Grund von Oliviers Abtrünnigkeit täuschte. Er dachte, die Avancen, die er Sarah machte, hätten Oliviers Eifersucht erregt; er genoss diese Vorstellung, die seiner Eigenliebe schmeichelte und seinen Trotz beschwichtigte.

Nun wartete er also auf Strouvilhou und hatte Weisung gegeben, ihn sogleich vorzulassen; wovon Édouard profitierte, der vor Passavant stand, ohne gemeldet worden zu sein.

Passavant ließ sich seine Überraschung nicht anmerken. Die Rolle, die er zu spielen hatte, entsprach aufs Glücklichste seinem Naturell und passte in seinen Plan. Kaum hatte Édouard den Anlass seines Besuches genannt, rief Passavant auch schon aus: »Ich bin ja so froh über das, was Sie da sagen. Sie wollen sich wirklich seiner annehmen? Kommt es Ihnen auch nicht ungelegen? ... Olivier ist ein liebenswerter Junge, doch dass er hier wohnte, begann mir entsetzlich lästig zu werden. Ich wagte nicht, es ihn merken zu lassen; er ist ja so feinfühlig ... Ich wusste ja, dass er nicht mehr zu seinen Eltern zurückkehren wollte ... Nicht wahr, wenn man sie einmal verlassen hat ... Doch da fällt mir ein, ist seine Mutter nicht Ihre Halbschwester ... oder etwas dergleichen? Olivier muss mir das seinerzeit erzählt haben. Also nichts natürlicher, als dass er bei Ihnen wohnt. Niemand wird darüber lächeln« (was er selbst sich im Übrigen bei diesen Worten sehr wohl gestattete). »Bei mir, verstehen Sie, konnte man an seiner Anwesenheit viel eher Anstoß nehmen. Was im Übrigen auch einer der Gründe war, weshalb ich insgeheim wünschte, er ginge ... Auch wenn ich selbst mich nicht um die Meinung der Leute zu kümmern pflege. Nein; in seinem Interesse ...«

Das Gespräch hatte nicht schlecht begonnen, doch Passavant konnte sich das Vergnügen nicht versagen, dem Glück Édouards einige Tropfen seiner giftigen Perfidie beizumischen. Etwas Gift hatte er immer in Reserve; man weiß nie, wozu es noch gut sein kann ...

Édouard fürchtete, die Geduld zu verlieren. Da fiel ihm Vincent ein, vielleicht hatte Passavant inzwischen Nachricht von ihm. Zwar hatte er sich fest vorgenommen, Douviers nichts über Vincent zu verraten, falls dieser ihn aushorchen käme; doch um seinen Fragen besser ausweichen zu können, hielt er es für angebracht, selbst auf dem Laufenden zu sein; dies würde seinen Widerstand nur stärken. Er ergriff die Gelegenheit, vom Thema abzulenken.

»Vincent hat nicht geschrieben«, sagte Passavant, »doch ich habe einen Brief von Lady Griffith erhalten – Sie wissen schon: der Ablösung –, in dem sie ausführlich über ihn spricht. Da, nehmen Sie: Hier ist ihr Brief ... Warum sollten Sie ihn schließlich nicht einsehen dürfen.«

Er reichte ihm den Brief. Édouard las:

»My dear,
die Yacht des Fürsten wird ohne uns von Dakar aus die Heimfahrt antreten. Wer weiß, wo wir sind, wenn dieser Brief, den

ich an Bord zurücklasse, Sie erreicht. Vielleicht an den Ufern der Casamance, wo Vincent botanisieren, ich jagen gehen möchte. Ich weiß nicht mehr recht, ob ich ihn fortziehe oder er mich fortzieht; oder ob es nicht vielmehr der Dämon des Abenteuers ist, der uns keine Ruhe lässt. Die Bekanntschaft mit ihm haben wir dem Dämon der Langeweile zu verdanken, den wir auf See kennengelernt haben … Oh, dear, man muss auf einer Yacht gelebt haben, um zu wissen, was Langeweile ist. Bei Wind geht es noch; wenn das Schiff mit voller Fahrt läuft, ist es belebend. Doch seit Teneriffa nicht ein Hauch; nicht die kleinste Welle auf dem Meer

… Stille spiegelt weit
All meine Hoffnungslosigkeit!

Und wissen Sie, womit ich mir seitdem die Zeit vertreibe? Vincent zu hassen. Ja, mein Lieber, uns zu lieben wurde uns zu fade, also haben wir angefangen, uns zu hassen. Im Grunde begann es schon viel früher; ja, bei der Einschiffung; zuerst war es nur eine Gereiztheit, eine versteckte Feindseligkeit, die das Corps à Corps nicht behinderte. Grausam wurde es dann mit dem schönen Wetter. Oh! Ich weiß jetzt, was es heißt, Leidenschaft zu empfinden …«

Der Brief war noch lang.

»Das reicht mir schon«, sagte Édouard und gab ihn Passavant zurück. »Wann kommt er wieder nach Hause?«

»Von Rückkehr spricht Lady Griffith nicht.«

Passavant war tief gekränkt, dass Édouard an dem Brief keinen Gefallen fand. Da er Édouard erlaubt hatte, den Brief zu lesen, musste er diesen Mangel an Neugier als Beleidigung auffassen. Er selbst schlug ein Angebot gerne aus, konnte es jedoch nicht ertragen, dass man seine Angebote ablehnte. Diesen Brief hatte er genossen. Zwar hegte er eine gewisse Zuneigung für Lilian und für Vincent; das hatte er sich bewiesen, indem er ihnen behilflich, gefällig war; doch seine Zuneigung schwand, sobald man ohne sie auskam. Dass seine beiden Freunde nicht dem Glück entgegengesegelt waren, als sie ihn verließen, entlockte ihm ein »Gut so«. Édouards morgendliches Glücksgefühl dagegen war so aufrichtig, dass er sich von diesem Bild der Besessenheit nur abwenden konnte. Statt Interesse zu heucheln, hatte er den Brief einfach zurückgegeben.

Passavant musste wieder die Oberhand gewinnen: »Ach, was ich Ihnen noch sagen wollte: Wussten Sie, dass ich daran gedacht hatte, Olivier mit der Herausgabe einer Zeitschrift zu betrauen? Davon kann natürlich nicht mehr die Rede sein.«

»Das versteht sich von selbst«, entgegnete Édouard, dem Passavant damit, ohne es zu ahnen, eine große Sorge abnahm. Passavant hörte an Édouards Ton, dass er den Trumpf verschenkt hatte, und meinte, ohne sich lange auf die Zunge zu beißen: »Oliviers Sachen sind in dem Zimmer, das er bewohnte. Sie sind mit einem Wagen da, nehme ich an. Man wird sie Ihnen hinausbringen. Apropos, wie geht es ihm?«

»Sehr gut.«

Passavant hatte sich erhoben. Édouard tat es ihm nach. Beide verabschiedeten sich äußerst kühl.

Édouards Besuch war für Comte de Passavant sehr unerquicklich gewesen. »Uff!«, atmete er auf, als er Strouvilhou hereinkommen sah.

Obwohl Strouvilhou seinen eigenen Kopf hatte, gefiel er Passavant, oder besser: Passavant ließ sich viel von ihm gefallen. Sicherlich war Strouvilhou ein ernst zu nehmender Gegner, doch Passavant fühlte sich ihm gewachsen, und es reizte ihn, sich mit ihm zu messen.

»Mein lieber Strouvilhou, nehmen Sie Platz«, sagte er und schob ihm einen Sessel hin. »Ich freue mich wirklich, Sie wiederzusehen.«

»Monsieur le Comte haben gerufen. Hier bin ich. Stets zu Diensten.«

Strouvilhou pflegte ihm mit dreister Unterwürfigkeit entgegenzutreten; doch Passavant war diese Allüren gewöhnt.

»Wir wollen gleich, wie man so sagt, zum Kern der Sache kommen, zu dem, was hinter meiner Einladung steckt. Sie haben sich schon in vielen Metiers versucht ... Heute habe ich Ihnen einen regelrechten Diktatorposten anzubieten. Über nichts weiter als die Welt der Literaten, wie ich sogleich hinzufügen will.«

»Was für ein Pech.« Und als Passavant ihm sein Zigarettenetui hinhielt: »Wenn Sie erlauben, nehme ich lieber ...«

»Nichts erlaube ich. Mit Ihrer grässlichen Schmuggelware werden Sie mir das ganze Zimmer verpesten. Ich habe noch nie verstanden, wie man an so etwas Geschmack finden kann.«

»Oh, ich bin auch nicht verrückt danach. Doch es beleidigt fremde Nasen.«

»Immer noch Frondeur?«

»Wenn Sie mich für so harmlos halten ...« Statt unmittelbar auf Passavants Vorschlag einzugehen, hielt Strouvilhou es für nötig, sich näher zu erklären und seinen Standpunkt deutlich zu machen; dann würde man ja sehen. Er fuhr also fort: »Philanthropie ist noch nie meine Stärke gewesen.«

»Ich weiß, ich weiß«, sagte Passavant.

»Doch Egoismus ebenso wenig. Und das wissen Sie noch nicht ... Man will uns Menschen glauben machen, der einzige Ausweg aus dem Egoismus sei der Altruismus, während der doch noch viel schlimmer ist! Wenn es etwas Niedrigeres, Verächtlicheres gibt als einen Menschen, so sind es viele Menschen, wie ich meine. Niemand wird mir weismachen können, dass die Addition erbärmlicher Einzelgrößen eine erlesene Summe ergibt. Ich jedenfalls kann in keine Straßenbahn, keinen Zug einsteigen, ohne mir einen ordentlichen Unfall herbeizuwünschen, der dieses ganze lebendige Pack zu Brei zerquetscht; oh, mich inbegriffen, versteht sich; und keinen Theatersaal betrete ich, ohne mir zu wünschen, dass der Kronleuchter herunterfällt oder eine

Bombe hochgeht; ich würde sie, auch auf die Gefahr hin, selbst dabei draufzugehen, jederzeit unter dem Jackett mitbringen, hätte ich nicht noch Größeres vor. Was sagten Sie doch gleich? …«

»Nichts; gar nichts; fahren Sie fort, ich bin ganz Ohr. Sie gehören nicht zu den Rednern, die man durch Widerspruch dazu anspornen müsste, aus sich herauszugehen.«

»Ich glaubte, gehört zu haben, dass Sie mir ein Glas von Ihrem unvergleichlichen Portwein anbieten.«

Passavant lächelte.

»Behalten Sie die Flasche gleich«, sagte er, sie hinüberreichend. »Trinken Sie alles, wenn Sie mögen, aber erzählen Sie.« Strouvilhou schenkte sich ein, machte es sich in einem tiefen Sessel bequem und begann wieder: »Ich weiß nicht, ob ich, wie man so sagt, ein kaltes Herz habe; ich glaube nicht, denn warum empfände ich sonst Empörung und Abscheu so stark; doch einerlei. Immerhin habe ich seit geraumer Zeit alles unterdrückt, was jenes Organ erweichen könnte. Und trotzdem bin ich der Bewunderung fähig, ja habe einen geradezu absurden Hang, mich aufzuopfern; denn ich verachte und hasse mich als Menschen natürlich ebenso wie die anderen. Die Literatur aber, die Künste, die Wissenschaften dienen dem Wohl der Menschheit, wie man immer und überall erzählt, und schon davon könnte ich brechen. Niemand hindert mich allerdings daran, die Aussage umzukehren, und dann atme ich auf.

Mit Vergnügen male ich mir aus, vielmehr diene die Menschheit der Errichtung eines grausamen Monuments; oder ein Bernard Palissy (wenn ich den Namen schon höre) verheize, um einer schönen Glasur willen, Frau und Kinder, ja sich selbst. Ich liebe es, die Probleme umzudrehen; was will man machen, mein Geist funktioniert eben so; auf den Kopf gestellt halten sie sich besser im Gleichgewicht. Und wenn ich den Gedanken unerträglich finde, dass ein Christus sich nutzlos aufgeopfert hat, um all dies widerwärtige Volk um mich her zu retten, so bereitet es mir Genugtuung, ja, es erfüllt mich mit einem gewissen Glücksgefühl, mir vorzustellen, dass diese Meute verfaulen musste, um einen Christus hervorzubringen ... auch wenn mir etwas anderes lieber gewesen wäre, denn durch Seine Lehre ist die Menschheit nur noch tiefer in den Schlamassel hineingeraten. Das Unglück rührt vom Egoismus der Stärksten her. Ein Starker, der sich aufopfert, der würde Großes bewirken. Es ist der falsche Weg, die Unglücklichen, die Schwachen, die Zurückgebliebenen und die Versehrten beschützen zu wollen; deshalb hasse ich die Religion, die uns dies lehrt. Denn der tiefe Friede, der sich gerade auch auf die Philanthropen, wie sie sagen, bei der Betrachtung der Natur, der Fauna und Flora, überträgt, rührt daher, dass in der Natur nur die Kräftigen gedeihen; der ganze Rest, der Abfall, dient als Dünger. Das aber will man nicht sehen; man will es nicht zugeben.«

»Doch, doch. Ich gebe es gerne zu. Fahren Sie fort.«

»Sagen Sie selbst, ist es nicht beschämend, ein Armutszeugnis ... dass der Mensch, der so viel getan hat, um prachtvolle Rassen von Pferden, Vieh, Geflügel, Getreide und Blumen herauszuzüchten, was ihn selbst anbelangt noch in der Medizin Erleichterung für seine Gebrechen, in der Barmherzigkeit eine Linderung, im Glauben einen Trost, in der Trunkenheit Vergessen sucht? Die Hochzüchtung der menschlichen Rasse, darauf käme es an! Jede Zuchtwahl aber setzt voraus, dass man die Missratenen beseitigt, und dazu kann sich unsere ach so christliche Gesellschaft nicht aufraffen. Ja, sie nimmt es nicht einmal auf sich, die Degenerierten zu kastrieren; und dabei vermehren sich gerade die am meisten. Was man braucht, sind nicht Hospitäler, sondern Gestüte.«

»Parbleu, Strouvilhou, so gefallen Sie mir.«

»Ich fürchte, Sie haben sich bisher in mir getäuscht, Monsieur le Comte. Sie hielten mich für einen Skeptiker, dabei bin ich ein Idealist, ein Mystiker. Der Skeptizismus hat noch nie etwas Gutes bewirkt. Man weiß ja, wohin er führt ... zur Toleranz! Ich halte die Skeptiker für Menschen ohne Ideal, ohne Phantasie; für Einfaltspinsel ... Dabei bin ich mir durchaus im Klaren, dass auch manches an Feinheiten und zarten Empfindungen bei der Züchtung dieser robusten Menschheit beseitigt würde; doch es gäbe niemanden mehr, der solchen Feinheiten nachtrauern würde, denn mit diesen hätte man auch die Empfindsamen beseitigt. Wenn Sie mich nun, wie man so sagt, für unkultiviert halten, dann täuschen Sie sich, denn ich weiß, dass mein Ideal bereits manchem Griechen vorschwebte; ja, mich entzückt der Gedanke, dass Kore, die Tochter der Ceres, als sie in die Unterwelt hinabstieg, voller Mitleid für die Schatten war, Homer sie aber, kaum ist sie Königin und Gemahlin des Pluto, nur noch ›die erbarmungslose Proserpina‹ nennt. Siehe *Odyssee*, sechster Gesang. Tugendhaft handelt, wer kein Erbarmen kennt.«

»Freut mich, dass Sie auf die Literatur zurückkommen ... sofern Sie sie je verlassen haben. Ich frage Sie also, tugendhafter Strouvilhou, ob Sie bereit wären, ein erbarmungsloses Regiment über die Zeitschrift zu führen?«

»Ich muss Ihnen gestehen, mein lieber Comte, dass die Literatur für meinen Geschmack mit zum Widerlichsten und Ekelerregendsten gehört, was die Menschen von sich geben. Man redet einander nur nach dem Mund und biedert sich an. Und ich bezweifle allmählich, dass die Literatur sich jemals wird ändern können, zumindest solange sie nicht reinen Tisch macht. Sie lebt von überkommenen Gefühlen, die nachzuempfinden der Leser sich einbildet, weil er alles glaubt, was gedruckt ist; der Autor baut darauf ebenso wie auf die Konventionen, die er für die Grundfesten seiner Kunst hält. Diese Gefühle klingen wie Falschgeld, zirkulieren aber nur desto besser. ›Das unechte Gold verdrängt das echte‹, wie man weiß, so dass derjenige, der den Leuten echtes Geld anböte, ihnen etwas aufzuschwatzen schiene. In einer Welt, in der alle falschspielen, ist es der wahrhaftige Mann, der als Scharlatan dasteht. Ich warne Sie: Wenn ich eine Zeitschrift leite, dann, um die alten Schläuche zum Platzen zu bringen, um die hehren

Gefühle zu entwerten sowie diese ungedeckten Wechsel: die Wörter.«

»Parbleu, ich möchte wissen, wie Sie das anstellen wollen.«

»Lassen Sie mich machen, Sie werden schon sehen. Ich habe schon viel darüber nachgedacht.«

»Niemand wird Sie verstehen, und kein Mensch wird sich Ihnen anschließen.«

»Ach, was glauben Sie. Die Aufgeweckten unter den jungen Leuten können dieser poetischen Inflation schon lange nichts mehr abgewinnen. Sie wissen, welche Hohlheit sich hinter den kunstvollen Rhythmen und dem klangvollen lyrischen Geleier verbirgt. Wenn man dieses Gebäude zum Abbruch freigibt, werden genügend Hände mit anpacken. Wollen wir eine Schule gründen, die einzig zum Ziel hat, alles kurz und klein zu schlagen? ... Oder macht Ihnen das Angst?«

»Nein ... wenn man mir nicht meinen Garten zertrampelt.«

»Da haben wir anderes zu tun ... vorläufig. Der Moment ist günstig. Ich kenne viele, die nur auf das Zeichen zum Aufbruch warten; ganz junge Leute ... Ja, ich weiß, dafür sind Sie zu haben; aber ich warne Sie, die lassen sich keinen blauen Dunst vormachen ... Wie oft schon habe ich mich gefragt, durch welches Wunder die Malerei die Literatur überholt und so weit hinter sich gelassen hat. Wenn man bedenkt, in welchen Misskredit das sogenannte ›Motiv‹ in der Malerei geraten ist! Ein schönes Sujet! Darüber kann man nur lachen. Selbst beim Porträt gibt es keinen Maler mehr, der jede Ähnlichkeit nicht ängstlich vermiede. Wenn wir unsere Sache gut machen, und das garantiere ich Ihnen, benötige ich keine zwei Jahre, bis auch jeder angehende Dichter sich in seiner Ehre gekränkt fühlt, wenn man versteht, was er sagen will. Ja, Monsieur le Comte; wollen wir wetten? Jeder Sinn, jede Bedeutung wird als unpoetisch gelten. Das Unlogische schreiben wir auf unsere Fahne. *Die Reinemacher*, wenn das kein schöner Titel für eine Zeitschrift ist!«

Passavant hatte ihn angehört, ohne zu reagieren.

»Zählt Ihr junger Neffe«, fragte er nach einer Weile, »auch zu Ihren Adepten?«

»Der kleine Léon ist ein Vollblut; der ist mit Eifer bei der Sache. Er ist wirklich gelehrig. Vor den Sommerferien machte er sich einen Spaß daraus, die Besten in seiner Klasse auszustechen und alle Preise zu kassieren. Jetzt, seit der Unterricht wieder angefangen hat, tut er keinen Strich mehr für die Schule; ich weiß auch nicht, was er nun ausbrütet; aber ich habe volles Vertrauen und werde ihn bestimmt nicht stören.«

»Könnten Sie ihn mir vorbeischicken?«

»Monsieur le Comte belieben zu scherzen, nicht wahr ... Und diese Zeitschrift?«

»Wir wollen ein andermal darüber reden. Ich will Ihre Vorschläge noch einmal überdenken. Einstweilen sollten Sie aber einen Sekretär für mich finden; der, den ich hatte, entspricht meinen Anforderungen nicht mehr.«

»Ich werde Ihnen schon morgen den kleinen Cob-Lafleur vorbeischicken, mit dem ich mich heute Nachmittag treffe und der Ihnen sicherlich zusagen wird.«

»Einer Ihrer ›Reinemacher‹?«

»In gewisser Hinsicht.«

»*Ex uno* ...«

»Nein, schließen Sie von ihm nicht auf alle anderen. Er ist von der gemäßigten Sorte. Genau das richtige für Sie.«

Strouvilhou erhob sich.

»Apropos«, fuhr Passavant fort, »ich hatte Ihnen, glaube ich, mein Buch noch gar nicht überreicht. Es tut mir leid, dass ich über kein Exemplar der ersten Auflage mehr verfüge ...«

»Da ich es nicht weiterverkaufen möchte, macht das nichts.«

»Der Druck war nur besser.«

»Oh, da ich auch nicht die Absicht habe, es zu lesen ... Auf Wiedersehen. Und wenn Sie es wünschen: zu Ihren Diensten. Ich habe die Ehre.«

XII

Édouards Tagebuch

»Oliviers Sachen geholt. Von Passavant zurück, gleich an die Arbeit. Friedvolles, lichtes Hochgefühl. Glück, wie ich es noch nie gekannt habe. Dreißig Seiten der *Falschmünzer* geschrieben, ohne Stocken, ohne Streichungen. Wie eine nächtliche Landschaft beim jähen Aufleuchten des Blitzes ist das Drama dem Dunkel entrissen, ganz anders steht es vor mir als das, was ich vergeblich zu erfinden mich bemühte. Die Bücher, die ich bisher geschrieben habe, erinnern mich an jene Brunnenbecken, deren Form klar, vielleicht vollendet schön, deren stehendes Wasser aber ohne Leben ist. Der Neigung nach soll es nun bald schnell, bald langsam fließen, sich seinen Weg suchen, den ich nicht vorausplanen will.

X. vertritt die Ansicht, ein guter Romanautor müsse, bevor er sein Buch beginnt, wissen, wie dieses Buch enden soll. Ich dagegen, der ich meines dem Geschehen überlasse, bin der Meinung, dass uns das Leben keinen Endpunkt zeigt, der nicht auch als neuer Ausgangspunkt aufgefasst werden kann. ›Ließe sich fortsetzen …‹, mit diesen Worten sollen meine *Falschmünzer* enden.

Besuch von Douviers. Er ist wirklich ein braver Kerl.

Da ich allzu viel Mitgefühl zeigte, musste ich recht peinliche Herzensergüsse über mich ergehen lassen. Während ich mit ihm sprach, hielt ich mir die Worte La Rochefoucaulds vor Augen: ›Ich bin wenig anfällig für Mitleid; und hätte es am liebsten überhaupt nicht … Ich denke, man muss sich damit begnügen, es zu bekunden, und sich sorgfältig davor hüten, es zu empfinden.‹ Aber ich verspürte einfach, unleugbar Mitgefühl und war zu Tränen gerührt. Offen gesagt schienen meine Tränen ihn auch wirksamer zu trösten als meine Worte. Ja, ich glaube, sein Kummer war verflogen, sowie er mich weinen sah.

Ich war fest entschlossen, keinesfalls den Namen des Verführers preiszugeben; doch zu meiner Überraschung fragte er gar nicht danach. Ich glaube, sobald Lauras Blick nicht mehr auf ihm ruht, flaut seine Eifersucht ab. Auf jeden Fall minderte der Vorstoß, den er bei mir gemacht hatte, sichtlich ihre Heftigkeit.

Seinem Verhalten mangelt es an Logik; er empört sich darüber, dass der andere Laura im Stich gelassen hat. Ich machte geltend, Laura hätte nicht zu ihm zurückgefunden, wäre sie nicht verlassen worden. Er nimmt sich fest vor, das Kind so zu lieben, als wäre es sein eigenes. Wer weiß, ob er ohne den Verführer jemals Vaterfreuden hätte entgegensehen können? Doch das habe ich ihm wohlweislich nicht zu bedenken gegeben, denn wiese ich ihn auf sein Unvermögen hin, reizte ich ihn zu noch ganz anderer Eifersucht. Diese beruhte dann aber auf gekränkter Eigenliebe und interessiert mich nicht.

Dass ein Othello eifersüchtig ist, versteht man; er kann sich die Wollust, die seine Frau in den Armen eines anderen empfunden hat, vorstellen und leidet Folterqualen. Ein Douviers dagegen muss, um Eifersucht zu empfinden, sich einbilden, dies sei seine Pflicht.

Wahrscheinlich hütet er dieses Leiden, aus einem geheimen Bedürfnis, seine doch recht unscheinbare Persönlichkeit aufzuwerten. Es wäre das Natürlichste, glücklich zu sein; doch er will sich bewundernswert finden, und Achtung flößt ihm nur das mühsam Errungene, nicht das von der Natur Geschenkte ein. Ich habe mir daher alle erdenkliche Mühe gegeben, Glück als etwas sehr schwer zu Erlangendes hinzustellen, und es für ein größeres Verdienst ausgegeben als jede Seelenpein. Entließ ihn erst, als ich ihn aufgeheitert hatte.

Inkonsequente Charaktere. Demgegenüber Personen, die von Anfang bis Ende des Romans oder des Dramas exakt so handeln, wie es von ihnen zu erwarten war … Ihre Beständigkeit erheischt unsere Bewunderung, ich aber erkenne daran, dass diese Figuren künstlich und konstruiert sind.

Ich will nicht behaupten, dass inkonsequentes Handeln ein sicheres Indiz für Echtheit und Natürlichkeit sei, denn man begegnet, insbesondere bei Frauen, viel gespieltem Wankelmut; doch die sogenannte ›Prinzipientreue‹ bewundere ich nur bei ganz wenigen Menschen; die meisten verdanken diese vermeintliche Charakterstärke einem eitlen Beharren und bezahlen dafür mit ihrer Natürlichkeit. Je vielfältiger der Einzelne, je zahlreicher die Möglichkeiten, die er in sich birgt, desto größer ist seine Bereitschaft, sich zu verändern, desto weniger lässt er sich seine Zukunft von der Vergangenheit diktieren. Das Leitbild des *Justum et tenacem propositi virum* zeugt meist nur von einem steinigen, unfruchtbaren Boden.

Ich bin auch Vertretern noch eines anderen Typs begegnet, die sich unbedingt als Original gebärden müssen und, nachdem sie sich bestimmte Marotten zugelegt haben, ständig in Angst und Sorge sind, nur ja nicht aus der erwählten Rolle zu fallen. (Ich denke an X., der das Glas Montrachet Jahrgang 1904 ablehnte, das ich ihm anbot: ›Ich trinke nur Bordeaux‹, sagte er. Und als ich den Montrachet dann als Bordeaux deklarierte, fand er ihn köstlich.) Als ich jünger war, vertrat ich bestimmte Grundsätze, die ich für tugendhaft hielt. Mir war weniger daran gelegen, der zu sein, der ich war, als vielmehr der zu werden, der ich sein wollte. Heute fehlt nicht viel, und ich sehe im Leben ohne strenge Grundsätze das Geheimnis, wie man nicht altert.

Olivier hat mich gefragt, woran ich arbeite. Ich habe mich verleiten lassen, ihm von meinem Buch zu erzählen, ja ihm sogar, weil er so interessiert schien, die Seiten vorgelesen, die ich gerade geschrieben hatte. Ich fürchtete sein Urteil, da ich die Unerbittlichkeit der Jugend kenne und weiß, wie schwer es ihr fällt, einen anderen Standpunkt als den ihren anzuerkennen. Doch die wenigen Bemerkungen, die er schüchtern vorbrachte, schienen mir so unbedingt zutreffend, dass ich sie gleich eingearbeitet habe.

Durch ihn und mit ihm fühle und atme ich.

Er ist noch in Sorge wegen der Zeitschrift, die er herausgeben sollte, und insbesondere wegen der Erzählung, die er auf Passavants Wunsch geschrieben hat und nicht mehr gutheißen kann. Ich sage ihm, dass Passavant seine Pläne geändert habe und dies einen Umbau des Inhalts mit sich bringen werde; er wird sein Manuskript zurückziehen können.

Ganz unerwartet stand Herr Untersuchungsrichter Profitendieu vor der Tür. Er trocknete sich die Stirn und war außer Atem, rang, wie mir schien, weniger wegen meiner sechs Stockwerke nach Luft als vielmehr, weil ihm die Situation unangenehm war. Er behielt seinen Hut in der Hand und setzte sich erst, als ich ihn ausdrücklich darum bat. Er ist ein gutaussehender, stattlicher und respekteinflößender Mann.

›Wenn ich nicht irre, habe ich den Schwager des Präsidenten Molinier vor mir‹, begann er. ›Ich erlaube mir, Sie in einer Angelegenheit aufzusuchen, die dessen Sohn Georges betrifft. Sie werden diesen Schritt, der Ihnen aufdringlich erscheinen mag, wie ich hoffe, zu entschuldigen wissen, da er sich aus der Zuneigung und Hochachtung erklärt, die ich meinem Kollegen entgegenbringe.‹ Er legte eine Pause ein. Ich erhob mich und ließ eine Portiere herunter, weil ich fürchtete, wir könnten von meiner Haushilfe belauscht werden, die sehr neugierig ist und sich, wie ich wusste, im Nebenzimmer befand. Profitendieu lächelte beifällig.

›In meiner Eigenschaft als Untersuchungsrichter‹, begann er wieder, ›muss ich mich mit einer Angelegenheit befassen, die äußerst peinlich ist. Ihr kleiner Neffe hat sich schon einmal auf ein Abenteuer eingelassen … – dies bleibt unter uns, nicht wahr –, ein ziemlich skandalöses Abenteuer, bei dem, wie ich in Anbetracht seines noch kindlichen Alters annehmen will, seine Vertrauensseligkeit, seine Unschuld ausgenutzt wurden;

wobei es jedoch schon damals, wie ich gestehen muss, einiges Geschick erforderte ... das Ganze herunterzuspielen, ohne den Interessen der Justiz zu schaden. Angesichts eines Rückfalls ... ganz anderer Natur, wie ich sogleich hinzufügen will ... kann ich nicht dafür garantieren, dass der kleine Georges ebenso billig davonkommt. Ja, ich zweifle, ob es für das Kind gut wäre, wenn es abermals davonkäme, sosehr ich als Freund Ihres Schwagers den Skandal vermeiden möchte. Ich will es versuchen; doch, verstehen Sie, meine Beamten sind sehr eifrig, ich werde sie nicht immer zurückhalten können. Oder, wenn Sie so wollen, heute kann ich es noch; morgen aber nicht mehr. Deshalb dachte ich, Sie sollten mit Ihrem Neffen sprechen, ihm sagen, welcher Gefahr er sich aussetzt ...‹

Profitendieus Besuch hatte mich anfangs, warum sollte ich es nicht zugeben, äußerst beunruhigt; doch seit ich begriffen hatte, dass er weder als Feind noch als Richter kam, fand ich an der Unterredung Gefallen. Zumal er fortfuhr: ›Seit einiger Zeit werden falsche Goldstücke in Verkehr gebracht. Das ist uns bekannt. Ihre Herkunft aufzuklären ist mir bislang noch nicht geglückt. Ich weiß jedoch, dass der kleine Georges – in aller Naivität, wie ich glauben will – einer der Jungen ist, die sich der Münzen bedienen und sie in Umlauf bringen. Mehrere Schüler im Alter Ihres Neffen sind in diese schlimmen Betrügereien verwickelt. Ich ziehe nicht in Zweifel, dass man ihre Unschuld missbraucht und diese unmündigen Kinder einigen älteren Tätern in die Hände gefallen sind, die sie zum Narren haben. Die minderjährigen Delinquenten hätten wir ohne weiteres aufgreifen und ihnen ein Geständnis über die Herkunft der Geldstücke abnehmen können, doch ich weiß nur zu gut, dass eine Affäre uns von einem bestimmten Punkt an gewissermaßen entgleitet ... Eine Voruntersuchung kann nicht ungeschehen gemacht werden, man sieht sich gezwungen, Dinge zur Kenntnis zu nehmen, von denen man vielleicht lieber nichts wüsste. Dies bedeutet für den vorliegenden Fall, dass ich die wahren Schuldigen finden will, ohne auf die Zeugenaussagen von Minderjährigen zurückzugreifen. Ich habe daher Anweisung gegeben, die Kinder in Ruhe zu lassen. Doch diese Anordnung hat nur provisorischen Charakter. Ich hoffe, Ihr Neffe zwingt mich nicht, sie aufzuheben. Es wäre gut, wenn er wüsste, dass wir ein wachsames Auge auf ihn haben. Es könnte sogar nichts schaden, wenn Sie ihm einen kleinen Schreck einjagten; er folgt einer gefährlichen Neigung ...‹

Ich versicherte, ich würde mein Bestes tun und ihm eine Verwarnung erteilen, doch Profitendieu schien mich nicht zu hören. Sein Blick ging ins Leere. Er wiederholte zweimal: ›Einer gefährlichen Neigung, wie man sagt‹, dann verstummte er.

Ich weiß nicht, wie lange sein Schweigen dauerte. Ohne dass er etwas sagte, glaubte ich zu sehen, wie ein Gedanke von ihm Besitz ergriff, und ich hörte, noch bevor er sie aussprach, die Worte: ›Ich bin selbst Vater, Monsieur ...‹

Alles, was er vorher gesagt hatte, war vergessen; allein um Bernard ging es noch. Der Rest war nur ein Vorwand gewesen; um über ihn zu sprechen, war er gekommen.

Wenn Herzensergüsse mir peinlich, übertriebene Gefühle mir unangenehm sind, so war dagegen nichts mehr dazu angetan, mich zu rühren, als seine verhaltene Erregung. Er unterdrückte sie, so gut er konnte, doch mit solch großer Anstrengung, dass seine Lippen und Hände bebten. Er konnte nicht fortfahren. Plötzlich verbarg er sein Gesicht in den Händen, und sein Oberkörper wurde von einem Schluchzen geschüttelt.

›Sehen Sie‹, stammelte er, ›sehen Sie, Monsieur, ein Kind kann uns recht elend machen.‹

Wozu waren noch Umschweife nötig? Selbst äußerst bewegt, rief ich aus: ›Bernard schmölze das Herz, wenn er Sie sähe; das schwöre ich Ihnen.‹

Dennoch blieb meine Unsicherheit bestehen. Bernard hatte so gut wie nie von seinem Vater gesprochen. Ich hatte befürwortet, dass er seine Familie verließ, schnell wie ich damit bin, eine derartige Lossagung für natürlich zu halten, und geneigt, nur den größten Nutzen für das Kind darin zu sehen. In Bernards Fall kam hinzu, dass er nicht der leibliche Sohn war … Doch nun traten bei seinem falschen Vater Gefühle zutage, die sehr stark sein mussten, da er ihrer nicht Herr zu werden vermochte, und sehr aufrichtig, da sie sich keineswegs von selbst verstanden. Angesichts dieser Liebe, dieses Kummers drängte sich mir die Frage auf, ob Bernard recht daran getan hatte wegzugehen. Nun brachte ich es nicht mehr übers Herz, dies zu bejahen.

›Verfügen Sie über mich, wenn Sie meinen, dass ich Ihnen behilflich sein kann‹, sagte ich, ›wenn Sie meinen, dass ich mit ihm reden sollte. Er hat ein gutes Herz.‹

›Ich weiß. Ich weiß … Ja, Sie haben großen Einfluss auf ihn. Ich weiß, dass Sie diesen Sommer zusammen verbracht haben. Meine Polizei ist recht gut organisiert … Ich weiß auch, dass er heute sein mündliches Examen hat. Ich wusste, wann er in der Sorbonne sein sollte, und habe den Moment genutzt, um Sie aufzusuchen. Ich wollte ihm keinesfalls begegnen.‹

Seit einigen Augenblicken schwand meine Ergriffenheit, denn ich hatte bemerkt, dass in beinahe jedem seiner Sätze das Wort ›wissen‹ vorkam. Und schon hörte ich nicht mehr richtig auf das, was er sagte, sondern beobachtete vielmehr diese wohl berufsbedingte Eigenart.

Er gestand mir, außerdem zu ›wissen‹, dass Bernard seine schriftliche Prüfung überaus glänzend bestanden habe. Ein Prüfer, der, wie der Zufall es wollte, zu seinen Freunden zählte, hatte es ihm ermöglicht, Einsicht in den Französischaufsatz seines Sohnes zu nehmen, der offensichtlich äußerst bemerkenswert war. Er sprach von Bernard mit einer heimlichen Bewunderung, die mich zweifeln ließ, ob er sich nicht schließlich doch für den wahren Vater hielt.

›Aber um Himmels willen!‹, fügte er hinzu, ›erzählen Sie

ihm bloß nichts davon! Er hat ein so stolzes, empfindliches Naturell! ... Wenn er ahnte, dass ich seit seinem Auszug nicht aufgehört habe, an ihn zu denken, ihm zu folgen ... Was Sie ihm aber sagen können, ist, dass Sie mit mir gesprochen haben.‹ Er rang bei jedem Satz nach Luft. ›Was nur Sie ihm sagen können, ist, dass ich ihm nicht böse bin‹, dann, mit schwächer werdender Stimme, ›dass ich nie aufgehört habe, ihn zu lieben ... wie einen Sohn. Ja, ich weiß wohl, dass Sie wissen ... Was Sie ihm noch sagen können ...‹, und ohne mich anzusehen, mit Mühe, in äußerster Not, ›ist, dass seine Mutter mich verlassen hat ... ja, für immer, diesen Sommer; und dass, wenn er zurückkommen wollte, ich ...‹

Er konnte nicht zu Ende sprechen.

Ein großer, kräftiger, nüchtern denkender Mann mit einer gesicherten Laufbahn, ein Mann, der seinen Platz im Leben gefunden hat, ist für einen Fremden wie mich ein sehr außergewöhnlicher Anblick, wenn er plötzlich alle Förmlichkeit ablegt, sein Inneres zeigt und sich seinen Gefühlen überlässt. Ich habe bei dieser Gelegenheit wieder einmal feststellen können, dass mir die Geständnisse eines Unbekannten viel mehr zu Herzen gehen als die eines mir Nahestehenden. Will dem ein andermal auf den Grund gehen.

Profitendieu sagte mir unumwunden, dass er anfangs mir gegenüber Vorbehalte hatte, da er sich nicht recht zu erklären wusste und sich immer noch nicht recht erklären konnte, warum Bernard sein Zuhause verlassen hatte, um sich mir anzuschließen. Das hatte ihn zunächst davon abgehalten, mich aufzusuchen. Ich wagte nicht, die Geschichte mit meinem Koffer zu erzählen, und sprach nur von der Freundschaft zwischen seinem Sohn und Olivier, dank derer, so sagte ich, wir uns schnell nähergekommen seien.

›Diese jungen Leute‹, begann Profitendieu wieder, ›stürzen sich ins Leben, ohne zu wissen, welchen Gefahren sie sich aussetzen. Dass sie es nicht wissen, macht wohl ihre Stärke aus. Doch wir, die wir es wissen, wir, die Väter, zittern um sie. Unsere Fürsorge macht sie ungehalten, wir dürfen uns unsere Bedenken nicht zu sehr anmerken lassen. Ich weiß, dass wir manchmal recht aufdringlich und unbeholfen wirken. Statt dem Kind ständig zu wiederholen, dass das Feuer heiß ist, sollten wir es sich ruhig einmal die Finger verbrennen lassen. Eigene Erfahrungen sind lehrreicher als jeder Ratschlag. Ich habe Bernard auch immer möglichst viel Freiheit gelassen. So viel, dass er wohl leider glauben konnte, ich machte mir weiter keine Gedanken um ihn. Ich fürchte, er hat es falsch aufgefasst; daher seine Flucht. Selbst dann noch hielt ich es für gut, ihn gewähren zu lassen; wobei ich gleichzeitig von fern über ihn wachte, ohne dass er es ahnte. Gott sei Dank verfügte ich über die Mittel dazu.‹ (Offensichtlich war dies sein ganzer Stolz, und er bildete sich einiges auf die Organisation seiner Polizei ein; denn er sprach nun schon zum dritten Mal davon.) ›Ich wollte den Jungen auf keinen Fall merken lassen, dass er nicht das volle Risiko seines Entschlusses trug. Muss ich Ihnen noch gestehen, dass dieser Akt der Auflehnung, bei allem Schmerz, den er mir zufügte, mich nur noch mehr für ihn eingenommen hat? Ich habe darin einen Beweis seines Mutes und seines Charakters zu sehen gewusst …‹

Jetzt, wo er Vertrauen zu mir gefasst hatte, hörte der schätzenswerte Mann nicht mehr zu reden auf. Ich versuchte, das Gespräch auf ein Thema zurückzulenken, das mich mehr interessierte, und fragte, ihm ins Wort fallend, ob er die falschen Geldstücke, von denen er anfangs sprach, schon einmal zu Gesicht bekommen habe. Ich war gespannt, ob sie der kleinen gläsernen Münze ähnelten, die Bernard uns gezeigt hatte. Kaum erwähnte ich diese, verwandelte sich Profitendieus Miene; seine Lider schlossen sich halb, während am Grund seiner Augen ein eigentümliches Flackern aufglomm; die Krähenfüße an seinen Schläfen traten hervor; er kniff die Lippen zusammen; seine Gesichtszüge schoben sich vor Eifer in die Höhe. Alles, was er mir bis dahin gesagt hatte, trat zurück. Der Richter gewann über den Vater die Oberhand, und nichts existierte mehr für ihn als sein Beruf. Er bestürmte mich mit Fragen, machte sich Notizen und sprach davon, einen Beamten nach Saas-Fee zu entsenden, um die Namen der Reisenden in den Gästeregistern zu ermitteln.

›Auch wenn wahrscheinlich‹, fügte er hinzu, ›Ihr Krämer dieses falsche Geldstück von einem durchreisenden Abenteurer bekommen hat, der den Ort gleich wieder verließ.‹

Worauf ich entgegnete, dass Saas-Fee am Ende eines Hochtals liege und man nicht so leicht in einem Tag dorthin- und wieder zurückkommen könne. Er zeigte sich besonders zufrieden über diese letzte Auskunft und ging, nachdem er sich wärmstens bei mir bedankt hatte, mit abwesender, verzückter Miene von dannen, ohne Georges oder Bernard noch mit einem Wort zu erwähnen.«

XIII

Bernard sollte an diesem Morgen die Erfahrung machen, dass es für Menschen mit hochgesinntem Herzen keine größere Freude gibt, als ihr Glück mit einem anderen zu teilen. Diese Freude war ihm versagt. Er hatte seine Reifeprüfung mit Auszeichnung bestanden, doch weil niemand da war, dem er die gute Nachricht hätte verkünden können, stimmte sie ihn traurig. Bernard wusste genau, wer die Neuigkeit mit dem größten Wohlgefallen aufgenommen hätte: sein Vater. Ja, einen Augenblick lang schwankte er, ob er zu ihm gehen und es ihm sagen sollte; doch sein Stolz verbot es ihm. Édouard? Olivier? Das hieße einem Zeugnis zu viel Bedeutung beimessen. Jetzt hatte er sein Abitur. Was für ein Fortschritt! Das Schwierigste lag noch vor ihm.

Im Hof der Sorbonne sah er, wie ein Mitschüler, der ebenfalls bestanden hatte, sich weinend von den anderen absonderte. Er trug Trauer. Bernard wusste, dass er vor kurzem seine Mutter verloren hatte. In einer Aufwallung tiefen Mitleids ging er auf den Verwaisten zu; dann, aus einer dummen Scheu, an ihm vorbei. Der andere, der ihn herankommen, dann vorbeigehen sah, schämte sich seiner Tränen; es schmerzte ihn, dass Bernard, den er sehr schätzte, ihn zu verachten schien.

Bernard ging in den Jardin du Luxembourg. Er setzte sich in dem Teil des Parks auf eine Bank, wo er an dem Abend, als er eine Bleibe suchte, Olivier getroffen hatte. Die Luft war beinahe lau, durch die Äste der schon entlaubten hohen Bäume lachte ein tiefblauer Himmel. Man konnte kaum glauben, dass es Winter werden sollte; auch die gurrenden Tauben ließen sich täuschen. Doch Bernard sah nicht den Park; er blickte über den weiten Ozean seines Lebens. Man sagt, es führen Wege über das Meer, doch sind sie nicht vorgezeichnet, und Bernard wusste nicht, wie der seine verlief.

In Gedanken versunken, wurde Bernard plötzlich gewahr, dass jemand auf ihn zukam, gleitend und so leichten Fußes, als wandele er über die Fluten: ein Engel. Bernard hatte noch nie einen Engel gesehen, doch er bedachte sich keinen Augenblick, und als der Engel zu ihm sagte: »Komm«, erhob er sich willig und folgte ihm. Er war ebenso wenig erstaunt, wie er es in einem Traum gewesen wäre. Später versuchte er sich zu erinnern, ob der Engel ihn bei der Hand genommen hatte; doch in Wahrheit berührten sie einander nicht, ja hielten sogar einen kleinen Abstand. Sie gingen gemeinsam in den Hof zurück, wo Bernard den verwaisten Jungen stehengelassen hatte, nun fest entschlossen, mit ihm zu sprechen; der Hof aber war leer.

Von dem Engel geleitet, lenkte Bernard seine Schritte zur Kirche der Sorbonne, in die Bernard noch nie gegangen war und in die der Engel nun als Erster hineinging. Weitere Engel wandelten hier umher; Bernards Auge sah sie nicht. Ein nie gekannter Friede umfing ihn. Der Engel strebte zum Hochaltar, und als Bernard ihn niederknien sah, kniete er neben ihm nieder. Er glaubte an keinen Gott, so dass er nicht beten konnte; doch sein Herz war erfüllt von heißem Verlangen, sich zu verschenken, sich aufzuopfern; er brachte sich dar. Sein Gefühl blieb so unbestimmt, dass kein Wort es auszudrücken vermocht hätte; da erhob sich das Brausen der Orgel.

»So hast du dich auch Laura dargebracht«, sagte der Engel, und Bernard fühlte Tränen über seine Wangen rinnen. »Komm, folge mir.«

Dem Engel nacheilend, stieß Bernard beinahe mit einem ehemaligen Mitschüler zusammen, der auch gerade die mündliche Prüfung abgelegt hatte. Bernard hielt ihn für einen Dummkopf und war erstaunt, dass er bestanden hatte. Der Dummkopf sah ihn nicht, Bernard aber beobachtete, dass er dem Mesner Geld für eine Kerze zusteckte. Bernard zuckte die Achseln und ging hinaus.

Erst draußen auf der Straße bemerkte er, dass der Engel ihn verlassen hatte. Er ging in einen Tabakladen, genau denselben, in dem Georges acht Tage zuvor die falsche Münze eingewechselt hatte. Seitdem hatte Georges noch manch andere unter die Leute gebracht. Bernard kaufte ein Päckchen Zigaretten und rauchte. Warum war der Engel fortgegangen? Wussten Bernard und er sich denn nichts zu sagen? ... Es schlug zwölf. Bernard hatte Hunger. Sollte er in die Pension zurückgehen? Sollte er Olivier aufsuchen, Édouards Mittagessen mit ihm teilen? ... Er vergewisserte sich, dass er genügend Geld in der Tasche hatte, und betrat ein Restaurant. Als er seine Mahlzeit beendete, flüsterte eine sanfte Stimme: »Es ist an der Zeit, die Rechnung aufzumachen.«

Bernard wandte den Kopf. Der Engel war wieder da.

»Du musst zu einem Entschluss kommen«, sagte er. »Bisher hast du ein abenteuerndes Leben geführt. Willst du alles dem Zufall überlassen? Du möchtest doch einer guten Sache dienen. Worum geht es dir?«

»Lehre es mich; führe mich«, sagte Bernard.

Der Engel geleitete Bernard in einen vollbesetzten Saal. Am oberen Ende befand sich eine Bühne und auf der Bühne ein Tisch mit einer granatroten Decke. An dem Tisch saß ein jüngerer Mann und hielt eine Rede.

»Es ist eine große Torheit«, sagte er, »eigene Wege gehen zu wollen. Wir treten ein großes Erbe an. Jeder von uns ist aufgerufen, sich schon als junger Mensch klarzuwerden, wie viel ein jeder der Vergangenheit verdankt und welche Pflichten sich daraus für ihn ergeben. Durch unsere Vergangenheit ist die Zukunft vorgezeichnet.«

Nachdem er dieses Thema ausgeführt hatte, nahm ein anderer auf dem Stuhl Platz, zollte seinem Vorredner Beifall und ereiferte sich dann über die Besserwisser, die behaupten, ohne gültige Doktrin leben zu können, oder nach ihrem eigenen Gutdünken entscheiden wollen.

»Uns ist eine Doktrin überliefert«, sagte er, »die viele Jahrhunderte überdauert hat. Sie ist das einzig Wahre; jeder von uns ist aufgerufen, davon Zeugnis abzulegen. Unsere Großen haben sie uns überliefert. Sie ist die unserem Vaterland gemäße, und jedes Mal, wenn unser Land sie verriet, musste es seinen Irrtum teuer bezahlen. Man kann kein guter Franzose sein, ohne sie zu bejahen, noch etwas Gutes vollbringen, ohne ihr anzuhängen.«

Auf diesen zweiten Redner folgte ein dritter, der seinen beiden Vorrednern dafür dankte, dass sie die Theorie ihres Programms, wie er es nannte, so klar umrissen hätten; dann zeigte er auf, dass ihr Programm nicht weniger bewirke als die Wiedergeburt Frankreichs, dank der Anstrengung jedes einzelnen Mitglieds der Partei. Er nannte sich einen Mann der Aktion; meinte, jede Theorie erhalte erst durch die Praxis Leben und Ziel und jeder gute Franzose sei aufgerufen, ein Mitstreiter zu sein.

»Doch leider, wie viele zersplitterte, vergeudete Kräfte!«, fügte er hinzu. »Wie groß wäre unser Land, welchen Glanz brächten ihm seine Taten, wie könnte jeder über sich selbst hinauswachsen, wenn diese Kräfte sich vereinten, wenn diese Taten dem großen Ganzen dienten und jeder sich uns anschließt!«

Während er in seiner Rede fortfuhr, begannen junge Leute im Publikum herumzugehen und Beitrittserklärungen auszuteilen, unter die man nur noch seinen Namen zu setzen brauchte.

»Du wolltest dich darbringen«, sagte der Engel. »Worauf wartest du noch?«

Bernard nahm eines der Blätter, die man ihm entgegenstreckte und deren Text mit den Worten begann: »Ich verpflichte mich feierlich zu …« Er las, blickte den Engel an und sah, dass dieser lächelte; dann musterte er die Versammlung und erkannte unter den jungen Leuten den frischgebackenen Abiturienten, der vorhin, in der Kirche der Sorbonne, zum Dank für seinen Erfolg eine Kerze gestiftet hatte; und da fiel ihm auch, etwas weiter hinten, sein älterer Bruder auf, den er nicht mehr gesehen hatte, seitdem er das Vaterhaus verlassen hatte. Bernard mochte ihn nicht und neidete ihm ein wenig die Wertschätzung, die sein Vater ihm entgegenzubringen schien. Er zerknüllte hastig das Formular.

»Du findest, ich sollte unterzeichnen?«

»Ja, sicherlich, wenn du an dir zweifelst«, sagte der Engel.

»Ich zweifle nicht mehr«, sagte Bernard und warf die Papierkugel weit von sich weg.

Der Redner hatte seine Darlegungen fortgesetzt. Als Bernard wieder hinhörte, empfahl er als sicheres Mittel gegen den Irrtum, dem eigenen Urteil zu entsagen und stets dem Urteil der Autoritäten zu vertrauen.

»Wer sind diese Autoritäten?«, fragte Bernard; und plötzlich packte ihn heftige Entrüstung.

»Wenn du auf das Podium stiegest«, sagte er zu dem Engel, »und mit ihm kämpftest, solltest du ihn zu Boden strecken …«

Aber der Engel lächelte: »Mit dir will ich ringen. Heute Abend, willst du? …«

»Ja«, sagte Bernard.

Sie gingen hinaus und kamen zu den großen Boulevards. Die Menge, die sich dort drängte, schien nur aus reichen Leuten zu bestehen; jeder schien seiner selbst sicher, gleichgültig gegen alle anderen, doch von Sorge erfüllt.

»Sieht so das Glück aus?«, fragte Bernard, mit Trauer im Herzen. Dann führte der Engel Bernard in die Armenviertel, von deren Elend Bernard bisher nichts geahnt hatte. Der Abend brach herein. Lange irrten sie zwischen hohen, verwahrlosten Häusern umher, in denen Krankheit, Prostitution, Schande, Verbrechen und Hunger wohnten. Erst da nahm Bernard die Hand des Engels, und der Engel wandte sich ab und weinte.

An jenem Abend aß Bernard nicht; als er in die Pension zurückkehrte, versuchte er nicht, Sarah zu treffen, wie an den anderen Abenden, sondern ging geradewegs in sein Zimmer, das er mit Boris teilte.

Boris lag schon im Bett, schlief aber noch nicht. Beim Schein einer Kerze las er immer wieder den Brief, den er an diesem Morgen von Bronja erhalten hatte.

»Ich fürchte«, sagte seine Freundin, »Dich niemals mehr wiederzusehen. Ich habe mich bei meiner Rückkehr nach Polen verkühlt. Ich huste; und obwohl es der Arzt mir nicht sagen will, spüre ich, dass ich nicht mehr lange leben werde.«

Als er Bernard kommen hörte, verbarg Boris den Brief unter dem Kopfkissen und blies schnell die Kerze aus.

Bernard tastete sich im Dunkeln vorwärts. Der Engel war mit ihm ins Zimmer gekommen, doch obwohl es nicht völlig finster war, sah Boris nur Bernard.

»Schläfst du schon?«, fragte Bernard leise. Und da Boris nicht antwortete, glaubte Bernard, er schlafe.

»Also dann zu uns zweien«, sagte Bernard zu dem Engel.

Und sie rangen miteinander während der ganzen Nacht bis zum Morgengrauen.

Boris erkannte undeutlich Bernards Wanken. Er hielt es für

seine Art zu beten und wagte nicht, ihn zu stören. Zu gerne hätte er sich ihm in seiner Verzweiflung anvertraut. Er erhob sich und kniete am Fuß des Bettes nieder. Er hätte zu Gott beten wollen, doch entrang sich ihm nur unter einem Schluchzen: »O Bronja, die du die Engel sehen kannst, die du meine Augen öffnen wolltest, du verlässt mich! Was wird aus mir ohne dich, Bronja? Was soll aus mir werden?«

Bernard und der Engel waren so sehr mit sich beschäftigt, dass sie ihn nicht hörten. Sie rangen bis zur Morgenröte. Dann verschwand der Engel, ohne dass einer über den anderen obsiegt hatte.

Als Bernard später das Zimmer verließ, kreuzte Rachel seinen Weg.

»Ich muss mit Ihnen sprechen«, sagte sie. Ihre Stimme klang so traurig, dass Bernard unwillkürlich wusste, was sie ihm sagen wollte. Er entgegnete nichts, senkte den Kopf und empfand, aus tiefem Mitleid mit Rachel, plötzlich Hass gegen Sarah, und die Lust, die sie gemeinsam genossen hatten, erregte nun seinen Abscheu.

XIV

Gegen zehn Uhr stand Bernard vor Édouards Tür, mit einem Schultersack, der seine paar Kleider und Bücher, das bisschen Wäsche enthielt. Er hatte sich von Azaïs und Madame Vedel verabschiedet, Sarah jedoch nicht noch einmal zu sehen versucht.

Bernard wirkte ernst. Sein Ringen mit dem Engel hatte ihn reifen lassen. Er hatte kaum noch Ähnlichkeit mit dem unbekümmerten Kofferdieb, der sich sagte, wer wagt, gewinnt. Er begann einzusehen, dass oft ein anderer mit seinem Glück für unseren Übermut bezahlen muss.

»Ich möchte Sie um Unterkunft bitten«, sagte er zu Édouard. »Ich bin erneut ohne Bleibe.«

»Warum verlassen Sie die Vedels?«

»Zwingende Gründe ... Wenn Sie nichts dagegen haben, will ich lieber nicht darüber sprechen.«

Édouard hatte Bernard und Sarah am Abend des Banketts genau genug beobachtet, um sich die Gründe zusammenreimen zu können.

»Schon gut«, sagte er lächelnd. »Der Diwan in meinem Atelier steht Ihnen für die Nacht zur Verfügung. Doch lassen Sie mich Ihnen vorher noch sagen, dass Ihr Vater gestern hier war, um mit mir zu sprechen.« Er gab den Teil des Gesprächs wieder, der ihm geeignet schien, Bernards Herz zu rühren. »Nicht bei mir sollten Sie heute Abend schlafen, sondern bei ihm. Er wartet auf Sie.«

Bernard schwieg.

»Ich werde darüber nachdenken«, meinte er schließlich. »Wenn Sie erlauben, lasse ich einstweilen meine Sachen hier. Kann ich Olivier sehen?«

»Bei dem schönen Wetter habe ich ihm zugeredet, an die frische Luft zu gehen. Ich hätte ihn begleitet, denn er ist noch sehr schwach; aber er wollte lieber allein sein. Er ist übrigens seit einer Stunde fort und wird sicherlich bald zurückkommen. Warten Sie doch auf ihn ... Ach, da fällt mir ein ... wie war Ihr Examen?«

»Ich habe bestanden; aber das ist jetzt nicht mehr wichtig. Wichtig ist, was ich machen werde. Wissen Sie, was mich vor allem davon abhält, zu meinem Vater zurückzugehen? Dass ich nicht von seinem Geld leben will. Sie finden es wahrscheinlich unvernünftig von mir, diese Gelegenheit nicht zu nutzen; doch ich habe mir geschworen, ohne sein Geld auszukommen. Ich muss mir beweisen, dass ich Wort halte, jemand bin, auf den ich zählen kann.«

»Ich sehe darin vor allem Stolz.«

»Nennen Sie es, wie Sie möchten: Stolz, Hochmut, Dünkel ... Das Gefühl, das mich erfüllt, wird dadurch in meinen

Augen nicht diskreditiert. Doch, was ich eigentlich fragen wollte: Muss man, um sich im Leben zurechtzufinden, ein festes Ziel vor Augen haben?«

»Erklären Sie mir das.«

»Ich habe die ganze Nacht darum gerungen. Wie die Kraft einsetzen, die ich in mir spüre? Wie mein Bestes geben? Indem ich einem Ziel zustrebe? Aber wie dieses Ziel bestimmen? Wie es erkennen, bevor es erreicht ist?«

»Ohne Ziel leben heißt, sich dem Abenteuer überlassen.«

»Ich fürchte, Sie haben mich nicht recht verstanden. Als Kolumbus Amerika entdeckte, wusste er da, wohin er fuhr? Sein Ziel war, unbeirrt immer geradeaus zu fahren. Sein Ziel, das war er selbst, und wer es ihm eingab ...«

»Ich habe oft gedacht«, unterbrach ihn Édouard, »dass in der Kunst, und insbesondere in der Literatur, nur diejenigen zählen, die sich in unbekannte Gewässer hinauswagen. Nimmt man nicht von vornherein in Kauf, für lange Zeit das Ufer aus den Augen zu verlieren, entdeckt man kein neues Land. Doch unsere Schriftsteller fürchten das offene Meer; sie sind Küstenschiffer.«

»Gestern, als ich von der Prüfung kam«, fuhr Bernard fort, ohne ihm zuzuhören, »geriet ich, wer weiß, welcher Dämon mich trieb, in einen Saal, in dem eine öffentliche Versammlung stattfand. Es war von nationaler Ehre die Rede, von der Hingabe an das Vaterland und lauter Dingen, die mir das Herz höher schlagen ließen. Es fehlte nicht viel, und ich hätte ein Papier unterschrieben, auf dem ich mich bei meiner Ehre verpflichtete, meine Tatkraft in den Dienst einer Sache zu stellen, die mir durchaus schön und edel erschien.«

»Ich bin froh, dass Sie nicht unterschrieben haben. Doch was hielt Sie zurück?«

»Wahrscheinlich ein innerer Instinkt ...«, Bernard überlegte einige Augenblicke, fügte dann lachend hinzu: »Ich glaube, vor allem die Gesichter der Anhänger waren es; angefangen bei meinem älteren Bruder, den ich in der Menge erkannte. All diese jungen Leute schienen mir von den besten Absichten der Welt beseelt, und sie taten auch gut daran, ihre Initiative aufzugeben, denn die hätte sie nicht weit gebracht, ihr bisschen Grips hätte nicht ausgereicht, und mit ihrer geistigen Unabhängigkeit war es auch nicht gerade weit her. Ich sagte mir auch, es sei gut für ein Land, wenn viele seiner Bürger willige Bedientenseelen abgäben; dass ich aber nicht dazu gewillt bin. Darauf stellte sich mir die Frage, wie ich mir dann selbst eine Regel aufstellen könnte, da ich nicht ohne Regel leben, diese mir aber auch nicht diktieren lassen will.«

»Die Antwort scheint mir einfach: Es heißt, diese Regel in sich selbst zu finden; die Entwicklung seiner selbst zum Ziel zu haben.«

»Ja … genau das habe ich mir auch gesagt. Doch damit war ich auch nicht klüger. Wenn ich nur sicher wäre, dem Besten in mir zuzuneigen, dann könnte es immer den Ausschlag geben. Aber ich vermag nicht einmal zu erkennen, was das Beste in mir ist … Ich habe die ganze Nacht darum gerungen, sage ich Ihnen. Gegen Morgen war ich so erschöpft, dass ich mit dem Gedanken spielte, die Einberufung meines Jahrgangs nicht abzuwarten und mich zum Militär zu melden.«

»Der Frage ausweichen heißt nicht, sie zu lösen.«

»Das habe ich mir auch gesagt; und dass die Lösung dieser Frage immer schwieriger wird, wenn ich es aufschiebe. Deshalb möchte ich Ihren Rat einholen.«

»Ich kann Ihnen keinen geben. Sie können diesen Rat nur in sich selber finden, und nur, indem Sie leben, lernen, wie Sie leben müssen.«

»Und wenn ich falsch lebe, bis ich entschieden habe, wie ich leben muss?«

»Gerade das wird aufschlussreich für Sie sein. Seiner Neigung folgen ist gut, solange sie aufwärts führt.«

»Spaßen Sie? … Nein; ich glaube, ich verstehe Sie, und ich

akzeptiere diesen Satz. Doch während ich mich selbst entwickle, wie Sie sagen, werde ich mir meinen Lebensunterhalt verdienen müssen. Was würden Sie davon halten, wenn ich eine verlockende Anzeige in die Zeitungen setzte: ›*Sehr vielversprechender junger Mann sucht beliebige Tätigkeit.*‹?«

Édouard musste lachen. »Nichts ist schwieriger, als eine *beliebige Tätigkeit* zu bekommen. Werden Sie etwas genauer.«

»Ich dachte an eines jener zahlreichen kleinen Rädchen im Getriebe einer großen Zeitung. Oh, mir genügte ein kleiner Posten: Fahnenkorrektor, Setzer ... was weiß ich? Ich brauche ja nicht viel!«

Er hatte gestockt. In Wahrheit wünschte er sich eine Stelle als Sekretär; doch Édouard das zu sagen, scheute er sich, weil ihre Zusammenarbeit so unbefriedigend geblieben war. Immerhin war es seine, Bernards, Schuld nicht gewesen, wenn dieser erste Versuch als Sekretär so jämmerlich gescheitert war.

»Ich könnte vielleicht«, meinte Édouard, »Sie beim *Grand Journal* unterbringen, dessen Direktor ich kenne ...«

Während Bernard und Édouard dieses Gespräch führten, hatte Sarah mit Rachel eine äußerst unerfreuliche Auseinandersetzung. Sarah hatte durchschaut, dass Rachels Vorhaltungen an Bernards plötzlichem Auszug schuld waren; und sie empörte sich gegen ihre Schwester, die, wie sie sagte, allen das Leben vergälle. Sie habe kein Recht, anderen eine Tugend aufzuzwingen, die ihr eigenes Beispiel einem verhasst mache.

Rachel, die diese Anschuldigungen erschütterten, weil sie sich immer aufgeopfert hatte, protestierte, sehr blass und mit zitternden Lippen: »Ich kann nicht zulassen, dass du dich zugrunde richtest.«

Doch Sarah schluchzte auf und schrie: »Ich kann an deinen Himmel nicht glauben. Ich will nicht gerettet werden.«

Sie beschloss, unverzüglich nach England zurückzufahren, wo ihre Freundin sie aufnehmen würde. Denn »schließlich war sie frei und wollte leben, wie es ihr beliebte.« Dieser traurige Streit ließ Rachel gebrochen zurück.

XV

Édouard hat sich rechtzeitig, noch bevor die Kinder von der Schule zurück sind, in der Pension eingefunden. Er hat La Pérouse seit dem Schulanfang noch nicht wiedergesehen und möchte als erstes ihm einen Besuch abstatten. Der alte Klavierlehrer füllt seine Aufgabe als Studienaufseher so gut aus, wie er kann, das heißt sehr schlecht. In den ersten Tagen hat er versucht, sich bei den Kindern beliebt zu machen, doch es fehlt ihm an Autorität; die Kinder nutzen das aus; sie wittern die Schwäche hinter seiner Nachsicht und treiben es immer schlimmer. Nun versucht es La Pérouse mit Strenge, doch zu spät; seine Ermahnungen, seine Drohungen, seine Verweise bringen die Schüler erst recht gegen ihn auf. Wenn er die Stimme hebt, lachen sie höhnisch; wenn er mit der Faust aufs Katheder trommelt, stoßen sie künstliche Entsetzensschreie aus; sie äffen ihn nach; sie nennen ihn Papa Lapapp; Karikaturen wandern von Bank zu Bank, auf denen er, der so Gutmütige, mit einer riesigen Pistole bewaffnet ist (der Pistole, die Ghéridanisol, Georges und Phiphi bei einer heimlichen Durchsuchung seines Zimmers aufspürten), mordgierig und ein großes Massaker unter den Schülern anrichtend; oder mit gefalteten Händen vor ihnen auf die Knie fallend, flehend, wie er es in den ersten Tagen tat: »Erbarmen, etwas Ruhe bitte.« An einen armen alten, von einer wilden Meute umstellten Hirsch erinnert er. Édouard weiß nichts von alledem.

Édouards Tagebuch

»La Pérouse empfing mich in einem kleinen Zimmer im Erdgeschoss der Pension, das ich als besonders ungemütlich in Erinnerung hatte. Das gesamte Mobiliar besteht aus vier alten Schulbänken vor einer schwarzen Tafel und einem Korbstuhl, auf dem La Pérouse mich Platz zu nehmen nötigte. Er selbst klemmte sich seitlich in eine der Bänke, nachdem er vergeblich versucht hatte, seine zu langen Beine unter das Pult zu zwängen.

›Nein, nein. Es geht sehr gut so, ganz bestimmt.‹

Doch sein Ton und seine Miene besagten: ›Es geht entsetzlich schlecht, und ich hoffe, das springt ins Auge; aber ich ergebe mich darein; und je schlechter es mir geht, desto weniger sollen Sie mich klagen hören.‹

Ich versuchte, einen Spaß zu machen, er jedoch war zu keinem Lächeln zu bewegen. Sein Verhalten mir gegenüber hatte mit einem Mal etwas Steifes und Förmliches an sich, das dazu angetan war, eine Distanz zwischen uns zu schaffen, und mir zu verstehen gab: ›Ihnen habe ich es zu verdanken, dass ich hier sein muss.‹

Dabei behauptete er, mit allem sehr zufrieden zu sein; meinen Fragen wich er aus und wirkte beinahe verärgert über meine Hartnäckigkeit. Als ich mich aber erkundigte, wo denn sein Zimmer liege, stieß er hervor: ›Zu weit von der Küche entfernt.‹ Und als ich ihn verwundert ansah: ›Manchmal packt mich so ein Hunger in der Nacht … wenn ich nicht schlafen kann.‹

Ich saß nicht weit von ihm entfernt; nun rückte ich noch näher und legte meine Hand auf seinen Arm. Er fuhr in vertrauterem Ton fort: ›Ich muss Ihnen sagen, dass ich sehr schlecht schlafe. Gelingt es mir einmal, Schlaf zu finden, so bin ich mir doch immer bewusst, dass ich schlafe. So etwas ist doch kein richtiger Schlaf, nicht wahr? Wer wirklich schläft, der spürt es nicht; erst beim Erwachen merkt er, dass er geschlafen hat.‹

Dann, seine Spitzfindigkeit übertreibend, zu mir gebeugt: ›Manchmal bin ich versucht zu glauben, ich bilde mir das nur ein und ich schlafe in Wirklichkeit, während ich glaube, nicht zu schlafen. Doch der Beweis dafür, dass ich nicht wirklich schlafe, ist, dass ich die Augen jederzeit wieder öffnen kann. Für gewöhnlich will ich es nicht. Sie verstehen mich, nicht wahr, es liegt nicht in meinem Interesse, es zu tun. Wozu sollte ich mir selbst beweisen, dass ich nicht schlafe? So bleibt mir die Hoffnung, doch noch einzuschlafen, wenn ich mir nur fest einrede, ich schliefe ja schon …‹

Er beugte sich noch weiter vor und sagte mit leiserer Stimme: ›Außerdem ist da etwas, das mich stört. Sie dürfen es aber nicht weitersagen … Ich habe mich darüber nicht beschwert, weil ja doch nichts zu machen ist; und wenn etwas nicht zu ändern ist, nicht wahr, dann nutzt es auch nichts, sich darüber zu beklagen … Stellen Sie sich vor, ganz nah an meinem Bett ist in der Mauer, genau in Kopfhöhe, irgendetwas, das ständig ein Geräusch macht.‹

Es war Leben in ihn gekommen, während er sprach. Ich schlug ihm vor, mir doch das Zimmer zu zeigen.

›Aber ja! Ja!‹, sagte er und sprang auf. ›Sie können mir vielleicht sagen, was es ist … Mir selbst bleibt es unerklärlich. Kommen Sie mit.‹

Wir stiegen zwei Treppen hinauf und liefen dann einen ziemlich langen Gang hinunter. In diesem Teil des Gebäudes war ich noch nie gewesen.

Das Zimmer von La Pérouse ging auf die Straße hinaus. Es war klein, aber annehmbar. Auf dem Nachttisch, neben einem Messbuch, bemerkte ich jenen Pistolenkasten, den er unbedingt hatte mitnehmen wollen. Er hatte mich am Arm gefasst und sagte, das Bett etwas wegschiebend: ›Sehen Sie. Hier ist es … Halten Sie hier das Ohr gegen die Wand … Hören Sie es?‹

Ich horchte lange Zeit angestrengt. Doch beim besten Willen vermochte ich auch nicht das leiseste Geräusch zu hören. La Pérouse war ungehalten. Ein Lastwagen fuhr vorbei, der das Haus erschütterte und die Scheiben zum Klirren brachte.

›Um diese Tageszeit‹, sagte ich, in der Hoffnung, ihn zu besänftigen, ›wird das leise Geräusch, das Sie so stört, vom Straßenlärm überdeckt ...‹

›Für Sie vielleicht, weil Sie es nicht von dem anderen Lärm zu unterscheiden vermögen‹, rief er heftig aus. ›Ich aber, ich höre es trotzdem. Es bleibt ganz deutlich zu hören. Manchmal macht es mich so verrückt, dass ich mir vornehme, doch mit Azaïs darüber zu sprechen, oder mit dem Hausbesitzer ... Oh, ich bilde mir ja nicht ein, es abstellen zu können ... Aber ich möchte zumindest wissen, was es ist.‹

Er schien nachzudenken. Dann fuhr er fort: ›Man könnte es für ein Nagen halten. Ich habe alles versucht, um es nicht mehr zu hören. Ich habe mein Bett von der Mauer abgerückt. Ich habe mir Watte in die Ohren gestopft. Ich habe meine Taschenuhr hingehängt (sehen Sie, dort habe ich einen kleinen Nagel in die Wand geschlagen), genau an der Stelle, wo das Rohr vorbeiführen muss, damit das Ticken der Uhr das andere Geräusch übertönt ... Aber dann macht es mir nur noch mehr zu schaffen, weil ich mich anstrengen muss, um es herauszuhören. Es ist absurd, nicht wahr? Aber ich will es lieber gleich richtig hören, da ich nun einmal weiß, dass es da ist ... Oh, ich sollte Ihnen all das nicht erzählen. Sie sehen, ich bin ein alter Mann geworden.‹

Er setzte sich auf den Bettrand und starrte stumpf ins Leere. Der unselige, altersbedingte Verfall erfasst bei La Pérouse nicht den Verstand, sondern geht vielmehr in der Tiefe seines Wesens vor sich. ›Der Wurm sitzt im Kern‹, dachte ich mir, als ich ihn, der ehedem so stolz und standhaft gewesen war, in seiner kindischen Verzweiflung sah. Ich versuchte, ihn aufzurichten, indem ich auf Boris zu sprechen kam.

›Ja, sein Zimmer ist ganz in der Nähe‹, sagte er, den Kopf hebend. ›Ich werde es Ihnen zeigen. Kommen Sie.‹

Er ging mir im Gang voraus und öffnete eine benachbarte Tür. ›Das andere Bett, das Sie da sehen, gehört dem jungen

Bernard Profitendieu.‹ (Ich hielt es für unnötig, ihm mitzuteilen, dass Bernard von nun an nicht mehr darin schlafen würde.) Er fuhr fort: ›Boris hat ihn gerne zum Zimmergenossen; soviel ich weiß, versteht er sich gut mit ihm. Doch er spricht nicht viel mit mir. Er ist sehr verschlossen … Ich fürchte, dieses Kind hat ein etwas kaltes Herz.‹

Er sagte das in einem so traurigen Ton, dass ich das Gegenteil beteuerte und mich für die Gefühle seines Enkels verbürgte.

›Dann könnte er sie auch etwas offener zeigen‹, fuhr La Pérouse fort. ›Sehen Sie, zum Beispiel morgens, wenn er mit den anderen zur Schule geht, dann beuge ich mich zum Fenster hinaus, um ihn vorbeikommen zu sehen. Er weiß das … Und dennoch sieht er nie zu mir herauf!‹

Ich wollte ihm klarmachen, dass Boris wahrscheinlich den anderen keine rührende Szene bieten mochte und ihren Spott fürchtete; doch in diesem Moment drang Geschrei vom Hof herauf.

La Pérouse packte meinen Arm und sagte mit ganz veränderter Stimme: ›Hören Sie! Hören Sie! Da sind sie.‹

Ich sah ihn an. Er zitterte am ganzen Leib.

›Sollten diese Bengel Ihnen etwa Angst machen?‹, fragte ich.

›Aber nein, aber nein‹, murmelte er, ›wie können Sie das denken …‹ Dann, unvermittelt: ›Ich muss hinuntergehen. Die Pause dauert nur ein paar Minuten, und wie Sie wissen, überwache ich den Übungsraum. Adieu, adieu.‹

Er stürzte in den Gang hinaus, ohne mir auch nur die Hand zu geben. Einen Augenblick später hörte ich ihn die Treppe hinunterstolpern. Ich wartete, bis die Geräusche verebbten, da ich den Schülern nicht begegnen wollte. Man hörte sie schreien, lachen und singen. Dann ein Glockenton, und plötzlich herrschte wieder Stille.

Ich ging zu Azaïs und erhielt von ihm die Zusage, dass man Georges aus dem Übungssaal herbeiholen werde. Er sollte in den gleichen kleinen Saal kommen, in dem mich La Pérouse empfangen hatte.

Georges glaubte, mir mit einer überlegenen Miene entgegentreten zu müssen. Er verbarg dahinter seine Unsicherheit. Dabei würde ich gar nicht beschwören, dass er der Verlegenere von uns beiden war. Er ging in Abwehrstellung, da er sich wohl auf Vorwürfe gefasst machte. Außerdem wollte er offenbar unverzüglich alles aufbieten, was er gegen mich ins Feld führen konnte, denn noch bevor ich überhaupt den Mund aufgemacht hatte, erkundigte er sich nach Oliviers Ergehen in einem so unverschämten Ton, dass ich ihn am liebsten geohrfeigt hätte. Er hatte mich in der Hand. ›Glauben Sie nur nicht, dass ich Angst vor Ihnen habe‹, schienen seine ironischen Blicke zu besagen, die spöttisch verzogenen Mundwinkel und der Ton, den er anschlug. Ich war aus der Fassung gebracht und hatte große Mühe, es mir nicht anmerken zu lassen. Die Standpauke, die ich vorbereitet hatte, schien mir plötzlich ungeeignet. Ich besaß nicht genügend Autorität, um den Sittenrichter spielen zu können. Georges' Verhalten erheiterte mich im Grunde auch viel zu sehr.

›Ich will dich nicht ausschimpfen‹, sagte ich schließlich, ›ich möchte dich nur warnen.‹ (Unwillkürlich machte ich dazu ein ganz freundliches Gesicht.)

›Sagen Sie erst einmal, ob Mama Sie schickt.‹

›Ja und nein. Ich habe mit deiner Mutter über dich gesprochen, doch das ist schon ein paar Tage her. Gestern hatte ich deinetwegen eine sehr wichtige Unterredung mit einer sehr wichtigen Persönlichkeit, die du nicht kennst und die mich aufgesucht hat, um mit mir über dich zu sprechen. Ein Untersuchungsrichter. Ich komme in seinem Auftrag … Weißt du, was das ist, ein Untersuchungsrichter?‹

Georges wurde kreidebleich, vor Schreck musste ihm einen Augenblick lang das Herz stehengeblieben sein. Doch er zuckte nur mit den Achseln und erklärte mit leicht zitternder Stimme: ›Na, rücken Sie schon damit raus, was Papa Profitendieu Ihnen gesagt hat.‹

Die Dreistigkeit des Kleinen brachte mich aus dem Konzept. Sicher wäre es ganz einfach gewesen, direkt zur Sache zu kommen; doch ich scheue gerade vor dem Einfachen zurück und kann dem Umweg nicht widerstehen. Um mein Verhalten zu erklären, das mir kurz darauf selbst unsinnig vorkam, jedoch spontan war, muss ich vorausschicken, dass mein letztes Gespräch mit Pauline stark nachgewirkt hatte. Aus meinen Überlegungen dazu war ein Dialog hervorgegangen, der mir für einige Figuren meines Romans wie gerufen kam. Selten kann ich aus dem, was das Leben mir zeigt, einen unmittelbaren Nutzen ziehen, doch bei Georges' Abenteuer war dies ausnahmsweise der Fall; es schien so, als hätte mein Buch nur darauf gewartet, so gut passte es hinein; kaum mehr als ein paar Details hatte ich abändern müssen. Dabei schilderte ich seine Abenteuer (die Diebereien meine ich) nicht direkt. Man erfuhr von ihnen und den Folgen nur andeutungsweise aus Gesprächen. Diese hatte ich in einem Heft notiert, das ich gerade in der Tasche trug. Für die Geschichte mit dem Falschgeld dagegen, von der Profitendieu mir berichtet hatte, glaubte ich keine Verwendung zu haben. Und das ist wohl der Grund, weshalb ich herummanövrierte, statt sofort auf diesen Punkt, den eigentlichen Anlass meines Besuches, zu sprechen zu kommen.

›Ich möchte, dass du zunächst diese Zeilen liest‹, sagte ich und hielt ihm mein an der betreffenden Stelle aufgeschlagenes Arbeitsheft hin. ›Du wirst gleich sehen, warum.‹

Wie gesagt, ich kann es selbst nicht mehr verstehen, dass ich so handelte. Doch ich glaubte damals, die jüngste der Hauptfiguren in meinem Roman durch eine ebensolche Lektüre warnen zu müssen. Daher wollte ich unbedingt wissen, wie Georges reagieren würde; ich versprach mir wichtige Aufschlüsse davon … auch über die Qualität dessen, was ich geschrieben hatte.

Ich gebe die Stelle hier wieder:

›In der Seele dieses Kindes gab es eine düstere Region, die Audiberts besorgte Aufmerksamkeit auf sich zog. Es genügte ihm nicht zu wissen, dass der junge Eudolfe gestohlen hatte; er hätte gewünscht, Eudolfe sagte ihm, wie es so weit gekommen war und was er empfunden hatte, als er zum ersten Mal stahl. Das Kind aber hätte es ihm, selbst wenn es so zutraulich gewesen wäre, wohl selbst nicht erklären können. Auch wagte Audibert nicht, es auszufragen, aus Furcht, erlogene Beteuerungen herauszufordern.

Eines Abends, als Audibert mit Hildebrant dinierte, sprach er mit ihm über Eudolfes Fall; ohne Namen zu nennen und die Tatsachen leicht abändernd, damit sein Gegenüber den Jungen nicht wiedererkennen konnte.

»Haben Sie noch nicht bemerkt«, kommentierte Hildebrant, »dass die entscheidenden Handlungen in unserem Leben, ich meine: jene, die geeignet sind, über unsere ganze Zukunft zu entscheiden, sehr oft unbedachte Handlungen sind?«

»Das glaube ich gerne«, erwiderte Audibert. »Es ist, als stiege man in einen Zug, ohne nachzudenken und ohne sich gefragt zu haben, wohin er fährt. Ja, in den meisten Fällen begreift man erst, dass der Zug losgefahren ist, wenn es zum Aussteigen schon zu spät ist.«

»Aber vielleicht wollte das fragliche Kind überhaupt nicht aussteigen?«

»Es legt wohl noch keinen Wert darauf auszusteigen. Vorerst lässt es sich forttragen. Die Aussicht gefällt ihm, und es ist ihm gleichgültig, wohin es geht.«

»Werden Sie dem Jungen eine Moralpredigt halten?«

»Auf keinen Fall. Das würde nichts nützen. Er ist mit Moral übersättigt, bis zum Erbrechen.«

»Warum hat der Junge gestohlen?«

»Ich weiß es nicht genau. Sicherlich nicht aus echter Not. Eher, um sich gewisse Vorteile zu verschaffen, nicht hinter reicheren Mitschülern zurückstehen zu müssen ... Wer weiß? Vielleicht aus Veranlagung und purem Vergnügen am Stehlen.«

»Das wäre das Schlimmste.«

»Weiß Gott! Denn dann wird er es immer wieder tun.«

»Ist er intelligent?«

»Ich habe lange gedacht, er sei weniger gescheit als seine Brüder. Aber inzwischen frage ich mich, ob ich mich nicht irrte und er einen schlechten Eindruck auf mich machte, weil er noch nicht erkannt hat, wozu er befähigt ist. Seine Wissbegier ist fehlgeleitet; oder vielmehr, sie ist noch unreif, im Stadium der zügellosen Neugier.«

»Werden Sie ihm ins Gewissen reden?«

»Ich möchte ihn dazu bewegen, das wenige, was die Diebstähle ihm einbringen, abzuwägen gegen das, was er durch seine Unwahrhaftigkeit verliert: das Vertrauen seiner Nächsten, deren Achtung, unter anderem die meine ..., alles Dinge, deren Wert sich nicht beziffern, sich aber an der ungeheuren Anstrengung ermessen lässt, die es kostet, sie wiederzugewinnen. Manch einer hat sich daran aufgerieben. Ich werde ihm sagen, was er noch nicht wissen kann, weil er noch zu jung ist: dass von nun an der Argwohn sich immer gegen ihn richten wird, wenn in seiner Umgebung etwas Zwielichtiges, Verdächtiges geschieht. Man wird ihn möglicherweise zu Unrecht schwerer Vergehen bezichtigen, ohne dass er etwas dagegen tun kann. Was er begangen hat, deutet auf ihn. Er ist ‚gebrandmarkt', wie man sagt. Was ich ihm dann noch erklären möchte ... Aber ich fürchte seinen Widerspruch.«

»Was Sie ihm dann noch erklären möchten?«

»Dass für den ersten Diebstahl noch ein Entschluss erforderlich ist, man zu den folgenden aber ganz leicht verleitet wird, wenn erst der Präzedenzfall geschaffen ist. Alles, was

dann kommt, ist nur noch ein Sichtreibenlassen ... Ich möchte ihm sagen, dass oft eine Handlung, die man einmal begeht, ohne groß darüber nachzudenken, sich in unser Gesicht für immer einzeichnet und eine Spur hinterlässt, die wir, wie sehr wir uns auch anstrengen, nie mehr zu tilgen vermögen. Ich möchte ... aber ich werde es nicht fertigbringen, mit ihm zu sprechen.«

»Warum schreiben Sie nicht unser Gespräch von heute Abend auf? Sie könnten es ihm zu lesen geben.«

»Das ist eine Idee«, sagte Audibert. »Warum eigentlich nicht?«‹

Ich hatte Georges, während er las, die ganze Zeit aufmerksam beobachtet; doch sein Gesicht verriet nicht, was er denken mochte.

›Soll ich weiterlesen?‹, fragte er und wollte umblättern.

›Nicht nötig. Das Gespräch endet hier.‹

›Wie schade.‹

Er gab mir das Heft zurück und sagte in einem beinahe liebenswürdigen Ton: ›Ich hätte gerne gewusst, was Eudolfe antwortet, nachdem er das Heft gelesen hat.‹

›Genau auf diese Antwort warte ich.‹

›Eudolfe ist ein lächerlicher Name. Hätten Sie ihn nicht anders nennen können?‹

›Das hat keine Bedeutung.‹

›Was er antworten könnte, auch nicht. Und was wird dann aus ihm?‹

›Ich weiß noch nicht. Das kommt auf dich an. Wir werden sehen.‹

›Ich soll Ihnen also, wenn ich das richtig verstehe, dabei helfen, Ihr Buch weiterzuschreiben. Sie müssen aber doch zugeben, dass ...‹

Er hielt inne, als fiele es ihm schwer auszudrücken, was er dachte.

›Was denn?‹, fragte ich, um ihm Mut zu machen.

›Sie müssen doch zugeben, dass Sie angeschmiert wären, also, wenn Eudolfe …‹

Er unterbrach sich wieder. Ich glaubte zu verstehen, was er sagen wollte, und führte seinen Satz zu Ende: ›Wenn er ein ehrlicher Junge würde? … Nein, mein Kleiner‹, und mir stiegen plötzlich Tränen in die Augen. Ich legte meine Hand auf seine Schulter.

Doch er machte sich los: ›Immerhin, wenn er nicht gestohlen hätte, dann hätten Sie all das nicht geschrieben.‹

Erst jetzt erkannte ich meinen Irrtum. Georges fühlte sich im Grunde nur geschmeichelt, dass ich mir so viele Gedanken über ihn gemacht hatte. Er kam sich interessant vor. Und ich hatte darüber Profitendieu ganz vergessen; Georges war es, der mich daran erinnerte.

›Was hat er Ihnen denn nun erzählt, Ihr Untersuchungsrichter?‹

›Er hat mich damit beauftragt, dir mitzuteilen, dass er von deinem Handel mit Falschgeld weiß …‹

Georges wechselte von Neuem die Farbe. Er begriff, dass es zwecklos war, irgendetwas zu leugnen, protestierte aber kleinlaut: ›Ich bin nicht der Einzige.‹

›… und dass er gezwungen sei, wenn ihr nicht sofort mit diesen Betrügereien aufhört, dich und deine Freunde einzulochen.‹

Georges war erst sehr bleich geworden. Nun hatte er feuerrote Wangen. Er blickte starr geradeaus, und seine gerunzelten Augenbrauen bildeten an der Nasenwurzel zwei Falten.

›Lebe wohl‹, sagte ich und reichte ihm die Hand. ›Ich rate dir, auch deine Kameraden zu warnen. Was dich angeht, lass es dir eine Lehre sein.‹

Er drückte schweigend meine Hand und ging in den Arbeitsraum zurück, ohne sich noch einmal umzudrehen.

Als ich die Seiten aus den *Falschmünzern*, die ich Georges zeigte, noch einmal las, fand ich sie ziemlich schlecht. Ich gebe sie hier so wieder, wie Georges sie gelesen hat, aber das ganze Kapitel muss noch einmal neu geschrieben werden. Es wäre entschieden besser, doch mit dem Jungen zu sprechen. Ich muss einen Weg finden, ihn zu rühren. Zweifellos ist Eudolfe (ich werde den Namen ändern, Georges hat recht) an einen Punkt gekommen, wo er nur noch schwer zur Ehrlichkeit zu bekehren ist. Dennoch will ich ihn auf den rechten Weg zurückbringen; und das ist, was Georges auch darüber denken mag, das Interessanteste, weil es das Schwierigste ist. (Nun fange ich schon an, wie Douviers zu denken!) Überlassen wir den realistischen Romanautoren die Geschichten derer, die sich treiben lassen.«

Kaum zurück im Arbeitsraum, teilte Georges seinen beiden Freunden Édouards Warnungen mit. Alles, was dieser zu ihm über die Diebereien gesagt hatte, war an dem Jungen abgeperlt, als beträfe es ihn nicht; doch was die falschen Goldstücke anging, die ihnen gefährlich werden konnten, so war es nötig, sich ihrer unverzüglich zu entledigen. Jeder von ihnen trug einige bei sich, die er absetzen wollte, wenn sie wieder Ausgang hätten. Ghéridanisol sammelte sie ein und warf sie schleunigst in den Abfluss. Noch am gleichen Abend benachrichtigte er Strouvilhou, der sofort die notwendigen Schritte unternahm.

XVI

Am selben Nachmittag, als Édouard die Unterredung mit seinem Neffen Georges hatte, erhielt Olivier, nachdem Bernard sich verabschiedet hatte, Besuch von Armand.

Armand Vedel war nicht wiederzuerkennen; frisch rasiert, lächelnd, den Kopf hoch erhoben; nur eine Spur komisch vielleicht, in dem neuen, zu stark taillierten Anzug, was er spürte und nicht überspielte.

»Ich hätte dich schon früher besucht, aber ich hatte so viel zu tun! … Du weißt doch, dass nun ich Passavants Sekretär bin oder, wenn du so willst: Chefredakteur der Zeitschrift, die er herausgibt? Um deine Mitarbeit will ich dich meinerseits allerdings nicht bitten, weil Passavant offenbar gar nicht gut auf dich zu sprechen ist. Im Übrigen tendiert die Zeitschrift auch entschieden nach links. Weshalb sie als erstes einmal Bercail und seiner Schäferpoesie den Abschied gegeben hat …«

»Ihr Pech«, sagte Olivier.

»Weshalb mein *Topf der Nacht* dagegen aufgenommen wurde, der, nebenbei bemerkt, dir gewidmet sein wird, wenn du erlaubst.«

»Mein Pech.«

»Passavant wollte mein geniales Poem sogar auf die erste Seite setzen; doch dem widersetzte sich meine natürliche Bescheidenheit, die von seinen Lobeshymnen auf eine harte Probe gestellt wurde. Hätte ich die Gewähr, deine genesenden Ohren nur ja nicht zu ermüden, würde ich dir von meiner ersten Unterredung mit dem illustren Autor des *Turnreck* berichten, den ich bis dahin nur aus deinen Erzählungen kannte.«

»Ich habe nichts Besseres zu tun, als dir zuzuhören.«

»Und es stört dich auch nicht, wenn ich rauche?«

»Ich werde selbst eine rauchen, damit du beruhigt bist.«

»Ich will vorausschicken«, begann Armand, sich eine Zigarette anzündend, »dass deine Abtrünnigkeit unseren verehrten Comte in große Verlegenheit brachte. Denn ohne dir schmeicheln zu wollen, muss man sagen, dass man diese Vielfalt von Begabungen, Tugenden und Vorzügen so schnell nicht wieder in einer Person vereint findet, was aus dir einen der …«

»Kurz …«, unterbrach ihn Olivier, den diese plumpe Ironie rasend machte.

»Kurz, Passavant brauchte einen Sekretär. Nun kannte er

zufällig einen gewissen Strouvilhou, den ich zufällig kannte, weil er der Onkel und Mentor eines unserer Schützlinge ist, der zufällig Jean Cob-Lafleur kannte, der dir bekannt ist.«

»Der mir nicht bekannt ist«, sagte Olivier.

»Nun, mein Lieber, du solltest ihn kennenlernen. Er ist eine außergewöhnliche, großartige Type; eine Art welkes, runzliges, geschminktes Baby, das sich von Aperitifs ernährt und, wenn es betrunken ist, reizende Verse macht. In unserer ersten Nummer wirst du einige davon zu lesen bekommen. Ihn also schickt Strouvilhou doch glatt bei Passavant vorbei, damit er deine Stelle einnimmt. Wenn man sich seinen Auftritt im Palais der Rue de Babylone vorstellt! Cob-Lafleurs Kleider sind, musst du wissen, mit Flecken übersät, gelbe Zotteln hängen ihm auf die Schultern herunter, und er sieht aus, als hätte er sich acht Tage nicht gewaschen. Passavant, stets Herr der Lage, zeigte sich von Cob-Lafleur sehr angetan. Cob-Lafleur hatte sich aber auch einen sanften, liebenswerten und schüchternen Anstrich gegeben. Wenn er will, wird er zum Gringoire von Banville. Kurz, Passavant war gewonnen und drauf und dran, ihm den Posten zu geben. Man muss dazusagen, dass Lafleur völlig blank ist ... Doch da erhebt sich Lafleur und sagt zum Abschied: ›Bevor ich Sie verlasse, Monsieur le Comte, will ich Sie darauf hinweisen, dass ich einige Schwächen habe.‹

›Wer hat die nicht?‹

›Und einige Laster. Ich rauche Opium.‹

›Daran soll es nicht liegen‹, sagte Passavant, der so schnell nicht aus dem Takt gerät, ›ich kann Ihnen hervorragendes anbieten.‹

›Ja, aber wenn ich welches geraucht habe‹, fährt Lafleur fort, ›verliere ich jedes Gefühl für die Orthographie.‹

Passavant glaubt an einen Scherz, zwingt sich zu einem Lachen und reicht ihm die Hand. Lafleur fährt fort: ›Und außerdem nehme ich Haschisch.‹

›Ich habe selbst schon welches genommen‹, sagt Passavant.

›Ja, aber unter der Einwirkung des Haschischs fange ich hemmungslos zu stehlen an.‹

Passavant merkt allmählich, dass der andere sich über ihn lustig macht; doch Lafleur ist nicht mehr zu bremsen: ›Und außerdem trinke ich Äther; und dann zerreiße und zerschlage ich alles‹, und er packt eine Kristallvase und tut so, als wolle er sie in den Kamin schmeißen. Passavant reißt sie ihm aus der Hand: ›Vielen Dank für den Hinweis.‹«

»Und dann hat er ihn vor die Tür gesetzt?«

»Nicht ohne vom Fenster aus darüber zu wachen, dass Lafleur ihm beim Hinausgehen nicht etwa eine Bombe in den Keller warf.«

»Aber warum hat dein Lafleur das gemacht?«, fragte Olivier nach einer Weile. »Nach allem, was du gesagt hast, brauchte er diese Stelle doch dringend.«

»Es gibt eben einfach Leute, mein Lieber, die das Bedürfnis haben, gegen ihre eigenen Interessen zu handeln. Und außerdem, wie soll ich es sagen: Lafleur ... der Luxus von Passavant hat ihn angeekelt; seine Eleganz, seine feinen Manieren, seine Herablassung, seine falsche Überlegenheit. Da ist ihm einfach übel geworden. Und ich füge hinzu, dass ich ihn verstehen kann ... Im Grunde ist dein Passavant zum Kotzen.«

»Warum sagst du: ›dein Passavant‹? Du weißt doch, dass ich nichts mehr mit ihm zu tun habe. Und außerdem, warum nimmst du denn den Posten bei ihm an, wenn du ihn so widerwärtig findest?«

»Weil ich gerade das Widerwärtige liebe ... angefangen bei meiner Wenigkeit oder Vielheit. Übrigens ist Cob-Lafleur im Grunde schüchtern; er hätte nichts von alledem gesagt, wenn er nicht so verlegen gewesen wäre.«

»Was du nicht sagst.«

»Bestimmt. Er war verlegen, und es ging ihm gegen den Strich, dass ihn jemand einschüchterte, den er im Grunde verachtete. Um seine Verlegenheit zu verbergen, hat er zu prahlen angefangen.«

»Das war ziemlich töricht.«

»Nicht alle Welt ist so gescheit wie du, mein Lieber.«

»Das hast du schon das letzte Mal gesagt.«

»Welch ein Gedächtnis!«

Olivier war entschlossen, sich nicht unterkriegen zu lassen.

»Den Blödsinn«, sagte er, »versuche ich zu vergessen. Doch das letzte Mal bist du dann doch ernst geworden. Da hast du Dinge gesagt, die ich nie vergessen werde.«

Armands Blick verdunkelte sich; er brach in ein gezwungenes Gelächter aus: »Oh, das letzte Mal, mein Lieber, da habe ich zu dir geredet, wie du es gerne haben wolltest. Du hast ein Stück in Moll verlangt; also habe ich dir den Gefallen getan, habe meine Seele sich klagend winden lassen und dir Qualen à la Pascal vorgespielt ... Was soll man machen. Ich bin nur aufrichtig, wenn ich nicht ernst bin.«

»Du wirst mich niemals überzeugen, dass du bei dem, was du gesagt hast, nicht aufrichtig warst. Jetzt vielmehr gefällst du dir in einer Rolle.«

»O du ahnungsloser Engel, welch heilige Einfalt zeigt sich da! Als ob nicht jeder von uns mehr oder weniger bewusst in eine mehr oder weniger überzeugende Rolle verfiele. Das Leben, mein Lieber, ist die reinste Komödie. Der Unterschied zwischen mir und dir ist nur, dass ich mir klar bin, den anderen etwas vorzuspielen; während ...«

»Während ...«, wiederholte Olivier herausfordernd.

»Während zum Beispiel mein Vater, um über dich kein Wort zu verlieren, auf sich selbst hereinfällt, wenn er den Pastor spielt. Bei mir tritt, was ich auch sage oder mache, immer ein Teil beiseite und sieht dem anderen zu, wie er sich kompromittiert, beobachtet ihn, macht sich über ihn lustig und pfeift ihn aus oder klatscht ihm Beifall. Wer könnte, so zweigeteilt, noch aufrichtig sein? Ich weiß nicht einmal mehr, was das Wort bedeuten soll. Da ist nichts zu wollen: Wenn ich traurig bin, komme ich mir grotesk vor und muss lachen; wenn ich aber fröhlich bin, mache ich einen solchen Blödsinn, dass mir zum Weinen ist.«

»Auch mir ist zum Weinen zumute, mein Lieber. Ich hätte nicht gedacht, dass du so krank bist.«

Armand zuckte die Achseln und fuhr in völlig verändertem Ton fort: »Soll ich dir zum Trost den Inhalt unserer ersten Nummer verraten? Also mein *Topf der Nacht*; vier Lieder von Cob-Lafleur; ein Dialog von Jarry; Prosagedichte vom kleinen Ghéridanisol, unserem Pensionär; und dann *Das heiße Eisen*, ein großangelegter Versuch einer allgemeinen Kritik, der die Stoßrichtung der Zeitschrift verdeutlicht. Dieses Meisterwerk haben wir zu mehreren ausgebrütet.«

Olivier, der nicht wusste, was er sagen sollte, widersprach unbeholfen: »Ein von mehreren verfertigtes Meisterwerk gibt es gar nicht.«

Armand brach in Gelächter aus: »Aber, mein Bester, das mit dem Meisterwerk war doch nicht ernst gemeint. Nicht einmal zum Werk reicht es wohl bei genauerer Prüfung. Bliebe noch zu klären, was man unter einem ›Meisterwerk‹ versteht. Zu ebendieser Frage äußert sich *Das heiße Eisen*. Wie viele Werke bewundert man nicht vertrauensvoll, weil alle Welt sie bewundert und entweder niemand bisher auf den Gedanken gekommen ist oder keiner es laut gesagt hat, dass sie blöde sind. Zur Erläuterung werden wir an den Anfang der Nummer eine Abbildung der Mona Lisa mit Schnurrbart stellen. Du wirst sehen, mein Lieber: Der Effekt ist umwerfend.«

»Soll das heißen, du siehst die Mona Lisa als Blödsinn an?«

»Aber nicht doch, mein Lieber. (Selbst wenn ich sie nun auch wieder nicht so überwältigend finde.) Du missverstehst mich. Das Blöde ist die Verehrung, die man ihr entgegenbringt. Jene Gewohnheit, von ›Meisterwerken‹, wie man sie nennt, nur mit entblößtem Haupt zu sprechen. *Das heiße*

Eisen (das ist übrigens auch der Titel der ganzen Zeitschrift) will diese Ehrfurcht verulken, sie in Misskredit bringen ... Ein wirksames Mittel ist ebenfalls, dem staunenden Publikum ein blödsinniges Machwerk eines vollkommen übergeschnappten Autors (zum Beispiel meinen *Topf der Nacht*) zu unterbreiten.«

»Und Passavant ist mit all dem einverstanden?«

»Er amüsiert sich köstlich.«

»Ich sehe, dass ich gut daran getan habe, mich zurückzuziehen.«

»Sich zurückziehen ... Früher oder später, mein Lieber, und ob man will oder nicht, ist es immer so weit. Und diese artige Bemerkung soll mein Schlusswort sein.«

»Bleib doch noch einen Augenblick, alter Hanswurst ... Wieso sagst du, dein Vater spielt den Pastor bloß? Glaubst du denn nicht an seine innere Überzeugung?«

»Mein Herr Vater hat sein Leben so eingerichtet, dass er weder das Recht noch die Möglichkeit hat, an seinem Glauben zu zweifeln. Er ist von Berufs wegen überzeugt. Und berufen zu überzeugen. Er trichtert anderen den Glauben ein; dazu ist er da; das ist die Rolle, die er übernommen hat und die er bis zum Ende spielen muss. Doch wie es ›in seiner Brust‹ aussieht, wie er es nennt, woher soll ich das wissen? ... Verstehst du, es wäre einfach indiskret, danach zu fragen. Und ich glaube, er selbst stellt sich diese Frage nie. Er richtet es so ein, dass er keine Zeit hat, sich Fragen zu stellen. Sein Leben ist vollgestopft mit Verpflichtungen, die jeden Sinn verlören, wenn er in seinem Glauben nachließe; so dass schon sie allein seine Überzeugung erfordern und am Leben halten. Er bildet sich ein zu glauben, weil er sich stets so verhält, als glaube er. Es steht ihm nicht mehr frei, nicht zu glauben. Wenn sein Glauben ins Wanken geriete, mein Lieber, das wäre eine Katastrophe! Der Untergang! Bedenke, dass meine Familie damit ihr täglich Brot verlöre. Das gilt es zu berücksichtigen, mein

Lieber: Papas Glauben bedeutet unseren Lebensunterhalt. Wir ernähren uns alle von Papas Glauben. Du musst doch zugeben, dass es da nicht sehr feinfühlig von dir ist, mich zu fragen, ob Papa wirklich gläubig ist.«

»Ich dachte, ihr würdet vor allem von den Einkünften aus der Pension leben.«

»Das stimmt schon. Aber es ist auch nicht sehr feinfühlig, mich um meinen lyrischen Effekt zu bringen.«

»Dir ist also gar nichts mehr heilig?«, fragte Olivier traurig, denn er liebte Armand und litt unter dessen Lästerreden.

»*Jubes renovare dolorem* ... Du scheinst zu vergessen, mein Lieber, dass meine Eltern aus mir einen Pastor machen wollten. Man hat mich dafür präpariert, mich mit frommen Sprüchen genudelt, um, wenn ich so sagen darf, meinen Glauben zu mästen ... Schließlich hat man die Hoffnung wohl oder übel aufgegeben. Schade. Aus mir wäre vielleicht doch noch ein großartiger Kanzelredner geworden. So war es meine Sendung, den *Topf der Nacht* zu schreiben.«

»Armer Freund, wenn du wüsstest, wie ich dich bemitleide!«

»Du hattest schon immer, wie mein Vater sagen würde, ›ein goldenes Herz‹ ... das ich nun nicht länger strapazieren will.« Er nahm seinen Hut und war schon beinahe draußen, als er sich plötzlich noch einmal umwandte: »Fragst du mich gar nicht nach Neuigkeiten von Sarah?«

»Weil du mir nichts erzählen könntest, was ich nicht schon von Bernard wüsste.«

»Hat er dir gesagt, dass er die Pension verlassen hat?«

»Er hat mir gesagt, deine Schwester Rachel habe ihn dazu aufgefordert.«

Armands eine Hand lag auf der Türklinke; der Spazierstock in seiner anderen Hand hielt noch die Portiere auf. Der Stock geriet in ein Loch und vergrößerte es.

»Wenn du dir das erklären kannst«, sagte er, und sein Gesichtsausdruck wurde sehr ernst. »Rachel ist, glaube ich, der einzige Mensch auf der Welt, den ich liebe und achte. Ich achte sie für ihre Tugend. Und ich setze alles daran, ihr Anstandsgefühl zu verletzen. Von dem zwischen Bernard und Sarah hatte sie keine Ahnung. Ich bin es, der ihr alles erzählt hat ... Und dabei hat der Augenarzt ihr das Weinen untersagt! Das ist zu komisch.«

»Meinst du das jetzt wirklich aufrichtig?«

»Ja, ich glaube, darin bin ich am aufrichtigsten: in meinem Widerwillen, meinem Hass gegen alles, was man Tugend nennt. Versuche nicht, das zu verstehen. Du kannst dir keinen Begriff davon machen, was eine puritanische Erziehung anrichtet. Sie erfüllt einen mit einer Rachsucht, die man nie wieder los wird ...« Und, höhnisch auflachend: »Falls ich von mir auf andere schließen darf. Übrigens, wenn du mir sagen könntest, was ich da habe.«

Er legte seinen Hut wieder ab und trat ans Fenster.

»Schau da: innen an der Lippe.«

Er beugte sich zu Olivier hinunter und hob mit einem Finger die Lippe an.

»Ich sehe nichts.«

»Aber ja doch; da; an der Seite.«

Tatsächlich erkannte Olivier im Mundwinkel einen weißlichen Fleck. Etwas in Sorge, sagte er, um Armand zu beruhigen: »Eine Aphthe.«

Doch dieser zuckte die Achseln.

»Sag doch keine Dummheiten, du, ein so vernünftiger Mann. Eine Aphthe ist weich und geht von allein weg. Das hier aber ist hart und vergrößert sich von Woche zu Woche. Und es verursacht einen schlechten Geschmack im Mund.«

»Hast du es schon lange?«

»Ich habe es vor mehr als einem Monat gemerkt. Doch wie es in einem ›Meisterwerk‹ heißt: *Viel älter ist mein Leid ...*«

»Aber, mein Lieber, wenn du dir Sorgen machst, dann musst du jemanden konsultieren.«

»Als wenn ich dazu erst deinen Rat brauchte!«

»Und was hat der Arzt gesagt?«

»Ich brauche deinen Rat nicht, um zu begreifen, dass ich jemanden konsultieren sollte. Und trotzdem habe ich keinen konsultiert, denn wenn es das ist, was ich glaube, will ich es lieber nicht wissen.«

»Das ist dumm von dir.«

»Nicht wahr, das ist blöd von mir, und so menschlich, mein Lieber, so menschlich …«

»Es ist dumm von dir, dich nicht behandeln zu lassen.«

»Um mir schon bei Beginn der Behandlung sagen zu können: ›Es ist zu spät!‹ Cob-Lafleur formuliert das so treffend in einem der Gedichte, die du lesen wirst:

So zeigt sich nun einmal;
Es eilt in diesem Jammertal
Die Tat nur gar zu oft dem Wort voraus.«

»Man kann alles zur Literatur erheben.«

»Alles, wie recht du hast. Aber, mein Lieber, so einfach ist das gar nicht. Also, adieu … Oh, was ich dir noch sagen wollte: Ich habe Nachricht von Alexandre … Du weißt schon, mein älterer Bruder, der sich nach Afrika abgesetzt hat: Am Anfang gingen die Geschäfte schlecht, und er hat alles Geld durchgebracht, das Rachel ihm schickte. Inzwischen aber hat er sich am Ufer der Casamance niedergelassen. Er schreibt, dass sein Handel blüht und er bald in der Lage sein wird, alles zurückzuzahlen.«

»Womit handelt er denn?«

»Wer weiß? Mit Kautschuk, Elfenbein, Negern vielleicht … allerlei Kleinkram. Er fragt, ob ich nicht nachkommen will.«

»Und, willst du fahren?«

»Wenn nicht mein Militärdienst wäre, sofort. Alexandre, der Spinner, ist ganz mein Fall. Ich glaube, ich käme hervorragend mit ihm aus … Ich habe den Brief bei mir. Warte, ich zeige ihn dir.«

Er zog aus seiner Tasche einen Umschlag und aus dem Umschlag einige Blätter; wählte eines aus und reichte es Olivier.

»Das andere ist nicht so wichtig. Fang hier an.«

Olivier las:

»Vor vierzehn Tagen habe ich ein sonderbares Individuum in meine Hütte aufgenommen. Die Sonne dieses Landes muss ihm zu stark aufs Hirn geschienen haben. Ich dachte erst, er deliriere nur, doch er ist offenbar regelrecht verrückt. Dieser eigenartige Typ – etwa dreißig Jahre alt, groß und stark, gutaussehend und bestimmt, wie man so sagt, ›aus guter Familie‹, denn das merkt man an seinen Manieren, seiner Sprache und seinen Händen, die zu zart sind, um jemals grobe Arbeiten ausgeführt zu haben –, diese Type glaubt, vom Teufel besessen zu sein; oder vielmehr, er glaubt, er selbst ist der Teufel, wenn ich ihn recht verstanden habe. Er muss etwas Abenteuerliches hinter sich haben, denn im Traum oder auch in jenem Dämmerzustand, in den er oft verfällt (er führt dann Selbstgespräche, als sei ich gar nicht da), spricht er ständig von abgehackten Händen. Da er dann sehr unruhig wird und entsetzlich mit den Augen rollt, habe ich alles, was sich als Waffe gebrauchen ließe, vorsichtshalber weggeräumt. Ansonsten ist er ein guter Kerl, der mir Gesellschaft leistet – was ich nach monatelanger Einsamkeit, wie Du Dir denken kannst, sehr zu schätzen weiß –, und er hilft mir bei meinen Geschäften. Er spricht nie von seiner Vergangenheit, so dass ich nicht herausbekomme, wer er sein könnte. Für Insekten und Pflanzen hat er ein besonderes Interesse, und manche seiner Äußerungen weisen darauf hin, dass er außergewöhnliche Kenntnisse besitzt. Es scheint ihm bei mir zu gefallen, denn er macht keine Anstalten weiterzuziehen; ich habe vor, ihn hierzubehalten, so lange er will. Ich wünschte mir gerade Hilfe; alles in allem kommt er mir wie gerufen.

Ein hässlicher Schwarzer, der mit ihm die Casamance hinaufschiffte und mit dem ich mich kurz unterhalten habe, sagte, es sei auch eine Frau dabei gewesen, die, wenn ich recht verstanden habe, eines Tages, als ihr Boot umschlug, im Fluss ertrunken sein muss. Es würde mich nicht wundern, wenn mein Kompagnon dabei nachgeholfen hat. In diesem Land lassen sich immer Mittel und Wege finden, jemanden loszuwerden, und niemand fragt danach. Wenn ich eines Tages mehr erfahre, werde ich Dir schreiben – oder ich erzähle es Dir, wenn Du hier bist. Ja, ich weiß … das Problem mit Deinem Militärdienst … Pech! Ich werde warten. Denn glaube mir, wenn Du mich wiedersehen möchtest, dann musst Du Dich schon entschließen herzukommen. Ich selbst habe immer weniger Lust zurückzukehren. Das Leben hier gefällt mir und passt mir wie ein maßgeschneiderter Anzug. Mein Handel blüht, und der steife Kragen der Zivilisation kommt mir wie ein Halseisen vor, das ich nie mehr ertragen könnte.

Anbei eine weitere Geldanweisung, mit der Du anstellen kannst, was Du willst. Die vorige war für Rachel. Behalte diese hier für Dich …«

»Der Rest ist nicht mehr interessant«, sagte Armand.

Olivier gab den Brief kommentarlos zurück. Er kam nicht auf den Gedanken, dass der Mörder, von dem darin die Rede war, sein eigener Bruder sein könnte. Vincent hatte lange nichts mehr von sich hören lassen; seine Eltern dachten, er sei in Amerika. Um die Wahrheit zu sagen, machte sich Olivier weiter keine Gedanken um ihn.

XVII

Boris erfuhr von Madame Sophroniska, die einen Besuch in der Pension machte, dass Bronja schon einen Monat tot war. Seit jenem traurigen Brief seiner Freundin war Boris ohne jede Nachricht von ihr. Er sah Madame Sophroniska in Madame Vedels Salon hereinkommen, wo er seine Freistunden verbringen durfte; und da sie Trauer trug, wusste er Bescheid, noch bevor ein Wort gefallen war. Außer ihnen war niemand in dem Raum. Sophroniska schloss Boris in die Arme, und beide weinten bittere Tränen. Immer wieder stieß sie hervor: »Mein armer Kleiner ... Mein armer Kleiner«, als brauche vor allem Boris Trost und sie als Mutter vergäße ihren Schmerz angesichts des unermesslichen Kummers dieses Kindes.

Madame Vedel, die man verständigt hatte, kam, und Boris hielt sich abseits, von Schluchzen geschüttelt, um die beiden Frauen nicht zu stören. Er wünschte, sie würden nicht über Bronja sprechen. Madame Vedel, die Bronja nicht gekannt hatte, redete von ihr wie von einem gewöhnlichen Kind. Schon ihre Fragen schienen Boris taktlos und unangemessen. Er wünschte, Madame Sophroniska würde nicht darauf antworten, und litt, als sie Madame Vedel ihre Trauer preisgab. Er selbst verschloss sich und verbarg seinen Schmerz wie einen Schatz.

Bestimmt hatte Bronja an ihn gedacht, als sie wenige Tage vor ihrem Tod fragte: »Mama, ich wüsste so gerne ... Sag: Was ist das, ein Glücksidyll?«

Diese Worte, die ihm das Herz brachen, hätte Boris als Einziger erfahren wollen.

Madame Vedel bot Tee an. Auch Boris bekam eine Tasse, die er hastig leerte, da die Freistunde zu Ende ging; dann verabschiedete er sich von Sophroniska, die aus dringendem Anlass am folgenden Tag wieder nach Polen abreiste.

Die ganze Welt schien ihm leer. Seine Mutter war weit weg, nie da; sein Großvater alt; selbst Bernard, an den er sich anzuschließen begann, war nicht mehr bei ihm ... Zarte Seelen wie er brauchen jemanden, dem sie ihren Adel und ihre Reinheit weihen können. Zur Selbstbespiegelung fehlt ihm die Eitelkeit. Bronja hatte er über alles geliebt. Wie konnte er hoffen, jenen Lebensquell jemals wiederzufinden, der mit ihrem Tod versiegte. Wie konnte er jetzt, wo Bronja nicht mehr da war, noch an die Engel glauben, die er so gerne hatte sehen wollen. Selbst in seinem Himmel war niemand mehr.

Boris ging in den Übungsraum zurück, wie man sich der Hölle ausliefert. Mit Gontran de Passavant hätte er sich anfreunden können; er ist tüchtig, und beide haben das gleiche Alter; doch Gontran ist von seiner Arbeit nicht abzulenken. Auch Philippe Adamanti hat keinen schlechten Charakter; er würde sich mit Boris nur zu gerne anfreunden; er wagt seinem Gefühl jedoch nicht zu folgen, so stark ist Ghéridanisols Einfluss auf ihn; mit diesem versucht er Schritt zu halten, kaum aber hat er Tritt gefasst, beschleunigt Ghéridanisol das Tempo; und Ghéridanisol verachtet Boris. Die Musikalität seiner Stimme, seine Anmut, sein mädchenhaftes Gehabe, alles an ihm findet er aufreizend und abstoßend. Schon sein Anblick scheint in ihm jene instinktive Aversion auszulösen, aus der heraus sich der Starke im Rudel auf den Schwachen stürzt. Vielleicht folgt er ja nur den Theorien seines Vetters, und der Hass, den er für berechtigte Ablehnung hält, ist nicht ganz echt. Gründe genug findet er jedenfalls, sich zu seinem Hass zu beglückwünschen. Auch hat er schnell herausgefunden, wie empfindlich Boris reagiert, wenn er ihn seine Verachtung spüren lässt; er kostet dies aus, tut so, als verschwöre er sich mit Georges und Phiphi, allein um das ängstliche Fragen in Boris' Blick zu sehen.

»Seht nur, er platzt ja vor Neugier«, sagt Georges dann, »sollen wir ihn einweihen?«

»Spar dir die Mühe. Er begreift sowieso nichts.«

»Er versteht's nicht.«

»Er getraut sich nicht.«

»Er ist zu dumm.« So hänseln sie ihn ständig. Er leidet entsetzlich darunter, dass man ihn ausschließt. Den erniedrigenden Spottnamen, den man ihm gibt, versteht er tatsächlich nicht: »Hatsnicht«; oder weigert sich, ihn zu verstehen. Was gäbe er nicht darum, beweisen zu können, dass er nicht die Memme ist, für die man ihn hält!

»Ich kann Boris nicht ausstehen«, sagte Ghéridanisol zu Strouvilhou. »Warum wolltest du, dass ich ihn in Ruhe lasse? Er selbst ist gar nicht so erpicht darauf. Ständig schielt er zu mir herüber ... Neulich konnten wir nicht mehr vor Lachen, weil er dachte, eine Frau im ›Evakostüm‹ trage besonders elegante Kleider. Georges hat ihn vielleicht hochgenommen. Und als Boris endlich seinen Irrtum begriff, sah es so aus, als fange er jeden Augenblick zu flennen an.«

Ghéridanisol setzte seinem Cousin so lange mit Fragen zu, bis dieser ihm schließlich Boris' *Talisman* übergab und erklärte, wozu er gut war.

Wenige Tage später fand Boris, als er in den Übungsraum kam, auf seinem Pult jenes Stück Papier vor, an das er sich kaum noch erinnern konnte. Zusammen mit all dem, was jene »Magie« aus seiner frühen Kindheit betraf, deren er sich jetzt schämte, hatte er es aus seiner Erinnerung verbannt. Er erkannte den Zettel erst gar nicht wieder, denn Ghéridanisol hatte die Zauberformel:

»GAS ... TELEFON ... HUNDERTTAUSEND RUBEL«

vorsorglich mit einem breiten Rand aus roten und schwarzen, kleinen obszönen Teufelchen verziert, die bei Gott nicht übel getroffen waren. Das gab, so hoffte Ghéridanisol, dem Zettel einen phantastischen, »infernalischen« Anstrich, geeignet, Boris einen Schreck einzujagen.

Vielleicht war es ja nur ein Spaß; doch seine Wirkung übertraf alle Erwartungen. Boris wurde feuerrot, sagte nichts, sah suchend nach allen Seiten, bemerkte jedoch Ghéridanisol nicht, der hinter der Tür stand und ihn beobachtete. Boris konnte sich weder erklären noch sich zusammenreimen, wo der Talisman herkam; er schien vom Himmel gefallen oder vielmehr aus der Hölle aufgetaucht zu sein. Eigentlich war Boris alt genug, diese teuflischen Streiche mit einem Achselzucken zu beantworten, doch sie weckten dumpfe Erinnerungen. Er nahm den Talisman und steckte ihn in seine Jacke. Für den Rest des Tages quälte ihn der Gedanke an seine »Magie«. Bis zum Abend kämpfte er das düstere Verlangen nieder, dann, als ihn nichts mehr in seinem Kampf unterstützte, als er in seinem Zimmer allein war, erlag er ihm.

Er schien tiefer und tiefer zu fallen, und der Himmel entschwand; doch er fand Genuss daran zu fallen, und das Fallen wurde zur Lust.

Trotz seiner Verzweiflung aber blieb ihm in der Tiefe seiner Verlassenheit eine solche Sehnsucht, sich zu verschenken, ein so heftiger Schmerz über die Verachtung, die seine Mitschüler ihm entgegenbrachten, dass er für ein wenig Anerkennung alles getan hätte, selbst etwas Gefährliches und Absurdes.

Er sollte schon bald Gelegenheit dazu bekommen.

Nachdem sie ihren Handel mit Falschgeld hatten einstellen müssen, blieben Ghéridanisol, Georges und Phiphi nicht lange untätig. Die kleinen albernen Streiche, mit denen sie sich in den ersten Tagen die Zeit vertrieben, waren nur ein Intermezzo. In Ghéridanisols Kopf braute sich etwas Stärkeres zusammen.

Der *Bund der starken Männer* verdankte sein Entstehen dem Vergnügen, Boris nicht zuzulassen. Bald aber schien es Ghéridanisol im Gegenteil viel perfider, seine Aufnahme zu betreiben; er müsste dabei eine Art Satzung anerkennen, auf deren Grundlage man ihn zu irgendeiner wahnwitzigen Tat bewegen würde. Dieser Gedanke ließ ihn nicht mehr los; und wie es oft geht bei solchen Vorhaben, dachte Ghéridanisol weit weniger an die Sache selbst als an die Mittel, sie zu bewerkstelligen; der Unterschied scheint belanglos, ist aber die Erklärung für viele Verbrechen. Im Übrigen hatte Ghéridanisol ein wölfisches Wesen; er suchte es nur, zumindest vor Phiphi, zu verbergen. Phiphi war keineswegs grausam; er war bis zum letzten Moment davon überzeugt, es handle sich um einen Spaß.

Jeder Geheimbund braucht eine Losung. Ghéridanisol, der

eine heimliche Absicht damit verband, schlug vor: »Der Starke verachtet das Leben.« Die Losung wurde angenommen und Cicero zugeschrieben. Als Erkennungszeichen schlug Georges eine Tätowierung am rechten Arm vor; doch Phiphi, der sich vor den Schmerzen fürchtete, behauptete schnell, gute Tätowierer fände man nur in Hafenstädten. Außerdem gab Ghéridanisol zu bedenken, dass die Tätowierung eine Spur hinterlasse, die man nie mehr verwischen könne. Ein Erkennungszeichen war eigentlich auch gar nicht nötig; man würde sich mit einem feierlichen Schwur begnügen.

Als es um das Falschgeld ging, war von Pfändern die Rede gewesen, und bei dieser Gelegenheit hatte Georges die Briefe seines Vaters aufgeboten. Doch bald schon erlahmte das Interesse daran. Diesen Kindern fehlt es Gott sei Dank an Beharrlichkeit. Letzten Endes wurde so gut wie nichts festgelegt, weder die »Aufnahmebedingungen« noch die »geforderten Eigenschaften«. Wozu auch, da es abgemacht war, dass sie alle drei »dazugehörten«, Boris aber »nicht dazugehörte«. Eines aber sollte gelten: »Wer kneift, ist ein Verräter und wird für immer verstoßen.« Ghéridanisol, der auf Boris' Aufnahme hinarbeitete, bestand auf diesem Punkt.

Tatsächlich wurde das Spiel ohne Boris langweilig, und dem *Bund der starken Männer* fehlte das Ziel. An Georges war es nun, sich an den Jungen heranzumachen; bei Ghéridanisol hätte Boris misstrauisch werden können; Phiphi aber war nicht durchtrieben genug und wollte sich auch lieber auf nichts einlassen.

Die Freundschaftskomödie, zu der Georges sich daraufhin hergab, dürfte wohl das Entsetzlichste an dieser ungeheuerlichen Geschichte sein. Er tat so, als erwache in ihm eine plötzliche Zuneigung zu Boris, den er vorher kaum eines Blickes gewürdigt hatte. Vielleicht steigerte er sich ja so sehr in sein Spiel hinein, dass sein vorgetäuschtes Gefühl beinahe aufrichtig wurde, ja, ich frage mich, ob es nicht von dem Augenblick an aufrichtig war, als Boris es erwiderte. Er machte Boris schöne Augen; von Ghéridanisol instruiert, sprach er ihn an … Und Boris, der nach ein wenig Achtung und Liebe hungerte, war schon bei den ersten Worten gewonnen. Nun arbeitete Ghéridanisol seinen Plan fertig aus und eröffnete ihn Phiphi und Georges. Es gelte, eine »Bewährungsprobe« zu erfinden, die derjenige, auf den das Los falle, zu bestehen habe; und um Phiphi zu beruhigen, gab er ihnen zu verstehen, dass man das Los auf Boris fallen lassen würde. Man wollte seinen Mut auf die Probe stellen.

Worum es im Einzelnen ging, verriet Ghéridanisol noch nicht. Er rechnete bei Phiphi mit Widerstand.

»Also, das nicht; da mache ich nicht mit«, erklärte dieser auch tatsächlich, als Ghéridanisol bald darauf anzudeuten begann, dass die Pistole des Papa Lapapp hierbei gut Verwendung finden könne. »Du bist doch blöd! Es ist nur ein Spaß«, versetzte Georges, der sofort gewonnen war.

»Und außerdem, weißt du«, fügte Ghéridanisol hinzu, »wenn du Sperenzien machen willst, brauchst du es nur zu sagen. Es geht auch ohne dich.«

Ghéridanisol wusste, dass dieses Argument bei Phiphi verfing; und da er eine Beitrittserklärung vorbereitet hatte, unter die jedes Mitglied nur noch den Namen zu setzen brauchte, fügte er hinzu: »Bloß musst du es gleich sagen; denn wenn du unterschrieben hast, ist es zu spät.«

»Schon gut. Reg dich nicht auf«, sagte Phiphi. »Gib mir das Blatt.« – Und er unterschrieb.

»Ich, mein Kleiner, wollte schon«, sagte Georges, der den Arm zärtlich um Boris' Hals gelegt hatte, »aber Ghéridanisol will dich nicht.«

»Warum?«

»Weil er dir nicht traut. Er sagt, du würdest kneifen.«

»Woher will er das wissen?«

»Du würdest dich vor der kleinsten Probe drücken.«

»Das werden wir sehen.«

»Würdest du dich denn getrauen zu losen?«

»Na klar!«

»Weißt du auch, wozu das verpflichtet?« – Boris wusste es nicht, doch er wollte es wissen. Also erklärte Georges es ihm: »Der Starke verachtet das Leben.« Darum gehe es.

Boris erfasste ein heftiger Schwindel; doch er riss sich zusammen und sagte, sein Erschrecken verbergend: »Ihr habt alle unterschrieben?«

»Da, sieh selbst.« Georges hielt Boris das Blatt hin, auf dem die drei Namen standen.

»Und …«, begann er schüchtern.

»Und was?«, unterbrach ihn Georges so heftig, dass Boris nicht fortzufahren wagte. Was er hatte fragen wollen, wusste Georges nur zu gut: Ob die anderen sich zu dem Gleichen verpflichtet hätten und ob er sicher sein könne, dass auch sie nicht kneifen würden.

»Nichts weiter«, sagte er; doch von diesem Augenblick an begann er den anderen zu misstrauen; er begann zu argwöhnen, dass sie sich heraushielten und kein ehrliches Spiel mit ihm trieben. »Egal«, dachte er, »was macht es, wenn sie kneifen; ich werde ihnen zeigen, dass ich mehr Mut habe als sie.« Dann sagte er, Georges fest in die Augen sehend: »Sage Ghéri, dass er auf mich zählen kann.«

»Also, du unterschreibst?«

War das noch nötig: Er hatte ihm doch sein Wort gegeben. Er sagte nur: »Wenn du willst.« Und unter die Namen der drei *starken Männer* setzte er seinen Namen in großer sorgfältiger Schrift auf das verfluchte Blatt.

Triumphierend brachte Georges den anderen beiden das Papier. Sie mussten zugeben, dass Boris verdammt tapfer reagiert hatte. Die drei beratschlagten.

Natürlich würde man die Pistole nicht laden! Man hatte ja gar keine Patronen. Phiphis Bedenken waren damit nicht ausgeräumt, hatte er doch gehört, in gewissen Situationen könne man allein schon vor Schreck sterben. Sein Vater, behauptete er, erzähle immer von einer vorgetäuschten Erschießung, bei der ... Doch Georges schnitt ihm das Wort ab: »Dein Vater ist ein Südländer.« Nein, Ghéridanisol würde die Pistole nicht laden. Denn das war nicht mehr nötig. Die Patrone, die La Pérouse eines Tages hineingesteckt hatte, die hatte La Pérouse nicht wieder herausgenommen. Das hatte Ghéridanisol festgestellt, sich aber gehütet, es den anderen zu sagen.

Man warf die Lose in einen Hut; vier kleine, gleich aussehende und einheitlich gefaltete Zettel mit ihren Namen. Ghéridanisol, der ziehen sollte, hatte noch ein fünftes Los vorsorglich mit Boris' Namen versehen, das er in der Hand behielt; und wie durch Zufall war dieses der »Treffer«. Boris hatte den Verdacht, dass alles Schiebung war; doch er schwieg. Wozu sollte er protestieren? Er war verloren, das wusste er. Er mochte nicht das Geringste zu seiner Rettung unternehmen; ja, wenn das Los auf einen der anderen gefallen wäre, hätte er sich erboten, für ihn einzuspringen, so tief war seine Verzweiflung.

»Alter Freund, du hast einfach kein Glück«, glaubte Georges sagen zu müssen. Seine Stimme klang dabei so falsch, dass Boris ihn traurig ansah.

»Das war vorherzusehen«, sagte er.

Woraufhin man beschloss, eine Probe zu veranstalten. Doch da die Gefahr bestand, überrascht zu werden, wurde vereinbart, die Pistole hierbei noch nicht zu verwenden. Erst im letzten Moment, wenn es »Ernst würde«, wollte man sie aus ihrem Kasten nehmen. Nichts durfte Verdacht erregen.

Also begnügte man sich an diesem Tag damit, die Zeit festzulegen und den Ort, den man auf dem Boden mit einem Kreidezeichen markierte; und zwar in jener Nische im Übungssaal, die, rechts vom Pult, durch eine versperrte Tür gebildet wurde, welche ehedem in die Eingangshalle führte. Als Zeit wählte man die Übungsstunde. Vor den Augen der versammelten Schülerschaft sollte sich die Szene abspielen; die würden staunen.

Man probte im leeren Saal, nur die drei Verschwörer waren Zeugen. Alles in allem ergab die Probe nicht viel Neues. Als Einziges ließ sich festhalten, dass Boris von seinem Platz bis zu dem Kreidezeichen genau zwölf Schritte zu machen hatte.

»Wenn Du keinen Bammel hast, brauchst du nicht einen Schritt mehr«, sagte Georges.

»Ich habe keinen Bammel«, entgegnete Boris, den dieser fortwährende Zweifel aufbrachte. Die Entschlossenheit des Kleinen begann die anderen zu beeindrucken. Phiphi wollte es dabei bewenden lassen. Doch Ghéridanisol bestand darauf, den Spaß zu Ende zu führen. »Also dann, bis morgen«, sagte er und zog einen Mundwinkel zu einem eigenartigen Lächeln hoch.

»Lasst uns ihn umarmen!«, rief Phiphi voll Begeisterung. Er dachte an die Akkolade der Ordensritter und umarmte Boris stürmisch. Dieser vermochte kaum die Tränen zurückzuhalten, als Phiphi ihm zwei schmatzende Kinderküsse auf die Wangen drückte. Weder Georges noch Ghéri tat es Phiphi gleich; Georges fand dieses Verhalten nicht gerade würdevoll. Was Ghéri anbetraf, den ließ das kalt! …

XVIII

Die Glocke hatte am folgenden Nachmittag die Schüler zu den Hausaufgaben zusammengerufen.

Boris, Ghéridanisol, Georges und Philippe saßen nebeneinander in der Bank. Ghéridanisol zog seine Uhr hervor und legte sie zwischen sich und Boris. Sie zeigte fünf Uhr fünfunddreißig. Die Übungsstunde hatte um fünf Uhr begonnen und sollte bis sechs dauern. Fünf vor sechs, so war man übereingekommen, sollte Boris »ein Ende machen«, kurz bevor die Schüler auseinanderliefen; so war es besser; man würde gleich danach umso schneller entkommen. Schon sagte Ghéridanisol zu Boris, mit halblauter Stimme und ohne ihn anzusehen, was seinen Worten einen unheilvolleren Charakter verleihen sollte: »Du hast noch eine Viertelstunde, mein Lieber.«

Das erinnerte Boris an einen Roman, den er vor kurzem gelesen hatte und in dem Banditen eine Frau, die sie töten wollten, zum Beten aufforderten, um ihr klarzumachen, dass es ans Sterben ginge. Wie einer an der Grenze eines Landes, das er verlassen will, seine Papiere herausholt, so suchte Boris in seinem Herzen und seiner Erinnerung nach einem Gebet, fand aber keines; doch er war so erschöpft und zugleich so angespannt, dass er sich deshalb nicht übermäßig beunruhigte. Er versuchte zu denken und konnte nicht denken. Die Pistole wog schwer in der Tasche; er musste sie nicht mit der Hand berühren, um sie zu spüren.

»Nur noch zehn Minuten.«

Georges, zur Linken von Ghéridanisol, beobachtete die Szene aus den Augenwinkeln, tat aber so, als bemerke er nichts. Er arbeitete fieberhaft. Noch nie war es im Übungsraum so still gewesen. La Pérouse erkannte seine Quälgeister nicht wieder und atmete zum ersten Mal auf. Phiphi dagegen war es nicht wohl in seiner Haut; Ghéridanisol machte ihm Angst; er fürchtete, dieser Spaß könnte noch ein böses Ende nehmen; sein Herz schnürte sich zusammen, und immer wieder entrang sich ihm ein tiefer Seufzer. Schließlich hielt er es nicht mehr aus; er riss von einer Seite aus seinem vor ihm liegenden Geschichtsheft die untere Hälfte ab – er musste sich auf eine Prüfung vorbereiten, doch die Zeilen tanzten ihm vor den Augen, die Daten und Fakten verwirrten sich in seinem Kopf – und kritzelte darauf: »Bist du auch ganz sicher, dass die Pistole nicht geladen ist?«, schob dann Georges den Zettel hin, der ihn an Ghéri weitergab. Dieser aber zuckte, nachdem er ihn gelesen hatte, bloß die Achseln, ohne Phiphi auch nur eines Blickes zu würdigen, und knüllte den Zettel zu einer

Papierkugel zusammen, die er mit einem Schnipsen genau bis zu dem mit Kreide markierten Punkt beförderte. Woraufhin er, zufrieden über den Treffer, zu lächeln begann. Dieses unwillkürliche Lächeln blieb bis zum Ende der Szene auf seinem Gesicht stehen; man hätte meinen können, es habe sich in seine Züge eingegraben.

»Noch fünf Minuten.«

Er hatte das beinahe laut gesagt. Sogar Philippe hörte es. Seine Angst wurde unerträglich; obwohl die Stunde schon ihrem Ende zuging, meldete er sich, nach Schülersitte mit den Fingern schnalzend, als müsse er dringend austreten, vielleicht auch tatsächlich von Krämpfen gequält, und verließ, ohne La Pérouses Erlaubnis abzuwarten, fluchtartig seinen Platz. Um zur Tür zu gelangen, musste er am Katheder vorbei; wankend stürzte er hinaus.

Fast unmittelbar nachdem Philippe hinausgegangen war, erhob sich Boris. Der kleine Passavant, der hinter ihm saß und angestrengt arbeitete, sah von seinem Blatt auf. Er erzählte Séraphine später, Boris sei »totenbleich« gewesen; doch das sagt man immer in solchen Fällen. Auch blickte er gleich wieder weg und vertiefte sich in seine Arbeit. Er sollte sich deshalb noch schwere Vorwürfe machen. Hätte er ahnen können, was sich zutrug, er hätte es bestimmt verhindert, beteuerte er später unter Tränen. Doch er hatte nichts bemerkt.

Boris ging also bis zu der angezeichneten Stelle. Er machte langsame Schritte, wie ein Automat, mit starrem Blick; oder eher wie ein Schlafwandler. Mit der rechten Hand umfasste er die Pistole, hielt sie aber noch in der Jackentasche verborgen, erst im letzten Moment zog er sie hervor. Die verhängnisvolle Stelle befand sich, wie gesagt, vor jener verschlossenen Tür, deren Laibung rechts vom Katheder eine Nische bildete, die der Aufsichtsführende, vom Katheder aus, nur sehen konnte, wenn er sich vorbeugte.

La Pérouse beugte sich vor. Und zuerst verstand er nicht,

was sein Enkel da machte, obwohl die eigentümliche Feierlichkeit seiner Bewegungen dazu angetan war, ihn zu beunruhigen. Mit lauter Stimme und so autoritär er konnte, begann er: »Monsieur Boris, wollen Sie bitte sofort wieder zu Ihrem ...«

Da erkannte er plötzlich die Pistole; eben hatte Boris sie sich an die Schläfe gesetzt. La Pérouse begriff, und Eiseskälte erfasste ihn, als gefriere das Blut in seinen Adern. Er wollte aufstehen, zu Boris laufen, ihn zurückhalten, schreien ... Ein heiseres Röcheln entwich seiner Kehle; er war wie gelähmt, konnte sich nicht von der Stelle rühren, indes ihn ein starkes Zittern erfasste.

Der Schuss ging los. Boris stürzte nicht gleich zu Boden. Einen Augenblick lang hielt sich der Körper noch aufrecht, von der Türnische gestützt; dann zog der Kopf, der auf die Schulter gesunken war, ihn mit sich, er sackte zusammen.

Als etwas später die Polizei eintraf, fanden die Beamten zu ihrem Erstaunen bei Boris keine Pistole – ich meine: im Umkreis der Stelle, wo er hingestürzt war, denn die kleine Leiche hatte man vorher schon zu einem Bett getragen. In der ersten Verwirrung gelang es Georges, über die Bank hinwegsetzend, die Waffe unbemerkt an sich zu bringen, während Ghéridanisol sich nicht vom Fleck rührte; als die anderen sich über Boris beugten, hatte Georges die Waffe mit einem Fußtritt weggestoßen, dann schnell aufgehoben, unter seiner Jacke verborgen und sie Ghéridanisol zugesteckt. Da aller Aufmerksamkeit auf den gleichen Punkt gerichtet war, hatte niemand auf Ghéridanisol geachtet, der unbemerkt zum Zimmer von La Pérouse hinauflaufen und die Waffe dorthin zurücklegen konnte, wo er sie hergenommen hatte. Als die Polizei später, bei einer Hausdurchsuchung, die Pistole in ihrem Etui wiederfand, hätte man bezweifeln können, dass sie je daraus entfernt worden war und Boris sich ihrer bediente, hätte nur Ghéridanisol es nicht versäumt, die Patronenhülse herauszunehmen. Er musste den

Kopf verloren haben. Eine vorübergehende Schwäche, die er sich in der Folge leider viel mehr zum Vorwurf machte als das Verbrechen selbst. Und doch sollte gerade diese Schwäche seine Rettung sein. Denn als er wieder hinuntergehen wollte, um sich unter die anderen zu mischen, erfasste ihn beim Anblick von Boris' Leiche, die man gerade hinaustrug, ein nicht zu übersehendes Zittern, eine Art Nervenkrise, in der Madame Vedel und Rachel, die beide herbeigelaufen waren, den Ausdruck einer übergroßen Erschütterung sehen wollten. Man unterstellt einem so jungen Menschen lieber alles andere, als ihm eine solche Unmenschlichkeit zuzutrauen; und als Ghéridanisol seine Unschuld beteuerte, glaubte man ihm. Phiphis kleiner Zettel, den Georges an ihn weitergegeben, den er weggeschnipst hatte und den man später unter einer Bank wiederfand – dieser kleine zerknüllte Zettel kam ihm zu Hilfe. Sicherlich traf ihn, ebenso wie Georges und Phiphi, die Schuld, sich auf ein grausames Spiel eingelassen zu haben; doch hätte er sich nie darauf eingelassen, so beteuerte er, hätte er gewusst, dass die Waffe geladen war. Nur Georges war von Ghéridanisols voller Verantwortung überzeugt.

Georges war nicht so verdorben, dass nicht endlich seine Bewunderung für Ghéridanisol dem Entsetzen wich. Als er an jenem Abend nach Hause zurückkam, warf er sich seiner Mutter in die Arme; und Pauline war voller Dankbarkeit gegen Gott, dass er ihr durch diese furchtbare Tragödie ihren Sohn zurückgegeben hatte.

Édouards Tagebuch

»Ich mache mir nicht vor, etwas hinreichend erklären zu können, aber Tatsachen ohne ein schlüssiges Motiv möchte ich in mein Buch nicht aufnehmen. Deshalb werde ich den Selbstmord des kleinen Boris nicht für meine *Falschmünzer* verwenden; er ist mir selbst schon unbegreiflich genug. Auch kann ich ›Vermischten Nachrichten‹ nichts abgewinnen. Sie haben etwas Endgültiges, Unleugbares, Schonungsloses, über die Maßen Wirkliches an sich … Die Wirklichkeit darf meine Gedanken gerne stützen, im Nachhinein bestätigen; doch sie darf ihnen nicht zuvorkommen. Es ist mir unerträglich, überrumpelt zu werden. Boris' Selbstmord erscheint mir als etwas *Ungehöriges*, denn ich war nicht darauf gefasst.

Jeder Selbstmord hat etwas mit Feigheit zu tun – was La Pérouse auch denken mag, der sicherlich meint, sein Enkel habe mehr Mut besessen als er. Hätte dieses Kind ahnen können, welches Unheil es durch seine schreckliche Tat über die Familie Vedel brachte, so wäre sein Schritt unverzeihlich. Azaïs musste die Pension schließen – vorübergehend, wie er sagt; doch Rachel fürchtet den Ruin. Schon vier Familien haben ihre Kinder abgemeldet. Auch Pauline ließ sich nicht davon abbringen, Georges wieder ganz zu sich zu nehmen; zumal der Kleine, durch den Tod seines Mitschülers verstört, sich offensichtlich bessern will. Welch weitreichende Auswirkungen dieser Trauerfall doch hat! Selbst Olivier beschäftigt er. Armand, der sich bei allem zynischen Gehabe Sorgen macht wegen des Verhängnisses, das seiner Familie droht, hat sich erboten, in der freien Zeit, die Passavant ihm zugesteht, für die Pension da zu sein; denn der alte La Pérouse ist, wie sich zeigt, seiner Aufgabe nicht mehr gewachsen.

Ich fürchtete mich vor dem Wiedersehen. La Pérouse empfing mich in seinem kleinen Zimmer, im zweiten Stock der Pension, griff sogleich nach meinem Arm und sagte mit einer geheimnisvollen, ja beinahe heiteren Miene, die mich sehr überraschte, da ich nichts als Tränen erwartet hatte: ›Das Geräusch, wissen Sie … Dieses Geräusch, von dem ich Ihnen neulich erzählte …‹

›Nun?‹

›Es hat aufgehört. Es ist weg! Ich höre es nicht mehr. Sosehr ich auch lausche …‹

Wie man auf das Spiel eines Kindes eingeht, antwortete ich: ›Ich wette, dass Sie es nun vermissen.‹

›Oh, nein; nein … es ist so ein Friede! Ich bedarf der Stille so sehr … Wissen Sie, welcher Gedanke mir gekommen ist? Dass wir, solange wir leben, nie erfahren können, was wirkliche Stille ist. Allein schon unser Blut erzeugt in uns ein immerwährendes Rauschen; wir nehmen es nicht mehr wahr, da wir von Kind auf daran gewöhnt sind … Aber ich denke, es gibt Dinge, die wir Zeit unseres Lebens nicht zu hören vermögen, Harmonien … weil dieses Rauschen sie überdeckt. Ja, ich glaube, erst nach dem Tod können wir richtig hören.‹

›Sie sagten mir doch, Sie glaubten nicht …‹

›An die Unsterblichkeit? Habe ich das gesagt? … Ja; Sie haben wohl recht. Aber, verstehen Sie, an das Gegenteil glaube ich auch nicht.‹

Und da ich schwieg, nickte er und fuhr in gewichtigem Ton fort: ›Ist Ihnen schon aufgefallen, dass Gott in dieser Welt immer schweigt? Nur der Teufel spricht. Oder zumindest …‹, fuhr er fort, ›oder zumindest vermögen wir, so aufmerksam wir auch lauschen, immer nur den Teufel zu hören. Unser Ohr hört Gottes Stimme nicht. Das Wort Gottes! Haben Sie sich je gefragt, was das sein könnte? … Oh, ich meine nicht das, was man in menschlicher Sprache überliefert hat … Um jenen Beginn des Evangeliums geht es mir, Sie erinnern sich, nicht wahr: »Im Anfang war das Wort.« Ich habe immer gedacht, dieses Wort Gottes ist die Schöpfung. Doch der Teufel hat sich ihrer bemächtigt. Sein Lärmen überdeckt die Stimme Gottes. Oh, sagen Sie mir: Glauben Sie nicht, dass dennoch Gott das letzte Wort spricht? … Und wenn die Zeit nach dem Tod aufgehoben ist, wenn wir erst in die Ewigkeit eingehen, glauben Sie, dass wir Gottes Stimme dann werden hören können … unmittelbar?‹

Eine heftige Erregung ließ ihn erbeben, als kündige sich ein epileptischer Anfall an, und plötzlich wurde er von einem Weinkrampf geschüttelt: ›Nein! Nein!‹, rief er mit erstickter Stimme, ›der Teufel und der liebe Gott machen gemeinsame Sache; sie sind miteinander im Bunde. Wir versuchen krampfhaft, uns einzureden, alles Schlechte auf Erden komme vom Teufel; nur weil wir sonst nicht die Kraft fänden, Gott zu verzeihen. Er spielt mit uns wie die Katze mit der Maus ... Und wir sollen ihm auch noch dankbar sein. Dankbar wofür, wofür nur? ...‹ Er beugte sich vor: ›Wissen Sie, was das Entsetzlichste ist, das er getan hat? ... Seinen eigenen Sohn hat er geopfert, um uns zu erlösen. Seinen Sohn! Seinen eigenen Sohn! ... Grausamkeit, ja das ist das vornehmste Attribut Gottes.‹

Er warf sich auf sein Bett und kehrte sich zur Wand. Einige Augenblicke noch durchlief ihn ein krampfartiges Beben, dann schien er einzuschlafen, und ich verließ ihn.

Er hatte Boris mit keinem Wort erwähnt; doch ich glaubte, man müsse in dieser mystischen Verzweiflung einen indirekten Ausdruck seines Schmerzes sehen, der zu entsetzlich war, als dass man ihm ins Auge sehen konnte.

Von Olivier erfahre ich, dass Bernard zu seinem Vater zurückgekehrt ist; es ist sicherlich das Beste, was er tun konnte. Als er von dem kleinen Caloub, dem er zufällig begegnete, erfuhr, dass es dem alten Richter nicht gutgehe, folgte Bernard der Stimme seines Herzens. Morgen werden wir uns wiedersehen, denn Profitendieu hat mich zusammen mit Molinier, Pauline und den beiden Kindern zum Abendessen eingeladen. Ich bin neugierig auf die Bekanntschaft mit Caloub.«

Tagebuch der Falschmünzer

Ich widme diese Arbeits- und Studienhefte
meinem Freund JACQUES DE LACRETELLE
und allen, die sich für das literarische Handwerk interessieren.

Erstes Heft

17. Juni 1919.

Seit zwei Tagen beschäftigt mich die Frage, ob ich nicht Lafcadio meinen Roman erzählen lassen soll. Als hellwacher Müßiggänger, der nur darauf wartet, andere zu verderben, würde er nach und nach entdecken, was sich zuträgt, und könnte darüber berichten. Dem Anliegen meines Buches wäre dies gewiss dienlich, allerdings ließen sich etliche Themen dann nicht unterbringen, zu einigen Milieus fehlte der Zugang, auf etliche Figuren müsste ich verzichten ... Wahrscheinlich ist es aber auch ein verrückter Gedanke, in einem einzigen Roman alles vereinen zu wollen, was das Leben hervorbringt, alles, was es mich lehrt. Sosehr ich für meinen Roman aus dem Vollen schöpfen möchte, alles kann ich nun einmal nicht hineinnehmen. Und dennoch lässt mir dieser Wunsch keine Ruhe. Wie ein Komponist komme ich mir vor, der versucht, in der Art von César Franck ein Andante- und ein Allegromotiv aneinanderzureihen und miteinander zu verschränken.

Ich frage mich, ob ich zwei Bücher schreiben müsste, und lege nun dieses Heft an, um allzu fremde Tonarten voneinander zu trennen.

Der Roman zweier Schwestern. Die Ältere heiratet gegen den Willen ihrer Eltern (sie lässt sich entführen) einen oberflächlichen, charakterlosen Kerl, der jedoch über den nötigen Firnis verfügt, um auch den Rest der Familie für sich einzunehmen, nachdem er schon die Tochter verführt hat. Während man dieser im Nachhinein recht gibt, Abbitte leistet und an dem Schwiegersohn all die Tugenden entdeckt, die er allem Anschein nach besitzt, muss die junge Frau nach und nach die gründliche Mittelmäßigkeit des Menschen erkennen, dem sie sich auf Lebenszeit verbunden hat. Da sie ihre Geringschätzung und Abneigung vor allen versteckt, ja ihren Eifer und Ehrgeiz daran setzt, ihren Gatten glänzen zu sehen, seine Mängel zu verbergen, seine Fehler zu vertuschen, ahnt niemand, auf welchem Nichts ihr »Glück« gebaut ist. Ihre Ehe gilt allen als vorbildlich, bis zu dem Tag, an dem die Frau sich schließlich, entkräftet, von jener Marionette befreien, allein leben will. Da ist es sie, die man verurteilt. (Die Frage der Kinder gesondert untersuchen.)

An anderer Stelle (graues Heft) habe ich die Situation des Verführers skizziert: Er wird zum Gefangenen der Tat, zu der er sich nun einmal entschlossen hat, deren Reiz er aber schon im Voraus, in der Vorstellung, zur Gänze ausgekostet hat.

Im Grunde müssen es gar nicht zwei Schwestern sein. Es ist nicht gut, Gegensatzpaare oder Entsprechungen zu bilden (ein unersprießliches Verfahren der Romantiker).

Ideen stets mit Temperament und Charakter der Personen in Verbindung bringen. Eine meiner Romanfiguren (der Schriftsteller) sollte dies als Forderung aufstellen: »Mach dir klar, dass Ansichten niemals unabhängig von demjenigen existieren, der sie äußert. Ärgerlicherweise glauben die Leute immer, sie hätten die Ansichten, zu denen sie sich bekennen, aus freiem Willen übernommen oder sie sich gar selbst gebildet, während sie ihnen in Wahrheit nicht minder genau vorbestimmt sind als der Farbton ihres Haares oder die Geruchsnuance ihres Atems …«

Darlegen, warum im Vergleich zu den jungen Leuten die Generation ihrer Eltern derart gesetzt, resigniert, vernünftig wirkt, dass man zu zweifeln beginnt, ob die Älteren in ihrer eigenen Jugend jemals von der gleichen Sehnsucht, dem gleichen Fieber gequält wurden, den gleichen Ehrgeiz genährt, die gleichen geheimen Wünsche gehegt haben.

Missbilligung der »Angepassten« gegenüber dem, der den

Träumen seiner Jugend nicht *entsagt*. Man tut so, als sei er derjenige, der versagt hat.

Auf einem gesonderten Blatt umreiße ich zum ersten Mal in groben Zügen die Intrige (eine der möglichen Intrigen).

Die Figuren bleiben wesenlos, solange sie noch keinen Namen tragen.

Kurz vor der Niederschrift kommt immer ein Punkt, an dem das Thema jede Anziehungskraft, jede Ausstrahlung verliert, reizlos scheint; es geht aller Bedeutung so gänzlich verlustig, dass man ernüchtert jenen geheimen Pakt verflucht, von dem man sich, hat man ihn einmal geschlossen, nicht mehr lossagen kann, ohne sich selbst zu verleugnen. Und wenn! Man will einfach nicht mehr mitmachen …

Ich sage »man«, doch im Grunde weiß ich nicht, ob anderen ebenso zumute ist. Ein Zustand, der dem eines Präparanden gleichen mag, der in den letzten Tagen vor der Konfirmation, wenn es Zeit ist, vor den Tisch des Herrn zu treten, plötzlich spürt, dass sein Glaube ihn verlässt, und vor der Leere und Kälte in seinem Herzen erschrickt.

19. Juni.

Es scheint mir wenig sinnvoll, die Handlung dieses Buches in die Zeit *vor* dem Krieg zu verlegen und *historische* Fragen einzubeziehen, denn ich kann nicht in die Vergangenheit zurückgehen und gleichzeitig aktuell sein. *Aktuell* will ich ja nicht einmal sein, wenn möglich, wäre ich am liebsten *zukünftig*.

»Ein getreues Abbild der Geisteshaltung vor dem Krieg« – nein, selbst wenn dies gelingen könnte, so sähe ich darin doch nicht meine Aufgabe; die Zukunft interessiert mich mehr als die Vergangenheit, und mehr interessiert mich noch das, was weder das Morgen noch das Gestern angeht, sondern von dem es jederzeit heißen könnte: Das betrifft uns heute.

Cuverville, 20. Juni.

Ein Tag entsetzlicher Benommenheit, wie sie mich so schlimm, fürchte ich, nur hier befällt. Einfluss des Wetters, des Klimas? Ich weiß es nicht; ich schleppe mich von einer Beschäftigung zur nächsten, außerstande, auch nur einen Brief zu schreiben, aufzufassen, was ich lese, oder auf dem Klavier die einfachste Tonleiter korrekt zu spielen; strecke ich mich dann vor lauter Verzweiflung oder aus dem Wunsch zu entfliehen auf dem Bett aus, so kann ich nicht schlafen.

Ist es aber Zeit zum Schlafengehen, merke ich, wie meine Lebensgeister auf einmal erwachen, und beschämt, den Tag so schlecht genutzt zu haben, dehne ich meine Lektüre von Brownings *Death in the desert* bis Mitternacht aus, wobei mir viele Details entgehen, mein Geist sich jedoch berauscht wie an schwerem Wein.

I say that man was made to grow, not stop;
That help, he needed once, and needs no more
Having grown but an inch by, is withdrawn,
For he hath new needs, and new helps to these

usw. (V. 425), was ich im Hinblick auf Lafcadio notiere.

Cuverville, 6. Juli 1919.

Arbeit abgebrochen, um Copeau, der in Amerika gewesen ist, in Le Havre abzuholen.

Ich habe ihm den vorläufigen Anfang des Buches vorgelesen; bin mir dabei erst klargeworden, welche Möglichkeiten diese neue Form bietet.

Das Klügste ist, nicht zu verzweifeln, wenn die Arbeit eine Zeitlang nicht vorangeht. Der Geist wird inzwischen durchlüftet, und das wirkliche Leben durchpulst den Stoff.

Als Schauplatz für die angeregte Unterhaltung, mit der das Buch beginnen soll, ließe sich vielleicht doch etwas Besseres finden als ein Café. Gerade die Banalität des Ortes hatte mich gereizt. Lieber aber eine Kulisse, die ohne Belang für die weitere Handlung ist. *Alles, was dem Thema nicht dient, ist Ballast.* Heute Morgen nun kam mir der Gedanke, wie es denn mit dem Jardin du Luxembourg wäre, und zwar mit der Stelle im Garten, wo hinter dem Rücken des ahnungslosen Lafcadio die falschen Goldmünzen ihren Besitzer wechseln – während er jene angeregte, scheinbar so gewichtige Unterhaltung mitverfolgt und sich einprägt, die, kennt man erst das fehlende Detail, sich als völlig bedeutungslos entpuppt. Édouard, der ihn zum Auskundschaften dorthin geschickt hatte, wird zu ihm sagen: »Mein Freund, ein guter Beobachter sind Sie nicht. Hierauf wäre es angekommen!« – und er wird ihm die Schachtel voller Falschgeld unter die Nase halten.

11. Juli.

Verärgert über mich selbst, weil ich so viel Zeit ohne Gewinn für das Buch verstreichen lasse. Vergebens suchte ich mir vorzumachen, es reife inzwischen. Ich sollte meine Aufmerksamkeit auf das Buch richten, statt mich von Alltäglichkeiten ablenken zu lassen. In Wahrheit bin ich mit dem Roman seit Cuverville keinen Schritt vorwärtsgekommen. Allenfalls ist mir deutlicher geworden, wie wichtig es ist, die einzelnen Elemente miteinander zu verknüpfen; gleichzeitig möchte ich jedoch die Künstlichkeit einer »Intrige« vermeiden; die Ereignisse müssten sich ohne Lafcadios Zutun ordnen, ja, gleichsam ohne dass er davon weiß. Bei alledem verlasse ich mich zu sehr auf die Inspiration: sie kann nur das Ergebnis eines Suchens sein; man mag für die Lösung eines Problems eine plötzliche Erleuchtung haben, doch nur, wenn man lange genug darüber gegrübelt hat.

16. Juli.

Heute Morgen habe ich die Zeitungsausschnitte wieder herausgesucht, die sich mit der Falschmünzer-Affäre befassen. Leider habe ich nur wenige Artikel aufgehoben. Sie stammen aus dem *Journal de Rouen* (Sept. 1906). Ich glaube, hiervon muss ich ausgehen und darf nicht länger versuchen, *a priori* zu konstruieren.

Ich schreibe folgende Stelle heraus, die sich gut als Motto für das erste Buch eignete:

»Als der Richter Fréchaut fragte, ob er zu der ›Bande‹ vom Luxembourg gehörte, entgegnete dieser heftig:

›Zirkel, Herr Richter, Zirkel. Es war ein Kreis, der sich auch mit Falschgeld abgegeben haben mag, das schließe ich nicht aus, doch in erster Linie ging es um Fragen der Politik und Literatur.‹«

Eine Verbindung herstellen mit dem Skandal um die anarchistischen Falschmünzer, vom 7. und 8. August 1907 – und mit der unheilvollen Geschichte der Schülerselbstmorde in Clermont-Ferrand (5. Juni 1909). Alles zu einer einzigen Handlung verschmelzen.

25. Juli.

Als der Pastor erfährt, dass sein Sohn – mit sechsundzwanzig Jahren – nicht mehr der keusche Jüngling ist, für den er ihn gehalten hatte, ruft er aus: »Wollte der Himmel, er wäre im Krieg gefallen! Wollte Gott, er wäre niemals geboren!«

Welches Urteil kann ein aufrichtiger Mensch über eine Religion fällen, die einem Vater solche Worte eingibt?

Aus Hass gegen ebendiese Religion, diese Moral, die ihn seine ganze Jugend lang knechtete, aus Hass gegen diesen Rigorismus, von dem er selbst sich nie hat befreien können, sucht Z. die Kinder des Pastors zu verführen und zu verderben. Dabei ist Rachsucht im Spiel. Verkrüppelte und aufgezwungene Gefühle.

Die Gesellschaft der Falschmünzer (der »Zirkel«) nimmt nur *kompromittierte* Leute auf. Jedes Mitglied muss ein Pfand beibringen, durch das es erpressbar wird.

Ich notiere die Definition, die Méral mir von der Freundschaft gab: »Ein Freund ist jemand«, sagte er, »mit dem man von Herzen gerne eine Schandtat begeht.«

X. (einer der Söhne des Pastors) wird von seinem Verderber zum Glücksspiel verleitet. Für M.s Niederkunft hatte er sich (seine letzte gute Tat) eine ansehnliche Summe vom Mund abgespart (oder sie aus der Haushaltskasse entwendet). Er verspielt das Geld; einige Tage später aber gewinnt er einen Teil der Summe zurück. In der Zwischenzeit hat er sich jedoch – das ist das Bemerkenswerte – so vollständig mit dem Verlust der Summe abgefunden, dass er das Geld nicht etwa M. übereignen will, sondern nur noch daran denkt, es wieder auszugeben.

Die einzelnen Momente müssen deutlich zu erkennen sein:
1. Vorschützen eines edlen (oder barmherzigen) Motivs, um ein niedriges Handeln zu bemänteln. Er weiß zwar, dass seine Familie das Geld braucht, doch er nimmt es ja nicht aus Egoismus (der Sophismus des guten Motivs).
2. Unzulänglichkeit der Summe. Trügerische Hoffnung und dringende Notwendigkeit, den Betrag zu vergrößern.
3. Bedürfnis, nach dem Verlust des Geldes, sich »über das Unglück erhaben« zu dünken.
4. Verzicht auf das »gute Motiv«. Theorie des *unmotivierten* Handelns, des zweckfreien Tuns. Sofortiger Genuss.
5. Siegesrausch. Völlige Bedenkenlosigkeit.

Dudelange, 26. Juli.

Ich arbeite in der Bibliothek von Madame M.; eine der erlesensten Werkstätten, die sich denken lassen; allein die Befürchtung, meine Gastgeberin in ihren eigenen Studien zu stören, bremst noch etwas meinen Arbeitseifer. Der Gedanke, irgendetwas auf Kosten eines anderen zu erreichen, lähmt mich (immerhin ist dies auch ein guter Grund zur Selbstbescheidung; nur schwer kann ich glauben, dass andere ebenso viel Freude wie ich daran haben zu helfen und zu fördern).

Die große, vordringliche Frage ist: Kann ich die ganze Handlung meines Buches aus der Perspektive Lafcadios darstellen? Ich glaube nicht. Lafcadios Blickwinkel ist wohl zu eingeschränkt, als dass er bestimmend sein dürfte. Wie aber *das Übrige* darstellen? Vielleicht ist es verrückt, um jeden Preis den schlichten, unpersönlichen Bericht vermeiden zu wollen.

28. Juli.

Gestern den ganzen Tag damit verbracht, mir endgültig darüber klarzuwerden, dass sich nicht alles in Lafcadios Sicht integrieren lässt. Und wenn ich mich mehrerer Stimmen bediente? Lafcadios Notizen würden zum Beispiel das erste Buch bilden; Édouards Aufzeichnungen gäben das zweite Buch ab; eine Anwaltsakte das dritte, usw ....

Ich versuche, die verschiedenen Fäden der Intrige und meine verwickelten Gedankengänge um jene kleinen lebendigen Spulen zu rollen, die meine Figuren sind.

30. Juli.

Ich kann nicht Anspruch darauf erheben, genau zu sein, und mich gleichzeitig nicht festlegen wollen. Falls aus meinem Bericht nicht eindeutig hervorgehen sollte, ob er vor oder nach dem Krieg spielt, dann bin ich zu abstrakt geblieben.

Die Geschichte mit den falschen Goldstücken zum Beispiel kann sich nur vor dem Krieg zugetragen haben, denn heute gibt es keine Goldmünzen mehr. Auch bewegen uns heutzutage andere Fragen und Sorgen; wollte ich überzeitlich sein, verlöre ich leicht den Boden unter den Füßen.

Ich komme also besser auf meine ursprüngliche Idee zurück: ein Buch in zwei Teilen: davor und danach. Man sollte den

Einschnitt thematisieren: Jeder würde – den Krieg als Argument missbrauchend – nur bekräftigt in der eigenen Meinung aus der Bewährungsprobe hervorgehen. Drei Positionen: die sozialistische, die nationalistische, die christliche, die durch die Ereignisse jeweils bestätigt und gestärkt werden. Und all das wegen der halbherzigen Maßnahmen der Regierung, die jede der Parteien in dem Glauben lassen, dass die Katastrophe hätte vermieden werden können, alles gutgegangen wäre, hätte man keine Kompromisse zu ihren Ungunsten gemacht.

Nicht indem ich die Probleme löse, kann ich dem Leser einen wirklichen Dienst erweisen, sondern indem ich ihn zwinge, selbst über jene Fragen nachzudenken, für die es meines Erachtens immer nur eine eigene, von Fall zu Fall verschiedene Lösung gibt.

Der Herumtreiber, dem Lafcadio bei seiner Rückkehr aus Marseille begegnet, muss als Bindeglied zwischen ihm und Édouard dienen. Den Dialog zwischen Lafcadio und dem Vagabunden kann ich allerdings unmöglich jetzt schon schreiben, denn wie sollte ich diese Figur zeichnen, bevor ich in etwa die Rolle kenne, die sie in der Folge spielt.

1. August.

Stundenlang Nebel. Welche Anstrengung es kostet, sich einer inneren Vorstellung zu entäußern, das Subjektive zu objektivieren (um das Objektivierte dann dem Subjekt wieder dienstbar zu machen). Tagelang kann man nichts erkennen, und alle Mühe scheint vergebens; was zählt ist, nicht aufzugeben. Tagelang navigieren, ohne dass irgendwo Land in Sicht wäre. Dieses Bild sollte ich im Buch selbst gebrauchen: Die meisten Künstler, Gelehrten usw .... sind Küstenschiffer, die sich verloren glauben, sobald sie kein Land mehr sehen. – Schwindelerregende Weite.

5. August.

Schier verzweifelt über die Schwierigkeiten meines Vorhabens – es schien mir einfach aussichtslos –, weshalb ich die Arbeit für einige Zeit weggelegt habe, um mich wieder der Abfassung meiner Memoiren zuzuwenden. Ich suche Vorwände, versuche zu lavieren, mich zu entziehen, doch der Gedanke an das Buch lässt mich nicht los, und ich glaube, es wird sich nie ein Ausweg finden lassen, solange ich es der konventionellen Romanform anzugleichen suche – dass aber viele der sich auftürmenden Schwierigkeiten hinfällig sein werden, sowie ich mich entschlossen zu seiner Eigenart bekenne. Warum sollte ich noch, wenn ich einmal akzeptiert habe, dass mein Buch nichts anderem vergleichbar ist (und das ist mir nur recht), warum sollte ich noch so verzweifelt um eine Motivierung, eine Folgerichtigkeit, die Anordnung um eine zentrale Intrige ringen? Ließe sich nicht ein Weg finden, mit der Form, die ich wähle, indirekt die Kritik an der Form zu verbinden? Lafcadio könnte zum Beispiel vergeblich versuchen, die Fäden der Handlung zu verknüpfen; es gäbe überflüssige Figuren, bedeutungsloses Geschehen, ins Leere gehende Äußerungen, und die Handlung nähme *nicht* ihren Lauf.

Dudelange, 16. August.

Bei Stendhal zieht ein Satz weder den folgenden nach sich, noch ist er von dem vorhergehenden abhängig. Jede Aussage ist »lotrecht« auf der Begebenheit oder dem Gedanken errichtet. – Suarès sagt Bewundernswertes über Stendhal; man kann es nicht treffender formulieren.

9. September [1919].

Einen Monat nichts in dieses Heft geschrieben. Durchlüftung des Geistes. Alles ist besser als der Bücherstaub.

Buch I: »Die Findigen«
Buch II: »Der junge Wein in alten Schläuchen«
Buch III: »Der treulose Treuhänder«

Von allen Federn, die man je zum Zeichnen oder Schreiben gebrauchte, zieht Stendhals Feder die feinste Linie.

21. November 1920.

Viele Monate lang nichts in dieses Heft geschrieben; und doch habe ich keineswegs aufgehört, mich in Gedanken mit dem Roman zu beschäftigen, meine unmittelbare Sorge allerdings galt *Si le grain ne meurt*, wovon ich diesen Sommer eines der wichtigsten Kapitel geschrieben habe (Reise nach Algerien mit Paul). Bei der Niederschrift dieses Kapitels wurde mir klar, dass der Roman eine tiefer gehende Selbsterkenntnis erlaubt, dem Ergründen und Erforschen der geheimsten Seelenregungen in gewisser Hinsicht sogar zuträglicher ist als die »Bekenntnisse«. In Bekenntnissen fühlt man sich immer wieder durch die Ichform gehemmt und wirkt, sowie man vielschichtige Gemütszustände zu entwickeln und darzulegen sucht, leicht selbstgefällig. In meinen Roman dagegen will ich alles, was ich sehe, alles, was ich erfahre, alles, was ich in den letzten Monaten erlebt habe, hineinnehmen, damit er umso vielfältiger und reicher wird. Ich will nicht, dass der Autor etwas schildert, sondern dass diejenigen Figuren, für die die jeweiligen Ereignisse von Bedeutung waren, sie aus ihrer Sicht darstellen (mehrfach, aus verschiedenen Perspektiven). Die Geschehnisse sollen durch ihren Bericht leicht verzerrt werden; allein schon die Tatsache, dass der Leser etwas *rekonstruieren* muss, bietet einen gewissen Reiz. Die Geschichte bedarf seiner Mitarbeit, um klare Konturen anzunehmen.

Gerade auch die Falschmünzer-Affäre darf erst allmählich ans Licht kommen, in Gesprächen, die gleichzeitig die Figuren indirekt charakterisieren.

Cuverville, 1. Januar 1921.

Ebenso wie Bennetts Fleiß erfüllt mich Martin du Gards Gewissenhaftigkeit mit grenzenloser Bewunderung. Doch ich glaube kaum, dass mir das Notizen- und Zettelsystem, das er empfiehlt, eine große Hilfe hätte sein können; gerade die Präzision der so fixierten Erinnerung muss ihm doch im Weg stehen, mich zumindest würde sie behindern. Ich halte es mit Wilde und seinem Paradox, dass die Natur die Kunst nachahmt; des Künstlers Richtschnur ist keineswegs, sich auf das in der Natur Vorhandene zu beschränken, er soll vielmehr der Natur nichts vormachen, was sie nicht sogleich nachahmen kann, nachahmen muss.

2. Januar.

Traktat über die Nichtexistenz des Teufels. Je heftiger wir seine Existenz leugnen, umso mehr Realität bekommt er. Der Teufel wird in seiner Existenz bestätigt, wenn wir leugnen, dass es ihn gibt.

Gestern Abend einige Seiten Dialog zu diesem Thema geschrieben* – was den zentralen Gedanken des Buches darstellen könnte, das heißt den verborgenen Mittelpunkt, um den alles kreist.

Im Schlechten hat man Erfolg, die edelsten Eigenschaften aber gehen verloren.

Was ich bei Martin du Gard kritisieren würde, ist seine einsinnige Erzählweise. Während er mit der Laterne des Romanciers die Jahre abschreitet, beleuchtet er immer nur die Vorderseite der Gegenstände, einer nach dem anderen steht im Lichtkegel; nie treten mehrere zueinander in Beziehung, und ebenso wie der Schatten fehlt, fehlt auch die Perspektive. Schon bei Tolstoi

* Siehe Anhang

stört mich das.* Es entsteht dabei ein Panorama; die Kunst aber ist es, ein Tableau zu malen. *Als erstes* den Lichteinfall studieren; alle Schatten hängen davon ab. Jede Figur wirft ihren Schatten und hebt sich gegen ihn ab.

Berücksichtigen, dass eine sich entfernende Gestalt nur von hinten zu sehen ist.

Damit dieses Buch gut wird, muss ich mir sagen, dies sei der einzige Roman und das letzte Buch, das ich schreibe. Ich möchte alles geben, ohne jeden Vorbehalt.

Wenn Stendhal von der plötzlichen »Kristallisation« der Liebe spricht, bliebe der entgegengesetzte, langsame und tragische Vorgang der *Dekristallisation* zu untersuchen. Zeit und Alter berauben die Liebe nach und nach all ihrer *Anhaltspunkte* und lassen einen mehr und mehr in einer Art mystischer Anbetung Zuflucht suchen und einen Altar errichten, an dem all die Erinnerungen aus der Vergangenheit als Exvoten hängen: ihr Lächeln, ihr Gang, ihre Stimme, die Attribute ihrer Schönheit.

Bis er sich schließlich fragt, was er denn noch an ihr liebe? Und verwundert erkennt er, dass er sie noch *leidenschaftlich* liebt – ja verzweifelt, denn sie glaubt ihm seine Liebe nicht mehr, wegen des »Treubruchs« (ich verwende mit Absicht das irreführende Wort), bei dem doch nur Fleischeslust im Spiel war. Gerade aber weil er sie jenseits aller Sinnlichkeit (jedenfalls der rohen) geliebt hat, überdauert seine Liebe den Verfall.

Er ist auf Gott eifersüchtig, der ihm seine Frau wegnimmt. Er spürt, dass der Kampf von vornherein verloren ist, und be-

* Dickens und Dostojewski sind darin wahre Meister. Das Licht, das auf ihre Figuren fällt, ist so gut wie nie diffus. Bei Tolstoi bleiben selbst die gelungensten Szenen grau, weil sie von allen Seiten beleuchtet sind. Ständig die gleiche Intensität.

ginnt diesen Rivalen und alles zu hassen, was mit Ihm zusammenhängt. Was ist denn schon das kleine Menschenglück, das er ihr bieten kann, neben der ewigen Glückseligkeit.

13. Januar.

In diesem Heft will ich nur allgemeine Überlegungen zu meinem Roman notieren, welche seinen Aufbau, seine Abfassung, sein Anliegen betreffen. Dieses Heft soll gewissermaßen »Édouards Arbeitsheft« sein. Was ich sonst noch gebrauchen könnte, kommt in einen Zettelkasten: kleinste Elemente, Entgegnungen, Dialogfragmente und insbesondere all das, was zur Charakterisierung der Figuren beiträgt.

Eine von ihnen (der Teufel) soll inkognito im ganzen Buch anwesend sein, und er soll desto besser zum Zug kommen, je weniger man an ihn glauben will. Denn das ist das Wesen des Teufels, der sich dergestalt einführt: »Warum solltest du mich fürchten? Du weißt doch, dass es mich nicht gibt.«

Um diesen Schlüsselsatz zu erklären und vorzubereiten, habe ich einen eigenen Dialog geschrieben. Im Einzelnen ist dieser Dialog (in der Form, wie ich ihn eilig festgehalten habe) allerdings noch unausgereift, er muss für das Buch vollkommen überarbeitet, muss mit der Handlung verschmolzen werden.

Die Schwäche an den Dialogen im Buch von X. ist, dass die Figuren sich ständig ans Publikum wenden; der Autor hat seine Aufgabe, alles zu erklären, auf sie abgewälzt. Immer darauf achten, dass der Sprechende sich an sein Gegenüber wendet.

Es gibt einen Menschentypus, der immer wie zu einer imaginären Zuhörerschaft redet (unfähig, ehrlich zu sein, selbst im Monolog), doch dies ist ein Sonderfall, der nur dann zur Geltung kommen kann, wenn die anderen ganz natürlich bleiben.

Paris, 22. April 1921.

Als ich bei der Ankunft aus Brignoles neben dem Zug noch auf mein Gepäck warte, steht mir mit einem Mal der Anfang der *Falschmünzer* vor Augen. Édouard trifft Lafcadio auf dem Bahnsteig und spricht ihn an: »Ich wette, dass Sie keine Fahrkarte haben.« (Genau das habe ich zu dem seltsamen Herumtreiber im Bahnhof von Tarascon gesagt, den ich in meinem Tagebuch erwähne.) – Inzwischen erscheint mir all das sehr mittelmäßig, zumindest wesentlich schlechter als das, was mir jetzt vorschwebt.

(Es folgt ein erster Entwurf für diese Szene in ihrer heutigen Fassung.)

3. Mai.

In Wahrheit sucht Édouard Lafcadio für sich zu gewinnen, um ihn zu entwaffnen, denn er spürt, dass Lafcadio noch immer eine Gefahr ist, obwohl er alle Briefe zurückgegeben hat – was Lafcadio auch beiläufig durchblicken lässt –, bald aber weicht die erzwungene Vertrautheit einem echten Gefühl. Lafcadio sieht auch sehr anziehend aus (und ist doch noch nicht zu sehr von sich eingenommen).

Als ich gestern Mittag kurz vor zwölf bei Dent fertig war, Charles Du Bos mich aber erst um halb zwei Uhr erwartete, schlenderte ich an den Ständen der Bouquinisten entlang und überraschte einen Bengel dabei, wie er ein Buch mitgehen lassen wollte. Er nutzte einen Augenblick, in dem der Bouquinist oder jedenfalls der Aufpasser, der die Auslage bewachte, ihm den Rücken zukehrte; und erst als er das Buch schon in seine Tasche gesteckt hatte, bemerkte er meinen Blick und begriff, dass ich ihn beobachtete. Er errötete leicht und überlegte sichtlich, wie er, um den Verdacht zu zerstreuen, mimen könnte, noch unschlüssig zu sein: Er trat ein paar Schritte beiseite, tat, als könne er sich nicht zu einem Kauf durchringen, kam zurück und zog dann, ostentativ zu *mir gewandt*, aus einer Innentasche seiner Jacke eine kleine abgewetzte Brieftasche heraus, in der er Geld zu suchen vorgab, von dem er genau wusste, dass es nicht vorhanden war; er schnitt, wieder an meine Adresse gerichtet, eine kleine Grimasse, die besagen sollte: »Nichts drin«, wiegte den Kopf, ging in die Richtung des Aufpassers, holte schließlich mit größter Ungezwungenheit, das heißt ganz langsam – wie ein Schauspieler, dem man gesagt hat: »Sie sprechen viel zu schnell« und der sich nun zwingt, sich Zeit zu lassen –, das Buch aus der Tasche und stellte es an seinen Platz zurück. Dann, als er merkte, dass ich immer noch nicht aufhörte, ihn zu beobachten, machte er keine Anstalten zu gehen, sondern tat wieder, als interessiere er sich für die Auslage. Ich glaube, er wäre noch lange so stehen geblieben, hätte ich mich nicht, wie der Jäger beim »Bäumchen wechsel dich«, einige Schritte entfernt, um das Wild von seinem Platz zu locken.

Kaum aber wollte er das Weite suchen, hatte ich ihn schon eingeholt.

»Was war das für ein Buch?«, fragte ich, so freundlich lächelnd, wie ich nur konnte.

»Ein Reiseführer über Algerien. Aber er kostet zu viel.«

»Wie viel?«

»Zwei Francs fünfzig. So viel hab' ich nicht.«

»Wenn ich dir nicht zugesehen hätte, wärst du mit dem Buch in der Tasche auf und davon, nicht wahr?«

Der Kleine protestierte heftig. Er habe noch nie etwas gestohlen, habe auch nicht vor, damit anzufangen, usw .... Ich zog einen Zweifrancsschein aus der Tasche: »Da, nimm. Nun kauf dir das Buch aber.«

Zwei Minuten später kam er wieder aus dem Laden, in dem soeben erstandenen Band blätternd, einem alten, blau kartonierten Joanne von 1871.

»Der ist uralt. Damit kannst du nichts anfangen.«

»Oh doch, da sind Landkarten drin. Geographie macht mir Spaß.«

Ich wittere dahinter einen Hang zum Vagabundieren; ich unterhalte mich noch kurz mit ihm. Er ist fünfzehn oder sechzehn Jahre alt; ist sehr bescheiden gekleidet, hat eine kleine, fleckige und abgetragene braune Flausjacke an. Unter dem Arm trägt er eine Schulmappe. Er sagt, er gehe ins Henri IV, in die Unterprima. Sehr anziehend sah er nicht aus; doch ich ärgere mich, dass ich so einfach weitergegangen bin.

Wollte ich die Anekdote verwenden, sollte ich, scheint es mir, besser den Jungen erzählen lassen; dann wären bestimmt noch weitere geheime Antriebe zu erkennen.

Brüssel, 16. Juni.

Das Vorwort zu *Armance* in Paris abgeschlossen.

Nun kann ich mich ganz meinem Roman widmen; höchstens wäre da noch der *Curieux malavisé*, dessen Handlungsschema ich vor meiner Abreise herausgesucht habe, da ich es diesen Sommer auszuarbeiten hoffe; und das letzte Kapitel von *Si le grain ne meurt*.

Z. erzählte mir die Ehegeschichte seiner Schwester. Sie heiratet den Bruder seiner Frau und pflegt ihn seiner angegriffenen Gesundheit halber; sie älter als er. Pflegt ihn so aufopfernd, dass er schließlich gesundet – um mit einer anderen Frau auf und davon zu gehen und sie verhärmt zurückzulassen. Wenig später muss sie noch dazu erfahren, dass ihr Mann mit der anderen Frau ein Kind gezeugt hat, er, der die ganze Zeit, während er ihr die Treue hielt, zu kränklich schien (sie hatte die Hoffnung aufgeben müssen, jemals Mutter zu werden).

Und ich stelle mir Folgendes vor: Die beiden Frauen sind Schwestern; er hat die Erstgeborene geheiratet (die deutlich älter als die zweite ist), schwängert aber die Jüngere. Worauf die Ältere nicht ruht, bis sie das Kind entführt hat …

Heute Nachmittag schien mir dies ein glänzender Einfall; doch heute Abend, wo ich müde bin, finde ich es nur noch platt – und ich notiere dies alles nur aus Gewissenhaftigkeit.

Cuverville, 9. Juli 1921.

Als erstes muss das Areal der Handlung abgesteckt und das Gelände geebnet werden, auf dem ich das Buch errichten will. Schwierig, dafür ein treffendes Bild zu finden; warum nicht einfach von »Grundlagen« sprechen?

1. Zunächst die künstlerischen: Édouard soll die Schwierigkeiten seines Vorhabens *im Buch darlegen.*
2. Die geistigen: das Abitur-Aufsatzthema (»an allem nippen – von allem nur die Blüte pflücken«).
3. Die moralischen: das Aufbegehren des Kindes; Weigerung der Eltern (die sich in diesem Zusammenhang des Sophismus bedienen, den England gegenüber Ägypten oder Irland gebrauchte: Wenn man ihnen die Freiheit ließe, die sie fordern, würden sie selbst dies als erste bereuen, usw.).

Ja, ich muss prüfen, ob das Buch nicht hiermit beginnen sollte.

22. Juli.

Notiere die äußerst bemerkenswerten Beobachtungen W. James' über die Gewöhnung (in den *Prinzipien der Psychologie*, die ich gerade lese): «... Feuer und Flamme für ein abstraktes Ideal, erkennen wir es nicht in seiner konkreten Gestalt, *wo es sich hinter störenden Einzelheiten versteckt. Jedes Ideal in dieser Welt bleibt hinter der Gewöhnlichkeit der Umstände, unter denen es auftritt, verborgen.«*

Cuverville, 25. November 1921.

Seit gestern Abend zurück von einem Aufenthalt in Rom, der mich sehr von der Arbeit abgelenkt hat, aber offenbar bewirkt, dass ich wesentlich klarer sehe. Bei meinem letzten Aufenthalt in Cuverville, im Oktober, legte ich die ersten Kapitel fest; leider hatte ich dann die Arbeit in dem Moment unterbrechen müssen, als die träge Masse in Bewegung geriet. – Dieser Vergleich ist nicht sehr gelungen. Das Bild vom Butterfass sagt mir eher zu. Ja, mehrere Abende lang habe ich mit dem Thema im Kopf zu buttern versucht *(to churn)*, auch wenn nicht das Geringste ausflockte, in dem festen Glauben, dass früher oder später etwas ausklumpen würde. Wunderlicher Stoff, der sich zuerst lange Zeit weigert, Gestalt anzunehmen, doch dessen feste Bestandteile sich durch fleißiges Rühren und Schlagen schließlich verbinden und von der Molke trennen. Nun habe ich die Substanz, die es zu kneten und zu formen gilt. Wüsste man nicht aus früherer Erfahrung, dass das Wunder sich im cremigen Chaos durch eifriges Quirlen und Rühren wiederholen muss, wer wollte nicht aufgeben?

Cuverville, 7. Dezember.

In den dreizehn Tagen, die ich wieder hier bin, habe ich die ersten dreißig Seiten meines Buches beinahe ohne jede Schwierigkeit geschrieben, *currente calamo* – allerdings hatte ich sie auch schon seit langem fertig im Kopf. Jetzt geht es nicht mehr weiter. Ich sitze vor den gestern geschriebenen Seiten und frage mich, ob ich nicht einen falschen Weg eingeschlagen habe; der Dialog mit Édouard (so gelungen er auch sein mag) führt den Leser und mich selbst in Höhen, aus denen ich nicht mehr »ins Leben« zurückfinden kann. – Außer ich stellte den Ausdruck »ins Leben« in Frage, indem ich durchscheinen ließe und durchsichtig machte, dass es in der Welt der Gedanken ebenso viel Leben geben kann und nicht minder viele Nöte, Leidenschaften, Schmerzen …

Jedes beliebige Geschehen muss, um einsichtig zu werden, immer weiter zurückverfolgt werden. Die kleinste Tat erfordert eine nicht enden wollende Begründung.

Ich frage mich dann: Rechtfertigt das Ergebnis die aufgewendeten Mittel? Und jedes Mal erkenne ich, dass ich nicht weniger hätte einsetzen dürfen, es auch genau diese sein mussten – nicht den kleinsten Buchstaben kann ich ändern, ohne das Ergebnis zu verfälschen.

Die Frage lautet nicht für mich: *Wie Erfolg haben?* – sondern: Wie ÜBERDAUERN?

Lange schon glaube ich, meinen Prozess nur in der Berufung gewinnen zu können. Ich schreibe, um wiedergelesen zu werden.

Zweites Heft

Colpach, August 1921.

Wenn sich die Arbeit an meinem Buch als so ungeheuer schwierig erweist, könnte dies die bloße Folge eines am Anfang liegenden Fehlers sein. Bisweilen scheint mir die ganze Idee absurd, und ich verstehe überhaupt nicht mehr, was ich eigentlich will. In diesem Buch kreisen meine Überlegungen streng genommen nicht um ein Zentrum, sondern sie bewegen sich wie bei einer Ellipse um zwei Brennpunkte. Die äußeren Umstände, die Begebenheit, das Tatsachenmaterial sind das eine, das andere aber ist das Ringen des Romanautors mit seinem Stoff. Letzteres ist das eigentliche Thema, die neue Ausrichtung, mit der ich die gewohnten Bahnen verlasse und die alles ins Gedankliche zieht. Kurz, ich will dieses Arbeitsheft, in dem der Entstehungsprozess des Buches festgehalten ist, in den Roman einbauen, es als ein tragendes Element verwenden – zum größten Befremden des Lesers.

Die bedenklichsten Verirrungen des Fleisches belasten mein Gewissen weit weniger als die geringsten Unsauberkeiten im Denken; unwohl fühle ich mich, wenn ich einen mondänen Salon verlasse, nicht das B …

Je mehr G. der Frömmigkeit anheimfällt, desto mehr verliert er den Sinn für die Wahrheit. Zustand der Selbsttäuschung, in dem eine fromme Seele leben kann; eine Art mystische Verblendung trübt den Blick für die Wirklichkeit; G. will nicht mehr sehen, wie die Welt ist, ja, er kann es gar nicht mehr. Und als Édouard zu X. sagt, G. scheine jede Wahrheitsliebe verloren zu haben, setzt X. ihm die katholische Lehrmeinung auseinander:

Nicht die Wahrheit sollst du lieben, sondern Gott. Die Wahrheit ist nur ein Attribut Gottes, die Schönheit, die einige Künstler ausschließlich verehren, ebenfalls. Die ausschließliche Verehrung eines einzelnen göttlichen Attributes ist eine Form des Heidentums, usw.

Die politischen Lager.

Die Argonauten. Sie haben das »Vaterland« auf ihre Fahne geschrieben; doch innerhalb dieser Bewegung dauernder Streit: Frankreich dienen, aber wie?

Demgegenüber die den Staat anfeindende Gruppe. Vereinigung mit verbrecherischen Zielen. Die Konservativen wirken feige daneben. Man muss erkennen, was es zu schützen gilt, wofür es sich lohnt zu …

Eine eigene Meinung hatte Valentin im Grunde nicht. Besser gesagt, er hatte viele, neigte bald dieser, bald jener zu, froh, wenn er sie nicht alle auf einmal richtig fand. Eine Diskussion verfolgte er wie eine Partie Schach mit, bereit, jedem der Gegner beizuspringen, einzig um das gute Spiel besorgt und darum, niemanden ungerechterweise, das heißt ohne logische Gründe zu bevorzugen.

Was ist ein »Scheinheiliger«? (Mein Gegenüber zuckte die Achseln und meinte, dieser Ausdruck besage nichts.) – Nun, ich will es Ihnen erklären: Das ist jemand, der tut, was ihm beliebt, und sich doch einzureden sucht, ihn lenke *die Vernunft*; jemand, dessen Vernunft im Dienst seiner Instinkte steht, seiner Interessen, was schlimmer ist, oder seines Temperaments. Solange Lucien damit nur die anderen beeindrucken will, ist es halb so schlimm, das ist das Anfangsstadium der Verlogenheit. Doch ist Ihnen aufgefallen, dass es mit seiner Heuchelei von Tag zu Tag schlimmer wird? Nun fällt er selbst schon auf seine vorgeschobenen Gründe herein und ist überzeugt davon, dass die Motive, die er anführt, sein Tun bestimmen, während doch in Wahrheit er allein über sie bestimmt und sie zurechtbiegt. Der wirklich Scheinheilige ist derjenige, der sich der Selbsttäuschung nicht mehr bewusst ist; derjenige, der in aller Aufrichtigkeit lügt.

M. sagt von Lucien, dass er »sich von seiner eigenen Fassade blenden lässt«.

Jude machte den gleichen Fehler wie so viele junge Leute, ein Fehler, durch den sie den Älteren oft unerträglich werden: Er übertrieb maßlos in seinem Lob und Tadel. Sein Gericht kannte kein Purgatorium. Alles, was ihm nicht »wunderbar« erschien, bezeichnete er als »grauenhaft«.

Jene merkwürdige Kreatur, derentwegen wir unsere reservierten Plätze im Stich ließen, könnte ohne weiteres Édouard in der Eisenbahn begegnet sein. Es überstieg meine Kräfte, eine ganze Nacht mit ihr im gleichen Abteil zu verbringen ... Stellen Sie sich ein geschlechts- und altersloses Wesen vor mit einem abwesenden Blick und einem schlaffen, von zahlreichen Kissen abgestützten Körper; dieses *Etwas* umgaben zwei Frauen mittleren Alters mit ihrer Fürsorge. Ein unbelüftetes, überheiztes Abteil; erstickend; Geruch nach Medikamenten, Krankheit ... Ich machte die Tür schleunigst wieder zu. Doch der Waggon, in dem wir uns stattdessen niederließen, Marc und ich, ging nur bis Marseille. Dort mussten wir uns in dem überfüllten Zug ein anderes Abteil suchen, und nichts war mehr frei als unsere alten reservierten Plätze. Das Fenster war heruntergeschoben worden, frische Luft kam herein ... und vielleicht hatte ich mir den schlechten Geruch ja auch nur eingebildet.

Das junge Mädchen erschien mir nun beinahe hübsch. Das Haar im Florentinerschnitt lag schweißnass an den Schläfen an, und sie lächelte immer wieder den beiden Frauen in ihrer Begleitung zu – wohl ihre Mutter und ihre Tante. Die Tante erkundigte sich dann jedes Mal: »Wie geht es dir?«, worauf die Mutter ausrief: »Frage sie doch nicht ständig, wie sie sich fühlt. Je weniger sie daran denkt, desto besser.«

Ein paarmal machte das junge Mädchen Anstalten, etwas zu sagen; doch sofort schien sich ein Schatten über seine Stirn zu legen, und ein Ausdruck unerträglicher Anspannung verzerrte das Gesicht. Kurz vor Nizza begannen die beiden Frauen, alles zusammenzupacken, und als der Zug im Bahnhof hielt, mühten sie sich, den kraftlosen Körper ihrer Reisegefährtin hochzuhieven; diese aber begann zu weinen; nicht eigentlich zu weinen, sondern vielmehr zu wimmern; es war ein schrilles Greinen, so seltsam, dass die Leute aus dem Nachbarabteil verwundert herbeigelaufen kamen.

»Mein Gott! Jetzt geht es wieder los!«, rief die Mutter. »Nun komm schon! Nun komm schon! Du weißt doch, dass Weinen nichts hilft ...«

Ich erbot mich, den Frauen beim Aufrichten der Kranken zu helfen und sie bis zum Ausstieg zu schaffen, doch am Ende des Gangs, genau vor der Toilette, deren Tür offen stand, sackte sie förmlich in sich zusammen; ich konnte sie nur mit Müh und Not auffangen, indem ich mich gegen den Türrahmen stemmte. Mit großer Anstrengung zog ich sie hoch und trug sie vor mir her, die Stufen hinab bis auf den Bahnsteig, wo die Tante, die vorausgegangen war, sie in Empfang nahm.

»Seit achtzehn Monaten geht das so«, sagte die Tante zu mir, als ich neben ihr stand. »Wenn das kein Unglück ist! Ein Mädchen von siebzehn Jahren! ... Dabei ist es keine echte, nur eine nervöse Lähmung.«

»Dann hat es einen seelischen Grund?«, fragte ich etwas indiskret.

»Ja; irgendetwas hat sie erschreckt, als sie mit den Kindern meines Bruders im gleichen Zimmer übernachtete ...«

Ich merkte, dass die brave Frau mir liebend gern ihr Herz ausgeschüttet hätte, und bedauerte, nicht früher ein Gespräch mit ihr begonnen zu haben. Schon kam ein Helfer mit einem Rollstuhl, in den die Kranke gesetzt wurde; die Tante dankte mir und ging.

Édouard könnte sie später wiedertreffen und die Vorgeschichte in Erfahrung bringen.

Édouard vielleicht sagen lassen: »Sie können sich nicht vorstellen, wie mühsam es ist, die Figuren in ihre Umgebung zu stellen. In meinem Inneren sind sie überaus lebendig, ja, sie gedeihen geradezu auf meine Kosten. Ich weiß, wie sie denken, wie sie sprechen; ich kann in ihrer Stimme die feinsten Nuancen unterscheiden; ich weiß, welcher Handlungen sie fähig sind und was sie nie tun würden … doch sobald es darum geht, sie in Kleider zu stecken, ihren Platz in der sozialen Hierarchie, ihre Laufbahn, die Höhe ihres Einkommens festzulegen, und insbesondere darum, die ihnen Nahestehenden zu bestimmen, ihnen Eltern zu erfinden, eine Familie, Freunde, da streiche ich die Segel. Ich sehe, offen gestanden, jeden meiner Helden als Waise, Einzelkind, Junggesellen und Kinderlosen vor mir. Vielleicht sind Sie, Lafcadio, für mich deshalb ein so idealer Held! Nein, aber im Ernst, könnten Sie sich vorstellen, das zu haben, was man ›Sorgepflicht‹ nennt? Alte, hinfällige Eltern zum Beispiel; eine gichtbrüchige Mutter, einen blinden Vater … Denn so etwas gibt es schließlich. Oder noch besser: eine junge, kränkelnde Schwester, die unbedingt Gebirgsluft braucht.«

»Sagen Sie doch gleich, eine Hüftlahme.«

»Bedenken Sie, wie es um Ihre Schwester bestellt wäre! Und wie es um Sie bestellt wäre, mit einer kleinen Schwester am Hals, die Ihnen eines Tages gesagt hätte: ›Cadio, mein kleiner Cadio, seit dem Tod unserer Eltern bist du alles, was ich habe auf dieser Welt …‹«

»Ich würde ihr schleunigst einen Liebhaber suchen.«

»So kann nur reden, wer keine Schwester hat. Hätten Sie eine, würden Sie Ihre Schwester auch lieben.«

Die symbolistische Schule. Der entscheidende Einwand gegen ihre Vertreter ist, dass sie dem Leben so wenig Neugierde entgegenbrachten. Bis auf Vielé-Griffin vielleicht (und dies verleiht seinen Gedichten ihren ganz besonderen Reiz) waren sie alle Pessimisten, hatten aufgegeben, resignierten,

müde des trostlosen Siechenhauses

(gemeint ist die Erde), eine »öde und qualvolle« Wohnstatt, wie Laforgue es nannte. Mit verzweifelter Inbrunst verehrten sie die Poesie, ihr Refugium, in das sie sich flüchteten, als dem einzigen Ausweg aus der hässlichen Wirklichkeit.

Das Leben als Lug und Trug entlarvend, zweifelnd, ob es der Mühe wert sei, »gelebt zu werden«, was Wunder, dass sie keinerlei neue Ethik erdachten, sich vielmehr mit der Vignys zufriedengaben, sie allenfalls mit etwas Ironie versahen, und selber einzig eine neue Ästhetik schufen.

Eine Person charakterisiert sich selbst vorzüglich, wenn sie jemand anderen beschreibt, von jemand anderem erzählt – aufgrund des Prinzips, dass jeder Mensch beim anderen nur die Gefühle wirklich versteht, zu denen er selbst fähig ist.

Jedes Mal, wenn Édouard aufgefordert wird, über seinen geplanten Roman zu sprechen, sagt er etwas anderes. Im Grunde blufft er; er fürchtet, letzten Endes mit seinem Buch nicht zu Rande zu kommen.

»Warum sollte ich es leugnen: Einzig die Epik reizt mich. Nur der Ton des Epos liegt mir und stellt mich zufrieden, und er allein kann den Roman aus der realistischen Fahrspur herausführen. Lange Zeit hat man Fielding und Richardson für zwei entgegengesetzte Pole gehalten. In Wahrheit sind sie einer wie der andere Realist. Der Roman hat sich bis heute immer und in allen Ländern an die Wirklichkeit geklammert. Unsere große literarische Epoche hat nur für das Drama eine strenge Kunstform zu entwickeln vermocht. Die *Princesse de Clèves* blieb ein Einzelfall; die Entwicklungsrichtung des französischen Romans wird vom *Roman bourgeois* bestimmt.«

28. November 1921.
»Diese jungen Leute kannten ihre Grenzen nicht«, heißt es in Dostojewskis *Idiot*, den ich gerade noch einmal lese. Exzellentes Motto für eines der Kapitel.

Pontigny, 20. August 1922.
Bernards Devise ist:

Wenn nicht du es tust, wer dann?
Wenn nicht jetzt, wann dann?

Am liebsten hätte er das auf lateinisch formuliert. Und als es darum geht, sich am Gepäckschalter Édouards Koffer aushändigen zu lassen: »Tust nicht du es jetzt, kommt dir Édouard womöglich zuvor.«

Das Faszinierende an seiner Devise: dass sie gleichermaßen der Schlüssel zum Paradies wie der zur Hölle ist.

Cuverville, 11. Oktober 1922.
In umgekehrter Reihenfolge, von hinten nach vorne, entwickelt sich, bizarr genug, mein Roman. Das heißt, ich entdecke ständig dies oder das, was vorher geschah und dargestellt werden müsste. So folgt nicht ein Kapitel auf das andere, es stellt sich davor und drängt das, was ich zunächst für das vorderste gehalten hatte, immer weiter zurück.

28. Oktober.
Die Hauptpersonen nicht zu sehr in den Vordergrund treten lassen – oder zumindest nicht zu früh –, sondern sie im Gegenteil in den Hintergrund rücken, auf ihren Einsatz warten lassen. Sie auch nicht beschreiben, sondern den Leser zwingen, sie sich selbst vorzustellen. Die Nebenfiguren dagegen genau beschreiben, herausarbeiten und in den Vordergrund schieben, damit ein Abstand entsteht.

In der ersten Szene im Jardin du Luxembourg lasse ich die belanglosen Figuren reden; Olivier aber ist ganz in Gedanken.

Man soll ihn nicht hören, ihn kaum zu Gesicht bekommen; ihn jedoch bereits mögen, Zuneigung für ihn empfinden und das Bedürfnis verspüren, ihn zu sehen und ihn sprechen zu hören. Das Gefühl soll hier dem Kennenlernen vorausgehen.

All das mache ich intuitiv. Erst dann analysiere ich.

1. November.

Den Roman von allen nicht für ihn spezifischen Elementen reinigen. Man erhält nichts Brauchbares, wenn man alles Mögliche vermischt. Die sogenannte »Synthese der Künste«, die sich, Wagner zufolge, auf der Bühne vollziehen soll, erregt bei mir Widerwillen. – Was mich einen Widerwillen gegen das Theater entwickeln ließ, und gegen Wagner. (Es war die Zeit, in der man hinter einem Gemälde von Munkácsy, Verse rezitierend, eine Symphonie spielte; jene Zeit, als man im Théâtre des Arts während der Aufführung des *Hohenliedes* Parfums im Zuschauerraum versprühte.) Nur das Theater, das sich klar als solches zu erkennen gibt, das Theaterspiel ist und bleibt, lasse ich gelten.

Tragödie und Komödie – und auch so gut wie alle anderen Genres, Groß- wie Kleinformen, Fabeln, Porträts, Predigten, Memoiren, Briefe – haben im siebzehnten Jahrhundert eine große Reinheit der Form erlangt, Reinheit, die in der Kunst, und überhaupt, das Entscheidende ist. Es gab eine Lyrik in Reinform* – wo aber blieb der Roman? (Nein, man sollte die *Princesse de Clèves* nicht überbewerten; dieses Werk ist vor allem ein Wunder an Takt und Geschmack …)

Einen *reinen* Roman hat auch später niemand geschrieben,

* Darf ich mir die Bemerkung erlauben, dass ich in La Porte étroite (1909) bereits von »poésie pure« gesprochen habe (S. 132f.); zwar nur beiläufig, doch ich glaube nicht, dass der Sinn, den Abbé Brémond dieser Bezeichnung späterhin unterlegen sollte, sich so wesentlich von dem unterschied, was bereits Alissa damit verband.

nicht einmal der bewundernswürdige Stendhal, dem wohl die beste Annäherung gelang. Ist es nicht bemerkenswert, dass Balzac, den man allgemein als einen der größten französischen Romanciers bezeichnet, ohne Zweifel derjenige ist, der dem Roman die meisten heterogenen und unvereinbaren Elemente zugesetzt, beigemischt und einverleibt hat, so dass die Masse jedes seiner Bücher gleichzeitig das Gewaltigste und das Zwiespältigste, Unvollkommenste und Schlackehaltigste in der Literatur unseres Landes ist? Und ist nicht auch auffallend, dass bei den Engländern, deren Drama sich nie ganz zu *läutern* verstand (in dem Sinn, wie die Tragödie bei Racine den Zustand höchster Reinheit erlangte), der Roman hingegen von vornherein eine größere Reinheit erreichte, mit Defoe, Fielding und selbst Richardson?

All dies sollte ich, scheint mir, Édouard in den Mund legen – was mir erlauben würde anzumerken, dass ich nicht in allen Punkten mit ihm übereinstimme, wie scharfsinnig seine Beobachtungen auch sein mögen; dass ich für meinen Teil daran zweifeln möchte, ob noch ein *reinerer* Roman denkbar ist als beispielsweise Mérimées *La Double Méprise*. Édouard aber muss, damit er diesen reinen Roman, der ihm vorschwebt, auch schreibt, überzeugt sein, dass es ihn noch nicht gibt.

Im Übrigen wird er seinen reinen Roman nie zustande bringen.

Ich muss an Édouard genauestens dasjenige berücksichtigen, was ihn beim Schreiben seines Buches scheitern lässt. Er begreift manches, sucht aber in allem und jedem nur sich selbst. Seine Person hintanzustellen, ist ihm so gut wie unmöglich. Er muss an seiner Aufgabe scheitern, bleibt ein Dilettant.

Umso schwerer, diesen Charakter zu definieren, als ich ihm viel von mir selbst mitgebe. Ich muss ein Stück zurücktreten, Abstand schaffen, um ihn genau zu sehen.

Klassische Kunst:

Ihr liebt euch beide mehr, als ihr es eingesteht.
(TARTUFFE)

Sarah sagt: »damit dass nicht« – ein scheußlicher, heute so häufiger Fehler, der gebrandmarkt gehörte – »ich habe die Tür zugemacht, damit dass er nicht rausgeht«, usw.

Olivier war sorgsam darauf bedacht, sich nie zu äußern, wenn er nicht genau Bescheid wusste; da man aber in Roberts Bekanntenkreis nicht so zurückhaltend war und bedenkenlos Urteile über Bücher fällte, die man gar nicht gelesen hatte, musste Olivier glauben, er sei wesentlich ungebildeter als die anderen, während er nur redlicher war.

»Ich bewundere die Bildung Ihrer Freunde«, sagte er zu Robert. »Ich fühle mich neben ihnen so unwissend, dass ich nichts zu äußern wage. Was ist das für ein Buch, das alle vorhin so gelobt haben?«

»Es ist ein Buch, das so gut wie keiner von uns gelesen hat«, erwiderte Robert lachend, »doch wir sind stillschweigend übereingekommen, es in den höchsten Tönen zu loben und jeden als Idioten zu erachten, der nicht der gleichen Meinung ist.«

Noch vor einem Monat hätte diese Antwort Olivier empört. Jetzt lächelt er.

Annecy, 23. Februar.

Bernard: Sein Charakter hat sich noch nicht gefestigt. Bernard lehnt sich daher zu Anfang schlechthin gegen alles auf. Im Verlauf des Buches nimmt seine Persönlichkeit Konturen an, und er setzt sich Grenzen, dank der Zuneigung, die er für andere empfindet. Liebe oder Verehrung erfordern Hingabe und Ergebenheit. Dies mag ihm zunächst widerstreben, doch bald begreift er, dass er sein Wirkungsfeld nur finden kann, indem er sich Grenzen zieht.

Olivier: Sein Charakter verbiegt sich nach und nach. Er lässt sich aus verletztem Stolz zu Handlungen hinreißen, die seiner Natur und seinem Empfinden zuwiderlaufen. Tiefer Abscheu sich selbst gegenüber ist die Folge. Er verliert den Halt – nicht anders als sein Bruder Vincent (herausarbeiten, dass dessen Tugend in dem Moment ins Wanken gerät, als er im Spiel zu gewinnen beginnt). Ich habe diese Zusammenhänge noch nicht klar genug gezeigt.

Vincent und Olivier haben durchaus gute und edle Anlagen und gehen mit den besten Vorsätzen ins Leben hinaus, doch sie haben einen schwachen Charakter und lassen sich korrumpieren. Bernard dagegen wehrt jede Beeinflussung ab, indem er aufbegehrt. – Alles ist schiefgelaufen: Édouard hätte Olivier zu sich nehmen sollen; denn Olivier liebte er.

Vincent spürt, dass der Geist des Bösen ihn allmählich durchdringt. Er fürchtet, der Teufel zu werden; je besser ihm alles gelingt, desto gewisser weiß er sich verloren. Er sucht seinen Bruder Olivier zu schützen, damit die Hölle sich nicht *wiederholt*, doch von allem, was er zu dessen Rettung unternimmt, hat Olivier den Schaden, er selbst aber den Nutzen. Er merkt, dass er tatsächlich *mit dem Satan im Bunde* ist. Er merkt, dass er dem Satan gerade deshalb ausgeliefert ist, weil er einfach nicht an die Existenz »des Bösen« glauben kann. Der Böse ist für ihn nichts weiter als eine nützliche Metapher für gewisse Phänomene; gleichzeitig aber flüstert ihm jener ständig ein: »Warum solltest du mich fürchten? Du weißt doch, dass es mich nicht gibt?« Schließlich kann er zwischen seiner Existenz und der des Satans *nicht mehr trennen* und kommt zu dem Ergebnis, der Satan zu sein.

Seine Gewissheit (die Gewissheit, dass er den Teufel auf seiner Seite hat) bewirkt, dass ihm alles, was er unternimmt, gelingt. Er erschrickt darüber, würde sich beinahe einen kleinen Misserfolg wünschen, doch er weiß, ihm wird gelingen, was immer er beginnt. Vor allem jedoch weiß er, dass er die Welt nur erobert, indem er seine Seele preisgibt.

Er begreift, mit welcher Argumentation der Teufel ihn *überlistet* hat, als Laura ihm in jenem Sanatorium begegnete, von dem sie beide glaubten, sie könnten es nie mehr verlassen – dass er nämlich in dem Moment einen Bund mit dem Teufel einging, als er sich dazu verleiten verließ, sein Handeln auf einen Sophismus zu gründen: »Da wir ja nicht mehr lange zu leben haben, kann, was auch immer wir tun, keine Folgen nach sich ziehen …«

Mir flößt wenig Achtung ein, wer das Leben verachtet.

Man sollte, anders als Meredith oder James, den Leser die Oberhand gewinnen lassen – es so einrichten, dass er glaubt, er sei intelligenter als der Autor, moralischer, scharfsichtiger, und dass er so manche Eigenschaften an den Figuren entdecken, der Geschichte so manche Einsichten entnehmen kann ohne die Hilfestellung des Autors, ja, gewissermaßen ohne dass dieser davon weiß.

Annecy, 5. März 1923.

Letzte Nacht geträumt: Ein Diener in Livree kam herein und räumte die Reste einer kleinen Mahlzeit, die man uns serviert hatte, auf ein Tablett. Ich saß auf einem einfachen Schemel neben einem niedrigen Tischchen ungefähr in der Mitte eines geräumigen, nur schwach beleuchteten Gemachs. Die Person, die sich mit mir unterhielt und deren Gesicht zur Hälfte von der Wange des großen Ohrensessels verdeckt wurde, war Marcel Proust.

Als der Bediente sich anschickte, das Zimmer zu verlassen, wurde ich vom Zuhören abgelenkt und bemerkte, dass dieser eine Schnur mit sich zog, deren eines Ende in meiner Hand lag, während das andere hinter den Büchern auf einem Bord der Bibliothek verschwand. Die Bibliothek nahm eine ganze Wand ein. Sie befand sich in Prousts Rücken, während ich mit dem Gesicht zu ihr saß. Ich zog an der Schnur und sah zwei prächtige alte Folianten sich leicht bewegen. Ich zog noch ein bisschen, und die Bücher kamen zur Hälfte aus dem Regal hervor, waren kurz davor herunterzufallen; ich zog noch mehr, da fielen sie zu Boden. Der Aufprall ließ mein Herz heftig schlagen und Proust mitten im Satz abbrechen. Ich stürzte zu dem Regal hinüber, hob eines der Bücher auf und wollte mich vergewissern, dass der Einband aus teurem Maroquinleder an den Ecken nicht beschädigt war, um dies meinem Freund sogleich zu seiner Beruhigung zu sagen. Doch die Deckel hatten sich zur Hälfte vom Buchrücken gelöst, kurz, der Einband war in einem jämmerlichen Zustand. Ich spürte, dass Proust sehr an seinen Büchern hing und an diesem ganz besonders, er aber sagte mit vollendeter Liebenswürdigkeit und ganz Grandseigneur: »Es ist nicht der Rede wert. Die Saint-Simon-Ausgabe von …« Er nannte eine Jahreszahl, bei der ich sofort wusste, dass es sich um eine der seltensten und gesuchtesten Ausgaben handelte. Ich unternahm einen Versuch, mich zu entschuldigen, doch Proust ging darüber hinweg und begann, mir unter ausführlichen Erklärungen einige der zahlreichen Illustrationen in dem Buch zu zeigen, das er auf seine Knie gelegt hatte.

Einen Augenblick später war Proust irgendwie aus dem Zimmer verschwunden, und ich war allein. Eine Art Kammerdiener in einem langen schwarz-grünen Gehrock kam herein, um die Läden zu schließen, wie in einem Museum, kurz bevor es fünf Uhr schlägt. Ich erhob mich, um hinauszugehen, und musste, an der Seite des Kammerdieners, eine Flucht prunkvoller Salons durchqueren. Ich rutschte auf dem spiegelblanken Parkett aus, schlug beinahe hin und warf mich schließlich, von innerer Erregung überwältigt, dem Diener schluchzend zu Füßen; dann begann ich, ihm mit viel Emphase und lyrischer

Verbrämung, was meinem Geständnis seine Peinlichkeit nehmen sollte, zu erklären: »Als ich vorgab, die Bücher seien mir aus Versehen hinuntergefallen, sprach ich nicht die Wahrheit; ich ahnte, dass sie hinunterfallen müssten, wenn ich an der Schnur zöge, und dennoch zog ich an ihr. Ich konnte der Versuchung nicht widerstehen.«

Der Diener half mir, mich in die Arme schließend, auf und gab mir nach Art der Russen kleine Klapse auf den Rücken.

Ein Arbeiter, in meinem Abteil im Zug nach Annecy, als er vergeblich versucht hatte, seine Pfeife anzuzünden: »Wenn man bedenkt, was die Streichhölzer heute kosten, lohnt's sich beinahe, wenn sie nicht brennen.«

Dass meine Gefühle mein Denken verfälschen könnten, ist mir eine so beängstigende und widerwärtige Vorstellung, dass ich oft gerade in dem Moment, wo mir jemand besonders übel will, versucht bin, nur das Beste über ihn zu sagen.

Cuverville, 3. November.

Als ich R. Martin du Gard (August – Pontigny) meinen Text vorlas, musste ich es einsehen: Die Abschnitte, die ich frei erfunden habe, sind die besten. Wenn mir das Porträt des alten La Pérouse misslungen ist, so deshalb, weil ich zu nah an der Wirklichkeit geblieben bin; ich habe es nicht verstanden, es nicht vermocht, mich von meinem Modell zu lösen. Die Szene, in der Édouard seinen alten Lehrer zum ersten Mal besucht, muss überarbeitet werden. La Pérouse wird erst gut, und ich werde ihn erst vor mir sehen, wenn er das Vorbild ganz von seinem Platz verdrängt hat. Nichts ist mir bisher so schwer gefallen. Das Schwierige ist, zu erfinden, wo die Erinnerung noch gefangen hält.

15. November.

Habe das betreffende Kapitel vollkommen überarbeitet und halte es jetzt für ganz gut.

Es fällt mir zweifelsohne leichter, eine Figur sprechen zu lassen, als etwas in meinem eigenen Namen zu sagen, und zwar desto entschiedener, je deutlicher wir uns voneinander unterscheiden. Nichts ist mir müheloser und besser gelungen als die Monologe Lafcadios oder Alissas Tagebuch. Ich vergesse dabei, wer ich bin, wenn ich es je gewusst haben sollte. Ich werde der andere. (Man will meine Meinung hören, doch mir ist an ihr nicht gelegen; schon bin ich nicht mehr nur der eine, sondern mehrere – daher der Vorwurf, ich sei unbeständig, unzuverlässig, wankelmütig, unberechenbar.) Die Selbstvergessenheit bis zur vollkommenen Selbstaufgabe treiben.

(Eines Abends, als Claudel sich freundschaftlich besorgt um mein Seelenheil zeigte, sagte ich zu ihm: »Ich habe jedes Interesse an meiner Seele und an ihrem Heil verloren.«

»Aber Gott«, entgegnete er, »Gott hat nicht das Interesse an Ihnen verloren.«)

Auch im Leben beherrscht mich das Denken und Fühlen der anderen; mein Herz schlägt allein durch Sympathie. Aus diesem Grund fällt es mir so schwer zu diskutieren. Ich gebe schnell »meinen« Standpunkt auf. Ja, ich gebe mich selbst auf, mit Gottes Segen.

Dies ist der Schlüssel zu meinem Charakter und meinem Werk. Der Kritiker, der dies nicht begriffen haben sollte, wird schlechte Arbeit leisten – und noch etwas: Nicht das, was mir ähnelt, zieht mich an, sondern das, was anders ist als ich.

Cuverville, 27. Dezember.

Jacques Rivière ist soeben abgefahren. Er war drei Tage hier. Ich habe ihm die ersten siebzehn Kapitel der *Falschmünzer* vorgelesen (Kapitel I und II müssen vollständig überarbeitet werden). Bereits im ersten Kapitel des Buches sollte ein phantastisches, übernatürliches Moment enthalten sein, um auf spätere Abweichungen von der sichtbaren Wirklichkeit, auf überwirkliche Elemente vorzubereiten. Am geeignetsten wäre, glaube ich, eine »poetische« Schilderung des Jardin du Luxembourg – der ein ebenso mythischer Ort bleiben muss wie der Ardennerwald in Shakespeares Feendramen.

Cuverville, 3. Januar 1924.

Die Schwierigkeit rührt daher, dass ich bei jedem Kapitel einen neuen Anlauf nehmen muss. *Niemals den erreichten Schwung ausnutzen* – das habe ich mir zur Regel gemacht.

6. Januar.

Manchmal scheint das Buch jetzt wie von selbst zu wachsen, wie eine austreibende Pflanze; mein Kopf ist nur der Behälter voll Humus, in dem sie wurzelt und der sie nährt. Ich will ihr Wachstum auch nicht »forcieren«; die Knospen mögen allmählich schwellen, die Stängel sich kräftigen, die Früchte schwerer werden; wartete ich die natürliche Reife nicht ab, so gefährdete ich nur das Aroma.

Im Zug nach Cuverville, 8. Februar 1924.

Da es mich nun einmal am Lesen und Nachdenken hindert, schreibe ich das Gerede der fülligen Dame, die sich nebst ihrem Ehemann in meinem Abteil niedergelassen hat, einfach mit:

DIE DAME: »Dabei war es doch so praktisch, ein Ausstieg an jedem Coupé ... wenn mal was passiert ...« (unser Abteil führte auf einen Gang). »Sieh mal! Ist das nicht ein Männchen, da oben auf dem Dach, schau doch ... dort das Zeichen. Ich habe gar nicht gewusst, dass Picon eine Fabrik in Batignolles hat.«

DER GATTE: »Das sind die Vororte. Die Vororte, die schon ...«

DIE DAME: »Es ist bewölkt, aber es wird nicht regnen. So zieh doch deinen Mantel aus ... Da! la, la, la.«
DER GATTE: »Äh.«
DIE DAME: »Da, la, la, la ... Ist das da hinten nicht Rouen?«
DER GATTE: »Oh, là, là! Noch zwei Stunden.«
DIE DAME: »Schau mal die komischen Kamine da.«
DER GATTE: »Argenteuil ... der Spargel ...«

Die Frau hat meinen Blick aufgefangen. Sie beugt sich zu ihrem Mann hinüber, und von nun an sprechen sie nur noch leise miteinander. Das habe ich immerhin erreicht. Ich höre noch:
DER GATTE: »Das ist nicht anständig.«
DIE DAME: »Natürlich nicht. Andernfalls müsste er ...«

Wunderbar: die Figur, die nie ihre Sätze beendet. Madame Vedel, die Pastorin.

14. Februar.

Die Übersetzung des *Tom Jones*, von der mir das Verlagshaus Dent die Fahnen schickt, ist äußerst mittelmäßig. Ich weigere mich, dafür ein Vorwort zu schreiben. Nach langen Beratungen zwischen Rys (vom Dent-Verlag), Valery Larbaud und mir gibt der Verlag sein Vorhaben auf. Ich bin wieder mit meinen *Falschmünzern* allein; das kurze Eintauchen in Fielding lässt mich die Schwächen meines Buchs erkennen. Ich bin im Zweifel, ob ich den Text nicht ergänzen, selbst eingreifen sollte (trotz der Einwände Martin du Gards), doch lieber kommentieren sollte. Ich habe die Richtung verloren.

Brignoles, 27. März.

Der Stil der *Falschmünzer* darf an der Oberfläche keinerlei Erhabenheiten aufweisen. Alles muss so schlicht wie möglich gesagt werden, so wie gewisse Gaukler bei ihren Kunststücken zu fragen scheinen: Was finden Sie bloß so besonders daran?

Vence, 29. März.

Von der ersten Zeile meines ersten Buches an habe ich mich darum bemüht, dass sich die Beschaffenheit einer Figur von allein zeigt – mancher Satz gab Aufschluss über ihr Inneres, ohne dass ich diesen inneren Zustand abschilderte. Im Ausdruck mag es noch ungeschickt und schwach gewesen sein, aber das zugrundeliegende Prinzip war gut.

30. März.

Was meinen Figuren, denen ich viel von mir selbst mitgegeben habe, fehlt, ist das bisschen gesunder Menschenverstand, das mich davon abhält, es mit ihren Verrücktheiten so weit zu treiben wie sie.

31. März.

Der Charakter von Lady Griffith ist im Buch ausgespart und muss im Dunkeln bleiben. Ihr fehlt die moralische Existenz, ja selbst die eigene Persönlichkeit; das wird Vincent bald abstoßen. Dieses Paar ist dafür geschaffen, sich zu hassen.

Roquebrune, 10. April 1924.

Meinen Roman nie fortzusetzen, indem ich die bereits gezogenen Linien verlängere, das ist das Schwierige. Ein ständiges Entstehen: Jedes neue Kapitel muss eine neue Frage aufwerfen, etwas auftun, eine Richtung geben, einen Impuls, einen Denkanstoß für den Leser. Mich muss es verlassen wie ein aus der Schleuder schnellender Stein. Es mag sogar wie ein Bumerang zurückkommen.

Paris, 17. Mai.

Die drei Kapitel geschrieben, die dem Beginn des neuen Schuljahres vorausgehen müssen. (Tagebuch Édouards: Gespräch mit Molinier, mit den Vedel-Azaïs, mit La Pérouse.)

Ich möchte meine Figuren eine nach der anderen ins Rampenlicht holen und ihnen für einen Augenblick die Hauptrolle überlassen. Zwischen den Kapiteln Atempausen (auch der Leser sollte Luft schöpfen).

27. Mai.

Bernards älterer Bruder fühlt sich aufgerufen, ein »Mann der Aktion« zu werden. Das heißt, er wird ein Gefolgsmann der Partei. Will einer ihrer Gegner Stellung beziehen, geht er zum Angriff über; er lässt den anderen kaum seinen Satz beenden. Jemandem zuzuhören könnte ihn nur schwächen. Er sitzt über seinen Büchern und behauptet, sich zu bilden, versorgt sich aber in Wahrheit nur mit gedanklicher Munition. In der ersten Zeit litt er noch an einem gewissen Missverhältnis zwischen dem, was er dachte, und dem, was er sagte, denn seine Worte, die Erklärungen, die er vor seinen Gesinnungsgenossen abgab, übertrafen seine Ansichten an Härte; doch er besiegte seine Skrupel. Nun *glaubt* er wirklich, was er behauptet, und muss nicht einmal mehr, wie anfangs, ein »ehrlich« an jeden Satz anhängen.

Bernard begegnet ihm nach der Abiturprüfung. Er war kurz davor, zu seinem Vater zurückzukehren. Das Gespräch mit seinem konformistischen Bruder lässt ihn neuerlich aufbegehren.

Ein schlechter Romanautor konstruiert seine Figuren, bestimmt über ihr Tun und das, was sie sagen. Ein guter Autor hört die Figuren und beobachtet ihr Tun; er hört sie bereits sprechen, noch bevor er sie kennt – und begreift durch das, was sie sagen, nach und nach, wer sie sind.

Das Beobachten der Figuren nenne ich erst an zweiter Stelle, weil ihr Auftreten für mich weniger aufschlussreich ist als ihre Sprache; ja, ich glaube, wenn ich mein Augenlicht verlöre, ginge mir weniger verloren, als wenn ich das Gehör einbüßte. Nichtsdestoweniger *sehe* ich meine Figuren *vor mir*; aber nur als ein Ganzes, nicht in den Einzelheiten, eher noch sehe ich ihre Gestik, ihre Körperhaltung, den Rhythmus ihrer Bewegungen. Ich leide nicht darunter, dass ich sie mit den Gläsern meiner Brille *nicht ganz scharf* sehe; denn die geringsten Nuancen in ihrer Stimme nehme ich sehr deutlich wahr.

Den ersten Dialog zwischen Olivier und Bernard und die Szenen zwischen Passavant und Vincent habe ich niedergeschrieben, ohne noch im Geringsten zu wissen, was aus diesen Figuren werden sollte oder wer sie sind. Sie haben sich mir von allein aufgedrängt. Das ist so verwunderlich nicht. Ich kann mir ziemlich genau erklären, wie eine imaginäre Figur entsteht und aus welchem Bodensatz des Ich sie gemacht ist.

Es gibt keine Tat, wie absurd oder verderblich sie auch sein mag, die nicht durch das Zusammentreffen mehrerer Ursachen, Umstände und Zufälle bedingt ist; und wahrscheinlich gibt es kaum ein Verbrechen, für das ein Einziger die Verantwortung trägt, zu dessen Gelingen nicht mehrere Personen beigetragen haben, und sei es unwillentlich, ohne es zu wissen. Die Ursprünge unserer einfachsten Handlungen sind so verzweigt und entlegen wie die Ursprünge des Nils.

Wer den Stolz aufgibt, büßt alle Tugend ein.

Coxyde, 6. Juli.

Profitendieu muss ganz anders aufgefasst werden. Ich kannte ihn nicht gut genug, als er in meinem Buch auftauchte. Er ist sehr viel interessanter, als ich dachte.

Cuverville, 27. Juli.

Boris. Der arme Junge merkt, dass auch nicht eine seiner Stärken, nicht eine seiner Tugenden davor sicher ist, von seinen Kameraden als Makel ausgelegt zu werden: seine Keuschheit als Impotenz; seine Mäßigung als Mangel an Lebensart; seine Schüchternheit als Feigheit; seine Empfindsamkeit als Schwäche. Sosehr gemeinsame Fehler und Laster den Umgang erleichtern, sosehr erschwert ihn Seelenadel.

Jarry. Er hatte ein genaues Gespür für die Sprache, oder besser, für das Gewicht der Worte. Er baute massive, fundierte Sätze, die in ihrer ganzen Länge am Boden blieben.

Cuverville, 10. August.

Einen anderen Artikel ihres Kodex würde ich das »Gebot des geringsten Aufwands« nennen. Für diese Jungen – mit Ausnahme einiger weniger, die als Angeber und Spielverderber galten – war es Ehrensache oder eine Frage der Selbstachtung, alles mit dem geringstmöglichen Aufwand an Geld und Mühe zu erreichen; ob einer sich etwas besonders günstig beschafft oder eine Aufgabe ohne großes Rechnen gelöst haben wollte oder ob ein anderer behauptete, ein Fortbewegungsmittel zu kennen, mit dem er sich erst fünf Minuten später auf den Schulweg machen musste – das zugrundeliegende Prinzip war immer das gleiche. »Nur keine Kräfte verschwenden« lautete die absurde Devise. Dass in der Anstrengung selbst ein Gewinn liegen kann und nicht nur das Ziel lohnend ist, hatte keiner von ihnen begriffen.

Vielleicht wird ja diese Einstellung, die ich für äußerst bedenklich halte, dadurch weniger gefährlich, dass sie zu einer Pflichtübung geworden ist – so wie man sich oft von dem, was man in Worte fasst, bereits lossagt –, und kündigt auch hier die Erstarrung zur Formel bereits das Überholtsein an.

Die Kleidung dieser Kinder spiegelte dieselbe Haltung wider. Alles zeugte von Selbstbeschränkung; alles war aufs Knappste bemessen. Ihre Jacken (und ich spreche von den elegantesten) umspannten sie wie eine Rinde, die mit dem Wachsen des Baumes vorne aufgesprungen ist. Ihre falschen Kragen ließen der Krawatte nur einen Fingerbreit Platz für den kleinsten aller Knoten. Ja selbst die Enden ihrer Schnürsenkel steckten einige der jungen Leute so weit wie möglich in die Schuhe, damit bloß nichts Überflüssiges hervorsah.

Cuverville, 1. November 1924.

Meine Abreise in den Kongo war für den 6. November festgesetzt; alle Vorbereitungen waren getroffen, die Kabinen reserviert usw. Ich verschiebe die Reise auf Juli. Hoffe, mein Buch bis dahin beendet zu haben (doch hält mich auch etwas noch Wichtigeres hier fest).

Ich habe das zehnte Kapitel des zweiten Teils beendet (Oliviers Selbstmordversuch) und sehe nun nichts als ein wirres Gestrüpp vor mir, ein solches Dickicht, dass ich nicht weiß, wie ich mir einen Weg bahnen soll. Meiner Methode getreu, übe ich mich in Gleichmut und betrachte die Vielfalt eingehend, bevor ich mich entscheide.

Das Leben bringt ständig in großer Zahl dramatische Konflikte hervor, doch selten entwickeln und gestalten sie sich so, wie ein Romanautor für gewöhnlich die Geschichte weiterspinnen würde. Das ist es, was mein Buch verdeutlichen soll, und ich möchte es Édouard auch aussprechen lassen.

Cuverville, 20. November.

Dass viele Verhaltensweisen einer Generation sich in der folgenden »bestätigt« finden – das hatte ich zeigen wollen; doch meine Figuren ziehen mich mit sich fort und geben mir keine Gelegenheit, mich dieser Frage ausführlich zu widmen. Wenn ich noch einen Roman schreibe, möchte ich es herausarbeiten: wie die nächste Generation, nachdem sie die Verhaltensweisen und Einstellungen der vorangehenden (zum Beispiel in Bezug auf die Ehe) kritisiert, angeprangert hat, nach und nach so weit kommt, es in etwa genauso zu halten. André muss erleben, dass in seiner eigenen Ehe all das wieder entsteht, was ihm bei Guillaume, in dessen Haus er in seiner Jugend verkehrte, so entsetzlich erschienen war.

Sanatorium, 3. Januar 1925.

Bernard lässt die Belehrungen eines Traditionalisten, der nichts von seiner unehelichen Herkunft weiß, über sich ergehen; dieser will ihn überzeugen, dass jeder auf dem Weg weiterschreiten müsse, den ihm sein Vater gewiesen habe, usw. Bernard wagt nicht, offen zu protestieren: »Aber wenn ich meinen Vater gar nicht kenne, was dann …?«

Bald aber schätzt er sich glücklich, diesen nicht zu kennen und das moralische Gesetz daher in sich selbst suchen zu müssen.

Doch wird er seine Kraft entfalten können, ohne die Widersprüche seiner überreichen Natur aufzulösen, wird er sie annehmen können, sie bejahen, ja sie zu nähren suchen? Wird er begreifen, dass die gespannte Saite nur desto voller klingt, je stärker, je länger sie schwingt, und dass sie nur am toten Punkt zur Ruhe kommen kann?

Vergleich auch mit ungleichnamigen Polen, zwischen denen der Lebensfunke springt.

Bernard denkt: »Einem Ziel zustreben? – Nein! Aber: vorankommen.«

Cuverville, Ende Januar.

Wie man eine mustergültige Mannschaft zusammenstellt: Bedingung für den Eintritt ist es, den eigenen Namen abzulegen und zu einer anonymen Kraft zu werden; für den Sieg der Mannschaft kämpfen, nicht für sich selbst.

Nur kein Spezialistentum, keine Einzelgängerei. Ein guter Durchschnitt führt sicherer zum Erfolg als ein paar Spitzenleistungen – die nur desto mehr herausstechen, desto mehr auffallen, je mittelmäßiger das Gros der Truppe ist.

Klassische Kunst.

Mein Los erscheint mir nicht so traurig, wie ihr denkt.
(BAJAZET)

8. März 1925.

Mit Martin du Gard in Hyères zusammengetroffen. Wenn es nach ihm ginge, nähme mein Roman überhaupt kein Ende: Er ermutigt mich, die Figuren, die ich erdacht habe, ausgiebiger »zu nutzen«. Ich werde seinen Rat nicht befolgen.

An einem neuen Buch aber reizten mich weniger die neuen Figuren als eine neue Art, sie darzustellen. Dieses Buch hier soll unvermittelt enden, nicht dadurch, dass sich das Thema erschöpft – unerschöpflich soll es wirken, über die Ufer tretend sich in der Weite verlieren. Das Erzählte darf nicht zum Ausgangspunkt zurückführen, soll vielmehr zerfließen, sich auflösen …

La Bastide, 29. März 1925.

Fast einen Monat lang ganz gut vorangekommen. Mehrere Kapitel geschrieben, die mir ursprünglich besonders schwer vorkamen. Offenbar ist es eine der Eigenheiten dieses Buches, dass mir der Beginn eines Kapitels jedes Mal enorme Schwierigkeiten bereitet (was sicherlich daran liegt, dass ich mich weigere, den einmal gewonnenen Schwung auszunutzen) – beinahe so große Schwierigkeiten wie jene, die mir an der Schwelle zu diesem Buch den Zugang versperrten und mich zwangen, lange Zeit auf der Stelle zu treten. Da kam es tatsächlich vor, dass ich tagelang zweifelte, ob die Maschine jemals wieder in Gang käme. Soviel ich mich erinnern kann, ist es mir bei den *Caves* nicht so ergangen, und auch bei keinem anderen meiner Bücher; oder aber ich hätte die Mühe, die mich ihre Niederschrift gekostet hat, aus dem Gedächtnis verloren, so wie die Schmerzen der Niederkunft nach der Geburt des Kindes vergessen sind.

Ich überlege seit gestern Abend (vorgestern habe ich Kap. XVII des zweiten Teils beendet: Armands Besuch bei Olivier), ob es nicht angebracht wäre, die nächsten Kapitel, die ich plante, zu einem einzigen zusammenzufassen. Ich glaube, der furchtbare

Selbstmord darf nicht erst lange angekündigt werden. Zu vieles Motivieren wirkt langatmig. Heute Morgen sehe ich nur noch die Vorteile einer Straffung: der Selbstmord und die Beweggründe in einem einzigen Kapitel.

Es gibt keine »Lebensregel«, von der man nicht sagen könnte, es wäre weiser, statt sie zu befolgen, das Gegenteil zu tun.

Zunächst einmal das Inventar aufstellen. Bilanz wird später gezogen. Es ist nicht gut, beides miteinander zu vermischen. Wenn mein Buch fertig ist, ziehe ich einen Strich und überlasse das Rechnen dem Leser; ob er dann addiert oder subtrahiert, das bleibt ihm überlassen, ich halte es nicht für meine Aufgabe, darüber zu entscheiden. Die faulen Leser ziehen den Kürzeren: Ich wünsche mir andere. Fragen aufwerfen, das möchte ich. Das Publikum sieht sich am liebsten selbst bestätigt. Manch einer fühlt sich dazu berufen. Nur gar zu viele.

Cuverville, Mai 1925.

Ich fürchte, zwischen den beiden Teilen des Buches entsteht eine Unausgewogenheit, da der zweite Teil summa summarum zu kurz werden könnte. Allerdings steigere ich gerne zum Ende hin das Tempo und konstruiere meine Bücher oft wie ein Sonett, das mit Vierzeilern beginnt und mit Dreizeilern endet. Es scheint mir immer überflüssig, noch in aller Ausführlichkeit zu erklären, was der aufmerksame Leser ohnedies schon verstanden hat; es hieße ihn beleidigen. Die Phantasie schießt desto höher empor, je mehr sich das Rohr an seinem Ausgang verengt, usw. ... Heute Morgen jedoch erkenne ich, welche Vorteile es hätte, das Buch in drei Teile zu gliedern. Der erste (Paris) würde bis Kapitel XVI gehen. Der zweite die acht Kapitel in Saas-Fee umfassen. Womit das Hauptgewicht auf dem dritten Teil läge.

Gestern, den 8. Juni, die *Falschmünzer* beendet.

Martin du Gard schickt mir folgendes Zitat von Thibaudet:

»So gut wie nie zeichnet ein Autor, der sich in einem Roman selbst porträtiert, ein ihm ähnelndes, naturgetreues Bild ... Der eigentliche Romanautor erweckt aus der Fülle dessen, was in ihm schlummert, *mögliche* Figuren zu neuem Leben; die Figuren des schlechten Autors dagegen bleiben dessen eigenem Leben verhaftet. Der Genius des Romans lässt das Mögliche lebendig werden, nicht das Wirkliche noch einmal aufleben.«

Dies scheint mir so zutreffend, dass ich mit dem Gedanken spiele, es, statt eines Vorworts, den *Falschmünzern* voranzustellen, zusammen mit dem, was Vauvenargues im Hinblick auf Henri Massis geschrieben haben könnte: *»Der Selbstgerechte wird dem Leben nicht gerecht.«**

Doch alles in allem ist es besser, den Leser denken zu lassen, was er will – und sei es gegen mich gerichtet.

* Ratschläge an einen jungen Mann (zitiert bei Sainte-Beuve, Lundis, Band I, S. 8).

Anhang

1. Zeitungsartikel

Figaro, 16. September 1906

Und so fing man es an:

Die falschen Goldstücke wurden in Spanien angefertigt und von drei vorbestraften Mittelsmännern, Djl, Monnet und Tornet, über die Grenze nach Frankreich geschmuggelt. Dort wurden sie von den Hehlern Fichaut, Micornet und Armanet übernommen und, das Stück zu zwei Francs fünfzig, an die jungen Leute abgegeben, die sie in Umlauf bringen sollten.

Es handelte sich um Bohemiens, Studenten im zweiten Jahr, Journalisten ohne Anstellung, Künstler, Romanciers usw. Doch auch einige Eleven der Kunstakademie waren darunter, etliche Beamtensöhne, der Sohn einer Amtsperson aus der Provinz und eine Hilfskraft aus dem Finanzministerium.

....

Wenn einige der jungen Leute dank dieser kriminellen Geschäfte »auf großem Fuß« leben konnten, wozu der väterliche Wechsel nicht ausgereicht hätte, so wollen andere mit ihrem Tun – wie sie behaupten – humanitäre Ziele verbunden haben: »Immer wieder gab ich armen Teufeln ein paar Münzen, damit sie ihre Familie am Leben erhalten konnten …« Und bei alledem geschah ja niemandem ein Unrecht, man betrog ja nur den Staat.

Journal de Rouen, 5. Juni 1909

Selbstmord eines Gymnasiasten

Wir berichteten über den dramatischen Selbstmord im Blaise-Pascal-Gymnasium von Clermont-Ferrand, bei dem sich der junge, kaum fünfzehnjährige Nény mitten im Unterricht eine Kugel durch den Kopf schoss.

Der Kommentar des *Journal des Débats*, den wir im Folgenden übernehmen, berichtet von unglaublichen Hintergründen:

»Dass ein unglücklicher Knabe Selbstmordgedanken hegte, weil er ständig – so auch am Vorabend seines Todes – wegen heftiger Streitereien in seiner Familie zu den Nachbarn flüchten musste, ist eine bedrückende Vorstellung und doch nicht unbegreiflich; dass diesen eine unbeaufsichtigte, hemmungslose Lektüre der pessimistischen deutschen Philosophen zu einem gefährlichen Mystizismus verleitete, ›seiner eigenen Religion‹, wie er es nannte, mag man noch begreifen. Doch dass es in jenem Großstadt-Gymnasium eine gemeingefährliche Geheimverbindung einiger Halbwüchsiger gab, die einander zum Selbstmord anstifteten, das ist eine Ungeheuerlichkeit, und doch steht dies unumstößlich fest.

Vermeintlich entschied das Los, welcher der drei Schüler sich als erster töten sollte. Es besteht jedoch kein Zweifel, dass die beiden Komplizen des unglücklichen Nény diesen in den Selbstmord trieben, indem sie ihn der Feigheit bezichtigten; kein Zweifel auch daran, dass sie ihn diesen grauenhaften Akt und dessen Inszenierung am Vortag proben ließen: Die Stelle, an der er sich am folgenden Tag die Kugel durch den Kopf schießen sollte, wurde auf dem Fußboden mit Kreide markiert. Ein jüngerer Schüler, der in diesem Moment hereinkam und sah, was vor sich ging, wurde von den drei Tätern unter der Drohung hinausgeworfen: ›Du, du weißt zu viel, du wirst verschwinden‹ – es gab, so scheint es, eine Liste all derer, die ›verschwinden‹ sollten.

Nicht minder sicher ist, dass Nénys Nachbar zehn Minuten vor der Katastrophe von einem Mitschüler eine Uhr lieh und zu Nény sagte: ›Du weißt, dass du dich um zwanzig nach drei erschießen musst; du hast noch zehn – noch fünf – noch zwei Minuten!‹ Der Unglückliche erhob sich pünktlich auf die Minute, stellte sich auf den mit Kreide markierten Punkt, holte den Revolver hervor und schoss sich eine Kugel in die rechte Schläfe. Eine unleugbare Tatsache ist schließlich auch, dass einer der Verschwörer, als Nény gestürzt war, die entsetzliche Kaltblütigkeit besaß, den Revolver an sich zu bringen und ihn verschwinden zu lassen. Man hat die Waffe noch nicht wiedergefunden. Wozu mag sie nun wohl herhalten? All dies ist grauenvoll: Die Eltern der Schüler sind in äußerster Erregung – und wer könnte ihnen das nicht nachfühlen!«

2. Briefe

Freitagabend.

Lieber Freund,

verzeih, dass ich nicht früher schrieb, doch ich vermochte es nicht. Man rätselt allgemein darüber, was D. dazu bestimmt haben mag, sich das Leben zu nehmen.

... Ich sprach einmal mit D. über Selbstmord, zu einem Zeitpunkt, als wir beide sehr deprimiert waren. Ich machte ihm Vorwürfe wegen eines früheren Versuchs und erklärte, ich für meinen Teil würde doch höchstens Hand an mich legen, wenn ich ein solches Glück empfunden hätte, dass ich wüsste, ich könne Gleiches nie wieder erfahren. D. gab mir recht, hatte mir aber zuvor gestanden, er habe in seinem Leben nichts als Enttäuschungen erlebt und sei vollkommen verzweifelt. Nun weiß ich, dass er Freitagabend eine Verabredung mit einem jungen

Mann hatte. Er verbrachte die ganze Nacht außer Haus und kehrte erst am Morgen zurück. Am Samstag war er freudig gestimmt wie nie zuvor; in der Nacht brachte er sich um.

Wie hätte ich das auch voraussehen können.

Am Sonntagnachmittag, bei Madame X., fand man mich »still«, doch was soll ich nur tun oder sagen? So also steht es um mich. Ich wollte, Du wüsstest einen Rat und sagtest mir, wie Du über dieses entsetzliche Geschehen denkst.

Ch. B.

Straßburg. 18, Rue Geiler, 13. Januar 1927

Monsieur,

die frappante Übereinstimmung zwischen dem Wahn, der La Pérouse in den letzten Jahren seines Lebens quält, und dem Leiden von Monsieur Le Prince, das uns Saint-Simon in den *Memoiren* geschildert hat, ist ein eindeutiger Beweis dafür, woher Sie den Stoff zu Kapitel III des dritten Teils Ihres Buches *Die Falschmünzer* beziehen. Indem Sie dessen ungeachtet Ihr Vorbild nicht nennen, nicht einmal im *Tagebuch der Falschmünzer*, lassen Sie es gänzlich an Anstand fehlen. Sie erwähnen Saint-Simon nur äußerst vage im Zusammenhang mit einem Traum. Was aber das besagte Kapitel über La Pérouse angeht, lassen Sie Ihren Leser in dem falschen Glauben, es handle sich hierbei um Ihre ureigene Erfindung. Gebietet Ihnen Ihre Ehre nicht, das Plagiat zu gestehen?

Ich verbleibe, Monsieur, mit freundlichen Grüßen Ihre

Suzanne-Paul HERTZ.

Roquebrune-Cap Martin, 24. Januar 1927

Madame,
seien Sie herzlich dafür bedankt, mich auf jene erstaunliche Stelle bei Saint-Simon aufmerksam gemacht zu haben. Errötend muss ich gestehen, dass ich sie noch nicht kannte, und ich lese sie nun mit dem größten Vergnügen in einem Exemplar nach, das ich von Monsieur Hanotaux ausgeliehen habe, einem Nachbarn meiner Gastgeber hier auf dem Lande.

Der von Ihnen erwähnte Fall weist in der Tat verblüffende Ähnlichkeiten mit meinem alten La Pérouse auf, doch bei meiner Beschreibung stand allein die Wirklichkeit Pate. Zu La Pérouse hat mich, bis hin zu dem Selbstmordversuch, ein alter Klavierlehrer inspiriert, von dem ich ausführlich in *Si le grain ne meurt* erzähle, wo ich auch von Armand B. spreche, der eine entfernte Ähnlichkeit mit dem Armand aus *Die Falschmünzer* aufweist. Ich wüsste nicht, warum ein Kunstwerk dadurch verlieren sollte, dass es in engem Bezug zur Wirklichkeit steht. Daher habe ich beschlossen, in einen Anhang zum *Tagebuch der Falschmünzer* die Zeitungsartikel aufzunehmen, die mir als Ausgangspunkt für mein Buch dienten, insbesondere die Geschichte des jungen Nény, von der ich mich zum größten Teil inspirieren ließ. Sie werden erlauben, dass ich dem anfüge:

1. Ihren Brief, der von so beispielhafter Liebenswürdigkeit ist – und so typisch für die Irrtümer, zu denen jene moderne Manie führen kann, in jeder Ähnlichkeit einen Einfluss (ein »Plagiat«) zu sehen, eine Manie, die aus manchen Literaturwissenschaftlern Polizisten macht und viele Künstler auf Absurditäten verfallen lässt, um nur ja nicht in den Verdacht zu geraten, einen anderen nachgeahmt zu haben,
2. meine Antwort,

3. die Stelle bei Saint-Simon*,
in der Hoffnung, dem Leser damit zu dienen.
Hochachtungsvoll A. G.

3. Auszug aus Lafcadios Tagebuch (erste Fassung der *Falschmünzer*)

I

»Meinungen«, erklärte Édouard, als ich ihm meine ersten Aufzeichnungen zeigte, »Meinungen ... Ich kann mit solchen Ansichten nichts anfangen, bevor ich nicht die Person dazu kenne. Seien Sie sich darüber im Klaren, Lafcadio, dass An-

* Nach reiflicher Überlegung halte ich es doch für überflüssig, die fragliche Stelle hier wiederzugeben, da sie der Interessierte in den Memoiren nachlesen kann. Sie ist zu lang, und die Ähnlichkeit zwischen Monsieur Le Prince, dem Sohn des großen Condé, und meinem alten La Pérouse ist, was die temperamentvolle Briefschreiberin auch sagen mag, doch begrenzt und von untergeordneter Bedeutung. Gemeinsam ist ihnen nur, dass sie sich beide gegen Ende ihres Lebens als tot betrachteten und als tot betrachtet werden wollten.
Monsieur Le Prince, so erfahren wir bei Saint-Simon, konnte man nur helfen, indem man auf seine Manie einging, die er bis zum Äußersten trieb.
Der Eindruck, dass unwirklich sei, was uns umgibt, oder, wenn man so will, der Verlust des Wirklichkeitssinns ist kein so seltenes Phänomen, als dass nicht manch einer schon etwas Derartiges beobachtet oder vorübergehend selbst empfunden hätte. Ich selbst kenne, muss ich gestehen, diese merkwürdige Täuschung gut genug, um mir lebhaft vorstellen zu können, welche Ausmaße sie annehmen kann, wenn man ihr bereitwillig nachgibt oder die Fähigkeit zur Selbstkorrektur verliert, wie ich es in zwei Fällen aus der Nähe beobachten konnte, dem einen, den ich in meinem Brief erwähne, und einem weiteren, noch skurrileren, auf den ich später einmal zurückkommen möchte.

sichten niemals unabhängig von demjenigen existieren, der sie äußert, und den Romancier auch immer nur im Hinblick auf einen Charakter interessieren. Die Leute glauben zwar, absolute Wahrheiten zu verkünden; doch die Ansichten, zu denen sie sich in dem Glauben bekennen, sie hätten sie aus freiem Willen übernommen, hätten sie sich erwählt oder gar sich selbst gebildet, diese Ansichten sind ihnen nicht minder genau vorbestimmt als der Farbton ihres Haares oder die Geruchsnuance ihres Atems. Jener Sprachfehler von Z., den Sie ganz zu Recht vermerkt haben, ist mir im Übrigen wichtiger als das, was er denkt; oder zumindest interessiert es mich im Moment noch nicht. Kennen Sie ihn schon länger?«

Ich erwiderte, dass er mir zum ersten Mal begegnet sei. Ich machte keinen Hehl daraus, dass er mir äußerst unsympathisch war. »Gerade dann ist es wichtig, dass Sie Umgang mit ihm pflegen«, entgegnete er. »Sympathisch ist uns alles, was uns gleicht und was wir leicht nachempfinden können. Zu studieren aber gilt es das, was am verschiedensten von uns ist. Haben Sie Z. zu spüren gegeben, dass er Ihnen nicht gefiel?«

»Nein, ich habe mir nichts anmerken lassen.«

»Gut so. Bemühen Sie sich, sein Freund zu werden.«

Als ich die Mundwinkel verzog, versetzte er so heftig: »Ah! Sie haben Ihre persönlichen Vorlieben noch nicht überwunden«, dass ich mich beeilte, ihnen abzuschwören.

»Sollten Sie noch Bedenken oder Hemmungen haben? ...«

»Ich werde versuchen, sie abzuschütteln, stets zu Diensten«, erwiderte ich lachend. »Wäre ich schon perfekt, brauchte ich Ihren Rat ja nicht mehr.«

»Lafcadio, geben Sie acht, mein Freund«, seine Stirn hatte sich leicht umwölkt, »was ich von Ihnen erwarte, ist ein gewisser Zynismus, doch nicht, dass Sie gefühlskalt werden. Manch einer wird Ihnen sagen, dies bleibe nicht aus; schenken Sie ihm keinen Glauben. Aber seien Sie dennoch vorsichtig. Gefühl paart sich oft mit Unbeholfenheit, andererseits gibt es eine ›Virtuosität des Herzens‹, wie ich es nennen möchte, die man nur auf Kosten des echten Empfindens erlangt und die, wie alles Virtuosentum, eine spürbare Kälte im Vortrag mit sich bringt. Das Gefühl mag ein Hemmnis sein, doch ließe es nach oder wiche man ihm aus, so wäre alles verloren; denn schließlich ist es der Einsatz, um den es geht. Langweile ich Sie?«

»Wie können Sie das glauben! ... Jetzt wird mir klar, warum mich immer diese Angst beschleicht, die ich mir bisher nicht recht erklären konnte.«

»Welche Angst?«, fragte er, und sein Gesicht nahm einen Ausdruck zärtlicher Besorgnis an, der mir naheging.

»Die Angst«, begann ich wieder, »kalt zu bleiben bei dem, was ich tue; unbeteiligt zu sein, oder aber andererseits zum Handeln unfähig, sowie ich Mitgefühl empfinde.«

»Ich fürchte, Sie verwechseln das echte Gefühl mit jener tränenfeuchten Rührseligkeit, die nichts gemein hat mit dem, was ich unter Empfinden verstehe, nichts anderes zumeist als ein zitterndes Erbeben vor dem Leben. Glauben Sie mir, mitten im vollen Menschenleben werden Sie am tiefsten empfinden; zumindest sollte es so sein ... Ah, wo ich gerade daran denke: Haben Sie eine Geliebte?«

Ich antwortete, dass ich, dem Militärdienst glücklich entronnen, weniger Wert auf eine Bindung als auf meine Freiheit legte.

Er lächelte, dann erklärte er: »Ich frage nur, weil eine gewisse Person ihren Besuch für heute Morgen angekündigt hat.« Er zog seine Uhr. »Ja, sie müsste eigentlich schon hier sein. Bleiben Sie noch einen Augenblick; Sie haben doch nichts Dringendes zu tun. Trinken wir einstweilen ein Glas Portwein; oder nein, lassen Sie mich Ihnen einen Cocktail mischen.«

Er öffnete eine Hausbar, doch kaum hatte er Becher und diverse Flaschen hervorgeholt, ertönte ein Klingeln ...

II

Ich kenne Édouard noch gar nicht so lange, und doch hat sich mein Leben, seit ich ihn kenne, von Grund auf verändert, es ist nun endlich ausgefüllt. Ich hatte allmählich genug davon, nur für mich allein zu leben; so selbstverliebt bin ich nicht. Bleibt abzuwarten, ob ich Édouards Ansprüchen genügen werde; bin irgendwie *desultory* und gewöhnlich in meinem Denken, weshalb ich fürchte, von keinem großen Nutzen für ihn zu sein. Überdies kann er sich schwerlich vorstellen, wie sehr es mir an Bildung fehlt. Ich habe überhaupt nichts gelesen und auch keine Lust, damit anzufangen. Mag sein, dass ich ein Gefühl für Wörter und einfache Sätze habe, doch ich kann zu viele Sprachen, um eine einzige richtig zu beherrschen; und ich schreibe, wie es gerade kommt. Um etwas Gelungenes zu schaffen, habe ich, glaube ich, nicht die nötige Geduld.

Im Grunde genommen weiß Édouard auch nicht mehr über mich als ich über ihn. Als er mich fragte, ob ich eine Geliebte habe, hätte ich beinahe erwidert, dass ich vor nichts mehr zurückscheue als vor einem Verhältnis; doch besser nicht zu viel preisgeben. Ich kann es nicht leiden, Auskünfte über mich zu erteilen; was nicht nur daher kommt, dass ich mich nicht wichtig genug fühle, sondern vor allem daher, dass ich nichts behaupten kann, ohne dass mir sofort das Gegenteil sehr viel zutreffender erscheint. Zum Beispiel wollte ich schreiben: Sinnenfreuden sind nach meinem Geschmack, doch ich muss zugeben, die Liebe langweilt mich. Und mir wird klar, dass mir das romantische Geplänkel daran lästig ist, das lange Hinauszögern der Fleischeslust, die nötigen Aufmerksamkeiten, das Kokettieren, die Beteuerungen, die Schwüre … Verliebt bin ich ständig, in alles und in alle. Was mir aber nicht gefiele, wäre, mich auf eine einzige Person zu beschränken.

Diese Bereitschaft, mich einzusetzen, mich nützlich zu machen, aus der mir das größte Glück erwächst und die mich ständig dazu bringt, anderen den Vorrang einzuräumen, entspringt letzten Endes vielleicht nur dem geheimen Wunsch, mir zu entkommen, mich zu verlieren, mich in das Leben der anderen einzuschleichen, von ihm zu kosten. Doch genug über mich. Wäre nicht Édouard, hätte ich nie so viel erzählt.

4. Über den Dämon

»Jetzt, wo wir allein sind, darf ich Sie einmal etwas fragen: Warum haben Sie nur dieses seltsame Bedürfnis, sich einzureden, alles, was es Sie zu tun verlangt, müsse irgendwie etwas Gefährliches oder Sündiges an sich haben?«

»Das ist nicht wichtig; wichtig ist nur, dass ich mich davon nicht abschrecken lasse.«

»Ich habe lange geglaubt, es handle sich um letzte Spuren Ihrer puritanischen Erziehung; doch inzwischen will es mir fast als eine Art Byronismus erscheinen ... Oh, protestieren Sie nicht, ich weiß, dass Ihnen jede Romantik zuwider ist; zumindest behaupten Sie das; doch Sie lieben das Dramatische ...«

»Ich liebe das Leben. Wenn ich die Gefahr herausfordere, so im Vertrauen darauf, ja in der Gewissheit, als Sieger aus ihr hervorzugehen. Und was die Sünde anbelangt ... oh, glauben Sie nur nicht, ich liebte das Raffinement daran, wie jene Italienerin, die ein Sorbet kostete und bedauerte: ›Peccato che non sia un peccato‹. Nein, in erster Linie kommt es wohl daher, dass ich für alles, was ich in meiner Jugend für tugendhaft hielt, nur noch Geringschätzung, Hass und Abscheu empfinden kann; und dann ist da auch ... wie soll ich sagen ... es wurde mir vor gar nicht langer Zeit erst klar ... dann ist da auch der Teufel im Spiel.«

»Ich habe noch nie verstanden, muss ich gestehen, wieso man an die Sünde, die Hölle oder sonst welche Sataneien glauben sollte.«

»Moment! Moment! Aber ich doch auch nicht, ich glaube

doch auch nicht an den Teufel; allein, das Irritierende ist: Während man Gott nur dienen kann, indem man an ihn glaubt, braucht man an den Teufel nicht zu glauben, um ihm zu dienen. Im Gegenteil, nichts ist ihm dienlicher als jemand, der vor ihm die Augen verschließt. Es ist ihm immer daran gelegen, nicht entdeckt zu werden; und gerade das, sage ich Ihnen, irritiert mich so: der Gedanke, ihm desto mehr Macht einzuräumen, je weniger ich an ihn glaube.

Was mich irritiert, verstehen Sie, ist der Verdacht, der Teufel könne sich gar nichts Besseres wünschen, als dass man seine Existenz bestreitet. Er weiß schließlich nur zu gut, wie er es anstellen muss, wenn er sich in unsere Herzen einschleichen will: dass er nur dann hineingelangen kann, wenn er unbemerkt bleibt.

Ich habe viel über diese Fragen nachgedacht, kann ich Ihnen versichern. Natürlich und trotz allem, was ich soeben gesagt habe, glaube ich in letzter Instanz nicht an den Teufel. Ich halte alles, was man über ihn zu sagen pflegt, für eine naive Vereinfachung und eine Scheinlösung gewisser psychologischer Probleme – für die mein Verstand ausschließlich natürliche, wissenschaftliche und rationale Erklärungen zulassen will. Aber, noch einmal, der Teufel selbst würde nicht anders reden; er ist entzückt; er weiß, dass er sich nirgendwo so gut verbergen kann wie hinter einer rationalistischen Argumentation, die ihm den Rang einer zweckfreien Hypothese zuweist. Satan oder die zweckfreie Hypothese; das muss sein bevorzugtes Pseudonym sein. Immerhin, trotz allem, was ich darüber sage, trotz allem, was ich darüber denke und Ihnen nicht sage, bleibt doch eines bestehen: In dem Moment, wo ich daran glaube, dass es ihn gibt – und danach ist mir bisweilen zumute, und sei es nur für einen Augenblick –, von diesem Moment an scheint sich alles aufzuklären, will mir alles einleuchten; es ist wie ein Schlüssel zu all dem Unerklärlichen, all dem Unverständlichen, all dem Dunklen in meinem Leben. Eines Tages will ich darüber schreiben … oh, ich weiß nicht, wie ich es nennen sollte – ich stelle es mir als eine Art Dialog vor, doch da wäre noch etwas anderes … nun, es würde vielleicht ›Disput mit dem Teufel‹ heißen – und wissen Sie, wie der Anfang lauten würde? Ich habe schon den ersten Satz, verstehen Sie, den ersten, den er sagen würde; und um diesen Anfang zu finden, muss man ihn schon sehr gut kennen … Ich lasse ihn folgendermaßen beginnen: ›*Warum solltest du mich fürchten? Du weißt doch, dass es mich nicht gibt.*‹ Ja, ich glaube, das ist es. Das umfasst alles: dieser Glaube an die Nichtexistenz des Teufels, der … Aber was denken denn Sie darüber; sagen Sie doch auch etwas.«

»Ich weiß nicht, was ich darauf entgegnen sollte. Sie sprechen da von Dingen, über die ich, wie ich merke, noch niemals nachgedacht habe. Doch ich bin mir bewusst, dass große Männer, die ich sehr schätze, an die Existenz des Teufels glaubten, an seine wichtige Funktion – ja, ihn für entscheidend hielten. Wissen Sie, was Goethe sagte? Die Macht eines Menschen und die Kraft seiner Bestimmung sei nach dem Dämonischen bemessen, das er in sich trage.«

»Ja, ich habe schon von diesem Satz gehört; Sie sollten versuchen, die genaue Stelle für mich zu finden.«

(Theorie: Ebenso wie das Reich Gottes tragen wir die Hölle in uns): »Ja, bisweilen wird das Böse so stark, dass es mir scheinen will, als niste der Höllenfürst sich in mir ein.«